BERND PERPLIES

Magierdämmerung

In den Abgrund

BERND PERPLIES

MAGIER DÄMMERUNG

IN DEN ABGRUND

Roman

LYX EGMONT

Originalausgabe September 2011 bei LYX
verlegt durch EGMONT Verlagsgesellschaften mbH,
Gertrudenstraße 30–36, 50667 Köln

1. Auflage
Lektorat: Sara Riffel
Karten: Jan Reiser
Satz: Greiner & Reichel, Köln
Druck: CPI – Clausen & Bosse, Leck
ISBN 978-3-8025-8266-0

www.egmont-lyx.de

Für die Gentlemen der »Loge des Goldenen Würfels«.

Es ist mir stets eine Freude, in vertrauter Runde spielerisch mit und gegen euch ins Feld zu ziehen.

ZWISCHENSPIEL:

DIE KRAFT DER SCHÖPFUNG

»Vor allem aber ist die Magie eine schöpferische Kraft. Daher ist jeder Aussage, dass sie für den Tod von Lebewesen verantwortlich sein könnte, entschieden zu widersprechen. Die Magie belebt die Materie, sie verändert sie und bringt sie in neue Form. Im Grunde ist sie das Gegenteil des Todes. Natürlich mag der Tod infolge magischer Unfälle eintreten. Dieser ist aber unmittelbar irdischen Einflüssen zuzuschreiben, etwa einem Fall aus großer Höhe. Die Magie in ihrer reinen, rohen Form tötet nie.«

– Petas Marazor

ATLANTIS – MYTHOS UND WAHRHEIT, S. 42

Keine Zeit.
Irgendwo.

Das Erste, was ihre wiederkehrenden Sinne wahrnahmen, war fernes Donnern – ein dumpfer, grollender Laut, der wie ein Echo in den Bergen hin und her geworfen zu werden schien. Zunächst war ihr gar nicht richtig bewusst, dass es sich um Donner handelte, was sie da hörte. Es dauerte einen Augenblick, bis sie dem Geräusch einen Namen zu geben vermochte. Und schon im nächsten Moment hatte dieser Name für sie bereits wieder jedwede Bedeutung verloren.

Ihr Körper fühlte sich eigentümlich leicht an, beinahe schwerelos. Aber sie hatte weder den Eindruck zu fallen noch von starken Winden getragen zu werden. Vielmehr schien es, als treibe sie durch etwas, das die Dichte von Wasser hatte, zugleich aber trocken und stofflos wie Luft war. Eigentlich hätte diese seltsame Erkenntnis sie zutiefst verunsichern müssen, doch stattdessen empfand sie gar nichts.

Das Donnern wiederholte sich, wurde begleitet von einem metallischen Klirren. Sie erschauerte, und auf einmal tauchte ein Bildfragment in ihrem Geist auf: *Ein junges Mädchen mit kastanienbraunem Haar, das in ein weißes Nachthemd gekleidet in der offenen Tür eines Landhauses steht und hinaus auf eine verwilderte Parklandschaft blickt. Schwere, dunkle Wolken hängen am schwülen Spätsommerhimmel. Donner grollt, Blitze wetterleuchten am Himmel, ein heftiger Wind fährt durch die Bäume und lässt ihre Kronen rauschen. Gebannt starrt das Mädchen auf das nahende Unwetter, auf die Kraft der Elemente. Die Neugierde ist stärker als jede Furcht. Auf einmal schlägt krachend ein Blitz in einen nahen Baum ein und spaltet den alten Stamm fast bis zur Hälfte. Ein Schauer durchläuft das Mädchen, ein Kribbeln, das vom Boden her in die Sohlen seiner bloßen Füße hineinjagt und die schlanken Beine hinaufschießt bis in den Rücken.*

Befinde ich mich in einem Unwetter?, fragte sich die Treibende. Das Bild verblasste vor ihrem geistigen Auge, und es wurde wieder dunkel. Erst jetzt fiel ihr überhaupt auf, dass sie nichts sehen konnte, und gleichzeitig wurde ihr bewusst, dass sie etwas dagegen zu tun vermochte. Sie musste nur … musste nur …

Der Gedanke entglitt ihr. Irgendwie hatte sie das Gefühl, ihr Geist sei in Watte eingeschlagen. Worte und Bilder kamen und gingen, erlangten einen Moment lang Bedeutung, nur um im nächsten so rasch wieder zu versickern wie Wasser, das man auf trockenen Sand gießt. Sie sah ein Gesicht vor sich, halb im Schatten verborgen. Kreisrunde, lidlose Augen mit Augäpfeln so schwarz wie polierter Onyx starrten sie an. Die Erinnerung an einen süßlichen Geruch drang ihr in die Nase. Dann plötzlich ein Gefühl von Beklemmung. *Ich möchte mich bewegen, aber ich kann es nicht! Meine Beine, meine Arme, mein Körper gehorchen mir nicht.*

Erneut blickten die dunkel glänzenden Augen sie an, tot und Tod bringend zugleich. Eine Reflexion, wie von abrupt aufflackerndem Licht, das sich auf Metall widerspiegelt, huschte über sie hinweg. Im nächsten Moment verkrampfte sich etwas in ihrer Brust in Erinnerung an einen unvermittelten, furchtbaren Schmerz. Panik überfiel sie, und obwohl auch diese – wie alles andere – wieder nachließ, einer Welle gleich zurückwich, die über einen flachen Strand leckt, blieb ein winziger, heiß glühender Kern dieser Todesangst in ihrer Brust bestehen, ein Fremdkörper, an dessen Brennen sich ihr flüchtiger Verstand festzuhalten vermochte.

Wo bin ich? Was ist passiert?

Zum ersten Mal überhaupt stellte sie sich diese Fragen. Und eine weitere Frage drängte sich, eigenartig verspätet, in ihren Geist: *Müsste ich nicht tot sein?* Wieso sollte sie tot sein? Wie kam sie auf diesen Gedanken? Sie versuchte, sich zu konzentrieren, versuchte, die Worte und Bilder in ihrem Kopf festzuhalten und zu etwas zusammenzusetzen, dem sie eine Bedeutung zumessen konnte, das ihr zu erklären vermochte, was vorgefallen war. Sie sah ein schönes Haus unweit eines großen Parks – *Hyde Park*, blitzte es in ihrem Verstand auf. Dann war da auf einmal ein Zimmer mit geblümter Tapete und einem großen Himmelbett, das offensichtlich einer jungen Dame – *mir?* – gehörte. Und unerwartet hing ein Name vor ihr in der Dunkelheit ihres Bewusstseins: *Elisabeth …*

Elisabeth Holbrook …

Sie betrachtete den Gedanken von allen Seiten wie eine besonders exotische Zierpflanze. Dabei konnte sie sich des nagenden

Gefühls nicht erwehren, dass ihr der Name etwas sagen müsste. Mit einer Mischung aus Scheu und Neugierde streckte sie im Geist die Hand danach aus und packte ihn, verleibte ihn sich ein. Und in diesem Augenblick begriff sie: *Das bin ich!*

Die Erkenntnis traf sie wie ein Stein, der in einen stillen, spiegelglatten See geworfen wird und diesen in Unruhe versetzt. Die ringförmig sich ausbreitenden Wellen, die dieser metaphorische Stein in ihr auslöste, trieben weitere Bilder vom finsteren Grund ihres Bewusstseins an die Oberfläche. Eindrücke aus ihrem Leben in London gaukelten vor ihrem inneren Auge vorbei. Sie erinnerte sich an die unbeschwerten Tage, die sie mit ihrer Freundin Sarah Harker verbracht hatte. Die spannenden Besuche in der Redaktion des *Strand Magazine* kamen ihr in den Sinn. Und plötzlich sah sie einen jungen Mann vor sich: dunkelhaarig, mit intelligenten Augen und voll höflicher Zurückhaltung. *Jonathan …*

Ein Gefühl von Wärme breitete sich in ihrem Bauch aus. Sie erinnerte sich an einen scheuen Händedruck, einen zärtlichen Blick. Etwas Gutes war zwischen ihnen gewesen – oder hätte es zumindest sein können. Doch weitere Erinnerungen schoben sich in ihr Bewusstsein und trübten das Bild Jonathans: *eine wüste Prügelei vor den Augen zahlloser Gäste des Savoy Hotels; ein hektisch abgefasster Brief, der mehr Fragen aufwarf als Antworten bot, Gerüchte von Jonathans Entlassung beim* Strand Magazine *und einem Streit mit seinem Freund Robert …* Das Bild des jungen Mannes wurde grauer und grauer, und ein seltsames Flirren legte sich davor, so als stünde er hinter einem Vorhang aus Regen. Gleichzeitig wurde die Wärme in Elisabeths Bauch immer stärker, nahm eine Note von Wut und Enttäuschung an.

Und plötzlich verdeckte das Gesicht eines anderen Mannes die Gestalt Jonathans. Wirkte Jonathan auf einmal unerreichbar fern, war dieser Mann ihr viel zu nah. Unter einer breiten Hutkrempe starrten sie die Augen aus Onyx an … Nein, es waren die dunklen Gläser einer getönten Sonnenbrille, und die untere

Hälfte des Gesichts verbarg sich hinter einem steifen Mantelkragen. Eine behandschuhte Hand erschien vor ihren Augen, und eine schwarze Klinge glänzte darin, vom unruhigen Flackern einer vielfarbigen Lichtquelle erhellt.

Angst schnürte Elisabeth die Kehle zu. Zorn und Furcht brannten in ihren Eingeweiden. *Jonathan, hilf mir!*, schrie sie lautlos. Doch Jonathan war nicht mehr bei ihr. Eine Unendlichkeit trennte sie beide. Er blickte sie an und hob danach eine Hand, um etwas zu betrachten, das darin lag. Erneut richtete er den Blick auf sie. Seine Miene wirkte kalt, fahl und grau.

Dann wandte er sich von ihr ab …

Jonathan!!!

… und der Vermummte rammte ihr die schwarze Klinge in den Bauch, ließ die Hitze darin schmerzhaft explodieren. Elisabeth spürte ihr helles Kleid nass und schwer vom Blut werden, spürte, wie rasende Angst ihren Geist übermannte, die Angst vor dem Tod …

Keuchend, so als erwache sie aus einem Albtraum, riss sie die Augen auf.

Aber sie war nicht *aus* einem Albtraum erwacht. Sie war *in* einem Albtraum erwacht.

Vor ihr klaffte der Abgrund zum Inferno. Sie schien hoch oben in der Luft zu schweben. Blassgelbe Dunstschleier umwehten sie, glitzernd und knisternd wie von tausend elektrischen Funken durchsetzt. Irgendwo hinter ihr rollte Donner durch einen endlosen Raum. Wetterleuchten erhellte das düster vielfarbige Zwielicht, das um sie herum herrschte. Tief unter ihr aber, Hunderte von Schritt lotrecht abwärts, starrte sie das riesige Auge eines gigantischen Wirbelsturms an. Schwarzgraue Wolken, von glutroten und dumpfvioletten Strömen durchzogen, ballten sich in widernatürlicher Geschwindigkeit zusammen und zogen dabei in weiten Kreisen um ein trichterförmiges Zentrum, zwischen dessen mahlstromartigen Wolkenwänden gewaltige Blitze hin und her zuckten.

Elisabeth schrie auf und warf sich herum, als könne sie den furchtbaren Sturz in den Abgrund auf diese Art abwenden. Ihr Blickwinkel verschob sich auf Übelkeit erregende Weise, denn auf einmal war es ihr, als schaue sie aus der Tiefe zu etwas hinauf, das an eine am Himmel hängende, brodelnde Wasseroberfläche erinnerte, durch die schimmernde blaue Lichtblasen aufstiegen. Erneut krachte irgendwo Donner, und mit dem grollenden Nachhall erzitterte die Energiewand über ihr wie eine zart gespannte Haut im Wind. Gleich darauf explodierte die Wand unvermittelt, und ein Schauer aus Sternensplittern breitete sich in alle Richtungen aus, zerfetzte Wolkenberge, raste auf Elisabeth zu. Wieder schrie sie auf und riss instinktiv die Arme vors Gesicht. Ein Tosen, wie eine Feuerwalze, hüllte ihren Leib ein und zerrte schmerzhaft an all ihren Gliedern. Doch schon einen Herzschlag später hatte sie es überstanden. Sie nahm die Hände vom Gesicht und gewahrte dabei zum ersten Mal bewusst, dass sie tatsächlich noch so etwas wie einen Körper besaß. Aber irgendetwas stimmte damit nicht …

Die Haut ihrer Hände und Unterarme, die unter den zerfetzten Ärmeln ihres Kleides zu sehen waren, war leichengrau. Schwarze Adern zogen sich über ihre Handrücken und die Innenseiten ihrer Handgelenke. Ihre Fingernägel ähnelten verhornten Klauen. Und zahlreiche Wunden, in denen bläulich glühende Splitter steckten, klafften in ihrem Fleisch.

Elisabeths Augen weiteten sich voller Entsetzen, und ihr Herz schlug schneller, als sie den Kopf hob oder senkte – ganz sicher war sie sich da nicht mehr –, um den Rest ihres Körpers zu betrachten. Das Bild war das gleiche. Ihr helles Kleid hing in Fetzen von ihrem Leib. Überall, wo Haut durch das Unterkleid hindurchblitzte, war diese von faulig-blassem Grau, und an den Stellen, wo sie von den messerscharfen Kristallsplittern getroffen worden war, lief schwarzes Blut in Rinnsalen an ihr hinunter. An den Oberschenkeln und Oberarmen glaubte sie etwas Hartes zu spüren, und als sie mit zunehmender Panik ihre Klauen in den

Stoff grub und ihn fortriss, sah sie dick verhornte Stellen, die sich wie schorfig verkrustete Wucherungen an den Außenseiten ihrer Beine und den Oberarmen entlang bis zum Rücken zogen.

Erst in diesem Moment wurde ihr der Schatten auf ihrem Rücken richtig bewusst, den sie bislang bloß aus den Augenwinkeln wahrgenommen hatte, ohne ihm in all dem Chaos aus Licht und elementarem Toben weitere Beachtung zu schenken. Elisabeth drehte den Hals und schaute über die Schulter. Unter den weißen Fetzen ihres Kleides verbarg sich ein Fremdkörper, etwas Großes, etwas …

Zitternd zwang sie sich, nach hinten zu greifen, und krallte die Klauenfinger in den Stoff. Ächzend zog und zerrte sie daran, riss weiße Fetzen beiseite, spürte etwas Festeres darunter und versuchte, es zu fassen zu bekommen. Ihre Miene verzerrte sich vor Anstrengung. Und unvermittelt öffneten sich mit einem dumpfen Schlag die weiten, nachtschwarzen Schwingen auf ihrem Rücken, breiteten sich zur Linken und zur Rechten riesenhaft neben ihr aus und blähten sich in den ewigen Winden des Infernos!

Elisabeths dritter Schrei war der lauteste von allen, ein furienhaftes Kreischen des Entsetzens, der Angst und des Zorns, das durch die endlosen Weiten der Sphäre der Magie hallte.

KAPITEL 27:
UNSICHERE ALLIANZEN

»Duchess of York erfreut sich bester Gesundheit. Eine Meldung der Press Association, dass die Ehefrau des zukünftigen Thronfolgers um drei Uhr in den Morgenstunden in Sandringham House bei der Geburt ihres jüngsten Sohnes ums Leben gekommen sei, hat sich als falsch herausgestellt. Das Gerücht war im Zuge des Todes der Duchess of Bedford aufgekommen und wurde mittlerweile durch eine offizielle Stellungnahme dementiert. Der Duchess of York und auch ihrem Sohn gehe es gut, heißt es darin.«

– London Times, 24. April 1897

24. April 1897, 13:02 Uhr GMT
Atlantik, etwa 450 Seemeilen südwestlich von England

Über dem Atlantik lag ein freundlicher Aprilnachmittag. Kaum ein Lüftchen regte sich, und das Meer funkelte im Schein der strahlenden Sonne.

Im Salon des Luftschiffes *Gladius Dei* herrschte ein deutlich kühleres Klima, und das hatte nichts mit der tatsächlichen Raumtemperatur zu tun. Lionida Diodato stand an der Fensterfront des Raums und hatte die Hände vor dem Körper gefaltet. Ihr Blick, der durch die gelb getönten Gläser ihrer Brille fiel, ruhte auf der Gruppe Männer, die sich in der Mitte des Salons mit grimmigen Mienen gegenüberstanden.

Auf der einen Seite war da Hauptmann Friedrich Wilhelm von Stein, der Kommandant der *Gladius Dei*. Die blaue Uniform mit dem roten Kragen und den goldenen Knöpfen wirkte so steif, als würde sie auch ohne den Mann, der in ihr steckte, aufrecht stehen. Von Steins Rechte lag auf dem Knauf seines Offizierssäbels, mit der Linken zwirbelte er seinen prachtvollen Schnauzbart. Flankiert wurde er von zwei deutschen Soldaten, deren Hände in der Nähe ihrer Revolver schwebten, wenngleich sie sie noch nicht gezogen hatten. Ein Stück hinter ihnen stand Emilio Scarcatore, Lionidas Begleiter. Der Wissenschaftler zwinkerte nervös.

Den Männern gegenüber befand sich ein höchst ungewöhnliches Trio: ein kultiviert, wenn auch heruntergekommen wirkender Gentleman in braunem Tweed, der einen schmutzigen Invernessmantel übergeworfen hatte, ein grimmig dreinschauender Bursche in einem langen Kutschermantel und mit Schiebermütze auf dem Kopf, dessen behaarte Unterschenkel in klobigen Hufen endeten, sowie eine kleine, silbergrau getigerte Katze, deren durchscheinender, schimmernder Körper etwas eindeutig Geisterhaftes an sich hatte.

Während die Männer von Stein wachsam anstarrten, saß die Katze seelenruhig auf dem Boden des Salons und sah sich um. Man konnte das Gefühl bekommen, das ganze Geschehen kümmere sie überhaupt nicht. Doch als der Blick ihrer grünen Augen Lionida beiläufig streifte, spürte die Magieragentin, wie sich ihre Nackenhärchen aufstellten. Dieses Tier wusste durchaus, was um es herum vorging, und beobachtete sie alle sehr genau!

»Meine Herren, ich denke, Sie schulden uns eine Erklärung dafür, warum Sie hier draußen mitten auf dem Meer in einem Ruderboot treiben«, beendete der deutsche Offizier das angespannte Schweigen. Er sprach Englisch, denn ihre Gäste stammten – zumindest ihrer Kleidung nach – von den Britischen Inseln. Sein Akzent allerdings war ebenso wenig zu überhören wie der befehlende Unterton in seiner Stimme.

Vielleicht hätte ich das Gespräch führen sollen, dachte Lionida. *Diplomatie scheint nicht von Steins Stärke zu sein.* Andererseits blieb ihr immer noch die Möglichkeit, als beschwichtigendes Element einzugreifen, sollte sich die Lage weiter verschärfen.

Der satyrartige Mann im Kutschermantel runzelte die Stirn. »Warum erklären *Sie* uns nicht erst mal, was Sie hier draußen mit diesem Ungetüm von einem Flugapparat treiben?«, knurrte er feindselig.

Von Stein holte scharf Luft und drückte die Brust heraus. »Sie könnten ein wenig mehr Dankbarkeit zeigen. Wären wir nicht gewesen, wären Sie so weit draußen auf dem Ozean sicher verdurstet!«

Es schien, als wolle der Satyr eine weitere grimmige Antwort geben, doch sein Begleiter legte ihm eine Hand auf die Schulter. »So sehr es mich schmerzt, es zugeben zu müssen, aber ganz unrecht hat er nicht, Randolph. Lassen Sie mich mal.« Der Träger des Invernessmantels setzte ein Lächeln auf, das ein wenig so aussah, als habe er in eine Zitrone gebissen. Dann wandte er sich Lionida zu, entweder aus Höflichkeit oder weil er den Verdacht hegte, dass der bellende Deutsche nur der Kampfhund an der Leine irgendeiner Kraft im Hintergrund war.

»Mein Name ist Moriarty, Arthur Moriarty, freischaffender Magier und Helfer in allen Lebenslagen«, stellte er sich vor und deutete eine Verbeugung an. »Ich würde Ihnen meine Karte reichen, aber ich fürchte, ich habe im Augenblick keine bei mir. Und Sie sind …?« Er blickte Lionida erwartungsvoll an.

Also schön, dachte sie. *Er hat einen Teil seines Blattes gezeigt, erweisen wir ihm den gleichen Gefallen.* »Ich bin Francesca Buitoni und …« Sie verspürte ein kaum merkliches Zupfen in ihrem Geist. Ihre Miene blieb freundlich, aber ihr Tonfall wurde etwas kühler. »… ich rate Ihnen, aus meinem Kopf zu verschwinden, wenn Sie nicht möchten, dass ich Sie und Ihre Begleiter aus der Ausstiegsluke der *Gladius Dei* werfen lasse.«

»Ich bitte um Vergebung.« Moriarty senkte leicht den Kopf. Er machte einen angemessen schuldbewussten Eindruck, aber Lionida war das kurze Aufblitzen in seinen Augen nicht entgangen. *Es war ein Test*, durchfuhr es sie. *Er wollte wissen, ob ich sein Eindringen bemerke, um meine Kräfte besser einschätzen zu können. Dieser Mister Moriarty ist ein schlauer Fuchs.* Innerlich lächelte sie. Diese Begegnung versprach noch interessant zu werden.

»Sie sind also ein Magier«, drängte sich von Stein wieder ins Gespräch zurück. Dem Hauptmann gefiel es offensichtlich gar nicht, derart übergangen zu werden.

»Das sagte ich schon«, bestätigte Moriarty. »Da dieser Flugapparat von Ihnen umfangreiche – und ich möchte hinzufügen: höchst staunenswerte – Fadenmanipulationen aufweist, hielt ich es für unbedenklich, diesbezüglich offen zu Ihnen zu sein.«

»Und was ist mit Ihren Begleitern?«

Moriarty neigte den Kopf. »Wenn ich vorstellen darf: Moran, meine Katze, und Mister Brown, der, ganz ungeachtet seines Äußeren, nicht mit irgendwelchen griechischen Naturgeistern verwechselt werden möchte. Ein bedauerlicher magischer Unfall sorgte für sein etwas ungewöhnliches Erscheinungsbild – doch im Herzen ist er durch und durch ein Londoner Mann von der Straße.«

»Erzählen Sie denen doch gleich meine ganze Lebensgeschichte«, knurrte sein Begleiter.

»Wir wollen mal nichts überstürzen«, erwiderte Moriarty, der offenbar immer das letzte Wort haben musste. »Noch wissen wir nicht, ob diese Gentlemen Freund oder Feind sind.«

Lionida entging nicht, dass er sie in diese Frage nicht mit einbezog. Da sie nicht annahm, dass er sie beleidigen wollte, indem er sie einem Mann gleichsetzte, hatte er sich allem Anschein nach sein Urteil über sie bereits gebildet.

»Bevor wir uns dieser Frage widmen, sollten wir vielleicht zumindest der Höflichkeit Genüge tun und die Vorstellungsrunde beenden«, sagte Lionida. »Hauptmann von Stein kennen Sie bereits. Und dies hier ist Signore Emilio Scarcatore. Er begleitet mich auf dieser Reise.« Sie deutete auf den Wissenschaftler des *Officium contra Magiae*, der daraufhin grüßend nickte.

Morans Nackenhaare sträubten sich, und der Schwanz der geisterhaften Katze peitschte unruhig hin und her. Moriartys Augen verengten sich leicht, als er Scarcatores Nicken erwiderte. *Sie spüren, dass irgendetwas mit ihm nicht stimmt*, erkannte Lionida. Normalerweise gab sich ihr Begleiter große Mühe zu verheimlichen, dass er ein Deflector war. Doch ganz war es ihm offenbar nicht gelungen, seine besondere Beziehung zur Magie vor dem prüfenden Auge von Moriarty und Moran zu verbergen. *Ihnen entgeht nicht viel, Mister Moriarty, nicht wahr? Aber meine Geheimnisse werde ich schon zu hüten wissen.*

»Um zu Ihrer Frage zurückzukehren, ob wir Ihre Freunde oder Feinde sind …« Die Magieragentin vollführte eine vage Geste mit der rechten Hand, um die Aufmerksamkeit ihrer Gäste abzulenken, während sie, in der Absicht, selbst ein wenig zu spionieren, in die Wahrsicht überwechselte. »Das hängt nicht unwesentlich davon ab, in wessen Diensten Sie stehen und welche Pläne Sie hier draußen verfolgen.«

Wie ein Vorhang glitt die Wirklichkeit beiseite und enthüllte das gelblich glitzernde Fadenchaos, das dahinter vor den Blicken normaler Menschen verborgen lag. Funkelnd zogen sich die Fäden kreuz und quer durch den Salon des Luftschiffs, wobei sie die anwesenden Personen in ein dichtes Geflecht aus Verbindungen hüllten. Lionida richtete ihre Aufmerksamkeit auf Moriarty. Es überraschte sie kaum, dass dessen Fadenaura von geradezu nichtssagenden Willkürbewegungen geprägt war. Der Magier schützte sich vor einer Überprüfung in der Wahrsicht. Sie würde sich also bei der Frage, ob er sie belog oder die Wahrheit sprach, auf ihr Gefühl verlassen müssen.

Moriarty räusperte sich. »In wessen Diensten wir stehen, lässt sich dieser Tage nicht mehr so leicht beantworten wie früher. Einst gehörte ich dem Orden des Silbernen Kreises an, doch das ist schon seit einiger Zeit nicht mehr der Fall. Darüber hinaus besteht auch der Orden nicht mehr in der Art, wie man ihn kannte.«

Die Nennung des britischen Magierzirkels ließ Lionida aufhorchen. In ihrem Kopf begannen Mosaiksteinchen an ihren Platz zu fallen und ein Bild zu ergeben. *Seit gestern Abend sind wir auf dem Weg zu den Koordinaten, wo sich laut Emma die Wahre Quelle der Magie befinden soll. Dabei folgen wir in etwa der Route, die auch der Wahnsinnige Wellington mit seinem zum Leben erwachten Tauchboot genommen haben dürfte. Nun fischen wir zwei Magier aus dem Meer, die dem* Order of the Silver Circle *angehören – oder angehört haben. Könnte es sich um entflohene Gefangene handeln? Dass es zum Kampf zwischen den Anhängern des Ersten Lordmagiers Albert Dunholm und den Getreuen von Victor Mordred Wellington kam, wissen wir ja mittlerweile. Wenn dem so wäre, hätten wir wohl einen gemeinsamen Widersacher.*

Lionida beschloss, dieser Frage auf den Grund zu gehen und sich dafür etwas weiter aus dem Fenster zu lehnen. Sie riskierte nichts, indem sie gewisse Dinge preisgab. Sollten sich die beiden Männer und die Katze als Feinde herausstellen, konnte man sich ihrer immer noch entledigen. Scarcatore würde dabei sicher höchst nützlich sein. Sie trat einen Schritt näher und neigte leicht den Kopf. »Lassen Sie uns dieses Gespräch abkürzen, Mister Moriarty. Wir wissen, dass es zu einer Spaltung des Ordens kam. Uns ist weiterhin bekannt, dass Lordmagier Wellington die Kontrolle an sich gerissen hat. Darüber hinaus ist es ihm gelungen, eine Magiequelle von gefährlicher Stärke aus dem Meer zu heben. Man nennt sie die Wahre Quelle der Magie. Sagt Ihnen das etwas?«

Moriarty und Brown wechselten einen raschen Blick. An Moriartys Aura war nichts abzulesen, aber sein Begleiter strahlte eindeutig Besorgnis aus. Lionida verspürte einen Anflug von Triumph. *Du magst stark in der Magie sein, mein grobschlächtiger Freund – vielleicht sogar stärker als ich. Aber es fehlt dir an Selbstbeherrschung. Moriarty mag mich täuschen können, aber du nicht.* Dieser Umstand ließ sich später möglicherweise noch ausnutzen.

»Die Signora hat Sie etwas gefragt«, schnarrte von Stein, als sich das Schweigen der aus dem Meer gefischten Männer in die Länge zog.

Moriarty würdigte den deutschen Offizier keines Blickes, sondern wandte sich weiterhin direkt an Lionida: »Nun, da Sie so offen zu uns sind, möchte ich nicht weniger offen zu Ihnen sein. Es drängt sich mir der Verdacht auf, dass uns mit Wellington ein Mann gegenübersteht, den wir beide entmachtet sehen wollen. Sie haben recht mit allem, was Sie sagten: Es gab einen Umsturz innerhalb des Ordens. Die Anhänger des früheren Ersten Lordmagiers Albert Dunholm wurden von Wellingtons Bewegung des Neuen Morgen getötet oder gefangen genommen. Wir gehörten zu diesen Gefangenen, die – so nehme ich angesichts unseres gegenwärtigen Aufenthaltsortes an – zur Wahren Quelle gebracht werden sollten. Uns gelang die Flucht, die zugegebenermaßen hier draußen ein unrühmliches Ende gefunden hätte, wenn Sie nicht aufgetaucht wären. Dafür bin ich Ihnen dankbar, ganz gleich, welchen Zwist wir noch haben mögen.«

Ein dünnes Lächeln umspielte Lionidas Mundwinkel. »Von mir aus müssen wir gar keinen Zwist haben, Mister Moriarty. Wenn Sie vernünftig sind, werden Sie uns als angenehme Gastgeber kennenlernen, nicht wahr, Hauptmann von Stein?« Sie blickte den Kapitän der *Gladius Dei* aufmunternd an.

Dieser nickte etwas gezwungen. »Wenn Sie es sagen, Signora.«

Lionida richtete ihre Aufmerksamkeit wieder auf Moriarty. »Also, was können Sie uns über die Wahre Quelle sagen?«

»So gut wie nichts«, gestand der Magier mit einem Schulterzucken. »Magiegeschichte war nie mein bevorzugtes Fach in der Zauberschule.« Er schenkte ihr ein süffisantes Grinsen.

Von Steins Augenbrauen zogen sich zusammen, und er räusperte sich warnend. Das Grinsen auf Moriartys Lippen verschwand. »Sie haben recht. Jetzt ist nicht der Zeitpunkt zum Scherzen. Was – ganz nebenbei bemerkt – in mir die Frage aufwirft, ob es für Sie Deutsche jemals einen richtigen Zeitpunkt zum Scherzen gibt.« Er hob eine Hand, bevor der Offizier darauf etwas erwidern konnte. »Ich weiß, ich weiß, ich schweife erneut ab. Der Wahren Quelle der Magie galt Ihr Interesse. Nun, man sagt, die Quelle sei vor Tausenden von Jahren versiegelt und im Ozean versenkt worden, um das Zeitalter, in welchem die Magie über die Erde herrschte, zu beenden. Der Absicht jener Altvorderen zufolge, die dafür verantwortlich waren, sollte die Quelle auf ewig verschlossen in der Tiefe des Meeres ruhen. Mir scheint allerdings, dass ihre Sicherungsmaßnahmen diesbezüglich alles andere als hinreichend waren. Schließlich ist es dem selbsternannten Ersten Lordmagier Wellington ohne übertriebene Mühe gelungen, den Standort der Quelle auszumachen, das Siegel zu brechen und sie einmal mehr aus den Fluten auftauchen zu lassen. Ob das nun einem erfreulichen oder einem grauenvollen Ereignis gleichkommt, daran scheiden sich die Geister.« Moriarty hob fragend eine Augenbraue. »Dürfte ich erfahren, welche Absichten Sie in Bezug auf die Quelle hegen? Sie nannten ihre Stärke ›gefährlich‹. Das weckt gewisse Hoffnungen in mir.«

»Unsere Absichten haben Sie nicht zu kümmern«, informierte von Stein den Briten, wie Lionida es erwartet hatte. Das Ironische daran war, dass der Deutsche höchstwahrscheinlich auch nicht wusste, was seine Passagiere von der Magieabwehr des Vatikans vorhatten. *Himmel, ich weiß ja selbst nicht, wie der Plan genau aussieht. Castafiori war diesbezüglich alles andere als mitteilsam*, dachte die Magieragentin. »Sie erfahren, was zu tun ist, wenn der richtige Zeitpunkt gekommen ist«, hatte der Leiter des *O. C. M.* gesagt. *Sehr hilfreich* … Wenn sie so darüber nachdachte, ließ dieser Satz eigentlich nur zwei Schlüsse zu: Entweder hatte Castafiori versiegelte Befehle an Bord deponieren lassen, oder

Scarcatore mit seinem geheimnisvollen Koffer, den er immer mit sich herumtrug, wusste mehr, als er bislang preisgegeben hatte. Dieser Frage würde sie sich demnächst ebenfalls widmen müssen.

Einstweilen widerstand sie der Versuchung, dem Gelehrten einen forschenden Blick zuzuwerfen. Stattdessen setzte sie eine versöhnliche Miene auf. »Mein lieber Mister Moriarty, ich möchte es ein wenig anders ausdrücken als der gute Hauptmann von Stein. Unsere *Pläne* werden wir Ihnen gegenwärtig sicher nicht enthüllen. Unsere *Absichten* hingegen sind den Ihren sehr ähnlich. Wir wollen wie Sie, dass Lordmagier Wellington und die Wahre Quelle nicht noch mehr Schaden anrichten als bereits geschehen. Das macht uns vielleicht nicht zu Freunden, aber zumindest zu Verbündeten in dieser Sache.«

Moriarty neigte in einer Geste der Zustimmung den Kopf. »Mehr wäre wohl zu viel verlangt, aber es ist eine Grundlage – eine Grundlage, auf der sich hoffentlich aufbauen lässt.«

Etwas in seinem Tonfall ließ Lionida überrascht aufmerken. Versuchte der Brite etwa, mit ihr zu flirten? Sie ließ die Wahrsicht fallen, um sich Moriarty noch einmal etwas genauer anzuschauen. An der Oberfläche wirkte er wie der typische Dandy, wenn auch gegenwärtig wie ein ziemlich heruntergekommener Dandy. Aber da war noch mehr … Sie ließ ein hintergründiges Lächeln ihre Lippen kräuseln, während sie auf ihn zutrat. Das Spiel zwischen Mann und Frau beherrschte sie genauso gut. »Wir werden sehen«, verkündete sie mit samtiger Stimme, während sie ihm über den schmalen Rand ihrer Brillengläser in die Augen blickte. Es waren Augen, die viel gesehen hatten. Dieser Mann war mehr als nur ein vergnügungssüchtiger Gentleman mit gewissem magischem Talent. Es mochte in der Tat lohnenswert sein, sich eingehender mit ihm zu beschäftigen. *Eine nette Abwechslung, nachdem es hier an Bord sonst keine Herausforderungen dieser Art gibt*, dachte sie.

»Das heißt, wir dürfen uns einstweilen als Ihre Gäste betrachten?«, fragte Holmes.

Lionida nickte, dann schaute sie zu von Stein hinüber. »Mit Ihrem Einverständnis, Hauptmann.«

Der deutsche Offizier legte die Arme auf den Rücken. »Wir werden Ihnen ein Quartier zuweisen. Sie werden sich entweder dort oder hier im Salon aufhalten, wo Sie die Mahlzeiten einnehmen dürfen. Die anderen Teile des Luftschiffs sind Ihnen verboten. Erwischt einer meiner Männer Sie beim Herumschnüffeln, lasse ich Sie in Ketten legen, das verspreche ich Ihnen. Das gilt auch für Ihr Haustier.«

»Keine Sorge«, meldete sich Brown zu Wort. »Ihr teures Luftschiff interessiert uns nicht im Geringsten.«

»Schön«, sagte Lionida. »Dann werden die Männer Sie jetzt zu Ihrem Quartier geleiten. Machen Sie sich frisch und ruhen Sie sich aus. Abendessen gibt es, wenn ich nicht irre, gegen sieben Uhr.« Zur Versicherung warf sie einen Blick zu von Stein, der ihr bestätigend zunickte.

»Äh, ich möchte nicht aufdringlich wirken, aber wäre es möglich, schon früher einen kleinen Happen zu bekommen?«, wandte Moriarty ein. »Wir mussten geraume Zeit auf den Genuss von Essen und einem guten Schluck verzichten.«

»Der Koch wird Ihnen etwas bringen«, brummte von Stein.

Der britische Magier deutete eine Verbeugung an. »Verbindlichsten Dank. Komm, Moran. Brown.« Flankiert von zwei der Soldaten verließen die beiden Männer und die Geisterkatze den Raum.

»Sie sind dieser Miss Buitoni ja ganz schön um den Rock gestrichen, Holmes«, stellte Randolph fest, nachdem sich die Tür zu ihrer kleinen, spartanisch eingerichteten Kabine geschlossen hatte. »Dieser gesteifte deutsche Hauptmann würde das sicher Verbrüderung mit dem Feind nennen.«

Er hat mich Haustier genannt, beschwerte sich Watson.

»Sieh es ihm nach«, sagte Holmes. »Er ist ein Deutscher. Was wissen die schon? Und Sie, Brown, seien Sie nicht albern. Ich habe lediglich versucht, eine missliche Lage für uns so angenehm wie möglich zu gestalten.« Er zog seine Jacke aus und hängte sie über die Lehne einer der zwei schlichten Stühle, die zusammen mit einem Stockbett, einem Tisch und einer Waschnische die ganze Einrichtung darstellten.

Randolph schnaubte. »Sie hingen an ihren Lippen! Diese Italienerin hätte auf sonstwelche Gedanken kommen können.«

»Das hoffe ich doch sehr, denn nur deshalb habe ich mich so verhalten«, sagte Holmes mit einem selbstzufriedenen Grinsen. »Ich wollte sie von dem ablenken, was wirklich geschah.«

»Was meinen Sie damit?«

Holmes setzte sich auf das schmale untere Bett und klopfte auf seine Oberschenkel. »Na, komm her, Watson. Was weißt du zu berichten?«

Die Geisterkatze spazierte gemessenen Schrittes auf ihn zu, sprang dann mit einem Satz auf die Bettdecke und von dort auf Holmes' Schoß.

»Augenblick mal … Watson?« Randolph hob verwirrt die Augenbrauen.

»In der Tat«, bestätigte Holmes und strich mit einer Hand behutsam an der Stelle durch die Luft, wo sich das entstofflichte Rückenfell seiner durchscheinenden Gefährtin befand. »Ich habe sie in Francescas Kopf etwas herumspionieren lassen. Sie heißt übrigens gar nicht Francesca Buitoni, sondern Lionida Diodato. Was für ein hübscher Name. Ich finde, er passt zu ihr, meinen Sie nicht auch?«

Randolph ging nicht auf die Frage ein. »Das heißt, Ihr eigener telepathischer Angriff war nur eine Finte?«, wollte er stattdessen wissen.

»Sehr gut erkannt, mein lieber Brown. Mein plumpes Anklopfen an die Pforten ihres Geistes sollte nur vertuschen, dass Watson gleichzeitig durch das metaphorische Fenster hineinschlüpfte. Ich nahm an, dass sie einer Katze nicht viel Aufmerksamkeit schenken würde, wenn ich sie stattdessen vollkommen in Beschlag nehmen würde. Offensichtlich lag ich damit nicht ganz falsch.« Er warf der Katze einen milde tadelnden Blick zu. »Auch wenn du durch deine allzu deutliche Abneigung gegenüber diesem Scarcatore beinahe alles ruiniert hättest«, sagte er und klopfte Watson leicht auf den Rücken.

Er ist ein gefährlicher Mann, meldete sich die Geisterkatze zu Wort. Randolph sah, dass sich ihre Krallen bei den Worten in den Stoff von Holmes' Hose gruben und ihr Schwanz zweimal nervös zuckte. *Die Magie selbst scheint ihn zu fürchten, denn dort, wo sogar bei gewöhnlichen Menschen ein leichter Glanz ist, herrscht bei ihm nur Dunkelheit. Halte ihn von mir fern. Er ist widernatürlich.*

Der letzte Satz klang ein wenig komisch, ausgesprochen von einer Katze, durch deren Körper man hindurchschauen konnte wie durch eine Luftspiegelung, aber Watson erweckte nicht den Eindruck, als sei sie zum Scherzen aufgelegt.

»Keine Angst, meine Liebe«, sagte Holmes. »Dieser Knabe wird dir keinen Ärger bereiten. Dafür sorge ich schon. Und wenn ich zum beliebten Allheilmittel unseres guten Mister Brown greifen muss.«

Randolph ballte die rechte Hand zur Faust und hob sie mit grimmigem Grinsen in die Höhe. »Hilft auch bei Magiern.«

»Was hast du noch herausgefunden, Watson?«, fragte Holmes.

Nicht viel. Die Gedanken der Frau konnte ich nicht verstehen.

Holmes verzog das Gesicht. »Natürlich. Sie wird auf Italienisch gedacht haben. Wie dumm von mir. Ich hätte es verstanden …«

Allerdings fand ich einige Bilder in ihrem Kopf. Sie kommt aus einer riesigen Stadt mit vielen Kirchen und Tempeln. In der Mitte fließt ein Fluss. Und sie dient einem grauhaarigen Mann, der wie ein Priester aussieht. Sie reiste mit einer Kutsche in die Berge. Dort war das Flugschiff versteckt. Ich glaube, sie ist die Anführerin hier, auch wenn der Mann mit dem Schnauzbart sich so wichtig gibt.

»Ja, in dieser Annahme stimme ich mit dir überein.« Holmes nickte bedächtig. Er warf Randolph einen Blick zu. »Vielleicht haben wir uns geirrt.«

»Wie meinen Sie das?«

»Das Flugschiff gehört gar nicht den Deutschen. Die Kreuze auf dem Rumpf hielt ich zuerst für Zeichen des Kaiserreichs. Aber schon der Name hätte mich stutzig machen sollen: *Gladius Dei* – das Schwert Gottes. Ich habe vielmehr das Gefühl, dass wir der vatikanischen Magieabwehr in die Hände gefallen sind.«

»Na großartig«, brummte Randolph. »Diese Hexenjäger mag ich ja besonders.«

»Nun, zumindest können wir davon ausgehen, dass der Papst nicht die Absicht hat, die Quelle für sich zu beanspruchen. Bei den Deutschen wäre das sicher anders gewesen. Ich glaube, dass dieses Schiff und seine Besatzung geschickt wurden, um die Wahre Quelle zu zerstören – wie auch immer sie das anstellen wollen.«

»Das heißt, diese Buitoni, die eigentlich Diodato heißt, hat zumindest in dem Punkt die Wahrheit gesagt: Wir ziehen am gleichen Strang.«

»Ja, so sieht es wohl aus.«

Randolph kam eine Angelegenheit in den Sinn, die schon eine Weile unterschwellig an ihm genagt hatte. »Sollen wir ihr von der Sache erzählen, die wir an Bord der *Nautilus* gesehen haben?«

Holmes schüttelte den Kopf. »Lernen wir unsere neuen Verbündeten erst einmal beim Abendessen ein bisschen besser kennen. Danach können wir sie immer noch warnen.« Ein Lächeln trat auf die Züge des Magiers. »Wenn ich es so bedenke, ist das Ganze doch eigentlich eine recht erfreuliche Entwicklung. Hätten wir die Franzosen überreden wollen, mit uns in den Kampf zu ziehen, hätten wir nicht nur viel Zeit verloren, sondern womöglich auch noch teuer dafür bezahlt. Nun bekommen wir die vielleicht stärksten Verbündeten, die man in Europa finden kann, praktisch frei Haus geliefert.«

»Wenn man davon absieht, dass es sich um religiöse Fanatiker handelt«, merkte Randolph an. Er musste zugeben, dass ihre Lage im Moment deutlich besser aussah als noch vor zwei Stunden.

Aber deswegen würde er keinesfalls die Hufe hochlegen und sich entspannen. Der Magieabwehr war nicht zu trauen. »Am Ende bekämpfen sie nicht nur die Quelle, sondern nutzen die Gunst des Augenblicks, um sich auch noch zweier britischer Magier zu entledigen und eine Katze zu exorzieren, die die Ordnung von Leben und Tod stört.«

Watson fauchte leise. *Dann sollten wir uns davor schützen.*

»Und wie genau?«, wollte Randolph wissen.

Indem wir von diesem Flugschiff fliehen oder uns zu unschätzbaren Verbündeten machen.

Der Kutscher lachte kurz auf. »Fliehen steht wohl außer Frage hier draußen auf dem Meer. Womit wir beim Verbünden wären, und damit hat Holmes ja schon nachdrücklich begonnen.« Er warf dem Magier einen spöttischen Blick zu. »Vielleicht sollten Sie diesen Kurs weiterverfolgen, so fragwürdig ich ihn auch finde. Es mag uns die Haut retten, wenn diese Diodato Ihrem unvergleichlichen Charme erliegt.«

»Ich werde mein Bestes geben«, versprach Holmes.

Lionidas Lippen verzogen sich zu einem süffisanten Lächeln. »Nun, Mister *Holmes*, darauf freue ich mich schon.« Sie reichte von Stein den trompetenförmigen Hörer zurück. »Ich danke Ihnen. Ich glaube nicht, dass wir im Moment noch auf weitere erhellende Dinge hoffen dürfen, aber hören Sie die drei ruhig weiter ab, wenn Sie möchten.«

»Das werden wir, Signora.« Von Stein winkte einem der Luftschiffer, die sich mit ihnen auf der Brücke befanden. »Übernehmen Sie.«

»Jawohl, Herr Hauptmann«, bestätigte der Mann auf Deutsch.

Während sich der Soldat an die Apparatur setzte, traten Lionida, von Stein und Scarcatore an den nahen Kartentisch.

»Gibt es eigentlich in jeder Kabine solch eine Abhörvorrichtung?«, fragte der Wissenschaftler. Auf seiner Miene lag ein gelindes Unbehagen.

»Beinahe in jeder«, sagte der Offizier mit einem Nicken. »Es handelt sich um die gewöhnliche Bordsprechanlage. Allerdings ist diese normalerweise so eingestellt, dass man die Gegenseite nur dann hören kann, wenn der Sprecher sie anschaltet. Im Fall der Kabine unserer Gäste war ich jedoch so frei, die Leitung durch einen der Bordtechniker öffnen zu lassen, während wir uns im Salon unterhalten haben. Ich dachte mir schon, dass wir mehr aus diesen Kerlen herausbekommen, wenn wir ihnen die Gelegenheit geben, sich unter vier Augen zu unterhalten.«

»Sechs Augen«, verbesserte Lionida. »Wir dürfen diese Katze nicht vergessen. Offensichtlich ist sie weit mehr als nur ein Haustier des Briten.« Es ärgerte sie, dass sie diesem Holmes in die geschickt gestellte Falle gegangen war. Zu ihrer Ehrenrettung konnte sie nur vorbringen, dass sie einen intelligenten Katzengeist wie Watson noch nie zuvor zu Gesicht bekommen hatte. Umso befriedigender war der Umstand, dass von Stein mithilfe der Technik der *Gladius Dei* für eine Art Ausgleich gesorgt hatte.

»Nun, jedenfalls wissen wir jetzt, dass diese drei ähnliche Ziele verfolgen wie wir«, sagte Scarcatore. »Somit stellen sie zumindest keine Gefahr für unsere Mission dar. Dennoch wüsste ich gerne, was sie vor uns verbergen.«

»Keine Sorge«, beruhigte Lionida ihn. »Das finde ich schon heraus. Wie lange brauchen wir noch bis zur Quelle, Hauptmann von Stein?«

Von Stein warf einen Blick auf die Instrumente und dann auf den Kartentisch. »Wenn die Koordinaten, die uns Miss Potts gegeben hat, korrekt sind, sollten wir die Insel in etwa vierzig Stunden erreichen. Ich gehe allerdings davon aus, dass wir das Wirken der Quelle schon lange vorher zu spüren bekommen.«

»Mit Sicherheit«, pflichtete die Magieragentin ihm bei. »Nichtsdestoweniger bleibt mir dann ja noch genug Zeit, mich um Mister Holmes zu kümmern.«

»Sie wollen auf seine Avancen eingehen?«, fragte der deutsche Offizier.

»Ja. Ich werde ihn mit einigen der Informationen füttern, nach denen er dürstet – und zugleich dafür sorgen, dass wir beste Freunde werden.« Sie lächelte selbstzufrieden. »Das sollte nicht schwer sein. Er ist schließlich auch nur ein Mann.« Sie warf einen Blick zum vorderen Fenster. Glitzerndes blaues Wasser erstreckte sich bis zum Horizont. In der Ferne zerfaserte die Dampfwolke eines winzigen Schiffes in der klaren Luft. Die Seeleute würden niemals erfahren, dass man sie von hoch oben beobachtet hatte. Das riesige Luftschiff hatte längst seinen Tarnkokon wieder aktiviert.

»Ich glaube, es ist gar nicht so übel, dass wir nun zwei weitere Magier, die nicht ganz unerfahren wirken, an unserer Seite haben«, fuhr Lionida nach kurzem Schweigen fort. »Wer weiß, was uns an der Wahren Quelle der Magie alles erwartet.«

Von Stein schnaubte belustigt. »Sie gedenken, sie als magisches Kanonenfutter zu verheizen, nachdem Sie ihnen zuvor ihre Geheimnisse entlockt haben?«

»Wenn es nötig ist, um unsere Aufgabe zu erfüllen«, erwiderte Lionida. »Natürlich müssen sie das Gefühl haben, ein heldenhaftes Opfer für die gute Sache zu bringen. Etwas Fingerspitzengefühl im Umgang mit Holmes und Brown ist also durchaus gefragt.«

»Und die Katze?«, fragte von Stein.

Die Magieragentin verzog das Gesicht. »Das wird etwas schwieriger werden, fürchte ich. Katzen lassen sich nicht leicht um den Finger wickeln.« Unwillkürlich musste sie an sich selbst denken. *Wir sind uns zu ähnlich, meine liebe Watson. Hoffen wir, dass dieses Schiff nicht zu klein für uns beide ist …* Sie straffte sich. »Wenn Sie mich jetzt entschuldigen würden, meine Herren. Ich werde der guten Miss Potts mal einen Besuch in ihrer Kabine abstatten – um sie über unsere Gäste zu informieren und sie ein wenig über diese auszufragen.«

»Halten Sie das für eine kluge Vorgehensweise?«, wandte von Stein ein. »Miss Potts ist Britin wie Holmes und Brown auch. Sie könnte Ihre Täuschung sabotieren, indem sie Holmes warnt.«

Lionida legte ihm beruhigend die Hand auf den Arm. »Emma Potts dient dem Heiligen Stuhl. Darüber hinaus sehnt sie sich in diesen Tagen nach Führung und nach dem verständnisvollen Ohr einer Freundin. Ich biete ihr beides. Sie wird mich nicht verraten. Zumal ich gar nicht beabsichtige, sie in alles einzuweihen, was ich vorhabe.«

»Verstanden«, sagte von Stein. »Ich lasse Sie wissen, wenn sich irgendetwas ereignet, das Ihrer Aufmerksamkeit bedarf. Ansonsten sehen wir uns beim Abendessen.«

25. April 1897, 16:46 Uhr GMT
England, Anvil Point, etwa zehn Meilen südwestlich von Bournemouth

Der Himmel über der Südküste von England hatte sich zugezogen. Dichte Wolken und ein frischer Wind kündeten von kühlerem Wetter. Das Meer am Fuße der hohen weißen Klippen von Anvil Point war von einem stumpfen Grau und erinnerte an flüssiges Gestein. Kleine, helle Gischtkämme zeigten sich auf den Wellen.

Jonathan stand am Rand der Abbruchkante und unterdrückte ein Frösteln, während er über das Meer hinaus in die Ferne schaute. Ein paar Schritte weiter ging sein Freund Robert ruhelos auf und ab. Er wirkte etwas kränklich, was vermutlich auf die Geschehnisse der letzten Nacht zurückzuführen war. Doch auf ein Nachfragen Jonathans hatte er behauptet, es ginge ihm gut, und es war nicht Jonathans Art, einen Freund zu bedrängen. Hinter den beiden Männern saß Kendra auf einem Stein und brütete vor sich hin. Sie alle warteten auf ein Schiff, von dem sie nicht wussten, ob es jemals kommen würde.

Jonathans Rechte lag auf Ruperts ledrigem Rücken, und seine Finger kraulten geistesabwesend den Kopf des ausgestopften und magisch wiederbelebten Minialligators, der aus der Stofftasche herauslugte, die über Jonathans Schulter hing. Noch vor zwei Tagen hätte er sich nicht getraut, dem beißfreudigen Reptil mit der Hand zu nahe zu kommen. Doch in erstaunlich kurzer Zeit hatte sich das magische Tier an ihn gewöhnt – und er sich auch irgendwie an Rupert.

Giles McKellen hatte es Jonathan prophezeit: *Er hat Ihr Hosenbein abgebissen, Sie haben ihn gegen die Wand geworfen. So etwas verbindet.* Er hatte recht behalten. Jonathan hoffte, dass der alte Magier auch mit all den anderen Dingen, die er gesagt hatte, recht behalten würde – etwa damit, dass er, Jonathan, die beste Wahl war, um das Quellschloss zur Wahren Quelle der Magie zu bringen.

Gegenwärtig schwebte die gleißende Kugel im Inneren des unscheinbaren Lederkoffers, der an Kendras Seite stand. Kendras Großvater hatte behauptet, man müsse die Kugel nur in die Quelle hineinwerfen, und die Magie würde den Rest erledigen. Aus irgendeinem Grund glaubte Jonathan nicht, dass es so einfach werden würde.

Nichtsdestoweniger verspürte er eine grimmige Entschlossenheit, seine Aufgabe zu erfüllen, um dem Wahnsinnigen Wellington Einhalt zu gebieten. Jonathan war sich nicht ganz sicher, ob dieses Gefühl allein von ihm herrührte oder ob die mental geballte Faust den Überresten des Bewusstseins von Angus Drummond geschuldet war, der vor der Spaltung des Ordens des Silbernen Kreises den Posten des Leiters der Magieabwehr innegehabt hatte. Der hünenhafte Schotte war ein wilder, unbeugsamer Kämpfer gewesen, und seit Holmes das Wissen und das magische Talent des durch das Monstrum Hyde-White tödlich verletzten Drummonds auf Jonathan übertragen hatte, wurde dieser nicht nur gelegentlich von Erinnerungen heimgesucht, die nicht seine eigenen waren, sondern erlebte auch Anfälle von Zorn und – wie gegenwärtig – Beherztheit, die besser zu seinem Freund Robert als zu ihm gepasst hätten. *Aber verstehen Sie mich nicht falsch, Mister Drummond*, dachte er. *Ich bin Ihnen dennoch dankbar für alles, was Sie mir gegeben haben.*

Neben ihm warf Robert theatralisch die Arme in die Höhe. »Wann trifft dieses Schiff endlich ein? Wir warten nun schon seit Stunden.« Er blickte zu Jonathan hinüber. »So wildromantisch schön dieser Ort für ein Picknick an einem sonnigen Sonntag sein mag, langsam werde ich seiner überdrüssig! Und nur der Himmel weiß, wie lange es dauern wird, bis dort draußen jemand auf unseren Ruf antwortet. Stehen wir noch eine weitere Stunde hier herum, einen Tag oder eine Woche?« Fragend hoben sich seine Brauen.

Jonathan drehte sich zu Kendra um und gab die Frage seines Freundes stumm weiter. Die rothaarige junge Frau zuckte mit den Schultern. »Ich weiß es nicht. Großvater hat mir nicht eben viel über das erzählt, was geschehen wird, wenn wir in das Horn blasen.«

Mit zusammengepressten Lippen nahm Jonathan die Worte zur Kenntnis. Genau genommen hatte Giles McKellen sie in vielerlei Hinsicht sträflich unvorbereitet in dieses Abenteuer geschickt. Er hatte sie von London nach Stonehenge geschleppt, ohne ihnen zu verraten, was dort passieren würde. Vor Ort hatte er Jonathan zwar eröffnet, dass er einer geheimen Gruppe von Quellwächtern angehörte, die überall rund um den Erdball verstreut lebten, und dass er von ihm erwarte, die durch den Tod von Albert Dunholm entstandene Lücke in ihrem Kreis einstweilen zu füllen. Dann jedoch hatte er sich im Verlauf des Rituals zur Erschaffung des Quellschlosses geopfert und Jonathan mit dieser neuen Bürde allein gelassen. Von Kendra hatte er sich nicht einmal richtig verabschiedet. Allein sein Notizbuch war ihr geblieben, das – so hatte er gesagt – alles enthalte, was sie wissen müsse, um sein Erbe anzutreten. Kendra hatte in den letzten Stunden viel darin gelesen. *Aber entweder hat sie die Stelle, an der die Wirkungsweise des Horns genauer beschrieben wird, noch nicht erreicht, oder es gibt sie nicht*, ging es Jonathan durch den Sinn.

»Vielleicht sollten wir ein weiteres Mal in dieses Ding blasen«, schlug Robert vor. »Nur so zur Sicherheit. Es könnte doch sein, dass uns der Kapitän des ominösen Schiffes nicht gehört hat.«

Zögernd holte Kendra das runenverzierte Messinginstrument aus ihrer Tasche und drehte es zwischen den Händen. »Ich weiß nicht«, sagte sie. »Wenn mir Großvater etwas beigebracht hat, dann, dass man im Umgang mit der Magie Vorsicht walten lassen muss. Das gilt sicher auch für magische Artefakte.«

»Was soll denn schon passieren, wenn man zweimal in ein Horn stößt?« Ein schiefes Grinsen erschien auf Roberts Gesicht. »Vielleicht tauchen ja zwei Schiffe auf. Das wäre in unserem Fall gar nicht das Schlechteste. Dann haben wir etwas Auswahl in Bezug auf unser Transportmittel.«

Jonathan wandte sich von den beiden ab und richtete seine Aufmerksamkeit zurück aufs Meer. Er bezweifelte, dass es irgendeinen Schaden anrichten würde, wenn sie dem Instrument, das Giles McKellen seiner Enkelin vorgestern Nacht in einem Gasthaus in Sunningdale westlich von London vermacht hatte, erneut jenen hellen, klaren Ton entlockten, mit dem sie bereits heute früh auf dem Rand der Klippen stehend den neuen Tag begrüßt hatten. Andererseits war er sich auch ziemlich sicher, dass es nichts bringen würde.

Unvermittelt runzelte Jonathan die Stirn. Erst jetzt fiel ihm auf, dass sich die Sicht auf See verschlechtert hatte. Dichter Nebel näherte sich von Süden her der Küste. Und obwohl Seenebel in dieser Gegend nichts Ungewöhnliches war, breitete sich ein mulmiges Gefühl in Jonathans Magengegend aus, als er in das undurchdringliche Weiß starrte, das sich lautlos wie ein Raubtier auf Beutezug an sie heranschlich. »Robert, Kendra, kommt mal her und schaut euch das an.«

Die beiden traten zu ihm. Robert beschattete seine Augen mit den Händen, während er aufs Meer hinausstarrte. Kendra machte ein fragendes Gesicht. »Das ist Nebel, Jonathan. Was ist daran so ungewöhnlich?«

»Ich weiß es auch nicht«, gestand Jonathan. »Und dennoch sagt mir irgendetwas, dass dies kein normaler Nebel ist.«

»Da stimme ich dir zu, mein Freund«, sagte Robert.

»Wie gelingt es Ihnen, normalen Nebel von unnormalem zu unterscheiden, Mister Pennington?«, wollte Kendra wissen.

Jonathans Freund bedachte sie mit einem leicht spöttischen Blick. »Nun, zum einen zieht gewöhnlicher Nebel nicht quer zum vorherrschenden Wind auf. Der Wind weht im Augenblick von Westen her, diese Nebelbank nähert sich von Süden. Und zum anderen naht er viel zu schnell. Schauen Sie genau hin. Dieser Dunst wird nicht über die Wellen zu uns getrieben. Er scheint direkt aus ihnen zu entstehen. Das ist in dieser Geschwindigkeit völlig unmöglich.«

»Seit einigen Tagen ist dank der Magie nichts mehr völlig unmöglich«, merkte Jonathan dumpf an. Ein Schauer lief ihm über den Rücken, und er unterdrückte ein Frösteln. Kam es ihm nur so vor, oder war es tatsächlich kälter geworden?

»Vielleicht sollten wir von hier verschwinden«, schlug Kendra vor. Die junge Frau erweckte den Eindruck, als würde sie das Phänomen an irgendetwas erinnern – etwas, das ihr überhaupt nicht gefallen hatte.

Robert schüttelte den Kopf. »Weglaufen wird uns nicht weiterhelfen. So schnell, wie diese Nebelbank ist, wird sie uns in weniger als fünf Minuten erreichen. Wenn wir Glück haben, bleibt sie an den Klippen hängen. Ich würde allerdings nicht darauf wetten.«

»Es ist genau wie in Lockerbie«, murmelte Kendra leise.

»Was meinen Sie damit?«, fragte Jonathan.

McKellens Enkelin wandte sich ihm zu. Auf ihrer Miene zeichnete sich nun offenes Unbehagen ab. »Auf unserer Reise von Glasgow nach London blieb unser Zug in einem kleinen Ort namens Beattock stehen. Es hieß, zwei Züge seien auf der Höhe von Lockerbie verschwunden und man wolle warten, bis noch mehr Einzelheiten bekannt würden. Großvater und ich mieteten eine Kutsche und reisten dennoch weiter. Wir passierten das Dorf in Sichtweite.« Kendras Stimme senkte sich zu einem rauen Flüstern. »Es war vollständig unter einer schwarzen Nebelglocke verschwunden. Nichts schien dort mehr zu leben. Ich habe noch nie etwas derart Unheimliches gesehen.«

»Jetzt malen Sie mal nicht den Teufel an die Wand«, knurrte Robert. »Nicht jeder Nebel, der womöglich magischen Ursprungs ist, verschlingt alles Leben, das er einschließt.« Doch ungeachtet seiner Worte war er ein wenig bleicher geworden.

»Mal sehen, vielleicht kann ich in der Wahrsicht etwas entdecken«, sagte Jonathan. Er konzentrierte sich kurz, und die Wirklichkeit riss auf wie ein Vorhang, der von scharfen Klauen zerfetzt wird. Dahinter kam das gelb glitzernde Chaos des alles verbindenden Fadenwerks zum Vorschein, das seit dem Auftauchen der Wahren Quelle lebendiger und unruhiger denn je erschien. Jonathan versuchte, das Gewimmel der Fäden im Gras zu seinen Füßen zu ignorieren, und bedachte auch die unsteten Fadenauren seiner Begleiter nur mit einem flüchtigen Blick. Stattdessen richtete er sein Augenmerk auf die dichten Schwaden, die sie mittlerweile beinahe erreicht hatten.

Erschrocken schnappte er nach Luft.

»Was siehst du?«, fragte Robert ihn in drängendem Tonfall.

»Der Nebel ist auch in der Wahrsicht zu sehen«, berichtete Jonathan ihm. »Und er glüht geradezu vor magischer Energie! Du hattest recht. Dieses Phänomen ist nicht natürlichen Ursprungs.«

Rupert stieß ein drohendes Zischen aus. Offensichtlich spürte der Minialligator Jonathans Aufregung und wurde dadurch selbst unruhig.

In Kendra neben ihm kam Bewegung. Jonathan sah, wie McKellens Enkelin zurück zu dem Stein lief, neben dem noch immer der Koffer mit dem Quellschloss stand. Sie hob ihn hoch und presste ihn an sich, als wolle sie verhindern, dass irgendein namenloser Schrecken, der sich im Inneren des Nebels verbarg, ihnen das Artefakt entriss. »Wo ist Nevermore bloß?«, fragte sie und blickte sich um. Randolphs Rabe war vor einigen Stunden aufgebrochen – um etwas zu fressen zu finden, wie Jonathan annahm – und bis jetzt noch nicht zurückgekehrt.

»Keine Angst. Er ist genauso zäh wie sein Herr«, sagte Jonathan, wohl wissend, dass Herr und Diener eigentlich die falschen Bezeichnungen für die Beziehung zwischen einem Magier und seinem Vertrautentier war. »Er kann schon auf sich aufpassen.«

»Kommen Sie wieder her, Miss McKellen.« Robert winkte Kendra zu sich. »Wir sollten zusammenbleiben. Dieser Nebel sieht wirklich unerfreulich dicht aus. Wenn wir uns darin verlieren und anfangen, nach den anderen suchend umherzuirren, laufen wir womöglich noch Gefahr, fehlzutreten und die Klippen hinabzustürzen.«

Während Kendra sich rasch zu ihnen gesellte, versuchte Jonathan, in der Wahrsicht die glühenden Schwaden mit Spürfäden zu durchdringen, um herauszufinden, ob er auf diese Weise mehr über den Nebel in Erfahrung bringen konnte. Ein eigenartiges Gefühl überkam ihn, als seine Spürfäden von den Nebelschwaden verschluckt wurden. Es war, als wollte man in ein Meer aus Watte eintauchen. Er nahm einen sanften und beständigen Widerstand wahr, der immer stärker wurde, je tiefer er in die Wolke vorzudringen versuchte. Ansonsten war da nichts – was möglicherweise aber auch daran lag, dass seine Erfahrung im Umgang mit Spürfäden noch ziemlich begrenzt war.

Ein lautes Krächzen und Flattern schreckte Jonathan aus seinen Betrachtungen. »Nevermore!«, rief Kendra und streckte einen Arm aus.

Jonathan ließ zu, dass die Wirklichkeit die Wahrsicht wieder verhüllte, und sah gerade noch, wie der Kolkrabe auf der einladend erhobenen Hand der jungen Frau landete. »Da bist du ja endlich wieder«, fuhr Kendra an den Vogel gerichtet fort. In ihrer Stimme schwang deutliche Erleichterung mit.

»Damit wären wir alle beisammen«, bemerkte Robert. »Und das keinen Augenblick zu früh. Hier kommt er.«

Lautlos brandete die Nebelwand gegen die Klippen von Anvil Point. Im nächsten Augenblick fluteten die Ausläufer des Nebels über den Klippenrand und hüllten Jonathan, Kendra, Robert und die beiden Tiere ein. Von einem Moment zum nächsten wurde es geisterhaft still um sie. Der Wind setzte aus, das Rauschen des langen Ufergrases verebbte, und auch das Kreischen der Seevögel wurde zunächst immer leiser und war schließlich gar nicht mehr zu hören.

Beunruhigt rückten die drei zusammen. Rupert bewegte sich aufgeregt in Jonathans Tasche und zischte erneut. »Keine Angst, es ist nur Nebel, nichts weiter«, versuchte dieser, dem Minialligator gut zuzureden. »Der kann dir nichts tun.« Er hoffte, dass das der Wahrheit entsprach.

Kalt und klamm legte sich der weiße Dunst auf ihre Hände und Gesichter. Mittlerweile gab es keinen Zweifel mehr. Es war deutlich kälter geworden. Jonathan blickte zu Kendra hinüber, die sich fröstelnd den Koffer mit dem Quellschloss an die Brust drückte. Es kam also nicht nur ihm so vor, als würden hauchdünne Nebelfinger durch ihre Kleidung dringen und danach trachten, ihnen auch noch die letzte Wärme aus dem Leib zu saugen.

»Teufel, es fühlt sich an, als würde die ganze Welt einfrieren«, knurrte Robert. »Vielleicht hätten wir doch versuchen sollen, in Richtung des Leuchtturms zu fliehen, an dem wir unsere Kutsche abgestellt haben.«

»Dafür ist es jetzt zu spät«, sagte Jonathan. »Bei dieser Sicht finden wir den Leuchtturm nie.«

»Wir könnten zumindest versuchen, ihn zu erreichen«, gab sein Freund zurück. »Hier auszuharren ergibt nun wahrlich keinen Sinn mehr. Kein Schiff, dessen Kapitän halbwegs klaren Verstandes ist, würde es wagen, sich in diesem Nebel einer Steilküste zu nähern.«

Er hatte die Worte kaum ausgesprochen, als urplötzlich der Nebel aufriss und verwirbelt wurde wie Staub in einer heißen Wüstenbrise. Ein riesiger, nachtschwarzer Schiffsrumpf tauchte aus den Schwaden auf und hielt direkt vor ihnen auf den Klippenrand zu.

Jonathan riss die Augen auf, und Kendra zuckte so heftig zusammen, dass Nevermore erschrocken aufflatterte. Unwillig krächzend schwang er sich in die Höhe und wurde sofort vom Nebel verschlungen.

Das mächtige Segelschiff, das aussah, als stamme es aus dem letzten oder gar vorletzten Jahrhundert, stand unter vollen dunkelgrauen Segeln, die gebläht waren, obwohl kein Lüftchen ging. Holzplanken ächzten, und die Takelage knarrte, als der Dreimaster langsam im Nebel näher driftete. Es sah aus, als schwimme er durch stille Wasser. Aber Jonathan wusste, dass dort vorne jenseits der Klippen nichts war als ein schwindelerregender Abgrund. Das Schiff schwebte offensichtlich mitten in der Luft.

»Gütiger Himmel«, murmelte Robert gedämpft. »Was ist das?«

»Allem Anschein nach hat doch jemand unseren Ruf gehört«, sagte Jonathan. »Hoffen wir nur, dass es derjenige ist, den Mister McKellen im Sinn hatte, als er uns das Horn gab.«

Das Schiff gab keinen Hinweis darauf, ob es Freund oder Feind gehörte. Lautlos schob sich der bauchige Bug über den Klippenrand, wobei sich deutlich zeigte, dass der Rumpf eine gute Manneslänge über dem Fels schwebte. Das unheimliche Gefährt wurde langsamer, und als es die drei Wartenden erreicht hatte, erschlafften die Segel, und das Schiff ragte stumm und bedrohlich über ihnen auf. Nichts regte sich an Bord.

»Es sieht aus wie ein Geisterschiff«, stellte Kendra fest. »Ob dort oben überhaupt etwas lebt?«

Wie um ihre Frage zu beantworten, fiel ein Netz über die Reling und den Rumpf hinab. Offenbar befand sich durchaus irgendjemand an Bord, und er wollte, dass sie zu ihm hinaufkletterten.

Jonathan sah Robert an. Sein Freund strich sich nachdenklich über den gepflegten Schnurrbart. »Nun ja«, sagte er. »Wir haben den ganzen Tag hier ausgeharrt. Daher sollten wir die Einladung, die uns dieser ominöse Fremde ausgesprochen hat, wohl annehmen.« Er machte eine vielsagende Geste. »Ich überlasse dir gerne den Vortritt, alter Knabe. Immerhin bist du derjenige von uns beiden, der sich magisch seiner Haut zu erwehren weiß, sollte es erforderlich sein.«

»Ich bezweifle, dass das viel nützen würde«, brummte Jonathan. »Andererseits wäre das alles ziemlich viel Aufwand für eine Falle.« Er ergriff mit der Rechten das Netz und wollte anfangen, daran emporzuklettern, doch Robert hielt ihn mit einer Hand am Arm zurück.

»Unterschätze niemals deine Rolle in diesem Spiel, Jon«, warnte er leise. »Wenn das Artefakt, das du unter Stonehenge zu erschaffen geholfen hast, wirklich die Macht in sich birgt, diese Quelle der Magie zu schließen und die Pläne Wellingtons zu durchkreuzen, wird er Himmel und Hölle in Bewegung setzen, um dich daran zu hindern, es an sein Ziel dort draußen auf dem Meer zu bringen. Vertraue niemandem.« Robert sah ihn eindringlich an.

Diese Worte weckten eine unerfreuliche Erinnerung in Jonathan. *Vertraue niemandem*, hatte auch der sterbende Erste Lordmagier Albert Dunholm in der dunklen Gasse unweit des Fleischmarkts am Smithfield gesagt. *Nur Randolph … Cutler … Holmes …* Keiner dieser drei Männer war im Augenblick bei ihm. Aber er würde sich schon durchzuschlagen wissen. Immerhin hatte er mit Robert seinen besten Freund bei sich und mit Kendra McKellen eine Frau, zu der er beinahe vom ersten Moment an eine eigentümliche Verbindung gespürt hatte. »Ich werde auf mich aufpassen«, versprach er. »Und ansonsten ist ja noch Rupert an meiner Seite. Und den will wahrhaftig niemand zum Feind haben, glaub mir.«

Rupert gab ein vielsagendes Quäken von sich.

Mit kraftvollen Bewegungen kletterte Jonathan an dem Netz hoch, das von der Reling des dunklen Schiffes hing. Oben angekommen, ergriff er mit beiden Händen die wurmstichigen Planken und zog sich an Bord. Die Hände in einer unbewussten Abwehrhaltung nach vorne gestreckt, ließ Jonathan seinen Blick über das hölzerne Deck schweifen. Es wirkte so verlassen und menschenleer wie vom Boden aus. Und dennoch … irgendwie konnte er sich des Gefühls nicht erwehren, dass er beobachtet wurde. »Hallo?«, rief er. »Ist hier jemand?«

Einige bange Atemzüge lang geschah gar nichts. Dann vernahm er auf einmal eine Stimme. »Sie sind nicht McKellen.« Es war die Stimme eines Mannes, klangvoll, aber von einem Hauch von Bitterkeit überschattet, und obwohl der Unsichtbare leise sprach, vermochte Jonathan ihn so gut zu verstehen, als stünde er direkt neben ihm. Aus welcher Richtung die Worte kamen, konnte er nicht sagen. Irgendwie schien die Stimme aus dem Rumpf des Schiffes selbst zu dringen. Der Gedanke hatte etwas zutiefst Verstörendes an sich.

»Nein«, erwiderte er mit leichter Verspätung, während er sich erneut umschaute, unschlüssig, wohin er seine eigenen Worte richten sollte. »Mein Name ist Jonathan Kentham. Doch ich reise im Auftrag McKellens. Seine Enkelin begleitet mich. Sie war es, die Sie gerufen hat.«

»Ich hoffe, Ihre Worte entsprechen der Wahrheit.«

Jonathan lachte kurz auf. »Wenn Sie imstande sind, magisch das Wetter zu beeinflussen und ein Schiff dieser Größe durch die Wolken schweben zu lassen, sollte es Ihnen leichtfallen, herauszufinden, ob ich lüge, oder? Abgesehen davon trägt Miss McKellen das Horn ihres Großvaters bei sich.«

Der Mann schwieg einen kurzen Augenblick. Dann sagte er: »Ich glaube Ihnen. Sie können Ihre Gefährten an Bord rufen. Ihnen wird nichts geschehen.«

»Nun, ich hoffe, dass *Ihre* Worte auch der Wahrheit entsprechen.«

»Ich diene dem, wofür McKellen steht, genau wie Sie. Bin ich nicht dem Ruf des Horns gefolgt?«

»Jeder hätte dem Ruf des Horns folgen können.«

»Jeder hätte das Horn an die Lippen heben können.«

Jonathan nickte ernst. »Wie es aussieht, werden wir uns also gegenseitig vertrauen müssen.« Er ließ seine Hände sinken. »Ich habe den ersten Schritt getan. Ich stehe hier offen vor Ihnen. Aber Sie verstecken sich noch immer. Wäre es nicht angebracht, dass wir uns von Angesicht zu Angesicht kennenlernen?«

»Ich verstecke mich nicht«, sagte die Stimme des Mannes plötzlich eindeutig zu Jonathans Linken. Jonathan drehte sich um und sah eine hagere, dunkle Gestalt neben dem Eingang zum Achterschiff stehen, in dessen Schatten sie sich zuvor verborgen haben musste. »Ich zeige mich nur nicht jedem«, fuhr der Mann fort und kam dabei langsam näher.

Er trug einen dunklen, leicht zerschlissenen Uniformrock, dessen Schnitt nach Jonathans Dafürhalten seit einer halben Ewigkeit aus der Mode sein musste. Sein schulterlanges Haar war schwarz wie die Nacht und umrahmte ein bleiches Gesicht mit hohen Wangenknochen und dunklen Augen. Wäre er ein normaler Mann gewesen, hätte Jonathan ihn auf etwa vierzig geschätzt und ihm gute Chancen bei den Damen der besseren Gesellschaft von London eingeräumt. Aber er hatte das vage Gefühl, dass sein Gegenüber alles andere als normal war. *Er sieht eher aus wie eine verdammte Seele*, ging es ihm mit leichtem Erschrecken durch den Kopf.

Dennoch zwang er sich zu einem freundlichen Lächeln und einem grüßenden Nicken. »Dann freut es mich, dass Sie für mich und meine Begleiter eine Ausnahme machen«, sagte er. »Darf ich fragen, mit wem ich die Ehre habe?«

Der Fremde schenkte Jonathan ein bitteres Lächeln. »Mein wirklicher Name ist schon lange in Vergessenheit geraten. Daher habe ich irgendwann beschlossen, ihn nicht weiter zu führen. Wenn Sie mich irgendwie zu rufen wünschen, nennen Sie mich den Holländer.«

Jonathan runzelte die Stirn. »Den Holländer?«, echote er. Ein Puzzleteil fiel an seinen Platz und enthüllte ein Bild in seinem

Geist, das sein Verstand gleich darauf als absurd abzutun versuchte. Unwillkürlich wanderte sein Blick über das leere Schiffsdeck, und Unglauben durchströmte ihn.

Der Mann schnaubte mit milder Belustigung. »Ich weiß genau, was Sie jetzt denken: Richard Wagner.«

»Ich gebe zu, dass mir der Name durch den Kopf gegangen ist«, sagte Jonathan. »Aber Sie müssen auch gestehen, dass Sie diesen Gedanken provoziert haben.«

»Möglicherweise«, räumte sein Gegenüber ein.

Kurze Zeit herrschte Schweigen. »Sind Sie …« Jonathan räusperte sich. »Sind Sie besagter Gentleman? Sie wissen schon: der sagenumwobene Fliegende Holländer?« Noch vor einer Woche hätte er sich niemals erlaubt, eine solch offensichtlich lachhafte Frage zu stellen, aber nach allem, was er in der Zwischenzeit erlebt hatte, schloss er lieber gar nichts mehr aus.

»Man wird zu dem, wofür einen die Menschen halten.« Die Miene des Mannes blieb undurchschaubar.

»Das verstehe ich nicht ganz«, gestand Jonathan.

»Das müssen Sie auch nicht. Vielleicht erzähle ich Ihnen die Geschichte zu einem späteren Zeitpunkt. Aber nun sollten wir uns langsam auf den Weg machen. Wohin wird die Reise gehen?«

»Zur Wahren Quelle der Magie«, sagte Jonathan. »Wissen Sie davon?«

Der Holländer nickte stumm. Dem säuerlichen Ausdruck auf seinen Zügen nach zu urteilen, hatte er etwas Derartiges bereits geahnt. »Holen Sie Ihre Gefährten hoch. Sobald Sie alle an Bord sind, legen wir ab.«

KAPITEL 28:

HEHRE ABSICHTEN

»Seltsame Sichtung am Himmel über London. Mehrere Anwohner wollen am gestrigen Abend gegen 8 Uhr in der Gegend der City of London ein eigentümliches Phänomen beobachtet haben. Den Berichten zufolge teilte sich die Wolkendecke, und ein riesiger bronzefarbener Flugkörper sank auf Höhe der Cresham Street zur Erde. Kurz darauf verschwand er wieder in den Wolken. Aufnahmen existieren keine. Scotland Yard untersucht den Fall.«

– *Morning Post, 24. April 1897*

25. April 1897, 17:03 Uhr GMT
England, London, Southwark Park

Alice wünschte sich, sie hätte James' Bitte, sie an diesem Sonntagnachmittag beim Musikpavillon im nördlichen Teil des Southwark Parks zu treffen, eine Absage erteilt. Das hatte nichts damit zu tun, dass sie den Jungen mit den unbändigen blonden Haaren und den schelmisch blitzenden blauen Augen, der mit seiner Familie auf der anderen Seite der Themse lebte, nicht gerne gesehen hätte. Obwohl er mit seinen vierzehn Jahren zwei Jahre jünger war als sie – und ihre Mutter daher die Hände über dem Kopf zusammengeschlagen hätte, wenn ihr diese heimlichen Treffen bekannt gewesen wären –, haftete ihm etwas Schneidiges an, das ihr Herz vom ersten Moment an, da sie James im Covent Garden beim Einkaufen begegnet war, hatte schneller schlagen lassen. Wie zufällig waren sie damals ins Gespräch gekommen, und dabei hatte sie anhand seiner etwas ungelenken, aber aufrichtig wirkenden Avancen erfreut festgestellt, dass auch er ein gewisses Interesse an ihr zu haben schien.

Am darauf folgenden Samstag hatten sich beide unter einem Vorwand aus ihrem Elternhaus entfernt – was Alice nicht schwer gefallen war, denn ihre Mutter, die alleinstehend war und zwei Töchter zu ernähren hatte, musste hart arbeiten und war daher selten zu Hause. Sie hatten sich am nördlichen Ende der Blackfriars Bridge am Ufer der Themse getroffen, und von dort waren sie gemeinsam zum Hyde Park hinübergefahren. Sie waren spazieren gegangen, und James hatte Alice gezeigt, wie man flache Steine über die Wasseroberfläche eines Sees springen ließ. Er wusste wirklich viele außergewöhnliche Dinge und wirkte, wie Alice fand, sehr erwachsen für sein Alter. Tatsächlich hatte sie ihn anfangs auch für älter gehalten; erst eine entsprechende Frage ihrerseits hatte ihren Irrtum offenbart. Der Nachmittag hatte ihnen einige wundervolle Stunden beschert, und sie hatten sich versprochen, einander möglichst bald wiederzusehen. Das war vor einem Monat gewesen.

Seitdem hatten sie sich viermal getroffen, und wenn es nach Alice ging, könnte es immer so weitergehen. Ihre Mutter hatte glücklicherweise noch nicht bemerkt, was ihre Tochter ohne ihr Wissen, geschweige denn ihr Einverständnis, trieb. Und ihre Schwester Mary, deren freches Mundwerk Alice bisweilen fürchtete und die natürlich mitbekommen hatte, dass irgendetwas vor sich ging, hatte sich Gott sei Dank offen für kleine, wohlmeinende Bestechungen gezeigt.

Am heutigen Nachmittag hingegen hätte sich Alice ihre Versprechungen, lästige Haushaltspflichten für Mary zu übernehmen, sparen können. Der Himmel über London war grau verhangen, es regnete und es war kalt. So gerne sie James wiedersah, wann immer sie sich trafen: Heute würde es keinen Spaß machen, durch die Parks und Straßen von London zu streifen. Vielleicht würde James sie in ein Museum mitnehmen wollen – aber eigentlich interessierte sich Alice nicht für alte Tonscherben, prähistorische Tierknochen und ägyptische Mumien.

Das Mädchen trat an das Geländer des kreisrunden, kuppelförmig überdachten Musikpavillons. Ihr Blick schweifte über den nassen Rasen und die ausladenden Platanen, von deren Blättern Regentropfen zu Boden fielen. *Wo bleibt James nur?*, fragte sich Alice stumm.

Sie hatte den Gedanken kaum beendet, als sie plötzlich eine einsame Gestalt gewahrte, die mit hochgeklapptem Jackenkragen und tief ins Gesicht gezogener Schiebermütze den Parkweg entlang auf den Pavillon zueilte. Der Neuankömmling überquerte den Vorplatz und sprang, immer zwei Stufen auf einmal nehmend, die kurze Treppe zum Pavillon hinauf. Mit einem angewiderten Keuchen riss er sich die nasse Mütze vom Kopf und fuhr sich durch das zerzauste Haar.

»James!«, rief Alice freudig. »Da sind Sie ja endlich.« Sie hatten einander unabgesprochen vom ersten Moment an gesiezt, ein Umstand, der ihrer Beziehung in Alices Augen etwas aufregend Erwachsenes verlieh.

Der Junge hob den Kopf, und ein breites Lächeln hellte seine Züge auf. »Guten Tag, Miss Alice. Bitte verzeihen Sie meine Verspätung. Ich musste erst noch meinen kleinen Bruder Richard abhängen. Er hat die ärgerliche Angewohnheit, mir nachzuspionieren. Vermutlich haben ihn unsere Tanten, diese verknöcherten Schachteln, dazu ermuntert.«

»James, wie sprechen Sie denn von Ihrer Familie?«, sagte Alice mit einer Mischung aus Entrüstung und Belustigung.

Er machte eine abwehrende Geste. »Nehmen Sie es mir nicht übel, aber die beiden alten Damen waren noch nie mit dem einverstanden, was ich treibe. Sie haben einfach kein Verständnis für die Bedürfnisse junger Menschen.« James ergriff ihre Hand und drückte sie kurz in einem Ausdruck von Zuneigung. »Aber lassen Sie uns nicht von solchen Dingen sprechen. Kommen Sie lieber mit. Ich muss Ihnen etwas wirklich Aufsehenerregendes zeigen.«

»Was wollen wir denn heute unternehmen, James?«, fragte Alice, die sich noch ein wenig dagegen sträubte, aus dem Schutz des Pavillons wieder hinaus in den Regen gezogen zu werden. »Es ist so ein entsetzliches Wetter …«

»Ich möchte mit Ihnen *Madame Tussaud's* besuchen, wenn es Ihnen recht wäre«, erklärte James mit leuchtenden Augen. »Ich war noch nie dort, und heute Abend hat es geöffnet. Man feiert das Aufstellen einiger neuer Wachsfiguren. Der Eintritt ist sogar frei. Denken Sie nur: Wir werden Shakespeare sehen und Napoleon, und sie haben dort auch eine Kammer des Schreckens!«

Alice versuchte, nicht das Gesicht zu verziehen. Die Aussicht, einen Abend mit diesen abscheulichen Kunstfiguren zu verbringen, versetzte sie nicht gerade in Hochstimmung. Zugegeben, die wundervollen Kleider all der königlichen Hoheiten, die dort zur Schau gestellt wurden, hätte sie schon gerne mal gesehen. Doch bei der Vorstellung, unter diesen lebensecht nachgebildeten Puppen mit ihrer wächsernen Haut und den starren Augen zu wandeln, gruselte es sie nicht wenig – insbesondere da James offenbar andere Bereiche des Museums anstrebte als sie.

Ein Teil dieses Unwillens musste sich ungeachtet ihrer Anstrengungen, eine gleichmütige Miene zu bewahren, auf ihren Zügen widergespiegelt haben, denn James hielt inne. »Sie wirken nicht besonders erbaut. Mögen Sie *Madame Tussaud's* nicht?«

»Ach, das möchte ich gar nicht sagen«, wiegelte Alice ab. »Es ist nur so weit weg von hier. Man muss halb London durchqueren, um dorthin zu gelangen.«

»Nun ja, es liegt südlich des Regent's Parks, und das sind schon ein paar Meilen«, gab James ihr recht. »Aber wir waren doch auch schon dort und im Hyde Park zum Flanieren. Und wir müssen ja nicht laufen. Ich habe Geld für eine Kutsche.« Er blickte sie auffordernd an. »Kommen Sie, das wird ein großer Spaß. Ich verspreche auch, Sie nicht zum Besuch des Gruselkabinetts zu nötigen, wenn Ihnen nicht der Sinn danach steht. Dann schauen wir uns stattdessen eben all die Prinzessinnen und Herzöge an, die dort ausgestellt sind.«

»Also gut«, gab Alice nach. Sie wollte keine Spielverderberin sein. Und schließlich musste sie sich auch eingestehen, dass jeder Ausflug mit James bislang ein wundervolles Abenteuer gewesen war. Dieser hier würde keine Ausnahme darstellen.

»Prächtig«, rief James. Dann beugte er sich etwas näher und senkte die Stimme zu einem verschwörerischen Tonfall. »Doch zunächst muss ich Ihnen etwas zeigen, das fast noch aufregender ist als die neuen Figuren von *Madame Tussaud's*. Ich habe es vorhin erst entdeckt – der zweite Grund, weshalb ich mich verspätet habe. Kommen Sie. Es liegt auf dem Weg.«

Sie traten hinaus in den Nieselregen und liefen über den Vorplatz hinüber zu den Platanen, die den Parkweg überschatteten und vor dem vom Himmel kommenden Nass schützten.

»Wenn wir zur Themse wollen, sind wir aber in die falsche Richtung unterwegs«, merkte Alice an. »Wir müssen nach Norden, nicht nach Süden.«

»Das stimmt«, erwiderte James. »Aber ich kam vorhin mit der Stadtbahn und bin an der South Bermondsey Station ausgestiegen. Daher bin ich von der anderen Seite in den Park gelangt. Keine Sorge. Es ist kein großer Umweg. Wir sind gleich da. Es war dort vorne, unweit des Teichs.«

Sie überquerten die Kutschenstraße, die den Southwark Park in eine Nord- und eine Südhälfte teilte, und gleich darauf traten sie erneut unter die Bäume, die zwischen der Straße und dem kleinen, von drei grünen Inseln gesprenkelten See standen. »Hier ist es«, sagte James. Er warf einen Blick nach links und rechts, als wolle er sich versichern, dass sie niemand beobachtete – was in Alices Augen nicht nur eigentümlich war, sondern angesichts des Wetters auch gänzlich unnötig. Danach verließ er unvermittelt den Parkweg und hielt auf einige Büsche zu, die hier etwas dichter beisammen standen als an anderen Stellen im Park.

»He, wo wollen Sie hin?«, verlangte Alice empört zu wissen.

»Es liegt etwas verborgen zwischen den Büschen«, erklärte James, packte ihre Hand fester und zog sie weiter mit sich. »Ich habe es auch nur zufällig bemerkt, weil es gerade aufglühte. Da, schauen Sie.« Er blieb stehen und zog einen Ast beiseite, der ihnen die Sicht versperrte.

Alices Augen weiteten sich. Voller Erstaunen schlug sie die Hand vor den Mund. »Bei allen Heiligen«, murmelte sie. »Was ist das?«

Neben ihr schüttelte James den Kopf. »Ich kann es Ihnen nicht sagen …«

Vor ihnen, umgeben von dichtem Buschwerk, stand eine einzelne Blume. Dabei schien der Begriff Blume für dieses Gewächs irgendwie unpassend – zumindest wäre es die größte ihrer Art gewesen, die Alice jemals gesehen hatte. Die Pflanze besaß einen kurzen, fleischig wirkenden Stiel, der so dick wie der Stamm eines jungen Baumes war. Fünf wunderschöne blaue Blütenblätter wiesen weit ausladend wie die Arme eines fast vier Schritt durchmessenden Seesterns in alle Richtungen. Ein Kranz dünner, nach innen gerollter Halme umgab sie. Ein schwerer, süßer Duft ging von der Blume aus. Es roch, als stünde man inmitten einer von Rosenhecken umrankten Laube. Das Erstaunlichste jedoch war das sanfte blaue Leuchten, das von den Blütenblättern ausging. Mal wurde es stärker, dann wieder schwächer. Alice fühlte sich an den Rhythmus eines sehr langsam schlagenden Herzens erinnert.

»Das ist doch keine gewöhnliche Pflanze«, stellte Alice das Offensichtliche fest. »Müssten wir das nicht irgendjemandem melden … Gibt es eine königlich-botanische Gesellschaft? Vielleicht bekommen wir sogar eine Prämie für die Entdeckung.«

»Wer weiß«, murmelte James. Langsam ging er auf die Pflanze zu.

»Passen Sie auf, James«, sagte Alice. »Vielleicht ist sie giftig.« Sie hatte irgendwo mal gehört, dass sich giftige Tiere, beispielsweise Frösche, oft durch außergewöhnlich kräftige Farben auszeichneten.

»Ich habe nicht vor, sie zu essen. Ich möchte sie nur einmal anfassen.« Er ging vor den dicken Blütenblättern in die Hocke und streckte die Hand aus. Alice hielt den Atem an, als er behutsam über die blau schimmernde Oberfläche strich. »Sie ist warm«, rief er überrascht aus. »Alice, das müssen Sie selbst fühlen! Die Pflanze ist warm wie ein …«

In diesem Augenblick schlug die Falle zu! Blitzschnell rollten sich die feinen Halme aus, nur um peitschenartig auf den Jungen zuzuschnellen und seine Arme und Schultern zu umwickeln. Alice schrie auf, als die Halme James mit einem unerwartet kräftigen Ruck aus dem Gleichgewicht brachten und nach vorne auf das dicke Blütenblatt kippen ließen, das er gerade berührt hatte. Der Junge wollte zurückweichen, doch immer mehr Halme umwickelten ihn, hielten ihn fest und zogen ihn tiefer in die Blüte hinein, deren fünf sternförmig ausgebreitete Blütenblätter sich schwerfällig, aber unerbittlich zu schließen anfingen.

»Hilfe!«, schrie James. »Was ist das?«

»Hilfe!«, nahm Alice den Schrei auf. »Oh, mein Gott, hilf uns doch jemand!« Sie stürzte auf die Pflanze zu, deren Aufglühen jetzt in kürzeren Abständen erfolgte, so als hätte sich ihr Pulsschlag beschleunigt. Mit beiden Händen packte Alice eines der Blütenblätter und versuchte verzweifelt, es aufzuziehen. Doch sie war nicht stark genug.

»Lauf weg, Alice!«, flehte James. »Bring dich in Sicherheit!« Grüne Fesseln hatten ihn vollständig umschlungen, und sie konnte nur noch seine zappelnden Beine sehen, während sich der Blütenkelch der bizarren Todespflanze weiter um ihn schloss, ihn verschluckte und ihren Blicken entzog.

»Nein! James!« Wie eine Besessene zog und zerrte Alice an der Pflanze, schlug mit ihren Fäusten darauf ein und trat gegen ihren fleischigen Stiel. »James!« Im Inneren der Pflanze hörte sie die Schreie des Jungen, gedämpft, aber eindeutig panisch. »Hilfe!«

»Halten Sie durch, Miss, wir kommen«, rief unvermittelt ein Mann hinter Alice. »Doktor Westinghouse, übernehmen Sie die Pflanze, ich rette den Gentleman in ihrem Magen.«

Alice fuhr herum und sah zwei ältere Herren in dunklen Gehröcken mit schwarzen Zylindern auf dem Kopf herbeieilen. Einer von ihnen hatte etwas verhärmt wirkende Züge mit eingefallenen Wangen und tief in den Höhlen liegenden Augen. Das Gesicht des anderen, stämmigeren Mannes war von Falten durchzogen, und sein kurz geschnittenes Haar glänzte schlohweiß. Doch in beider Augen blitzte wilde Entschlossenheit, als sie mit kampfbereit erhobenen Spazierstöcken näher kamen.

Der Stämmige drehte seinen Stock, sodass der geschwungene Metallgriff wie ein Haken in die Luft ragte. »Nimm das, gieriges Ungeheuer«, knurrte er und schlug den Metallgriff in die Lücke zwischen zwei der geschlossenen Blütenblätter. Gleich darauf riss er den Stab zurück, und zu Alices Erleichterung gelang es ihm, eines der Blätter zu Boden zu ziehen.

Eine Lücke im Blütenkelch entstand, durch die man ins Innere schauen konnte. Dort hing James, kopfüber, eingezwängt wie ein Bratfisch zwischen zwei Brothälften und am ganzen Leib mit widerlichem zähflüssigem Pflanzensaft besudelt. »James!«, schrie Alice entsetzt und wollte zupacken, um ihn herauszuziehen.

Doch da löste sich einer der dünnen, grünen Halme, die den Jungen festhielten, peitschte vor und schlug ihr eine brennende Strieme auf die Hand. Erschrocken zuckte Alice zurück.

Der Mann mit dem verhärmten Gesicht ergriff sie an den Schultern und zog sie ein paar Schritte nach hinten. »Bleiben Sie außer Reichweite, Miss, sonst geschieht Ihnen noch etwas«, sagte er. »Wir kümmern uns darum.«

»Beeilen Sie sich, Cutler«, rief sein Begleiter. »Diese Pinguicula ist ganz schön widerspenstig.«

Der Mann namens Cutler trat vor Alice und hob die Hände. Alice vermochte nicht ganz zu erkennen, was er tat, aber es sah aus, als fuchtele er in der Luft herum. Im nächsten Moment wurde James wie von Geisterhand gepackt und nach vorne gerissen. Er glitt aus den Fesseln heraus, und wurde herumgewirbelt, den ausgebreiteten Armen des Mannes entgegen. Dieser ächzte auf, als die schwere Last des jungen Burschen gegen ihn prallte, doch es gelang ihm, sich zu fangen, und er ließ James rasch, aber behutsam auf den nassen Rasen gleiten. Hustend blieb dieser dort liegen.

»Cutler, helfen Sie mir«, rief Westinghouse. Nach dem Verlust ihrer Beute richtete die Pflanze ihre ganze Aufmerksamkeit nun gegen den Doktor. Zahlreiche Halme schlugen ihm entgegen und versuchten, ihn zu umschlingen; noch allerdings gelang es ihm mit wilden Schlägen seines Spazierstocks, sich ihrer zu erwehren.

»Kümmern Sie sich um Ihren Begleiter, Miss«, bat Cutler Alice. Sie sank auf die Knie, um James' Kopf zu stützen und ihm mit hastigen Bewegungen den Pflanzensaft aus dem Gesicht zu wischen, das so gerötet war, als hätte er sich einen heftigen Sonnenbrand geholt. Der Junge hatte die Augen zugepresst und stöhnte leise.

Unterdessen richtete Cutler sich erneut auf und hob die Arme. Mit einem zornigen Aufkeuchen stieß er sie nach vorne. Aus den Augenwinkeln glaubte Alice zu sehen, dass die Pflanze wie unter einem Treffer wankte. Doch als das Mädchen den Kopf hob, stand das widernatürliche Gewächs nach wie vor. Es hatte die blauen Blütenblätter wieder etwas geöffnet wie ein hungriges Raubtier, das auf neue Beute hoffte.

»Das klappt nicht«, ächzte Westinghouse. »Sie ist zu fest im Boden verwurzelt.«

»Warten Sie«, rief Cutler. »Ich habe eine Idee.« Ohne weitere Worte rannte er los, auf das Seeufer zu.

»Wo wollen Sie hin?«, beschwerte sich der Doktor. Mehrere Halme hatten ihn bereits an Armen und Beinen umschlungen, und Alice fürchtete, dass ihm das gleiche Schicksal blühte wie James.

»Ich bin gleich wieder da«, drang die Stimme Cutlers durch das Buschwerk.

»Hoffentlich.« Der Doktor zog die Arme an die Brust, wie Cutler es zuvor getan hatte, und stieß sie ebenfalls von sich. Erneut wankte die Pflanze. Einige der Halme, die den Mann banden, rissen, und eines der Blütenblätter wurde sichtlich eingedrückt. Mehr geschah allerdings nicht.

Wie machen die das?, schoss es Alice unwillkürlich durch den Kopf. Es schien, als könnten diese Männer Schläge durch die Luft austeilen.

Mit einem heiseren Schrei und wehenden Rockschößen brach in diesem Moment Cutler durchs Gebüsch. Er hatte den Riemen eines Ruderboots unter die linke Achsel geklemmt wie ein mittelalterlicher Ritter seine Lanze und hielt ihn mit beiden Händen fest. Das flache Ruderblatt deutete direkt auf den Stiel der Pflanze. »Jetzt habe ich dich«, rief er triumphierend, dann rammte er die schmale vordere Kante des Ruderblatts waagerecht in den oberschenkeldicken Pflanzenfuß. Es gab ein fleischig schmatzendes Geräusch, als sich die provisorische Waffe tief ins Mark des Scheusals grub.

Die Pflanze zuckte zusammen, als habe sie der Blitz getroffen. Alle Halme lösten sich von Westinghouse und schnellten Cutler entgegen. Sie schlugen ihm den Zylinder vom Kopf und legten sich um seinen Schädel, seine Arme und den Hals. »Stirb endlich«, keuchte Cutler, zog das Ruderblatt zurück und hieb erneut auf den Stiel ein. Und dann wieder. Und wieder. Doch erst als ihm Westinghouse zu Hilfe kam, eine weit ausholende Bewegung vollführte und anschließend ruckartig seine Arme am Körper vorbei nach hinten riss, gelang es ihm, den Blütenkelch vom Stiel abzureißen. Weißlicher Pflanzensaft spritzte aus der Wunde, und sofort erlahmte der Widerstand der Pflanze. Das Schimmern der Blütenblätter verblasste, und die Halme fielen von Cutler ab.

Dieser ließ den Riemen los, riss sich die verbliebenen Pflanzenfäden von den Armen und trat danach einen Schritt zurück. »Bei allen Heiligen, das war knapp«, schnaufte er.

Westinghouse senkte die Arme und sackte ein wenig in sich zusammen. »Da muss ich Ihnen recht geben.« Er blickte zu Alice hinüber. »Ist alles in Ordnung mit Ihnen, Miss?«

Alice nickte stumm, zu erschüttert von den sich überschlagenden Geschehnissen der letzten paar Minuten, um auch nur ein Wort hervorzubringen.

»Und wie geht es dem jungen Mann?«, fragte Cutler, während er seinen Zylinder aufhob und abwischte.

»Ich … ich weiß es nicht«, stammelte Alice.

»Es tut weh«, murmelte James, die Lider noch immer zusammengepresst. »Und es brennt in den Augen.«

Westinghouse kam zu ihm hinüber und ging mit leisem Ächzen in die Hocke. Mit geübten Handbewegungen fühlte er nach James' Herzschlag und begutachtete dessen gerötetes Gesicht. Er nahm etwas Pflanzensaft auf den behandschuhten Finger, roch daran und zerrieb ihn. »Leichte Säureverbrennungen«, stellte er fest. »Unangenehm, aber nicht lebensbedrohlich. Dennoch sollten wir rasch zum Teich hinunterlaufen und diesen Saft abwaschen.«

Die beiden Männer nahmen James in die Mitte und führten ihn durch das Gebüsch die wenigen Schritte bis zum Teichufer hinab. An einem kleinen Holzpier waren mehrere Ruderboote vertäut. Einem fehlte ein Riemen.

Während Alice zuschaute, halfen sie dem Jungen, sich zu säubern. Anschließend klopfte Westinghouse ihm auf die Schulter. »Heute ist Ihr Glückstag, junger Freund. Das hätte unschön für Sie enden können, wenn wir nicht eingegriffen hätten.«

»Ja, Sir«, sagte James. »Vielen Dank, Sir.« Er blickte mit geröteten Augen angstvoll zu dem Gebüsch hinüber, hinter dem die niedergestreckte Pflanze lag. »Was um Himmels willen war das?«

»Nun, es sah mir wie eine Abart der Pinguicula vulgaris aus«, erwiderte Westinghouse.

»Der was?«

»Blaues Fettkraut«, übersetzte der Doktor. »Eine fleischfressende Pflanze.«

»Aber wie kann es denn mitten in einem Park in London eine menschenfressende Pflanze geben?«, entfuhr es Alice. »Das ist doch nicht möglich.«

Der Doktor warf Cutler einen bedeutsamen Blick zu. Dieser verzog das Gesicht. »Sie haben recht, Miss, eigentlich ist das nicht möglich. Aber vor einigen Tagen kam es zu einem Zwischenfall in den Laboren der … äh … Royal Society. Einige ungewöhnliche … äh … Sporen konnten entkommen. Doch machen Sie sich keine Gedanken, Miss. Wir kümmern uns um das Problem. Deshalb waren wir hier im Park.« Er hüstelte. »Am besten gehen Sie jetzt beide nach Hause. Wir rufen Ihnen eine Kutsche. Zu Hause sollten Sie sich und ihre Kleidung noch einmal gründlich waschen. Und dann schlafen Sie eine Nacht gut durch, und morgen ist alles wieder gut.«

Alice blinzelte ungläubig. Sie öffnete den Mund, um ihren beiden seltsamen Helfern zu sagen, dass morgen sicher nicht alles wieder gut sein würde. So etwas wie das just Erlebte konnte man doch nicht einfach von sich abwaschen wie den weißlichen Saft auf James' Gesicht. Irgendetwas in den angespannten Mienen der Männer sagte ihr aber, dass diese das selbst wussten. Sie waren beunruhigt, auch wenn sie das nicht zeigen wollten. Es war, als ob ein unsichtbares Gewicht auf ihren Schultern lastete. Vielleicht war es wirklich das Beste, wenn sie ihnen zumindest die Bürde abnahm, sich um James und sie zu sorgen. »Sie kümmern sich wirklich darum?«, fragte sie daher nur mit einer Stimme, aus der sie die Angst nicht völlig zu verbannen vermochte.

Cutlers Lippen wurden zu einem schmalen Strich, als er nickte. »Das werden wir, Miss. Ich verspreche es Ihnen.«

»Das war ein höchst unerfreuliches Erlebnis«, stellte Cutler fest, als Westinghouse und er den Southwark Park hinter sich ließen. Sie hatten die beiden jungen Leute in eine Kutsche gesetzt und danach die Überreste der magisch mutierten Pflanze zerlegt und im Teich versenkt, damit kein weiterer neugieriger Passant über sie stolperte und womöglich weiteres Unheil erlebte oder anrichtete. Nun spazierten sie langsam in Richtung Osten, zur Albion Street hinüber, wo sich ihr gegenwärtiges Versteck befand.

Eigentlich war es das Versteck von Westinghouses Gruppe gewesen. Aber nach dem Tod von Reynolds und Boyd und der Abreise von Jonathan und den McKellens hatte Cutler die ihm verbliebenen Anvertrauten – Miss Morland, Misses Blackwood, die Anwälte Peabody und Richardson sowie Professor Filby – nach Southwark geführt. Zum einen hatte er es nicht länger im Keller des *Old Man's* ausgehalten, zum anderen hatte ihm die kaltblütige Mordlust des Franzosen einen gehörigen Schrecken eingejagt. Der Attentäter hatte Reynolds und Boyd auf offener Straße erschossen, und nach Cutlers Dafürhalten war es nur eine Frage der Zeit, bis er den übrigen Magiern nachspürte. Allein in der Überzahl lag ihre Stärke, und da Cutlers Gefährten allesamt keine großen Kämpfer waren, hatte er es für das Beste gehalten, sich mit dem Doktor und seinen Begleitern zusammenzutun.

»Unerfreuliches Erlebnis … Das trifft es wohl«, brummte Westinghouse mit einem Nicken. »Diese menschenfressende Pflanze dürfte das ungewöhnlichste Phänomen sein, das wir bislang aufgespürt haben.«

»Oh, der Abfallgeist gestern Abend in der Tranton Road hatte auch durchaus bizarre Züge«, warf Cutler ein.

»Es war ein Müllhaufen in einer Hausnische, der sich ein bisschen bewegt hat.«

»Oh nein, Sir, er war ganz eindeutig im Begriff, menschenähnliche Form anzunehmen. Hätten wir nicht eingegriffen, wäre er womöglich heute unterwegs, um irgendwelche Abfalltonnen zu leeren und dadurch an Masse und Gefährlichkeit zu gewinnen.«

Der Doktor zuckte ergeben mit den Schultern. »Wie Sie meinen, Cutler. Eins zeigen uns diese beiden Vorfälle jedenfalls: Die Auswirkungen der Magie auf unsere Welt werden immer stärker. Ich habe beinahe Angst davor, mir auszumalen, was in den nächsten Tagen noch alles geschehen wird. Hoffen wir, dass Mister Kentham, Mister McKellen und seine Enkelin irgendetwas zu erreichen vermögen, das die Dinge zum Guten wendet.«

Sie bogen in die Albion Street ein und schlenderten an den kleinen Backsteinhäusern vorbei, die hier die Straße säumten, bis sie ein heruntergekommen wirkendes Pub erreichten, das an der Ecke Albion Street/Renforth Street lag und laut dem abblätternden goldfarbenen Schriftzug über der Tür *Golden Crown* hieß. Der Laden hatte dem vollkommen unmagischen älteren Bruder Westinghouses gehört. Seit jener jedoch vor einem halben Jahr an der Schwindsucht gestorben war, stand das Pub leer. Der Arzt des Ordens des Silbernen Kreises hatte noch nicht entschieden, wie er damit verfahren wollte.

Im Augenblick kam ihnen das zugute, denn auch wenn der eine oder andere Nachbar neugierig den Kopf zum Fenster hinausstreckte, kümmerte es hier eigentlich niemanden, dass der Doktor das Eckhaus mit dem von dunklem Holz verkleideten Erdgeschoss und dem aus rotbraunen Ziegeln gemauerten ersten Stock zusammen mit einigen Bekannten bezogen hatte. Dennoch bemühten sich die Magier, sich so wenig wie möglich in der Öffentlichkeit zu zeigen. Es musste nicht jedermann wissen, wie viele Leute sich wirklich im Schankraum und in den einfach eingerichteten Räumlichkeiten im Obergeschoss des *Golden Crown* verbargen.

Ebenso wenig war es vonnöten, dass irgendjemand auf den Gedanken kam, mit dem Dach des Pubs könne etwas nicht stimmen. Daher blickte weder Cutler noch Westinghouse zu dem unsichtbar zwischen den Schornsteinen hockenden Magispector auf, von dem sie wussten, dass er dort saß und Wache hielt, um die Flüchtlinge vor ungebetenem Besuch zu warnen. Stattdessen gingen sie schnurstracks auf die schmale Eingangstür zu, und Westinghouse meldete sich mit dem vereinbarten Klopfzeichen an.

Die Tür wurde von innen entriegelt, und das vor Anspannung leicht gerötete Gesicht von Peabody tauchte im Rahmen auf. »Kommen Sie herein, Gentlemen«, sagte er und machte ihnen Platz. Nervös zupfte der gut genährte Anwalt an seinem prächtigen Backenbart, als Westinghouse und Cutler eintraten. »Wie sehen Sie denn aus? Sind Sie erneut in Schwierigkeiten geraten?«

»In der Tat«, bestätigte Cutler. »Diesmal im Southwark Park.« Er sah sich im Schankraum um.

Als die Dunholm-treuen Magier vor einigen Tagen aus ihrem Gefängnis im Keller der Unteren Guildhall, in welches sie die Gefolgsleute des Usurpators Wellington gesteckt hatten, entflohen waren, hatten sie sich in drei Gruppen geteilt. Auf diese Weise hofften sie, ihren Feinden eine Verfolgung zu erschweren. Die eine Gruppe war Ajatashatru Chandrashekhar Khan, einem südlich von London lebenden Magier indischer Abstammung, zu einem Bekannten nach Soho gefolgt, die zweite Westinghouse hierher nach Rotherhithe, die dritte Cutler und Mister Kentham zum *Old Man's*.

Durch das Zusammenführen ihrer beiden Gruppen hatten Cutler und Westinghouse nun einen Kreis von sechzehn Magiern um sich geschart – zwei der Schäfchen des Doktors hatten sich bereits am Tag der Flucht aus der Guildhall abgesetzt, weil sie London verlassen und sich auf dem Land in Sicherheit bringen wollten. Von diesen sechzehn saßen im Augenblick neun an den abgenutzten Schanktischen des *Golden Crown*, wodurch das Pub in etwa so gut besucht wirkte wie an einem regnerischen Sonntagabend im April früher üblich. Die Magier lasen Zeitung oder unterhielten sich leise; dazu wurde Tee getrunken, den Westinghouses Gruppe zusammen mit etlichen anderen Vorräten beschafft hatte.

»Erzählen Sie«, forderte Peabody Cutler und den Doktor auf, während diese ihre Mäntel ablegten und sich zu einem der Tische begaben. Misses Blackwood, die sich bereits von ihrem Platz erhoben hatte, als die beiden Männer den Raum betraten, brachte ihnen zwei dampfende Tassen Tee.

»Vielen Dank, das ist sehr freundlich«, sagte Cutler. Er nahm einen Schluck und ließ sich von dem heißen Getränk innerlich aufwärmen. Anschließend berichteten Westinghouse und er, was ihnen nur wenige Straßen weiter widerfahren war. Mehr und mehr Magier blickten von ihren Zeitungen auf oder beendeten ihre eigenen Gespräche, um der Erzählung zu lauschen, und schließlich konnte sich Cutler der in diesem Fall eher traurigen Ehre erfreuen, die ungeteilte Aufmerksamkeit aller im Raum Anwesenden zu haben.

»Dagegen muss doch irgendetwas unternommen werden«, erregte sich Colonel Binnington, ein ehemaliger Offizier der British Indian Army und Veteran der Schlacht von Tel-el-Kebir, der erst vor wenigen Jahren in die Welt der Magie geworfen worden war und ohne die helfende Hand Albert Dunholms vermutlich vor Scham und Verwirrung über sein Anderssein den Freitod gewählt hätte. »Die Bürger Londons sind in Gefahr.«

»Dem stimme ich im Grunde zu, Colonel«, sagte Cutler. »Aber was vermögen wir denn auszurichten? Wir sind nur eine Handvoll Magieanwender.«

Nachdenklich zwirbelte Binnington seinen weißen Schnurrbart. »Wir könnten die Gruppe von Mister Khan aufsuchen und London unter uns aufteilen. Dann richten wir Streifen ein, die einzelne Stadtteile überwachen und sich um magische Gefahren gleich welcher Art kümmern. Der Doktor und Sie haben doch bewiesen, wie viel zwei entschlossene Männer bewirken können.«

»Die Damen nicht zu vergessen«, warf Misses Blackwood ein. »Oder möchten Sie auf ein Dutzend Mitstreiter verzichten?«

Binnington warf ihr einen missbilligenden Blick zu. »Ihr Angebot in allen Ehren, aber gegen magische Gefahren zu kämpfen, ist keine Aufgabe für Damen.«

Blackwood stemmte die Hände in die Hüften und funkelte den Offizier aufgebracht an. »Colonel Binnington, ich gebe zu, es mag der Wahrheit entsprechen, dass wir Frauen nicht für den Krieg gemacht sind. Tagelang durch Staub und Morast zu marschieren, nur um schließlich unter aufrichtigem Hurra dem Feind entgegenzustürmen und ihn ums Leben zu bringen, ist auch meiner Meinung nach durchaus kein Verhalten, das sich für eine Dame geziemt – ganz abgesehen davon, dass mir die Vorstellung zuwider wäre. Doch wir alle hier leben mit einer besonderen Gabe, und ungeachtet des Umstandes, dass die Magie und folglich auch magische Gefahren keinen Unterschied zwischen Männern und Frauen machen, verpflichtet uns diese Gabe gewissermaßen zu einem moralischen Handeln. Ich bin seit beinahe fünfzehn Jahren Mitglied des Ordens des Silbernen Kreises, und wenn sich der Silberne Kreis – oder jener Rest, der von selbigem noch verblieben ist – entscheidet, sich in Gefahr zu begeben, um die Bürger Londons zu beschützen, dann werde ich meinen Teil dazu beitragen. Und damit meine ich nicht nur, für heimkehrende Gentlemen Tee zu kochen. Ich nehme an, dass ich mit dieser Meinung nicht alleine dastehe, nicht wahr, Marjorie?« Sie drehte sich zu der elfenhaft zarten Frau in dem hellen Kleid um, die der Unterhaltung bis jetzt stumm und mit leicht verschleiertem Blick gefolgt war.

Marjorie Morland neigte anmutig den Kopf und wandte den Blick ihrer eisblauen Augen Cutler zu. »Ich teile die Bedenken Mister Cutlers und würde gerne seinen Vorschlag hören«, sagte sie mit weicher, ein wenig abwesend klingender Stimme.

Dass Miss Morland mit ihrer Gabe, einige Momente in die Zukunft zu blicken, während einer Unterhaltung gelegentlich ein paar Sätze weiter war als die übrigen Beteiligten, gehörte innerhalb des Ordens zum Allgemeinwissen. Daher richtete sich Binningtons Verwunderung, der er mit dem Heben seiner buschigen Augenbrauen Ausdruck verlieh, auch gar nicht gegen die eigentümlich alterslos wirkende Frau, sondern gegen Dunholms ehemaligen Sekretär. »Mister Cutler, Sie haben Zweifel?«, fragte er.

»Ich kann es nicht leugnen«, gab Cutler zu. »London ist eine riesige Stadt. Selbst wenn wir uns der Hilfe unserer Damen versichern, wird es beinahe unmöglich sein, ein so großes Gebiet zu überwachen. Die Magispectoren sind uns heute kaum noch eine Hilfe, da die Magie überall gleichzeitig stärker wird. Wir vermögen einfach nicht zu sagen, wann und wo eine Statue zum Leben erwacht oder eine weitere unheimliche Schöpfung der magischen Energien aus der Themse steigt, beziehungsweise aus magiegetränktem Boden sprießt. Ganz abgesehen davon dürfen wir auch nicht vergessen, dass dort draußen noch immer einige von Wellingtons Häschern unterwegs sind. Mister Kentham warnte uns, dass der Franzose nach dem Kampf drüben in Marylebone entkommen sei. Auch wenn mein Gefühl mir sagt, dass er Kentham und den McKellens nachgereist ist, könnte er noch immer auf uns lauern. Kleine Streifen aus zwei Magiern wären ein leichtes Ziel für ihn. Aber lassen Sie uns das Problem von einer gänzlich anderen Seite angehen.«

»Wir haben zwar seit zwei Tagen nichts mehr von den Häschern Wellingtons gehört, aber bitte, fahren Sie fort.« Der Offizier machte eine einladende Geste.

Cutler holte tief Luft. Der Gedanke, den er ausführen wollte, war ihm eben erst gekommen, und er war sich nicht ganz sicher, ob selbiger wirklich Hand und Fuß hatte. »Wenn wir uns unser gegenwärtiges Problem genau anschauen, dann ist die Magie nicht die Ursache, sondern eine Folge daraus. All das, was hier und jetzt geschieht, könnte abgewendet werden, wenn man Lordmagier Wellington von der irrsinnigen Idee abbringen könnte, das Empire durch die Herrschaft über die Wahre Quelle der Magie für eine wie auch immer geartete düstere Zukunft wappnen zu müssen.«

»Und wie wollen Sie das bewerkstelligen?«, mischte sich Peabody ein. Sein hagerer Kompagnon Richardson blickte Cutler derweil über seine ausgeprägte Hakennase hinweg forschend an.

»Das wüsste ich auch gerne«, knurrte Binnington. »Der Unhold schien an unserer Meinung nicht besonders interessiert zu sein, als er die Macht über den Orden an sich riss und uns alle einsperrte.«

»Wellington sagte, er handle zum Besten Englands, im Dienste der Krone«, erklärte Cutler. »Wenn er also mit der Wahren Quelle der Magie und ihren zweifelhaften Segnungen der Queen ein besonderes Geschenk machen will, etwa zu ihrem diamantenen Kronjubiläum im Juni, dann führt vielleicht der einzige Weg, ihn davon abzubringen, über …«

»… die Queen«, nahm Morland ihm mit leiser, eindringlicher Stimme die Worte aus dem Mund.

Geschlagene fünf Sekunden herrschte Totenstille im Schankraum.

Dann räusperte sich Westinghouse. »Mister Cutler, ist Ihnen klar, was Sie da vorschlagen?«

»Ja, ich bin mir darüber voll und ganz im Klaren«, erwiderte dieser. »Ich schlage vor, dass wir uns zum Buckingham Palace begeben, um eine Audienz bei Ihrer Majestät bitten und ihr dann berichten, was Victor Mordred Wellington hinter ihrem Rücken und ohne unser Wissen angerichtet hat.«

»Wenn herauskommt, dass wir für diese Vorfälle verantwortlich sind, und sei es auch nur durch unsere mangelnde Wachsamkeit, dann wird das weitreichende Folgen haben«, warnte Westinghouse. »Die Krone lässt uns gewähren, weil wir keine Gefahr für sie darstellen und uns nie in die Angelegenheiten des Empires eingemischt haben, sondern uns allein auf unseren Status als Wächter im Hintergrund beschränkten.«

»Dazu kommt, dass Queen Victoria – Gott schütze sie – in den letzten Jahren hinter vorgehaltener Hand als schwierige Persönlichkeit beschrieben wird«, fügte Peabody hinzu. »Mir persönlich genügt es, von diesem Magierattentäter gejagt zu werden. Sollte Ihre Majestät das Gefühl bekommen, dass unsereiner ein unberechenbares Element in ihrem Herrschaftsgefüge darstellt, könnte es zu einer Hexenjagd ganz anderer Größenordnung kommen.«

Erregt stand Cutler auf. »Meine Herren, ich bin mir der Risiken bewusst! Aber ich sehe keinen anderen Ausweg aus dieser Misere.«

»Wir könnten genau das tun, was wir bis jetzt getan haben«, wandte Peabody ein. »Abwarten, Tee trinken und beten, dass es diesem Mister McKellen mit seiner Enkelin und dem Reporter gelingt, Wellington aufzuhalten. McKellen wirkte zu allem entschlossen. Und er schien zu wissen, worauf er sich einlässt.«

»Und was, wenn sie scheitern?«, rief Cutler. »Was, wenn sie bereits gescheitert sind? Wir wissen gar nichts. Wir sehen nur, dass die Auswirkungen der Magie stärker und stärker werden. Und gerade weil es jemand aus den Reihen des Ordens war, der dies herbeigeführt hat, sollte es der Orden sein, der die Dinge wieder geraderückt.« Er breitete in einer beschwörenden Geste die Arme aus und sah die anwesenden Magier an. »Der Silberne Kreis mag mit seiner Spaltung und der Zerstörung der Unteren Guildhall einen furchtbaren Schlag erlitten haben. Aber ich für meinen Teil glaube fest daran, dass er weiterleben kann, hier in dieser verschworenen Gemeinschaft und in den versprengten Mitgliedern, die sich in Soho verstecken. Und wenn ich nicht der Einzige bin, der daran glaubt und der bereit ist, Lordmagier Dunholms Arbeit fortzuführen, dann müssen wir die Sorge um unser eigenes Schicksal zurückstellen und handeln.« Atemlos hielt er inne, überrascht über seine eigene Vehemenz in dieser Angelegenheit. *Albert, wenn du hier irgendwo bist, hab Dank*, dachte er. *Dein Geist inspiriert mich noch immer.*

»Ich auch«, verkündete Miss Morland zusammenhangslos.

»Ich glaube an den Silbernen Kreis und unterstütze Ihren Plan«, sagte Misses Blackwood fast zeitgleich und erklärte damit die Worte ihrer Freundin. »Wenn Sie meine Gesellschaft annehmen wollen, begleite ich Sie zum …« Sie stockte, als ihr Morlands Worte ins Bewusstsein drangen. »Nein, meine Liebe, Sie bleiben hier. Nehmen Sie es mir nicht übel, aber der Palast ist nichts für Sie.«

»Nehmen Sie es *mir* nicht übel, aber Sie sollten beide hierbleiben«, merkte Peabody an. »Ich verfolge das Geschehen bei Hofe vielleicht noch etwas aufmerksamer als der Rest von Ihnen, daher weiß ich zu sagen, dass Queen Victoria emanzipierten Frauen gegenüber alles andere als offen eingestellt ist. Sie schätzt den Rat von Männern und ist – ganz ungeachtet ihrer eigenen Position – eine Verfechterin der traditionellen Geschlechterrollen.«

»Dann gehen Sie mit Mister Cutler«, drängte Blackwood. »Ihr Wissen wird ihm sicher nützlich sein.«

»Wir sollten alle verbliebenen Magier zusammenrufen«, meldete sich Westinghouse zu Wort. »Wenn an diesem Ort die Keimzelle für einen neuen Orden des Silbernen Kreises gelegt werden soll, müssen wir alle diese Entscheidung gemeinsam treffen.« Er schmunzelte. »Aber ich bin mir sicher, dass die anderen Magier Ihnen folgen werden, Mister Cutler, wenn Sie weiterhin so eloquent bleiben.«

25. April 1897, 17:31 Uhr GMT (09:31 Uhr Ortszeit)
Vereinigte Staaten von Amerika, Kalifornien,
Yosemite-Nationalpark

Wovoka saß auf einem Stein hoch droben auf dem Gipfel des To-to-kon oo-lah und meditierte. Er war direkt nach der Versammlung des Kreises der Wächter der Wahren Quelle und der Erschaffung des Quellschlosses hierhergekommen und hatte die ganze letzte Nacht hier verbracht. Den Blick in den sternenübersäten Himmel gehoben hatte er dagesessen und versucht, sich darüber klar zu werden, was die Zukunft für ihn bereithalten mochte. Der Paiute-Indianer war ein zutiefst spiritueller Mann, und als solcher vertraute er darauf, dass denen, die ihren Geist öffneten, von den Ahnen der Pfad gezeigt wurde, den sie zu beschreiten hatten.

Eigentlich war er davon ausgegangen, dass sich ihm dieser Pfad nur in Form eines vagen Gefühls offenbaren würde. Für gewöhnlich war das der Fall, wenn sich der von seinem Volk und vielen anderen Stämmen als Seher verehrte Mann der Meditation hingab. Doch vielleicht lag es an seiner gestrigen Reise in die Sphäre der Magie selbst, vielleicht auch an dem Umstand, dass die Welt sich in diesen Tagen an einem Scheideweg befand, von wo aus ihre Geschicke sich in vollkommen gegensätzliche Richtungen entwickeln konnten: Jedenfalls war im Morgengrauen, als sich die ersten Strahlen der Sonne über den Bergen gezeigt hatten, die Vision über ihn gekommen. Wovoka hatte gespürt, wie die seinen ganzen Körper durchdringende Magie plötzlich in ihm erwachte, und als er sich ihr ergab, sich von den Energien treiben ließ, war eine Flut von Bildern über ihn hereingebrochen.

Die meisten von ihnen waren verstörend gewesen. Sie hatten ihm eine Welt gezeigt, in der die Ordnung der Dinge durcheinandergeraten und die Natur aus dem Gleichgewicht gebracht war: schreiende Menschen, wuchernde Bäume, einstürzende Häuser, von züngelnden, glitzernden Flammen in Brand gesteckt, von vielfarbig schillernden Sturmwinden verweht, verzerrt und verwandelt, wunderschön und schrecklich zugleich. Er hatte riesige graue Vögel am Himmel gesehen, die donnernd den Tod brachten, nur um selbst brennend zu vergehen, und er hatte auf entvölkerte Einöden hinabgeschaut, in denen das Gras schwarzmetallisch glänzte und schwefelgelbe Dunstschwaden alles Leben erstickten. Und wieder und wieder war ihm eine Insel mitten im Meer erschienen, in deren Mitte eine Pyramide aufragte, aus der eine gleißende Säule aus Licht zum Himmel stieg: die Wahre Quelle der Magie. Männer kämpften und starben dort. Ein gewaltiges Fluggefährt zog brennend durch ein Meer aus Weiß. Und er sah sich selbst auf einem seltsamen grauen Berg stehen, die Augen geschlossen, die Arme weit ausgebreitet und das Gesicht zu einer Fratze der Anstrengung verzerrt. An diesem Ort, so hatte Wovoka verstanden, würde sich das Schicksal der Erde entscheiden.

So schnell, wie sie über ihn gekommen war, hatte ihn die Vision auch wieder verlassen. Das war vor drei Stunden gewesen. Seitdem saß Wovoka stumm da und dachte nach.

Was hält dich auf?, fragte ihn eine Stimme in seinem Geist.

Der Paiute musste sich nicht umschauen, um zu wissen, dass Haba zurückgekehrt war. Haba war ein Schatten aus dem Totenreich, der die Gestalt eines graubraunen Präriehasen angenommen hatte und irgendwie immer dann auftauchte, wenn Wovoka jemanden brauchte, der ihm dabei half, seine Gedanken zu ordnen. »Ich zweifle«, beantwortete er Habas Frage.

Warum zweifelst du? Hat dir die Vision nicht deutlich gezeigt, was du tun musst?

»Was, wenn ich irre?«, fragte Wovoka dagegen. »Was, wenn ich sie falsch verstehe und durch mein Eingreifen genau das heraufbeschwöre, was ich eigentlich verhindern will? Ich habe schon einmal versagt.«

Du sprichst vom Geistertanz?

»Ja.«

Die Vision vom Geistertanz … Sie war das wahrscheinlich einschneidendste Erlebnis in Wovokas bisherigem Leben gewesen – und zugleich der Grund für seine größte Schuld. Es hatte sich während der Sonnenfinsternis am ersten Tag des Jahres 1889 ereignet, und Wovoka war ein in jeder Hinsicht deutlich jüngerer Mann gewesen, kaum mehr als dreißig Sommer alt und noch vollkommen unberührt von der Magie und ihren Fäden.

Erzähl mir davon, bat Haba.

Verwirrt runzelte Wovoka die Stirn. War es möglich, dass er dem Hasen tatsächlich noch nie von den damaligen Geschehnissen, die schon ein Jahr später ein so tragisches Ende fanden, berichtet hatte? *Aber wir haben uns doch direkt danach kennengelernt …* Nein, das stimmte nicht. Es war im Jahr darauf gewesen. Questing hatte Haba mitgebracht.

»Ich meditierte«, begann Wovoka leise. »Genau wie heute. Der Mond hatte die Sonne verfinstert. Es war ein Tag voller Verheißung, ein Tag, an dem die Geister der Ahnen den Lebenden nah zu sein schienen. Auf einmal überkam mich ein Gefühl, wie ich es noch nie zuvor erlebt hatte.« Der Paiute erinnerte sich zurück. Es war wie ein Prickeln gewesen, wie das Wandern von Tausend Ameisen über seine wettergegerbte Haut, und es hatte ihn von Kopf bis Fuß vollständig erfüllt. »Und plötzlich erschienen Bilder in meinem Geist. Ich sah eine Welt, die dem glich, was die weißen Missionare das Paradies nennen. Alle waren jung und gesund. Die Toten und die Lebenden jagten in Einigkeit und Freiheit Seite an Seite. Der weiße und der rote Mann hatten nach all den Jahren der Kriege endlich Frieden geschlossen. Und ich sah Indianer – Paiute, Lakota, andere Stämme –, die tanzten … die tanzten und den Wandel priesen.«

Die Kraft der Vision hatte ihn innerlich schwindeln lassen. Sie war ganz anders gewesen als die Visionen, die er als Sohn und Erbe eines Medizinmannes der Paiute bereits seit früher Jugend in Trance und unter dem Einfluss bewusstseinserweiternden Räucherwerks empfangen hatte. Tagelang hatte Wovoka über die Bilder und die körperlichen Empfindungen, die ihm währenddessen zuteil geworden waren, nachgedacht. Dabei machte er eine unglaubliche Entdeckung: Seine Sicht auf die Welt hatte sich in jener Nacht verändert, genau wie seine Rolle in dieser Welt. Auf einmal gelang es seinem Verstand, das Reich der Lebenden zu verlassen und in das der Naturkräfte einzutauchen. Und während sein Geist jene Welt schaute, vermochte er sie zu verändern, ihre glitzernden Pfade zu weben, wie eine Frau einen Teppich webt. Kehrte er anschließend in die Wirklichkeit zurück, war diese plötzlich nicht mehr wie vorher.

Und was geschah dann?, fragte Haba.

Wovoka richtete seinen Blick auf den Präriehasen, der mit aufgestellten Ohren neben ihm hockte und ihn aus erstaunlich klugen Augen anschaute. »Ich begriff, dass ich ein anderer Mann geworden war. Die Vision hatte mich verändert. Meine Seele war größer geworden. Ich besaß auf einmal gewisse Gaben. Ich konnte Dinge bewegen, ohne sie zu berühren, die Gedanken von Männern hören, die mir gegenübersaßen, ja ich vermochte sogar die Wolken vom Himmel zu vertreiben.« Er schloss die Augen. Nun kam der beschämende Teil seiner Geschichte.

»Diese plötzliche Macht ließ mich eitel werden. Ich hielt mich für einen Auserwählten, für einen Propheten meines Volkes. Lange dachte ich nach, was getan werden müsste, um das Paradies, das mir gezeigt worden war, Wirklichkeit werden zu lassen. Wieder und wieder erinnerte ich mich an die Vision der Tanzenden, und ich glaubte, eine Antwort gefunden zu haben. Und so begann ich die Lehre vom Tanz zu predigen, der später Geistertanz genannt werden sollte. Ich rief alle Stämme zu mir, und um sie von meiner Vision zu überzeugen, zeigte ich ihnen, welche Gaben mir geschenkt worden waren. Dann sprach ich vom Frieden, von der Erneuerung und vom Tanz. Ich glaubte wirklich, etwas verändern und all das Furchtbare, das mit dem Einfall der Weißen in unser Land geschehen war, beenden zu können. Leider erkannte ich viel zu spät, wie viel Zorn und Angst in den Menschen stecken. Der Tanz wurde für jene, denen Rache wichtiger war als Versöhnung, zu einem Kriegstanz. Statt meine Botschaft des Friedens zu hören, fürchteten die Weißen einen letzten großen Aufstand des roten Mannes. Schließlich kam es zu Toten, viel zu vielen Toten.« Wovoka verstummte unter der Last der Erinnerung. Als ihn die Nachricht vom Massaker am Wounded Knee erreicht hatte, war es ihm vorgekommen, als breche seine Welt zusammen. Hunderte getötet, Männer, Frauen und Kinder, niedergestreckt von Soldaten, die so viel Angst vor allem Fremden hatten, dass sie auf jede falsche Regung hin die

Waffen sprechen ließen. Das hatte Wovoka nie gewollt. Sein Traum war zu einem Albtraum geworden.

Und seitdem traust du deiner Gabe, die Zukunft zu sehen, nicht mehr?

Wovoka öffnete die Augen wieder. Er sagte nichts, doch sein Schweigen schien Haba Antwort genug zu sein.

Du urteilst zu hart über dich, meinte der Präriehase. *Vor acht Jahren wusstest du noch nicht, was du heute über die Magie weißt. Und am Scheitern deiner Bemühungen um Frieden trägst du noch weniger Schuld. Deine Absichten waren gut, ist nicht das das Wichtigste?*

»So leicht wie du kann ich mir nicht vergeben. Ich habe die Vision falsch gedeutet. Ich habe nur das gesehen, was ich sehen wollte.«

Was hast du diesmal gesehen?

»Ich sah mich an der Spitze eines Kampfes um die Wahre Quelle der Magie. Doch ich weiß nicht, wie der Kampf ausgeht. Schmerz und verzweifeltes Erkennen lagen auf meinem Gesicht. Könnte das heißen, dass mein Eingreifen das Blatt zum Schlechten wendet?«

Haba hob eine Hinterpfote und kratzte sich damit hinterm Ohr. *Wie sollte die Geschichte eigentlich enden?*, wollte der Hase wissen.

Wovoka dachte kurz nach. Er hatte keine Geheimnisse vor Haba. Schließlich war der Hase gemeinsam mit Questing in sein Leben getreten, jenem geheimnisvollen Mann, der sich als Magier von der Ostküste ausgegeben hatte, auch wenn Wovoka immer das Gefühl gehabt hatte, er komme von einem noch viel weiter entfernten Ort. Questing hatte ihn etwa ein halbes Jahr nach dem Massaker am Wounded Knee aufgesucht. Er hatte Wovoka aus seiner innerlichen Starre geweckt, ihn in die Welt der Magie eingeführt und ihm sein ganzes Wissen offenbart. Vor fünf Jahren hatte er den Paiute-Seher dann in den Kreis der Wächter der Wahren Quelle eingeführt, nur um anschließend zurück in den Osten zu gehen und den Kontakt bis auf ein paar sporadische Briefe abzubrechen. Haba hingegen hatte er zurückgelassen – als eigenwilligen, aber treuen Gefährten Wovokas.

»Wenn die Dinge sich so entwickeln, wie der Kreis es sich wünscht, wird der junge Engländer Jonathan Kentham, dem wir das Quellschloss anvertrauten, die Wahre Quelle der Magie unversehrt erreichen. Er wird das Artefakt in den Schlund der Quelle werfen, und diese wird sich dadurch erneut schließen. Die noch freie, rohe Magie wird im Laufe der Wochen verfliegen, und schließlich herrscht auf der Erde wieder die Ruhe, nach der sie sich sehnt.«

Glaubst du, dieser Jonathan ist seiner Aufgabe gewachsen?

Ohne sofort zu antworten, richtete Wovoka seinen Blick auf die wilde grüne Landschaft, die sich zu seinen Füßen erstreckte. Hohe Kiefern wuchsen dort im Schatten des To-to-kon oolah, jenes hohen Granitfelsens, der sich über dem Tal auftürmte und den die Weißen El Capitan nannten. Jenseits davon strömte der Merced River durch saftige Frühlingswiesen. Und dahinter erhoben sich die majestätischen Cathedral Rocks. Der Paiute, der eigentlich hundertsiebzig Meilen nordöstlich in Yerington, Nevada, lebte, kam nicht oft an diesen Ort. Aber wann immer es ihn ins Yosemite Valley zog, wurde er erneut von der ursprünglichen Schönheit des Ortes in Bann geschlagen. »Ich weiß es nicht«, gestand er nach einer Weile. »Ich weiß nicht, ob Mister Kentham Erfolg haben wird.«

Was könnte ihn scheitern lassen?, fragte Haba geduldig.

Wovoka bewunderte die Hartnäckigkeit des Präriehasen. Er ließ nicht locker, bis der Paiute wirklich erkannt hatte, was richtig und was falsch war. »Er sieht sich mächtigen Gegnern gegenüber: einem britischen Lordmagier, dessen Gefolgsleuten und den Scharen der dem Wahnsinn verfallenen Wächter der Quelle selbst. Kentham ist jung und unerfahren. Zwar trägt er enorme Kräfte in sich, aber er vermag sie nicht zu nutzen.«

Die Aufgabe, die ihn an der Wahren Quelle erwartet, ist also gefährlich.

»Ja, das ist sie.«

Und die Wahrscheinlichkeit, dass all seine Gegner ihn aufzuhalten vermögen, keineswegs gering.

Mit einem leichten Zögern gab Wovoka auch dies zu.

Haba legte den Kopf schief. *Das klingt für mich so, als bräuchte Jonathan jede Hilfe, die er bekommen kann. Etwa die Hilfe eines aufrechten Mannes, eines großen Sehers, eines Quellwächters.*

Tief in seinem Herzen wusste Wovoka, dass sein Gefährte recht hatte. Eigentlich hatte er von Anfang an gewusst, was in diesem schicksalhaften Konflikt seine Bestimmung war. Allein der Zweifel hatte ihn die Augen davor verschließen lassen. Und auch jetzt legte er ihm eine letzte Hürde in den Weg. »Was ist mit meiner Vision?«, fragte er.

Betrachte sie als Warnung. Es mag in deiner Hand liegen, die Welt zu retten. Doch übe Bescheidenheit. Du bist nicht der Auserwählte des Schicksals, du bist nur sein Diener.

Wovoka wandte den Blick vom Yosemite Valley ab und sah Haba an. »Deine Weisheit ist wie immer größer, als es dein Körper erwarten lässt. Ich danke dir.«

Gute Reise, Wovoka. Ich werde noch immer hier sein, wenn du zurückkehrst.

Der Paiute-Seher nahm die Worte mit einem Nicken zur Kenntnis. Anschließend erhob er sich und trat den Weg vom Rücken des El Capitan hinunter ins Tal an. Er wusste nun, wohin er seine Schritte lenken musste.

KAPITEL 29:
WOLF UND LAMM

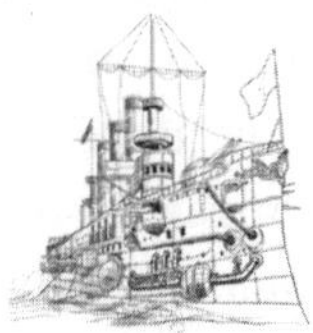

»Wie es aussieht, wird der nächste Dienstag ein ganz besonderer Tag in der Geschichte von New York. Nie zuvor wurde solch ein Aufwand betrieben, um eines einzelnen Mannes zu gedenken. Anlässlich der Feierlichkeiten zum 75. Geburtstag des verstorbenen General Grant, bei denen das General Grant National Memorial eingeweiht wird, ist die ganze Stadt in Aufruhr. Tausende Besucher füllen bereits die Straßen, und es heißt, dass man in keinem Hotelflur an der Fifth Avenue einen Stein werfen kann, ohne einen General oder fünf Colonels zu treffen.«

– New York Times, 24. April 1897

24. April 1897, 20:00 Uhr GMT (19:00Uhr Ortszeit)
Atlantik, etwa 600 Seemeilen südwestlich von England

»Kommen Sie herein, meine Herren. Das Essen wird jeden Augenblick aufgetischt.« Lionida Diodato – *Francesca Buitoni, sie soll ja keinen Verdacht schöpfen*, verbesserte sich Randolph in Gedanken – machte eine einladende Geste, als Holmes und er, begleitet von einem jungen Fähnrich, am Abend erneut in den

Salon der *Gladius Dei* traten. Die Mannschaft hatte drei der kleinen Tische zusammengerückt und daraus eine Art Tafel gebildet, an der Platz für sieben Personen war. Scarcatore und Diodato waren bereits anwesend, ebenso ein rundlicher Mann mit einer gepflegten Halbglatze im Gewand eines Priesters.

Die Magierin richtete ein paar Worte auf Italienisch an den jungen Fähnrich, der sich daraufhin verneigte und zurückzog. Dann schenkte sie Holmes und Randolph ein warmes Lächeln. »Darf ich vorstellen«, sagte sie und deutete auf ihre Begleiter. »Dies hier ist Signore Tremore, der Bordkaplan. Kaplan Tremore, die Herren Moriarty und Brown aus London.«

»Freut mich, Sie kennenzulernen, Gentlemen.« Tremores Englisch hatte einen stärkeren Akzent als das Diodatos, doch er schlug sich zweifellos besser, als Randolph es getan hätte, wenn diese Unterhaltung stattdessen auf Italienisch geführt worden wäre.

Holmes machte einen Schritt nach vorne und verneigte sich höflich. »Die Freude ist ganz auf unserer Seite«, erwiderte er stellvertretend für Randolph mit. Der Kutscher war sich nicht so sicher, ob er sich wirklich freute, einem Pfaffen des Vatikans zu begegnen. Aber der Kaplan wirkte so gemütlich und umgänglich, dass er beim besten Willen kein gutes Feindbild abgab. Daher nickte Randolph ebenfalls und rang sich ein Lächeln ab.

»Hauptmann von Stein gesellt sich in wenigen Minuten zu uns. Mir wurde mitgeteilt, dass er sich noch um eine Frage der Navigation zu kümmern hat«, erklärte Diodato die Abwesenheit des Kommandanten des Luftschiffs. »Aber setzen wir uns doch.«

Sie ließen sich auf den bereitgestellten Stühlen nieder, wobei Holmes nicht ganz zufällig den Platz Diodato gegenüber wählte. Randolph entschied sich für den Stuhl rechts neben ihm, womit er dem Wissenschaftler Scarcatore gegenübersaß. Kaplan Tremore setzte sich ans Fußende der Tafel; der Stuhl am Kopfende blieb für den Hauptmann frei. Ein Steward kam herein und servierte einige Getränke und kleinere Vorspeisen.

So verbrachten sie ungefähr eine Viertelstunde mit harmloser Plauderei, bis auch der Kommandant des Luftschiffes eintraf. Die Herren erhoben sich höflich von ihren Stühlen, aber von Stein bat sie mit einer Geste, wieder Platz zu nehmen.

»Nun, Hauptmann, haben Sie uns auf sicheren Kurs gebracht?«, wollte Diodato wissen.

Der deutsche Offizier setzte sich und nickte knapp. »Von Südwesten her zieht eine Unwetterfront auf uns zu. Wir werden ihr nicht ganz entgehen können, aber ich habe einen Kurs anlegen lassen, der uns um das Schlimmste herumführt.«

»Stellt dieses Gewitter eine Gefahr dar?«

»Jedes Unwetter stellt eine gewisse Gefahr dar. Wenn es allerdings ein Luftschiff auf der Welt gibt, das so einer Gefahr trotzen kann, ist es die *Gladius Dei*. Machen Sie sich keine Sorgen, Signora, und auch Sie nicht, meine Herren.« Er schaute zu Randolph und Holmes hinüber.

»Wer macht sich hier Sorgen?«, erwiderte Holmes leichthin.

Ich beispielsweise, dachte Randolph. Natürlich sagte er das nicht laut. *Wenn es ein Luftschiff auf der Welt gibt …* Er schnaubte innerlich. Wie viele Schiffe von der Art der *Gladius Dei* gab es denn auf der Welt? Wenn es ein halbes Dutzend gewesen wäre, hätte es ihn schon gewundert.

Gleich darauf wurde das Essen aufgetischt und lenkte Randolph einstweilen von seinen unheilvollen Gedanken ab. Es erstaunte ihn bereits zum zweiten Mal an diesem Tag, wie üppig an Bord des Luftschiffes gespeist wurde. Für ein Kriegsschiff – und nichts anderes war die *Gladius Dei* in seinen Augen – kam ihm das reichlich ungewöhnlich vor. Andererseits sagte man den Dienern der katholischen Kirche seit jeher einen Hang zu Verschwendung und Prunksucht nach. Und vermutlich sahen die Mahlzeiten der einfachen Luftschiffer und Soldaten auch ganz anders aus.

Während sie ihre Teller mit erlesenen Speisen beluden, wandte sich die Diodato an Holmes und ihn: »Ich hoffe, Ihr Aufenthalt auf der *Gladius Dei* war bis jetzt, ungeachtet der Umstände, unter denen wir einander kennengelernt haben, angenehm.«

»Danke, wir können uns nicht beklagen«, erwiderte Holmes, der sich nicht zwischen Lamm und Geflügel entscheiden konnte und sich kurzerhand von beidem auf den Teller lud. »Ich würde sogar sagen, gerade *wegen* der Umstände, unter denen wir einander kennengelernt haben, war der Aufenthalt bis jetzt angenehm. Nach Tagen in feuchten Kellern, in den Eingeweiden eines Tauchboots und in einem kleinen Ruderboot auf hoher See fühle ich mich hier wie im Himmel – verzeihen Sie das Wortspiel.« Er bedachte Kaplan Tremore mit einem entschuldigenden Lächeln, bevor er sich wieder an Diodato wandte. »Ein Lob übrigens auch an Ihre Küche. Die Appetithappen, die uns vorhin serviert wurden, waren ganz vorzüglich. Und auch dies hier lässt einem wahrhaftig das Wasser im Mund zusammenlaufen. Man könnte denken, im Savoy Hotel in London zu dinieren statt in einem Luftschiff über dem Atlantik.«

»Sie erinnern sich noch an das Buffet im Savoy Hotel?«, warf Randolph grinsend ein.

Holmes schoss einen unwilligen Blick in seine Richtung.

»Ich lasse es dem Koch ausrichten«, sagte die Magierin schmunzelnd.

»Woher haben Sie dieses Ungetüm eigentlich?«, wollte Randolph wissen und schloss mit einer Geste den Raum und alles um sie herum ein. »Ein Fluggerät wie dieses ist mir noch nie untergekommen.«

»Das hätte mich auch gewundert, mein Herr«, erwiderte von Stein, der vor einem Stück Lammfleisch, einem kleinen Hügel Kartoffeln und einer Paradereihe Bohnen saß. »In die Konstruktion dieses Flugschiffes sind immense Mittel für Forschung und Entwicklung geflossen. Es ist das modernste seiner Art und allen gegenwärtig in Europa aufkeimenden Ideen – etwa der Herren Schwarz und Zeppelin – weit überlegen.« Der deutsche Offizier wirkte nicht wenig stolz auf diesen Umstand.

»Ich nehme an, dass einige der hier verwendeten Konstruktionsprinzipien auf den Ideen jener Herren fußen, oder?«, fragte Holmes mit süffisantem Lächeln.

Von Stein bedachte ihn mit einem finsteren Blick. »Ich bin nicht befugt, darüber Auskunft zu erteilen«, knurrte er.

Holmes hob sein Glas und prostete Diodato zu. »Dennoch trinke ich auf die Fähigkeiten des Spionageapparats seiner Heiligkeit.«

Diodato neigte anmutig den Kopf. »Danke.«

Randolph fiel auf, dass sie gar nicht erst versuchte zu leugnen, im Dienst des Vatikans zu stehen, auch wenn sie sich bislang nicht offen zu irgendeiner europäischen Fraktion bekannt hatte. Andererseits wäre es vermutlich eine Beleidigung der Intelligenz ihrer Gäste gewesen, zu unterstellen, dass Holmes und Randolph angesichts der riesigen Kruzifixe auf der Schiffshülle und des vielsagenden Namens des Fluggefährts nicht die richtigen Schlüsse ziehen würden.

Holmes leerte sein Glas und bedeutete dann dem Steward, ihm nachzuschenken. Zufrieden nickte er. »Nachdem nun also die Sonntagskollekte des Petersdoms und die geistige Vorarbeit unermüdlicher deutscher Ingenieure in dieses fliegende Wunder geflossen sind, erklärt sich auch, weswegen eine gemischte Mannschaft unter einem Offizier aus dem Kaiserreich dieses Schiff bemannt.«

Es überraschte Randolph, dass sich Holmes ausgerechnet ein Gesprächsthema zur Abendunterhaltung gewählt hatte, das ihm nur den Unmut ihres Gastgebers einhandeln konnte. Andererseits machte es Holmes vielleicht auch einfach Spaß, herauszufinden, wie weit er den Hund reizen konnte, bevor der sich von der Leine seiner Herrin loszureißen versuchte.

»Wir mögen unterschiedlichen weltlichen Herren dienen, aber etwas Größeres eint uns«, antwortete von Stein steif.

»Meinen Sie den Glauben oder das Geld?« Holmes hob eine Augenbraue.

»Beleidigen Sie mich nicht, Mister Moriarty«, warnte ihn der Deutsche. »Sie sind auf diesem Schiff nur geduldet. Vergessen Sie das nie. Ich kann Sie auch wieder in Ihr Boot zurückverfrachten und auf dem Atlantik aussetzen lassen.«

Und der Hund zerrt bereits. Das ging schnell, dachte Randolph.

»Meine Herren, dieser Zwist ist Ihrer beider unwürdig«, mischte sich Diodato ein. »Wir sind Verbündete, zumindest einstweilen, und so sollten wir uns auch verhalten. Aber um Ihre Frage zu beantworten, Mister Moriarty. Uns eint das gleiche *Ziel*, ein Ziel, das dem des Ordens des Silbernen Kreises unter Lordmagier Dunholm gar nicht so unähnlich ist. Wir alle wollen die Menschheit vor den Gefahren der Magie beschützen.«

»Sie meinen sicherlich: vor den Gefahren durch Magieanwender«, verbesserte sie Holmes. »Der Magie dürfte ihr technisches Wunderwerk ziemlich gleichgültig sein.«

Diodato neigte bestätigend den Kopf. »Zugegebenermaßen zählt dazu auch, dem Wahn verfallene Männer wie Victor Mordred Wellington zu verfolgen und unschädlich zu machen.«

Randolphs Begleiter lachte kurz, bevor er einen weiteren Schluck Wein zu sich nahm. »Ein Jammer, dass Sie seinen Wahn nicht schon früher erkannt haben.«

»Das bedaure ich auch«, gab die Magierin zu. »Es hätte uns allen viel Ärger erspart.«

Während des weiteren Essens unterhielten sie sich über unverfänglichere Themen. Kaplan Tremore zeigte sich erstaunlich interessiert an den in London geplanten Festivitäten anlässlich des diamantenen Kronjubiläums von Queen Victoria. Und von Stein versuchte erfolglos, die Tischgesellschaft mit einer Analyse des Kampfes zwischen Griechenland und dem Osmanischen Reich zu unterhalten.

Randolph wunderte sich, dass weder Diodato noch der Deutsche versuchten, das Gespräch auf die Vorgänge zu lenken, die in den Hallen des Ordens des Silbernen Kreises zum Umsturz geführt hatten. Zweimal wechselte er unauffällig in die Wahrsicht, um herauszufinden, ob die Magierin oder ihr schweigsamer Begleiter Scarcatore Anstalten machten, in Holmes' oder seinem Kopf herumzustöbern. Doch allem Anschein nach war das nicht der Fall.

Das wiederum legte den Schluss nahe, dass sich ihre Gastgeber bereits aus anderer Quelle informiert hatten – denn dass die Spaltung der größten Magiervereinigung Großbritanniens den Vatikan nicht interessierte, konnte Randolph sich kaum vorstellen. *Sie müssen einen Spion in unseren Reihen gehabt haben – oder immer noch haben,* kam es ihm in den Sinn. Das war keineswegs ausgeschlossen. Es wäre nicht das erste Mal gewesen, dass eine ausländische Macht die Reihen des Ordens unterwanderte, genau wie der Silberne Kreis die kontinentaleuropäischen Magierzirkel unter Beobachtung hielt. Randolph fragte sich, wer es wohl sein könnte, und ob der- oder diejenige jetzt dem Usurpator Wellington die vorgetäuschte Treue hielt oder sich bei Jonathan, Cutler und den McKellens irgendwo in London befand.

Diese Frage ließ die Gedanken des Kutschers in eine andere Richtung driften. Seit Holmes und er gemeinsam mit Grigori und Wilkins von Wellington und seinen Schergen bei der nur halbwegs geglückten Befreiungsaktion der Anhänger Dunholms in der Unteren Guildhall erwischt worden waren, hatten sie jeden Kontakt zu Jonathan und den anderen verloren. Watson hatte ihnen zwar nach ihrem plötzlichen Auftauchen auf der *Nautilus* berichtet, dass der junge Reporter und die anderen erfolgreich entkommen seien. Aber wie ihre Lage im Augenblick aussah … Wer vermochte das schon zu sagen? *Ich hoffe, es geht ihnen gut*, dachte Randolph. *Und ich hoffe, dieser McKellen war den ganzen Ärger wert, den wir wegen ihm hatten.*

Der Kutscher merkte, dass Diodato und die übrigen ihn anschauten. Anscheinend war er dermaßen in Gedanken versunken gewesen, dass er eine an ihn gerichtete Frage überhört hatte. Rasch schluckte er das Stück Fleisch, auf dem er gerade herumkaute, hinunter. »Verzeihung, was sagten Sie?«

»Wir sprachen gerade darüber, ob die Magie eher ein Schaden oder ein Nutzen für die Welt ist«, erklärte Diodato ihm. »Da Sie von uns allen offensichtlich am stärksten von ihr gezeichnet wurden, wäre ich an Ihrer Ansicht sehr interessiert.«

Randolph blickte auf die Hufe an seinen Beinen hinab, die an die einer Ziege erinnerten. Seit seiner Flucht aus der Unteren Guildhall wurden sie nicht mehr durch klobiges Schuhwerk verborgen. »Ich denke nicht viel darüber nach«, gestand er. »Es ist, wie es ist. Wenn mich manche Menschen deswegen für ein Ungeheuer halten, kann ich auch nichts daran ändern.«

»Fabelwesen«, verbesserte Holmes und klopfte dem Kutscher freundschaftlich auf die Schulter. Er hatte im Laufe des Mahls bereits ordentlich Wein getrunken und war in entsprechend guter Stimmung. »Niemand würde Sie für ein Ungeheuer halten, Brown; höchstens für ein Fabelwesen. Und seien Sie dankbar, dass Sie einem Satyr ähneln und nicht einem Minotaurus. Mit einem Stierschädel hätten Sie deutlich mehr Probleme – auch bei den Frauen. Zwar sagt man Minotauren eine erstaunliche Manneskraft nach, aber welche Frau möchte schon morgens neben einem Burschen aufwachen, der sie an den Rinderbraten erinnert, den sie mittags zu verspeisen gedenkt. Ganz abgesehen davon gelten Satyren in der griechischen Sagenwelt auch nicht eben als Mauerblümchen.«

Kaplan Tremore räusperte sich unbehaglich, und um die Mundwinkel der Magierin zuckte es verräterisch.

»Danke, Ho… Moriarty«, knurrte Randolph. »Ihre Worte sind wie immer sehr aufbauend.« Im Geiste biss er sich auf die Zunge. Beinahe hätte ihn die ungezwungene Stimmung bei Tisch dazu verleitet, Holmes' echten Namen zu verraten. *Aufpassen, Junge,* warnte er sich selbst. *Wir sind nicht unter Freunden, auch wenn es so aussieht.*

Diodato wurde wieder ernst. »Sie wünschten sich also nicht manchmal, dass die Magie aus Ihrem Leben verschwinden möge und Sie wieder normal sein könnten?«

Darüber hatte Randolph tatsächlich seit sehr langer Zeit nicht mehr nachgedacht. Vor beinahe dreißig Jahren, in den Wochen, die direkt auf seine Verwandlung folgten, hatte er durchaus mit seinem Schicksal gehadert. Er war jung gewesen und hatte geglaubt, die schreckliche Entstellung würde sein Leben ruinieren. Doch mit der Zeit hatte er erkannt, dass genau das Gegenteil der Fall war. Die Magie hatte ihm den Weg in eine neue Welt eröffnet, die so viel mehr zu bieten hatte, als von Sonnenaufgang bis Sonnenuntergang an den Docks Kisten zu schleppen und danach in die Hafenkneipe einzukehren, um zwei Pints Ale in die durstige Kehle zu schütten und dabei aus den Augenwinkeln die Rundungen der zwanzig Jahre älteren Wirtin zu bewundern. Die Magie hatte Randolphs Leben eine größere Bedeutung gegeben. *Oder vielleicht war es auch nur der Mann, der mich damals aufnahm und sie mir nahebrachte. Ohne Albert Dunholm wäre vieles anders gekommen …* Randolph schüttelte den Kopf und sah Diodato ruhig an. »Nein«, sagte er. »Mein Leben seit meiner Verwandlung war ein gutes Leben. Ich würde es um nichts eintauschen wollen. Die Magie ist weder Schaden noch Nutzen. Sie existiert einfach nur. Für alles andere sind wir Menschen verantwortlich.«

»Bravo, mein Freund«, tönte Holmes. »Genau meine Meinung.«

Von Stein brummte, als würde er das Ganze anders sehen. Diodato nickte nur mit einem hintergründigen Lächeln. »Ich bin gespannt, wie Sie darüber denken, wenn unsere Reise vorüber ist, Mister Brown.«

Schließlich hatten sie ihr Mahl beendet, und der Steward räumte die Essensreste ab. Bevor er jedoch den Nachtisch auftragen konnte, erschien plötzlich ein Luftschiffer in der Tür zum Salon. Er sagte etwas auf Deutsch, das Randolph nicht verstand. Die Dringlichkeit in seiner Stimme entging dem Kutscher allerdings nicht.

Von Stein erhob sich. »Wenn Sie mich bitte entschuldigen würden, meine Herren, die Dame. Man braucht mich auf der Brücke.«

»Stimmt etwas nicht?«, fragte Randolph.

»Das Unwetter scheint zu drehen. Es bedarf einer weiteren Kursanpassung.«

»Wenn Sie erlauben, würde ich Sie gerne begleiten«, sagte Scarcatore. »Ich möchte mir dieses Gewitter einmal ansehen.« Er stand ebenfalls von seinem Stuhl auf und ergriff den Koffer, den er hinter sich abgestellt hatte. Dieser Koffer war Randolph schon aufgefallen, als man sie an Bord geholt hatte. Offenbar ließ der italienische Wissenschaftler ihn nie aus den Augen.

»Wie Sie wünschen«, gab der Hauptmann zurück. Die Männer grüßten zum Abschied und gingen dann.

Kaplan Tremore schlug sich mit beiden Händen auf den ausladenden Bauch. »Die Fastenzeit ist zwar vorüber und die Verlockung groß, aber ich werde meinen Magen lieber nicht noch weiter füllen, wenn uns ein Unwetter droht. Ich denke, ich begebe mich lieber in meine Kabine und bete darum, dass dieser Kelch an uns vorübergeht.«

»Ihr Wort in Gottes Ohr«, brummte Randolph.

»Oh, das hoffe ich inständig«, gab der Geistliche zurück und wandte sich zur Tür, durch die soeben der Steward mit einigen Schälchen Mousse hereinkam, nur um festzustellen, dass die Hälfte seiner Gäste mittlerweile verschwunden war. Unschlüssig blickte er auf die Verbliebenen.

»Also, ich lasse mich weder von Gott noch der Welt von diesem Genuss abhalten«, verkündete Diodato mit Blick auf den Nachtisch. »Was ist mit Ihnen, Mister Moriarty, Mister Brown?«

»Ich schließe mich gerne an«, sagte Holmes, dann warf er Randolph einen Blick zu. Seine Miene war fragend, doch in seinen Augen leuchtete es ganz kurz auf. Er war in die Wahrsicht und wieder zurück gewechselt: für Randolph das Zeichen zum Aufbruch.

Der Kutscher räusperte sich und stand auf. »Nehmen Sie's mir nicht übel, aber ich bin kein Freund von Süßspeisen. Ich gehe schon mal zurück in unsere Kabine.«

»Vortrefflich. Leisten Sie Moran ein wenig Gesellschaft. Die Arme macht sich zweifelsohne schon Sorgen, wo wir bleiben.«

»Ich werde ihr sagen, dass Sie bei Miss Buitoni in besten Händen sind.« Es gelang Randolph gerade noch, ein anzügliches Grinsen zu unterdrücken.

Holmes hüstelte. »Besser nicht. Bleiben Sie lieber etwas allgemeiner. Sie wissen ja, wie Moran ist.«

Eifersüchtig?, überlegte Randolph. *Na, das dürfte noch interessant werden.*

Jetzt wird es langsam interessant, dachte Lionida, nachdem Holmes' Begleiter gegangen war. Endlich waren sie beide – natürlich vollkommen zufällig – allein. Das Spiel, dem sich Lionida daheim in Rom immer wieder mit Leidenschaft hingab, konnte beginnen. Für gewöhnlich war sie an Abenden wie diesen die Wölfin und ihr männlicher Widerpart das Opfer, das Lamm. Und so sehr dieser Mister Moriarty alias Jupiter Holmes das Gleiche von sich glauben mochte, sie war ihm weiterhin einen Schritt voraus. *Ich bin keine Ihrer blasshäutigen, mausäugigen Misses Potts, die Sie mit weltmännischem Charme um den Finger wickeln können.*

Der dandyhafte britische Magier blickte sie über seine Mousseschale hinweg an. »Vielleicht wäre es Ihnen, nun, da wir zu zweit sind, lieber, wenn wir an einen kleineren Tisch wechseln. Für zwei Personen ist diese Tafel doch etwas zu unpersönlich.«

Lionida nahm ihren Nachtisch auf. »Gerne. Gehen wir doch hinüber ans Fenster.«

Sie erhoben sich und begaben sich an einen der Fenstertische. Holmes rückte Lionida den Stuhl zurecht, und sie bedankte sich höflich. Die Fenster des Salons zeigten nach Norden auf das endlose Blaugrau des Ozeans hinaus, wodurch sich das von Südwesten nahende Unwetter ihren Blicken entzog. Lionida war dankbar dafür. Mitunter vermochte zwar der Anblick roher Naturgewalten eine Atmosphäre der Leidenschaft anheizen. Aber Holmes war Brite, kein Italiener, und sie befürchtete, dass ihn das

Nahen dunkler Wolkenberge, zwischen denen Wetterleuchten irrlichterte, eher beunruhigen und ablenken würde.

Die Magieragentin tauchte ihren Löffel in die dunkle Nachspeise und schob ihn sich genüsslich in den Mund. Dabei musterte sie Holmes unter gesenkten Wimpern. Er erwiderte den Blick, ohne den Eindruck zu machen, davon irgendwie eingeschüchtert zu sein. »Sie haben es Hauptmann von Stein heute beim Dinner nicht leicht gemacht«, bemerkte sie mit neckendem Tadel in der Stimme.

»Ich bitte um Verzeihung, wenn ich Ihnen damit Unannehmlichkeiten verursacht habe«, gab Holmes zurück.

»Oh, das haben Sie nicht. Es fiel mir nur auf, dass Sie eine gewisse Abneigung verbindet.«

Holmes zuckte mit den Schultern. »Möglicherweise liegt es an der Uniform. Ich habe in der Vergangenheit nicht immer nur angenehme Erlebnisse mit dem deutschen Militär gehabt.«

»Das klingt aufregend.« Lionida beugte sich ein wenig nach vorne. »Möchten Sie mir davon erzählen?«

»Lieber nicht«, gestand Holmes. »Es würde mich auch wundern, wenn ich eine Dame wie Sie durch das Erzählen von Abenteuergeschichten beeindrucken könnte. Sie haben doch sicher selbst bereits das eine oder andere erlebt.«

Die Magieragentin neigte leicht den Kopf. »Das eine oder andere.«

»Wie lange dienen Sie schon dem *Officium contra Magiae*?«, erkundigte sich Holmes. »Ich gehe doch recht in der Annahme, dass Sie der Magieabwehr des Vatikans unterstehen?«

»Sie irren nicht. Und ich bin schon einige Jahre als Magieragentin für das Officium tätig. Wie viele … Darüber denke ich lieber nicht nach.«

Holmes schmunzelte. »Aber, aber, das klingt, als fühlten Sie sich alt.«

»Wir sind beide keine Jungspunde mehr«, erinnerte Lionida ihn. Tatsächlich hatten andere Frauen in ihrem Alter bereits vier

Kinder in die Welt gesetzt und sahen langsam vom Leben verbraucht aus. Davon war sie selbst erfreulicherweise noch weit entfernt.

Dem schien auch Holmes zuzustimmen. »Dennoch wäre es eindeutig verfrüht, uns zum alten Eisen zu zählen. Ich für meinen Teil sehe mich in der Blüte meiner Jahre. Und wenn Sie mir das Kompliment erlauben: Auch an Ihnen würde jeder Mann Spuren des Alters vergeblich suchen.«

»Das Officium ermuntert seine Agenten zu einem gesunden Lebenswandel.«

Holmes warf einen Blick auf die Weingläser und Schalen mit Mousse vor ihnen. »Schön zu sehen, dass Sie diese Empfehlung durchaus in den Wind zu schlagen wissen. Der hohen Kunst, das Leben zu genießen, wird dieser Tage viel zu selten Achtung gezollt. Cheers.« Lächelnd hob er sein Weinglas und trank einen Schluck. Nachdem er es wieder abgesetzt hatte, blickte er sie forschend an. »Wissen Sie, was ich mich frage?«

Lionida gestattete sich ein vertrauliches Lächeln. »Soll ich in Ihrem Geist nachschauen?«

»Nicht nötig«, wehrte Holmes ab. »Ich will es Ihnen sagen: Was macht eine Frau wie Sie beim Officium? Sie ruinieren mein Bild von den frömmelnden Fanatikern, das ich bislang mit der Magieinquisition verbunden habe.«

»Mister Moriarty.« Die Magieragentin schüttelte tadelnd den Kopf. »Seien Sie froh, dass mein Vorgesetzter das nicht gehört hat. Wir sind schon lange keine Inquisition im herkömmlichen Sinne mehr. Das Officium ist dem Schutz aller braven Bürger verpflichtet.«

»Umso mehr überrascht mich Ihre Anwesenheit in dessen Reihen. Sie wirken mir nicht wie eine Vertreterin des braven Bürgertums.«

Um Lionidas Mundwinkel zuckte es erneut. Dieser Holmes war dreist, keine Frage, insbesondere für einen britischen Gentleman. Irgendwie gefiel ihr das. »Ich nehme eine Art Sonderstellung im Officium ein«, gestand sie. »Meine Vorgesetzten dulden den Umstand, dass ich keine ›frömmelnde Fanatikerin‹ bin, wie Sie es ausdrücken, weil ich gewisse Gaben besitze, die für das Officium nützlich sind.«

»Und welche Gaben wären das, Miss Buitoni?«, wollte Holmes wissen und beugte sich dabei etwas nach vorne.

Lionida rückte ihrerseits ebenfalls näher. Der Tisch, an dem sie saßen, war nicht besonders groß, und mittlerweile trennten sie nur noch wenige Handbreit. »Zum einen bin ich eine Frau ...« *Mit einem Talent dafür, Männer um den Finger zu wickeln, Mister Holmes,* fügte sie in Gedanken hinzu. »Und zum anderen habe ich die erstaunliche Eigenschaft, immer das zu bekommen, was ich will.«

»In der Tat erstaunlich«, bestätigte Holmes in vielsagendem Tonfall. »Und ... wonach verlangt es Sie im Augenblick?«

»Nach nichts, was Sie nicht auch möchten, Mister Moriarty ...« Sie ließ den Namen auf ihrer Zunge zergehen wie zuvor die Süßspeise aus dem mittlerweile fast leeren Schälchen vor ihr. Inzwischen waren sie noch näher zusammengerückt. Lionida konnte sehen, wie Holmes' Augen funkelten. Seine Pupillen waren geweitet – ob vom Wein oder vor Verlangen, vermochte sie nicht zu sagen.

»Sie bringen mich beinahe in Verlegenheit, Miss Buitoni«, sagte er leise. »Aber nennen Sie mich doch bitte Holmes, Jupiter Holmes. Zu Ihren Diensten. Mister Moriarty war nur eine Vorsichtsmaßnahme, da mein Name in gewissen magischen Kreisen nicht ganz unbekannt ist und ich anfangs nicht wusste, mit wem wir das Vergnügen haben. Ich denke aber, derlei Verstellung ist jetzt nicht mehr nötig.«

»Ich weiß Ihre Offenheit zu schätzen, Mister Holmes«, hauchte Lionida. »Dann will auch ich aufrichtig zu Ihnen sein. Mein Name ist ebenso wenig Francesca Buitoni. Tatsächlich heiße ich Lionida Diodato. Auch nur eine Vorsichtsmaßnahme, versteht sich.«

»Versteht sich …« Holmes zwinkerte ihr zu. »Wie mir scheint, sind wir beide vorsichtige Menschen.«

Federleicht legte Lionida ihre rechte Hand auf seine Wange, strich mit den Fingerkuppen über seine warme Haut. »Und deshalb sollten wir nun vielleicht meine Kabine aufsuchen. Wir befinden uns nach wie vor im Salon der *Gladius Dei.* Jeden Augenblick kann einer der Luftschiffer hereinkommen. Was würde er denken?«

»Er wäre wohl erstaunt über die ausnehmend guten Beziehungen, die das Britische Empire und der Vatikan in jüngster Zeit unterhalten.« Holmes lachte leise. »Aber was ist Politik ohne Risiko?«

Ihre Gesichter waren nur noch einen Fingerbreit auseinander. Lionida glaubte, seine Lippen bereits auf den ihren zu spüren. Und so sehr sich auch ein kleiner Teil von ihr dagegen wehrte: Sie musste feststellen, dass diese Aussicht ihr Blut in Wallung brachte.

In diesem Augenblick zerriss die Alarmsirene der *Gladius Dei* die Stille des Salons und störte den trauten Moment. Beunruhigt schreckte Diodato zurück und stieß dabei ihr Weinglas um. Ein wenig damenhafter Fluch kam ihr über die Lippen, als sich der Rest des Weins über ihr Kleid ergoss.

Holmes fluchte ebenfalls, wenn auch lautlos. Er hatte Lionida beinahe so weit gehabt, ihre Verteidigungsschilde fallen zu lassen. Nach einem gepflegten Stelldichein in ihrer Kabine wäre sie Wachs in seinen Händen gewesen. Doch diese Aussicht war nun wohl hinfällig. »Was ist los?«, fragte er unwillig und blickte zur Tür, als fände sich dort eine Antwort auf die unerwünschte Störung.

Genauso plötzlich, wie der Alarm eingesetzt hatte, endete er auch schon wieder. Aber nur Sekunden später tauchte der junge Fähnrich auf, der Randolph und ihn vor zwei Stunden von ihrem Quartier zum Salon geleitet hatte. »Signora, der englische

Magier ist ausgebrochen!«, rief er auf Italienisch – offenbar in dem Glauben, dass Holmes ihn dann nicht verstand. »Er hat Signora Potts in seine Gewalt gebracht und sich danach Zugang zur Brücke verschafft.«

Diodatos Miene verhärtete sich. »Ich komme.« Sie wechselte ins Englische. »Würden Sie mich entschuldigen. Es gibt ein kleines …«

»Sparen Sie sich das«, unterbrach Holmes sie. »Mein Italienisch ist nicht schlechter als Ihr Englisch, Signora. Ich habe alles mit angehört.« Er packte sie am Arm, jetzt genauso ernst wie sie. »Was geht hier vor? Welcher englische Magier? Nicht Brown, oder? Und spricht der Knabe etwa von Emma Potts, Lord Cheltenhams ehemaliger Sekretärin?«

Die Magieragentin zögerte.

»Reden Sie mit mir, und ich helfe Ihnen«, drängte Holmes sie. »Mir scheint, das wäre im Sinne aller.«

»Also schön, kommen Sie mit«, sagte Diodato mit einem Nicken. »Ich erkläre alles unterwegs.« Sie wandte sich dem Fähnrich zu. »Holen Sie Scarcatore, Fähnrich Buitoni!«

Mit einem Heben der Augenbraue bemerkte Holmes die Namensgleichheit zwischen Diodatos Tarnidentität und dem jungen Mann, und er fragte sich, ob das Zufall war oder mehr dahinter steckte. Doch im Augenblick gab es Wichtigeres, um das sie sich kümmern mussten.

»Wir waren mit der *Gladius Dei* in London«, erklärte Diodato gehetzt, während sie den schmalen Hauptgang des Luftschiffs in Richtung Bug eilten. »Meine Aufgabe war es, Verbindung mit dem Dunholm-treuen Teil des Silbernen Kreises aufzunehmen. Doch als ich die Guildhall besuchte, war diese leer und zerstört. Kurz darauf traf ich auf Miss Potts, unsere Informantin innerhalb des Ordens.«

»Potts eine Spionin?« Holmes konnte es nicht fassen. *Die strebsame, schüchterne, unauffällige Miss Potts. Ich habe sie immer unterschätzt …*

»Eher jemand, der uns über die Vorgänge innerhalb des Ordens auf dem Laufenden hält«, wiegelte Diodato ab. »Aber das spielt jetzt auch keine Rolle. Während wir sprachen, wurden wir von drei Männern gestört, einem Mister Carlyle und zwei Schlägern. Die Schläger vermochte ich unschädlich zu machen, Carlyle nahmen wir gefangen.«

»Carlyle?«, wiederholte Holmes ungläubig. »Sie steigen mit jeder Minute in meiner Achtung.«

»Ich hatte Hilfe.«

»Nun, wenn es wirklich gegen Carlyle geht, dann können Sie jetzt meiner Unterstützung gewiss sein.«

Sie näherten sich einer Metalltreppe, die zu einer verschlossenen Tür führte. In der Mitte der Tür befand sich ein Bullauge. Am Fuß der Treppe kauerten zwei Soldaten mit Gewehren und beäugten die Tür argwöhnisch. Ein dritter lag blutend am Boden und wurde von Kaplan Tremore versorgt. Von Stein stand neben ihnen und machte ein verkniffenes Gesicht. »Ich war nur für einen Moment in meinem Quartier. Dann hörte ich den Alarm. Und als ich hier eintraf, war das Malheur schon geschehen.«

»Wie konnte das passieren?«, wollte Diodato wissen. »Wir hatten Carlyle doch betäubt, um ihn ruhig zu halten.« Sie richtete den Blick auf die Tür, und Holmes sah, wie in ihre Augen das verräterische Glühen trat, das von ihrem Wechsel in die Wahrsicht zeugte. Offenbar versuchte sie, sich unbemerkt ein Bild von der Lage auf der Brücke zu machen.

»Wenn ich das wüsste«, knurrte von Stein. »Anscheinend ist er früher als erwartet zu Bewusstsein gekommen. Er hat die Kabinentür aufgebrochen und die Wachen überwältigt. Ein unglücklicher Zufall hat dafür gesorgt, dass ihm Miss Potts über den Weg gelaufen ist. Und mit ihr als Geisel hat er sich bis zur Brücke vorgearbeitet. Dort sind nun noch die zwei Steuermänner und der Bordingenieur in seine Gewalt geraten.«

Tremore blickte vom Boden auf. »Was bringt ihm das alles?«, fragte er. »Wir befinden uns mitten auf dem Atlantik. Selbst wenn wir es wollten, könnten wir ihm keine Kutsche zur Flucht bereitstellen.«

»Wir haben ein paar Beiboote, sollten wir zu einer Notwasserung gezwungen sein«, merkte von Stein an. »Auch wenn ich an seiner Stelle so weit draußen auf See lieber nicht in einen dieser Kähne steigen würde, vor allem dann nicht, wenn ein Unwetter droht.«

»Das wird auch gar nicht in seiner Absicht liegen«, mischte sich Holmes ein. »Carlyle denkt so nicht. Er greift an, statt zu fliehen. So, wie ich das sehe, wird er viel eher versuchen, *uns* zu zwingen, dieses Gefährt zu verlassen.«

»Nur über meine Leiche«, knurrte der deutsche Offizier.

»Haben Sie schon einen Plan?«, fragte Lionida.

»Leider nein. Am liebsten würde ich die Brücke einfach stürmen. Aber ich weiß, wie viel Ihresgleichen mit Fadenbündeln zerstören kann, und es gibt eine Menge höchst empfindlicher Instrumente dort oben. Außerdem fürchte ich natürlich um das Leben der Dame und meiner Männer. Er wird sie womöglich töten, bevor wir seiner habhaft werden können.«

Holmes warf einen Blick den Gang hinunter, von wo Fähnrich Buitoni mit Randolph und Scarcatore näher kam. »Vielleicht habe ich eine Idee«, sagte er.

»Großartige Idee, Holmes«, brüllte Randolph gegen den Wind an, der an der Ausstiegsluke der *Gladius Dei* vorbeipfiff. »Einfach großartig.«

»Jetzt stellen Sie sich nicht so an, Brown«, erwiderte Holmes. »Es sind höchstens zwei Dutzend Schritt um die Gondel herum.«

»Es geht mir nicht um *die* zwei Dutzend Schritt.« Dunholms ehemaliger Diener deutete an der gewölbten Außenhaut des Luftschiffs entlang. »*Diese* zehn Dutzend wollen mir nicht gefallen.« Er zeigte auf das Meer zu ihren Füßen, das schwindelerregend tief unter ihnen lag.

Holmes beugte sich ein wenig aus der Luke heraus. Sofort begann der Wind an seinen Haaren und Kleidern zu zerren. Zugegeben, es war wirklich ziemlich tief, und auch ohne ausgeprägte Höhenangst konnte einem bei dem Anblick der grauen Fluten mulmig zumute werden. Doch da er den Vorschlag gemacht hatte, Carlyle durch einen Überraschungsangriff von hinten zu überwältigen, würde er jetzt unter keinen Umständen zurückstecken, schon gar nicht, solange Lionida Diodato in der Nähe war. Er blickte zu Randolph zurück. »Uns bleibt keine Wahl. Und auch nicht mehr viel Zeit. Ewig können von Stein und Miss Diodato Carlyle nicht ablenken. Irgendwann wird er des Verhandelns sicher überdrüssig werden. Also los.«

Der Magier wechselte in die Wahrsicht über und stellte mit den Augen eine Fadenverbindung zur Hülle des Flugschiffes her. Er löste einige der Fäden ab und verstärkte sie mit weiteren aus seiner Handfläche. Danach verknotete er sie mit seiner Fadenaura. Das Ganze wiederholte er zweimal und schuf sich so ein Sicherungsgeschirr, um nicht abzustürzen, sollte er auf ihrer Klettertour den Halt verlieren.

Als er damit fertig war, holte er tief Luft und schickte ein Stoßgebet zum Himmel, dass dies nicht sein letzter genialer Plan gewesen sein möge. »Folgen Sie mir nach, Mister Brown«, rief er. Anschließend schwang er sich aus der Ausstiegsluke.

Einen Augenblick lang verlor er das Gleichgewicht und schwankte leicht in der Luft hin und her. Doch schon im nächsten bekam seine Hand die Verkleidung der Gondel zu greifen, und er zog sich ganz nah an das kühle Metall heran. »Vorsichtig, mein Junge«, murmelte Holmes zu sich selbst. »Nur nicht übermütig werden.«

Er stellte seine Füße auf eine schmale Querverstrebung, klammerte sich mit der Linken fest und hob die Rechte, um ein Fadenbündel hinauf zum Rumpf des Luftschiffs zu schleudern. Während Randolph ihm mit verkniffener Miene hinterherkam, kletterte Holmes an der Außenseite der Gondel empor bis zum

Übergang, der zum gewaltigen Leib der Traggashülle führte.

»Warum müssen eigentlich *wir* hier draußen unser Leben riskieren?«, erkundigte sich Randolph hinter ihm. »Eben waren wir noch gemütlich in unserer Kabine eingesperrt.«

»Weil wir die einzigen Magier an Bord sind, von denen Carlyle nichts weiß«, erklärte Holmes. »Mit einem Angriff von Lionida rechnet er. Daher muss sie vorne an der Tür zur Brücke bleiben, in seinem Sichtfeld. Und Tremore … Sie wollen doch wirklich nicht den dicken Priester hier herumklettern lassen, oder?« Der Magier richtete seinen Blick erneut nach oben. Jetzt wurde es knifflig, denn sie würden sich an der Unterseite des Rumpfs bis zum Bug vorarbeiten müssen – nur gesichert durch das Fadenwerk. Wenn die Fäden rissen, war es aus.

»Lionida, hm?«, brummte Randolph. »Wie mir scheint, haben Sie bei dieser Lady von der Magieabwehr Fortschritte gemacht.«

»Genau wie besprochen«, verteidigte sich Holmes ein wenig pikiert. »Werden Sie jetzt nicht neidisch.« Er suchte nach einem guten Punkt, um seine Fadenbündel an der Hülle zu befestigen, doch die mit irgendeinem Metalllack bestrichenen Bahnen aus Baumwollgewebe erwiesen sich als unerfreulich glatt.

»Neidisch? Ich?« Randolph schnaubte. »In Sachen Frauengeschichten würde ich im Leben nicht mit Ihnen tauschen wollen, Holmes.«

Der Magier verzog das Gesicht. »Es war nicht alles schlecht«, murmelte er zu sich selbst. Mürrisch feuerte er ein Fadenbündel auf einen Verbindungsstreifen zwischen zwei Gewebebahnen ab und ließ die Gondelwand los, um sich zur Hülle hinaufzuziehen.

Aber er hatte sich verschätzt! Das Fadenbündel dehnte sich kurz, wurde länger und dünner, als es sein durfte, dann riss es von der glatten Hülle ab. Holmes schrie überrascht auf, als er unvermittelt abwärts stürzte. Im nächsten Augenblick schon stoppten seine Sicherungsleinen den Fall, und auch Randolph war herumgewirbelt und hatte ihn mit einem kraftvollen Fadenbündel an der Schulter gepackt. Als er ihn zurück zur Hülle zog, sah er ihn tadelnd an. »Werden Sie nicht übermütig, Holmes. Das hier ist etwas anderes, als eine Häuserfassade in London zu erklimmen.«

»Ich merke es gerade«, ächzte Holmes, während er sich mit klopfendem Herzen festklammerte. Sein Blick fiel erneut nach unten zur Wasseroberfläche, und obwohl er sie durch das Glitzern des Fadenwerks nur undeutlich wahrnehmen konnte, schwindelte ihm bei der Vorstellung, dort hinunterzustürzen und auf den aus dieser Höhe steinharten Fluten zu zerschellen. »Danke, Brown.«

Dunholms ehemaliger Diener nickte nur.

Deutlich vorsichtiger setzte Holmes seinen Weg fort. Sich unter der gewölbten Hülle der *Gladius Dei* entlangzuhangeln, war ein mühsames Unterfangen, aber nach ein paar Minuten hatten sie den Bug der Gondel erreicht und umrundet und hingen wie zwei riesige Spinnen oberhalb der breiten Brückenfenster am Rumpf. Randolph hielt sich linkerhand der Brücke bereit, Holmes war noch etwas weiter bis zur rechten Seite geklettert. Sie konnten nicht sehen, was im Inneren geschah, und Holmes wagte nicht, Spürfäden einzusetzen, um Carlyle nicht versehentlich auf sich aufmerksam zu machen. Also hofften sie einfach, dass Carlyle in Türnähe mit von Stein und Diodato verhandelte, während die Luftschiffer, vermutlich durch Fäden gefesselt, irgendwo in einer Ecke beisammen saßen.

In der Ferne vernahm Holmes leisen Donner. Als er den Kopf nach rechts drehte und für einen Augenblick die Wahrsicht aufgab, sah er das Unwetter, von dem der deutsche Hauptmann berichtet hatte. Als weitläufige dunkle Wolkenfront kam es langsam von Süden her näher. Regenschleier hingen an den Unterseiten der Wolkenberge, und es erweckte den Anschein, als ob starke Winde die See darunter aufpeitschten. *Hoffentlich kommt uns das nicht zu nahe,* dachte Holmes. Andererseits war das Gewitter gegenwärtig ihr kleineres Problem.

Randolph verrenkte den Hals, um einen Blick auf die Fensterfront unter ihnen zu werfen. »Diese Fenster sind gar nicht so groß, wie von Stein behauptet hat. Wir müssen aufpassen, sonst prallen wir unterhalb der Scheiben gegen das Metall und enden doch noch als Fischfutter.«

»Zuversichtlich bleiben, Mister Brown«, ermunterte Holmes seinen Begleiter. »Ich bin sicher, das wird ein Kinderspiel.« Er zückte den Revolver, mit dem er die Scheibe auf seiner Seite der Brücke zu zerschießen gedachte. Denn so verrückt, durch eine intakte Fensterscheibe zu springen, waren sie dann doch nicht. »Fertig?«

Randolph zog ebenfalls seine Waffe. »Fertig«, sagte er mit einem Nicken.

Ein letztes Mal nahm Holmes Maß, dann ging er erneut in die Wahrsicht über und platzierte gezielt ein Fadenbündel etwas oberhalb der Brückenfenster. Aus den Augenwinkeln sah er, dass Dunholms ehemaliger Diener es ihm gleichtat. »Wir zählen bis drei«, verkündete er.

»Springen wir auf drei oder nach drei?«, fragte Randolph.

»Machen Sie sich nicht lächerlich, Brown. Man springt immer auf drei und nicht nach drei, sonst wäre es ja auf vier.«

Der Kutscher deutete ein Achselzucken an. »Ich wollte nur sichergehen. Bei Ihnen weiß man ja nie.«

»Wie darf ich das denn verstehen?«, erkundigte sich Holmes indigniert.

»Schon gut. Vergessen Sie es. Zählen Sie schon.«

»Nein, das würde ich jetzt gerne klären.«

»Holmes, wir haben eine Aufgabe!«

»Das weiß ich auch. Und anstatt sie zu erledigen, machen Sie seltsame Andeutungen.«

»Ich sagte nur …« Dunholms ehemaliger Diener verdrehte die Augen. »Herrgott. Ich wollte mich nur versichern, dass wir die gleiche Vorstellung davon haben, wie man bis drei zählt.«

Holmes schüttelte verwirrt den Kopf. »Ich habe keine Ahnung, wie Sie bis drei zählen, aber ich zähle so bis drei: Eins, zwei …«

»Halt, warten Sie!«, unterbrach Randolph ihn.

»Was ist denn nun schon wieder?«

»Springen wir jetzt?«

»Natürlich springen wir jetzt. Bevor Carlyle sich da drinnen zu langweilen beginnt. Dürfte ich dann?«

»Bitteschön.«

»Eins … Ach, wissen Sie, lassen Sie uns das abkürzen: Drei.« Holmes ließ sich von der Hülle des Luftschiffes fallen und schwang sich in einem weiten Bogen auf das Brückenfenster zu. Randolph folgte ihm fluchend. Die beiden Männer richteten ihre Revolver auf die Scheiben und feuerten. In einem Scherbenregen zerplatzten die Fenster. Im nächsten Augenblick sprangen Holmes und Randolph ins Innere.

Tief in die Knie gehend kam Holmes hinter der Instrumententafel auf dem Boden auf. Gleichzeitig ließ er Revolver, Fadenbündel und Wahrsicht fallen. Blitzschnell sah er sich um. Sie hatten mit ihrer Einschätzung richtig gelegen. Carlyle stand, Miss Potts im Arm und ein Messer, das er einem der Soldaten abgenommen haben musste, an ihrer Kehle, am oberen Ende des Treppenaufgangs und wandte ihnen den Rücken zu. Die drei gefangen genommenen Luftschiffer hockten unsichtbar verschnürt neben dem Kartentisch im hinteren Teil der Brücke.

Von dem klirrenden Fensterglas aufgeschreckt, fuhr Wellingtons getreuer Gefolgsmann herum. Natürlich war er zu langsam. Mit einem Ruck riss Holmes das Messer aus seiner Hand und ließ es mit dumpfem Pochen in die Holzverkleidung des Kartentischs einschlagen. Der direkt daneben sitzende Luftschiffer wurde bleich um die Nasenspitze. Gleichzeitig griff Randolph Carlyle an und bog seinen linken Arm nach außen. Holmes schleuderte der völlig sprachlosen Miss Potts zwei Fadenbündel entgegen und zog sie ruckartig in seine Arme. »Hallo, Miss Potts«, grüßte er sie freundlich. »Lange nicht mehr gesehen.«

Bevor jene auch nur einen Ton von sich geben konnte, hatte er sie bereits herumgewirbelt und zu Randolph hinübergestoßen. »Halten Sie mal, Brown.«

Keine Sekunde zu früh. Im nächsten Moment wurde er von einer unsichtbaren Dampframme getroffen und gegen die Armaturen geschleudert. Schmerzhaft bohrten sich die Hebel und kreisrunden Skalen in seinen Rücken. »Holmes!«, schnarrte Carlyle, und seine schwarzen Augen funkelten wütend. »Was treiben Sie hier?«

»Ich suche nach einem dritten Mitglied für das A-Capella-Trio, das ich mit Brown gegründet habe«, ächzte Holmes um Atem ringend. »Was dachten Sie denn?«

Neben ihm schob Randolph Miss Potts zur Seite und ballte die Fäuste.

Carlyle drehte den Oberkörper, riss magisch verstärkt das Messer aus dem Kartentisch und schleuderte es dem Kutscher in einem silbrigen Flirren entgegen. Randolph grunzte, als die Klinge in Brusthöhe seinen schweren Kutschermantel traf.

Im nächsten Augenblick wurde die Tür zur Brücke aus den Angeln gerissen. Mit einem magisch verstärkten Satz sprang Lionida Diodato die Treppe hinauf. Carlyle machte einen Ausfallschritt zur Seite und fuhr herum, um sich dieser neuen Bedrohung zu stellen. Seine Hand zuckte vor, um die Magieragentin die Treppe wieder hinunterzustoßen. Doch sie schlug sie mit einem raschen Hieb ihrer Linken zur Seite. Ihre Rechte kam hoch, um ihm einen Hieb gegen den Hals zu versetzen. Carlyle bog den Kopf zurück und wich diesem aus. Seine Faust schoss nach vorne und traf Diodato in der Magengrube. Ein schmerzerfülltes Stöhnen kam ihr über die Lippen, und sie krümmte sich.

Zeit, dem ein Ende zu bereiten, dachte Holmes und löste sich von den Luftschiffarmaturen. Er hob die Hände, um Carlyle einen Fadenschlag gegen den Hinterkopf zu versetzen. Doch Randolph nahm ihm die Arbeit ab, als er ungeachtet seiner Verletzung hinzutrat, den anderen Magier rüde herumriss und ihm knurrend eine kräftige Kopfnuss mit dem gehörnten Schädel verpasste. Der schwarzhaarige Magier verdrehte die Augen und sackte in den Armen des Kutschers bewusstlos zusammen.

Holmes verspürte ein mitfühlendes Kribbeln in der Stirn. »Autsch«, murmelte er.

Die Magieragentin hob den Kopf, während sie mit der Linken ihre Leibesmitte massierte. »Danke, Mister Brown.«

»War mir ein Vergnügen«, brummte dieser und zog seine verrutschte Schiebermütze nach vorne. Dann blickte er auf das Messer, das in seinem Mantel steckte. Ein feuchter Fleck breitete sich an der Stelle aus. »So ein Mist«, murmelte er tonlos.

»Sie sind verletzt!«, rief Diodato erschrocken.

»Nein.« Randolph zog das Messer aus dem Mantel, griff ins Innere und holte seinen durchbohrten Flachmann hervor. »Aber der hier ist hinüber.«

»Der gute Whiskey …«, entfuhr es Holmes bedauernd.

Hinter ihnen kamen Hauptmann von Stein und seine Soldaten auf die Brücke geeilt. »Hervorragend«, urteilte der deutsche Offizier. »Wie ich sehe, haben Sie den Dreckskerl gestellt.«

Diodato nickte. »Wobei diese beiden Herren uns eine große Hilfe waren«, bekannte sie mit Blick auf Holmes und Randolph. »Wir sind Ihnen zu Dank verpflichtet.«

Holmes war sich nicht ganz sicher, aber er glaubte, so etwas wie widerwillige Anerkennung in ihren dunklen Augen zu entdecken. Die Vorstellung gefiel ihm außerordentlich. Ohne auf seine Schmerzen zu achten, richtete er sich auf und strich seine Jacke glatt. Ein selbstbewusstes Lächeln breitete sich auf seinem Gesicht aus. »Es war uns ein Vergnügen, Signora.«

25. April 1897, 20:02 Uhr GMT (12:02 Uhr Ortszeit)
Vereinigte Staaten von Amerika, Kalifornien,
Yosemite-Nationalpark

Seit 1879 unweit des Mariposa Grove das Wawona Hotel eröffnet worden war, kamen Urlauber nach Yosemite, um am Ufer des Mono Lake zu kampieren, ehrfürchtig die riesenhaften Sequoia-Bäume zu betrachten oder in den Bergen zwischen Half Dome und Cathedral Rocks klettern zu gehen. Auch die zahlreichen Wasserfälle, etwa die in drei Stufen über beinahe zweieinhalbtausend Fuß herabstürzenden Yosemite Falls oder der einen eigentümlichen Bogen beschreibende Nevada Fall unterhalb des Liberty Cap gehörten zu den Naturwundern, die wanderfreudige Naturfreunde in Staunen versetzten.

Keiner dieser Besucher ahnte auch nur, dass das vielleicht größte Wunder von Yosemite den Augen zufällig Vorbeikommender durch eine weiß schäumende Wand aus Wasser entzogen war. Hinter dem dichten, rauschenden Wasservorhang des Nevada Fall, etwa achtzig Fuß unterhalb der Fallkante, verbarg sich eine kleine Höhle. Ihr Eingang war kaum zu entdecken, wenn man nicht gezielt danach suchte. Und selbst wenn man ihn gefunden hatte, gab es im Grunde keine Möglichkeit, das vielleicht sechs Fuß durchmessende Loch im Fels zu erreichen. Das Gestein war an der Stelle so schroff und glitschig, dass selbst geübte Kletterer einen Bogen darum geschlagen hätten.

Wovoka kümmerten solche Hindernisse nicht. Er kannte die Höhle, seit Questing sie ihm vor einem halben Jahrzehnt gezeigt hatte, und besuchte sie etwa ein halbes Dutzend Mal im Jahr, um dort zu meditieren oder mit dem Zirkel der Wächter der Wahren Quelle zusammenzukommen. Questing hatte das Innere der Höhle seinerzeit recht prosaisch als eine der sieben dauerhaften Magiespalten auf dem nordamerikanischen Kontinent bezeichnet. Für Wovoka hingegen war es ein Platz, an dem er der schöpferischen Urkraft der Magie so nahe sein konnte wie nirgendwo sonst. Es war ein Ort höchster Gefahr und höchster spiritueller Erfüllung.

Nachdem der Paiute-Seher sich auf dem Gipfel des El Capitan von Haba dem Präriehasen verabschiedet hatte, war er ein paar Schritte vom Rand des Granitfelsens zurückgetreten, um nicht zufällig von Wanderern gesehen zu werden. Danach hatte er seine Fadenaura so manipuliert, dass er für normale Augen unsichtbar wurde, und hatte sich mit geübten Bewegungen an Fadenbündeln die Steilwand abgeseilt. Hätte er mehr Zeit gehabt, hätte er womöglich den Wildnispfad ins Tal hinab genommen, dem er auch auf dem Hinweg gefolgt war. Doch die etwa fünf Meilen lange Wanderung das Yosemite Valley hinauf bis zum Nevada Fall dauerte für sich genommen schon lange genug. Daher hatte er sich dieser Abkürzung bedient.

Wieder sichtbar und arglos wie ein gewöhnlicher Wanderer war er am Ufer des Merced River entlanggelaufen. Seine Hautfarbe hatte ihm zwar ein oder zwei neugierige Blicke von anderen Parkbesuchern eingebracht, doch Wovoka, der unter den Weißen seiner Heimat auch als Jack Wilson bekannt war, hatte lange auf der Farm einer christlichen Siedlerfamilie gearbeitet, sodass er weder in Kleidung noch in Auftreten Urängste vor dem wilden Roten Mann weckte. Also hatte man einander nur höflich gegrüßt und war danach weiter seiner Wege gegangen.

Über einen kleineren, steilen Wanderpfad, der Wovoka zunächst am tiefer gelegenen Vernal Fall vorbeigeführt hatte, war er hinauf zum Nevada Fall gestiegen. Hier war ihm keine Menschenseele mehr begegnet. Die Besucher des Yosemite Parks bevorzugten den Blick vom Tal aus auf die sie umgebenden Naturschönheiten. Nichtsdestoweniger hatte sich der Paiute erneut unsichtbar gemacht, bevor er seine einfachen Lederschuhe ausgezogen und sich an einem Fadenbündel vorsichtig von der oberen Abbruchkante des Bergs aus neben dem Wasserfall auf eine schmale Felsstufe abgeseilt hatte. Von dort hatte er sich, eingehüllt in den weißen Dunst, der hier unablässig in der Luft hing, hinter die herabstürzenden Wassermassen begeben. Und nun stand er erneut und zum zweiten Mal binnen eines Tages am Eingang der Höhle.

Der Grund für sein Hiersein war schlicht und ergreifend die Zeit. Nun, da Wovoka erkannt und entschieden hatte, dass er in den Kampf um die Wahre Quelle der Magie eingreifen musste, fehlte es ihm an Zeit. Die Dinge waren bereits ins Rollen geraten, und sie würden im Guten wie im Schlechten ihr Ende gefunden haben, wenn er sich auf gewöhnlichen Wegen auf die Reise einmal quer durch die Vereinigten Staaten aufmachte, um an der Ostküste ein Schiff zu besteigen. Dessen war er sich absolut sicher. Daher blieb ihm nur die Möglichkeit, eine Reise zu unternehmen, die alles andere als gewöhnlich und auch keineswegs ungefährlich war.

Erst ein einziges Mal war Wovoka unter Anleitung Questings auf diesen geheimen Pfaden gewandelt. Questing hatte damals so getan, als sei das alles ganz leicht. Aber der eigenwillige Mann von der Ostküste hatte auch ein dermaßen sorgloses Verhältnis zur Magie unterhalten, dass Wovoka sich jeden Tag aufs Neue gefragt hatte, wie er so lange am Leben hatte bleiben können. Selbst nach den Geschehnissen des letzten Tages, die Questing zu einem furchtbaren Selbstopfer gezwungen hatten, hielt ein kleiner Teil in Wovoka beharrlich an dem Glauben fest, den verschrobenen Mann, der stets unpassend altertümlich gekleidet auftrat und seine Augen hinter einem grauen Tuch verbarg, eines schönen Tages wieder vor der Tür seiner Hütte in Yerington stehen zu sehen. *Wo auch immer du sein magst, gib mir Kraft für den Weg, der vor mir liegt.*

Barfuß drang Wovoka tiefer in die Höhle vor. Der Fels war feucht und die Luft kalt, doch das störte ihn nicht. Er bog um eine Ecke und erreichte eine etwa zehn Fuß hohe Kammer. Der Boden erstreckte sich flach bis in den hinteren Bereich, wo er in eine leichte Steigung überging. An dieser Stelle wurde der Raum durch eine etwa hüfthohe und drei Fuß breite Gesteinsfalte geteilt, die am unteren Ende der Steigung begann und in jeder anderen Höhle mit der rückwärtigen Wand verschmolzen wäre.

Hier jedoch reichte sie über eine unsichtbare Grenze hinaus und ragte in Form einer dicken Felsnadel wie durch ein offenes Fenster in einen gewaltigen, schier unermesslich weiten Raum hinein. Ein Meer aus rötlichgelben Wolken erstreckte sich darin, das unter einem ebensolchen Himmel lag. Zwischen den zwei Wolkenschichten und diese beiden gleichsam verbindend, erhoben sich summende Säulen aus dampfender Energie. Helles, vielfarbiges Licht durchzuckte sie in unregelmäßigen Abständen. Ein klirrendes Krachen begleitete das fantastische Lichtspiel.

Wovoka trat an den Sockel der Felsnadel heran. Auf dem Boden daneben lag eine aus wasserabweisendem Wachstuch gefertigte Tasche. Hier bewahrte der Paiute seine Ritualkomponenten auf. Wie er seit seiner Lehrzeit bei Questing wusste, waren Räucherwerk, Adlerfedern, Amulette und Steine nicht notwendig, um Fadenmagie zu wirken. Doch Wovoka hatte festgestellt, dass es ihm leichter fiel, sich aufwändigeren Manipulationen zu stellen, wenn er sie unter Beachtung gewisser ritueller Abläufe vollzog.

Er nahm die Tasche und stieg die Nadel hinauf, bis er sich unmittelbar an der Grenze zu dem dahinterliegenden Nebelmeer befand. Ein Prickeln erfasste seinen Körper, das den Übergang der normalen Welt in die Sphäre der Magie kennzeichnete. Wovoka öffnete seine Tasche und nahm einen steinernen Dolch heraus, in den jemand fremdartige Runen – keine indianischen – eingeritzt hatte. Questing hatte ihm den Dolch vor zwei Jahren geschenkt, und ohne ihn war sein gegenwärtiges Unterfangen unmöglich. Der Paiute steckte die Ritualklinge in seinen Gürtel, um sie zur Hand zu haben, sobald alles andere bereit war.

Im Schneidersitz ließ sich Wovoka vor der Magiespalte nieder. Er holte einige der Amulette aus der Tasche hervor. Es waren indianische Schutztalismane, die ihrem Träger den Beistand der Ahnen sichern sollten. Genau genommen handelte es sich allein um religiöse Artefakte ohne tatsächliche magische Wirkungsmacht. Aber die Tradition und Wovokas Verehrung der Ahnen ließen ihn sie dennoch anlegen.

Anschließend beförderte er einen Bund Räucherwerk aus weißem Salbei zutage und entzündete ihn. Der starke Duft des getrockneten Krautes reinigte und klärte seine Gedanken. Der Paiute-Seher stimmte einen leisen, monotonen Singsang an, ein altes, einfaches Lied, das ihm sein Vater beigebracht hatte und das ihm half, seinen Geist den ursprünglichen Energien dieses Ortes zu öffnen.

Fast unbewusst glitt er in die Wahrsicht über. Die Magie jenseits der nun als züngelndes Band erkennbaren Grenze brannte beinahe so hell wie die Sonne, und Myriaden wimmelnder Fäden durchzogen den endlosen Raum, der jenseits der Wirklichkeit existierte. Doch Wovokas Geist war bereit. Das Chaos der Sphäre der Magie, das ein ungeübtes Bewusstsein überwältigen mochte, konnte ihn nicht schrecken.

Langsam, beinahe schlafwandlerisch manipulierte er die ihn umgebenden Fäden, so wie Questing es ihm beigebracht hatte. Nahezu unmerklich begannen die Dinge um ihn herum ihre Farbe zu verlieren, wurden unscharf und verzerrten sich. Das Rauschen des nahen Nevada Falls veränderte sich, wurde irgendwie heller und weniger dumpf. Nein, es war überhaupt nicht mehr das Geräusch der ins Yosemite Valley hinabstürzenden Wassermassen, sondern ein neues, das von dem halbstofflichen Kraftschild herrührte, das sich nach oben spitz zulaufend wie ein Tipi um Wovoka legte.

Der Paiute stand auf. Das Schutzzelt war nun beinahe fertig. Doch statt es im Boden zu verankern, wie es viele der anderen Mitglieder des Zirkels an den magischen Orten in ihrer Heimat wohl getan hätten, breitete er die Arme aus und verband sich mit dem luftigen Flirren. Anschließend trat er über die Grenze in die Sphäre der Magie. Nichts passierte. Er hatte das Schutzritual ohne Fehler gewirkt.

Noch immer leise singend begab sich Wovoka bis zur Spitze der Felsnadel. Zu seinen Füßen brodelte das Wolkenmeer, und keine zwanzig Fuß entfernt zuckte ein grüner Blitz klirrend durch eine der Energiesäulen. Bedächtig befestigte Wovoka das Schutzzelt. Nun folgte der schwierige Teil des Rituals.

Genau wie am Tag zuvor befand er sich jetzt in einem eigenartigen körperlichen Zwischenzustand, gleichzeitig in der Höhle hinter dem Nevada Fall und an einem beliebigen Ort innerhalb der Sphäre der Magie. Wäre ein anderes Zirkelmitglied anwesend gewesen, hätten sie sich im Geiste finden und zueinander hinziehen können, bis sie den gleichen Raum teilten. Wovoka horchte in die Unendlichkeit der Sphäre hinein, forschte nach den Zeichen der Anwesenheit eines anderen Magiers. Einen flüchtigen Moment lang glaubte er, eine andere Präsenz wahrzunehmen. Aber ihr haftete etwas derart Fremdartiges und Chaotisches an, dass der Magier sich rasch vor ihr zurückzog. Man sagte, es gäbe Leben in der Sphäre der Magie, aber es war kein Leben, wie man es auf der Erde kannte, und der Paiute hegte kein Bedürfnis, es auf seine Anwesenheit aufmerksam zu machen.

Ich sollte mich lieber beeilen, schoss es ihm durch den Sinn. Jeder Augenblick in der Sphäre der Magie barg Gefahren, einige bekannt, andere vollkommen unvorstellbar. Je schneller er das Ritual beendete, desto besser.

Mit klopfendem Herzen zog er den Steindolch hervor. Es war eine ganz besondere Waffe. Wovoka konnte nicht sagen, wie es Questing gelungen war, sie zu erschaffen, aber sie vermochte Risse im Gewebe der Wirklichkeit selbst zu öffnen, Risse, die entweder in die Sphäre der Magie führten oder aus ihr hinaus. Diese von Menschenhand herbeigeführten Magiespalten waren höchst flüchtig. Länger als zwei oder drei Minuten hatten sie nicht Bestand. Er würde sich beeilen müssen, wenn er sie für eine Reise an einen anderen Ort nutzen wollte.

Wovoka atmete tief ein, schmeckte die Erinnerung des weißen Salbeis, der noch immer am Eingang zur Magiespalte brannte, und trat in die zweite Sphäre ein, die Sphäre der Gedanken. Er überlegte, wohin er seine Schritte lenken wollte. Die Vision hatte ihm ein Schiff gezeigt, also musste er an die Ostküste, vermutlich zu einer der großen Hafenstädte, New York beispielsweise. Ja, New York fühlte sich richtig an. Allerdings war er nicht imstande, direkt dorthin zu reisen. Er brauchte eine starke Magiequelle oder eine beständige Magiespalte, um den Übertritt zu schaffen. *Providence,* dachte er. In der Stadt am oberen Ende der Narragansett Bay gab es eine geeignete Stelle, ein altes Haus am Rand eines Parks. Er hatte es einmal vor drei Jahren mit Questing besucht.

Der Paiute-Seher sammelte seine Gedanken und konzentrierte sich darauf, den Ort vor seinem geistigen Auge heraufzubeschwören. Er sah den dunklen Kellerraum mit dem schimmernden Becken, das dort eigentlich nicht hätte sein dürfen. Unheilige Symbole bedeckten die Wände, Erinnerungen an einen vor Jahren verstorbenen Hexer, der an diesem Ort sein Unwesen getrieben hatte. Immer klarer wurde das Bild vor seinen Augen, und als er den Keller beinahe körperlich wahrzunehmen glaubte – feucht, kalt und muffig riechend –, hob Wovoka das Messer und zerschnitt die Sphäre der Magie, bildete einen Riss, durch den er in die Wirklichkeit zurückkehren konnte.

Jenseits des Risses huschte ein Kaleidoskop von Bildern vorbei, mögliche Orte überall auf der Welt. Doch Wovoka beachtete sie gar nicht, sondern steckte den Dolch weg, hob entschlossen die Hände und verband die Fäden seiner Finger mit dem Gedanken an den Keller, den er in seinem Geist geformt hatte. Behutsam zog er ihn aus seinem Kopf hervor. Dumpfer Schmerz setzte hinter seiner Stirn ein. Das Bewusstsein trennte sich nicht gerne von seinen Teilen. Wovoka schob die Empfindung beiseite und entnahm das Bild.

Mit einer raschen Bewegung presste er den bläulichen Dunst, der nun nicht mehr zu ihm gehörte, in den Riss hinein. Gleichzeitig öffnete er sich der Magie noch weiter und tauchte in die dritte Sphäre ein. Myriaden winzigster Fäden begannen um ihn herum zu wimmeln, als der Stoff, aus dem die Wirklichkeit selbst bestand, in einem rötlichen Glühen um ihn herum sichtbar wurde. Wovoka bediente sich der geisterhaften Erinnerung des Kellers und zwang die in dieser Sphäre formbare Realität, sich wie eine Glasur über das geistige Abbild zu legen, eins mit ihm zu werden, den Gedanken buchstäblich Wirklichkeit werden zu lassen.

Er spürte, wie sich das Gefüge der Welt verhärtete und verdichtete, nachdem die Sphäre der Magie den Ausgang aus sich selbst gefunden hatte, der zu dem Zwang, den Wovoka ihr auferlegt hatte, passte. Und als der Paiute sich in die Normalsicht zurückfallen ließ, sah er durch den Riss den Keller des besagten Hauses in Providence.

An den Rändern begann sich der Riss bereits wieder zu schließen, zusammenzuwachsen und zu verschwinden, als hätte es ihn nie gegeben. Ihm blieb nicht mehr viel Zeit. Er hatte einen Durchgang geschaffen, der ihn eine Entfernung von Hunderten von Meilen quer durch die Vereinigten Staaten mit einem Schritt überwinden ließ. Wenn er allerdings einen Fehler gemacht hatte, würde es seinen Körper binnen eines Lidschlags in die endlosen Tiefen der Magie zurückreißen. Während des Quellschlossrituals hatte er an Questing gesehen, was einem drohte, wenn man überstürzt eine Körperreise durch die Sphäre der Magie antrat. *Nichtsdestoweniger muss ich es versuchen,* dachte er. *Ich habe keine andere Wahl.*

Wovoka straffte sich, hob den Kopf und trat aus dem Schutzzelt durch die Magie in den Riss.

KAPITEL 30:
DER STURM

»Sofia. Bulgarische Aufrührer unter der Führung eines bekannten Widerständlers haben die Grenze nach Mazedonien überschritten. Weitere Rebellengruppen sammeln sich im Grenzgebiet. Man geht davon aus, dass sie sich mit der ersten Gruppe vereinen wollen. Alle Berichte über eine allgemeine Mobilmachung der bulgarischen Armee entbehren hingegen laut einer halboffiziellen Stellungnahme aus Regierungskreisen jeder Grundlage.«

– London Times, 25. April 1897

Keine Zeit.
Irgendwo.

Ich bin nicht mehr ich. Ich bin nicht länger Elisabeth. Wer bin ich? Was bin ich? Und wer oder was hat mir das angetan?

Ohne Ziel und ohne Orientierung trieb Elisabeth durch die Sphäre der Magie. Ihr grauer Körper war zerschunden, ihr helles Kleid zerfetzt und die lederartigen, schwarzen Schwingen auf ihrem Rücken bewegten sich mit der Unbeholfenheit eines jungen Vogels, der gerade erst flügge geworden war. Während ihre Blicke unstet hin und her schweiften, immer auf der Suche nach einem Ausweg aus dieser Welt des puren, elementaren Chaos, drifteten Gedanken durch ihren gesplitterten Verstand, mal klar und deutlich an die Oberfläche ihres Bewusstseins gespült, dann wieder in die finsteren Tiefen ihres Ichs hinabgezogen, an den Ort, wo der Wahnsinn nistete und darauf wartete, von Elisabeth Besitz zu ergreifen.

Ich war tot. So viel glaubte sie bislang mit Sicherheit zu wissen. Erneut zuckten die Bilder des grausamen Mörders mit der Sonnenbrille und dem breitkrempigen Hut durch ihren Kopf. Er hatte sie entführt, nach Stonehenge verschleppt und dort bis auf die Schwelle des Infernos selbst gezerrt. Der Ort hatte wie ein heidnischer Opfertempel ausgesehen, und vielleicht war ihr Tod der Preis, den man zahlen musste, um der Hölle in den Schlund blicken zu dürfen.

Nein … Das war falsch. Das Inferno konnte ihren Tod nicht gewollt haben, denn sie war eine brave Christin, die sich nichts hatte zuschulden kommen lassen. *Außerdem haben mich nicht die Gewalten des Chaos getötet, sondern ein Mensch.* Die Gier und die Boshaftigkeit des Vermummten hatten sie umgebracht. Und nicht nur das. *Jonathans Verrat hat seinen Teil dazugetan.*

Der Gedanke an den jungen Mann ließ Zorn in ihr auflodern. Sie hatte ihn geliebt, war bereit gewesen, für ihn alle gesellschaftlichen Grenzen zu überschreiten, die sie trennen mochten. Doch er hatte sie enttäuscht. Wieder und wieder. In den schönen Worten, mit denen er sie umworben hatte, war bereits die Saat seines Verrats angelegt gewesen. Und in der Höhle unter Stonehenge hatte sich seine ganze Charakterschwäche offenbart.

Er hätte mich retten können. Hat der Vermummte nicht lediglich nach einem Ring verlangt? Aber Jonathan wollte ihn nicht hergeben. Ein Schmuckstück war ihm wertvoller als mein Leben. Wütend schlug sie mit den Schwingen, die sie auf den ewigen Winden dieses Ortes hinauf in einen brodelnden Wolkenkessel trugen.

Wie hatte er sie nur so schändlich im Stich lassen können? Was war das für ein Ring gewesen?

Das Bild einer jungen rothaarigen Frau stieg vor ihrem inneren Auge auf. Sie hatte einfache Kleider getragen, zweifellos ein Mädchen vom Land. Aber auch der Schmutz der Armut hatte ihre Schönheit nicht verbergen können. Mit ihrer hellen Haut, zart von Sommersprossen gesprenkelt, dem schlanken, unberührten Körper, dem vollen, feurig roten Haar war sie zweifellos eine Frau, der ein Mann nur schwer widerstehen konnte. Was hatte sie in dem Tempel zu suchen gehabt? Wer war sie? *Sie schien Jonathan zu kennen, besser, als ihn eine Frau eigentlich kennen dürfte.* Hatte diese Dirne, diese Hexe, Jonathan bezirzt? Oder schlimmer noch: Hatte Jonathan sie sich zum Liebchen genommen, weil er nach dem Vorfall im Savoy Hotel nicht mehr an eine Verbindung mit Elisabeth glaubte?

Sie erinnerte sich daran, dass der vermummte Attentäter Jonathan auf die Probe gestellt hatte. *»Lieben Sie diese Frau, oder lieben Sie sie nicht?«* Und als Jonathan zögerte, hatte der Mörder das rothaarige Mädchen angeschaut und erkannt, dass er die falsche Geisel in den Armen hielt.

Voller Wut kreischte Elisabeth auf. Ihre Finger verkrampften sich klauenartig, und sie schlug ein paar Mal heftig mit den mächtigen Schwingen. Alles hatte so kommen müssen – ihre Entführung, ihr Ableben durch die Hand eines gemeinen Meuchlers und ihre Wiedergeburt im Inferno –, damit sie die Schlechtigkeit der Menschen, an die sie früher nie geglaubt hatte, endlich erkannte.

Der Vermummte hatte ihr Leben zerstört, aber er hatte es gleichzeitig gerettet, denn durch sein Handeln war sie davor bewahrt worden, die Verlobung mit einem Mann anzustreben, der im Herzen ein Feigling, ein Verräter und ein Lustmolch war. Und vielleicht war das hier auch nicht die Hölle, sondern eine Art Fegefeuer, ein Ort der Reinigung, an dem eine göttliche Macht entschieden hatte, dass Elisabeths Tod Unrecht sei.

Deshalb wurde ich zurückgebracht, und man gab mir besondere Kräfte. Das musste es sein! Waren die Rachegöttinnen der Antike, die Erinyen, nicht Frauen mit grauer Haut und schwarzen Flügeln gewesen? *Ich wurde erwählt, um zu richten. Und, oh ja, richten werde ich. Gott möge mir nur den Weg zurück zeigen, und ich werde sie alle in Seinem Namen bestrafen.*

Elisabeth spürte eine neue Zuversicht in sich aufsteigen. Alles ergab auf einmal einen Sinn, genau so, wie es sein sollte. Nur eines blieb ihr noch zu tun. Sie musste sich endgültig von ihrem alten Ich trennen.

Ich bin nicht länger Elisabeth, wiederholte sie innerlich, doch diesmal schwang mit dem Gedanken keine Verzweiflung, sondern Entschlossenheit mit. Sie versuchte sich an das zu erinnern, was sie über griechische Mythologie gelesen hatte. Wenn sie sich recht entsann, gab es drei Rachegöttinnen: Alekto, die unerbittliche Jägerin, Megaira, der rechtschaffene Zorn, und Tisiphone, die Vergeltung Suchende. Ja, diese letzte passte zu ihr. *Tisiphone. Ich bin Tisiphone!*

24. April 1897, 23:47 Uhr GMT (22:47 Uhr Ortszeit)
Atlantik, etwa 750 Seemeilen südwestlich von England

Eine gute Stunde vor Mitternacht hatte das Unwetter die *Gladius Dei* erreicht. Heftige Böen umwehten den riesigen Luftschiffkörper und Regen prasselte, vom Wind beinahe waagerecht übers Meer getrieben, gegen die Fenster der Gondel. Wetterleuchten erhellte die dunklen Wolken am Himmel, aber sie waren so weit entfernt, dass sie keine Bedrohung für Schiff und Besatzung darstellten.

Von Stein hatte sich auf die zurückeroberte Brücke begeben, um zu befehlen, das Luftschiff in die vorherrschende Windrichtung zu drehen und dem Sturm auf diese Weise so wenig Angriffsfläche wie möglich zu bieten. Das würde sie zwar zeitweilig von ihrem eingeschlagenen Kurs abbringen, aber das war einer Beschädigung der Traggashülle in jedem Fall vorzuziehen. Die Übrigen – Randolph, Holmes, Signora Diodato, Signore Scarcatore und Miss Potts – saßen erneut im Salon. An Schlaf war trotz der fortgeschrittenen Stunde nicht zu denken. Zu frisch war die Aufregung um den Ausbruch von John Grayson Carlyle.

Randolph wandte den Blick vom Fenster ab, durch das man ohnehin nur Schwärze und abperlende Regentropfen sehen konnte, und schaute zu Holmes hinüber, der seinerseits so unverhohlen Miss Potts anstarrte, dass diese unbehaglich auf ihrem Platz hin und her zu rutschen begann. Der Magier hatte ein Bein über das andere geschlagen, die Ellbogen auf den Armlehnen seines Korbsessels abgestützt und die Finger zusammengelegt. Er wirkte wie ein Psychiater, der einen Patienten abzuschätzen versucht. Seine im Kampf davongetragenen Verletzungen hatten sich im Übrigen als unbedeutend herausgestellt. Von ein paar Prellungen am Rücken abgesehen, war es Carlyle nicht gelungen, ihm größeren Schaden zuzufügen. Der dicke Tweedstoff von Holmes' Jacke hatte Schlimmeres verhindert.

Der Leiter für Äußere Angelegenheiten dagegen befand sich, soweit Randolph wusste, nach wie vor unter strenger Bewachung im Krankenzimmer, wo Kaplan Tremore, der neben seiner Funktion als Bordgeistlicher auch als Arzt diente, dafür sorgte, dass er diesmal ruhig gestellt blieb, bis man ihn befragen wollte. Randolph bezweifelte, dass solch eine Befragung nennenswerte Früchte hervorbringen würde, aber er war der Letzte, der von Stein davon abhalten würde, den selbstherrlichen und intriganten Carlyle mit deutschen Verhörmethoden vertraut zu machen.

»Wissen Sie was?«, sagte Holmes unvermittelt an Potts gerichtet. »Ich gratuliere Ihnen.«

»Wozu?«, fragte die ehemalige Sekretärin Lord Cheltenhams.

»Dass es Ihnen gelungen ist, den gesamten Orden des Silbernen Kreises zu narren. Ich selbst habe Sie stets für nicht mehr als eine – verzeihen Sie den Ausdruck – graue Maus gehalten. Dass sich unter dieser unscheinbaren Fassade eine Spionin des

Vatikans verbarg, nötigt mir Respekt ab. Sie sind schlauer, als ich dachte.«

Potts' Stirn kräuselte sich, und Randolph konnte sich gut vorstellen, dass sie sich gerade fragte, ob es Holmes soeben gelungen war, sie gleichzeitig zu loben und zu beleidigen. »Nun … danke«, erwiderte sie. »Aber ich muss Sie enttäuschen, fürchte ich. Eine Agentin wie Lionida … Miss Diodato … bin ich wahrlich nicht. Meine Aufgabe bestand lediglich darin, meine Augen und Ohren offen zu halten und dann und wann einen Bericht nach Rom zu schicken. Ich habe niemals geheime Ordensunterlagen ausspioniert, wenn es das ist, was Sie sich vorgestellt haben.« Sie stockte kurz und neigte in einer Art Selbsteingeständnis den Kopf. »Also, abgesehen von den Unterlagen über die Wahre Quelle der Magie in Lord Wellingtons Büro, in die ich einen Blick geworfen habe, als ich sie vor der Räumung der Unteren Guildhall eingepackt habe.«

»Wenn Sie mich fragen, meine liebe Emma, haben Sie damit genau den richtigen Zeitpunkt gewählt, um von einer schlichten Beobachterin zu einer richtigen Spionin zu werden«, warf Diodato ein. »Ohne Ihre Hilfe würde es uns deutlich schwerer fallen, die Wahre Quelle zu finden.«

»Dann hoffen wir mal, dass die Koordinaten stimmen und wir nicht am Ende an irgendeinem gottverlassenen Eiland mit einer einsamen Palme ankommen«, brummte Randolph.

»Oh, mit dem gottverlassenen Eiland liegen Sie gar nicht so falsch, mein lieber Brown«, merkte Holmes an. »Nur auf eine Palme würde ich an Ihrer Stelle lieber nicht hoffen.« Er richtete seine Aufmerksamkeit auf die Magieragentin. »Wo wir soeben erneut davon sprechen: Was gedenken Sie eigentlich zu unternehmen, wenn wir die Wahre Quelle erreichen? Denn, um es ganz offen zu gestehen, Mister Brown und ich haben keinen Plan.«

Doch Diodato lächelte nur. »Netter Versuch, Mister Holmes, aber ich fürchte, unsere genaue Vorgehensweise vor Ort ist nach wie vor ein Geheimnis.« Die etwas eigentümliche Art, mit der sie den Satz betonte, machte Randolph misstrauisch. War es möglich, dass die Magieragentin selbst noch nicht wusste, was geschehen würde?

Unauffällig wanderte sein Blick zu dem wie immer still in ihrem Schatten sitzenden Scarcatore und seinem mysteriösen Köfferchen, das er auch jetzt wieder bei sich trug, als befürchte er, irgendjemand an Bord könnte es ihm stehlen und aus dem Fenster werfen. *Welche Rolle spielst du in diesem Spiel, mein scheuer Kamerad?*, fragte sich der Kutscher.

»Solange diese Vorgehensweise den Tod Wellingtons und die Versiegelung der Quelle einschließt, bin ich zufrieden«, sagte Holmes.

»Wir werden mit Sicherheit unser Bestes geben«, beteuerte Diodato. »Und ich bin zuversichtlich, dass unser Vorhaben gelingen wird.«

Randolph dachte an die Unterlagen, die Holmes und er auf der Flucht von der *Nautilus* im Arbeitszimmer Wellingtons gefunden hatten. Er wollte Holmes nicht vorgreifen, der offenbar noch immer auf den richtigen Augenblick wartete, die Informationen preiszugeben, aber ganz schweigen konnte er auch nicht. »Unterschätzen Sie Wellington nicht. Es heißt, er sei unglaublich mächtig geworden. Und sein Schüler, Hyde-White, ist ein wahres Monstrum. Er hat die Stärke und die Widerstandskraft einer Dampflokomotive.«

»Und er ist auch ungefähr so schön anzusehen«, fügte Holmes hinzu.

Ein freudloses Lächeln huschte über die Züge der Magieragentin. »Emma berichtete mir schon, dass wir einigen formidablen Feinden gegenüberstehen. Wellington soll die dritte Sphäre der Magie gemeistert haben. Es gibt nicht viele Magier auf der Welt, die das von sich behaupten können.«

»Außerdem ist der Mistkerl ein genialer Kopf«, knurrte Randolph. »Das muss man ihm bei allem Neid lassen. Er rechnet sicher damit, dass jemand versuchen wird, ihm die Quelle abspenstig zu machen, und ergreift Maßnahmen dagegen.«

Er schielte zu Holmes hinüber, doch der überging die Worte des Kutschers einfach. Er schien die Pläne Wellingtons noch immer nicht mit ihren neuen Verbündeten teilen zu wollen. *Himmel, Holmes, wir sitzen alle im gleichen Flugschiff*, dachte Randolph, aber er schwieg. Vielleicht hatte Holmes ja recht damit, vorsichtig zu sein. Der Vatikan mochte die Quelle zerstören wollen, aber was, wenn die deutsche Besatzung unter von Stein ihr volles Potenzial erkannte und sich entschied, die Insel für den Kaiser in Anspruch zu nehmen? *Dann wären wir vom Regen in die Traufe geraten.*

Ein dunkler Schatten huschte vor dem Fenster vorbei, und ein Donnern erschütterte die Gondel. Beunruhigt sahen sich alle Anwesenden an. »Was war das denn?«, fragte Holmes.

Statt einer Antwort heulte im nächsten Augenblick die Alarmsirene der *Gladius Dei* los. In der Sprechanlage knackte es, und die Stimme von Steins war zu hören. »Achtung, hier spricht der Kapitän. Wir werden angegriffen. Ich wiederhole: Wir werden angegriffen. Alle Mann auf die Gefechtsposten. Bogenlampen anwerfen. Abwehrfeuer nach Belieben. Signora Diodato, kommen Sie bitte sofort auf die Brücke. Und bringen Sie unsere Gäste mit.«

Von einem Moment zum nächsten kam Bewegung in die Gruppe. Miss Potts hob erschrocken die Hand an den Mund, Scarcatore umklammerte seinen Koffer mit beiden Händen, und Holmes, Diodato und Randolph sprangen auf, wobei der Kutscher in der Eile seinen Stuhl aus der Bodenverankerung riss und umwarf.

»Folgen Sie mir«, rief die Magieragentin und eilte dem Ausgang des Salons entgegen. Im Laufen wandte sie sich ihrem Begleiter zu. »Scarcatore, bitte kümmern Sie sich um Miss Potts.«

»Selbstverständlich«, sagte der Wissenschaftler, erhob sich von seinem Platz und setzte sich neben die britische Magierin.

»Ich werde tun, was in meiner Macht steht«, versicherte er ihr. »Nur klammern Sie sich bitte nicht an mir fest. Zu Ihrer eigenen Sicherheit.«

Was Potts auf diese seltsame Aussage hin erwiderte, konnte Randolph nicht mehr hören, denn er folgte Diodato und Holmes im Eilschritt durch den Hauptkorridor zur Brücke des Luftschiffs. Zur Linken und zur Rechten fingen großkalibrige Geschütze an, in die Nacht und den Sturm hinaus zu feuern, ein Stakkato, das schon durch die Wände laut war – für die Bordschützen musste es ohrenbetäubend sein.

Zwei Stufen auf einmal nehmend, stürmten sie auf die Brücke, wo Hauptmann von Stein sie bereits mit grimmiger Miene erwartete.

»Was ist geschehen?«, wollte Diodato wissen. »Wer greift uns hier draußen mitten auf dem Meer an?«

»Würde ich es Ihnen sagen, würden Sie es mir ohnehin nicht glauben. Deshalb sehen Sie selbst«, knurrte der Offizier und deutete auf das Panoramafenster. Die beiden Scheiben, die Holmes und Randolph bei ihrem Angriff auf die Brücke zerschossen hatten, waren behelfsmäßig mit beschichtetem Baumwollgewebe abgedichtet worden – Flickmaterial, das eigentlich für die Hülle des Luftschiffs gedacht war, wie Randolph annahm. Durch die verbliebenen Fenster hingegen konnte man immer noch nach draußen blicken. Die starken Lichtfinger der am Bug befestigten Bogenlampen erhellten die dunkelgrauen Wolkenberge, die sich vor ihnen auftürmten. Und zwischen ihnen …

»Grundgütiger«, entfuhr es Holmes.

»Sind das Drachen?«, fragte Randolph fassungslos, als er den Schwarm ledergeflügelter Ungetüme sah, die sich von den heftigen Böen des Unwetters um den riesigen Luftschiffkörper tragen ließen.

»Wohl eher irgendwelche prähistorischen Flugsaurier«, verbesserte Holmes ihn. »Wobei sich in diesem Fall nicht weniger die Frage stellt: Wo in drei Teufels Namen kommen die her?«

»Und wieso greifen Sie die *Gladius Dei* an?«, fügte Diodato hinzu. »Wir sind hundertmal größer als sie. Wir können unmöglich in deren Beuteschema passen. Abgesehen davon schmecken wir doch auch überhaupt nicht.«

»Ist das Wie und Warum im Augenblick nicht vollkommen nebensächlich?«, schnarrte von Stein. »Diese Bestien haben aus irgendeinem Grund Gefallen an uns gefunden und greifen uns an. Wenn wir Pech haben, beschädigen sie unsere Luftschrauben oder reißen Löcher in die Traggashülle.« Wie um seine Worte zu bestätigen, setzte eines der Ungeheuer zum Sturzflug an, doch kurz bevor es die Gondel erreichte, wurde es von dem donnernden Flammenfinger eines der vorderen Repetiergeschütze erfasst, durchlöchert und zum Absturz gebracht. Von Stein brummte zufrieden, doch seine Augen wanderten unbehaglich zu dem guten Dutzend weiterer Tiere, das draußen zwischen den Wolken hin und her flog.

»Warum machen wir uns nicht einfach unsichtbar?«, fragte Randolph.

»Das würde bei all dem Regen nicht viel nützen«, sagte von Stein. »Man würde die Konturen des Schiffes trotzdem sehen. Außerdem müssten wir dann auf unser Abwehrfeuer verzichten, denn wir können die Tarnung nur aufrechterhalten, wenn das Fadengespinst nicht von den Streufäden des Waffenfeuers gestört wird.«

»Was für eine unpraktische Einschränkung«, bemerkte Holmes.

»Ich fliege dieses Schiff nur, ich habe es nicht konstruiert«, gab der deutsche Offizier grimmig zurück.

»Sei es, wie es sei; wie können wir helfen?«, fragte Diodato.

»Einer von Ihnen könnte den Fadenbeschleuniger bemannen, den wir hier auf der Brücke haben. Die Übrigen sollten sich über die Gondel verteilen und den Geschützmannschaften beistehen, um die Viecher zum Absturz zu bringen. Sie sind so schnell, und die Sicht dort draußen ist so schlecht, dass wir sie meist erst erwischen, wenn sie schon direkt vor uns sind ...« Ein Schlag erschütterte die Gondel, und irgendwo schrien Männer. »Und manchmal sind wir auch zu spät«, fügte von Stein düster hinzu. »Aber vielleicht gelingt es Ihnen mit Ihrer Wahrsicht, mehr auszurichten.«

»Rufen Sie Miss Potts«, riet Diodato. »Den Fadenbeschleuniger kann auch sie bedienen.«

»Guter Gedanke«, pflichtete von Stein ihr bei.

»Ich übernehme die Ausstiegsluke an Steuerbord«, verkündete Randolph.

Holmes machte ein grimmiges Gesicht. »Dann werde ich wohl mal einen Blick aus einem Fenster an Backbord werfen.«

»Und ich selbst begebe mich zum Heck«, sagte Diodato.

Von Stein nickte. »Danke. Viel Glück.« Mit einem Kreischen, das sogar über das Tosen des Sturms hinweg zu hören war, setzte ein weiteres Ungeheuer zum Sturzflug an. Zwei Kugeln schlugen in seine Brust ein, und es krachte unterhalb der Brücke gegen die Gondel. Einer der Lichtfinger der Bogenlampen flackerte und erlosch. »Wir werden es brauchen«, fügte der Deutsche hinzu.

Während sich Holmes und Randolph auf ihre Posten begaben, rannte Lionida gänzlich undamenhaft zu ihrer Kabine, die sich auf halbem Weg zum Heck befand. Mit einigen raschen Handgriffen löste sie den Rock ihres Kleides auf eine Weise, die bei gewöhnlicher Damenmode so nicht vorgesehen war. Darunter trug sie eine knielange Schnürhose, wie radfahrende Damen sie am Wochenende anhaben mochten – und ein tief am rechten Oberschenkel befestigtes Holster, in dem ihre noch nicht auf dem freien Markt erhältliche Parabellum-Pistole steckte. Mit einem weiteren Griff in eines der Staufächer in der Wand holte sie eine Jacke hervor. Sie wirkte luftig, aber die eingenähten Schutzpolster verliehen ihr ein Gewicht, auf das Lionida für gewöhnlich lieber verzichtete. In Gefahrensituationen wie dieser hingegen leistete sie ihr unschätzbare Dienste.

Im Laufen streifte sie die Jacke über und knöpfte sie zu. Anschließend band sie ihr offenes Haar hoch. So schön langes, volles Haar zu mancherlei Anlässen sein mochte, in Sturm und Regen war es mehr als hinderlich. Sie erreichte die Bombenkammer der *Gladius Dei* und sah dort zwei Luftschiffer, die mit angelegten Gewehren auf dem Bauch lagen und durch die offene Luke schossen, die in den Boden eingelassen war. »Wie sieht es aus, meine Herren?«

»Nicht gut, Signora«, meldete einer der Männer. »Man erkennt fast nichts, und diese Monster sind flink.«

Irgendwo am Heck der Traggashülle kam es zu einem lauten Knall, und Feuerschein erhellte die Wolken. Der zweite Mann legte sein Gewehr zur Seite und steckte den Kopf unten aus der Bombenluke. Ein saftiger Fluch kam über seine Lippen. »Sie haben die hintere Backbordmotorgondel beschädigt«, verkündete er, als er den Kopf zurückzog.

»Was wollen die von uns?« Auf der Miene des ersten Mannes standen Angst und Unglauben.

»Ich weiß es nicht«, erwiderte Lionida. Ihr Blick huschte nach oben. »Lassen Sie den Spähkorb herunter. Ich gehe nach draußen.«

Beide Männer rissen die Augen auf. »Mit Verlaub, Signora, sind Sie lebensmüde?«

»Keineswegs. Aber wenn wir diese Echsen verscheuchen wollen, brauchen wir eine bessere Sicht auf sie.« Die Magieragentin machte eine auffordernde Bewegung. »Rasch.«

Sofort sprangen die Männer auf und hasteten zu der großen Kurbel hinüber, um den mit grauem Stoff bespannten Drahtkorb herabzulassen, mit dem Lionida bereits in London abgeseilt worden war und der gegenwärtig wieder unter der Decke hing. Ohne zu zögern kletterte die Magieragentin hinein. Sie warf einen beinahe sehnsüchtigen Blick auf die an den Wänden aufgereihten Bomben. »Sagen Sie, gibt es diese grauen Schätzchen auch in einer Größe, die es einer Dame erlaubt, damit umzugehen?«

»Wir haben kleine 3-Pfund-Bomben an Bord«, erwiderte der erste Luftschiffer. »Dort in diesen Kisten.« Er deutete auf einen Stapel in einer Ecke.

»Wie werden sie ausgelöst?«

»Mit einem Aufschlagzünder.«

Lionida verzog das Gesicht. Ein Zeitzündermechanismus wäre ihr lieber gewesen. Aber es war besser als nichts. »Gut. Geben Sie eine Kiste her.«

»Da sind zehn Bomben drin!«, entfuhr es dem Mann.

»Umso besser.«

Während Lionida ungeduldig wartete, rannten die beiden Luftschiffer zu den Kisten hinüber und schleppten eine zu dem Spähkorb. Die Magieragentin gebot ihnen, die Kiste zwischen ihre Füße zu stellen. Sie nahm ziemlich viel Platz weg, aber Lionida beabsichtigte bei diesem Einsatz ohnehin nicht, in dem Korb zu sitzen. Sie platzierte ihre Füße links und rechts neben der niedrigen Sitzfläche, umfasste das Stahlseil mit der Linken und nickte den Männern zu.

Sofort begannen die beiden, an der großen Kurbel zu drehen, und der Spähkorb hob sich vom Boden der Kammer. Der erste Luftschiffer schwenkte ihn über die Bombenluke. »Warten Sie«, sagte er, als sei ihm noch etwas eingefallen. Er durchquerte den Raum und zog aus einer Tasche, die neben einem Werkzeugkasten stand, eine Schweißerbrille hervor. Er entfernte die Schutzfilter von den Gläsern und reichte sie Lionida. »Die können Sie dort draußen bei dem Unwetter sicher gebrauchen.«

Die Magieragentin nahm die Brille mit der Rechten entgegen. Ein selbstironisches Lächeln huschte über ihre Züge. Wenn Monsignore Castafiori sie so sehen könnte … »Danke. Und jetzt zum Angriff, meine Herren. Bringen Sie mich zwanzig Meter unter die *Gladius Dei*.«

Während Lionida die Schutzbrille aufsetzte, betätigten die beiden Luftschiffer erneut die Kurbel, und langsam sank der Spähkorb nach draußen. Sofort wurde die Magieragentin von

Wind und Regen erfasst, der an ihrer Kleidung und ihren Haaren zerrte. Der Spähkorb fing an zu schaukeln, und wenn sich die schwere Bombenkiste leerte, würde das sicher noch schlimmer werden. Lionida klammerte sich an das Stahlseil und biss die Zähne zusammen. *Heiliger Vater, lass mich das durchstehen*, betete sie.

Dann kniff sie leicht die Augen zusammen und sah sich um. Sie musste ihre Ziele nicht lange suchen. Die räuberischen Flugechsen umkreisten das Luftschiff wie ein Schwarm Geier einen todgeweihten Elefantenbullen. Immer wieder stießen sie aus den Wolken hervor, kreuzten die suchenden Lichtstrahlen der Bogenlampen und griffen das Luftschiff an. Dabei gingen sie durchaus gezielt vor, nahmen sich die Motorgondeln und die breiten Öffnungen der zentralen Geschützstellungen vor. *Sie sind auf der Jagd*, erkannte Lionida. Und ihr Ziel war mitnichten die *Gladius Dei*, sondern ihre saftigen Insassen, deren Anwesenheit die Ungeheuer durch Aluminiumverkleidung und Dieselgestank hindurch gerochen haben mussten.

Eins der Ungeheuer hing an der brennenden Heckgondel und stocherte mit seinem langen, hornigen Schnabel in dem Loch herum, das die Explosion des Motors in die Außenhülle gerissen hatte. Gedämpfte Männerschreie waren zu hören, und Lionida konnte sich lebhaft vorstellen, durch welche Hölle die Techniker gerade gingen, die sich vor die Wahl gestellt sahen, zu verbrennen oder von einem Flugsaurier gefressen zu werden. Die Magieragentin zog ihre Pistole und legte an. Die Motorgondel war mehr als fünfzig Meter entfernt. Die Chancen, mit der Luger einen Treffer zu erzielen, waren verschwindend gering. Aber sie konnte sich auch nicht einfach abwenden.

Vielleicht gelingt es mir mit einem Trick, dachte sie. Rasch wechselte sie in die Wahrsicht über. Dort wirkte das Unwetter fast noch schlimmer. Das Toben der Elemente sorgte für ein furchtbares Fadenchaos. Außerdem fiel Lionida ein dumpfes magisches Glühen in den Wolken auf, das ihr überhaupt nicht gefiel. Sie versuchte, das Fadengewirr auszublenden und sich auf die leuchtenden Körper der Flugsaurier zu konzentrieren. Das Ungetüm, das gerade im Begriff war, die Ingenieure in der Motorgondel zu verspeisen, hob sich als gelb gleißender Schemen deutlich vor dem dunkleren Hintergrund ab.

Lionida schoss einen Spürfaden auf die Bestie ab, verankerte ihn an deren länglichem Kopf und zog ihn straff. Anschließend hob sie die Luger und kniff die Augen zusammen. Sie verknüpfte den Spürfaden mit dem Lauf der Waffe und zog noch einmal daran, um sich zu vergewissern, dass er eine gerade Linie zwischen ihr und der Echse bildete. Dann krümmte sich ihr Finger um den Abzug – einmal, zweimal, dreimal.

Die Echse kreischte auf, als sie von den Kugeln getroffen wurde. Mit unsicheren Bewegungen warf sie den Kopf zurück, flatterte hin und her und stürzte, von der Gondel ablassend, in die Tiefe.

Lionidas Mund verzog sich zu einem zufriedenen Grinsen. *Nimm das, Ungeheuer.*

Ein Kreischen in ihrem Rücken ließ die Magieragentin herumfahren. Zwei andere Flugsaurier hatten den schmackhaften Happen entdeckt, der dort ungeschützt in einem kleinen grauen Korb hockte. Sie legten sich in eine weite Kurve und kamen näher. *Für euch habe ich auch etwas*, dachte Lionida, rammte die Pistole ins Holster und zerrte den Deckel der Bombenkiste auf. Zehn schlanke graue Zylinder ragten ihr, zu zwei Fünferreihen angeordnet, entgegen. Die gelb lackierten, kegelförmigen Köpfe waren verplombt, vermutlich um die Aufschlagzündung zu verhindern, wenn eine der Kisten versehentlich zu Boden fiel. Hastig zog sie zwei der Zylinder hervor, klemmte sie sich unter den linken Arm und riss mit der rechten Hand die Sicherung heraus. *Jetzt nur nicht fallen lassen*, ging es ihr durch den Kopf.

Die beiden Ungeheuer näherten sich rasch, eins von links, eins von rechts. Der linken Echse schleuderte Lionida ein druckvolles Fadenbündel entgegen, um sie sich einen Augenblick vom Leib zu halten. Auf die rechte schoss sie einen Zielfaden ab. Anschließend holte sie aus und warf ihrem rechten Angreifer magisch verstärkt das gelbgraue Geschoss entgegen. Eine donnernde Explosion zerfetzte den Flugsaurier und ließ Haut, Fleisch und Knochen vom Himmel regnen. Ohne sich an dem Anblick lange zu erfreuen, markierte die Magieragentin sofort die zweite Echse und wirbelte auch ihr Tod und Verderben entgegen. Sie verging ebenfalls in einem spektakulären Donnerschlag. Irgendwo über sich hörte sie die beiden Luftschiffer begeistert schreien.

Die Magieragentin hob den Kopf, um ihnen zuzuwinken. Doch da weiteten sich ihre Augen! Es waren keine Freudenschreie, die von oben zu ihr hinunterdrangen; es waren Laute des Schreckens. Ein weiterer Flugsaurier hing direkt unter der Gondel und machte soeben Anstalten, durch die Bombenluke ins Innere zu klettern. Instinktiv riss Lionida ihre Luger aus dem Holster und richtete sie auf das Tier. Sie zögerte einen Moment aus Sorge um die Männer, die sich direkt neben der Luke befinden mussten. *Das Wohl des Schiffes ist wichtiger*, entschied sie dann, presste die Lippen zusammen und drückte ab.

Ihr Zögern hatte allerdings genau einen Herzschlag zu lange gewährt, denn in dem Augenblick, als sich der Schuss löste, sackte der Spähkorb einen halben Meter nach unten ab und sie traf daneben. Ein Adrenalinstoß jagte durch ihren Körper, und Lionida ging schutzsuchend in die Hocke. *Heilige Mutter Gottes, was war das denn eben?* Sie ließ die Wahrsicht fallen und hob erneut den Blick zum Luftschiff. Die Flugechse hatte ihren gelenkigen Körper beinahe vollständig durch die Luke geschoben. Die Schreie der Männer wurden schriller, und Schüsse waren zu hören.

Erneut zitterte der Spähkorb, und das Stahlseil gab einige Handbreit nach. *Oh Gott, bitte nicht,* war alles, was Lionida noch denken konnte. Eine Sekunde später raste ihr fragiles Gefährt plötzlich ungebremst in die Tiefe, hinein in die schwarzen Wolken.

»Stirb, Untier!«, brüllte Randolph in den Sturm hinaus und schleuderte dem nächsten Angreifer mit beiden Händen kraftvolle Fadenbündel entgegen. Dass er die Echse damit direkt tötete, war unwahrscheinlich. Aber vielleicht gelang es ihm, ihr die Flügel zu brechen und sie dadurch zum Absturz zu bringen.

Der Flugsaurier zuckte in der Luft zurück und überschlug sich einmal. Hinter Randolphs Angriffen mochte nicht viel Finesse stecken, aber sie hatten Wucht!

Mit einem triumphierenden Aufschrei setzte Randolph nach, hämmerte wie ein Preisboxer mit seinen Fäusten wieder und wieder mit Fadenbündeln auf seinen Gegner ein. Schließlich landete er einen Kopftreffer, der schlanke Hals des Ungeheuers verbog sich ruckartig nach hinten, und es fiel ohne Bewusstsein wie ein Stein vom Himmel. »Das hättest du dir nicht gedacht, hm?«, schrie der Kutscher ihm nach. *Elende Mistviecher.* Mit verkniffener Miene starrte er auf den Schwarm ledergeflügelter Kreaturen, die wie Rachedämonen aus dem Unwetter auf sie herniedergefahren waren. Ein Schauer lief ihm über den Rücken. Es war die Angst des Kaninchens vor dem Falken, etwas Ursprüngliches, das ihm sagte, dass er und seinesgleichen zur natürlichen Beute dieser Monster gehörten. *Nein, zum Teufel!,* schalt er sich und besann sich erneut auf seine Wut. Er würde sich nicht von diesen Bestien in Furchtstarre versetzen lassen.

»Na kommt schon. Wo ist der Nächste?« Randolph schob sich etwas weiter aus der Backbordluke und starrte hinaus in die Finsternis. Regen schlug ihm ins Gesicht, und heftige Böen zerrten an seinem Kutschermantel. Zur Rechten ratterten die bugwärtigen Gatling-Kanonen und rissen Löcher in die Wolken. Links von ihm donnerte irgendein leichtes Feldgeschütz, das jedoch im Gegensatz zu seinen kleineren Brüdern wenig ausrichtete, weil es einfach zu unbeweglich war. Auch irgendwo über ihm auf der Traggashülle waren vereinzelte Schüsse zu hören. Offenbar standen dort einige mutige Soldaten in Nacht und Wind und verteidigten das Luftschiff gegen Angriffe von oben.

Er wandte den Kopf – und erstarrte. Direkt über ihm hing einer der Flugsaurier kopfüber an der Hülle des Luftschiffs. Randolph hatte keine Ahnung, wie er dort hingekommen war. Und auch keine Zeit, sich darüber Gedanken zu machen. Fluchend duckte er sich, als das Untier mit einem Fauchen auf ihn herabstieß. Instinktiv wich er zwei Schritte zurück und hob die Hand, um die Ausstiegsluke zuzuknallen. Die Flugechse war schneller. Sie hatte die Öffnung bereits erreicht und schlug mit ihren klauenbewehrten Armen nach ihm.

Randolph stieß eine Verwünschung aus. *Das darf ich nicht zulassen.* Er hob erneut beide Hände und hämmerte mit zwei Fadenbündeln auf die Brust des Ungeheuers ein. Der Flugsaurier kreischte auf und wand sich in dem engen Gang hinter der Luke, den er beinahe zur Gänze ausfüllte. Es schien, als wüsste er nicht, ob er vordringen oder den Rückzug antreten sollte. Er wählte den Angriff! Einer seiner Arme schlug zu, entfaltete sich mit dem damit verwachsenen Flügel zu erschreckender Länge, und die Klauen fuhren über Randolphs Unterschenkel.

Mit einem Aufschrei stürzte der Kutscher zu Boden, und seine Schiebermütze flog ihm vom Kopf. Blitzschnell war die Echse über ihm, und ihr zahnbewehrter Schnabel öffnete sich, um ihm die Kehle durchzubeißen. Randolph warf sich zur Seite und konnte dem vorschnellenden Tötungswerkzeug haarscharf entgehen. Der Flugsaurier stürzte sich erneut auf ihn. Diesmal gelang es Randolph, den Schnabel mit den Händen zu packen und wenige Fingerbreit vor seinem Hals abzufangen.

»So nicht«, grunzte Dunholms ehemaliger Diener mit vor Schmerz und Anstrengung verzerrter Miene, während er den Schnabel des Untiers eisern festhielt. Er hob das gesunde Bein und trat seinem Gegner mit dem Huf kräftig in die Seite. Die Echse schüttelte sich und versenkte ihre Klauen erneut in sein bereits verwundetes Bein. Der Schmerz raubte Randolph beinahe das Bewusstsein. »Verdammtes Mistvieh!«, schrie er, riss seinen Kopf zur Seite und gab gleichzeitig den Widerstand auf, sodass der Schnabel des Flugsauriers dröhnend neben ihm auf den Aluminiumboden knallte und ein Loch hineinhieb. Seine Faust schlug zu und erwischte das Untier am Kopf. Randolph ächzte schmerzerfüllt. An der Stelle, die er getroffen hatte, war der Schädel knochig und steinhart.

Wieder bäumte sich der Flugsaurier auf, um anschließend auf Randolph herabzufahren. In seinen kleinen, gelben Echsenaugen glitzerte Mordlust. *Verflucht, ich bin tot*, durchfuhr es Dunholms ehemaligen Diener. *Was für ein unwürdiger Abgang.* Er wünschte sich, er hätte den Revolver noch, den von Stein Holmes und ihm für den Angriff auf Carlyle geliehen hatte.

Auf einmal schoss ein silbergrauer Blitz an seinem Kopf vorbei und sprang der Echse mitten ins schuppige Gesicht. Der Flugsaurier kreischte erschrocken auf, und dieser Laut nahm an Intensität noch zu, als aus der Überraschung Schmerz wurde. Wild um sich schlagend tobte die Echse in dem Gang umher, und Randolph zog sich eilig über den Boden von ihr weg, um nicht versehentlich noch erschlagen zu werden.

Endlich kamen auch zwei Soldaten angerannt, die Mienen gehetzt und die Gewehre im Anschlag. Als sie das geradezu tollwütig gewordene Untier sahen, knieten sie sich neben Randolph auf den Boden, legten ihre Waffen an und feuerten, bis ihre Repetierbüchsen leer waren. Der Flugsaurier wurde zurückgeworfen, zuckte hin und her und fiel schließlich leblos zu Boden.

Einen Moment lang geschah nichts. Randolph klingelten die Ohren vom Peitschen der Gewehrschüsse, und die beiden Männer starrten argwöhnisch auf die Echse, als erwarteten sie halb, sie könne auch nach zehn Gewehrkugeln in der Brust noch eine Gefahr darstellen.

Ein silbergrauer Schemen löste sich aus dem Kopf des Flugsauriers. Die beiden Soldaten schraken verblüfft zusammen, doch dann erkannten sie, worum es sich dabei handelte.

»Watson«, keuchte Randolph. »Ich bin froh, dich zu sehen. Das war Rettung in letzter Sekunde.«

Ich wusste, ohne mich würdet ihr in Schwierigkeiten geraten, vernahm er die Stimme der Geisterkatze in seinen Gedanken. *Außerdem war mir langweilig in der Kabine.*

Der Kutscher rappelte sich in eine halb sitzende Position auf und schenkte Watson ein dankbares Grinsen. »Du bist nicht mit Gold aufzuwiegen.«

Mit hoch erhobenem Schwanz strich sie an seinem Bein vorbei und bedachte ihn mit einem belustigt wirkenden Blick. *Da hast du recht. Ich bin ein Geist. Ich habe kein Gewicht.* Ihr Schwanz glitt spielerisch über sein Hosenbein.

In der Sprechanlage der *Gladius Dei* knackte es. Eine panische Männerstimme rief etwas auf Italienisch. Doch mitten im Satz brach sie ab, und was folgte, war nur noch unartikuliertes Schreien.

Beunruhigt sah Randolph zu den zwei Soldaten hinüber.

»Ein Eindringling in der Bombenkammer«, übersetzte einer von ihnen. Unsicher schaute der Mann auf Randolphs zerschundenes Bein.

»Gehen Sie!«, drängte der Kutscher. »Ich komme schon klar.« Er machte eine scheuchende Geste mit der Hand.

Der Soldat nickte, dann sprangen er und sein Kamerad auf und eilten los.

Erneut knackte es in der Sprechanlage. »Ich komme!«, war Holmes' Stimme zu hören. »Halten Sie durch!«

Ich gehe Holmes lieber helfen, verkündete Watson und hetzte ebenfalls von dannen.

Stöhnend rollte Randolph sich herum, ergriff seine Schiebermütze und setzte sie wieder auf. Erschöpft ließ er den Kopf gegen die Korridorwand sinken und schaute auf sein blutendes Bein. »Was für ein mieser Abend«, brummte er.

Es gab einen heftigen Ruck, und mit einem Knall riss die rechte Aufhängung des Spähkorbs. Lionida schrie auf, und ihre Hände verkrampften sich um das Stahlseil, als der Korb seitlich wegsackte und sie den Boden unter den Füßen verlor. Rumpelnd kippte die Kiste mit den verbliebenen acht 3-Pfund-Bomben um, und die grauen Zylinder fielen in die Tiefe. Unter sich vernahm sie das wilde Rauschen des aufgewühlten Ozeans.

Oh, heilige Mutter Gottes, dachte Lionida, während sie auf der Seitenwand des hin und her schwingenden Spähkorbs mit den Füßen nach Halt suchte. Sturmböen zerrten an ihr, und der Regen schlug ihr als nasser Vorhang ins Gesicht. Oder war es bereits die Gischt der meterhohen Wellen unter ihr? Die Magieragentin spürte Panik in sich aufsteigen und schrie einmal wütend auf, um sich wieder unter Kontrolle zu bringen. Es wirkte. Ihre langjährige Erfahrung und Disziplin gewannen langsam wieder die Oberhand.

Sie stellte ihre Füße auf die Seitenwand des Spähkorbs, die jetzt oben war, schlang einen Arm um das Stahlseil und wechselte in die Wahrsicht über, um sich mit einigen zusätzlichen Fäden zu sichern – nicht zu fest, sollte sie gezwungen sein, diese rasch zu lösen, aber immerhin fest genug, um nicht versehentlich abzurutschen und in die eisigen Fluten zu ihren Füßen zu stürzen. Ein Blick nach unten zeigte ihr, dass sie keine dreißig Meter mehr von der wogenden See trennten. *Ich kann von Glück reden, dass die* Gladius Dei *so hoch in den Wolken war. Sonst hätte diese Expedition ein äußerst unschönes Ende genommen.*

Da sie dank des Unwetters in der Wahrsicht kaum weiter blicken konnte als mit ihren normalen Sinnen, glitt Lionida wieder in die Normalsicht zurück, um zu schauen, wie die Lage über ihr aussah. Das Stahlseil, an dem der Korb hing, verschwand im Dunst der tief hängenden Wolken. Die von den starken Bogenlampen des Luftschiffs erzeugten Lichtfinger tanzten als diffuse helle Felder über den Himmel und sorgten dafür, dass die Magieragentin nicht vollends im Finsteren saß. Huschende Schatten, animalisches Kreischen und das Peitschen und Donnern des Abwehrfeuers zeugten davon, dass der Kampf weiterhin mit ungebrochener Heftigkeit fortgeführt wurde.

Die Magieragentin atmete tief durch und ging im Geiste ihre Möglichkeiten durch. Offenkundig hatte sich durch den Angriff des Flugsauriers auf die Bombenkammer die Kurbelsperre gelöst oder es war zu sonst einer Beschädigung des Flaschenzugs gekommen. Daraufhin hatte sich das Stahlseil mit dem Spähkorb und ihr am unteren Ende abgerollt. Der gegenwärtigen Ruhe nach zu urteilen, hatte aber nun entweder jemand die Kontrolle über die Kurbel zurückgewonnen oder das Stahlseil hatte seine endgültige Länge erreicht. So oder so hing sie jetzt mindestens zweihundert Meter unterhalb des Luftschiffkörpers, und niemand machte Anstalten, sie wieder hochzuziehen.

Was soll ich jetzt tun?, fragte sie sich. Blieb sie einfach hier und wartete auf Hilfe? Aber was, wenn das Seil ganz riss und sie samt dem Spähkorb in die eiskalten Wellen fiel? Kein Mensch würde sie dort unten in der Finsternis und dem Sturm finden. Sie würde ertrinken oder erfrieren. Keine schöne Aussicht. *Außerdem ist es im Zweifelsfall immer besser, sich selbst zu helfen – auch wenn das bedeutet, zweihundert Meter oder mehr an einem Seil hinaufzuklettern.*

Wäre sie eine gewöhnliche Frau gewesen, hätte sich dieses Unterfangen als unmöglich dargestellt. Sie hätte niemals die Kraft dazu gehabt. Selbst mit der Fadenmagie als Verbündeter war es nicht ganz leicht, aber zumindest machbar. Sie musste es einfach versuchen.

Lionida wechselte in die Wahrsicht, um das Drahtseil anzupeilen und ein überdehntes Fadenbündel, das sie die ersten zehn Meter in die Höhe ziehen würde, abzufeuern. Da gewahrte sie plötzlich den großen, gelblich glühenden Schemen im Fadenwerk, der in einem weiten Bogen durch die Wolken glitt – ein einsamer Jäger, der seine hilflose Beute umkreiste. Lionida seufzte lautlos. *Auch das noch. Einer dieser elenden Flugsaurier hat mich entdeckt.* Es hatte keinen Sinn, sich diesbezüglich etwas vorzumachen. *Und ich hänge hier wie der Wurm am Angelhaken.*

Nein. Nicht ganz. Dieser *Wurm* war wenigstens bewaffnet. Mit einigen raschen Bewegungen verstärkte Lionida die Fäden, die ihren Körper an das Stahlseil banden. Sie zog ihre Pistole, holte tief Luft und legte an. Bedächtig ließ sie den Lauf der Luger der Flugbahn des Untiers folgen. *Dich kriege ich, bevor du mich kriegst.* Mit einer Fingerbewegung schoss sie einen Zielfaden auf die Echse ab. Im gleichen Moment kippte das Ungeheuer urplötzlich seitwärts, und der Faden ging fehl. *Verflucht, der Bursche ist schnell.*

Der Flugsaurier stieß ein angriffslustiges Kreischen aus und verfiel in hektisches Flattern, das ihn mal jäh nach links, mal unvermittelt nach rechts ausbrechen ließ. Die Magieragentin beschlich das ungute Gefühl, dass er genau wusste, wie man sich vor Gegnern mit Schusswaffen schützte. *Wenn sie so schnell lernen, stecken die da oben aber auch in Schwierigkeiten*, dachte sie zähneknirschend, als ein weiterer Zielfaden ins Leere schoss. »Also schön«, knurrte sie, während sie die Wahrsicht wieder aufgab und die Pistole vor sich auf die Wolken richtete. »Entscheiden wir dieses Duell Auge in Auge.«

Nur einen Lidschlag später brach der Flugsaurier aus dem Unwetter hervor, die ledrigen Flügel weit ausgebreitet und den zahnbewehrten Schnabel hungrig aufgerissen.

Lionida zog den Abzug durch und schoss. Wieder und wieder blitzte das Mündungsfeuer ihrer Waffe auf, während sie die verbliebenen fünf Kugeln ihres Magazins in das Ungeheuer pumpte. Der Flugsaurier kreischte und zuckte unter den Treffern. Aber er war zu schnell, zu nah, und die Trägheit verhinderte, dass er von seiner Flugbahn abwich. *Amen*, dachte Lionida, als der sterbende Leib des Ungetüms direkt auf sie zuhielt, ohne dass ihr die Zeit geblieben wäre, die Sicherungsfäden um das Stahlseil zu lösen und nach oben auszuweichen.

Doch als hätte eine göttliche Macht ihren Stoßseufzer gehört, wurde sie einen Sekundenbruchteil später mit einem heftigen Ruck in die Höhe gerissen. Der riesige Körper des Flugsauriers schoss keine Handbreit unter ihren Füßen vorbei, krachte in die Spähgondel und riss sie vollends ab. Trudelnd verschwanden Gondel und Echse in der Tiefe und klatschten ins aufgewühlte

Meer. Gleichzeitig setzte sich Lionidas rasende Fahrt fort. Schneller, als ein normaler Mensch zu kurbeln imstande wäre, schoss sie der *Gladius Dei* entgegen.

Als sie die Bombenluke passierte, bekam sie auch die erstaunliche Erklärung dafür: Holmes stand breitbeinig am Rand der Luke, das Seil in den Händen, die Frisur vom Winde verweht und das Gesicht vor Anstrengung gerötet. Hinter ihm bildeten einer der beiden Luftschiffer und zwei Soldaten eine Reihe, und zu Füßen der vier Männer sammelte sich das Stahlseil, das Holmes offenkundig von Hand und weitgehend im Alleingang hochgezogen hatte – Magie und Adrenalin mussten ihm Bärenkräfte verliehen haben. Mit einem resoluten letzten Handgriff zog Holmes Lionida zu sich hinauf und auf den sicheren Metallboden.

»Mister Holmes, was für eine angenehme Überraschung, Sie hier zu sehen«, sagte sie, während sie ihre leergeschossene Pistole zurück ins Holster steckte und die Schweißerbrille abzog. Ihr Blick fiel auf den verkrümmten Kadaver des Flugsauriers, der im hinteren Teil des Raumes lag. Holmes' Katze Watson saß arglos daneben und putzte sich mit der Vorderpfote den kleinen, pelzigen Kopf. Von dem zweiten Luftschiffer war nichts zu entdecken, aber große Blutspritzer neben der Bombenluke ließen wenig Zweifel an seinem Schicksal.

Schwer atmend zog Holmes ein Taschentuch aus der Westentasche und tupfte sich damit über die erhitzte Stirn. »Ich hörte, eine Dame sei in Nöten. Also, was blieb mir, als zu Hilfe zu eilen«, erklärte er. »Geht es Ihnen gut?«

Die Magieragentin trat einen Schritt zurück und strich sich eine Strähne nassen Haars aus dem Gesicht. »Dank Ihres glücklichen Eingreifens ja. Wären Sie allerdings nur um Sekunden langsamer gewesen, hätten Sie das Seil ohne mich hinaufgezogen. Ich bin nur mit knapper Not einem besonders hungrigen Exemplar dieser Flugsaurier entgangen.«

»Dann freue ich mich, dass ich noch so gut zu Fuß bin«, gab Holmes mit einem Grinsen zurück.

»Ich auch«, pflichtete Diodato ihm bei. »Wie ist die Lage hier oben?«

»Ich bin mir nicht ganz sicher, aber …«

»Hier spricht von Stein«, unterbrach ihn die Stimme des Luftschiffkommandanten blechern aus der Bordsprechanlage. »Es freut mich, verkünden zu dürfen, dass sich die Flugechsen auf der Flucht befinden. Wir haben sie zurückgeschlagen. Ich gratuliere Ihnen allen zu diesem erfolgreichen Kampfeinsatz.«

Vielstimmiger Männerjubel hallte durch die Gänge der *Gladius Dei*.

»Nun ja«, sagte Holmes. »Das dürfte diese Frage beantworten.«

Lionida nickte. »Dann müssen wir jetzt nur noch abwarten, bis der Sturm abflaut, und hoffen, dass die Schäden am Schiff nicht allzu groß sind.« Sie schaute ein letztes Mal durch die Bombenluke in das Unwetter hinaus. Ein kalter Schauer lief ihr über den Rücken, und auch wenn sie sich einzureden versuchte, dass er ihrer völlig durchnässten Kleidung zuzuschreiben war, wusste sie doch, dass er einen anderen Grund hatte. Es war knapp gewesen diesmal – viel zu knapp für ihren Geschmack.

25. April 1897, 18:02 Uhr GMT (13:02 Uhr Ortszeit)
Vereinigte Staaten von Amerika, Providence, Angell Street

Mit einem blauvioletten Aufblitzen und einem Geräusch, das an ein reißendes Stahlseil erinnerte, trat Wovoka aus der Magiespalte. Er kämpfte um sein Gleichgewicht, als die Physik der Wirklichkeit wieder von seinem Körper Besitz ergriff und ihn daran erinnerte, dass er soeben aufrechten Schrittes nicht durch ein Loch in der Wand, sondern durch eins im Boden getreten war. Geistesgegenwärtig schoss er ein Fadenbündel auf die gegenüberliegende Mauer ab und hielt sich daran fest, bevor er zurück in die Magiespalte stürzen konnte. Einen Moment später hatte er sich gefangen.

Wovoka richtete sich auf und sah sich im Schein der rötlich leuchtenden Magiespalte um. Feuchtes Mauerwerk umgab ihn, beschmiert mit Zeichen, die nur ein kranker Geist dort hingemalt haben konnte. Auf dem Boden fanden sich eingetrocknete Flecken von etwas, das an Blut erinnerte, aber irgendwie zu dunkel wirkte. Der Eingang wurde von einer schweren Eisentür versperrt. Zufrieden nickte der Seher. Er hatte es geschafft und sein Ziel wirklich erreicht.

Während er sich hinabbeugte, um jetzt, da er die geweihte Höhle hinter dem Nevada Fall verlassen hatte, seine Schuhe wieder anzuziehen, erinnerte er sich an seinen letzten Besuch vor drei Jahren. Questing hatte darauf bestanden, ihm alle wichtigen magischen Orte der Vereinigten Staaten zu zeigen, und so hatte es sie auch hierher nach Providence verschlagen, wo sich eine beständige Magiespalte befand.

Viel hatte der andere Magier über die düstere Geschichte des Hauses und seines von der Magie irregeleiteten Bewohners nicht preisgegeben. Er hatte nur durchscheinen lassen, dass jenen verrückten Hexer bereits vor Jahren sein gerechtes Schicksal ereilt hatte. Zurückgeblieben war sein von Schauergeschichten umranktes Domizil mit der Magiespalte im Keller, die – wenn man Questings Einschätzung glauben durfte – schon lange vor dem Hexer hier gewesen war und auch noch weitere Jahrzehnte und Jahrhunderte überdauern würde, wenn sie nicht vorher von der Magieabwehr der katholischen Kirche entdeckt und geschlossen wurde.

Obwohl Wovoka das Vorhandensein einer beständigen Magiespalte in einem Stadtgebiet für höchst gefährlich erachtete, hatte er sich Questings Entscheidung gebeugt, diesen Zugang zur Sphäre der Magie nicht selbst zu versiegeln. Der andere Magier hatte die Ansicht vertreten, dass man sich stets alle Wege offen halten sollte – eine Einstellung, für die Wovoka ihm jetzt dankbar war. Entsprechend hatte Questing sich seinerzeit damit begnügt, den Keller einmal mehr magisch zu verschließen und ein paar zusätzliche unheimliche Geschichten über das Haus in Umlauf zu bringen, damit niemand auf den Gedanken kam, dort eindringen zu wollen. Und offensichtlich hatte er damit Erfolg gehabt. Der Kellerraum wirkte genauso unberührt wie vor drei Jahren.

Dieser Anschein bestätigte sich, als Wovoka die Eisentür überprüfte, die den Ritualraum vom übrigen Keller trennte. Die Fäden der Tür waren nach wie vor mit dem Rahmen verbunden. Behutsam löste er sie, nur um sie mit der gleichen Sorgfalt wieder anzubringen, nachdem er nach draußen getreten war.

Mit magisch gedämpften Schritten folgte der Paiute leise wie eine Katze dem schmalen Kellergang und stieg die hölzerne Kellertreppe ins Erdgeschoss empor. Dort verharrte er und sandte Spürfäden unter der Türritze hindurch in die dahinterliegenden Räume. Er wollte sich versichern, dass im Lauf der letzten drei Jahre nicht doch irgendein Wagemutiger oder Ortsfremder das Haus gekauft und bezogen hatte. Seine Sorge schien jedoch unbegründet zu sein. Die Zimmer sahen verlassen aus.

Wovoka öffnete die Kellertür und schritt über knarrende Dielen ins Wohnzimmer. Eine graue Decke aus Staub lag auf den alten Möbeln, die dort noch herumstanden, und feine glitzernde Staubteilchen tanzten in den scharf begrenzten Lichtstrahlen, die durch schmale Spalten zwischen den schweren, dunklen Vorhängen vor den Fenstern hereinfielen. Der Seher trat an eines der zur Straße weisenden Fenster und lugte hinaus. Draußen herrschte heller Sonnenschein, und der Länge der Schatten nach zu urteilen, musste es um die Mittagszeit sein. Das war schon mal gut. Gegen Mittag hatte er auch seine Reise vom Yosemite Park aus angetreten. Er hatte dreitausend Meilen ohne nennenswerten Zeitverlust überbrückt. *Danke, Questing, wo auch immer Sie sein mögen.*

Damit war der schwierigste Teil seiner Reise überstanden. Nun würde er nur noch einen Zug besteigen müssen, und schon bald würde er in New York sein. Entschlossenen Schrittes begab sich

Wovoka zur Eingangstür. Einen kurzen Moment lang schwebte seine Hand über dem Türknauf, während er sich fragte, ob er sich besser unsichtbar machen sollte. Dann schüttelte er den Kopf. Für gewöhnlich verwirrte es die Leute viel mehr, wenn sich Gartentüren wie von Geisterhand öffneten, als wenn ein fremder, harmlos aussehender Bürger aus einem leerstehenden Haus kam, ohne dass sie ihn hatten hineingehen sehen. Sollte ihn jemand ansprechen, konnte er immer noch behaupten, er habe gehört, das Gebäude stünde zum Verkauf, und er habe es sich anschauen wollen.

Ein Blick durch das in die Tür eingelassene Rundfenster überzeugte ihn aber davon, dass solcherlei Ausflüchte vermutlich nicht nötig sein würden. Die Straße vor dem Haus wirkte wie leergefegt. Gewiss saßen alle braven Bürger zum sonntäglichen Mittagsmahl um die heimische Tafel. Ohne weiter zu zögern, öffnete er die Tür und trat hinaus ins Freie – nur um gleich darauf innerlich das Gesicht zu verziehen, als er sah, wie just in diesem Augenblick eine Mutter mit ihrem vielleicht sieben Jahre alten Sohn die Straße heruntergelaufen kam. In dem Wissen, dass er daran nun auch nichts mehr ändern konnte, schloss der Paiute sorgfältig die Tür und verriegelte sie mit einigen raschen Bewegungen seiner Finger. Mit betont gleichmütiger Miene überquerte er die schmale Veranda vor dem Haus, stieg die drei Stufen hinab und schlenderte durch den verwilderten Vorgarten zur Gartentür.

Der Junge, der bislang artig hinter seiner Mutter hergelaufen war, blieb neugierig stehen. Er war adrett in einer Art dunkler Matrosenuniform gekleidet, und die Kanten seines Haarschnitts wirkten wie mit einem Lineal gezogen. Aus klugen Augen schaute er Wovoka entgegen.

»Guten Tag, mein Junge«, grüßte der Seher ihn. Es gab keinen Grund, unhöflich zu sein.

»Guten Tag, Sir«, erwiderte der Junge. Sein Blick huschte zu dem verfluchten Haus hinüber und dann zu Wovoka zurück.

Diesem wurde auf einmal klar, dass er als Indianer mit seiner wettergegerbten Haut und dem schwarzen, breitkrempigen Hut auf einen siebenjährigen Ostküstenknaben zweifellos höchst verdächtig wirken musste. Mit einem Lächeln versuchte er, das Unbehagen des Jungen zu zerstreuen.

»Ich hörte, das Haus stünde zum Verkauf«, flüchtete Wovoka sich in seine vorbereitete Ausrede. »Ich wollte es mir mal ansehen, aber es wirkt ziemlich heruntergekommen. Was meinst du, mein Junge?«

Erneut glitt der Blick des Knaben über die niedrige Hecke zu dem Gebäude. »Es ist ein böses Haus«, stellte der Junge fest. »Ein Hexer lebte darin, und noch immer geht es dort nicht mit rechten Dingen zu.« Er richtete seine Aufmerksamkeit wieder auf Wovoka, als schließe er den Indianer in diese Dinge mit ein. »Sie sollten es nicht kaufen. Es bringt nur Unglück.«

Der stille Ernst des Jungen überraschte Wovoka. Die Kinder in seinem Alter, die der Paiute aus dem Westen kannte, waren deutlich lebhafter und von leichterem Gemüt.

»Howard!«, rief eine strenge Frauenstimme die Straße hinunter. Die Mutter des Jungen hatte sein Zurückbleiben endlich bemerkt. »Howard, komm sofort her!«

Der Junge warf einen Blick über die Schulter. »Ja, Mutter«, rief er. Trotzdem sah er Wovoka noch einmal an. »Ich darf nicht mit Fremden sprechen«, erklärte er. »Aber Sie sind kein Fremder, nicht wahr? Sie sind wie ich. Sie haben die andere Welt gesehen.«

Wovoka blinzelte verblüfft. Rasch wechselte er in die Wahrsicht und wieder zurück. In dem Jungen steckte tatsächlich Magie. Zweifellos verstand er noch nicht, was ihn von anderen Kindern unterschied. Aber dass er anders war, hatte er bereits begriffen. Der Seher nickte ernst. »Ja. Ja, das habe ich, mein Junge. Und nun lauf. Vielleicht treffen wir uns wieder. Dann werden wir über viele Dinge sprechen können. Bis dahin hab keine Angst. Das Haus kann dir nichts mehr tun. Dafür habe ich gesorgt.«

»Howard, hast du mich nicht gehört?!«, schrie die Mutter des Jungen erbost.

»Doch, Mutter, ich komme.« Der Junge nickte Wovoka zu. »Auf Wiedersehen, Sir.«

»Auf Wiedersehen, mein Junge«, verabschiedete sich dieser. Mit ungläubigem Lächeln sah er zu, wie der Knabe zu seiner Mutter eilte, die ihn sogleich rüde bei der Hand packte und mit sich zog. Anschließend drehte er sich um und machte sich auf den Weg zum Bahnhof.

25. April 1897, 19:14 Uhr GMT (16:14 Uhr Ortszeit)
Mittelatlantischer Rücken, etwa 1600 Seemeilen vor der afrikanischen Küste

Schnaufend näherte sich die *Nautilus* der Wahren Quelle der Magie. Victor Mordred Wellington stand oben auf dem Turm des zu unheimlichem Leben erwachten Tauchboots, hatte die Hände auf das mit Metall verkleidete Fleisch des Leviathans gelegt und blickte zu der felsigen Insel hinüber, die beinahe auf die Minute genau vor einer Woche aus den Wogen des Atlantiks aufgestiegen war. *Erst eine Woche ist es her*, dachte der neue Erste Lordmagier des Ordens des Silbernen Kreises mit einem Anflug von Ehrfurcht. *Und doch hat sich bereits alles verändert.*

Er hatte die alten Hüter der Quelle – Scheusale, die halb Fisch, halb Mensch waren – unterworfen und in seine Dienste gezwungen. Danach war er mit der magisch verwandelten *Nautilus*, dem Tauchboot seines früheren Geschäftspartners Charles Gordon Bennett, nach London zurückgekehrt, um dort den Umsturz des Ordens herbeizuführen. Ein gutes Drittel der ständigen Ordensmitglieder, also etwa vierzig Männer und Frauen, hatten ihm Gefolgschaft geschworen, die Übrigen hatte Wellington einstweilen einsperren lassen. Ärgerlicherweise war ihm Dunholms ehemaliger Diener Randolph Brown entwischt, und dessen nachfolgender Angriff auf die Untere Guildhall hatte Wellington nicht nur mehr als der Hälfte seiner Gefangenen beraubt, sondern auch dafür gesorgt, dass das geheime Ordenshauptquartier im Herzen Londons für immer aufgegeben werden musste.

Dieser Rückschlag hatte den Ersten Lordmagier zutiefst verärgert, aber er war dazu übergegangen, es als Prüfung zu verstehen: Nur wenn er bereit war, wirklich alles zu opfern, würde er den Weg zu Ende gehen können, den er eingeschlagen hatte. Doch nun war es bald so weit. Mit ihrer Rückkehr zur Wahren Quelle der Magie würde die letzte Phase seines in jahrelanger Arbeit entwickelten Plans beginnen. Wellington sah ihr mit Spannung entgegen.

»Mister Hyde-White, sobald wir an Land sind, gehen Sie hinauf zur Quelle und überzeugen sich davon, dass unsere Hüterfreunde vor Ort meinen Anordnungen wie gewünscht Folge geleistet haben.«

Der furchteinflößende Hüne zu Wellingtons Linker, eine bizarre Verschmelzung von menschlichem Fleisch mit dem glänzenden Stahl eines Panzertauchanzugs, nickte bestätigend. Duncan Hyde-White war von Wellingtons Schüler zu seiner rechten Hand aufgestiegen – oder vielmehr seiner Faust, denn leise Töne durfte man nicht von ihm erwarten. Wo er auftauchte, war die Furcht an seiner Seite. Vor diesem Gefühl waren nicht einmal die Anhänger von Wellingtons Neuem Morgen der Magie gefeit. »Was soll ich mit ihnen machen, wenn sie nicht gehorcht haben?«

»Statuieren Sie ein Exempel und ermuntern Sie die Übrigen dadurch, sich mit besonderem Eifer an die Arbeit zu machen. Unsere Zeit ist begrenzt, und seit es diesen Störenfrieden Holmes und Brown gelungen ist, aus der *Nautilus* zu entkommen, womöglich sogar noch mehr.«

Hyde-White grunzte nur abschätzig. Immerhin war er taktvoll genug, nicht darauf hinzuweisen, dass er persönlich Jupiter Holmes und Randolph Brown am liebsten direkt in der Unteren Guildhall umgebracht hätte. Dann wäre ihnen dieser unerfreuliche Zwischenfall erspart geblieben.

Wellington vermochte sich immer noch nicht zu erklären, wie den beiden Männern die Flucht gelungen war. Möglicherweise hatte er die Fähigkeiten dieses Exzentrikers Holmes falsch eingeschätzt. Und Brown schien so unverwüstlich zu sein wie eine Schabe, auf die man auch immer zwei- oder dreimal treten musste, bevor sie wirklich aufhörte zu zucken. Zu allem Überfluss hatte es den Anschein, als hätten sich die Magier auf ihrer Flucht Zugang zu Wellingtons provisorischem Arbeitszimmer verschafft – zumindest stand am Morgen nach ihrem Verschwinden eine Whiskeyflasche auf dem Schreibtisch, die der Lordmagier dort nicht hingestellt hatte und die geradezu nach dem Säufer Jupiter Holmes stank. Das einzig Erfreuliche an dieser Angelegenheit war, dass sie nur die eine Hälfte seiner Pläne gesehen hatten. Sein zweites Projekt hatte verschlossen in einer Kiste neben dem Schreibtisch gelegen. Und dieses war gegenwärtig sogar das Wichtigere.

»Sagen Sie, Hyde-White, wissen Sie, wer aus unseren Reihen die zweite Sphäre der Magie gemeistert hat?«, fragte der Lordmagier.

Sein Begleiter machte eine nachdenkliche Miene. »Ich bin mir nicht ganz sicher. Ich weiß, dass die junge Miss Hollingworth zur Telepathie imstande ist.«

»Das Mädchen mit dem dritten Auge …« Wellington nickte gedankenvoll. »Ja, das wäre eine Kandidatin. Wer noch?«

»Lord Bowminster ist ein leidlich begabter Telepath. Und Mister Hawkridge hat eine gewisse Vergangenheit als Gedankendieb.«

»Diese Gentlemen wären nicht unbedingt meine erste Wahl gewesen.«

Hyde-White zuckte mit den stählernen Schultern. »Einige unserer stärksten Verbündeten haben wir in London verloren oder zurückgelassen: Miss McGowan, Mister Carlyle …«

Der Erste Lordmagier gebot ihm mit einer Geste Einhalt. »Ich weiß, ich weiß. Nun, die Genannten werden ihre Rolle auszufüllen wissen. Lassen Sie sie zu mir schicken, sobald wir angelegt haben.«

»Was geschieht mit den Gefangenen?«, fragte sein Begleiter.

»Wir behalten sie hier an Bord«, legte Wellington fest. »Auf der *Nautilus* sind sie besser aufgehoben als auf der Insel. Sobald wir ihrer bedürfen, werden wir sie holen. Die übrigen Ordensmitglieder können sich frei auf der Insel bewegen, wenn ihnen danach gelüstet. Nur der Quelle sollen sie gegenwärtig fernbleiben. Niemand außer Ihnen, Hyde-White, und den Hütern treibt sich dort oben ohne meine Erlaubnis herum. Die Quelle ist viel zu gefährlich für Leute, die mit ihr nicht umzugehen wissen. Schärfen Sie das allen ein, die den Eindruck erwecken, ihre Neugierde nicht im Zaum halten zu können.«

»Es wird mir ein Vergnügen sein«, sagte Hyde-White grollend.

KAPITEL 31:

AUF DER REISE

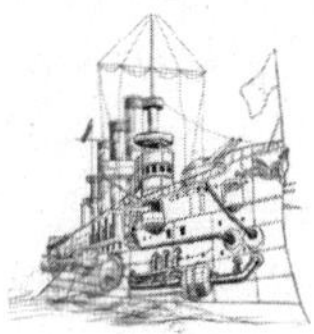

Mein Schiff ist fest, es leidet keinen Schaden. –
Durch Sturm und bösen Wind verschlagen,
Irr' auf den Wassern ich umher; –
Wie lange? weiss ich kaum zu sagen,
Schon zähl' ich nicht die Jahre mehr.

– Richard Wagner, DER FLIEGENDE HOLLÄNDER,
1. Akt, 3. Szene

25. April 1897, 19:30 Uhr GMT
Atlantik, etwa 50 Seemeilen südwestlich von England

Jonathan vermochte nicht genau zu sagen, was er auf der Tafel des Holländers erwartet hatte, als dieser Robert, Kendra und ihn zum Abendessen gebeten hatte. Bilder von mit Blut gefüllten Pokalen und in Kristall eingegossenen Seelen von Verdammten hatte sein geistiges Auge ihm sarkastisch vorgegaukelt. Und auch wenn er natürlich wusste, dass das blanker Unsinn war, und er sich für seine ungewöhnlich blühende Fantasie einen Narren schalt, gelang es ihm unter dem Einfluss der auf dem fliegenden Schiff vorherrschenden morbiden Atmosphäre nicht ganz, sein Unbehagen abzustreifen, als sie ihrem Gastgeber durch den schwach beleuchteten Gang zur Offiziersmesse folgten.

Sie waren jetzt seit ungefähr zwei Stunden unterwegs. Nachdem Jonathan Robert und Kendra an Bord geholt und diese dem Holländer vorgestellt hatte, war selbiger an sein Steuerruder am Heck des Schiffes getreten und hatte den mächtigen Dreimaster unter völliger Missachtung jedweder physikalischer Gesetze rückwärts von der Klippe und zurück in das sie umgebende Nebelmeer sinken lassen. Danach hatte er das Schiff gewendet und mit geblähten Segeln Kurs hinaus auf den weiten Ozean genommen – in Richtung der Wahren Quelle der Magie, wie Jonathan hoffte. Ihm und seinen Gefährten war nicht viel mehr geblieben, als dem Holländer staunend dabei zuzuschauen.

Im Anschluss daran hatte dieser sie zu ihren Kabinen geführt. Jeder von ihnen besaß eine eigene. Andernorts hätte das als luxuriös gegolten, doch hier herrschte kein Mangel an Platz. Zwar hatte Jonathans geübtes Reporterauge mittlerweile Anzeichen dafür entdeckt, dass sich noch weitere Menschen an Bord befanden, doch groß konnte die Besatzung des Holländers nicht sein, denn gesehen und gehört hatten sie in den letzten zwei Stunden nichts von ihr.

Was daran gelegen haben mag, dass die Besatzungsmitglieder die ganze Zeit in der Küche gestanden und gekocht haben, fuhr es Jonathan durch den Kopf, als ihr Gastgeber die Tür zur Offiziersmesse aufstieß und sie den reich gedeckten Tisch sahen, der die Mitte des mit allerlei maritimem Zierrat geschmückten Raumes einnahm. Acht Stühle standen um ihn herum, gedeckt war allerdings nur für vier. Zwischen dem offensichtlich kostbaren Geschirr und Besteck fanden sich mehrere Schüsseln und Silberplatten mit dampfenden Speisen unterschiedlichster Art. Es gab gebratenen Fisch, gekochte Muscheln und eine Schüssel mit etwas, das nach einem Salat aus Algen und Garnelen aussah. Aber auch für die Mägen von Landbewohnern verträglichere Gerichte wie Braten,

Reis und Porree warteten auf sie. Es duftete so verlockend, dass Jonathan, der seit dem Frühstück in der Herberge von Sunningdale am gestrigen Vormittag keine ordentliche Mahlzeit mehr zu sich genommen hatte, das Wasser im Mund zusammenlief.

»Bitte setzen Sie sich«, sagte der Holländer mit einladender Geste. Er selbst nahm am Kopfende der Tafel Platz.

Jonathan, Robert und Kendra folgten der Einladung, und nach einer weiteren höflichen Aufforderung begannen sie, ihre Teller zu füllen.

»Wo haben Sie all diese Köstlichkeiten her?«, wollte Jonathans Freund wissen. »Man könnte meinen, man befände sich an Bord eines Luxusliners.«

Der Holländer bedachte ihn mit einem dünnen Lächeln. »Nur weil wir gezwungen sind, unser Leben auf dem Meer zu verbringen, heißt das nicht, dass wir deshalb auf alle Annehmlichkeiten verzichten müssten. Sie wären überrascht, welche Schätze man hier draußen erbeuten kann, wenn man ein wenig erfindungsreich ist.«

»Wir?«, hakte Jonathan nach. »Sie befinden sich also nicht allein auf dem Schiff?«

»Das habe ich nie behauptet, Mister Kentham.«

»Wo ist Ihre Mannschaft? Zum Segeln benötigen Sie sie offensichtlich nicht.«

Der Holländer nahm einen Bissen Fisch zu sich. »Sie arbeitet«, sagte er dann. »Sie werden sie zu gegebener Zeit kennenlernen.«

»Sie sagen, dass Sie gezwungen sind, Ihr Leben auf dem Meer zu verbringen«, mischte sich Kendra ein. »Darf ich fragen, wie es dazu kam?« Natürlich hatte Jonathan Robert und ihr in den letzten zwei Stunden die Sage vom Fliegenden Holländer erzählt – zumindest soweit sie ihm nach dem Besuch einer Inszenierung der gleichnamigen Wagner-Oper vor ein paar Jahren noch in Erinnerung war. Aber keiner der drei war bereit zu glauben, dass dieser düstere Mann mit seinem fliegenden Segelschiff tatsächlich die leibhaftige Verkörperung jenes niederländischen Kapitäns war, der, wie es hieß, vor etwa zweihundertfünfzig Jahren nach wochenlang vergeblichem Umschiffen des Kaps der Guten Hoffnung durch lästerliche Reden den Zorn Gottes auf sich geladen hatte und daraufhin dazu verdammt worden war, auf ewig als ruhelose Seele auf den Weltmeeren zu kreuzen.

»Sie dürfen fragen«, sagte ihr Gastgeber. »Aber nehmen Sie es mir nicht übel, wenn ich Ihnen darauf keine Antwort gebe. Ich pflege mein Leben nicht vor Fremden auszubreiten.«

Robert warf dem Holländer einen herausfordernden Blick zu. »Warum? Haben Sie etwas zu verbergen?«

»Ich habe eine ganze Menge zu verbergen«, erwiderte dieser kühl. »Dieses Schiff hier beispielsweise. Sie wollen gar nicht wissen, wie lange man uns gejagt hat.«

Kauend hob Jonathan die Augenbrauen. »Wer hat Sie gejagt?«, fragte er, nachdem er hinuntergeschluckt hatte.

Die Miene des Holländers verfinsterte sich. »Die magische Inquisition des Vatikans.«

»Inquisition?«, echote Robert. »Sie meinen diese Fanatiker, die im Mittelalter Hexen gefoltert und verbrannt haben?«

Früher hätte Jonathan seinen Freund darauf hingewiesen, dass die Römische Inquisition mitnichten federführend in der Hexenverfolgung gewesen war, sondern dass die von ihm beschriebenen Gräueltaten vor allem auf weltliche Gerichte und die einfache Bevölkerung zurückgegangen waren – und dies auch nicht im Mittelalter, sondern vor allem ab dem späten fünfzehnten Jahrhundert. Heute kam es ihm jedoch nicht mehr so wichtig vor, Robert zu verbessern.

»Ich meine die Fanatiker, die seit Jahrhunderten Jagd auf alle Magieanwender machen, weil sie dem Irrglauben anhängen, die Magie ließe sich vom Erdball tilgen«, knurrte der Holländer. »Ich meine die Agenten des *Officium contra Magiae*, die Magieabwehr des Heiligen Stuhls.«

»Diese Organisation war mir bislang völlig unbekannt«, gestand Jonathan.

»Dann sind Sie entweder noch nicht lange Teil der magisch erwachten Welt oder wie McKellen einsam in den schottischen Hochmooren aufgewachsen.«

»Mein Großvater kannte seine Freunde und seine Feinde sehr genau, da bin ich mir sicher«, wies Kendra ihren Gastgeber schärfer zurecht als vielleicht notwendig. »Außerdem schickt es sich nicht, abfällig über einen Toten zu sprechen.«

Der Holländer starrte sie zwei Herzschläge lang stumm an. Seine Miene gab mit keiner Regung seine Gefühle preis, aber in seinen Augen flackerte tiefe Betroffenheit auf. Gleich darauf hatte er sich wieder vollständig unter Kontrolle. Er neigte den Kopf. »Ich hatte mich schon nach dem Verbleib von Wächter McKellen gefragt. Er ist also tot. Das tut mir leid. Bitte entschuldigen Sie meine unbedachte Äußerung. Ich habe nie etwas anderes als aufrichtigen Respekt für Ihren Großvater empfunden. Er war ein wichtiger Mann in unseren Reihen, selbst wenn er stets viel zu bescheiden war, um großes Aufhebens darum zu machen.«

»Kannten Sie Mister McKellen gut?«, fragte Jonathan.

Der Blick des Holländers verklärte sich. Er schien in weite Ferne zu blicken. »Er war ein sehr alter Freund«, sagte er gedämpft. Einen Moment lang hatte es den Anschein, als verliere sich ihr Gastgeber in seinen Erinnerungen, doch dann richtete sich seine Aufmerksamkeit erneut auf Jonathan, Robert und Kendra. »Sagen Sie mir, was geschehen ist – bitte.«

Kendra schaute Jonathan auffordernd an, und dieser erzählte ihrem Gastgeber von der Reise der McKellens, die sie erst nach London und anschließend nach Stonehenge geführt hatte. Er berichtete von dem Ritual und davon, dass der alte Magier sich geopfert hatte, um das Quellschloss zu erschaffen, nicht ohne zuvor Kendra zu seiner Nachfolgerin zu bestimmen und Jonathan mehr oder weniger in die Fußstapfen des verstorbenen Albert Dunholm treten zu lassen.

Es mochte gewagt sein, diesem düsteren Fremden gegenüber von dem Artefakt zu sprechen, mit dem sie die Wahre Quelle der

Magie zu versiegeln beabsichtigten, aber Jonathan argwöhnte, dass dieser Mann ein nicht weniger fähiger Magier als Jupiter Holmes war und sich all dieses Wissen auch ohne große Schwierigkeiten aus ihren Köpfen hätte holen können. Dass er es nicht versucht hatte, sprach für ihn. Und dass er ihnen, ohne zu zögern oder irgendeine Art von Kompensation zu erwarten, half, sprach für seine Verbundenheit zu dem geheimen Kreis der Quellwächter. Zwar nahm Jonathan nicht an, dass er und der Holländer jemals enge Freunde werden würden, aber als Verbündeter sollte er ihnen gute Dienste leisten.

Als Jonathan geendet hatte, nickte der Holländer ernst. »Ich danke Ihnen für Ihre Offenheit. Nun sehe ich einiges klarer. Auch wenn Sie, wie es für mich klingt, noch nicht offiziell in den Kreis der Wächter der Wahren Quelle aufgenommen wurden, genügt Ihre Anwartschaft, um über meine Dienste zu verfügen. Ich verspreche Ihnen, Sie sicher zu Ihrem Ziel zu bringen. Doch auch wenn dieses Schiff schneller als jedes gewöhnliche Segelschiff ist, liegen nichtsdestoweniger einige Tage der Reise vor uns.«

»Keine Sorge, uns wird die Zeit schon nicht zu lang werden«, sagte Jonathan. »Genau genommen bin ich dankbar für jeden Moment, der uns bleibt, bevor wir uns Lordmagier Wellington stellen müssen. Es gibt noch so viel zu lernen …« Er schaute zu Kendra hinüber, die seinen Blick wissend erwiderte. Sie beide mussten an die Konfrontation mit dem Franzosen in der Magiespalte unterhalb von Stonehenge denken. Keiner von ihnen wäre mit dem Attentäter fertig geworden, und wenn es ihnen nicht einmal gelang, dem Franzosen magisch die Stirn zu bieten, wie konnten sie darauf hoffen, dem Monstrum Hyde-White oder Wellington selbst gegenüberzutreten und diese Begegnung zu überstehen?

Ein schwaches Glühen trat in die Augen des Holländers, als dieser Jonathan und Kendra nachdenklich musterte. »Ich verstehe, was Sie meinen. Ihre Fadenaura zeugt von enormer Kraft, aber Sie wissen sie noch nicht zu beherrschen.« Gelinde Verwirrung zeichnete sich auf seiner Miene ab. »In *Ihnen*, Mister Kentham, steckt auch mehr, als es der Anschein vermuten lässt.« Damit spielte er zweifellos auf die Überreste von Angus Drummonds Bewusstsein an, die in Jonathan weiterlebten, nachdem Holmes sie aus dem Körper des sterbenden Schotten in seinen Kopf übertragen hatte. Jonathan hatte nie darüber nachgedacht, aber tatsächlich lag es nahe, dass die neu gewonnenen Erinnerungen und Talente sich auch irgendwie in seiner Fadenaura niederschlugen.

»Was treiben Sie da, Sir?«, verlangte Robert zu wissen. »Spionieren Sie in unseren Köpfen herum? Das verbitte ich mir!«

»Ganz ruhig, Robert«, sagte Jonathan. »Er betrachtet nur unsere Fadenauren. Das ist für Magier nichts Ungewöhnliches – wenngleich solch ein Blick schon ein wenig mehr über den Menschen preisgibt als das mit den gewöhnlichen Sinnen erfassbare Äußere.«

»Es sei denn, der Magieanwender ist imstande, seine Fadenaura so zu manipulieren, dass man ihr nur wenig entnehmen kann«, schränkte der Holländer ein. »Oder gar Falsches.« Ein schmales Lächeln zeigte sich auf seinen Lippen.

Jonathan erinnerte sich daran, dass Holmes während ihrer Gefangenschaft in der Lage gewesen war, Hyde-White zu täuschen. Wie es den Anschein hatte, war auch der Holländer dazu imstande. Jonathan sparte sich daher einen eigenen Blick in die Wahrsicht, zumal er ohnehin kaum Sinnvolles aus dem wimmelnden Chaos von Fäden, das jeden Menschen umgab, herauszulesen vermochte.

»Na schön«, knurrte Jonathans Freund. »Wohl ist mir dabei trotzdem nicht. Es will mir scheinen, als würden Sie sich mit dieser Begabung uns gegenüber einen unsportlichen Vorteil verschaffen.«

»Vielleicht, aber ich verwende ihn nicht gegen Sie, sondern in Ihrem Sinne.« Ihr Gastgeber blickte Jonathan an. »Ich denke, jetzt wäre der richtige Zeitpunkt, um Ihnen ein Mitglied meiner kleinen Mannschaft vorzustellen. Womöglich kann Meister Fu Ihnen helfen. Nach dem Essen dürfen Sie ihn kennenlernen.«

»Das ist Meister Fus Kabine.« Der Holländer machte eine auffordernde Geste. »Gehen Sie ruhig hinein. Er erwartet Sie bereits.«

Jonathan warf Kendra einen fragenden Blick zu und sah, wie sie entschlossen nickte. Er hob die Rechte und klopfte an die niedrige Holztür. Einen Moment später öffnete er sie und trat leicht gebückt ins Innere. Kendra folgte ihm. Robert hatte sich nach dem Essen zurückgezogen. »Ich bin kein Magier, zumindest noch nicht«, hatte er Jonathan unter vier Augen gesagt. »Verschwenden wir Meister Fus Zeit nicht mit einem blutigen Anfänger wie mir. Abgesehen davon fühle ich mich etwas unwohl. Nichts gegen die Küche unseres Gastgebers, aber einige der Speisen waren recht eigenwillig gewürzt.« Also waren Jonathan und McKellens Enkelin zu zweit dem Holländer in die Tiefen des Schiffsbauchs gefolgt, wo die Kabinen der Mannschaft lagen.

Die Kammer des ominösen Meister Fu war ein länglicher Raum, der sich direkt an die bauchige Hülle des Schiffes schmiegte. Diese Vermutung legte zumindest die sanfte Neigung der rückwärtigen Wand nahe. Von einigen Kerzen abgesehen, die in tönernen Behältnissen brannten und kaum Licht spendeten, war der Raum in tiefe Schatten getaucht. Ein Geruch von Räucherwerk hing in der Luft, und von irgendwo zur Linken drang ein Geräusch an ihre Ohren, das an ein leise klirrendes Windspiel erinnerte, was insofern seltsam war, als dass das fliegende Schiff des Holländers vollkommen ruhig durch das Nebelmeer schwamm, in dessen Schutz es sich fortbewegte.

»Meister Fu?«, fragte Jonathan. »Sind Sie da?«

»Bin ich da, Sun Wukong?«, vernahmen sie eine Stimme mit unüberhörbar asiatischem Akzent aus dem Dunkel. »Ich weiß es nicht. Sagt Ihr es mir.« Der Mann, dem die Stimme gehörte – zweifellos Fu selbst – lachte leise.

Kendra sah sich aufmerksam im Raum um. »Er versteckt sich irgendwo«, raunte sie Jonathan zu. »Er spielt mit uns.«

Fu lachte erneut. Er schien gute Ohren zu haben. »Ah, Miss McKellen. Spiel ist die Art des Kindes zu lernen. Werden Sie wieder das Kind, das Sie waren, als Sie noch im Mondlicht Ihrer Heimat badeten.«

»Er ist auch in unserem Kopf«, zischte Kendra, und Jonathan sah, dass sie die Fäuste ballte. »Lassen Sie das!«, schrie sie. Wutentbrannt wirbelte sie einmal im Kreis herum. Eine Stoßwelle aus unsichtbaren Fäden brandete durch den Raum, trieb Jonathan zwei Schritte zurück, löschte zwei der Kerzen aus und brachte die im Schatten liegende Einrichtung zum Wackeln. Ein kleiner pelziger Schatten flüchtete kreischend in eine dunkle Ecke, und das Windspiel klirrte, wie von einer kräftigen Brise erfasst.

»Kendra, nein«, rief Jonathan, sprang hinzu und packte die junge Frau an den Schultern. »Er will uns doch nur helfen.«

Ihr Gesicht ruckte zu ihm herum. In ihren Augen irrlichterte das gelbliche Feuer der Wahrsicht. Für einen kurzen Moment glaubte Jonathan, dass sie ihn aus reinem Instinkt angreifen würde. Dann entspannte sich Kendras verkrampfter Körper, und sie kehrte in die Normalsicht zurück. Sie drehte sich zum rückwärtigen Teil der Kammer um. »Bitte verzeihen Sie, Meister Fu. In den letzten Tagen sind zu viele Männer ungebeten in meine Gedanken eingedrungen.«

Die Luft flimmerte kurz, und ein kleiner, dürrer Mann wurde sichtbar, der im Lotussitz auf einem Kissen saß. Er trug eine einfache braune Stofftunika und weite Hosen, und auf dem Kopf saß ein kreisrunder Hut. Dunkles Haar, das von zahlreichen grauen Strähnen durchzogen war, lag zu einem Zopf geflochten über seiner linken Schulter. Auf die rechte kletterte derweil der kleine pelzige Schatten, dessen Neugierde offenbar stärker war als seine Furcht. Es handelte sich um einen Affen mit klugen Augen und einem eigenartigen gräulichen Kopf- und Nackenfell, das an eine Kapuze oder Haube erinnerte.

In einer beschwichtigenden Geste hob der Mann die Hände, die zuvor auf seinen Knien gelegen hatten. »Eine Entschuldigung ist nicht nötig. Es wurde nichts zerstört, das nicht wiederhergestellt werden kann.« Mit einigen fließenden Gesten ließ er die zu Boden gefallenen Kerzen in die Luft schweben und zündete sie an den verbliebenen wieder an. Auf seinen faltigen, bronzefarbenen Zügen lag ein Ausdruck von heiterer Nachsicht, der Jonathan an die Statue eines Buddhas erinnerte, wenn auch an einen, der ziemlich lange gefastet hatte. »Sorgen müssen wir allerdings dafür, dass Kraft, die in Ihnen liegt, nutzbar für Sie wird. Es bedarf Schleuse, um inneren Energien einen Kanal zu geben, ohne dass Staudamm, der Ihre Gefühle zurückhält, brechen muss. Und Sie …« Er wandte sich Jonathan zu. »Ah, große Kraft schlummert in Ihnen und großes Talent. Doch Sie wissen nicht einmal, was Sie vermögen. Wir müssen Pfad finden in Tiefen Ihres Geistes, damit Sie der Mann werden können, der Sie sein sollten. Es war gut, dass Sie gekommen sind.« Der Asiat nickte bekräftigend. »Ich werde Sie lehren, Schleuse zu bauen und Weg zu finden.«

»Meister Fu«, sagte Jonathan, »das hört sich alles ganz wunderbar an. Aber ist Ihnen bewusst, dass uns nur drei oder vier Tage bleiben, bevor wir die Wahre Quelle der Magie erreichen? Was immer Sie uns beibringen möchten, es muss schnell gehen und leicht zu erlernen sein. Wichtig ist vor allem, dass wir die Begegnung mit Lordmagier Wellington so lange überstehen, dass wir das Quellschloss in die Quelle werfen können.«

Fu blinzelte zweimal. Er wirkte ein wenig ernüchtert. Offensichtlich hatte ihn die Aussicht, zwei Schüler zu bekommen, in das asiatische Äquivalent freudiger Erregung versetzt, und nun erhielt diese Begeisterung einen herben Dämpfer. »Ah. In dem Fall muss innerer Frieden wohl warten. Machen wir Sie vielmehr zu Wasser, das sich zielstrebig Weg sucht und dabei jedes Hindernis umfließt.« Er breitete die Arme aus und deutete auf die Plätze zu seiner Rechten und seiner Linken. »Setzten Sie sich. Ich werde Ihnen helfen, so gut ich kann.«

25. April 1897, 20:01 Uhr GMT (19:01 Uhr Ortszeit)
Atlantik, etwa 1300 Seemeilen westlich der Meerenge von Gibraltar (unweit der Azoren)

Der Sturm hatte sie die ganze letzte Nacht und weite Teile des darauffolgenden Tages nicht aus seinen Fängen entlassen. Einmal hatte von Stein einen Ausbruch nach oben versucht. Doch mit drei beschädigten Motoren und mindestens zwei leckenden Traggaszellen – den Folgen ihres Kampfes gegen den Flugsaurierschwarm – war es ihnen nicht gelungen, weit genug aufzusteigen, um über das Unwetter zu gelangen. Also war ihnen nichts anderes übrig geblieben, als abzuwarten, bis die Schlechtwetterfront so weit an Kraft verlor, dass man sich hindurchkämpfen konnte. Nun zog das Unwetter weiter in Richtung Europa, während die *Gladius Dei* nass glänzend und angeschlagen wie ein Preisboxer nach der zehnten Runde über dem Atlantik trieb.

»Eines ist klar«, stellte von Stein fest, als sie zu fünft auf der Brücke um den Kartentisch standen. »In diesem Zustand werden wir die Wahre Quelle der Magie deutlich langsamer erreichen, als es uns lieb sein könnte. Abgesehen davon ist durch den Verlust zweier Backbordmotorgondeln und einer an Steuerbord unsere Manövrierfähigkeit spürbar eingeschränkt. Ich rate dringend dazu, den Schaden zu beheben, bevor wir uns in den nächsten Kampf werfen.«

»Können die Gondeln und die Lecks nicht auf der Reise repariert werden?«, wollte Lionida wissen. Der Hauptmann hatte sie und Scarcatore zur Lagebesprechung auf die Brücke gebeten. Holmes' und Browns zusätzliche Anwesenheit nahm er kommentarlos hin. Emma Potts hielt sich unterdessen bei Kaplan Tremore im Krankenzimmer auf und half dem Geistlichen, sich um die Verwundeten der letzten Nacht zu kümmern. Auch das Bein von Holmes' Begleiter zierte ein dicker Verband, aber der zähe Satyrmensch hatte sich dagegen gewehrt, länger als unbedingt nötig in Tremores Obhut zu bleiben.

Von Stein schüttelte den Kopf. »Wir müssen außen am Luftschiff arbeiten. Dabei würde ich mich ungern über dem Ozean befinden. Ein bodennaher Ankerplatz wäre mir lieber – und den Männern sicher auch.«

»Nun, daran mangelt es auf dem Meer für gewöhnlich etwas«, warf Holmes ein.

»Nicht in unserem Fall. Sehen Sie hier.« Er verschob die Seekarte auf dem Kartentisch ein wenig und rückte eine kleine Inselgruppe ins Zentrum. »Der Sturm hat uns unerfreulicherweise um einiges auf unserem Weg zurückgetrieben. Das einzig Gute daran ist, dass wir uns gegenwärtig nicht sehr weit von der Inselgruppe der Azoren entfernt befinden.«

»Ihnen ist klar, dass Sie für ganz schöne Aufregung sorgen werden, wenn Sie dort mit Ihrem Luftschiff auf dem Marktplatz landen.« Holmes machte ein versonnenes Gesicht. »Andererseits ist das vielleicht gar nicht mal schlecht. Möglicherweise werden wir als vom Himmel gefallene Götter verehrt, und man feiert uns zu Ehren ein Fest mit Wein, Weib und Gesang.«

»Auf den Azoren leben Portugiesen, kein pazifischer Eingeborenenstamm«, erinnerte ihn Lionida.

»Schade. Nach den Strapazen der letzten Nacht und des bisherigen Tages wäre mir mal wieder nach Wein, Weib und Gesang zumute. Wobei Weib und Gesang nicht ganz so wichtig wären und Wein zur Not auch durch andere geistvolle Getränke ersetzt werden könnte.«

Der Hauptmann sah den Magier finster an. »Machen Sie nur Ihre Scherze, aber unsere Lage ist mitnichten so komisch, wie sie Ihnen erscheinen mag.« Sein Blick glitt über die versammelte Runde. »Wenn es nach mir geht, sollen die Einheimischen überhaupt nicht mitbekommen, dass wir da sind. Deshalb werden wir auch sicher nicht auf einer der Hauptinseln landen. Stattdessen nähern wir uns den Inseln getarnt von der Seeseite her. Corvo und Flores sind die westlichsten Teile der Inselgruppe. Unseren Informationen zufolge sind sie kaum besiedelt.«

»Verzeihung, wenn ich mich einmische, aber auf Corvo gäbe es tatsächlich einen vortrefflichen Landeplatz«, meldete sich Scarcatore zu Wort. »Die Insel ist praktisch ein einziger erloschener Vulkan, und der nördliche Teil wird von dem vielleicht zwei Kilometer breiten Vulkankessel gebildet. Nach Süden hin, dort wo die einzige Siedlung der Insel liegt, ist der Kessel durch einen kleinen Berg abgeschirmt. Außerdem sammelt sich oft Wolkendunst an der Bergspitze und behindert die Sicht. Ich denke, das ist das beste Versteck, das wir in weitem Umkreis finden können.«

»Sie sind gut unterrichtet«, bemerkte Lionida staunend.

»Ich habe vor drei Jahren eine Reise dorthin unternommen, um die einheimische Pflanzenwelt zu studieren«, erklärte der Wissenschaftler. »Es war ein … faszinierendes Erlebnis.«

»Hervorragend.« Von Stein klopfte mit dem Zeigefinger auf den Kartentisch. »Dann werden wir uns dieses Verstecks bedienen, um die *Gladius Dei* wieder kampfbereit zu machen.«

»Wie lange werden die Reparaturen dauern?«, wollte Lionida wissen. »Ich muss Ihnen nicht sagen, dass die Macht der Wahren Quelle mit jedem Tag zunimmt – und die Wellingtons vermutlich auch.«

»Der Bordingenieur hofft, dass wir binnen zwei Tagen alle Schäden behoben haben werden.«

Aus den Augenwinkeln bemerkte Lionida, wie Brown Holmes einen besorgten Blick zuwarf. »Hoffen wir, dass der Ärger, dem wir uns dann gegenübersehen, nicht noch viel schlimmer ist«, murmelte dieser.

25. April 1897, 21:00 Uhr GMT (16:00 Uhr Ortszeit)
Vereinigte Staaten von Amerika, Providence, Bahnhof

Mit dem 4-Uhr-Zug der *New York, New Haven and Hartford Railroad* verließ Wovoka Providence und machte sich auf den Weg nach New York. Der Zug war erstaunlich voll, und der

Paiute-Seher musste sich das Abteil mit drei anderen Fahrgästen teilen: einem feisten Geschäftsreisenden im dunklen Zwirn, einem kleinen, bebrillten Mann, der an einen Buchhalter erinnerte, und einem grauhaarigen Gentleman, der ein Arztköfferchen auf dem Schoß trug.

»Thomas Franklin, Verleger aus Boston«, begrüßte der Anzugträger die Anwesenden aufgeräumt und hielt dem Bebrillten die breite Pranke hin.

»Benjamin Jefferson, sehr erfreut«, murmelte dieser und drückte die Hand kurz.

»John Wilson, es freut mich ebenfalls«, gab Wovoka den Namen an, den er unter Weißen verwendete.

»Doktor Timothy Boon«, stellte sich der Alte vor.

»Prächtig, prächtig, Gentlemen«, verkündete Franklin und setzte sich breit neben Jefferson, wobei er gleich zwei der sechs Sitzplätze einnahm. »Sie fahren auch alle nach New York?«

Wovoka und Boon nickten. »Nein, nur bis New Haven«, erklärte Jefferson. Er hatte eine sehr leise Stimme und war damit das genaue Gegenteil von Franklin.

Dieser nickte selbstzufrieden. »Na, dann hoffen wir, dass wir alle gesund an unserem Ziel ankommen.«

»Spricht etwas dagegen, Mister Franklin?«, erkundigte sich Jefferson, und auf seiner Miene zeichnete sich die leichte Besorgnis eines Mannes ab, der vor allem und jedem Angst hat.

»Haben Sie nicht von dem Überlandexpress von Council Bluffs/Omaha nach San Francisco gehört, der vor ein paar Tagen auf der Höhe des Donner Passes in der Sierra Nevada einfach verschwunden ist?«, fragte Franklin.

»Was meinen Sie damit: einfach verschwunden?«, wollte Jefferson wissen.

Franklin breitete in einer Geste des Nichtwissens die Arme aus. »Genaues kann ich Ihnen auch nicht sagen. Mir wurde die Geschichte heute Morgen von einem anderen Zugreisenden erzählt, der sie am Bahnhof von Boston in der Zeitung gelesen hat.

Es heißt, der Zug habe Council Bluffs/Omaha planmäßig verlassen, sei aber nicht an seinem Ziel angekommen. Der nächste Zug, der die Strecke in Begleitung einiger Soldaten nahm, kam unbehelligt an. Doch von dem ersten haben sie auf dem Weg nicht mal eine Radschraube gefunden.«

»Es könnten Banditen gewesen sein«, mutmaßte Jefferson. »Oder Indianer.« Ihm fiel auf, dass ihm mit Wovoka ein Angehöriger dieser Völkergruppe direkt gegenübersaß, und ein verlegen wirkendes Lächeln trat auf sein Gesicht. »Entschuldigung. Nichts für ungut.«

Wovoka betrachtete ihn einen Augenblick lang mit stoischem Gesichtsausdruck. »Wir greifen schon seit Jahren keine Züge mehr an«, sagte er schließlich.

»Das glaube ich auch nicht«, pflichtete ihm Franklin kopfschüttelnd bei. »Und eine Banditenbande wäre ebenso wenig in der Lage, einen ganzen Zug spurlos verschwinden zu lassen. Selbst wenn es ihr gelungen wäre, ihn entgleisen zu lassen, könnte sie ihn nicht einfach auf einen Pferdekarren laden. Da steckt etwas anderes dahinter.«

»Und was könnte das Ihrer Meinung nach sein?«, fragte Jefferson.

»Ich will verdammt sein, wenn ich das weiß«, bekannte Franklin.

»Es sind seltsame Zeiten, seltsame Zeiten.« Boon schüttelte das graue Haupt. Sein Atem war merklich alkoholgeschwängert – Brandy, nahm Wovoka an.

Franklin sah den Arzt neugierig an. »Haben Sie auch etwas zu berichten, Doc?«

Boon öffnete seine Tasche, holte eine Flasche Selbstgebrannten daraus hervor und nahm einen kräftigen Schluck. Genussvoll leckte er sich über die Lippen, und sein Kopf pendelte dabei auf dem dünnen Hals vor und zurück wie bei einem Geier. »Oh ja, Sir. Das kann man wohl sagen. Ich sah einen Mann durch die Luft fliegen, drüben in Kansas, vor nicht einmal einer Woche.«

»Fliegen?«, echote Jefferson ungläubig. »Wie machte er das? Flatterte er mit den Armen wie ein Vogel?« Er wechselte mit Franklin einen vermeintlich verschwörerischen Blick.

»Und wie viel von diesem Fusel hatten Sie da schon getrunken?«, fügte der Verleger hinzu.

»Ich war stocknüchtern, Sir, bei den Gebeinen meiner seligen Mutter«, beteuerte Boon, während er seine Mitreisenden mit blutunterlaufenen Augen treuherzig anblickte. »Ich ging eine Straße von Louisburg, Kansas, hinunter. Es war Abend und ich auf dem Weg zu meiner Unterkunft. Und auf einmal machte es *Wusch,* und dieser Kerl zischte wie der Blitz über mich und die Häuser hinweg.«

»Wenn es Abend war, dürfte es doch dunkel am Himmel gewesen sein«, wandte Jefferson ein.

»Das schon, aber aus einem nahen Saloon fiel Licht auf die Straße, und ich sah ihn genau.«

»Einen fliegenden Mann …« Jeffersons Tonfall machte deutlich, dass er es immer noch nicht zu glauben bereit war.

»Ach, lassen Sie mich doch in Ruhe«, brummte Boon und setzte erneut seinen Flachmann an die Lippen.

Franklin schaute auffordernd zu Wovoka hinüber. »Und was denken Sie darüber, Mister Wilson? Ihr Indianer habt doch eure ganz eigene Beziehung zu übernatürlichen Begebenheiten.«

Wovoka erwiderte den Blick ungerührt. »Ich weiß nichts über diese Dinge«, sagte er schlicht. »Aber ein kluger Mann beobachtet die Welt stets mit wachen Sinnen und einem offenen Geist. So gelingt es ihm, Wunderbares zu entdecken, wo andere nur Gewöhnliches sehen, und Gefahren zu entrinnen, denen andere zum Opfer fallen. Und nun entschuldigen Sie mich bitte. Ich habe bereits einen langen Tag hinter mir und möchte etwas ruhen, solange ich Gelegenheit dazu habe.«

Bevor einer der Männer Wovoka in ein weiteres Gespräch verwickeln konnte, lehnte er sich auf seinem Platz zurück und zog seinen Hut tief ins Gesicht. Seine Worte waren nicht einmal eine Lüge gewesen. Nach der durchwachten Nacht und der anstrengenden Reise durch die Sphäre der Magie senkte sich nun bleierne Müdigkeit auf seine Glieder. Auch wenn die Geschichten von Franklin und Boon ihn durchaus beunruhigten, da sie – so sie denn der Wahrheit entsprachen – zeigten, dass die Auswirkungen der stärker werdenden Magie immer deutlicher zutage traten, gab es nichts, was er dagegen unternehmen konnte. *Mir bleibt nur eins*, dachte Wovoka, *so schnell wie möglich zur Quelle zu reisen. Und bis dahin all meine Kräfte zu sammeln.*

25. April 1897, 22:04 Uhr GMT (21:04 Uhr Ortszeit)
Atlantik, etwa 1300 Seemeilen westlich der Meerenge von Gibraltar (unweit der Azoren)

Die untergehende Sonne des scheidenden Tages im Rücken und gehüllt in ihren fadenmagischen Tarnmantel kroch die angeschlagene *Gladius Dei* der Insel Corvo entgegen. Randolph stand am Fenster des Salons und schaute auf den kaum mehr als drei Meilen durchmessenden grünen Felsen hinab, der sich aus dem Blau des Atlantiks erhob. Dabei stützte er sich auf einen Stock, den ihm Kaplan Tremore gegeben hatte, damit er sein verletztes Bein entlasten konnte, wenn er sich schon weigerte, Bettruhe einzuhalten, wie er es eigentlich sollte.

Hinter Randolph kam jemand in den Raum hinein, und als er sich umdrehte, sah er Emma Potts, die mit einem kleinen Buch in der Hand im Türrahmen zum Salon stand. Ihrer überraschten Miene nach zu urteilen hatte sie nicht damit gerechnet, jemanden hier vorzufinden. »Oh«, entfuhr es ihr. »Ich störe Sie …«

»Nein«, brummte Randolph. »Ich schaue mir nur unser neues Versteck an. Und was ist mit Ihnen?«

»Ich …« Potts drehte verlegen das Buch in den Händen, eine Bibel, wie der Kutscher erkannte. »Ich wollte die Bordkapelle besuchen.« Sie deutete auf den hinteren Bereich des Salons, der durch eine hauchdünne, holzfarbene Stoffwand abgetrennt war.

Das Abbild eines alten Mannes zierte die falsche Wand; er trug ein kleines Kind auf den Schultern durch ein Gewässer – Randolph nahm an, dass es sich dabei um den Sohn Gottes handelte. Der Ausdruck auf den Zügen des Mannes wirkte ein wenig leidvoll. Randolph konnte es ihm nicht verdenken. *Ich weiß genau, wie du dich fühlst. Die Last der Welt auf den Schultern und unter einem nichts als Wasser …* Er zuckte die Achseln. »Lassen Sie sich von mir nicht abhalten, Miss Potts.«

Lord Cheltenhams ehemalige Sekretärin zögerte einen Moment, sodass sich Randolph fragte, ob sie sich befangen fühlte, wenn er während ihres Gebets im gleichen Raum war. Doch dann straffte sie die Schultern, durchquerte den Raum und verschwand hinter der Faltwand. Raschelnd verrichtete sie irgendwelche zeremoniellen Vorbereitungen. Anschließend begann sie auf Lateinisch leise vor sich hin zu murmeln.

Mit einem unterdrückten Schnauben wandte Randolph seine Aufmerksamkeit wieder dem Geschehen vor dem Fenster zu, doch ihre Ankunft auf Corvo zog sich hin, und so schweiften seine Gedanken sogleich wieder ab. Er fragte sich, wie Potts gleichzeitig eine Magierin und gläubige Katholikin sein konnte. *Sind wir für die katholische Kirche nicht alle Ketzer? Dienen wir nicht dem Teufel, indem wir Magie anwenden?* Randolph hatte keine Ahnung, ob die Gottesmänner im Vatikan wirklich so über ihn und seinesgleichen dachten. Aber selbst wenn dem so gewesen wäre, hätte es ihn nicht gestört. Schließlich war er selbst im Gegenzug auch kein großer Freund der Kirche und schon gar nicht der katholischen, die sich in seinen Augen äußerlich so salbungsvoll gab und innerlich so verrottet war.

Irgendwie allerdings musste es Menschen wie Emma Potts und Kaplan Tremore gelingen, diese beiden gegensätzlichen Pole – Glauben und Magie – in sich zu vereinen, ohne dabei sich selbst zu verleugnen. Lionida Diodato nahm er von diesem Dilemma aus. Dass ihre Religiosität rein pragmatischer Natur war, stand für Randolph außer Frage.

Draußen vor dem Fenster wurde Corvo größer und größer. An eine felsige Steilküste schlossen sich die grünen Wiesenhänge des erloschenen Vulkans an, von dem Scarcatore berichtet hatte. Der südwestliche Teil des Kraterrandes türmte sich zu einer einzelnen Bergkuppe auf, die geschätzte achthundert Schritt über dem offenen Meer aufragte und an deren Flanke sich weiße Dunstschwaden verfangen hatten, die den Blick auf den eigentlichen Gipfel verdeckten. Am Südzipfel der Insel sprenkelten rotbraune Hausdächer das vorherrschende Grün, und in einem kleinen Felsenhafen waren die Segel von Fischerbooten zu erkennen. *Selige Abgeschiedenheit*, dachte Randolph. *Was wisst ihr dort unten schon von den Dingen, die in der Welt vorgehen?*

Dann runzelte er die Stirn, als ihm etwas anderes aufging. Vermutlich gab es keinen Ort auf der Welt, der näher an der Wahren Quelle der Magie lag als die Azoren im Allgemeinen und Corvo und seine Schwesterinsel Flores im Speziellen. *Hoffentlich erwartet uns dort unten keine böse Überraschung …*

In Randolphs Rücken raschelte es, als Emma Potts wieder aus der Kapelle hervortrat. Sie wirkte ein wenig ruhiger als zuvor; offenbar verhalf ihr das Zwiegespräch mit ihrem Gott zu innerer Ausgeglichenheit. »Sie sollten nicht im Schiff herumlaufen, wenn Sie mir die Anmerkung erlauben«, sagte sie mit einem milde tadelnden Blick auf Randolphs bandagiertes Bein. »Ihre Wunde heilt besser, wenn Sie ihr Ruhe gönnen.«

»Ich bin robust«, erwiderte Randolph. »Außerdem bekomme ich in diesen engen Kabinen Platzangst. Ich treibe mich lieber hier draußen herum.«

»Von Stein hat nichts dagegen?« Obwohl Potts bei Holmes' und seiner Gefangennahme nicht dabei gewesen war, wusste sie natürlich um den Status der beiden Männer als Gäste unter Beobachtung.

»Zumindest hat niemand versucht, mich aufzuhalten, als ich das Krankenzimmer verlassen habe«, knurrte der Kutscher. »Das wäre ja auch noch schöner gewesen. Ich habe jetzt schon zweimal innerhalb eines Tages mitgeholfen, dieses fliegende Ungetüm vor irgendwelchen Gefahren zu retten. Langsam könnte der Bursche anfangen, uns zu vertrauen.«

»Vertrauen Sie ihm?«

Randolph brummte etwas Undeutliches in seinen nicht vorhandenen Bart. Natürlich vertraute er dem Deutschen nicht und der Magieragentin Diodato, mit der Holmes sein Spielchen trieb, ebenso wenig. Kurioserweise hatte er zu Emma Potts noch am ehesten Vertrauen, und dies, obwohl sie all die Jahre im Orden insgeheim einem zweiten Herrn gedient hatte.

»Na sehen Sie«, sagte Cheltenhams ehemalige Sekretärin.

»Es ist auch nicht so leicht in diesen Tagen«, meinte Randolph. »Unter Dunholm gehörten wir alle dem Orden des Silbernen Kreises an. Und plötzlich wendet sich die eine Hälfte gegen die andere. Und manch eine entpuppt sich gar als Dienerin einer fremden Macht.« Er warf ihr einen vielsagenden Blick zu.

»Ich sagte es doch gestern Abend schon: Ich habe den Orden nie verraten. Ich habe nur gelegentlich berichtet, worüber in den Salons gesprochen wurde und was sich an allgemeinem Tagesgeschehen zutrug.«

»Natürlich. Und selbstverständlich hatten Sie auch ganz ohne Hintergedanken den Posten der Sekretärin des Stellvertretenden Ersten Lordmagiers inne.« Randolphs Stimme troff vor Sarkasmus.

»Werden Sie nicht selbstgerecht«, empörte sich Potts. »Ich habe Lord Cheltenham stets geachtet, ja, sogar gemocht.« Sie brach ab, und eine Erinnerung schien vor ihrem geistigen Auge vorbeizuhuschen, denn Randolph sah, wie sie erschauerte. Auf einmal legte sich stummes Grauen über ihre Miene, und sie presste die Bibel fest an die Brust. »Wenn Sie dabei gewesen wären …«, fuhr sie deutlich leiser fort. »Wenn Sie miterlebt hätten, wie Wellington ihn bei lebendigem Leibe verbrannt hat … Was für eine Bestie muss er sein.« Mit feucht werdenden Augen sah sie Randolph unverwandt an. »Wegen Männern wie ihm diente und diene ich dem Officium. Das Officium ist nicht unser Feind. Es ist unser aller Beschützer. Es kümmert sich um Gefahren, die zu groß für uns einfache Menschen sind. Dieses Wissen, dass das Officium kommen und Wellington richten würde, gab mir die Kraft, Cheltenhams Tod durchzustehen und – viel grausamer noch – mich unmittelbar danach Wellington anzudienen, und zwar *glaubhaft* anzudienen, um nicht eingesperrt zu werden, sondern meinen geheimen Auftrag fortführen zu können. Sie können sich nicht vorstellen, wie schwer mir das gefallen ist. Ich wäre innerlich beinahe daran zerbrochen.« Eine Träne rollte über ihre blasse Wange.

Randolph schluckte. Er fühlte sich beschämt. Er mochte nicht gutheißen, was Potts all die Jahre getan hatte, aber zumindest hatte sie in den letzten Tagen großen Mut bewiesen. Auch er hatte mit Albert Dunholm einen Mann, den er achtete und mochte, sterben sehen. Aber Cheltenhams Tod musste noch ungleich schrecklicher für sie gewesen sein; Randolph erinnerte sich lebhaft an die grausigen Schreie, die Grigori, Sedgewick und ihn auf ihrer Flucht aus der Unteren Guildhall verfolgt hatten. »Es tut mir leid«, sagte er mit rauer Stimme. »Auf Ihre stille Art waren Sie vielleicht tapferer als alle anderen.«

Potts schenkte ihm ein zaghaftes Lächeln. »Sie waren – auf Ihre laute Art – aber auch recht bemerkenswert, wenn ich das sagen darf. Ohne Ihren Angriff auf die Guildhall, der Wellingtons Anhänger völlig überrascht und schwer getroffen hat, wäre es mir vielleicht nie vergönnt gewesen, einen Einblick in die Unterlagen des Lordmagiers zu werfen. Allein die rasche Flucht aus der Unteren Guildhall, zu der Sie Wellington zwangen, ließ ihn nachlässig werden.«

So hatte Randolph das noch nie betrachtet. Letzten Endes bedeutete das, dass sie sich jetzt nur deshalb auf dem Weg zur Wahren Quelle befanden, weil er sich damals zu einer verzweifelten Befreiungsaktion seiner zuvor von den Anhängern des Neuen Morgens eingesperrten Freunde entschlossen hatte. Wellington hatte sich also durch seine Taten und ihre Folgen selbst einen Bärendienst erwiesen. »Alles geschieht aus einem bestimmten Grund …«, murmelte er.

»Daran glaube ich fest«, pflichtete Emma Potts ihm bei. »Und solange Er über uns wacht …« Sie warf einen bedeutungsvollen Blick zur Decke des Salons und darüber hinaus zum Himmel hoch. »… wird das Böse niemals auf Dauer siegreich bleiben.«

Darauf antwortete Randolph lieber nichts.

Auf der Brücke stand Lionida an der Seite von Holmes und von Stein und beobachtete, wie das Luftschiff langsam um die Dunstwolke am Berghang herumschwenkte und sich dem Kraterkessel näherte, dessen steile Hänge von saftigem Grün bewachsen waren und in dessen Mitte zwei kleine Seen lagen. Holmes hatte Watson auf dem Arm und streichelte der Geisterkatze abwesend über das silbergrau schimmernde Fell. Von Stein hatte sich darüber aufgeregt, dass sich ein Tier auf seiner Brücke herumtrieb, und wenn es auch eins sein mochte, durch das man notfalls hindurchgreifen konnte, wenn es auf einer wichtigen Instrumententafel saß. Daraufhin hatte Holmes Watson überredet, zu ihm zu kommen, und mit diesem Kompromiss hatte sich der Hauptmann zähneknirschend einverstanden erklärt.

»Was für ein verwunschener Ort«, bemerkte Lionida, während sie den Blick über die stille, menschenleere Landschaft schweifen ließ. Die Westseite des Vulkankessels war bereits in lange Schatten getaucht, doch das Wasser der Seen glitzerte noch im letzten Licht der untergehenden Sonne.

»Unter gewöhnlichen Umständen fände ich das eine schöne Umschreibung«, knurrte von Stein. »Dieser Tage hoffe ich jedoch, dass er nicht allzu verwunschen ist. Die Männer brauchen Zeit zum Atemholen.«

»Der Krater sieht doch erfreulich friedlich aus«, fand Holmes. »Wenn also kein Ungeheuer von Loch Ness diesen beiden Seen entsteigt …«

Der deutsche Offizier warf ihm einen unbehaglichen Blick zu. »Malen Sie bloß nicht den Teufel an die Wand!«

Die Magieragentin wechselte in die Wahrsicht und überprüfte den Kraterkessel erneut. Wie überall sonst während der letzten Tage war auch hier das Fadenwerk stärker in Bewegung, als es eigentlich sein sollte. An den grasbewachsenen Hängen wimmelte es wie in einem riesigen Ameisenhaufen. Aber sie fand keinen Hinweis auf magische Konzentrationen, die stark genug gewesen wären, um auf irgendeinen weiteren erwachenden Schrecken aus Sagen und Legenden hinzuweisen. »Der Krater ist sicher«, verkündete sie.

»Dann werden wir dort jetzt landen«, sagte von Stein. Er wechselte vom Italienischen ins Deutsche und gab seinen Steuermännern entsprechende Befehle. Sanft neigte sich der Bug des Luftschiffs nach vorne und hielt auf den Boden zu, während die *Gladius Dei* sich gleichzeitig träge in eine halbkreisförmige Kurve entlang des Kraterrands legte, um beim Start sofort wieder Kurs aufs offene Meer nehmen zu können.

Etwa ein Dutzend Meter über einer flachen Stelle direkt neben den beiden Seen, die in regenreichen Wochen zu einem verschmelzen mochten, kam das Luftschiff zum Stehen. Im Heck wurden Rufe laut.

»Was geschieht jetzt?«, erkundigte sich Holmes.

»Die Ankermannschaften seilen sich ab«, erläuterte von Stein. »Da wir hier keinen Andockmast und auch keine Hangarhalle haben, müssen wir uns mit Tauen und Ankerpflöcken behelfen.«

Lionida grinste. »Kommen Sie, Mister Holmes. Wir schließen uns ihnen an. Ich kann es kaum erwarten, wieder festen Boden unter den Füßen zu spüren.«

Er nickte. »Mir geht es nicht anders. Watson, wirst du uns begleiten?«

Die Geisterkatze bedachte den Magier mit einem langen Blick aus ihren gelbgrünen Augen, bevor sie von seinem Arm sprang und, quer über die Brücke trabend, nach draußen verschwand.

»War das ein ›Nein‹ oder ein ›Ja‹?«, wollte Lionida wissen.

»Ein ›Nein‹, fürchte ich«, gab Holmes zurück, während beide der Geisterkatze etwas langsamer nachgingen. »Watson ist in letzter Zeit ein bisschen unleidig.«

»Ich hoffe, es ist nichts Ernstes.«

Der Magier winkte ab. »Ach, Sie wissen ja, wie Frauen manchmal sind. Ich glaube, dieser Signore Scarcatore behagt ihr nicht.«

Das ergab in Lionidas Augen sogar Sinn. Ein Geschöpf, das gänzlich aus der Magie geboren war, musste in einem Mann, dessen besondere Gabe ihm erlaubte, Magie abzuleiten, natürlich eine Bedrohung sehen. »Ich verstehe«, sagte sie.

Gemeinsam begaben sie sich in die Bombenkammer, wo jemand die mittlerweile nutzlose Spähkorbaufhängung zur Seite geschoben hatte, um stattdessen Platz für ein Geschirr zu machen, an dem ein halbes Dutzend dicke Seile hingen. Die Magieragentin sah gerade noch, wie sich sechs Luftschiffer, unter ihnen auch Fähnrich Buitoni, daran herabließen. Zwar gab es auch hier, wie bei dem Spähkorb, die Möglichkeit, die Seile mithilfe einer Kurbel hinunterzulassen oder heraufzuholen, schneller ging es allerdings, wenn man, durch einen Gurt vorm Abstürzen gesichert, einfach daran hinabrutschte. Ein siebter Luftschiffer, ein stämmiger Bursche mit schwarzem Kraushaar, stand oben neben der Bombenluke und überwachte das Seilgeschirr.

»Wir gehen nach unten«, erklärte Lionida dem Mann ohne große Umschweife.

»Warten Sie bitte einen Augenblick«, gab er zurück. »Ich lasse Sie gleich hinunter.«

»Bemühen Sie sich nicht«, winkte die Magieragentin ab. Sie schaute Holmes fragend an. »Sind Sie bereit und imstande, mir zu folgen?«

Der Magier warf einen Blick durch das Loch im Boden. Noch immer schwebte die *Gladius Dei* gute zehn Meter in der Luft. »Es wird mir ein Vergnügen sein.«

»Was haben Sie vor?«, fragte der Luftschiffer verwirrt.

Holmes klopfte ihm auf den Oberarm. »Es ist alles bestens, mein Freund. Die Dame möchte nur ein wenig aufschneiden.«

»Werden Sie nicht unverschämt, mein Herr«, ermahnte Lionida ihn, aber sie lächelte dabei. »Wir sehen uns unten.« Mit diesen Worten wechselte sie in die Wahrsicht, dann sprang sie durch die Luke im Boden. Gleichzeitig hob sie die Arme über den Kopf und feuerte zwei kurze Fadenbündel auf das Sicherungsgeschirr der Seile ab. Während sie mit flatternden Haaren und Röcken in die Tiefe stürzte, dehnten sich die Fadenbündel und bremsten ihren Fall ab. Einen Meter über dem Boden spürte sie, dass die Fäden zu reißen drohten. Sie löste sie, fiel die letzten Handbreit und sank auf ein Knie, um ihren Schwung abzufangen.

Mit einem begeisterten Grinsen auf dem Gesicht schob sie sich eine dunkle Haarlocke aus den Augen und hob den Kopf, um nach Holmes zu schauen. Gemächlich und kerzengerade wie ein distinguierter Gentleman schwebte er ihr von oben entgegen. Als seine Füße federleicht den Boden berührten, löste er mit einem eleganten Schwung seines Handgelenks den Faden, an dem er sich herabgelassen hatte und sah sie mit milde belustigter Miene an. »Eindrucksvoll«, bekannte er, während er sich eine nicht vorhandene Fluse vom Revers zupfte. »Aber ein recht ungewöhnliches Gebaren für eine Lady.«

Lionida erhob sich, strich ihren Rock glatt und trat auf ihn zu. »Sie werden feststellen, dass ich voller Überraschungen stecke, Mister Holmes«, raunte sie vielsagend.

Um seine Mundwinkel zuckte es. »Na, wenn das keine erfreulichen Aussichten sind«, gab er leise zurück.

Sie gingen ein paar Schritte zur Seite und sahen zu, wie die Luftschiffer sich verteilten und schwere Taue in Empfang nahmen, die ihnen aus der Gondel der *Gladius Dei* zugeworfen wurden. An deren Enden befanden sich stabile Pflöcke, die die Männer mit Vorschlaghämmern in den Boden trieben. Es war ein seltsamer Anblick, wie sie Taue festmachten, die sich hinauf in die Luft zogen, nur um urplötzlich dort zu verschwinden.

Noch war das riesenhafte Luftschiff unter seinem Tarnkokon verborgen und nur in der Wahrsicht als imposanter Koloss, der über den beiden kleinen Seen schwebte, zu sehen.

Nach und nach gesellten sich weitere Mannschaftsmitglieder zu Lionida, Holmes und den anderen. Auch von Stein, Brown und Emma Potts waren unter ihnen. Alle wirkten froh, nach dem Sturm und dem Angriff der Flugsaurier wieder festen Boden unter den Füßen zu haben – selbst wenn es der eines winzigen Eilands mitten im Ozean war.

Der Hauptmann schickte Wachposten an den Südrand des Kraterkessels, um einen Blick auf das am Wasser liegende Dorf zu haben. Als die Männer das Zeichen gaben, dass alles ruhig war und kein ungebetener Besuch nahte, signalisierte von Stein dem Luftschiffer oben in der Bombenkammer, die Tarnung aufzuheben, der seinen Befehl zur Brücke weiterleitete. Im nächsten Augenblick flimmerte die Luft, und ein gigantischer Schatten legte sich auf alle Anwesenden, als der bronzefarbene Zigarrenleib der *Gladius Dei* sichtbar wurde.

»Grundgütiger«, murmelte Brown, der sich mit Emma zu Holmes und Lionida gesellt hatte.

Die Magieragentin konnte ihm den Ausruf nicht verdenken. Ihr Blick glitt über die Luftschiffhülle und die Gondeln, und sie dankte innerlich allen Heiligen, dass es ihnen gelungen war, die Flugsaurier zu verscheuchen. *Bevor sie uns gänzlich zerfetzen konnten …*

Die mittlere und die hintere Backbordmotorgondel waren aufgerissen und rußgeschwärzt. Bei einer fehlte die Luftschraube völlig, bei der anderen war sie zum Teil verbogen. Auch zwei Steuerbordmotorgondeln wiesen Kampfspuren auf, wenngleich sie bei einer nur oberflächlich zu sein schienen. Die Hauptgondel zierten an mehreren Stellen Risse, und eines der Gatling-Repetiergeschütze am Heck fehlte ganz. Selbst die riesige Traggashülle – eigentlich kein Hauptangriffsziel der Echsen – war nicht ungeschoren davongekommen. An mehreren Stellen klafften lange Risse in der Zellstoffbespannung, wo scharfe Krallen versucht hatten, den Weg ins Innere, zu den eigentlichen Traggaszellen, freizumachen. Und wenn man von Steins Bericht über die zwei leckenden Traggaszellen glauben durfte, musste auch mindestens ein Ungeheuer tiefer gegraben haben, bevor ihm der Garaus gemacht worden war.

Der Hauptmann nahm seine blaue Schirmmütze vom Kopf und kratzte sich die gerunzelte Stirn. »Das wird ein gutes Stück Arbeit.«

»Aber Sie können es reparieren, oder?«, fragte Lionida.

Der Deutsche nickte, auch wenn sein Blick besorgt blieb. »Wir haben für einen Fall wie diesen einiges an Ersatzteilen an Bord. Die *Gladius Dei* wurde für Kampfeinsätze gebaut, vergessen Sie das nicht. Es ist alles nur eine Frage der Zeit.«

»Und die Zeit drängt, wie Sie wissen. Ihre Männer sollten sich besser ins Zeug legen. Je schneller wir von hier starten können, desto besser. .«

Von Stein setzte seine Mütze wieder auf und hob die Stimme. »Also schön, Männer. Packt euer Werkzeug aus. Wir haben eine Aufgabe zu bewältigen. Ich will verdammt sein, wenn es uns nicht gelingt, dieses Schiff in achtundvierzig Stunden wieder voll einsatzbereit zu bekommen!«

KAPITEL 32:
STUNDEN DER DUNKELHEIT

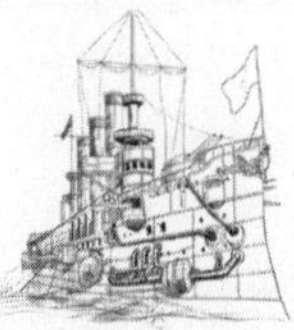

»Aus diplomatischen Kreisen wird verlautet, dass Prinz Hohenlohe im Rahmen eines Besuchs bei M. Hanotaux in Paris auch die Transvaal-Frage zur Sprache gebracht hat. Der Reichskanzler soll mit dem französischen Außenminister die Haltung Frankreichs im Falle eines Konflikts zwischen England und Transvaal besprochen haben. Es scheint, als strebe Deutschland ein Bündnis mit Russland und Frankreich an, um jedwedem englischen Vorgehen in Transvaal Einhalt zu gebieten.«

– The Daily Telegraph, 25. April 1897

Keine Zeit.
Irgendwo.

Kraftvoll schlugen ihre riesigen schwarzen Schwingen, und Tisiphone stieg aus den schwarzvioletten Wolken auf. Sie fühlte sich frei, vielleicht zum ersten Mal in ihrem Leben. Magische Entladungen züngelten hinter ihr her wie ein Feuerschweif hinter einem fallenden Stern. Doch Tisiphone fiel nicht, sie erhob sich aus dem Nebel ihres früheren Daseins.

Brennend klarer, reinigender Zorn erfüllte sie, und dazu kam eine Entschlossenheit, um die ihr früheres Ich Elisabeth sie beneidet hätte. Oder vielmehr beneidete, denn noch immer konnte sich ein Rest ihres Bewusstseins nicht von dem lösen, was sie einst gewesen war. Erinnerungen an eine blondgelockte junge Frau tauchten ungebeten in ihrem Geist auf, schlaglichtartige Vergangenheitsfragmente wie ein Picknick im Hyde-Park oder ein Besuch des Adelphi Theatre am Strand. Ein Hauch von Wehmut überkam sie. Elisabeths Leben hatte unzweifelhaft auch schöne Seiten gehabt.

Ärgerlich schob Tisiphone die Bilder und Empfindungen beiseite. Sie wollte sich nicht damit beschäftigen. Vielmehr dürstete es sie danach, zu vollbringen, wofür sie vom Tode zurückgeholt und ein zweites Mal geboren worden war: Sie wollte Vergeltung üben, an allen, die Schuld auf sich geladen hatten. Doch dazu musste sie einen Ausweg aus diesem Zwischenreich finden. Und genau daran mangelte es in unerfreulicher Weise. Weder war sie imstande, den Tempel wiederzufinden, der doch offensichtlich einen Zugang zu diesem Ort der entfesselten Urkräfte bot, noch ein anderes Portal zu entdecken, das sie wieder auf die Erde brachte. Aber es konnte einfach nicht sein, dass sie hier auf ewig gefangen war. Es durfte nicht sein!

Unvermittelt verspürte sie einen leichten Zug an den Spitzen ihrer Schwingen – und es fühlte sich nicht an wie der Atem des Windes oder der Druck des Donners. Das sanfte, aber beharrliche Ziehen wirkte stetiger und zugleich machtvoller, wie der Strom eines Flusses möglicherweise.

Tisiphone hob den Kopf und sah sich suchend nach dem Ursprung dieser Kraft um. Über ihr waberte ein Meer aus roter Energie, doch irgendetwas daran kam ihr seltsam vor, anders als all das übrige Seltsame, aus dem dieser Ort bestand. Sie kniff die Augen zusammen und irgendwie gelang es ihr auf diese Weise, das Geschehen dort oben näher heranzuholen und deutlicher zu sehen. Sie gewahrte lange, diffuse Arme aus gleißend gelbem

Licht, die das rote Meer durchzogen und sich spiralförmig in einem Punkt schräg vor ihr konzentrieren. Auch sie schien sich – nun, da sie es sich bewusst machte – langsam auf diesen Punkt zuzubewegen. Und je näher sie kam, desto deutlicher vermochte sie zu erkennen, dass die gelben Energiebänder offensichtlich von dem Punkt aufgesaugt wurden.

Es ist ein Schlund, erkannte sie, *ein Schlund, der das Licht verschlingt.* Wo mochte es wohl hingehen? War dies nur eine weitere unbegreifliche, schrecklich-schöne Erscheinung dieses Reichs? Wurden die Lichtarme einfach auslöscht, um – wie sie selbst – in anderer Form erneut aufzuglühen? *Oder liegt dort vorne womöglich ein Durchgang, eine Passage, durch die ein Teil der gewaltigen Kräfte abfließt und der auch mich mitnehmen könnte?*

Sie wusste es nicht und würde es von hier aus auch niemals erfahren. Alles, was ihr blieb, war zu hoffen – ein Gefühl, das in ihren Augen von unerfreulicher Unsicherheit war. *Aber ich kann nicht endlos zwischen diesen Wolken herumirren, und tot bin ich ohnehin schon. Wenn es der Wille irgendwelcher höheren Mächte ist, dass ich lebe, dann wird da auch ein Weg sein. Ich muss es einfach wagen!*

Mit entschlossener Miene breitete Tisiphone ihre dunklen Schwingen weit aus, und sie ließ sich nicht nur von der zunehmenden Kraft des Mahlstroms treiben, nein, sie flog ihm mit wehenden Haaren und flatternden Kleiderfetzen entgegen. *Wohin du auch führen magst, bring mich dorthin!*, schrie sie dem Sog lautlos entgegen.

Näher und näher kam sie dem alles verschlingenden Auge, einem vielleicht fünfzig Schritt durchmessenden Loch in der Wirklichkeit dieser Sphäre. Mittlerweile vernahm sie auch das machtvolle Rauschen der Energieströme, die von ihm angezogen wurden und in ihm verschwanden wie Wasser im Abfluss der gusseisernen Badewanne im Bad ihres einstigen Elternhauses. Tisiphone legte ihre Schwingen an, denn nun spürte sie das Zerren mit einer Gewalt, die ihren neuen, fragilen Körperauswüchsen Schaden zufügen mochte, wenn sie nicht aufpasste. Ohnehin war es mittlerweile unnötig, eigene Kraft aufzuwenden. Aus dem trägen Strom, der sie zu Beginn ergriffen hatte, war mittlerweile ein reißender Fluss geworden, der unerbittlich auf den Schlund zusteuerte. Tisiphone presste auch die Arme an den Leib und schloss die Beine, während sie mit weit aufgerissenen Augen und schnell wie ein Geschoss ihrem Ziel entgegenjagte.

Nun gibt es kein Zurück mehr, erkannte sie. Gegen diesen Sog würde sie niemals ankommen. Nur noch ein Weg existierte, und dieser führte in den Abgrund hinein, der vor ihr aufklaffte. Mit einem wilden Kreischen stürzte sie kopfüber in die Tiefe und verschwand in den tosenden Fluten der gelb gleißenden Energien.

25. April 1897, 22:38 Uhr GMT (19:38 Uhr Ortszeit)
Mittelatlantischer Rücken, etwa 1600 Seemeilen vor der afrikanischen Küste

Mit finsterer Miene starrte Duncan Hyde-White auf die Wahre Quelle der Magie. Es hatte ihn einiges an Mühe gekostet, seinen schweren, gepanzerten Leib vom Anlegeplatz der *Nautilus* an der felsigen Küste des Eilands, das ihr verblichener Kapitän Charles Gordon Bennett für Atlantis gehalten hatte, bis hierher zu schleppen. Weder die verwitterten, sandbedeckten Straßen zwischen den Gebäuderuinen des vor Tausenden von Jahren in den Fluten des Meeres versunkenen Stadtstaats noch die steilen und von mittlerweile vertrockneten Algen bedeckten Treppenstufen in der Flanke der gewaltigen, zentral gelegenen Pyramidenstruktur waren für die klobigen Eisenschuhe geeignet, die Wellingtons Schüler fest an den Füßen trug, seit er mit seinem Taucheranzug buchstäblich verschmolzen war.

Doch Duncans schlechte Laune war nur zum Teil in der körperlichen Strapaze begründet, die längere Märsche für ihn bedeuteten. Viel mehr ärgerte ihn, dass es den Fischmenschen tatsächlich gelungen war, die ihnen von Wellington gestellte Aufgabe zu erfüllen, was Duncan der Möglichkeit beraubte, eines der abstoßenden Geschöpfe zu maßregeln. Bergeweise hatten sie Ziegel und Mauerwerk aus der untergegangenen Stadt geborgen und rings um die tosend in den Abendhimmel aufsteigende Magiequelle aufgetürmt. Duncan wusste nicht ganz genau, was Wellington mit all dem vorhatte, aber er nahm an, dass es etwas mit seinen Bestrebungen zu tun hatte, das ungebändigte Sprudeln der Quelle einzudämmen und sich diesen machtvollsten aller magischen Orte auf der Erde untertan zu machen.

Wann wird der Meister hier eintreffen?, fragte ihn eine der Kreaturen, die einstmals Menschen gewesen waren, heute allerdings mit ihren riesigen Glubschaugen, der von feinen, silbrig schwarzen Schuppen bedeckten Haut und den Schwimmhäuten zwischen ihren breiten Händen und Füßen eher wie bizarre und nach altem Fisch stinkende Meeresbewohner aussahen. Hyde-White konnte sie nicht ausstehen, so nützlich und ergeben sie auch sein mochten.

»Bald«, knurrte der gepanzerte Hüne. »Er ist noch beschäftigt.«

Was wird er vollbringen, wenn er hierher zurückkehrt?

»Das werdet ihr sehen, wenn es so weit ist. Und jetzt geht zurück an eure Arbeit!« Er machte eine unwirsche Handbewegung, und der ehemalige Hüter der Quelle, der jetzt nicht viel mehr als ein Sklave war, zog sich gehorsam zurück. Das Fischwesen sammelte seine Freunde, und zusammen machten sie sich einmal mehr an den Abstieg, um weiteres Baumaterial heranzuschaffen. Missmutig starrte Duncan ihnen nach. Er konnte gar nicht so genau sagen, warum er eine derartige Abneigung gegen die Fischmenschen hegte. Sie hatten ihm nichts getan, und sah man davon ab, dass sie bei ihrer ersten Begegnung versucht hatten, Wellington umzubringen, waren sie bisher auch verlässliche Verbündete gewesen.

Möglicherweise lag es daran, dass sie ihm den Spiegel vorhielten: Genau wie er hatten sie einst ein normales menschliches Leben geführt, bevor sie durch die Kraft der Magie zu Monstern geworden waren – zu »einer Beleidigung für die Sinne«, wie Wellington sie mal seinem Schüler gegenüber bezeichnet hatte. Duncan schaute nicht mehr in den Spiegel, seit er selbst sich verwandelt hatte, aber ihm war klar, dass auch er alles andere als schön anzusehen war. Allein sein Zorn und seine immensen Kräfte sicherten ihm seinen Status in den Reihen des Neuen Morgens. *Wäre ich so schwach wie ihr, müsste auch ich jetzt vor anderen im Staub kriechen*, dachte er düster.

In diesem Augenblick vernahmen seine geschärften Sinne hinter ihm ein schwaches Kreischen im Tosen der magischen Fluten, die aus der Quelle strömten. Es klang auf eine Art widernatürlich, die Duncan sofort in Alarmbereitschaft versetzte. Stampfend drehte er sich um und hob die massiven, in harte Greifklauen auslaufenden Arme abwehrbereit vor sich. In der gleichen Sekunde fiel ein geflügelter Körper vom Himmel und landete mit einer Wucht, als habe die Schwerkraft der Erde seinen Besitzer irgendwie unvorbereitet getroffen, keine zehn Schritte von Duncan entfernt auf dem Steindach der Pyramide. Langes, schwarzes Haar hing um den Kopf des unerwarteten Neuankömmlings herab und ebenso schwarze, lederartige Flügel lagen links und rechts neben der fragilen Gestalt weit ausgebreitet auf dem Boden.

Verwirrt huschte Duncans Blick zur Wahren Quelle hinüber. Er hatte noch nie davon gehört, dass in der chaotischen Sphäre der Magie Leben existierte; geschweige denn, dass ihm durch irgendwelche Magiequellen der Übertritt in die Welt der Menschen gelungen wäre. Für einen kurzen Augenblick war der Drang übermächtig, dem Geschöpf einen kräftigen Schlag mit zwei Fadenbündeln zu verpassen und es dorthin zurückzujagen, woher es gekommen war. Doch Duncan wusste, dass das nicht funktionieren würde. Der Widerstand des Magiestroms war so stark, dass die Gestalt einfach wieder hoch in die Luft geschleudert worden wäre.

»Wer bist du?«, fragte er grollend.

Das Geschöpf hob den Kopf, und voller Überraschung stellte Duncan fest, dass das Gesicht einer jungen Frau gehörte. Wäre sie ein normaler Mensch gewesen, hätte er sie als hübsch bezeichnet. Doch ihre Haut war leichengrau und von einem schwarzen Adergeflecht durchzogen, ihre blutleeren Lippen umgab ein Zug von Grausamkeit, und in ihren tiefschwarzen Augen glomm der Wahn. Duncan wechselte in die Wahrsicht, die ihm zwei Befürchtungen bestätigte: Die Fadenaura der Dämonin – denn um was sonst konnte es sich handeln? – zeugte mit ihren züngelnd zuckenden Bewegungen von gefährlicher geistiger Unruhe, doch sie glühte gleichzeitig dermaßen hell, dass sie sogar das Strahlen von Wellingtons Aura übertraf, die seit seinem Bad in der Wahren Quelle ihrerseits wie ein Fanal loderte. *Was zur Hölle bist du?*, schoss es Duncan durch den Kopf.

»Ich bin Tisiphone«, zischte die Dämonin. Ihre Stimme war rau, aber sie sprach zu Duncans Erstaunen eindeutig Englisch. »Wo bin ich, und wer sind Sie?«

Langsam erhob sie sich auf die Beine, wobei sie die weiten Schwingen langsam öffnete und schloss, als versuche sie zu ergründen, wie man damit umgeht. Jetzt fiel Duncan auch auf, dass sie Überreste eines hellen Kleids am zerschundenen grauen Körper trug, und er erkannte den Schnitt als aktuelle Londoner Mode. Offenbar hatte er sich gründlich getäuscht. Er hatte kein Geschöpf aus der Sphäre der Magie vor sich. Es handelte sich um eine Menschenfrau, die eine unvorstellbare Reise hinter sich haben musste, im Laufe derer sie in diesen Racheengel verwandelt worden war. *Die Wege der Magie sind unergründlich*, hatte der verstorbene Erste Lordmagier Albert Dunholm gerne gesagt. In diesem Augenblick war Duncan Hyde-White ausnahmsweise absolut seiner Meinung.

»Was ist?«, fauchte Tisiphone. Ihre Zähne waren spitz wie die eines Raubtiers, und auch in ihrem Blick lag ein Zorn, als wolle sie jeden Moment über Duncan herfallen, ganz ungeachtet der Tatsache, dass er viel größer und schwerer war als sie. Diese Wut gefiel ihm – aber sie machte ihn nicht blind für die Tatsache, dass hier eine unwägbare Größe auf der Bildfläche erschienen war, die ihren Plänen ebenso schaden wie nutzen konnte.

Er senkte die Arme. »Nichts«, erwiderte er, wobei er sich Mühe gab, so gefährlich wie möglich zu wirken. Die Frau sollte nicht mal auf den Gedanken kommen, sich mit ihm anzulegen.

»Dann beantworten Sie meine Fragen.«

»Nein«, erwiderte Duncan kopfschüttelnd. »Aber ich kann Sie zu jemandem bringen, der Ihnen Antworten geben kann. Wenn Sie bereit sind, mir nach unten zu folgen.« Er deutete auf die Ruinenstadt am Fuße der Pyramide, wo die kleinen Gestalten der Fischwesen und der Ordensmagier umherliefen.

Tisiphones Augen verengten sich misstrauisch, doch sie nickte. Ihr Blick glitt über seinen silbernen Leib. »Was ist mit Ihnen geschehen? Sie sehen grausig aus.«

Danke, Sie auch, dachte Duncan. Laut sagte er: »Lange Geschichte. Sicher ebenso lang wie die Ihre. Und jetzt kommen Sie. Lord Wellington brennt sicher darauf, Sie kennenzulernen.«

Natürlich hätte Wellington einfach an Bord der *Nautilus* bleiben können. Aber so sehr er auch darauf vertraute, das Tauchboot unter Kontrolle zu haben, blieb immer ein leichtes Unbehagen angesichts der Vorstellung, dass die Körper und Seelen von mehr als einem Dutzend Männern und Melissa Esperson in dem grauen Koloss aufgegangen waren, als Bennetts technisches Wunderwerk von der Macht der Wahren Quelle berührt wurde. Wann immer er alleine in seinem Arbeitszimmer saß oder auf seinem Bett lag, das an ein absonderliches, riesiges Pilzgewächs erinnerte, nagte ein Gefühl an ihm, als würden die Geister der Verstorbenen ihn beobachten. Daher hatte er sich entschlossen, ein Domizil an Land zu beziehen, kaum dass sie die Insel erreicht hatten.

Seine Wahl war auf ein tempelartiges Bauwerk unweit ihres Anlegeplatzes gefallen, das einen großen Andachtsraum im vorderen Bereich und einige kleinere Gemächer für die Priester im hinteren aufwies. Mithilfe seiner neu gewonnenen Kräfte hatte Wellington das Gebäude so weit hergerichtet, dass es nicht mehr ganz wie eine vom Meer und dem Zahn der Zeit angefressene Ruine wirkte. Danach hatte er all seine Habe aus der *Nautilus* hierherbringen lassen. Bis ihr Werk an diesem Ort vollendet war, würde er im Tempel residieren. Es störte ihn nicht, dass die anderen deshalb glauben mochten, er fühle sich zu Höherem berufen. Ein bisschen Nimbus trug nur dazu bei, sich die Loyalität seiner Untergebenen zu sichern.

Wie die jener vier Magier, die in diesem Augenblick das Besprechungszimmer betraten, das Wellington hinter der Andachtshalle eingerichtet hatte. Ein Mann mit einem stärkeren Geltungsbewusstsein hätte sie vielleicht wie ein ägyptischer Gottkaiser vor dem Altar thronend empfangen. Aber das hätte Wellington doch als etwas albern empfunden, ganz gleich, welche Rolle er jetzt im Orden des Silbernen Kreises innehatte.

»Lordmagier Wellington«, begrüßte ihn der Anführer des Quartetts, ein beleibter Mittvierziger mit gerötetem Gesicht und fusseligem Backenbart. »Sie haben uns rufen lassen?«

»So ist es, Lord Bowminster«, erwiderte Wellington. »Bitte treten Sie alle ein.« Er nickte der mädchenhaften Miss Hollingworth zu, deren aschblondes Haar sorgsam gescheitelt war, um ihr drittes Auge auf der Stirn nicht zu behindern, und auch dem schmalen, hochgewachsenen Mister Hawkridge, dessen stechende Augen und hakenförmige Nase gut zu seinem Namen passten. Als er den vierten Mann richtig erkannte, hoben sich seine Augenbrauen. »Doktor Polidori, seit wann sind Sie denn wieder zurückgekehrt? Und wann haben Sie sich unserer Sache angeschlossen?«

Der gepflegt wirkende Mann mit den markanten Gesichtszügen, dessen dunkle Augen und dichtes, silbergraues Haar noch immer das italienische Erbe seiner Väter erkennen ließen, lächelte, als er Wellington in vertrauter Geste die Hand schüttelte. »Freut mich, Sie wiederzusehen, Victor. Ich traf vor einigen

Tagen in London ein. Es herrschte gerade große Aufregung in der Unteren Guildhall, und ich hatte mich kaum über die Ereignisse informiert, die Sie ins Rollen gebracht haben, als wir auch schon gezwungen waren, das Ordenshauptquartier aufzugeben. Da mich keine sonstigen Pflichten in London banden, beschloss ich kurzerhand, mich Ihnen anzuschließen. Leider war es mir während der Seereise nicht vergönnt, Sie aufzusuchen. Ihr Schüler Hyde-White kann sehr besitzergreifend sein. Doch nun bin ich hier und gespannt auf das, was Sie vorhaben.«

»Das nenne ich eine glückliche Fügung«, sagte Wellington. »Wir haben Sie in den letzten Jahren vermisst.« Das stimmte allerdings nur halb. Vermutlich waren einige Ordensmitglieder mehr als dankbar gewesen, als der uneheliche und von seiner Mutter heimlich zur Welt gebrachte Sohn John William Polidoris vor sechs Jahren den Silbernen Kreis verlassen hatte. Seine Neigung zu fragwürdigen medizinisch-magischen Experimenten hatte ihm den Unwillen Lord Dunholms und einiger anderer hochrangiger Ordensmitglieder eingebracht. Wellington dagegen hatte Polidoris Werk stets mit größtem Interesse verfolgt. Nicht zuletzt beruhte auch das Ritual, das zu Mary-Ann McGowans wundersamer Verjüngung geführt hatte, auf Ideen, die Polidori schon vor fast zwei Jahrzehnten entwickelt hatte. Einen Mitstreiter wie ihn, einen Mann, der Wellington nicht nur folgte, sondern wirklich verstand, was er zu tun beabsichtigte, konnte er jetzt gut gebrauchen.

Wellington hob in einer Geste, die alle Anwesenden einschloss, die Arme. »Vielen Dank, dass Sie sich hier eingefunden haben. Es gilt, wichtige Dinge zu besprechen, Dinge, an denen Sie maßgeblich Teil haben werden, sofern Sie dazu bereit sind. Schwere und harte Entscheidungen liegen vor uns, doch wenn wir gewillt sind, das Wohl weniger unter das Wohl vieler unterzuordnen, werden wir am Ende mehr gewonnen haben, als Sie es sich in Ihren kühnsten Träumen vorstellen mögen.« Der Lordmagier senkte die Arme und stützte sich auf dem Tisch auf, während er seine Gäste mit ernstem Blick maß. Bowminster und Hollingworth starrten ihm aus leuchtenden Augen entgegen, Hawkridge und sein alter Freund Polidori begegneten ihm zumindest mit aufrichtiger, wenn auch eher von Egoismus als fanatischer Verehrung getriebener Neugierde.

»Wir haben die Wahre Quelle der Magie erreicht und stehen kurz davor, sie unter unsere vollständige Kontrolle zu bringen«, fuhr Wellington fort. »Es bedarf nur noch eines Rituals, das ich mithilfe des ganzen Ordens durchführen werde, um die magischen Fluten einzudämmen und für unsere Zwecke zu kanalisieren. Welche Zwecke das sein werden, hängt nicht unwesentlich davon ab, ob Sie bereit sind, mir in den Kreuzzug des Neuen Morgens der Magie zu folgen. In diesem Kreuzzug wird es Soldaten geben und Feldherren. Die Soldaten werden kämpfen und womöglich sterben, aber es obliegt den Feldherren, sie in den Kampf und den Tod zu schicken, was in meinen Augen die schwerere Bürde ist. Sie müssen von Menschen als Maschinen denken und diese gleich Schachfiguren zu opfern bereit sein, wenn es nötig ist, um zu siegen. Es gibt nicht viele innerhalb des Ordens, deren Schultern stark genug sind, um diese Last zu tragen. Über Sie denke ich anders. Sie sind meine Auserwählten; Sie könnten diese Feldherren sein.«

»Ich habe für Ihre Majestät bereits in Indien gekämpft«, bekannte Lord Bowminster atemlos. »Ich würde es jederzeit wieder tun, wenn mich die Krone ruft. Wir dienen doch nach wie vor der Krone, nicht wahr?«

»Selbstverständlich«, bestätigte Wellington mit einem knappen Nicken. »Wir sind treue Diener des Empires, auch wenn unsere Feinde anderes behaupten mögen. Alles, was ich bislang geschaffen habe und noch zu schaffen gedenke, ist meinem Wunsch geschuldet, unsere Heimat zu schützen und stärker zu machen, als sie es jemals war.«

»Dafür bin ich bereit, jedes Opfer zu bringen«, rief Bowminster.

»Ich folge Euch, wohin Ihr mich führt, mein Lord«, sagte Hollingworth.

Hawkridge zuckte mit den Achseln. »Wenn es dabei etwas zu gewinnen gibt, bin ich Ihr Mann.«

»Und auch ich trete gerne an Ihre Seite, Victor«, erklärte Polidori. »Allerdings erst, nachdem ich genau weiß, welche Pläne Sie hegen.«

»Ich will es Ihnen sagen.« Wellington bedachte den Arzt mit einem bedeutungsvollen Blick. »Es dürfte Ihnen gefallen. Einiges, was ich hier entwickelt habe, fußt auf Studien, die Sie seinerzeit angestoßen haben.«

Wellingtons alter Freund hob erstaunt eine buschige Augenbraue. »Da bin ich aber gespannt.«

»Der erste Schritt ist leicht. Er besteht darin, Ihre bereits bestehende magische Begabung durch die Macht der Quelle gezielt zu stärken. Ich habe Sie alle ausgewählt, weil Sie bereits erfolgreich die zweite Sphäre der Magie gemeistert haben. Diese Fähigkeiten, insbesondere die Telepathie, gilt es zu verbessern.«

»Inwiefern?«, wollte Hawkridge wissen.

Wellington richtete seine Aufmerksamkeit auf den ehemaligen Gedankendieb. Natürlich glaubte er nicht, dass Hawkridge sich ihm gegenüber eine Dreistigkeit erlauben würde, aber er hatte seinen Geist trotzdem vorsichtshalber abgeschirmt. »Zum einen müssen Sie lernen, nicht nur mit einem Bewusstsein Kontakt aufzunehmen, sondern mit mehreren gleichzeitig. Außerdem gilt es, mehr als nur Einflüsterungen vorzunehmen. Angestrebt ist eine gewisse Kontrolle der Personen, in deren Gedanken Sie eindringen.«

»Gedankenkontrolle?«, echote Hawkridge. »Was sollte das bezwecken?«

»Sie missverstehen mich«, sagte Wellington. »Ich spreche von Körperkontrolle, dem Steuern eines fremden Körpers mithilfe Ihres Geistes.«

»Das klingt nachgerade fantastisch«, murmelte Bowminster.

»Aber es ist möglich.« Wellington schob einige Unterlagen auf dem Tisch umher, um einen Teil seiner Pläne zu enthüllen. »Ich habe mich ausführlich mit der Magie und dem menschlichen Gehirn beschäftigt. Ausgehend von Studien zur Wiederbelebung und Beherrschung toter Materie, zu denen Sie, Doktor Polidori, durch die Fabulierkunst der Bekannten Ihres Vaters, Misses Shelley, inspiriert wurden, gelang es mir, einige sehr vielversprechende Theorien zu entwickeln, die Ihr Werk zur Reife bringen könnten.«

»Faszinierend«, bemerkte Polidori. »Nun haben Sie auch mein wissenschaftliches Interesse geweckt, alter Freund.«

»Ich will Sie gerne mit allen Einzelheiten vertraut machen, doch dies zu anderer Gelegenheit. Eine ausführliche Darlegung meiner Experimente würde den gegenwärtigen Rahmen sprengen und unsere übrigen Mitstreiter nur langweilen.«

Der Arzt neigte zustimmend den Kopf. »Dann freue ich mich auf ein späteres Gespräch.«

Wellington gestattete sich ein hintergründiges Lächeln. »Ich möchte nur so viel vorausschicken, mein Freund. Der Trick ist ein lebendes Gehirn und …«

In diesem Augenblick gewahrte er donnernde Schritte in der Andachtshalle, die rasch näher kamen. Er hielt inne. Einen Moment später schob sich Hyde-Whites massige Gestalt in den Türrahmen.

Wellington setzte eine unwillige Miene auf. »Was soll die Störung, Hyde-White? Ich bin in einer Besprechung.«

»Ich weiß, Meister. Aber da gibt es jemanden, mit dem Sie sich unterhalten sollten.«

»Hat das nicht Zeit bis später?«, fragte der Lordmagier.

»Ich denke nicht.«

Unmerklich kniff Wellington die Augen zusammen. Er kannte Hyde-White gut genug, um zu wissen, dass er zwar leicht zu erzürnen, aber nicht leicht zu beunruhigen war. Jetzt allerdings lag ein deutlicher Hauch von Unruhe in seinem Auftreten. Irgendetwas gänzlich Unerwartetes musste sich zugetragen haben. Er wandte sich an seine Gäste. »Ich bitte um Nachsicht, aber mir scheint, als müssten wir dieses Gespräch vertagen. Bitte denken Sie über meine bisherigen Worte gut nach. Und denken Sie vor allem daran, dass nichts, was hier gesprochen wurde, zum gegenwärtigen Zeitpunkt dazu gedacht ist, diesen Raum zu verlassen. Ich vertraue also auf Ihr Stillschweigen.«

»Selbstverständlich, Lord Wellington«, erwiderte Bowminster mit einer angedeuteten Verbeugung. »Rufen Sie einfach erneut nach uns, wenn Sie diese ... Angelegenheit geklärt haben.« Der beleibte Adlige warf Hyde-White einen argwöhnischen Blick zu, den dieser gewohnt finster erwiderte.

»Es war mir eine Ehre, mein Lord«, hauchte Miss Hollingworth zum Abschied.

»Und mir eine Freude, Miss Hollingworth.« Wellington schenkte ihr ein Lächeln.

»Bis später, Victor«, sagte Polidori. »Ich bereue nicht, zurückgekehrt zu sein. Mir scheint, dass Sie wahrlich im Begriff sind, Großes zu vollbringen.«

»Ich hoffe, Ihre hohe Meinung von mir noch verbessern zu können.« Diesmal war das Lächeln echt.

Dennoch verschwand es augenblicklich aus Wellingtons Miene, als seine Gäste gegangen waren. »Also, was gibt es, Hyde-White?«, wollte er wissen. »Dieses Gespräch war wichtig. Ich war soeben dabei, die Weichen für unsere Zukunft zu stellen.«

»Trotzdem sollten Sie sich anschauen, was ich oben an der Quelle ... gefunden habe.« Auf Hyde-Whites verzerrtem Gesicht blitzte ein freudloses Grinsen auf.

»Schön, dann spannen Sie mich nicht weiter auf die Folter.«

»Wie Sie wünschen, Meister.« Der silberne Koloss zog sich einen Schritt aus der Tür zurück, aber dann hielt er noch einmal inne. »Ich rate Ihnen nur das eine: Seien Sie vorsichtig. Sie ist sehr stark ... auch wenn mir scheint, dass sie das selbst nicht weiß.«

Der Erste Lordmagier quittierte diese Aussage mit einem stummen Heben der Augenbrauen.

»Sie werden sehen.« Sein Schüler verschwand aus dem Türrahmen, und Wellington hörte ihn durch die Andachtshalle nach draußen stapfen. Mit einigen raschen Handbewegungen ließ Wellington alle heiklen Unterlagen auf dem Tisch in einer nahen Kiste verschwinden. Anschließend verschob er das mittig aufgestellte Möbelstück mit einer beiläufigen Geste in Richtung der hinteren Wand und ließ seinen Stuhl dahinterschweben, damit der Raum weniger einem Besprechungs- und mehr einem Arbeitszimmer glich. Er hatte sich kaum auf seinem Platz niedergelassen, als Hyde-White auch schon wieder auftauchte.

»Hier ist sie, Meister.«

Die Frau, die an dem stählernen Hünen vorbei den Raum betrat, war zweifellos eine ungewöhnliche Erscheinung. Im ersten Augenblick glaubte Wellington sich einer Chaosbewohnerin der Sphäre der Magie gegenüber: graue Haut, lederartige Schwingen und Augen so dunkel wie die Themse in einer mondlosen Nacht. Doch die Überreste ihrer Garderobe, die an die Modevorlieben der britischen Upper Class erinnerten, beruhigten ihn. Was immer dieser Dame widerfahren war, im Kern war sie menschlich – und mit Menschen wusste Wellington umzugehen.

»Ich grüße Sie. Mein Name ist Lord Victor Mordred Wellington.« Er erhob sich und deutete eine höfliche Verbeugung an. Dabei warf er einen Blick in die Wahrsicht und sah Hyde-Whites Aussage bestätigt. Die Aura dieser Frau strahlte in der Tat enorme Stärke aus. *Sie könnte ein großes Problem darstellen*, fuhr es ihm durch den Kopf. *Oder aber eine machtvolle und höchst nützliche Verbündete werden.* »Und wie lautet Ihr Name?«

Die Frau, die bis jetzt noch damit beschäftigt gewesen war, sich in dem Raum umzuschauen, richtete ihre Aufmerksamkeit auf ihn. »Tisiphone«, sagte sie zischend.

Eine der altgriechischen Erinyen, durchfuhr es Wellington. *Interessant.* Er glaubte keine Sekunde daran, die leibhaftige Sagengestalt vor sich zu haben, so erschreckend die Frau auch aussehen mochte. »Was führt Sie zu uns?«, fragte er.

Ihr Blick wanderte zurück zum Eingang des Raums. »Das Fegefeuer«, erwiderte sie und deutete ungefähr in Richtung der Wahren Quelle. »Ich bin durch das Fegefeuer gegangen und wurde hier ausgespuckt.« Ihre Hand wanderte weiter zu Hyde-White. »Der Eisenmann sagte, Sie würden mir Antworten geben.«

»Das werde ich gerne, wenn ich kann. Setzen wir uns.« Wellington deutete auf einen der herumstehenden Stühle, die er aus der *Nautilus* hatte herschaffen lassen. »Möchten Sie etwas zu essen oder zu trinken?«

Tisiphone wirkte, als müsse sie darüber nachdenken, dann schüttelte sie den Kopf. »Später.«

»Schön.« Wellington blickte hoch. »Mister Hyde-White, ich denke, Sie können uns alleine lassen. Ich werde mich um unseren Gast kümmern. Befassen Sie sich mit unseren übrigen Geschäften.«

Sein ehemaliger Schüler warf der selbsternannten Rachegöttin einen letzten argwöhnischen Blick zu, bevor er nickte. »Ja, Meister.« Dröhnenden Schrittes wandte er sich ab und verließ den Raum.

Als er gegangen war, wandte sich Wellington erneut an Tisiphone, die inzwischen – aufgrund ihrer Flügel etwas umständlich – auf einem der Stühle Platz genommen hatte. »Was möchten Sie wissen?«

»Wer sind Sie? Wo bin ich? Und was geschieht hier?«

Im Grunde hätte er dieser Fremden gar nichts verraten sollen, schließlich konnte er sie noch überhaupt nicht einschätzen. Aber irgendetwas sagte ihm, dass es nicht von Schaden sein würde, ein kalkuliertes Risiko einzugehen. »Nun, wie schon erwähnt, ist mein Name Lord Wellington. Ich bin der Erste Lordmagier des Ordens des Silbernen Kreises, einer magischen Vereinigung aus London. Wir befinden uns hier mitten im Atlantik, auf einer Insel, auf der die Wahre Quelle der Magie liegt, das Portal, durch das Sie, wie ich annehme, aus dem ›Fegefeuer‹ zurück auf die Erde gelangt sind. Sie stammen doch von der Erde, nicht wahr? Womöglich gar aus England, genau wie wir?«

Er beobachtete sie bei jedem seiner wohl gewählten Worte genau, suchte nach Hinweisen, die es ihm erlaubten, sie besser zu beurteilen. Natürlich hätte er versuchen können, in ihren Geist einzudringen, aber es war nicht ausgeschlossen, dass er dadurch eine unbewusste Abwehrreaktion hervorrief, die unangenehme Folgen haben konnte.

Tisiphones Gesicht verfinsterte sich. »Die, die ich einst war, stammte wie Sie aus England, sogar aus London.«

»Möchten Sie darüber sprechen, was mit Ihnen geschehen ist? Mir scheint, dass Sie noch nicht lange Teil unserer Welt sind.«

»Unserer Welt?«, wiederholte sie, ohne auf seine Frage einzugehen. »Was wissen Sie von dem, was mir widerfahren ist?«

»Von der Sphäre, die Sie Fegefeuer nennen?« Wellington setzte eine väterliche Miene auf. »Eine ganze Menge, das dürfen Sie mir glauben. Ich bin gerne bereit, dieses Wissen mit Ihnen zu teilen. Als Erster Lordmagier des Silbernen Kreises ist es sozusagen meine Aufgabe, mich um all jene zu kümmern, die zum ersten Mal Berührung mit der Magie hatten.«

»Magie?« Tisiphone blickte an sich hinab. »Sie sagen, das hier sei Magie?« Sie streckte zornig eine Klaue aus, und eine kleine Bronzestatue, die Wellington aus der Unteren Guildhall gerettet hatte, wurde von ihrem Podest gefegt. »Diese Kräfte sind Magie?« Ihre Augen verdunkelten sich noch mehr, als sie beide Klauen hob und der antike Steinpodest aus der Zeit der ersten auf dieser Insel ansässigen Zivilisation auf dieser Insel zu Staub zerfiel.

Sie beherrscht instinktiv die dritte Sphäre der Magie, durchfuhr es Wellington. Er unterdrückte ein Erschauern. Es hätte ihn gewundert, wenn Tisiphone – oder wie immer sie wirklich hieß – auch nur ansatzweise verstand, was sie da tat. Vermutlich hatte sie in ihrer Erregung nur daran gedacht, den Podest zerstören zu wollen. Hyde-White hatte nicht übertrieben: Vorsicht war geboten. Er räusperte sich. »Ja. Das nennen wir Magie. Natürlich gibt es noch andere Bezeichnungen dafür. Die Kirche spricht von der Berührung Gottes, die einem Menschen übernatürliche Kräfte verleiht. Die Ureinwohner Südamerikas glauben daran, dass die Geister ihrer Ahnen in sie fahren. Aber ganz gleich, wie man es nennt: Es handelt sich um eine äußerst machtvolle und gefährliche Kraft, die einen zerstören kann, wenn man nicht lernt, mit ihr umzugehen.«

Die Frau richtete ihre schwarzvernebelten Augen auf ihn. »Bringen Sie es mir bei«, forderte sie. Er spürte, dass geistige Fühler kraftvoll, wenn auch unbeholfen nach seinem Bewusstsein tasteten.

Energisch schob er sie beiseite.

»Das werde ich«, versprach Wellington, »wenn Sie bereit sind, meiner Anleitung zu folgen.« Er legte eine leichte Strenge in seine Worte. Tisiphone mochte vor Kurzem noch eine anständige Dame der Londoner Gesellschaft gewesen sein, ihre unglaubliche Reise durch die Sphäre der Magie hatte jedoch ihren Geist zerrüttet. In seinen Augen war sie wie ein Kind, das eine lenkende Hand brauchte.

»Ich binde mich an keinen Mann mehr!«, fauchte Tisiphone. »Der letzte, dem ich mich anvertraute, ließ mich sterben!«

Als sie aufspringen wollte, sah Wellington den Moment gekommen, seiner Position etwas mehr Nachdruck zu verleihen. »Ich bin kein gewöhnlicher Mann!«, donnerte er, während er sich erhob, in die Wahrsicht wechselte und Tisiphone die rechte Hand entgegenstreckte. Starke Fadenbündel schossen aus ihr hervor und pressten die aufbegehrende Frau auf den Stuhl zurück. Er beschloss, das Risiko einzugehen und alles auf eine Karte zu setzen, indem er in die zweite Sphäre eintrat und mit seinem Geist ihre nicht nennenswerten mentalen Mauern bestürmte. *Ich bin Victor Mordred Wellington, der Erste Lordmagier von England und Beherrscher der Wahren Quelle der Magie!*

So schnell sein Angriff erfolgt war, so schnell zog er sich wieder zurück. Er setzte ein mildes Lächeln auf. »Und ich kann Ihnen zu Ihrer Rache verhelfen, wenn Sie bereit sind, sich mit mir zu verbünden.« Er löste die Fadenfesseln und bot ihr stattdessen die Hand. »Was sagen Sie, Tisiphone? Wollen wir gemeinsam unsere Feinde zerschmettern?«

Die Frau war aufgesprungen, kaum dass er sie losgelassen hatte, und funkelte ihn nun wütend an. Aber Wellington sah auch noch mehr in ihren Zügen. Ein Hauch von Ehrfurcht hatte sich darin eingeschlichen. Innerlich gestattete er sich ein zufriedenes Lächeln. Offensichtlich hatte er sein Ziel erreicht.

»Sie werden mir zu meiner Rache an dem vermummten Mann und Jonathan verhelfen?«, vergewisserte sich Tisiphone in einem letzten winzigen Aufbäumen von Widerstand.

»So wahr ich hier vor Ihnen stehe«, versicherte Wellington ihr. Was war schon das Leben zweier Männer im Austausch für eine lebende Waffe wie diese? Und obendrein … *Jonathan …?* Konnte es sein, dass dieser Name kein Zufall war?

»Dann folge ich Ihnen … für den Moment.« Sie ergriff seine ausgestreckte Hand. Ihre graue Haut war heiß und trocken, als litte sie unter Fieber. »Wann beginnen wir?«

»Schon morgen früh«, erwiderte Wellington. »Bis dahin muss ich noch einige Dinge klären. Gehen Sie nach draußen; schauen Sie sich um. Sie dürfen sich überall frei bewegen. Wenn Sie Hunger bekommen, wenden Sie sich an Hyde-White. Wenn Sie Ihre Kräfte üben wollen, nutzen Sie die Ruinen. Aber tun Sie keinem der Ordensmitglieder etwas zuleide!«

»Ich töte nur, wenn jemand den Tod verdient hat«, verkündete Tisiphone stolz.

Wellington war sich da nicht so sicher, aber mehr, als sie zu ermahnen, konnte er im Augenblick nicht tun. Er würde ein paar der Quellhüter bitten, sie im Auge zu behalten. Mit einem Nicken bedeutete er Tisiphone, dass dieses Gespräch beendet war. »Dann sehen wir uns morgen früh. Ich freue mich auf unser gemeinsames Wirken.«

Sie schenkte ihm zum Abschied ein raubtierartiges Zähneblecken, drehte sich ohne ein weiteres Wort um und verließ den Raum.

Wellington blieb allein zurück. Still lächelte er in sich hinein. Mit der Rückkehr seines alten Freundes Polidori und danach dem Auftauchen der zornigen Tisiphone hatte der Tag wirklich seinen Abschluss in einem Abend gefunden, den man loben konnte. Wäre der Erste Lordmagier ein Mensch gewesen, der an gute Omen glaubte, hätte er zu dem Schluss kommen können, dass irgendeine göttliche Macht von ihm wollte, den eingeschlagenen Weg weiter zu verfolgen.

25. April 1897, 23:44 Uhr GMT
Atlantik, etwa 170 Seemeilen südwestlich von England

Kurz vor Mitternacht lag Kendra in ihrer Koje und kämpfte darum, endlich Schlaf zu finden. Im Grunde hätte ihr das nicht schwerfallen dürfen. Der Tag war lang gewesen, und in der letzten Nacht hatte sie auch schon kaum geschlafen. Trotzdem gelang es ihr einfach nicht, zur Ruhe zu kommen. Ihr Körper war zwar erschöpft, aber in ihrem Geist drehten sich die Gedanken im Kreis, während ihr Verstand versuchte, all das Erlebte der letzten vierundzwanzig Stunden zu verarbeiten.

Großvater … Warum hast du dich nur opfern müssen? Natürlich kannte sie dank Jonathan die Antwort auf diese Frage. Das magische Unwetter war schuld, das den Zug getroffen hatte, mit dem Giles und sie von Carlisle aus nach London unterwegs gewesen waren. Die gewaltige magische Entladung, die auf dem Höhepunkt des elementaren Tobens in die Lok eingeschlagen war, hatte nicht nur den Zug zum Entgleisen gebracht und dem verzweifelten Kampf gegen den Franzosen und seine Häscher ein Ende bereitet, sondern auch das machtvolle Amulett, das ihr Großvater als Wächter der Quelle behütet hatte, mit seiner Brust verschmolzen. Kendra verfluchte im Stillen das Schicksal, das

Doktor Westinghouse von ihnen getrennt hatte, kurz bevor ihr Großvater im Keller des *Old Man's* aufgewacht war. Möglicherweise hätte der Arzt des Ordens des Silbernen Kreises ihm noch helfen können.

Aber du musstest deinen Zustand ja unbedingt geheim halten, sodass niemand auf den Gedanken kam, nach Westinghouse zu schicken. Und du selbst konntest nicht ahnen, dass nur wenige Meilen südlich ein Mann in seinem Versteck saß, der die Verschmelzung womöglich hätte rückgängig machen können. Kendra seufzte stumm. Wenn sie ehrlich mit sich selbst war, hätte es vermutlich auch keinen Unterschied gemacht.

Giles hatte Zeit seines Lebens Geheimnisse mit sich herumgetragen. Jahrelang hatte er Kendra nichts von seinen magischen Fähigkeiten erzählt, ganz zu schweigen von seiner Mitgliedschaft in dem verschworenen Kreis der Quellwächter. Diese Verschwiegenheit und selbsterwählte Einsamkeit zum Wohle aller Menschen war ihm dermaßen in Fleisch und Blut übergegangen, dass er wahrscheinlich nicht mal um Hilfe gebeten hätte, wenn ihm klar gewesen wäre, dass welche existierte. Denn es hätte bedeutet, Wildfremden vertrauen zu müssen. Und der Mord an seinem alten Freund Dunholm sowie die gewalttätige Spaltung des Ordens des Silbernen Kreises hatten sein Misstrauen anderen Magieanwendern gegenüber zweifellos nur noch befördert. Daher hatte er entschieden, die Bürde alleine zu tragen und niemanden in das einzuweihen, was er zu tun gedachte – nicht einmal seine eigene Enkelin.

Hattest du Angst, ich könnte etwas Törichtes tun, in der Hoffnung, dich zu retten?, fragte sich Kendra. Womöglich war das der Fall gewesen. Tatsächlich musste sie sich eingestehen, dass seine Angst vielleicht sogar berechtigt gewesen wäre. Giles McKellen war ihr Großvater gewesen, der letzte noch lebende Verwandte. Und auch wenn sie jahrelang keinen sonderlich vertrauten Umgang gepflegt hatten, war in den wenigen Tagen ihrer gemeinsamen Reise von Schottland nach London ein Band zwischen ihnen entstanden, dessen plötzliches Reißen Kendra stärker schmerzte, als sie es für möglich gehalten hätte. Ihrer Heimat A'Charnaich – den Wäldern, den Hügeln, dem einsamen Waldsee – hatte sie den Rücken kehren können, ohne viele Tränen zu vergießen. Doch dieser Verlust … Sie hielt inne und wischte sich mit dem Ärmel über die feuchten Wangen. *Warum hast du mich nur verlassen müssen? Wen habe ich denn noch in der Welt, jetzt, da du gegangen bist? Ich bin allein …*

Schniefend rollte sie sich in der Koje herum, schlug die Wolldecke zur Seite, in die sie sich bislang gekuschelt hatte, und stand auf. Mit zwei Schritten durchquerte sie die Kabine bis zu dem Tisch mit dem Stuhl. Über der Stuhllehne hingen ihre Jacke und ihr Kapuzencape, und auf der Tischplatte lag die Tasche mit den wenigen Habseligkeiten, die sie aus ihrem alten Leben mitgenommen hatte. Es grenzte an ein Wunder, dass sie die Tasche in den Wirrnissen der vergangenen Tage nicht verloren hatte, ein Wunder, für das Kendra sehr dankbar war.

Fröstelnd zog sie ihre Jacke um die Schultern. Es war kalt im fliegenden Schiff des Holländers, und die Öllaterne, die neben der Tür an der Wand hing, spendete zwar ausreichend Licht, aber keine nennenswerte Wärme. Nachdem Kendra auch noch in ihre Schuhe geschlüpft war, zog sie die Umhängetasche zu sich und öffnete sie. Behutsam holte sie ihr spärliches, aber für sie umso wertvolleres Hab und Gut hervor: das magische Horn, mit dem sie den Holländer gerufen hatte, das Büchlein ihres Großvaters, die Puppe aus Kindertagen, die sie aus ihrem Zimmer im Haus von Onkel Callum in A'Charnaich mitgenommen hatte, um sie vor dem Zorn des alten Säufers zu bewahren, das Zauberbuch aus der Feder ihrer Mutter, die kleine, dunkelgrüne Flasche mit Laudanum und schließlich ihre Ritualutensilien.

Kendra merkte, wie eine gewisse Wehmut sie überkam, als sie auf die runenverzierten Kerzen, die flache Messingschale für das Räucherwerk, den Kelch, den Quarzkristall und die Holzscheibe mit dem eingeritzten Pentakel blickte. War es wirklich erst eine Woche her, seit sie sich gegen Mitternacht voll freudiger Erwartung aus dem Haus ihres Vormunds geschlichen hatte, um sich oben am See im Wald der Magie hinzugeben? Was für ein wundervolles Gefühl es gewesen war, das Prickeln der magischen Energien auf dem ganzen Körper zu spüren, das Kitzeln tastender Fäden auf ihren nackten Beinen, und gleichzeitig das Rauschen des Fadenwerks in der kühlen nächtlichen Brise wahrzunehmen. Sie hatte sich im Einklang mit sich selbst und der sie umgebenden Welt befunden, sich als Teil eines Ganzen erlebt. »Ich war eins mit der Magie ...«, flüsterte sie leise, während sie den Quarzkristall hochhob und in das zauberische Glitzern hineinschaute, das durch das Licht der Öllaterne auf seiner vielfach facettierten Oberfläche hervorgerufen wurde.

Seitdem hatte sich so viel verändert. Ihr Großvater hatte ihr die Augen geöffnet – und dies in mehr als nur einer Hinsicht. Er hatte ihr gezeigt, wie wenig sie wirklich über das Phänomen der Magie wusste, wie unbeholfen ihre Bemühungen gewesen waren, das Fadenwerk zu manipulieren. Sie war wie ein Kind gewesen, das in naiver Freude auf etwas Wunderbares schaut, ohne es wirklich zu begreifen.

Doch das Erwachsenwerden hatte einen furchtbaren Preis von ihr verlangt. Sie hatte erkennen müssen, dass die Magie nicht nur bezaubernd, sondern auch grausam war, eine Gewalt, die, aus dem Chaos entspringend, mitleidlos Leben veränderte und zerstörte. Sie war Männern begegnet, für die Wunder wie die Wahrsicht und das Fadenwerk nur Werkzeuge waren, Mittel zum Zweck, um ihre meist selbstsüchtigen Ziele zu erreichen. Sie *selbst* – so musste sie zu ihrer Schande eingestehen – hatte in den letzten paar Tagen vor allem danach gestrebt, ihre Fertigkeit in gewissen Techniken wie dem Schleudern druckvoller Fadenbündel oder dem Ausbilden neugieriger Spürfaden zu schulen. Und schließlich hatte sie miterleben müssen, wie sich ihr Großvater der Magie opferte, um genau dieser Grausamkeit und Selbstsucht Einhalt zu gebieten.

Dieser Augenblick war vielleicht das Schlimmste gewesen; nicht nur deshalb, weil sie Giles verloren hatte, sondern weil sie in den nächtlichen Stunden in der Kutschkabine, die auf ihre fluchtartige Abreise von Stonehenge folgten, die Magie plötzlich gehasst und sich nichts mehr gewünscht hatte, als dass sie völlig von der Erde verschwinden möge.

»Das ist alles falsch«, murmelte sie leise und an niemand Bestimmtes gerichtet. »So sollte es nicht sein.« Ihre Hand ballte sich so fest um den Quarzkristall, dass sich seine harten Kanten in ihr Fleisch gruben. Trotzdem drückte sie noch fester zu. Brennender Schmerz durchfuhr ihre Handfläche, und sie hieß ihn willkommen, kostete ihn aus, ließ die körperliche Pein zum Ausdruck ihres inneren Schmerzes werden. Als sie sah, dass rote Tropfen auf die Tischplatte fielen, ließ sie den Stein endlich los. Mit leisem Pochen landete er zwischen die Kerzen, den Kelch und die Messingschale. Seine Oberfläche war blutverschmiert.

Eine unbestimmte Zeit lang starrte sie auf die Trümmer ihres früheren Lebens, jedes einzelne ein Zeugnis all dessen, was sie verloren hatte: ihre Eltern, ihren Großvater, ihre Heimat, ihre Liebe zur Magie. Irgendwann allerdings tauchte ihr Verstand doch aus den düsteren Tiefen ihres Selbstmitleids auf und erinnerte sie daran, dass sich Schnittwunden hässlich entzünden können, wenn man sie nicht ordentlich behandelt. Kendra erhob sich und ging zu der kleinen Waschschüssel hinüber, die auf der anderen Seite ihrer Kabine auf einer schmalen Kommode stand. Vorsichtig wusch sie die selbst zugefügten Wunden aus und umwickelte sie dann mit einem Taschentuch. Sie wünschte sich, etwas medizinischen Alkohol und eine saubere Leinenbinde zu haben, aber Onkel Callums Hausapotheke war Hunderte von Meilen entfernt. Seufzend ließ sie die Hand sinken. Morgen früh würde sie ihren Gastgeber fragen, ob er Verbandszeug an Bord hatte.

Kendras Blick wanderte zu der engen Koje. Irgendwie zog es sie noch immer nicht dorthin zurück. *Vielleicht sollte ich ein biss-*

chen Laudanum zu mir nehmen, überlegte sie. *Dann fällt es mir sicher leichter, zur Ruhe zu kommen.* Nach einem Moment des Nachdenkens schüttelte sie allerdings den Kopf. Ihren Geist zu betäuben würde ihr nicht weiterhelfen, sondern sie nur tiefer in der Schwermut versinken lassen. Etwas frische Luft mochte dagegen genau das Richtige sein, um den Kopf wieder klar zu bekommen.

Ja, ich werde an Deck gehen, beschloss Kendra. *Nur für ein paar Minuten. Vielleicht geht es mir dann besser.* Sie zog ihre Jacke vollständig an, hängte sich auch das Cape über, schlug die Kapuze hoch und verließ ihre Kabine.

Draußen an Deck war es unangenehm kühl. Dafür sorgte nicht nur die späte Stunde, sondern auch die frische Brise, die hier auf See herrschte. Ein Geruch von Meersalz und Seetang lag in der Luft, und zu Kendras Erstaunen war der Nebel, der das fliegende Schiff stundenlang umgeben hatte, verschwunden. Verblüfft stieg sie die drei hölzernen Stufen von der Tür des Achterhauses zum Deck hinauf und sah sich um. Wie erwartet war keine Menschenseele zu sehen. Still und verlassen lag das Vorderdeck da. Ruhig blähten sich die Segel im Wind; nur das leise Knarren der Taue und Wanten war zu hören. Und irgendwo zu ihren Füßen rauschten gleichmäßig die Wellen des Ozeans.

Langsam trat Kendra an die brusthohe hölzerne Reling und blickte über Bord. Auch unter dem Schiff war der Nebel verschwunden. Doch der Himmel war in dieser Nacht bewölkt, und die wenigen Sterne, die durch Löcher in der Wolkendecke blinkten, spendeten nur spärliches Licht. Daher war es ihr nicht möglich zu sagen, wie hoch sie gegenwärtig flogen. Dem Klang der Wellen nach konnten es nicht mehr als ein paar Schritt sein, aber als Kendra die mitgebrachte Öllaterne über die Reling hielt, vermochte sie dennoch nichts zu sehen.

In dieser Finsternis merkt kein Mensch, dass wir fliegen, selbst wenn wir zufällig den Weg eines Schiffes kreuzen sollten, erkannte sie. *Das dürfte der Grund dafür sein, warum sich der Nebel verflüchtigt hat. Der Holländer – oder das Schiff selbst – spart seine Kräfte.* Dass der Nebel magischen Ursprungs war, hatten sie bereits bei ihrer ersten Begegnung mit dem Holländer auf den Klippen von Anvil Point herausgefunden. Dabei stellte sich ihr die faszinierende Frage, wie ihr Gastgeber es bewerkstelligte, sich und sein Gefährt in eine magische Wolke zu hüllen. Weder im Buch ihrer Mutter noch in den Notizen ihres Großvaters hatte Kendra irgendwelche Hinweise auf Wettermanipulationen durch Fadenmagie gefunden. Entweder war der Holländer ein ausgesprochen mächtiger Magier, oder er bediente sich eines Tricks, den keiner von ihnen durchschaute.

Kendra verzog das Gesicht und schüttelte über sich selbst den Kopf. *Ich befinde mich an Bord eines riesigen, fliegenden Segelschiffs und frage mich ernsthaft, wo der Nebel herkommt, der es tarnt?* Hier gab es noch einige größere Geheimnisse, die sie allzu gern gelüftet hätte.

»Können Sie auch nicht schlafen, Miss McKellen?«

Die samtig dunkle Stimme erklang so unvermittelt hinter ihrem Rücken, dass Kendra unwillkürlich zusammenzuckte. Sie wandte den Kopf zur Seite und sah, wie die düstere Gestalt des Holländers neben ihr an die Reling trat. Sein Gesicht wirkte selbst im gelblichen Schein ihrer Laterne blass, aber seine Miene war nicht mehr ganz so brütend wie noch beim Abendessen. Wenn überhaupt, schien er von einer leichten Melancholie befallen zu sein. Kendra bedachte ihn mit einem vorwurfsvollen Blick. »Schleichen Sie sich immer so an andere Menschen heran, Mister Holländer?«, wollte sie wissen, ohne seine Frage zu beantworten.

»Bitte verzeihen Sie«, sagte er. »Sie waren in Gedanken. Ich wollte Sie nicht erschrecken. Und nennen Sie mich nur Holländer. Ich habe keinen Namen mehr.«

Kendra runzelte die Stirn. »Klingt das nicht vulgär in Ihren Ohren? Ich möchte nicht unhöflich sein.«

Die Andeutung eines Lächelns umspielte seine Mundwinkel. »Das sind Sie nicht, keine Sorge.«

»Wie Sie wünschen.« Sie zuckte mit den Achseln. »Und um Ihre Frage zu beantworten: Nein, ich konnte nicht schlafen.«

»Ich hoffe, es hat nichts mit Ihrer Unterkunft zu tun. Wenn doch, so entschuldige ich mich für unsere spartanische Einrichtung, die einer Frau in keinem Fall gerecht wird.«

»Machen Sie sich deshalb keine Gedanken«, beruhigte Kendra ihn. »Das ist es nicht. Ich komme aus einfachen Verhältnissen. Bei uns in den Highlands leben die Menschen auch nicht in Luxus und Überfluss.«

»Dann bedrückt Sie etwas?«, hakte der Holländer nach.

Kendra wandte den Kopf ab und schwieg einen Moment lang. »Es ist nicht leicht zu erklären. So vieles geht mir im Kopf herum.«

»Möchten Sie mir davon erzählen? Vielleicht vermag ich Ihnen Rat zu geben.«

Überrascht schaute sie ihn an. Damit, dass er sich erbieten könnte, ihren Sorgen zu lauschen, hatte sie nun wirklich nicht gerechnet. *Vielleicht möchte er auch nur reden. Wie oft wird er schon Gäste an Bord haben?* Trotzdem war sie noch nicht bereit, sich diesem Fremden zu öffnen. Er musste sich ihr Vertrauen erst noch verdienen. »Nicht heute Nacht«, sagte sie daher. »Können wir bitte über etwas anderes sprechen?«

»Natürlich.« Er legte seine Hände auf die Reling und blickte einige Herzschläge lang in die Dunkelheit des Meeres hinaus. »Sie sagten, dass Sie in den Highlands leben. Woher stammen Sie?«

»Aus dem gleichen Ort wie mein Großvater.«

»Ich gestehe, dass ich nicht weiß, wo Giles McKellen seine letzten Jahre verbracht hat. Wir haben uns eine Weile nicht mehr gesehen.«

»Großvater hat, seit ich zurückdenken kann, im Glen Coe gelebt«, sagte Kendra mit leichter Verblüffung.

Der Holländer bedachte sie mit einem süffisanten Blick. »Wie ich schon sagte: Wir haben uns eine Weile nicht mehr gesehen.«

Wie alt sind Sie wirklich?, fragte sie sich innerlich, aber sie sprach den Gedanken nicht laut aus. »Nun, unser Dorf liegt am Ufer des Loch Leven.« Es fühlte sich seltsam an, A'Charnaich als ihr Dorf zu bezeichnen. Eigentlich war es das nie wirklich gewesen. »Es ist nicht weit von Fort Williams entfernt. Kennen Sie das?«

Der Holländer schüttelte den Kopf. »Ich bedaure. Wir kreuzten schon vor der Westküste Schottlands, aber ich bin nie an Land gegangen.« Sein Mund verzog sich kurz zu einem bitteren Lächeln. »Ist es schön dort?«

»Ja, das ist es. Im Winter mögen die Highlands rau und karg sein, aber warten Sie nur, bis der Frühling kommt. Dann ist das ganze Land von einem Teppich aus Grün überzogen, und dieser Teppich ist gesprenkelt von bunten Wildblumen. Das Licht dort oben ist wie nirgendwo sonst. Ich kann es gar nicht beschreiben.« Kendra spürte, wie eine Wärme in ihr aufstieg, als sie von ihrer Heimat sprach, die sie selbst den kalten Atlantikwind vergessen ließ. Sie musterte ihr Gegenüber einen Moment lang schweigend. »Wann waren Sie das letzte Mal an Land?«

Er erwiderte ihren Blick, während er darüber nachzudenken schien, was er darauf antworten sollte. »Darf ich Sie Kendra nennen?«, fragte er unvermittelt.

Unwillkürlich lief Kendra ein Schauer über den Rücken. Sie wollte diesem Mann nicht zu nahe kommen. Andererseits hatte er ihr bislang keinen Anlass geliefert, unfreundlich zu sein. *Wir stehen auf derselben Seite, und nur weil er aussieht wie der lebende Tod, muss er kein schlechter Mensch sein*, ermahnte sie sich. Dann nickte sie. »Wenn Sie mir Ihren Namen verraten.«

»Ich sagte Ihnen doch, dass ich keinen Namen mehr führe.«

»Das heißt nicht, dass Sie nie einen gehabt haben«, beharrte Kendra. »Jeder Mensch hat einen Namen. Sie mögen ihn abgelegt oder gar vergessen haben, aber vielleicht täten Sie ganz gut daran, sich seiner einmal wieder zu erinnern.«

Ein gequält wirkender Ausdruck legte sich auf die bleichen Züge des Holländers. »Ich werde es versuchen.«

»Versprechen Sie, mir Ihren Namen zu verraten, wenn Sie ihn wiedergefunden haben?«

»Ich verspreche es.«

»Damit will ich zufrieden sein.«

»Ich danke Ihnen, Kendra.« Er stieß sich von der Reling ab und schickte sich an zu gehen.

»Wo wollen Sie hin?«, fragte Kendra und sah ihm verwirrt nach.

»In meine Kabine«, erwiderte der Holländer, während er sich zur Tür des Achterhauses begab. »Und auch Ihnen rate ich, zurück unter Deck zu gehen. Legen Sie sich wieder in Ihre Koje und ruhen Sie noch ein wenig. Die Nacht schreitet voran. Bevor Sie sich versehen, graut der neue Morgen.«

»Sie haben meine Frage noch nicht beantwortet«, stellte sie fest.

Die Hand schon am Türknauf, hielt der Holländer inne. »Mehr als hundert Jahre«, sagte er. »Seit mehr als hundert Jahren war ich nicht mehr an Land. Gute Nacht, Kendra. Ich hoffe, Sie finden mehr Schlaf, als mir vergönnt ist.« Mit diesen Worten öffnete er die Tür und verschwand rasch nach drinnen.

Kendra blieb sprachlos draußen in der Nacht stehen. Sie hatte nicht geglaubt, dass ihr Gastgeber der Holländer der Legende sein könnte. Langsam geriet diese Überzeugung ins Wanken.

Als sie kurz darauf zu ihrer Kammer zurückkehrte, begegnete ihr Jonathan auf dem Gang. Verschlafen, wie er war, mit seinen ungekämmten Haaren und der nachlässig übergestreiften Kleidung wirkte er auf diesem unheimlichen Schiff mit seinem nicht minder unheimlichen Kapitän so vollkommen fehl am Platze, so unbeschreiblich menschlich, dass Kendra ihn am liebsten umarmt und fest an sich gedrückt hätte. Doch natürlich gab sie dieser plötzlichen Regung nicht nach.

»Kendra?«, fragte Jonathan und blinzelte im Licht ihrer Öllaterne. »Wo kommen Sie denn her?« Unbeholfen versuchte er, sein Äußeres ein wenig zu richten, und entlockte Kendra damit ein Lächeln.

»Ich konnte nicht schlafen«, antwortete sie. »Deshalb bin ich auf Deck gegangen, um etwas frische Luft zu schnappen.«

»Oh, ich verstehe.« Er räusperte sich. »Nun denn, ich muss nur kurz … Sie wissen schon.« Er blinzelte erneut. »Ist alles in Ordnung mit Ihnen? Sie sehen ein bisschen mitgenommen aus. Und was ist mit Ihrer Hand geschehen?« Jonathan deutete auf den provisorischen Verband.

»Ich habe mich nur geschnitten. Es ist nichts Ernstes.«

»Vielleicht sollte ich Robert wecken, damit er sich das mal anschaut.«

Seine Sorge rührte sie, aber irgendwie fühlte sie sich auch dadurch bedrängt. Im Grunde wollte sie nur noch zurück unter ihre Decke und nicht länger über das nachdenken müssen, was der Holländer zu ihr gesagt hatte. »Es hat bis zum Morgen Zeit. Gute Nacht, Jonathan.« Sie trat auf ihn zu, und er drückte sich an die Wand, um sie vorbeizulassen.

»Äh … Gute Nacht, Kendra«, rief er ihr mit gedämpfter Stimme nach.

26. April 1897, 03:10 Uhr GMT
Atlantik, etwa 240 Seemeilen südwestlich von England

Und noch jemand konnte in dieser Nacht an Bord des fliegenden Schiffes nicht schlafen. Robert Pennington lag in seiner Koje und wälzte sich unruhig hin und her.

Den ganzen Tag schon hatte er sich irgendwie seltsam gefühlt. Zunächst hatte er es auf den Schock der furchtbaren Bauchverletzungen geschoben, die ihm dieser magische Attentäter im Tempel unter Stonehenge beigebracht hatte. Doch die Wunden waren auf wundersame Weise vollständig verheilt. Kendra hatte ihm später erklärt, dass die Magie bisweilen diese Wirkung hatte, und er hatte sich schließlich, wenn auch nur einige Augenblicke lang, praktisch im Herzen der Magie befunden.

Dieser kurze, kühne Ausflug in das vielfarbige Brodeln und Wirbeln der Magiespalte mochte ebenfalls ein Grund für sein Unwohlsein sein. Jonathan hatte Robert gewarnt, dass sich sein Leben durch seinen tollkühnen Angriff auf den Franzosen möglicherweise dauerhaft verändert würde. *Du bist von der Magie berührt worden*, hatte er gesagt. *Es würde mich nicht wundern, wenn du nun auch gewisse Gaben entwickelst. Wenn es dir wie mir geht, wirst du dich erstmal einen Tag lang ziemlich elend fühlen. Aber danach wirst du eine neue Welt entdecken.*

Ein paar Stunden lang hatte Robert sich tatsächlich wie nach einer durchzechten Nacht gefühlt. Er hatte kurze Aussetzer erlebt, Momente die plötzlich vorbei waren, ohne dass er sich daran erinnern konnte, und er hatte den Eindruck gehabt, irgendwie neben sich zu stehen. Doch diese Beschwerden waren schon gegen Mittag abgeklungen. Zurück war diese eigentümliche Unruhe geblieben, die im Laufe des Nachmittags zunehmend stärker geworden war. Da Robert aber kein Mann war, der wegen jeder Kleinigkeit einen Arzt aufsuchte, hatte er die Zähne zusammengebissen und darauf gehofft, dass es ein vorübergehendes Phänomen sein würde – die ganz eigene Art seines Körpers, mit den neuen magischen Energien in seinen Gliedern fertig zu werden.

Die Begegnung mit diesem Holländer und das sich anschließende Abendessen hatte Robert mit der eisernen Selbstdisziplin des ehemaligen Frontsoldaten durchgestanden. Danach hingegen war er unter dem Vorwand, vom Tag erschöpft zu sein, in die ihm zugewiesene Kabine gegangen. Und nun lag er hier schon seit Stunden, und sein Unwohlsein nahm eher zu als ab. Er verspürte eine dumpfe Übelkeit in der Magengrube, und sein Puls hämmerte wie nach einem Ruderwettkampf. *Was stimmt bloß nicht mit mir?*, fragte er sich.

Jonathan Kentham und Kendra McKellen müssen sterben, erwiderte seine innere Stimme.

Mit einem Aufschrei schreckte Robert in seiner Koje hoch. »Oh mein Gott!«, entfuhr es ihm. »Was war denn das? So etwas würde ich doch niemals denken!« Fahrig griff er sich an die Brust und an den Kopf. Auf einmal setzte ein Druck hinter seiner Stirn ein, der noch schlimmer war als die Übelkeit.

Es ist meine Aufgabe, und ich habe noch nie versagt, dachte er – nein, dachte irgendjemand in seinem Geist. Robert schüttelte benommen den Kopf. »Ich brauche Hilfe«, murmelte er. »Ich werde verrückt. Die Magie hat irgendetwas mit mir angestellt. Ich muss zu Jonathan … um ihn zu fragen, was mit mir geschieht.«

Er stand auf und schlüpfte in seine Stiefel. Sein Schädel fühlte sich an, als wolle er zerspringen. Schweiß bildete sich auf seiner Stirn, und das Atmen fiel ihm plötzlich schwer. Mit unsicheren Schritten wankte er zur Tür seiner Kabine. Jonathans Schlafplatz lag nur zwei Türen entfernt. Er würde es schon schaffen.

Als er die Hand hob, um den Riegel zur Seite zu schieben – an einem Ort wie diesem schlief er nicht mit offener Tür! –, zuckte er zusammen. Warum hielt er auf einmal ein Messer in der Hand? Und wo hatte er es überhaupt her? *Ich muss es beim Abendessen heimlich eingesteckt haben*, begriff er.

Jonathan Kentham muss sterben. Das ist unsere Aufgabe!

Mit einem leisen Wimmern zwang sich Robert, die Hand zu öffnen. Klappernd fiel das Messer zu Boden. Dann lehnte er sich mit dem Rücken gegen die Tür und rutschte daran zu Boden. »Oh Gott, steh mir bei …«

KAPITEL 33:

ENTTÄUSCHUNGEN UND NEUE PLÄNE

»Nizza. Am Mittwoch wird die Königin Cimiez verlassen und über Cherbourg nach England zurückkehren. Von Cherbourg aus wird Ihre Majestät mit der königlichen Yacht *Victoria and Albert* über den Kanal nach Portsmouth übersetzen, wo ein Sonderzug für sie bereitsteht. Es ist geplant, dass Ihre Majestät Portsmouth um Viertel nach fünf verlässt und Windsor um fünf nach sieben am Freitagabend erreicht.«

– London Times, 26. April 1897

26. April 1897, 09:45 Uhr GMT
England, London, Buckingham Palace

»Sind Sie sicher, dass Queen Victoria persönlich uns empfangen wird?«, fragte Professor Filby. Aus seiner Stimme war eine spürbare Aufregung herauszuhören. Offenbar machte ihn die Aussicht, die Monarchin des Britischen Empires kennenzulernen, ziemlich nervös.

»Ich hoffe es doch«, erwiderte Cutler. Die Unruhe Filbys nagte an seiner eigenen sorgsam aufrechterhaltenen Fassade der Ungerührtheit, und er wünschte sich, Doktor Westinghouse mit seiner bedächtigen Art wäre an seiner Seite. Doch die Gemeinschaft des erneuerten Silbernen Kreises, die gestern Abend im *Golden Crown* zusammengekommen war, hatte seinem Vorstoß, mit der Königin zu sprechen, zwar zugestimmt und ihn zu diesem Zweck sogar einstweilen zum Wortführer des Ordens ernannt, ihm dann allerdings Mister Peabody als Kenner des britischen Hochadels zur Seite gestellt sowie Professor Filby, der ungeachtet seiner exzentrischen Art einen tadellosen Ruf in der Londoner Gesellschaft besaß und dessen Anwesenheit Cutlers Anliegen zusätzliches Gewicht verleihen mochte.

Nicht, dass ein derartiges Gewicht wirklich vonnöten gewesen wäre, dachte Cutler. *Unser Anliegen wiegt bereits so schwer, dass es mir buchstäblich Rückenschmerzen verursacht.* Natürlich wusste er, dass es vielmehr die harten Betten in ihrer Unterkunft waren, die für Letzteres verantwortlich zeichneten.

»Es würde mich nicht wundern, wenn zwischen uns und der Queen erst einmal ein Heer von Ordonanzen steht«, warf Peabody ein. »Und wie ich unser Glück kenne, erfahren wir am Ende, dass sich Ihre Majestät in Windsor Castle aufhält.«

»Wir suchen auf Ihren Rat hin den Buckingham Palace auf«, erinnerte Cutler ihn.

»Und zu diesem Rat stehe ich nach wie vor. Die Vorbereitungen zum diamantenen Kronjubiläum Ihrer Majestät sind in vollem Gange, und jeder, der bei Hofe Rang und Namen hat, sollte sich hier aufhalten. Andererseits maße ich mir nicht an, den Willen der Königin zu kennen, und seit dem Tod von Prinz Albert vor gut fünfunddreißig Jahren meidet sie den Palast, wann immer es möglich ist.«

»Wir werden sehen«, meinte Cutler. »Und wir werden auch eine Kutsche nach Windsor Castle finden, sollte es sich als notwendig erweisen, dorthin zu fahren.«

Stirnrunzelnd warf Filby Cutler einen Blick zu. »Mal ganz abgesehen von dieser Frage: Wie beabsichtigen Sie eigentlich, zur

Königin vorgelassen zu werden? Wir können schließlich nicht einfach an die Pforte klopfen und verkünden, dass wir gerne eine Audienz hätten.« Er stockte kurz. »Oder können wir das?«

Cutler verzog leicht das Gesicht. »Als wir noch das königliche Gewährschreiben besaßen, wäre uns dies tatsächlich möglich gewesen. Leider wurde selbiges entweder von Lordmagier Wellington gestohlen, oder es ging bei der Auslöschung der Unteren Guildhall verloren. Wir werden uns also auf unseren Verbindungsmann bei Hofe berufen müssen – in der Hoffnung, dass er ein gutes Wort für uns einzulegen vermag.«

Sie erreichten das rechte Tor in dem schwarzen Eisenzaun mit den vergoldeten Spitzen, der die Front des Palastes absperrte. Vor einem Wachhäuschen stand ein grimmig aussehender Soldat in der traditionellen rotschwarzen Uniform der Leibregimenter der Königin. Sein Gesicht lag unter der auf seinem Kopf sitzenden schweren Bärenfellmütze halb verborgen, und er tat so, als wären die drei Männer gar nicht da.

Cutler räusperte sich. »Guten Morgen. Mein Name ist Cutler. Das sind die ehrenwerten Gentlemen Professor Filby und Rechtsanwalt Peabody. Würden Sie uns bitte passieren lassen? Mister William Christie erwartet uns.«

Der Soldat musterte sie, ohne auch nur den Kopf zu bewegen. Dann deutete er stumm auf das Wachhäuschen in seinem Rücken.

Dankend nickte Cutler ihm zu und durchschritt die Eingangspforte. In dem Wachhäuschen dahinter saßen zwei weitere Soldaten und ein Offizier, denen gegenüber der ehemalige Sekretär Albert Dunholms seine Anfrage wiederholte. Der Offizier blickte in eine dunkle Kladde, die auf dem Tisch vor ihm lag. »Von einem derartigen Besuch ist mir nichts bekannt«, brummte er stirnrunzelnd.

»Das Treffen wurde recht kurzfristig anberaumt«, erklärte Cutler in liebenswürdigem Tonfall. »Wenn Sie so freundlich wären, jemanden zu Mister Christie zu schicken und ihm ausrichten zu lassen, dass die Herren Cutler, Filby und Peabody im Auftrag von Lord Dunholm eingetroffen sind. Er wird Ihnen dann zweifellos die Richtigkeit meiner Angaben bestätigen.«

»Oh, bitte sagen Sie: *Professor* Filby von der Royal Society«, warf Filby ein. »So viel Zeit muss sein.«

Der Offizier nickte einem seiner Untergebenen zu, und der Mann machte sich mit steinerner Miene und zackigen Schrittes auf den Weg zum Palast, um einen Beleg für Cutlers Worte einzuholen. »Wenn die Gentlemen so freundlich wären, vor dem Zaun zu warten.« Der Offizier machte eine höfliche, aber unmissverständliche Geste.

»Natürlich«, sagte Cutler, und die drei begaben sich wieder hinaus auf den Platz vor dem Palastgelände.

»Ich wusste gar nicht, dass Mister Christie unser Verbindungsmann zur Königin ist«, sagte Peabody, während sie in einigen Schritt Entfernung von dem grimmigen Wachsoldaten beisammenstanden.

»Ich ebenso wenig«, fügte Filby mit einiger Empörung hinzu. »Er hat nie dergleichen verlauten lassen, obwohl wir seit bald zwei Jahrzehnten gemeinsam der Royal Society angehören und ich '82 seine Wahl zum Vorsitzenden der Royal Astronomical Society unterstützt habe. Eine Frechheit ist das!«

Cutler machte eine beschwichtigende Handbewegung. »Beruhigen Sie sich. Er durfte seine Tätigkeit als Mittelsmann nicht preisgeben. Wie Sie wissen, ist Geheimhaltung das oberste Gebot des Silbernen Kreises. Führen wir nicht alle gewissermaßen ein Doppelleben: Sie als Anwalt, Mister Peabody, Sie als Dozent und Wissenschaftler, Professor? Mister Christie geht es nicht anders.«

Filby legte die Stirn in Falten. »Aber er ist doch kein Magier. Das hätte ich nun weiß Gott bemerkt.«

»Nein, das ist er nicht«, bestätigte Cutler. »Sein Geheimnis liegt darin, neben seinem Beruf als Königlicher Astronom einer der ganz wenigen Männer in der Regierung des Britischen Empires zu sein, die von unserer Existenz wissen. Dunholm erwählte ihn damals aufgrund seines tadellosen Charakters und des Umstandes, dass er keine allzu herausragende Stellung innehat. Die Gefahr, dass ausländische, nichtmagische Geheimdienste ihn überwachen und so zufällig auf uns aufmerksam werden könnten, ist daher äußerst gering.«

»Aber hat Christie auch das Ohr der Königin?«, wollte Peabody wissen.

Cutler nickte. »Dafür hat Dunholm seinerzeit gesorgt. Wie Sie wissen, untersteht der Orden des Silbernen Kreises aufgrund seiner außergewöhnlichen Natur keiner der normalen Behörden des Empires. Wir dienen unmittelbar der Krone. Queen Victoria kannte Lordmagier Dunholm und war sich der Bedeutung seiner Bemühungen stets bewusst. Da eine direkte Audienz bei der Königin hingegen immer Aufsehen erregt, bedienen wir uns seit jeher Verbindungsmännern bei Hofe, die uns Geheimaudienzen ermöglichen.«

»Und wer im Orden, wenn mir die Frage erlaubt ist, kennt Mister Christies zweite Berufung noch?«, fragte Filby. »Ich frage nur, weil Lordmagier Dunholm ja tot ist – und wenn Sie nun auch ums Leben gekommen wären, hätten wir uns womöglich in der unangenehmen Lage vorgefunden, überhaupt nichts mehr über unsere Verbindung zum Buckingham Palace zu wissen.«

»Ich gebe zu, Professor, dass die Liste der Geheimnisträger, die dem Orden verblieben sind, in den letzten Tagen beträchtlich kleiner geworden ist«, gestand Cutler mit einem Seufzen. »Im Grunde kannten alle Mitglieder des Inneren Zirkels sowie meine Wenigkeit Christies besondere Stellung bei Hofe. Allerdings sind die meisten davon mittlerweile tot, in Gefangenschaft oder in Wellingtons Lager übergelaufen. Als letztes uns verbliebenes Mitglied des Zirkels hätte Doktor Westinghouse noch aushelfen können. Aber jetzt sind Sie beide ja eingeweiht, meine Herren.«

Filby schnaufte, noch immer etwas pikiert. »Nun gut. Dann danke ich Ihnen für dieses Vertrauensvotum.«

»Keine Ursache«, gab Cutler zurück. »Allerdings habe ich Sie keineswegs leichtfertig Christies Namen wissen lassen. Sollte der Orden einen neuen Inneren Zirkel wählen, gehe ich davon aus, dass Sie ein Teil davon sein werden.« Mahnend hob er eine Hand. »Dennoch muss ich Sie darum bitten, über all dies Stillschweigen zu bewahren. Nach wie vor ist dieses Wissen nicht für alle Ordensmitglieder bestimmt.«

»Das ist Ehrensache«, verkündete Peabody feierlich. Dann schien dem Anwalt plötzlich etwas einzufallen, und seine Miene verdüsterte sich. »Ich gestehe, dass mir der Gedanke erst spät kommt, aber sagen Sie, woher wissen wir eigentlich, dass Wellington nicht wirklich im Dienste der Krone handelt? Ich erwähnte ja bereits, dass Queen Victoria in den letzten Jahren etwas schwierig geworden ist. Darüber hinaus ist sie auf die gegenwärtige Macht des Empires sehr stolz und hat sich sowohl mit dem Deutschen Kaiserreich als auch Russland überworfen.«

»Niemals!«, widersprach Filby entschieden. »Niemals würde sie einen solchen Wahnsinn unterstützen, wie Wellington ihn verfolgt.«

Cutler antwortete etwas ruhiger: »Wir müssen einfach hoffen, dass es Wellington nicht gelungen ist, sich vor uns bei ihr Gehör zu verschaffen. Vermutlich kann uns Christie auch hierüber Auskunft erteilen.«

Sie warteten einige weitere Minuten, dann kam der Soldat in Begleitung eines Hofdieners zurück und erstattete seinem Vorgesetzten Bericht. Was genau er zu ihm sagte, bekamen die drei Männer nicht mit, aber es schien Cutlers Worte zu stützen, denn gleich darauf winkte der Wachoffizier sie näher. »Sie dürfen eintreten«, sagte er mit leicht verkniffener Miene. Offenbar gefiel es ihm nicht, über Vorgänge im Palast nicht im Vorfeld unterrichtet worden zu sein.

Der Diener machte derweil eine formvollendete Verbeugung. »Bitte folgen Sie mir, meine Herren.«

26. April 1897, 09:54 Uhr GMT
England, London, Buckingham Palace

Der Anfall kam so unvermittelt über sie wie meistens. Im ersten Moment verspürte sie nur ein eigentümliches Kribbeln in allen Gliedern, im nächsten setzten bohrende Kopfschmerzen ein. Magenkrämpfe und ein Zittern in Armen und Beinen gesellten sich dazu. Hilflos ließ Feodora ihre silberne Teetasse fallen und schrie auf, wobei sie selbst nicht hätte sagen können, ob der Schmerzenslaut dem heißen Tee, der sich über ihre Oberschenkel ergoss, oder den Qualen in ihrem Inneren geschuldet war.

»Sie hat einen Anfall!«, rief Mina, ihre Zofe und Tischgesellschaft, und sprang auf. »Holen Sie Doktor Meinhardt. Schnell!«, herrschte sie den Diener an, der stumm im Hintergrund nahe der Tür des Frühstücksraums ausgeharrt hatte.

»Sehr wohl, Madam«, beeilte sich der zu sagen und stürzte aus dem Zimmer.

Feodora umklammerte die gepolsterten Armlehnen ihres Stuhls und rang um Atem. Gelbliche Funken tanzten vor ihren Augen, und der Frühstückstisch schien auf einmal von einer geisterhaften Aura umgeben. Die Ärzte sagten, sie sei geistig krank. Man vermutete eine Erbschwäche, denn bereits einige ihrer Vorfahren hatten unter derlei Gebrechen gelitten, am schlimmsten ihr Ur-Ur-Urgroßvater König Georg III., der jahrzehntelang wieder und wieder schubweise dem Wahn anheimgefallen und am Ende im Alter von einundachtzig Jahren geistig vollständig umnachtet gestorben war. Feodora Victoria Auguste Marie Marianne, Prinzessin von Sachsen-Meiningen und Urenkelin Queen Victorias, hasste die Quacksalber noch immer für diese Einschätzung. Außerdem glaubte sie ihnen nicht. Ja, irgendetwas stimmte nicht mit ihr – und das schon seit ihrer Kindheit –, aber verrückt war sie nicht!

Sie vermochte gar nicht mehr zu sagen, wann es angefangen hatte. Schon als kleines Mädchen hatte sie gelegentlich seltsame

Halluzinationen gehabt; dazu war sie von Schwindel und Kopfschmerzen geplagt worden. Weil es bei Hofe jedoch nicht als schicklich galt, sich zu beklagen, und ihre Eltern, Herzog Bernhard III. von Sachsen-Meiningen und Prinzessin Charlotte von Preußen, ohnehin wenig Interesse an ihrem Befinden zeigten, hatte Feodora den Schmerz und die Verwirrung in sich hineingefressen – sehr zum Leidwesen ihrer Erzieher und Hauslehrer, denen sie es selten leicht gemacht hatte. Aber wer konnte sich auch auf die Worte eines näselnden Hofschulmeisters konzentrieren, wenn dessen toupierte Haarpracht derweil in gelb züngelnden Flammen stand?

Die siebzehnjährige junge Frau erinnerte sich noch lebhaft an jene Tage. Sie hatte weite Teile ihrer Kindheit und Jugend auf Schloss Friedrichshof bei ihrer Großmutter Kaiserin Victoria verbracht, und in Momenten wie diesen hätte sie am liebsten die halbe Dienerschaft zusammengeschrien. Doch da ihr ohnehin niemand geglaubt hätte, wenn sie erzählte, dass die Haare des Hofschulmeisters brannten, hatte sie geschwiegen und sich nur noch weiter vor den Menschen, denen sie nicht traute und die sie für krank hielten, zurückgezogen.

Eine weitere Lanze aus Schmerz stach ihr genau zwischen den Augen in den Schädel. Feodora verzog das Gesicht und presste sich die Hände an die Schläfen. Ihre Anfälle waren im Laufe der Jahre heftiger geworden, doch so schlimm wie in den letzten Tagen hatte sie es noch nie erlebt. Seit sie nach London gereist war, um an den Feierlichkeiten anlässlich des Kronjubiläums ihrer Ur-Urgroßmutter Queen Victoria teilzunehmen, verspürte sie eine innere Unruhe, begleitet von schubartig auftretenden Schmerzen und Wahnbildern, die einem schier den Verstand rauben konnten. *Aber ich bin nicht verrückt! Das alles hat eine Bedeutung!*

Zu diesem Schluss war sie in den letzten drei Jahren, in denen sie ihr unregelmäßig auftretendes Leiden genauer unter die Lupe genommen hatte, gekommen. Denn im Gegensatz zu Doktor

Meinhardt, einem ergrauten Leibarzt, den ihre Großmutter ihr zur Seite gestellt hatte und der nicht viel mehr tat, als ihre Schmerzen mit Morphium zu behandeln und das Fortschreiten ihres Zustandes hilflos zu beobachten, hatte Feodora es sich zur Aufgabe gemacht, das Rätsel ihres Lebens zu lüften.

Heimlich hatte sie begonnen, über die Zwischenfälle Buch zu führen. Dabei hatte sie versucht, Gemeinsamkeiten zu entdecken. Eindeutig wiederkehrend waren die gelblich glitzernden Funken, die züngelnden Flammen um Menschen und Tiere, und gelegentlich hatte sich sogar die ganze Welt in ein flirrendes Glitzern und Wimmeln aufgelöst. In diesen erschreckenden Momenten hatte sie meist die Augen zugepresst, und kurz darauf war alles wieder vorbei gewesen.

Zwei weitere Dinge waren ihr obendrein aufgefallen, und es waren gerade diese, die Feodora daran zweifeln ließen, einfach nur schwachsinnig zu sein wie einige ihrer Vorfahren. Zum einen hatte sie bemerkt, dass ihr Körper innerlich leuchtete, wann immer sie diese Anfälle hatte. Zunächst war es ihr nur an ihren Händen aufgefallen. Doch dann hatte sie sich, als der Schmerz, das Zittern und das Funkeln vor den Augen in einer drückend schwülen Sommernacht vor zwei Jahren wiedergekehrt waren, aus dem Bett gequält, das Nachthemd vom Leib gerissen und sich im großen Spiegel betrachtet, der in ihren Gemächern stand. Ihr ganzer Körper hatte geleuchtet, als glühe er in einem überirdischen Fieber. Der Anblick hatte sie mit Schrecken und Ehrfurcht zugleich erfüllt.

Zum zweiten waren da diese seltsamen Begebenheiten, die zu gehäuft gemeinsam mit den Anfällen auftraten, um nicht in irgendeinem Zusammenhang damit zu stehen. Beim Neujahrsfest 1895 beispielsweise hatte sie einen zudringlichen jungen Adligen von sich schieben wollen, ihn aber stattdessen meterweit durch den Ballsaal geschubst. Es war ein furchtbar peinlicher Moment gewesen. Und in Friedrichshof hatte sie mal eine Vase von einem Sockel gestoßen, als sie versuchte, die Funken zu verscheuchen.

Dieses Geschehen hatte ihr niemand zur Last gelegt, immerhin war sie gute zehn Meter weit entfernt gewesen; aber innerlich glaubte Feodora, irgendwie doch dafür verantwortlich zu sein. Sie hatte die Vase geradezu unter den Fingern gespürt, obwohl sie sie nicht berührt hatte. Ähnliche Fälle mehrten sich in letzter Zeit, und sie glaubte einfach nicht, dass das ein Zufall war.

Den Auslöser für ihre meist völlig überraschend und scheinbar grundlos auftretenden Beschwerden festzumachen, war Feodora leider trotz penibler Buchführung nicht möglich gewesen. Mal überkam es sie im wilden Wirbel auf der Tanzfläche bei einem abendlichen Ball. Dann wieder spät am Nachmittag, wenn sie alleine in ihren Gemächern am Fenster saß und die Gedanken schweifen ließ. Am Frühstückstisch hatten die Schmerzen und die Halluzinationen sie hingegen noch nie heimgesucht – bis heute.

Die Tür flog auf, und aus den Augenwinkeln sah Feodora, wie Doktor Meinhardt in Begleitung des Hofdieners in den Raum stürzte. Das Gesicht des sechzigjährigen Arztes war gerötet, und sein Atem ging stoßweise. Allem Anschein nach war er – entgegen seiner sonst eher behäbigen Art – den ganzen Weg von seinem Zimmer bis hierher gerannt. »Halten Sie durch, Hoheit. Ich bin schon da. Ich bringe Ihre Medizin.«

»Nein«, ächzte Feodora. Sie wollte keine Medizin. Das Zeug schmeckte scheußlich und machte sie müde. »Gehen Sie.« Sie machte eine abwehrende Geste mit der Hand und wischte dabei Geschirr und Besteck vom Frühstückstisch. Mina kreischte erschrocken auf, als das gute Porzellan klirrend zu Boden fiel und zerbrach. *Was für eine dumme Gans,* dachte Feodora, während ihre Augen flatterten.

»Sie brauchen Ihre Medizin, Hoheit«, beharrte Meinhardt. Er gab dem Hofdiener ein Zeichen. »Helfen Sie mir. Halten Sie sie fest, damit sie in ihren Krämpfen nicht den Becher wegschlägt.« Gehorsam kam der Mann näher. Eine Schlangengrube aus gelbem Licht wand sich um seinen Oberkörper.

»Nein!«, schrie Feodora. »Ich bin nicht krank! Ich brauche keine …«

Starke Hände griffen nach ihren Schultern. Sie versuchte, sich ihnen zu entwinden, aber ihr fehlte die Kontrolle über ihre Glieder. »Bitte verzeihen Sie mir, Hoheit«, sagte der Diener, während er sie festhielt.

»Ich brauche keine Medizin!« Ein weiterer stechender Schmerz hinter ihrer Stirn ließ sie aufstöhnen. Überall funkelte und glitzerte es vor ihren Augen. Sie versuchte, die Lichtpunkte wegzublinzeln und zu unterdrücken, aber es gelang ihr nicht. Gleißende Risse entstanden in der Tischplatte, an den Wänden und im ernsten, faltigen Gesicht von Doktor Meinhardt, der soeben eine grünliche Flüssigkeit in einen kleinen Messingbecher abfüllte.

»Bitte trinken Sie das«, beschwor der Arzt die junge Adlige. »Ich möchte Ihnen nicht schon wieder eine Spritze geben müssen.« Er hielt ihr den Becher an den Mund. »Danach werden Sie sich besser fühlen, das verspreche ich Ihnen.«

Es nützt doch nichts!, schrie sie innerlich. *Ich bin nicht krank. Und ich bin nicht verrückt.* »Es geht mir gut!« Wütend sprang sie auf und schüttelte dadurch den Diener ab. Polternd fiel der Stuhl um, auf dem sie gesessen hatte.

Mina kreischte erneut auf, und Doktor Meinhardt verschüttete die Medizin im Messingbecher. Er stieß einen Fluch aus, der einem Mann seines Standes keineswegs angemessen war. »Haltet sie fest!«, befahl er, während Feodora auf unsicheren Füßen in Richtung Tür zu fliehen versuchte.

Der Hofdiener, der sich rasch wieder gefangen hatte, verstellte ihr den Weg. Sofort wirbelte Feodora herum, um den Frühstückssaal durch die prunkvolle Doppeltür am anderen Ende des Raumes zu verlassen. Aber die rasche Bewegung ließ sie taumeln. Sie schwankte drei Schritte auf die hohe Fensterfront zu, dann drohten ihr die Beine unter dem Körper wegzuknicken. Im letzten Augenblick ergriff sie einen der schweren Vorhänge neben den Fenstern und hielt sich daran fest. Das Herz klopfte ihr bis zum Hals, und sie hatte das Gefühl, als müsse ihr der Kopf zerspringen. Sie konnte kaum noch etwas sehen, so sehr tobte ein Sturm aus glitzerndem Licht vor ihren Augen.

Erneut griffen kräftige Hände nach ihr, diesmal fest entschlossen, sie nicht noch einmal entwischen zu lassen. »Alles wird gut, Hoheit«, versprach ihr eine dunkle Männerstimme. »Verzweifeln Sie nicht.«

Was weißt du denn, du Narr?, dachte Feodora stumm. Auf einmal verließ sie alle Kraft, und sie spürte, dass sie keinen weiteren Widerstand mehr leisten konnte. Doktor Meinhardt würde ohnehin keine Ruhe geben. Er diente ihrer Großmutter gut, und die hatte ihm befohlen, sich um Feodora zu kümmern.

Feodoras Blick fiel nach draußen, und sie sah, wie drei Männer in dunklen Anzügen und mit Zylindern auf dem Kopf hinter einem Diener her den Weg vom Tor kommend auf den Nebeneingang des Buckingham Palace zuspazierten. Ihre Sicht flackerte, und die junge Frau versteifte sich vor Überraschung.

»Halten Sie sie bitte gut fest, damit ich ihr die Spritze geben kann«, sagte Doktor Meinhardt in ihrem Rücken.

Sie wandte den Kopf und schaute zu ihm hinüber. »Nein, das ist nicht nötig.« Sie ließ sich schwer in die Arme des Dieners sinken, ein Anfall von Schwäche, den sie nicht einmal vorspielen musste. »Bitte verzeihen Sie mein Verhalten. Ich nehme die Medizin.« Alles, nur keine Spritze. Danach würde sie für Stunden schlafen wie ein Stein. Aber sie durfte jetzt nicht schlafen!

Der grauhaarige Arzt runzelte die Stirn, doch er nickte und steckte das bereits ausgepackte Spritzenbesteck wieder in seine Tasche zurück. Erneut holte er die Flasche mit der grünlichen Flüssigkeit hervor und füllte einen Messingbecher voll davon ab. Er hielt den Becher an Feodoras Lippen, und gehorsam öffnete sie den Mund, um die bitter schmeckende Medizin einzunehmen. Ihr war klar, dass sie sie nicht heilen konnte. Aber zumindest nahm sie den Schmerz und linderte die Krämpfe.

»So ist es gut, Hoheit«, sagte Meinhardt. »Warum nicht gleich so?« Er schenkte ihr ein zufriedenes Lächeln. »Und jetzt ruhen Sie sich noch ein wenig aus. Mina, bringen Sie sie bitte auf ihre Gemächer. Sie soll sich ein wenig hinlegen.«

Die Zofe neigte gehorsam den Kopf. »Sehr wohl, Herr Doktor.«

Widerstandslos ließ Feodora zu, dass ihre Begleiterin sie am Arm nahm und stützte, während sie sie vom Fenster fortführte, wo die drei Männer soeben außer Sicht verschwanden. Feodora spürte bereits, dass die Medizin zu wirken begann. Der stechende Kopfschmerz ließ nach und eine sanfte Taubheit breitete sich in ihrem Inneren aus. Auch ihre Glieder zitterten weniger, und das Funkeln und Glitzern vor ihren Augen verblasste. Doch obwohl alle Spannung von ihrem Körper abfiel, rasten ihre Gedanken. Zum ersten Mal in ihrem Leben hatte sie eine Spur! Zum ersten Mal bestand die Möglichkeit, Antworten auf all ihre Fragen zu bekommen. Sie musste unbedingt herausfinden, wer diese drei Männer gewesen waren – diese drei Männer, deren Körper ebenso leuchteten wie der ihre …

26. April 1897, 10:02 Uhr GMT
England, London, Buckingham Palace

Dem Diener nachgehend, schritten Cutler, Filby und Peabody auf das gewaltige Bauwerk des Buckingham Palace zu. Über einige mit rotem Teppich ausgelegte Stufen erreichten sie den rechten Seiteneingang des vorderen Palastflügels und traten ins Innere.

Es war das erste Mal, dass Cutler den Sitz der britischen Königsfamilie besuchte, und obwohl er sich Mühe gab, äußerlich ruhig und unbeeindruckt zu wirken, gelang es ihm nicht ganz, seine Augen von der prächtigen Innenarchitektur abzuwenden. Burgunderrote Teppiche lagen in den breiten und eindrucksvoll hohen Korridoren, durch die sie geführt wurden. Blank polierte Marmorsäulen mit bronzefarbenen korinthischen Kapitellen standen aufrecht wie stumme Gardesoldaten entlang der ebenfalls reich mit Bronzeelementen verzierten Wände. Und überall fanden sich übermannsgroße Ölgemälde, bauchige chinesische Vasen, kunstfertig gearbeitete Sitzmöbel und elegante Statuen, die als Zierrat leere Wandbereiche bedeckten, Nischen ausfüllten oder einfach nur im Raum standen.

Zahlreiche livrierte Diener und Hausmädchen begegneten ihnen auf ihrem Weg. Aber niemand schenkte den drei Gästen mehr als nur einen beiläufigen Blick. Es kam natürlich häufiger vor, dass jemand innerhalb der Palastmauern Besuch aus der Stadt empfing.

Über einen hellen Treppenaufgang erreichten sie den ersten Stock. Wenn Cutler sich nicht täuschte, mussten sie mittlerweile vom linken Palastflügel ins rückwärtige Haupthaus gewechselt sein. Mehrere große, mit glänzenden Spiegeln versehene Doppeltüren, die den vorherrschenden Prunk noch vervielfachten, standen offen, und Dunholms ehemaliger Sekretär schaute verstohlen in die Räume dahinter, in der Hoffnung, vielleicht einen Blick auf ein Mitglied der Königsfamilie zu erhaschen. Doch der einzige Mann, den er anhand seines prachtvollen Barts zu erkennen glaubte, war der Earl of Lathom, der gegenwärtige Lord-Kammerherr Ihrer Majestät. Dieser war in ein Gespräch mit einigen anderen Angehörigen des königlichen Haushalts vertieft und bemerkte die Besucher gar nicht.

Nach einer gefühlten kleinen Ewigkeit erreichten sie im zweiten Stock des Palasts eine weitere Doppeltür. Dieser Teil des Monarchensitzes war nicht mehr ganz so prunkvoll hergerichtet wie die Bereiche, die sie bislang durchquert hatten, verströmte aber immer noch die Noblesse eines Stadtdomizils gehobener Klasse. Der Diener klopfte an, öffnete die Tür und trat halb ins Innere, um Cutler, Filby und Peabody anzukündigen. Anschließend schob er die Tür weiter auf und machte Platz, um die drei Männer eintreten zu lassen.

Der Raum schien eher eine Art repräsentatives Empfangszimmer als ein tatsächliches Arbeitszimmer zu sein, was Cutler nicht wunderte, denn als Königlicher Astronom arbeitete Christie vorwiegend in der Sternwarte in Greenwich. Nichtsdestoweniger zeugten neben einer Sitzecke aus bequemen Polstermöbeln, einer gut mit Spirituosen gefüllten Bar sowie einer Reihe Gemälde, die künstlerische Interpretationen des antiken Tierkreises zeigten, ein penibel aufgeräumter Schreibtisch, zwei Regale mit astronomischen Schriften und ein prächtiger Himmelsglobus auf einem Edelholzständer davon, dass an diesem Ort durchaus Forschung betrieben wurde.

Ihr Gastgeber, William Henry Mahoney Christie, kam ihnen entgegen. »Willkommen, meine Herren«, begrüßte er die drei Männer und schüttelte ihnen nacheinander die Hand. Cutler, der Christie noch nie zuvor getroffen hatte, bekam sofort den Eindruck, einen Gentleman von vortrefflichem Charakter vor sich zu haben. Das zeigte sich nicht nur an seiner tadellos sitzenden Kleidung – Christie trug ein helles Hemd, eine schwarze Seidenkrawatte und einen dunklen Gehrock –, sondern auch in seinem ganzen sonstigen Erscheinungsbild. Christies kurzes braunes Haar war messerscharf gescheitelt und mit Haarwachs glatt an den Kopf frisiert. Die kräftigen Hände wirkten gepflegt. Nur der Schnurrbart, der seinem jung wirkenden Gesicht wohl Ernst und Würde verleihen sollte, verfehlte seine Wirkung, denn er wurde von dem lebhaften Ausdruck in Christies hellbraunen Augen vollständig unterlaufen.

Christie entließ den Diener und bat Cutler, Filby und Peabody, sich zu setzen. »Darf ich Ihnen etwas zu trinken anbieten? Einen Scotch oder einen Brandy vielleicht?«

»Also, ich wäre einem kleinen Brandy nicht abgeneigt«, bekannte Peabody.

Cutler hingegen schüttelte den Kopf. »Wir sollten lieber nicht trinken, wenn wir noch eine Audienz bei Ihrer Majestät wünschen.«

»Sie sind wegen einer Audienz hier?« Christie hob die Augenbrauen. »Es tut mir leid, Gentlemen, aber ich fürchte, das wird nicht möglich sein.«

»Hören Sie, Sie müssen versuchen, ein gutes Wort für uns einzulegen«, beschwor Cutler den Astronomen. »Ihnen ist bekannt, welcher Vereinigung wir angehören. Daher sollten Sie auch wissen, dass wir niemals grundlos um so einen Gefallen bitten würden. Es ist von höchster Wichtigkeit, dass Ihre Majestät uns anhört. Die Zukunft des Empires, ja vielleicht des ganzen Erdballs hängt davon ab. Wäre Lord Dunholm noch am Leben, würde er keine weniger dramatischen Worte wählen.«

»Der Erste Lordmagier ist tot?«, fragte Christie erschrocken. »Was ist passiert?«

»Ich denke, es würde etwas zu weit gehen, Sie in alle Einzelheiten einzuweihen«, meinte Cutler.

Christie blickte ihn ernst an. »Und *ich* denke, dass Sie mir etwas schulden. Ich gehe ein nicht unbeträchtliches Risiko ein, indem ich drei mir fremde Männer ...« Er blickte kurz zu Filby hinüber. »Verzeihung, Professor – also, zwei mir fremde Männer nur auf ihr Wort, im Dienste Albert Dunholms unterwegs zu sein, in den Buckingham Palace einlasse.«

»Warum haben Sie uns dann eingelassen?«, wollte Peabody wissen.

Der Astronom wandte sich dem Anwalt zu. »Weil mir zu Ohren kam, dass unterhalb der Guildhall ein eigentümlich leeres Labyrinth aus Kammern und Gängen gefunden wurde, und mir daraufhin sofort klar war, dass irgendetwas mit dem Orden des Silbernen Kreises absolut nicht stimmen kann.«

»Und damit haben Sie recht«, sagte Cutler nickend. »Es kam zu einem schrecklichen Zwischenfall.« In raschen Worten umriss er die Geschehnisse der vergangenen Tage, wobei er allerdings die Existenz Jonathan Kenthams und der beiden McKellens unterschlug. Man musste das Ganze nicht noch komplizierter machen, als es ohnehin schon war. »Und um Ihre Majestät zu warnen, dass Lord Wellington in ihrem Namen mit Mächten spielt, die imstande sind, die ganze Erde ins Chaos zu stürzen, müssen wir sie sprechen. Es sei denn, Lord Wellington kam uns bereits zuvor …«

Christie schwieg einen Augenblick, dann holte er tief Luft. »Ich müsste lügen, wollte ich behaupten, all das begriffen zu haben, was Sie mir soeben berichteten. Beruhigen kann ich Sie immerhin insofern, als dass Lord Wellington nicht bei mir vorstellig geworden ist. Nichtsdestoweniger bleibt die unerfreuliche Tatsache bestehen, dass ich auch Ihnen zu keiner Audienz bei Ihrer Majestät verhelfen kann. Das hat nichts mit Unwillen meinerseits zu tun – Gott bewahre, wir kämpfen schließlich Seite an Seite –, sondern vielmehr damit, dass sich Queen Victoria nicht in der Stadt, ja nicht einmal im Land befindet. Sie bereist Europa und weilt gegenwärtig in Frankreich, genauer gesagt in Nizza. Wussten Sie das denn nicht?«

»Sie ist …« Cutler sah seine beiden Begleiter betroffen an. Damit hatte er nun überhaupt nicht gerechnet.

»Oh mein Gott, natürlich«, rief Peabody. »Ich hatte es vor zwei Wochen sogar in der Zeitung gelesen, dass sie diese Reise plant. Aber dann kam es zu einem derartigen Durcheinander, dass ich es vollständig vergessen habe.«

»Ein schöner Reinfall, meine Herren.« In Filbys Stimme schwang eine unterschwellige Anklage mit, so, als mache er Cutler oder wenigstens Peabody persönlich für ihre Lage verantwortlich.

»Könnten wir nicht jemand anderen informieren?«, wollte Peabody wissen.

»Das ist nicht so einfach«, erwiderte Cutler. »Kaum jemand im Palast weiß vom Orden des Silbernen Kreises, nicht einmal die Mitglieder der königlichen Familie.«

»Außerdem weilen viele der Kinder Victorias im Ausland. Nur der Prince of Wales Albert Eduard, Prinzessin Helena und Prinzessin Louise befinden sich gegenwärtig in London.«

Filby räusperte sich. »Nun, mit Verlaub, der Prinz ist Großmeister der hiesigen Freimaurerloge und ein Lebemann. Ich halte ihn für kaum geeignet, uns im Kampf gegen Wellington beizustehen.«

»Und meines Wissens hat Prinzessin Helena gesundheitliche Probleme – und ich spreche hier von ihrer geistigen Gesundheit«, fügte Peabody hinzu. »Die Duchess of Argyll dagegen wäre womöglich eine geeignete Förderin unserer Sache. Sie ist eine in vielerlei Hinsicht außergewöhnliche Frau.«

»Dennoch möchte ich solch eine Entscheidung nicht ohne das Urteil des ganzen Ordens treffen«, sagte Cutler. »Ich spreche für den Orden, ich bin nicht der Erste Lordmagier.«

»In diesem Fall schlage ich Folgendes vor, Gentlemen«, sagte Christie. »Sie klären, ob Sie Prinzessin Louise in Ihre Belange einweihen wollen, und sobald eine Entscheidung gefallen ist, sorge ich schnellstmöglich für eine Audienz. Allerdings ist die Prinzessin, genau wie der Prince of Wales, sehr stark in die Vorbereitungen zum diamantenen Kronjubiläum Ihrer Majestät eingebunden, sodass ich nicht sicher bin, wie rasch ich ein Treffen ermöglichen kann. Natürlich werde ich mir alle erdenkliche Mühe geben.«

»Danke, mehr können wir nicht erwarten.« Cutler erhob sich, und die anderen Männer folgten seinem Beispiel. »Jetzt heißt es also, rasche Entscheidungen innerhalb des Ordens zu treffen. Wir melden uns in Kürze wieder bei Ihnen. Vermutlich noch heute.«

»Ich werde in zwei Stunden nach Greenwich aufbrechen. Schicken Sie mir einfach eine Nachricht zur Sternwarte. Dort werde ich den ganzen übrigen Tag zu tun haben.« Christie bot ihnen zum Abschied die Hand. »Viel Erfolg, Gentlemen. Hoffen wir zum Wohle des Empires, dass es uns gelingt, Lordmagier Wellington zur Einsicht zu bringen.«

Der Astronom geleitete die Männer zur Tür, und der Hofdiener, der vorausschauend in der Nähe geblieben war, brachte Cutler, Peabody und Filby durch den Palast zurück zum Tor. Sie waren gerade nach draußen auf den Hof getreten und der Diener hatte sich mit einer Verbeugung von ihnen verabschiedet, als aus dem rechten der benachbarten Durchgänge, die zum Innenhof des Buckingham Palace führten, eine junge Frau geeilt kam. »Verzeihen Sie vielmals, meine Herren«, rief sie ihnen zu. »Bitte warten Sie.«

Cutler wechselte einen überraschten Blick mit Filby und Peabody, bevor er sich der Frau zuwandte. Ihrer Kleidung nach musste sie eine Kammerzofe sein, und sie hielt ein verschlossenes Kuvert in den Händen. »Entschuldigen Sie mein ungebührliches Auftreten, aber meine Herrin trug mir auf, Ihnen unbedingt diesen Brief zu übergeben.« Sie reichte Cutler das Schreiben.

Dieser nahm es verwundert entgegen. »Erwartet Sie eine Antwort? Soll ich ihn gleich öffnen?«

»Das weiß ich nicht«, erwiderte die Zofe.

Dunholms ehemaliger Sekretär zuckte mit den Schultern. »Dann wollen wir mal sehen.« Er riss das offensichtlich hastig verklebte Kuvert auf und zog einen gefalteten Briefbogen hervor. Auf dem weißen Blatt standen nur zwei Sätze:

Bitte treffen Sie mich heute Abend um 9 Uhr
am vorderen Eingang des Lyceum-Theaters.
Es ist von wirklich allergrößter Dringlichkeit.

Hochachtungsvoll

F.

Ohne sein Zutun stiegen Cutlers Augenbrauen in die Höhe. Die Sache wurde immer mysteriöser.

»Was steht dort geschrieben?«, wollte Filby wissen.

Cutler zeigte seinen beiden Begleitern den Brief.

»Dürfte ich fragen, wer Ihre Herrin ist?«, erkundigte sich Peabody.

»Es tut mir sehr leid, aber sie verbat mir, ihren Namen zu verraten«, antwortete die Zofe. Ihr Gesicht war gerötet, und sie richtete immer wieder den Blick zu Boden, nachdem sie einen der Männer angeschaut hatte. Diese ganze Situation schien ihr furchtbar unangenehm zu sein.

»Wissen Sie aber vielleicht, was sie bewogen haben könnte, diese Nachricht zu verfassen?«, hakte Cutler nach.

»Nein, mein Herr. Auch dazu kann ich nichts sagen.« Die junge Zofe wirkte noch verlegener als zuvor. »Sie gab mir nur das Kuvert.«

Dunholms ehemaliger Diener faltete den Brief wieder zusammen und schob ihn gemeinsam mit dem Kuvert in die Innentasche seines Gehrocks. Ihm war bewusst, dass er im Begriff war, eigenmächtig eine Entscheidung zu treffen, die ihm vielleicht nicht zustand. Doch er hatte das Gefühl, dass es sich als wertvoll erweisen könnte, den Wunsch ihrer namenlosen Korrespondentin zu erfüllen. »Grämen Sie sich nicht, mein Kind. Das ist schon in Ordnung. Sagen Sie Ihrer Herrin, dass wir …« Er zögerte. Wenn die Dame ihrer Zofe gegenüber so geheimnisvoll getan hatte, war womöglich sogar der Umstand ihres Treffens nicht für die Ohren anderer bestimmt. »Dass wir ihrem Wunsch nachkommen werden«, beendete er den Satz schließlich.

»Sehr wohl, mein Herr.« Die Zofe machte einen Knicks, bevor sie sich umdrehte und schleunigst davonhuschte.

»Ausgesprochen ominös«, kommentierte Filby trocken.

»Dem stimme ich zu«, sagte Cutler nickend. »Ich bin gespannt, wohin das führen soll.«

26. April 1897, 10:20 Uhr GMT
Atlantik, etwa 410 Seemeilen südwestlich von England

Der nächste Morgen war so grau und nebelig, wie Jonathan es befürchtet hatte. Um die Fahrt des fliegenden Schiffes vor den Augen zufälliger Handelsreisender zu verbergen, hatte der Holländer es erneut in eine dichte Nebelbank gehüllt, die zwar für sich genommen den ein oder anderen Seemann ob des eigentümlichen Wetterphänomens in Verwirrung stürzen mochte, allerdings mit Sicherheit weit weniger Aufsehen erregte als ein Dreimaster, der scheinbar ohne Besatzung ein Dutzend Schritt über den Wellen kreuzte.

Auf Deck herrschte die gleiche gähnende Leere wie am gestrigen Tag. Jonathan fragte sich wirklich, was für eine seltsame Mannschaft ihr Gastgeber hatte, die niemals aus ihren Kabinen hervorkam. Das Schiff mochte ja von alleine oder nur gesteuert durch den Holländer seinen Weg finden, aber war das ein Grund, sich unablässig in seinem hölzernen Bauch zu verstecken? Jonathan fand die Vorstellung, Tag für Tag in der muffigen Enge und Dunkelheit zu verbringen, ausgesprochen deprimierend. Andererseits war der eintönig grauweiße Dunst, der sie umgab und mit klammen Fingern unter seine Jacke zu kriechen versuchte, auch nicht unbedingt dazu angetan, die Stimmung zu heben.

So wird also aus einem einst normalen Segler ein Geisterschiff. Es bedarf nicht einmal viel Zutuns durch die Magie. Die Menschen selbst machen sich zu lebenden Toten, indem sie sich einfach aufgeben. Das war für Jonathan die einzige Erklärung. Selbst ein Mann wie Meister Fu, der ein Beispiel inneren Friedens zu sein schien, versteckte sich doch im Grunde vor sich selbst, wenn er mit seinem kleinen Affen in der verräucherten Kammer hockte, die er Zuhause nannte.

An seiner Seite gab Rupert ein Niesen von sich. Dann strampelte der Minialligator ein wenig mit den Hinterbeinen, um sich tiefer in der Stofftasche zu verkriechen, in der Jonathan ihn bei sich trug, wann immer es möglich war. »Du hast ganz recht«, murmelte Jonathan, während er seinen Blick über die dunklen Holzplanken, die Masten und die Takelage gleiten ließ. »Es ist ungemütlich hier draußen. Wir gehen gleich wieder hinein. Ich möchte nur ein paarmal tief durchatmen.« Er kraulte das ausgestopfte Tier am ledrigen Schädel und entlockte ihm damit ein leises Krächzen.

Jonathan machte ein paar Schritte aufs Deck hinaus, und erst jetzt bemerkte er die zuvor vom Mast verdeckte einsame Gestalt, die in ein graues Kapuzencape gehüllt vorne am Bug stand. *Kendra!* Er ging über die knarrenden Holzbohlen und gesellte sich zu ihr. »Guten Morgen. Was machen Sie denn hier draußen?«

Die junge Frau wandte den Kopf und blickte ihn aus Augen an, die von dunklen Ringen gezeichnet waren. Sie konnte in der letzten Nacht nicht viel geschlafen haben, auch nicht, nachdem sie einander auf dem Gang begegnet waren. »Ich starre in den Nebel und suche nach einem helleren Flecken, der etwas Sonnenschein verheißen könnte.«

Jonathan seufzte. »Ich verstehe, was Sie antreibt, aber ich glaube, diese Suche wird vergeblich sein.«

Kendra richtete ihre Aufmerksamkeit wieder auf den weißen Dunst. »Warum macht er das?«

»Diesen Zauber mit dem Nebel? Der Holländer?«, hakte Jonathan nach. Er zuckte mit den Schultern. »Um sich und seine Mannschaft zu schützen. Er erzählte doch, dass die Magieinquisition ihn verfolgt.«

»Ach kommen Sie, Jonathan.« Kendra bedachte ihn mit einem verdrossenen Seitenblick. »Glauben Sie das tatsächlich? Der Ozean ist groß und weit. Es sollte diesem Holländer leichtfallen, sich irgendwo zu verstecken und jedem Schiff aus dem Weg zu gehen, das am Horizont auftaucht und droht, seinem Geheimnis auf die Spur zu kommen.« Sie schüttelte den Kopf. »Nein, mir kommt es so vor, als ob er sich an all das Grau in seinem Leben einfach gewöhnt hat. Er hat seinen Namen abgelegt und sich vor der Welt zurückgezogen. Schön, er mag den zuvorkommenden Gastgeber spielen, aber ich habe das Gefühl, als wäre er uns lieber heute als morgen wieder los. Er hüllt sich in seine Trauer und seine Einsamkeit wie in einen alten, abgetragenen Mantel.«

Jonathan blinzelte verblüfft. Er hätte nicht vermutet, dass Kendra ähnliche Gedanken durch den Kopf gehen könnten wie ihm. »Womöglich haben Sie recht. Aber es ist nicht an uns, ihn dafür zu verurteilen. Wir wissen nicht, was genau ihm in der Vergangenheit widerfahren ist. Vielleicht hat er allen Grund, die Menschheit zu meiden.«

»Ja, vielleicht«, murmelte Kendra. Sie schwieg einen Moment, bevor sie fortfuhr: »Wussten Sie, dass er über hundert Jahre alt ist?«

»Wann hat er Ihnen das denn verraten?«

»Gestern Nacht.«

»Als Sie auf Deck waren, um frische Luft zu schnappen?«

»Genau.«

»Oh.« Damit hatte Jonathan nun nicht gerechnet. Andererseits hatte er schon in der Nacht den Eindruck gehabt, dass etwas nicht ganz stimmte. Kendra hatte irgendwie verstört gewirkt, aber nachdem sie sein Hilfsangebot zurückgewiesen hatte, wäre er nicht auf den Gedanken gekommen, weiter nachzubohren. Ungewollt stiegen Erinnerungen an die Legende vom Fliegenden Holländer in seinem Inneren auf. War es nicht so gewesen, dass nur das Opfer einer Jungfrau ihn von seinem Fluch erlösen konnte? *Ich werde Sie im Auge behalten, Kendra. Dieses Schiff hat schon genug Menschen unglücklich gemacht.* »Was hat er noch zu Ihnen gesagt?«, wollte er wissen.

»Nicht viel. Er wollte, dass ich ihm von meiner Heimat erzähle. Er scheint sich kaum noch daran zu erinnern, was für ein Gefühl es ist, festen Boden unter den Füßen zu haben. Danach habe ich versucht, etwas mehr über ihn zu erfahren, aber er gab sich sehr einsilbig.«

»Passen Sie auf, Kendra«, warnte Jonathan sie. »Wir wissen so gut wie nichts über diesen Holländer. Es könnte gefährlich sein, sich auf ihn einzulassen.«

»Er war ein Freund meines Großvaters«, gab Kendra zurück. »Ist das nicht Beweis genug, dass man ihm trauen kann?« Ungeachtet der rhetorischen Natur ihrer Frage wirkte sie jedoch selbst nicht ganz überzeugt.

»Wir können nur raten, welcher Art seine Verbindung zu Ihrem Großvater war«, meinte Jonathan. Er hob in einer Geste der Unschlüssigkeit die Hände und ließ sie wieder sinken. »Ich sage ja nicht, dass er unser Feind ist. Ich sage nur, dass die Magie den Menschen die seltsamsten Dinge antun kann. Wenn er wirklich über hundert Jahre alt ist, obwohl er aussieht, als wäre er keine vierzig, sollte einem das zu denken geben, finden Sie nicht? Er verbirgt sich hier im Nebel, ist bleich wie der Tod, er behauptet, eine Mannschaft zu haben, aber hält sie vor uns versteckt. Das alles …« Jonathan merkte, dass er lauter geworden war, und er brach ab. *Verdammt, ich klinge, als litte ich unter Verfolgungswahn. Ganz ruhig, alter Knabe. Noch ist nichts geschehen, das dir Sorgen bereiten müsste.*

»Ja, ich weiß«, flüsterte Kendra. »Das alles ist ziemlich eigentümlich. Das brauchen Sie mir nicht zu sagen. So viel habe ich selbst schon erkannt.« Sie fröstelte und zog das Cape enger um die Schultern. »Ich bin mir nur noch nicht sicher, ob ich deshalb Angst oder Mitleid empfinden soll.«

»Vielleicht von beidem ein bisschen«, meinte Jonathan ein wenig ruhiger. »Aber lassen Sie sich von keinem der Gefühle übermannen. Und wenn Sie etwas bedrückt, denken Sie daran, dass Robert und ich ja auch noch da sind. Ganz gleich, was für düstere Geheimnisse unseren Gastgeber und dieses Schiff umgeben: Solange wir zusammen sind, werden wir damit fertig.« Mit einer Entschlossenheit, die zweifellos durch Drummonds Bewusstseinsreste in seinem Geist gefärbt war, ballte er eine Hand zur Faust und schlug damit gegen die hölzerne Reling vor ihnen. Kaum hatte er das getan, spürte er Verlegenheit in sich aufsteigen. Es waren naive und trotzige Worte, und er hatte nicht die geringste Ahnung, ob sie der Wahrheit entsprachen.

Doch auf Kendras Zügen zeigte sich ein mattes Lächeln, und das allein zählte.

26. April 1897, 10:58 Uhr GMT (05:58 Uhr Ortszeit)
Vereinigte Staaten von Amerika, New York, 3rd Avenue

New York war eine Stadt, die nie zu schlafen schien. Gestern Abend, als Wovoka zu später Stunde mit dem Zug wohlbehalten am Grand Central Depot angekommen war, herrschte auf der benachbarten Park Avenue noch reger Betrieb. Und auch heute Morgen, da er in aller Herrgottsfrühe nach einer kurzen Nacht in einem überteuerten Gästehaus auf der 45th Street die schnurgerade durch halb New York verlaufende 3rd Avenue hinabspazierte, waren schon wieder Dutzende von Fuhrwerken und eine erstaunliche Menge an Fußvolk unterwegs. Natürlich standen auch die Farmer zu Hause in Yerington mit der Sonne auf, aber dort lebten weniger Menschen auf einem Haufen, und jeder hatte mehr Zeit für sein Tagewerk. Hier schienen alle Menschen in Eile und sein, und irgendwie färbte diese Unruhe auch auf Wovoka ab.

Da er sich gestern im Zug bereits ausgeruht hatte und das durchgelegene Bett des Gästehauses alles andere als bequem gewesen war, hatte der Paiute-Seher die halbe Nacht nicht schlafen können und stattdessen gegrübelt, was er nun, da er New York erreicht hatte, am besten unternehmen solle. Auch jetzt hatte er diese Frage noch nicht vollends geklärt, weswegen seine Wanderung die 3rd Avenue hinunter im Grunde ziellos war.

Während seiner Vision auf dem El Capitan hatte er sich selbst an Bord eines großen grauen Schiffes gesehen. Doch wie er an Bord eines solchen kommen sollte – ganz zu schweigen davon, es zur Wahren Quelle der Magie zu lotsen – war ihm nach wie vor schleierhaft. Er konnte jedenfalls nicht einfach zum Hafen hinunterlaufen und dort den erstbesten Kapitän bitten, ihn an eine Stelle mitten im Atlantik zu bringen. Zum einen reichte seine Barschaft für solch eine exklusive Passage nicht aus, zum anderen konnte sich Wovoka des Gefühls nicht erwehren, dass es nicht irgendein Schiff sein durfte, mit dem er sich auf die Reise begab. Es musste ein ganz bestimmtes sein.

Letzten Endes lief es darauf hinaus, dass er Hilfe benötigte, am besten die von Regierungsbeamten oder der Armee. Nur, wie sollte er sich dieser versichern? Wenn er sich zum Bürgermeister von New York begab, um diesen vor einer gänzlich nebulösen Gefahr zu warnen, die auf einem winzigen Eiland mitten im Ozean ihre Quelle hatte, würde man ihn vermutlich höflich, aber bestimmt vor die Tür komplimentieren. Auch an die Polizei konnte er sich kaum wenden; man würde ihn entweder für betrunken oder für einen Irren halten, und je nachdem, wie die Laune des diensthabenden Wachmeisters heute Morgen war, landete er nachher noch in einer Ausnüchterungszelle. Gitter vermochten Wovoka zwar nicht aufzuhalten, aber er würde dabei auf jeden Fall Zeit verlieren.

Wovoka bedauerte, dass Questing bei dem Ritual zur Erschaffung des Quellschlosses in den Weiten der Magie verschwunden war. Seine Hilfe hätte er jetzt gut gebrauchen können. Der unstete Lebenswandel des blinden Magiers mochte ihm einen herausragenden Platz in den Kreisen der weißen Ostküstengesellschaft verwehrt haben. Trotzdem wäre es ihm deutlich leichtergefallen, in einer Stadt wie New York Kontakte zu knüpfen.

Ich habe mich niemals für andere amerikanische Magier oder deren Zusammenschlüsse interessiert, ärgerte sich der Paiute-Seher nicht zum ersten Mal seit seiner gestrigen Ankunft. Der Kreis der Wächter, allen voran Questing, war ihm stets genug gewesen. Vielleicht hatte Wovoka sein letzter, schmerzlich fehlgeschlagener Versuch, Menschen zu führen, zum Einsiedler werden lassen. Vielleicht lag es auch einfach daran, dass er in der Einsamkeit von Nevada keine andere magische Gesellschaft außer Haba und gelegentlich Questing benötigt hatte. *Doch jetzt wäre es ausgesprochen hilfreich, auf die Unterstützung eines ansässigen Magierzirkels bauen zu können.*

Dass es in New York Magier gab, davon war Wovoka fest überzeugt. Eine Millionenstadt wie diese musste einfach magisch Begabte hervorbringen oder aber anziehen, und genau wie in europäischen Großstädten hatten sich diese Magier zweifellos auch hier in irgendeiner Form organisiert.

Bedauerlicherweise neigten geheime Zirkel wie diese nicht dazu, auf der Straße Flugzettel zu verteilen, um Neuankömmlingen den Kontakt zu ermöglichen. *Aber vielleicht finde ich sie, wenn ich den Spuren der Magie folge*, dachte Wovoka. Wenn er es schaffte, auf das Dach eines hohen Bauwerks zu klettern, das ihm einen guten Überblick über die Stadt bot, entdeckte er vielleicht einen Ort, an dem sich Magie ballte. *Und wo Magie ist, sind auch Magier …*

Auf Höhe der 23rd Street hatte er sich endlich zu diesem Entschluss durchgerungen, und er wandte sich an einen italienisch aussehenden Straßenhändler, um einen guten Aussichtspunkt zu erfragen.

»Am Broadway, ganz unten im Süden, steht ein hohes Gebäude«, erklärte dieser ihm bereitwillig. »Über dreihundertfünfzig Fuß hoch. Gewaltiges Bauwerk. Größtes Gebäude von Welt, Signore. Sagt man, und ich glaube es.«

»Vielen Dank, mein Freund«, erwiderte Wovoka, lüftete seinen Hut und setzte seinen Weg fort.

Es dauerte beinahe eine Stunde, bis Wovoka sein Ziel erreichte. In dieser Stunde, in welcher der Paiute-Seher annähernd drei Meilen zurücklegte, wurde ihm erst bewusst, wie unglaublich groß New York wirklich war. Nicht nur die schier endlos von Norden nach Süden verlaufenden Straßen versetzten ihn in Erstaunen, auch die dicht an dicht stehenden Gebäude, allesamt mehrere Stockwerke hoch und eines imposanter als das nächste, nötigten ihm Ehrfurcht ab. Ein ganzer Stamm seines Volkes hätte in einem von ihnen Platz zum Wohnen gehabt. Und hier spazierte er im Verlauf einer Stunde an Dutzenden und Aberdutzenden vorbei. *Wie konnten wir jemals glauben, dem weißen Mann die Stirn bieten zu können,* ging es ihm durch den Kopf. *Es sind so viele … so unglaublich viele …*

Auf dem Weg fiel Wovoka auf, dass die Straßen New Yorks

auffällig prächtig geschmückt waren. Außerdem schien er bei Weitem nicht der einzige Besucher zu sein, der hier unterwegs war. Tatsächlich wirkte die Stadt wie in der Vorbereitung eines großen Volksfestes. Als der Paiute-Seher einen weiteren Straßenhändler darauf ansprach, erfuhr er auch, weshalb.

»Was für eine Frage! Morgen wird der fünfundsiebzigste Geburtstag von General Grant gefeiert, Gott hab ihn selig«, erzählte ihm der Mann. »Sind Sie etwa nicht deswegen hier?«

»Nein, eigentlich nicht«, gestand Wovoka. »Ich wusste nichts von irgendwelchen Feierlichkeiten.«

»Dann danken Sie Ihrem Manitu, dass er Sie heute hierhergeführt hat«, grinste der Händler. »Das wird ein Riesenfest morgen, wenn sie das neue Mausoleum für die sterblichen Überreste des alten Mannes einweihen. Es gibt eine große Parade und Reden und noch viel mehr.«

»Danke, aber ich werde morgen schon nicht mehr hier sein«, sagte Wovoka ernst, grüßte und ließ den vollkommen entgeistert wirkenden Mann stehen. Der Paiute ersparte sich den Hinweis, dass Manitu keineswegs der Gott aller Indianer war.

Kurz darauf erreichte er das Gebäude, das ihm der Italiener empfohlen hatte. Es war in der Tat das am höchsten aufragende weit und breit. Wovoka musste den Kopf in den Nacken legen, um an der hellen, fast zwanziggeschossigen Steinfassade emporblicken zu können, die von altertümlich wirkenden Säulen und Rundbögen geziert wurde. Auf dem Dach erhob sich eine laternenförmige Spitze aus dunklerem Material, über der natürlich auch eine amerikanische Fahne in der frischen Morgenbrise wehte. *Manhattan Life Insurance* stand auf einer Bronzeplakette neben dem Eingang, und Männer in grauen und schwarzen Anzügen trafen alleine oder in kleinen Gruppen ein, um ihre Arbeit anzutreten. Wovoka seufzte leise. Selbst wenn er sich für normale Augen unsichtbar machte, war es praktisch unmöglich, unbemerkt innerhalb des Gebäudes bis zum Dach zu gelangen. Es gab hier einfach zu viele Menschen! Er sah sich also gezwungen, den beschwerlicheren Weg außen an der Hauswand hinauf zu nehmen.

Wovoka ging ein paar Schritte die Straße auf und ab, um das Bauwerk aus mehreren Blickwinkeln in Augenschein zu nehmen und nach einer geeigneten Aufstiegsmöglichkeit zu suchen. Dabei fiel ihm auf, dass es u-förmig angelegt war und an der Südseite einen schmalen offenen Lichthof aufwies. Die beiden obersten Stockwerke waren durch eine kupferfarben glänzende Metallbrücke verbunden, die sich über den Lichthof spannte. *Das sieht gut aus,* entschied der Paiute-Seher.

Als er den Blick wieder senkte, um eine geeignete Nische zu finden, wo er seinen Zauber wirken konnte, bemerkte er einen alten Mann mit grauen Haaren und dunkler Hautfarbe, der mit einem Eimer und einem Besen in der Hand soeben das Gebäude der *Manhattan Life Insurance* verließ. *Vielleicht geht es doch einfacher,* dachte er.

Wovoka überquerte die Straße und trat auf den Mann zu. »Verzeihung, arbeiten Sie hier?«

Der Alte musterte den Paiute-Seher mit einer Mischung aus Verblüffung und Misstrauen. Offensichtlich hatte er nicht damit gerechnet, mitten in New York einem Indianer zu begegnen, ganz gleich, ob der Geburtstag von General Grant anstand oder nicht. »Ja, Sir, das tue ich«, bestätigte er nickend.

»Dann könnten Sie mir womöglich einen Gefallen erweisen«, fuhr Wovoka fort. »Ich komme aus Nevada und besuche zum ersten Mal diese aufregende Stadt. Man sagte mir, dies hier sei das höchste Gebäude von New York, ja sogar des ganzen Landes. Die Aussicht von dort oben muss einzigartig sein. Ich würde sehr gerne einen Blick vom Dach werfen. Meinen Sie, dass Sie mir hierbei behilflich sein könnten?« Er zog etwas Bargeld aus der Tasche und ließ es in seiner Hand klimpern.

Das Misstrauen des Alten wollte nicht aus dessen Gesicht weichen. »Dadurch könnte ich meine Arbeit verlieren. Fremde sind hier nicht erlaubt.«

»Ich dachte, in diesem Gebäude werden Versicherungen verkauft?«, entgegnete Wovoka ruhig. »Setzt das nicht voraus, dass ab und zu Fremde darin verkehren?«

»Aber nicht auf dem Dach.«

Der Paiute ließ sich von diesem Einwand nicht beeindrucken. Mit sanfter Gewalt nahm er dem Alten den Besen ab und drückte ihm die Münzen in die schwielige Hand. »Ich werde keinen Ärger machen, das verspreche ich Ihnen. Ich werde Ihnen wie ein Schatten nach oben folgen, dann nur einen kurzen Blick vom Dach werfen und danach sofort wieder das Gebäude verlassen.«

Sein Gegenüber warf einen nachdenklichen Blick auf das Geld in seiner Hand. Dem Ausdruck seiner Miene nach zu urteilen konnte er es gut gebrauchen. Wovoka zweifelte nicht daran, dass er nachgeben würde. Und er sollte recht behalten. »Einverstanden. Aber Sie halten sich direkt neben mir und sprechen niemanden an, dem wir begegnen!«

»Ich werde schweigen.«

Der Alte nickte. »Dann nehmen Sie mal den Eimer und den Besen, Sir. Sie sind der neue Aushilfskehrer, und ich zeige Ihnen Ihre Arbeitsstelle. Mein Name ist übrigens Horatio, Horatio Washington.«

Wovoka bezweifelte, dass das der Geburtsname des Alten war, aber er selbst wusste am besten, dass es für gewisse Bevölkerungsgruppen der Vereinigten Staaten nötig war, sich *weiße* Namen zuzulegen, um mit den heutigen Herrschern über dieses Land verkehren zu können. »Jack Wilson«, antwortete er daher und lächelte, während er neben dem Besen, den er ohnehin bereits in der Hand hielt, auch den Eimer ergriff.

Der Alte erwiderte das Lächeln. Er hatte verstanden, dass sie ungeachtet ihrer völlig unterschiedlichen Herkunft eines verband: Im Grunde waren sie beide Diener von Männern wie jenen, die hinter ihnen in dem Versicherungsgebäude arbeiteten.

Wie versprochen führte Washington Wovoka über mehrere Treppen bis hinauf zum Dach. Den steifen Versicherungsmitarbeitern, denen sie über den Weg liefen, machten sie mit stummer Unterwürfigkeit Platz und wurden dafür mit geflissentlicher Missachtung belohnt.

»Hoch genug?«, wollte Washington wissen, als sie auf einen Balkon mit steinerner Balustrade traten, der sich auf halber Höhe des aus dem Gebäudedach aufragenden Türmchens befand.

Aufgrund seiner Beobachtungen vom Boden aus wusste Wovoka, dass es direkt unter dem Fahnenmast an der Spitze des Bauwerks noch einen weiteren, schmalen Rundgang gab. »Könnten wir dort hinaufsteigen?«, bat er.

Der Alte seufzte. »Wenn Sie es wünschen ... Aber beschweren Sie sich nicht bei mir, Sir, wenn Sie hinunterfallen. Das Geländer ist ziemlich niedrig.«

»Ich passe auf«, versprach Wovoka.

Sie gingen zurück ins Innere, und Washington schloss eine weitere Tür auf, die zu einer engen Wendeltreppe führte. Kurz darauf später hatten sie die Spitze des Hochhauses erreicht, eine winzige Kammer, von der aus man hinaus auf einen kaum drei Fuß breiten Balkon gelangte, der Zugang zum Fahnenmast direkt über ihnen gewährte.

Während Washington im Inneren wartete, trat Wovoka nach draußen. Seine Augen weiteten sich unwillkürlich, und er holte tief Luft. Der Anblick der erwachenden Millionenstadt hatte etwas Erhabenes. Er fühlte sich an die Aussicht erinnert, die er von der Spitze des El Capitan genossen hatte. Doch wo dort grüne Wälder und majestätische Berge das Auge des Betrachters verzauberten, erstreckte sich hier ein Meer aus Häusern, nur durchbrochen von den zwei blauen Flussbändern, die diesen Teil von New York einschlossen.

Sicherheitshalber ergriff Wovoka das Geländer mit beiden Händen, dann glitt er in die Wahrsicht hinüber. Sofort verwandelte sich die weitläufige Stadtkulisse in ein tobendes Chaos wimmelnder Fäden. Auf den Straßen flimmerte unüberschaubares Durcheinander, die Dächer der hohen Häuser schienen regelrecht in gelben Flammen zu stehen und der Central Park war von einem Glühen erfüllt, als sei jeder einzelne Baum dort zu eigenem Bewusstsein erwacht. Überall funkelte und glitzerte es, und Wovoka fielen auf Anhieb sicher ein Dutzend Stellen auf, wo sich genug Magie gesammelt haben musste, um ein spürbares übernatürliches Phänomen hervorzubringen.

Mit einem stummen Seufzen schloss er die Augen. Dem Unterfangen, auf diese Weise nach dem geheimen Treffpunkt der Magier von New York zu fahnden, würde ungefähr so viel Erfolg beschieden sein wie der sprichwörtlichen Suche nach der Nadel im Heuhaufen.

»Und, gefällt Ihnen, was Sie sehen?«, wollte Washington wissen.

Wovoka wechselte in die Normalsicht zurück und setzte ein erzwungenes Lächeln auf. »Es ist unvergleichlich«, erwiderte er. »Es ist …« Der Paiute stockte. Sein Blick war auf eine Hafenanlage auf der anderen Seite des östlich von ihnen gelegenen Flusses gefallen. Dort lag ein langgestreckter grauer Stahlkoloss vor Anker. »Das ist es«, murmelte er.

»Was ist was?«, fragte sein Begleiter.

Der Seher deutete auf das in der Ferne vertäute Schiff. »Was ist das dort drüben?«

Washington lehnte sich hinaus auf den Balkon, um an ihm vorbeizuschauen. »Äh, das ist der Marinehafen in Brooklyn, Sir. Und das Schiff ist die *USS Brooklyn*. Sie werden ahnen, woher es seinen Namen hat. Wieso fragen Sie?«

»Ich habe dieses Schiff gesucht. Ich sah es in meinen Träumen.« Zu spät erkannte Wovoka, dass er den zweiten Satz vielleicht besser nicht hätte sagen sollen. Andererseits war das jetzt auch nicht mehr wichtig.

»In Ihren Träumen«, echote Washington. »Mhm. Ist das so eine Indianersache?«

»Das ist es.« Wovoka legte seinem Begleiter die Hand auf die Schulter. »Ich danke Ihnen für Ihre Hilfe.«

Dieser zuckte ein wenig unbehaglich mit den Achseln. »Keine Ursache, Sir. Es freut mich, schon so früh am Tag ein glückliches Gesicht zu sehen.« Er wich Wovokas Blick aus.

Der Paiute-Seher wurde ernst. »Sehen Sie mich an«, gebot er ruhig.

Washington hob den Kopf. In den Augen des Alten zeigte sich die Sorge darüber, vielleicht doch dem falschen Mann Zugang zum Gebäude der *Manhattan Life Insurance* verschafft zu haben.

»Haben Sie keine Angst«, fuhr Wovoka fort, und er legte all seine Überzeugungskraft in seine Stimme. »Ich bin keine verrückte Rothaut, die danach trachtet, sich anlässlich der Feier zu Ehren Ihres General Grant durch einen Anschlag auf dieses Schiff für eine an ihren Brüdern begangene Schandtat zu rächen. Ich will uns alle beschützen. Mehr kann ich Ihnen dazu nicht sagen. Aber wenn ich zurückkehre, bin ich gerne bereit, Ihnen all Ihre Fragen zu beantworten. Sie müssen mir vertrauen, Horatio Washington. Ich bitte Sie.«

Der Alte schürzte kurz die Lippen, dann neigte er kaum merklich den Kopf. »Machen Sie nur nichts, was mich in Schwierigkeiten bringt. Ich habe eine Frau, drei Kinder und fünf Enkelkinder.«

»Ihnen wird nichts geschehen«, beteuerte Wovoka. »Und nun brauche ich noch einmal Ihre Hilfe. Wie komme ich am schnellsten zu diesem Hafen und zur *USS Brooklyn*?«

Washington seufzte und deutete hinüber zum Fluss. »Gehen Sie hinunter zum Wasser und nehmen Sie eine Fähre. Die fahren dort tagsüber ununterbrochen und halten in unmittelbarer Nähe der Docks.« Der Alte machte ein nachdenkliches Gesicht. »Aber warten Sie mal. Gerade fällt mir ein, dass ich heute Morgen irgendetwas über die graue Lady gelesen habe.« Er griff in seine Jacke und holte eine zusammengefaltete Zeitung hervor. Rasch blätterte er die Seiten um, und im nächsten Moment entfuhr ihm ein Laut der Zufriedenheit. »Wusste ich es doch. Sehen Sie her: ›*USS Brooklyn* auf großer Fahrt nach England‹ – sie läuft morgen in aller Frühe in Richtung Europa aus, um am diamantenen Kronjubiläum der britischen Königin teilzunehmen. Also, was immer Sie dort suchen, Sie sollten sich lieber damit beeilen.«

Nach England, durchfuhr es Wovoka. Das lag genau in der Richtung, in die seine eigene Reise führte. Er fragte sich, ob das noch ein Zufall sein konnte. *Wahrscheinlich nicht. Irgendeine höhere Macht will, dass ich Jonathan Kentham beistehe. Das wird immer deutlicher.* Der Seher wandte den Kopf einmal mehr der fernen grauen Gestalt zu. »Keine Sorge. Ich werde nicht zu spät kommen.«

KAPITEL 34:
SCHLEICHENDES GRAUEN

»Flugsaurier auf den Azoren entdeckt. Auf der Insel Pico, die der Inselgruppe der Azoren angehört, wurde eine erstaunliche Entdeckung gemacht. Nachdem bereits in der Nacht zum Freitag seltsam große Vögel über dem Ponta da Pico gesichtet worden waren, fand vorgestern eine Gruppe von Weinbauern im Kegel des Vulkans eine Spalte, die zu einer Höhle voller Flugechsen führte. Paläontologen der Akademie der Wissenschaften von Lissabon wollen nun eine Expedition vor Ort schicken. Das Auftauchen der Tiere gilt als unerklärlich.«

– Morning Post, 26. April 1897

26. April 1897, 11:04 Uhr GMT (10:04 Uhr Ortszeit)
Atlantik, Inselgruppe der Azoren, Insel Corvo

»Guten Morgen, Hauptmann von Stein«, begrüßte Lionida den deutschen Offizier, während sie auf die Brücke der *Gladius Dei* trat. »Wie geht es mit den Reparaturen voran?«

»Zufriedenstellend«, erwiderte von Stein, der von seinen Instrumenten aufblickte. »Unser Bordingenieur repariert gerade die hintere Backbordgondel, und die Männer sind damit beschäftigt, die leckenden Traggaszellen zu versiegeln, damit wir sie mit neuem Gas befüllen können.«

»Bedeutet das, wir können Corvo bereits früher als geplant verlassen?«

Von Stein schüttelte den Kopf. »Leider nein.«

»Bedauerlich«, stellte Lionida mit einem Seufzen fest. »Denn es gefällt mir gar nicht, so zur Untätigkeit verdammt zu sein. Auf dieser Insel gibt es weder einen Ort, der zur gepflegten Entspannung dienen könnte, noch irgendeine Aufgabe, bei der ich mich nützlich machen kann.«

»Ganz im Gegenteil. Es existieren sogar zwei Dinge, um die wir uns neben den Reparaturen kümmern sollten.«

Lionida hob eine Augenbraue. »Lassen Sie hören.«

Der Hauptmann drehte sich vollends zu ihr um und legte die Arme auf den Rücken. »Zum einen wäre da dieser Mister Carlyle. Ich bin der Ansicht, dass es langsam Zeit wird, ihn einer eingehenden Befragung zu unterziehen. Bislang haben uns die Ereignisse – oder sein Bewusstseinszustand – immer davon abgehalten. Doch früher oder später werden wir die Insel der Wahren Quelle erreichen, und ich für meinen Teil wüsste sehr gerne, was uns dort erwartet.«

»Ich bin mir nicht sicher, inwieweit uns Carlyle darüber Auskunft erteilen kann«, gab Lionida zu bedenken. »Alles, was ich über Wellington weiß, deutet darauf hin, dass er ein Mann ist, der seine Untergebenen gerne über seine Pläne im Ungewissen lässt.«

»Schon möglich, aber Carlyle gehörte laut Miss Potts zur Führungsriege Wellingtons. Er ist kein gewöhnlicher Untergebener. Er ist ein Mitverschwörer. Doch ganz ungeachtet seiner Rolle im *Order of the Silver Circle* wäre es leichtsinnig, ihn nicht zu befragen.«

»Dem stimme ich immerhin zu«, sagte Lionida mit einem Nicken. »Aber Verhöre sind nicht unbedingt meine Spezialität. Mir scheint, das ist eher Ihr Metier.«

Von Stein zwirbelte seinen prächtigen Schnauzbart. »Dennoch könnte Ihre Anwesenheit nützlich sein. Sie vermögen doch dem Geist anderer Menschen Informationen zu entlocken, oder irre ich da?«

»Nein, das ist wahr«, gab die Magieragentin zu. »Es würde mich zwar wundern, wenn Carlyle sich gegen ein solches Eindringen nicht zu schützen wüsste, aber ich will es versuchen.« Eigentlich war Lionida nicht besonders erpicht darauf, an diesem Verhör teilzuhaben. Männer – und insbesondere deutsche Militärs – suchten bei derlei Befragungen gerne ihr Heil in körperlicher Gewalt, und auch wenn die Magieragentin nicht davor zurückschreckte, im Einsatz gezielte und auch tödliche Gewalt anzuwenden, konnte sie sich einen besseren Zeitvertreib vorstellen, als einem Soldaten dabei zuzusehen, wie er versuchte, einem gefesselten Mann irgendwelche wertvollen Informationen aus dem Leib zu prügeln. Sie beschloss, diesen unerfreulichen Teil des bislang an und für sich schönen Tages noch ein wenig hinauszuzögern. »Sie sprachen von zwei Aufgaben …«

»In der Tat.« Von Stein machte einen Schritt zur Seite und deutete auf das Instrument hinter ihm. »Irgendetwas Seltsames geht hier vor. Der Magietaster zeigt in Richtung des Dorfes eine ungewöhnliche Ballung magischer Energien an.«

Lionida runzelte die Stirn. »Wieso merken wir das erst jetzt? Gestern Abend beim Anflug hat der Magietaster nicht angeschlagen.«

»Der Kampf vorgestern gegen Carlyle muss ihn beschädigt haben«, erklärte von Stein mit säuerlicher Miene. »Leider handelte es sich um einen Schaden magischer Natur: Die Fadenaufhängung der Messnadel hatte sich verknotet. Das ist dem Bordingenieur natürlich nicht aufgefallen. Erst als ich Kaplan Tremore heute Morgen gebeten habe, unsere magische Ausrüstung zu überprüfen, um sie, wo nötig und möglich, während unseres Aufenthalts hier neu zu justieren, bemerkten wir, dass der Taster seinen Dienst nicht mehr verrichtete.«

Lionida schüttelte innerlich den Kopf. Wieso hatte ein Schiff wie die *Gladius Dei* eigentlich keine Techniker an Bord, die magisch begabt waren? Bei all der besonderen Ausrüstung – vom Magietaster über den Fadenbeschleuniger bis zum Tarnkokon – sollte man das eigentlich erwarten. Sie nahm sich vor, Monsignore Castafiori auf diesen Mangel hinzuweisen, wenn sie nach Rom zurückkehrte. Bis dahin würde sie Scarcatore bitten, einen Blick auf die Apparaturen zu haben. Er war zweifellos die bessere Wahl als der Geistliche, denn auch wenn der Wissenschaftler hier an Bord nur ein Gast war, hatte er einen Teil der Geräte mit entworfen.

Einstweilen schob sie den Gedanken jedoch beiseite, um sich einer wichtigeren Frage zu widmen: »Können Sie anhand der Messergebnisse des Magietasters mehr über Art und Stärke der Ballung sagen?«

»Ich bedauere«, verneinte von Stein. »Was den Ausschlag des Tasters ausgelöst hat, lässt sich leider gar nicht erkennen. Und ich muss gestehen, dass unsere bisherigen Erfahrungen mit dem Gerät sehr begrenzt sind. In Ermangelung von Vergleichswerten kann ich nur sagen, dass es sich um eine enorme Magieansammlung irgendwo im Meer handelt oder um eine kleinere Störung im näheren Umfeld.«

Die Magieragentin bedachte ihn mit einem süffisanten Lächeln. »Das heißt also, wenn wir wissen wollen, was mit unserem gegenwärtigen Versteck nicht stimmt, müssen wir es auf klassische Art und Weise herausfinden: Wir müssen losziehen und uns umschauen. Da die Klärung dieser Angelegenheit für die Sicherheit dieses Schiffes und somit unsere Aufgabe wichtiger ist als das Gespräch mit Carlyle, werde ich mich bevorzugt darum kümmern. Der Brite kann noch ein paar Stunden warten.«

»Wie Sie meinen«, sagte von Stein. »An Ihrer Stelle würde ich das Dorf zuerst überprüfen. Kaplan Tremore vermutet die Quelle der Störung dort.«

»Das hatte ich vor.«

»Sehr gut. Ich gebe Ihnen ein paar Soldaten mit.«

»Das wird zunächst nicht nötig sein«, widersprach Lionida. »Ich halte es für sinnvoll, erst einmal herauszufinden, welcher Art das Problem ist. Hierfür ist Heimlichkeit die beste Vorgehensweise. Mit Feuer und Schwert können wir ausrücken, wenn wir wissen, ob es etwas gibt, das sich zu bekämpfen lohnt.«

»Also schön«, brummte der deutsche Offizier. »Ich lasse die Posten am Kraterrand dennoch zu höchster Wachsamkeit anhalten. Eine Überraschung wie diejenige, die uns die Flugsaurier beschert haben, möchte ich kein zweites Mal erleben.«

Lionida nickte. »Ich werde Holmes mitnehmen.«

»Wieso das?«, fragte von Stein unwillig.

»Sollten dort draußen ›Wölfe‹ herumstreunen, brauche ich doch jemanden, den ich ihnen zum Fraß vorwerfen kann.« Die Magieragentin warf dem Deutschen einen vielsagenden Blick zu, bevor sie sich zum Gehen wandte.

Von Stein gluckste. »Sie sind keine sehr nette Dame«, rief er ihr nach, und in seinem Tonfall schwangen sowohl Anklage als auch Anerkennung mit.

»Wer hätte je das Gegenteil behauptet?«, fragte Lionida über die Schulter hinweg, bevor sie die Brücke verließ.

Jupiter Holmes hockte hinter einem Felsen am Rand des Kraters und starrte auf das Dorf im Süden der Insel hinab. Nichts regte sich dort – und das bereits seit zwei Stunden. Kein Fischer war hinunter zum Hafen spaziert, kein Bauer hatte nach den kleinen Herden aus Schafen und Kühen geschaut, die um das Dorf herum auf grünen Wiesen grasten. Irgendwie kam ihm das seltsam vor. Es beunruhigte ihn nicht direkt, denn ein leeres Dorf stellte schließlich keine unmittelbare Gefahr dar – *im Gegensatz zu einem leeren Glas* –, aber es wäre gelogen, zu behaupten, dass ihm diese unnatürliche Ruhe gefiel.

»Einen Penny für Ihre Gedanken«, vernahm er plötzlich eine Stimme neben sich.

Er wandte den Kopf und sah Diodato, die an seine Seite getreten war. Sie trug die gleiche praktische Garderobe, die sie bereits während des Kampfs gegen die Flugsaurier angehabt hatte, und dazu die Sonnenbrille mit den kreisrunden, gelb getönten Gläsern. Im Grunde fand Holmes starke, eigenwillige Frauen ja ganz reizvoll – auch Melissa Esperson war alles andere als ein Heimchen hinterm Herd gewesen –, aber Diodato ging mit ihrem Auftreten an Grenzen, die selbst für einen liberalen Gentleman wie ihn gewöhnungsbedürftig waren.

»Hat es Ihnen die Sprache verschlagen?«, wollte Diodato wissen und stemmte die Hände in die Hüften, während in ihren dunklen Augen der Schalk aufblitzte.

»Keineswegs«, beeilte Holmes sich zu sagen. »Ich war nur abgelenkt von der Frage, ob sie all diese Waffen auch unter dem Rock tragen.« Er deutete auf die Pistole an ihrem rechten Oberschenkel und das Messer am linken.

»Sogar noch mehr«, erwiderte die Magieragentin mit leichtem Lächeln. »Sie wären erstaunt, was sich unter einem ausladenden Rock alles verbergen lässt. Allerdings ist er ein gänzlich ungeeignetes Kleidungsstück für einen Spaziergang querfeldein.«

»Wohin zieht es Sie?«, wollte Holmes wissen.

Diodato deutete auf die roten Dächer unten an der Felsenküste.

»Das trifft sich gut«, sagte Holmes. »Denn um mir den angebotenen Penny zu verdienen: Ich frage mich, was dort unten los ist.«

»Nicht viel, wenn man sich die gegenwärtige Ruhe anschaut.«

»Eine Ruhe, die schon seit Stunden andauert.« Bedeutungsschwanger hob Holmes den Zeigefinger. »Da geht etwas nicht mit rechten Dingen zu.«

»Ich hätte nicht gedacht, dass ich das noch mal erleben darf, aber Hauptmann von Stein ist der gleichen Ansicht wie Sie«, sagte Diodato. »Der Magietaster der *Gladius Dei* hat irgendeine magische Störung festgestellt. Ich dachte mir, ich schaue mich dort mal um. Möchten Sie mich begleiten?«

Holmes hob die Augenbrauen. »Ein morgendlicher Spaziergang mit Ihnen im Sonnenschein durch grüne Wiesen und Felder mit anschließender Einkehr in ein Dorf, das womöglich von einem furchtbaren magischen Schicksal befallen wurde?«

»So in etwa«, bestätigte Diodato.

Der Magier grinste. »Mit Vergnügen.«

Mit geübten Bewegungen begann die Magieragentin, die Fäden ihrer Aura zu manipulieren, und Holmes sah, wie sie langsam vor seinen Augen zu verschwinden begann.

»Halten Sie ein«, rief er. »Was machen Sie denn?«

»Ich tarne mich«, gab Diodato zurück. »Und Sie sollten das lieber auch machen, wenn Sie nicht wollen, dass uns die Bewohner des Dorfs aus zwei Kilometern Entfernung den Berg hinabsteigen sehen.«

»Aber es sind absolut keine Bewohner da unten zu entdecken.« Holmes deutete auf die leeren Straßen zwischen den geduckt beisammenstehenden Häusern.

»Was nicht heißt, dass sich niemand *in* den Häusern befindet und hinausschaut«, belehrte Diodato ihn.

Er verzog das Gesicht. »Aber was für ein eintöniger Spaziergang wird das denn, wenn ich Sie nicht einmal sehen kann? Woher soll ich wissen, ob Sie zehn Schritte hinter mir gehen, weil Ihnen die Konversation, die ich zu betreiben versuche, nicht zusagt?«

»Sprechen Sie über Dinge, die mich interessieren könnten«, riet Diodato ihm lächelnd. »Oder schauen Sie in die Wahrsicht.«

»Nein, nein, nein«, widersprach Holmes entschieden. »Ich habe eine viel bessere Idee. Wir bilden eine Fadenverbindung und verschmelzen unsere Auren.«

»Das würde Ihnen so gefallen, nicht wahr? Den ganzen Weg ins Dorf hinab meine Hand zu halten.«

Zu seiner Verärgerung spürte Holmes, wie er unter dem neckenden Blick Diodatos errötete. »Unsinn!«, schnaubte er. »Sagen Sie bloß, Sie vermögen es nicht, eine Fadenverbindung ohne Körperkontakt herzustellen.«

Nun huschte über Diodatos Miene ein Anflug von Verlegenheit. »Touché.«

»Warten Sie, ich zeige es Ihnen«, erbot er sich großzügig. »Es ist gar nicht so schwer, wenn man nicht ganz so plumpe Hände hat wie mein Begleiter Brown.«

Holmes ließ zu, dass das Fadenwerk vor seinen Augen erblühte, und fing mit geschickten Bewegungen an, aus Diodatos und seinen eigenen Fäden einen Kokon zu spinnen, der sie den Blicken zufällig in ihre Richtung Schauender entzog, ohne sie füreinander ebenso unsichtbar werden zu lassen. »Ich muss zugeben, dass der Kokon die Einschränkung hat, nur bis zu einer gewissen Entfernung dehnbar zu sein. Sollten Sie sich weiter als drei oder vier Schritte von mir entfernen, wird er mit aller Wahrscheinlichkeit reißen und uns beide enthüllen. Selbiges sollten wir natürlich besser vermeiden«

Er konnte die Belustigung in der Aura seiner Begleiterin sehen. »So versuchen Sie also, mich an sich zu binden. Welch perfides Spiel: Entweder bleibe ich an Ihrer Seite oder Sie werfen mich den Dorfbewohnern vor die Füße.«

»Und Sie mich. Wie schon erwähnt, sind wir entweder gemeinsam in diesem Kokon oder keiner von uns beiden. Jeder befindet sich in des anderen Hand.«

»Dann reizen Sie mich besser nicht. Denn sollte dort unten eine mordhungrige Bevölkerung auf uns warten, vermag ich mich meiner Haut sicher besser zu erwehren als Sie sich der Ihren.«

Sie muss immer das letzte Wort haben, dachte Holmes. »Ich werde zahm sein wie ein Lamm.«

»Müssen Sie eigentlich stets das letzte Wort haben?«, wollte Diodato wissen.

Hoppla, erwischt. »Wenn es sich einrichten lässt.«

»Schön. Gehen wir«, sagte Diodato.

»Gerne«, fügte Holmes hinzu.

Die Magieragentin seufzte.

26. April 1897, 12:37 Uhr GMT (11:37 Uhr Ortszeit)
Atlantik, Inselgruppe der Azoren, Insel Corvo

Sie näherten sich dem Dorf von Nordosten, über einen ungepflasterten Karrenweg, der sich oberhalb der östlichen Steilküste entlangzog und in einem Bogen vom Kraterrand bis zum Wasser führte. Ein kühler, salziger Wind fegte über die saftigen Wiesen, und hoch am Himmel über ihren Köpfen trieb er flockige Wolken vor sich her. Zu Holmes und Lionidas Füßen war das idyllische Durcheinander kleiner Häuschen aus dunklen Ziegelsteinen mittlerweile gut zu erkennen. Die roten Dächer waren von trockenem Moos bedeckt, sodass sie genauso braun wie die vermutlich aus Vulkanstein errichteten Wände aussahen. Die schattigen Türhöhlungen glichen schwarzen Löchern in der Fassade. Nach wie vor zeigte sich keine Menschenseele auf den schmalen Straßen, und nicht aus einem Schornstein stieg Rauch auf.

»Irgendwie gespenstisch«, murmelte Lionida, während sie dem Weg folgten, der nach Westen abbog, um sich in Serpentinen an der Flanke des Vulkankegels hinunterzuschlängeln.

»Ich gebe Ihnen recht«, gab Holmes leise zurück.

Obwohl sie sich beide vor zufälligen Zuhörern abgeschirmt hatten, sprachen sie mit gedämpften Stimmen. Das Scherzen war ihnen im Laufe der letzten halben Stunde vergangen, und in Lionidas Magengegend hatte sich ein eigenartiger Druck breit gemacht. Sie hätte dieser Warnung ihres Körpers nicht bedurft. Dass sich in dem kleinen Fischerdorf, in dem nicht mehr als ein paar Hundert Seelen beheimatet sein konnten, etwas Furchtbares zugetragen hatte, glaubte sie unbesehen. Doch Glauben war die Aufgabe von Menschen wie Kaplan Tremore und Emma Potts. Ihr Arbeitsgebiet war die Beschaffung von Wissen. Und deshalb ging sie weiter, auch wenn es ihr bei dem Anblick des Geisterdorfs kalt den Rücken hinunterlief.

»Haben Sie irgendeine Idee, was hier geschehen sein könnte?«, wollte Lionida wissen.

Holmes schüttelte den Kopf. »Aber es würde mich wundern, wenn die Bewohner der Insel einfach so den Rücken gekehrt hätten. Ihre Boote sind noch da.« Er deutete auf die kleine Felsenbucht am östlichen Ende des Dorfes. Mehrere verwittert aussehende Fischerkähne lagen dort, sanft auf den flachen Wellen schaukelnd, vor Anker. »Außerdem sehen Sie dort.« Sein Finger wanderte weiter zu zwei Häusern am Rand der Siedlung. Über ein schmales Rasenstück, das zwischen ihnen lag, hatte jemand eine Wäscheleine gespannt. Rotweiß gemusterte Tischdecken hingen dort zum Trocknen. Holmes ging darauf zu, und der Tarnkokon, der sie beide vor den Blicken der Bewohner verbarg, zwang Lionida, ihm zu folgen – auch wenn sie das Gefühl hatte, dass ihre Vorsichtsmaßnahme unnötig war, da niemand mehr an diesem Ort weilte, der sich über ihr plötzliches Auftauchen hätte wundern können.

»Staubtrocken«, kommentierte Holmes, als er mit der Hand über die Decken strich. »Es würde mich wundern, wenn die erst seit gestern hier hängen.« Sein Blick glitt zu den benachbarten Häusern.

Lionida fiel auf, dass die Türen und Fenster zum Teil halb offen standen, aber es gab kein Anzeichen für ein gewaltsames Eindringen. Die fleckigen Scheiben waren intakt, und auch die Türen schienen nicht aufgebrochen worden zu sein. Was immer die Bewohner hatte verschwinden lassen, war entweder widerstandslos eingedrungen oder hatte sie hinaus ins Freie gelockt. »Schauen wir uns mal drinnen um«, schlug sie vor.

Der britische Magier nickte stumm. Er wollte vorgehen, doch Lionida hielt ihn zurück. »Ich weiß Ihren Edelmut zu schätzen, aber lassen Sie mich die Führung übernehmen. Ich will mich nicht brüsten, aber meine Ausbildung im magischen und nichtmagischen Nahkampf war sicher umfassender als die Ihre.«

Holmes neigte zustimmend den Kopf. »Das, so fürchte ich, muss ich Ihnen zugestehen. In diesem Sinne: Frisch vorweg, die Dame.« Er machte eine einladende Geste.

Gemeinsam begaben Sie sich zum nächstbesten Gebäude. An der Tür angekommen, wechselte Lionida in die Wahrsicht, um die Scharniere mit einigen raschen Handbewegungen davon abzuhalten, verräterisch zu quietschen. Dann schob sie die Tür vorsichtig nach innen auf. Dahinter lag ein kurzer Flur, von dem mehrere offene Türen und eine hölzerne Treppe in den ersten Stock abgingen.

Mit abwehrbereit erhobenen Händen drang Lionida in das fremde Haus vor. Im Erdgeschoss befanden sich eine Küche, das Wohnzimmer und eine Vorratskammer, im ersten Stock, der direkt unterm Dach lag, gab es zwei Schlafräume und ein einfaches Bad. Einen Keller hatte das Gebäude nicht. Alle Räume waren klein, dunkel und besaßen eine niedrige Decke. Lionida, die in ihrer Villa in Rom ganz andere Größenordnung gewöhnt war, fragte sich, wie irgendjemand in solch beengten Verhältnissen leben konnte. *Offensichtlich konnte er es nicht, sonst wäre er nicht ausgezogen*, bemerkte eine Stimme in ihrem Inneren sarkastisch, denn wie erwartet war das Haus verlassen.

Holmes und sie durchsuchten zwei weitere Gebäude. Das Ergebnis war das gleiche. Auch hier waren die Bewohner nicht mehr da. Allerdings mehrten sich die Spuren, dass ihr Verschwinden ganz plötzlich eingetreten war. In einem Haus stand noch eine unangerührte, wenn auch mittlerweile schimmelige Mahlzeit auf dem Tisch. In einem anderen saß ein Wellensittich in einem glockenförmigen Käfig und schaute ihnen einsam piepsend entgegen. Lionida öffnete den Vogelbauer und ließ ihn entfliegen. Den Tarnkokon gab sie dabei wissentlich auf. Wenn es noch jemanden in dem Dorf gab, durfte er sie ihrer Ansicht nach gerne sehen. Vielleicht lockte ihn die Anwesenheit anderer Menschen aus seinem Versteck hervor und verschaffte ihnen ein paar Informationen über das Vorgefallene.

»Was immer hier geschehen ist, hat offenbar die Tiere nicht betroffen«, stellte sie fest, als sie wieder vor dem Haus auf der Straße standen. »Auf den Weiden vor dem Dorf gab es Kühe und Schafe, hier hockte dieser Vogel, und wenn mich nicht alles täuscht, habe ich vorhin eine Katze davonhuschen sehen.«

»Sie täuschen sich nicht«, sagte Holmes nickend. »Ich sah sie auch.« Er legte eine Hand ans Kinn und schaute einen Moment lang gedankenverloren ins Leere. »Ausgesprochen mysteriös, das Ganze …«

Langsam gingen sie weiter die Straße hinunter. Eine unheimliche Stille herrschte um sie. Sie bogen nach rechts ab, durchquerten eine Gasse zwischen zwei Häusern und wandten sich dann nach links.

»Wohin gehen wir eigentlich?«, fragte Lionida.

»Nirgendwohin, so, wie ich das sehe«, erwiderte Holmes. »Wir schauen uns nur ein bisschen um.«

»Aber warum schauen wir uns dann nicht um?«

Der Magier runzelte die Stirn. »Wie meinen Sie das?«

»Na ja, warum gehen wir die Straße hinunter, ohne auch nur einen Blick in eines der Häuser am Straßenrand zu werfen?«

»Warum sollten wir? Wir wissen bereits, dass hier niemand mehr wohnt.«

Lionida schüttelte den Kopf. »Nein, das wissen wir nicht. Wir haben erst eine Handvoll Gebäude am Dorfrand durchsucht. Von einem umfassenden Bild der Lage sind wir weit entfernt. Also wohin laufen wir?«

Über Holmes' Miene huschte ein Ausdruck von Verwirrung. »Ich dachte … ich weiß nicht …« Er blieb stehen, und schon im nächsten Moment riss er erschrocken die Augen auf. »Lionida, hier stimmt etwas nicht.« Er streckte die Hand aus, um sie am Arm zu packen, und kaum dass sie, aus dem Tritt gebracht, verharrte, merkte sie es ebenfalls. Ein starker Zug hatte von ihrem Körper Besitz ergriffen, der sie sanft, aber mit erstaunlicher Kraft auf das andere Ende des Dorfes zuzerrte, wo die letzten kleinen Häuser am Rand einer schroffen schwarzen Klippe aufragten.

Ohne einen weiteren Herzschlag zu zögern, wechselte Lionida in die Wahrsicht, feuerte drei starke Sicherungsfäden auf die nächstbesten Hauswände ab und verknotete sie einem Haltetau gleich um ihre Hüfte. »Verankern Sie sich, Holmes!«, rief sie. »Das ist ein magischer Angriff.«

Während der Magier es ihr gleichtat, richtete Lionida ihren Blick nach vorne, um die Zugfäden abzuwehren, die sie umschlungen haben mussten. Doch zu ihrem Erstaunen bemerkte sie nur ein dünnes Führungsbündel, das bis zu ihrer Stirn verlief, nicht mehr als ein geisterhafter Finger, der sich in ihre Fadenaura eingehakt hatte, um ihr den Weg zu zeigen. Ein Blick in die Umgebung offenbarte ihr, dass noch sicher ein Dutzend dieser hauchzarten Fäden lautlos schlängelnd zwischen den Häusern umhertasteten, als suchten sie nach weiteren Opfern. Sie wischte den Faden mit einer verärgerten Bewegung beiseite und ging weiter.

»Was machen Sie da?«, rief Holmes.

»Was meinen Sie?«, erwiderte Lionida unwillig und ohne sich umzuschauen. »Ich habe den Führungsfaden gelöst. Es war nur ein unbedeutendes Ärgernis.«

»Nein! Sie haben die Anker gelöst. Bleiben Sie hier!«

Die Magieragentin spürte, wie sie von einem vielfingrigen Fadengespinst im Rücken getroffen wurde und auf einmal festklebte wie eine Fliege im Spinnennetz. Zornig wirbelte sie herum. »Was soll das? Wir müssen hinunter zum Wasser!«

»Wie kommen Sie darauf?«, hielt ihr Holmes entgegen, dessen Gesicht erstaunlich verzerrt wirkte, so, als müsse er sich über alle Maßen anstrengen. In der einen Hand hielt er das Fadengespinst, das sie fesselte, mit der anderen vollführte er hektische Abwehrbewegungen, ohne dass Lionida in der Wahrsicht erkannt hätte, was er da trieb.

Was sie allerdings wusste, war, dass die Antwort auf all ihre Fragen dort vorne an der Steilküste auf sie wartete. »Ich spüre einfach, dass dort des Rätsels Lösung liegt«, sagte sie. »Sie müssen mir vertrauen, Holmes. Ich weiß, was ich tue.« Sie fing an, seine Fäden zu lösen.

»Nein, tun Sie das nicht!«, flehte Holmes. »Es ist alles eine Falle, ein Angriff auf unseren Geist.«

Die Magieragentin schüttelte den Kopf. Der britische Magier war ein Trinker und ein Salondandy. Was wusste er schon über die Instinkte eines Jägers im Kampf? Wenn ihre innere Stimme ihr sagte, dass es am Wasser Antworten geben würde, hatte das schon seinen Grund. Und abgesehen davon würde sie dort nicht nur des Rätsels Lösung finden, sondern auch die Erfüllung all ihrer geheimen Wünsche. *Dort unten werden wir endlich vereint sein. Wir werden ewiges Glück verspüren, und die Wahre Quelle wird keine Gefahr mehr darstellen.*

Lionida blinzelte irritiert. Was für einen Unsinn dachte sie da bloß?

»Merken Sie es jetzt auch?«, drängte Holmes. »Der Zug rührt nicht von einfachen Fäden her. Die Führungsfäden weisen nur den Weg. Der wahre Zwang geht von der zweiten Sphäre aus. Es handelt sich um irgendeinen Sirenenruf. Schützen Sie sich, Lionida! Ich kann uns nicht beide davor bewahren.«

Die Magieragentin drang in die zweite Sphäre vor, ließ zu, dass die blauen, dunstwolkenartigen Gebilde, die charakteristisch für die Sphäre der verbundenen Gedanken waren, das gelblich glitzernde Fadenwerk überlagerten. Erschrocken zuckte sie zurück. Dicke, wallende Arme aus schimmerndem Dunst lagen wie riesige Würmer auf der Straße und in den Gassen. Träge wanden sie sich den tastenden Führungsfäden hinterher, um mögliche Opfer einzuhüllen und ihren Geist zu benebeln.

Holmes befand sich mitten im Kampf mit einem der entstofflichten Gedankenwürmer. Er hatte seinen Geist abgeschirmt und schlug das erschreckend zielgerichtet handelnde Gebilde nun mit unbeholfen und hektisch wirkenden mentalen Schlägen zurück. »Schützen Sie sich, Lionida!«, wiederholte er.

Sie konzentrierte sich und schob die fremde Präsenz in ihrem Kopf von sich, der sie sich nun, da sie sich in der zweiten Sphäre aufhielt, deutlich bewusst war. Gleichzeitig lenkte sie den

Führungsfaden mit den Händen ab und verankerte sich erneut mit dem Boden, um sich durch das perfide Sehnen, das der Gedankenwurm in ihr Bewusstsein einpflanzte, nicht von Holmes fortlocken zu lassen.

Mit eiserner Entschlossenheit löste sie den Klammergriff, den die Dunstfühler der Wolke um ihren Verstand gelegt hatten. Dann zog sie sich rasch einige Schritte zurück, denn ihr war klar, dass sie den Gedankenwurm nicht besiegen konnte. Sie konnte ihm nur ausweichen, denn offenbar brauchte er den Führungsfaden, der ihm zugleich als Spürfaden diente, um seine Opfer zu finden. »Holmes!«, rief sie. »Lenken Sie den Führungsfaden von sich ab und auf irgendein anderes Ziel. Das sollte Ihren Gegner eine Weile beschäftigen.« Sie selbst handelte nach ihren Worten, indem sie den tastenden Fühler ihres Gegners auf ein hüfthohes Gebüsch zuleitete und ihn dort verknotete. Als sie sah, dass das wurmartige Wolkengebilde sich wirklich der Pflanze zuwandte, atmete sie innerlich auf.

Holmes war es unterdessen ebenfalls gelungen, sich seines Angreifers zu erwehren. Mit einigen tänzelnden Schritten umging er den blind umhersuchenden Gedankenwurm und gesellte sich an Lionidas Seite. »Meine Güte«, keuchte er. »So etwas ist mir aber auch noch nicht untergekommen. Jeden Tag gebiert die Magie neue Absonderlichkeiten.«

Lionida nickte beipflichtend. »Nachdem wir diese Gefahr hier gebannt haben, können wir jetzt ja zum Wasser gehen«, sagte sie.

Durch die Fadenaura des Magiers ging ein überraschtes Kräuseln. »Stehen Sie immer noch unter dem Einfluss dieses Phänomens?«

»Ganz im Gegenteil: Ich fühlte mich selten freier in meinen Entscheidungen. Und deshalb möchte ich diesem Mysterium auf den Grund gehen.«

»Das wollten die Dorfbewohner allem Anschein nach auch«, knurrte Holmes. »Und sie sind ihm auf den Grund gegangen: auf den Grund des Meeres!«

»Sie müssen mich nicht begleiten«, sagte Lionida. »Gehen Sie ruhig schon zurück. Ich folge Ihnen so schnell wie möglich.«

»Sie belieben zu scherzen«, erwiderte der Magier. »Wer hat denn etwas davon gesagt zurückzugehen? Natürlich begleite ich Sie. Und wenn auch nur deshalb, um sie davor zu bewahren, leichtfertig über den Klippenrand zu springen.«

Lionida schmunzelte. »Meine ewige Dankbarkeit ist Ihnen gewiss.«

Seite an Seite setzten sie ihren Weg fort, wobei sie stets in der Wahrsicht blieben, um den träge umherwallenden Dunstgebilden auszuweichen, die Straßen und Häuserdurchgänge versperrten. Zwar verlangsamte sich ihr Vormarsch auf diese Weise, aber es gelang ihnen recht gut, den offenbar selbst nicht intelligenten Wolkenbändern auszuweichen. Dass es sich nicht um einzelne Würmer handelte, erkannten sie bereits nach wenigen Augenblicken. Vielmehr schienen die Gebilde tentakelartige Fortsätze eines größeren Organismus zu sein, der irgendwo jenseits der Klippe südlich des Dorfes im Meer hockte. »Und in einem bin ich mir sicher«, fügte Holmes hinzu, nachdem sie diese Erkenntnis gewonnen hatten. »Dort unten erwartet uns bestimmt keine singende Meerjungfrau.«

»Darauf würde ich auch nicht zählen«, pflichtete Lionida ihm bei. Sie wünschte sich, irgendeine Waffe dabei zu haben, die mehr Eindruck auf ein magisches Seeungeheuer machen würde als ihre Luger. *Aber ich wollte ja nur die Lage auskundschaften und die Soldaten zu Hause lassen. Das habe ich jetzt davon.*

Je näher sie der Klippe kamen, desto schwieriger wurde es, den Dunstarmen auszuweichen, die zu Dutzenden zwischen den Häusern hervortraten und an einer bestimmten Stelle der Steilküste zusammenliefen, nur um über die Kante zu fallen und in der Tiefe, die sich Holmes' und Lionidas Blicken entzog, zu verschwinden.

Die Magieragentin deutete auf ein vorspringendes Stück Land, das zur Rechten des Knäuels aus Dunstarmen ins Meer hineinragte. »Schlagen wir uns dorthin durch. Von da dürften wir einen sicheren Blick auf das werfen können, was dort im Meer sitzt.«

»Solange es uns nicht bemerkt und uns all seine Arme entgegenschleudert«, gab Holmes zu bedenken.

»In diesem Fall werden wir uns völlig überhastet zurückziehen«, beruhigte Lionida ihn.

»Freut mich zu hören, dass zumindest noch ein Rest gesunden Menschenverstands in Ihnen verblieben ist.«

Wie Fußgänger, die versuchten, an einem Montagvormittag den belebten Picadilly Circus zu überqueren, ohne unter die Räder einer der zahlreichen Kutschen zu geraten, huschten Holmes und Lionida zwischen den wallenden Dunstarmen umher. Sie duckten sich unter ihnen hindurch und sprangen zurück, wenn einer zur Seite ausschlug. Wenigstens sahen sie sich keinen direkten Angriffen durch Spürfäden ausgesetzt, da diese zusammen mit den Tentakelköpfen die Straßen des Dorfes nach letzten versteckten Bewohnern absuchten.

Nachdem es ihnen gelungen war, das Schlangennest aus Dunstarmen zu umgehen, eilten sie über einen felsigen Wiesenstreifen, bis sie den Rand der Klippe erreichten. Behutsam schoben sie sich nach vorne an den schroffen, jäh in die Tiefe fallenden Fels. Lionida gab die Wahrsicht auf, um nicht versehentlich fehlzutreten und ins Meer zu stürzen. Außerdem wollte sie sich zunächst mit ihren normalen Sinnen einen Eindruck verschaffen. Sie warf einen Blick hinab in die dunkelblaue See … und auf einmal fühlte sie sich, als habe ihr jemand den Boden unter den Füßen weggezogen. Sie wankte und musste in die Hocke sinken. »Oh mein Gott«, hauchte sie fassungslos.

»Ich glaube, Gott hört Sie an diesem Ort nicht«, murmelte Holmes tonlos. Er war bleich geworden, und die Erschütterung stand ihm deutlich ins Gesicht geschrieben.

Zu ihren Füßen schimmerte das Wasser in glühendem Orange. Das Gleißen musste etwa drei bis vier Meter unter den Wellen liegen und hatte einen Durchmesser von vielleicht einem Dutzend Metern, wobei der hell strahlende Kern deutlich kleiner sein musste. Das konnte Lionida allerdings nur schätzen, denn das Leuchten wurde von einer dunklen Masse verdeckt – einer Masse aus Menschenleibern! Wie eine Traube hingen die Körper unter der Wasseroberfläche zusammen und ballten sich oberhalb des Gleißens. Arme und Beine zuckten, fahle Augen starrten ihnen voller Entsetzen entgegen, und Münder waren zum stummen Schrei geöffnet. Es war ein bizarres, schreckliches Schauspiel, ein Bild wie einem Albtraum entsprungen.

»Jetzt wissen wir, wo die Dorfbevölkerung geblieben ist.« Holmes' Stimme war leise und rau. Obwohl es ihn zu grausen schien, beugte er sich noch etwas weiter nach vorne und kniff die Augen zusammen. »Es sieht aus, als wären sie von einer plötzlich aufgetretenen Magiequelle angezogen worden. Aber eine Quelle dieser Art, die Menschen in den Tod lockt, ist mir noch nie begegnet.«

Lionida wechselte in die Wahrsicht, und diese bestätigte ihr, was sie bereits zu erkennen geglaubt hatte. »Sie sind nicht tot, Jupiter. Die Quelle hat sie zu neuem Leben erweckt.«

»Unmöglich. Wieso sind sie dann nicht an die Oberfläche zurückgeschwommen?«

»Sie können es nicht mehr. Sie sind zu einer …« Sie schloss die Augen und musste den Blick abwenden. Übelkeit stieg in ihr auf. »Sie sind zu einer riesigen Menschenmasse verschmolzen.«

Als Lionida und Holmes knapp zwei Stunden später die *Gladius Dei* wieder erreicht und Hauptmann von Stein Bericht erstattet hatten, zögerte der Deutsche nicht, die Reparaturarbeiten zu unterbrechen und das Luftschiff aufsteigen zu lassen. Während die Magieragentin zusammen mit Holmes darauf achtete, dass ihr Gefährt außerhalb der Reichweite der Spürfäden und Wolkenarme der grauenvollen Magiequellenaberation – wie Scarcatore sie nannte – blieb, brachte von Stein die Bombenluke der *Gladius Dei* in einer Höhe von dreißig Metern über der Stelle in Position.

»Als Agenten des Officiums und als Hände Gottes auf Erden sind wir es diesen Menschen schuldig, dass wir sie erlösen«, hatte Lionida gesagt, und keiner hatte ihr widersprochen.

Gemeinsam mit Scarcatore, der auf seinem Beisein bestanden hatte, war die Magieragentin in der Bombenkammer anwesend, als die Soldaten eine mittelschwere Sprengbombe an einem Geschirr über die Luke hievten. »Bombe bereit«, meldete einer der Männer, ein Unteroffizier, über Sprechverbindung an die Brücke.

»Werfen Sie sie ab«, befahl von Steins blecherne Stimme. »Und möge Gott den Seelen dieser Glücklosen gnädig sein.«

»Ausklinken«, befahl der Unteroffizier.

Einer der Soldaten betätigte einen Hebel, und die Bombe fiel in die Tiefe. Sie schlug in die Fluten ein und explodierte mit einem ohrenbetäubenden Schlag. Eine gewaltige Wasserfontäne wurde in die Höhe geschleudert.

Als sie klatschend zurück in die See gefallen war, ging der Unteroffizier zur Luke und schaute nach draußen. »Da unten lebt niemand mehr … Es ist vorbei.«

»Fast«, meldete sich Scarcatore zu Wort. Der Wissenschaftler trat vor. Er hielt eine faustgroße Metallkugel in der rechten Hand, die über und über mit lateinischer Schrift bedeckt war. Auf seiner Miene lag eine grimmige Entschlossenheit, die Lionida dem stillen, zurückhaltenden Mann gar nicht zugetraut hätte. »Signora Diodato, wären Sie so freundlich, einen Zielfaden direkt in die Quelle zu setzen.«

Die Magieragentin nickte stumm. Sie hatte einem Moment wie diesem zwar noch nie persönlich beigewohnt, aber sie wusste aus Berichten, was jetzt kommen würde. Mit einem tiefen Atemholen wechselte sie in die Wahrsicht und feuerte einen Faden auf das nach wie vor unter den Wellen glühende Magiephänomen ab. Dann streckte sie die Hand aus. »Geben Sie mir das Artefakt.«

Scarcatore kam der Aufforderung nach. »Vorsicht. Lassen Sie es nicht fallen.«

»Machen Sie sich keine Sorge«, beruhigte sie ihn. »Ich weiß, was zu tun ist.« Sie befestigte die Kugel an dem Zielfaden und blickte zu Scarcatore auf. Der Wissenschaftler neigte auffordernd den Kopf, und Lionida ließ die Metallkugel los. Lautlos schoss sie an dem Zielfaden nach unten, direkt ins Zentrum der Magiequelle. Es gab einen zweiten Schlag, weniger laut als die Bombenexplosion, aber dafür umso heller aufgleißend. Blauweißes Licht blendete für einen Augenblick alle, die aus der Bombenluke schauten. Lionida wandte rasch den Blick ab.

Als sie die Augen wieder zu öffnen wagte, waren die Wellen, die an die Steilküste von Corvo schlugen, dunkel. Das Leuchten der Magiequelle war erloschen. Das Artefakt hatte den Riss versiegelt.

»Jetzt«, sagte Scarcatore. »Jetzt ist es vorbei.«

»Das war eindrucksvoll«, brummte Randolph, als er den Blick von den Fenstern des Salons abwandte und seine Aufmerksamkeit auf Holmes richtete, der soeben zur Tür hereinkam. Der Magier hatte die Aktivitäten der Magiequelle zu ihren Füßen im Auge behalten, derweil der Kutscher das Spektakel vom Salon aus verfolgt hatte, da es ihm an Begabung fehlte, Angriffe in der zweiten Sphäre der Magie auszumachen und abzuwehren.

»Ja, in der Tat«, pflichtete Holmes ihm bei, bevor er sich auf eine der Sitzgelegenheiten fallen ließ und sich mit den Fingern der einen Hand die Schläfen massierte. Er wirkte müde und wie erschlagen von den Geschehnissen der letzten Stunden. »Ich brauche einen Whiskey. Warum gibt es hier an Bord keine Bar?«

Randolph konnte ihm seine Stimmung nicht verdenken. Ihm wäre nach der Entdeckung einer solchen Stätte des Grauens, wie sie Holmes und Diodato in dem Dorf südlich des Vulkankegels vorgefunden hatten, vermutlich auch alles andere als wohl zumute, wenngleich es ihnen nun gelungen war, die Menschen zu erlösen und die Quelle zu versiegeln. »Haben Sie etwas Derartiges wie diese zweite Bombe schon mal gesehen?«, wollte er wissen, ohne auf Holmes' Wunsch nach einem gehaltvollen Drink einzugehen.

Sein Gegenüber schüttelte den Kopf. »Ich hatte Gerüchte gehört, dass die Magieinquisition an Mitteln und Wegen arbeitet, Magiequellen und Magiespalten zu versiegeln. Aber wie sie das zustande bringen wollte, wusste ich nicht. Man kann in eine Magiequelle schließlich nicht einfach einen Korken stecken.«

»Offenbar schon«, gab Randolph zurück. »Oder was war das eben?«

Holmes rieb sich nachdenklich übers Kinn. »Ich bin mir nicht sicher. Für mich sah es wie eine magische Explosion aus.«

»Aber wie sollte das eine Magiequelle verschließen?«

»Fragen Sie mich etwas Leichteres«, brummte Holmes. »Eine Magiequelle ist ein Riss in der Wirklichkeit, durch den ein Überdruck an magischen Energien in unsere Welt sprudelt. Wenn man nun für einen kurzen Moment dieses Sprudeln unterbricht und einen Gegendruck erzeugt, etwa durch eine Magieexplosion, könnte es sein, dass sich der Riss schließt. Aber genauso gut könnte die Erklärung eine völlig andere sein. Magietheorie war nie meine starke Seite. Ich interessiere mich eher für den praktischen Nutzen.«

»Eine Bombe wie diese hätte einen ziemlichen praktischen Nutzen«, wandte Randolph ein. »Man könnte damit die Wahre Quelle der Magie verschließen.«

»Die Wahre Quelle?«, echote Holmes belustigt. »Mein lieber Randolph, diese Magiequelle hier hatte vielleicht den Durchmesser eines Wagenrads. Ich erwarte, dass die Wahre Quelle um ein Dutzendfaches größer ist. Sie bräuchten eine ziemlich starke Bombe, um einen Gegendruck zu erzeugen, der stark genug wäre, diesen Riss in der Wirklichkeit zu schließen.«

»Ich sage ja nur, dass es praktisch wäre, eine solche Bombe dabei zu haben.«

»Da haben Sie zweifellos recht.« Holmes verzog das Gesicht und schwieg eine Weile. Dann sagte er: »Erinnern Sie sich noch an unsere Dinnerdebatte vorgestern, ob die Magie eher ein Schaden oder ein Nutzen für die Welt ist?«

Randolph nickte missmutig. »Natürlich. Ich war Auslöser dieses Gesprächsthemas, wenn ich mich recht entsinne. Warum?«

»Sie sagten, dass die Magie weder ein Schaden noch ein Nutzen sei. Dass sie einfach nur existiere und wir Menschen für alles andere verantwortlich seien.«

»Und?«

Holmes sah Randolph mit ernster Miene an. »Seit dem heutigen Morgen bin ich mir da nicht mehr so sicher«, gestand er. »Diese ... Magiequellenaberation ... Es war, als sei sie von einem bösen Willen beseelt. Sie schien gezielt nach intelligentem Leben zu suchen, um es in einen grausamen Zustand zwischen Leben und Tod zu ziehen.«

Randolph dachte darüber nach. »Könnte es nicht auch einfach so sein, dass durch die Quelle ein Phänomen der magischen Sphäre in unsere Welt ausgetreten ist, das nun mal unglücklicherweise die Dorfbewohner angezogen hat? Es wäre eine verrückte Verkettung von Umständen, aber in den letzten Tagen haben wir schon eine Menge verrückter Dinge erlebt.« Er dachte an den Blitz, der in den Güterzug eingeschlagen war, aus dem sie McKellen und seine Enkelin Kendra gerettet hatten.

»Das würde vielleicht diese Dunstarme erklären, die imstande waren, einen menschlichen Geist zu betören. Aber wieso hat das Phänomen zusätzlich Spürfäden ausgebildet, die nach Leben suchten und die Dunstarme führten? Spürfäden sind ein deutliches Anzeichen bewussten Handelns. Weder Pflanzen noch Tiere, ja nicht einmal Menschen, sofern sie nicht magisch begabt sind, erzeugen Spürfäden. Wieso kann das eine Magiequelle, die nicht mehr als einen Riss im Gefüge der Wirklichkeit darstellt?«

Darauf wusste Dunholms ehemaliger Diener keine Antwort.

Es war Holmes selbst, der sie ihnen gab: »Ich fürchte, das Erlebte lässt nur zwei Schlüsse zu: Entweder existieren in der Sphäre der Magie intelligente – und boshafte – Schrecken, die von der zunehmenden Zahl an Rissen zwischen den Welten oder aber dem erhöhten Magieniveau auf der Erde angezogen werden und sich zu Übergriffen auf unsere Wirklichkeit ermuntert fühlen. Oder der Magie selbst liegt ein dunkler Wille zugrunde, der immer deutlicher wird, je stärker ihre Macht über den Erdball wird. So oder so glaube ich nach dem heutigen Tag besser zu verstehen, warum Dunholm all die Jahre solche Sorgen hatte.«

26. April 1897, 16:22 Uhr GMT (13:22 Uhr Ortszeit)
Mittelatlantischer Rücken, etwa 1600 Seemeilen vor der afrikanischen Küste

»Sie haben mich rufen lassen, Victor?«

»Ah, Polidori, kommen Sie herein.« Wellington wandte sich von dem behelfsmäßigen Operationstisch ab – eigentlich nicht viel mehr als ein Steinblock inmitten eines kargen Raums, auf den er ein Kopfkissen gelegt hatte – und begrüßte den Arzt, der soeben im Türrahmen aufgetaucht war. Hinter diesem ragte die massige Gestalt Hyde-Whites auf.

Der Erste Lordmagier wandte sich an seinen ehemaligen Schüler: »Hyde-White, wären Sie so freundlich, dafür zu sorgen, dass uns in der kommenden halben Stunde niemand stört?«

»Ja, Meister«, grollte der Hüne, stapfte ein paar Schritte den Korridor von Wellingtons neuem Domizil hinunter und versperrte breitbeinig den Gang.

Polidori schaute ihm kurz nach und drehte sich anschließend mit beeindruckter Miene zu Wellington um. »Dieser Mann ist ein wahres Wunder der Natur. Ich kann mich gar nicht an ihm satt sehen. Was für eine Kraft! Was für eine wundervolle Verschmelzung von lebendem Fleisch und toter Materie! Sollte jemals jemand an der phänomenalen Schöpfungsgabe der Magie gezweifelt haben, steht hier der Beweis, der selbst den letzten unter den Ungläubigen bekehren muss.«

»Ich freue mich, dass Ihnen Hyde-White gefällt. Seine neue Natur mag zwar ein ungeplanter Nebeneffekt bei der Öffnung des Quellsiegels gewesen sein, aber kein für mich unangenehmer. Er bestätigte mir, was ich insgeheim schon gehofft hatte: Dass die Magie imstande ist, Menschen in etwas zu verwandeln, das bedeutender ist als ihr Dasein zuvor. Und genau deshalb habe ich Sie hergebeten. Ich möchte, dass Sie miterleben, wie aus einem unbedeutenden Dasein ein Mann wird, der für unsere Sache von großem Wert sein wird.«

Wellington machte einen Schritt zur Seite und enthüllte Polidori einen sehnigen Gentleman mit kurz geschorenen Haaren und Schnurrbart, der in eine staubige graue Stoffhose und ein ehemals weißes Hemd samt Weste gekleidet im Schein der in den Wandnischen brennenden Öllaternen auf dem Steinblock lag. Der Erste Lordmagier hatte ihn mit Chloroform betäubt, nicht nur, um ihn körperlich ruhig zu stellen, sondern auch, um seinem Bewusstsein die Widerstandsfähigkeit zu rauben. Beides würde die unmittelbar bevorstehende Operation deutlich erleichtern.

»Das ist Mister Wilkins«, erklärte er seinem Freund, während er um den Mann herum zum Kopfende des Steinblocks ging. »Mister Wilkins war einst ein unbedeutendes Mitglied des Ordens des Silbernen Kreises, ein braver Soldat in den Reihen unseres geschätzten ehemaligen Leiters für Magieabwehr Angus Drummond.«

»Ich erinnere mich an Drummond«, sagte Polidori. »Ein Bär von einem Mann – und seine Manieren passten dazu. Habe ich das richtig verstanden, dass er nicht mehr unter uns weilt?«

Wellington neigte bestätigend den Kopf. »Bedauerlicherweise erwies sich Drummond nicht nur als hartnäckiger Anhänger der Ideale Albert Dunholms, sondern er legte sich auch noch mit Hyde-White an, was in letzter Konsequenz wohl zu seinem Tode führte. Da Wilkins ohne Drummond ein Soldat ohne Führung ist, ihm das Dienen aber sozusagen im Blut liegt, habe ich ihn als

Testsubjekt für eine Prozedur ausgewählt, die ihn stärker machen wird, als er es sich jemals erträumt haben mag.«

»Was haben Sie vor?«, wollte Polidori wissen.

Wellington hob abwehrend eine Hand. »Ich möchte noch nicht zu viel sagen. Sie werden es gleich sehen, mein Freund.« Er gestattete sich ein verheißungsvolles Lächeln. »Selbstverständlich hat das Ganze seinen Preis. Ich kann Wilkins nicht erlauben, zu einem Supersoldaten zu werden, ohne ihm eine Leine anzulegen, die verhindert, dass er die Hand beißt, die ihn gefüttert hat. Ich beabsichtige daher einen kleinen, aber folgenreichen Eingriff in sein Gehirn.« Mit dünnen Fingern strich er über den Kopf des Mannes.

»Faszinierend.« Polidori sah sich im Raum um, entdeckte einen Stuhl und zog ihn mit einer knappen Bewegung magisch zu sich heran. Er ließ sich darauf nieder, schlug ein Bein über das andere, stützte die Ellbogen auf die Lehnen und legte die Finger seiner Hände zusammen. »Bitte beginnen Sie. Ich bin Ihr neugieriger Zuschauer.«

»Wenn Sie dann vielleicht in die Wahrsicht wechseln möchten«, forderte Wellington ihn auf. »Selbstverständlich werde ich die Operation auf magische Weise durchführen. Über das Zersägen und wieder Zusammennähen von Menschen sind wir schließlich hinaus.« Aus den Augenwinkeln sah er, wie Polidori leicht zusammenzuckte. Der Erste Lordmagier schmunzelte in sich hinein. Eine wohl platzierte Spitze unter Freunden musste gelegentlich erlaubt sein.

Ohne nennenswerte Mühe schob er den Vorhang der Wirklichkeit beiseite und brachte das Fadenwerk darunter zutage. Er konzentrierte sich kurz und glitt in die zweite Sphäre hinüber. Für den Augenblick würde das genügen. Immerhin galt es zunächst die Bereiche des Gehirns zu ermitteln, auf die er zugreifen musste, um Wilkins' Willen zu brechen und ihn zu einer leicht beherrschbaren Marionette zu machen. Wochenlang hatte er sich ausführlich mit neuen und alten Schriften beschäftigt, die eine Landkarte des menschlichen Bewusstseins zeichneten. Doch auch wenn er sich leidlich gut vorbereitet fühlte, war dies letztlich ein erstes Experiment, dessen Ausgang durchaus ungewiss war. *Und ärgerlicherweise habe ich dank der dreisten Flucht von Dunholms Anhängern weit weniger Testsubjekte zu meiner Verfügung, als mir lieb wäre.*

Zur Sicherheit fesselte er Wilkins' Kopf an den Steinblock unter ihm. Was Wellington vorhatte, erforderte Präzision, und schon ein leichtes, unbewusstes Hin- und Herdrehen des Kopfes konnte alles zunichte machen. Danach löste er einen Teil seines eigenen Geistes aus seinem Bewusstsein und drang behutsam durch die Stirn in den Schädel seines Testsubjekts ein. Der Schädelknochen stellte dabei kein Hindernis dar, da Wellington allein mental vorstieß.

Da war es … Wilkins' schlafendes Bewusstsein. Mit geisterhaften Fingern strich der Erste Lordmagier darüber, erforschte es, erspürte es, trennte Erinnerungen von Begriffsvermögen, die bewusste Kontrolle über Arme und Beine von der unbewussten über Herz, Lunge und andere Organe. Er glitt Nervenbahnen entlang, reizte sie und horchte, inwieweit sich Wilkins' Wille und Widerstand zu regen begannen.

»Wenn Sie auf diese Weise beabsichtigen, eine Armee aufzustellen, sollten Sie Ihre Methode beschleunigen«, ließ sich Polidori mit leichtem Spott vernehmen.

»Ich gehe es absichtlich etwas langsamer an, weil ich den Aufbau des Bewusstseins noch nie in dieser gründlichen Art zu studieren vermochte«, gab Wellington ein wenig ungehalten zurück. »Natürlich könnte ich direkt zur Tat schreiten und die fraglichen Bereiche von Wilkins' Geist zerstören. Aber wo bliebe da der wissenschaftliche Entdeckergeist?«

»Ihr Entdeckergeist in allen Ehren, aber geht es uns gegenwärtig nicht vorrangig darum, Ergebnisse zu erzielen?«

Stets so ungeduldig, dachte der Erste Lordmagier. *So war Polidori schon immer. Ein brillanter Kopf, aber ohne die Gabe, ein Problem mit der nötigen Geduld und Methodik anzugehen. Deshalb wird es auch mir vergönnt sein, dort Erfolg zu haben, wo er letzten Endes scheiterte.*

»Das habe ich gehört«, sagte Polidori, aber er wirkte nicht ernsthaft beleidigt. »Beweisen Sie es mir, und ich werde Ihr gelehriger Schüler sein, Victor. Nur verschwenden Sie nicht meine und Ihre Zeit mit Grundlagenforschung. Dazu bleibt uns noch mehr als genug Gelegenheit, wenn wir erreicht haben, was Sie anstreben.«

»Also gut«, knurrte Wellington. Er verstärkte seinen mentalen Griff um Wilkins' Bewusstsein. Der Mann auf dem Steinblock begann sich in schwachem Protest zu regen, und ein leises Stöhnen kam über seine Lippen. »Keine Sorge, mein Bester. Dank der Fürsprache unseres guten Doktors ist es gleich vorbei«, besänftigte Wellington ihn mit kalter Stimme.

Er ertastete die Stellen von Wilkins' Hirn, in denen sich seine Erinnerungen und sein Verstand befanden. Dann versenkte er sich noch tiefer in die Magie und wechselte in die dritte Sphäre. Das charakteristische rote Wimmeln von Myriaden von Fäden wurde um ihn herum sichtbar. Es war, als habe er sich kopfüber in ein Meer aus Ameisen gestürzt. Geführt von seinen mentalen Fühlern ergriff er Wilkins' Gehirn und löschte es aus, zerstörte alle Nervenbahnen und Neuronenbündel, die aus einem Menschen ein eigenständig denkendes und fühlendes Geschöpf machen. Zurück blieb nichts als eine fleischliche Hülle, gut versorgt von allen unbewussten Kontrollvorgängen und ausgestattet mit den Erinnerungen an sämtliche nötige Bewegungsabläufe, aber von kaum mehr Verstand beseelt als die Grünalgen, die vor der felsigen Küste der Insel im Ozean trieben.

Wellington kehrte in die zweite Sphäre zurück und trat einen Schritt nach hinten. Langsam füllte er mit seinem eigenen Geist die Leere aus, die nun in Wilkins' Kopf herrschte. Danach erzeugte er ein Gefühl von Dringlichkeit, das den Mann aus seiner Bewusstlosigkeit weckte. Wie erhofft und beabsichtigt entflammte dessen Inneres nicht im hellen Feuer eines wachen Verstandes, sondern glühte nur mehr schwach wie eine einzelne Kerze in der Finsternis geistiger Umnachtung. *Jetzt gehörst du mir,* dachte Wellington zufrieden.

Probeweise befahl er Wilkins, seinen Arm zu heben. Tatsächlich hob er ihn, wenn auch schwerfällig und ungelenk, so, als müsse er sich an die Bewegung erst wieder erinnern. Es würde etwas Übung kosten, die menschlichen Marionetten zu steuern. Mit einer raschen Bewegung löste der Erste Lordmagier die Fadenfesseln um den Kopf von Drummonds ehemaligem Adjutanten, danach gebot er ihm, aufzustehen und sich vor Polidori hinzustellen. Er versuchte, Wilkins zu einem Lächeln zu bewegen, und es gelang ihm sogar leidlich gut.

Wellington schloss sich diesem Lächeln an. »Nun, mein lieber Doktor, ist Ihnen das hier Beweis genug?«

»Ich gebe zu, ich bin beeindruckt, Victor. Ich kann es nicht anders sagen.« Polidori erhob sich von seinem Platz und ging um Wilkins herum, der brav an Ort und Stelle verharrte. Mit den geübten Bewegungen eines magisch geschulten Arztes untersuchte Polidori ihn; anschließend nickte er. »Körperlich ist er nach wie vor vollkommen gesund. Er reagiert ein wenig lethargisch, doch ich schließe nicht aus, dass hier das Chloroform noch nachwirkt. Aber sein Verstand ist rein und giert nach Führung wie der eines kleinen Kindes.«

»So wie beabsichtigt«, gab Wellington zurück. »Gewöhnen Sie sich an ihn. Sie werden viel Zeit mit ihm verbringen, während Sie sich darin üben, seinen Leib zu führen, als wäre er eine Verlängerung Ihrer selbst. Aber bevor ich ihn Ihnen übergebe, wollen wir den zweiten Teil dieses Experiments abschließen.« Er blickte kurz zu Wilkins hinüber. »Wilkins, machen Sie den Mund zu! Sie sehen aus wie ein Idiot, wenn Ihnen der Speichel übers Kinn fließt.« Er wiederholte den Befehl mental, und der Mann gehorchte.

»Hyde-White!«, rief Wellington in den Korridor hinaus.

Sein ehemaliger Schüler drehte sich behäbig um. »Ja, Meister?«

»Gehen Sie bitte zur *Nautilus* und holen Sie die Kiste aus dem Frachtraum, die mit *Rüstung* beschriftet ist«, bat der Erste Lordmagier. »Bringen Sie sie hinauf zur Quelle. Wir treffen uns dort.«

»Wie Ihr wünscht.« Der Metallkoloss marschierte los.

Unterdessen nahmen Wellington und Polidori Wilkins in die Mitte und führten ihn über die Straßen der Ruinenstadt hinüber zur Pyramide der Wahren Quelle. Von den anderen Anhängern des Neuen Morgens war wenig zu sehen. Sie warteten noch immer darauf, dass Wellington ihnen mitteilte, was hier auf der Insel nun geschehen würde. In der Zwischenzeit hatten sie eine noch weitgehend intakte Patriarchenvilla zu ihrer Unterkunft ernannt und verbrachten ihre Zeit damit, ihre einstweilige Bleibe halbwegs wohnlich zu gestalten.

Wo Tisiphone sich herumtrieb, wusste Wellington nicht. Aber solange die Quellhüter, die den Auftrag erhalten hatten, sie im Auge zu behalten, keinen telepathischen Alarm schlugen, musste wohl alles in Ordnung sein. Von den fischgesichtigen Hütern waren einige in den Ruinen unterwegs. Noch immer kamen sie Wellingtons Befehl nach, so viele Steine wie möglich hinauf zur Wahren Quelle zu schaffen.

Nach einer Kletterpartie, die sich wegen Wilkins etwas mühsam gestaltete, erreichten die drei Männer die abgeflachte Spitze der Pyramide. Berge von Steinen türmten sich bereits inmitten des halb verfallenen Säulenrunds, das die nach wie vor mit ungebrochener Gewalt tosende Quelle umgab. *Bald ist es so weit, und ich werde auch meinen zweiten Plan in die Wirklichkeit umsetzen,* ging es Wellington durch den Kopf. *Und dann ist die Zeit gekommen, dem Empire meine Dienste anzubieten und seine Dankbarkeit entgegenzunehmen.*

»Wie gerne würde ich einen Schluck aus dieser Quelle nehmen«, sagte Polidori, »und meine Kräfte auf so staunenswerte Weise steigern wie Sie, Victor.« Seine Augen glänzten, und sein Gesicht schimmerte beinahe fiebrig im Schein der Quellmagie.

»Keine Sorge, mein Freund«, erwiderte Wellington. »Ihre Zeit wird kommen. Aber noch ist es zu gefährlich, sich der Quelle zu nähern. Ich habe mit dem Sprung in den Magiestrom mein Leben riskiert. Erst danach wurde mir klar, wie viel Glück ich hatte. Genauso gut hätten der Tod oder eine grauenvolle Mutation die Folge sein können. Nein, Sie werden Ihre Machtgelüste noch ein wenig zügeln müssen. Erst wenn wir die Quelle eingedämmt haben und ihre Magie gezielt nach unserem Belieben fließt, werde ich solcherlei Wünsche erfüllen.«

Der Arzt neigte verständnisvoll den Kopf. »Das respektiere ich. Aber gewähren Sie mir die Bitte, der Erste zu sein, der in ihrem Licht badet.«

»*Wenn* die Quelle sicher ist, werde ich mich sehr wohl daran erinnern, wer mir in all der Zeit die Treuesten waren.« In ihrem Rücken vernahmen sie die schweren Schritte Hyde-Whites. Wellington drehte sich um und sah den Hünen zwischen den Säulen auftauchen. Wie versprochen trug er die schwere Holzkiste, die der Erste Lordmagier in London eigenhändig gepackt hatte. »Und bis dahin«, fuhr er an Polidori gewandt fort, »werden wir uns darauf beschränken, Testsubjekte wie unseren Mister Wilkins der Quelle auszusetzen.«

Polidori deutete auf die Kiste. »Und was haben wir hier?«

»Mister Hyde-White, stellen Sie die Kiste ab und zeigen Sie unserem Freund ihren Inhalt,« befahl Wellington.

Der Hüne tat, wie ihm geheißen, ließ die Kiste zu Boden sinken, klappte sie auf und holte einige mattgraue Eisenplatten daraus hervor, an denen breite Lederriemen befestigt waren.

»Was soll das denn sein?«, fragte der Arzt.

Wellington räusperte sich. »Das, was ich vorhin schon sagte: eine Rüstung. Natürlich wäre es mir lieber gewesen, ein weiteres Exemplar dieses hervorragenden Panzertauchanzugs zur Verfügung zu haben, der Hyde-White besser schützt als jede mir bekannte Panzerung. Bedauerlicherweise war dieser Anzug eine Spezialanfertigung unseres Industriellen Mister Bennett – und obendrein wahrscheinlich unverschämt teuer. In dem Wissen, dass beispielsweise ein mittelalterlicher Ritterharnisch nicht massiv genug ist, um Kugeln aus modernen Schusswaffen abzuwehren, habe ich mir schließlich mit Eisenbahnstahl beholfen, dem ich eine zugegeben krude Form verliehen habe. Sollte sich das Experiment als erfolgreich erweisen, wird hier zweifellos noch Verbesserungsbedarf bestehen. Aber die Zeit drängte, daher war ein Kompromiss aus Nutzen und Verfügbarkeit unvermeidbar.«

»Ich verstehe«, sagte Polidori langsam, als er die nur mit viel Fantasie als Brustpanzer, Arm- und Beinschienen erkennbaren Metallplatten musterte. Er hob eines der Rüstungsteile hoch, und ein überraschtes Aufkeuchen entfuhr ihm. »Meine Güte, dieses Rüstzeug hat ein ziemliches Gewicht.« Sein Blick wanderte zu dem schmalen Wilkins. »Wird er sich damit überhaupt bewegen können?«

»Auch das wird sich zeigen«, gab Wellington zurück. »Aber die Erfahrung, die wir mit Mister Hyde-White gemacht haben, spricht dafür.« Er nickte seinem ehemaligen Schüler zu. »Also los. Fangen wir an.«

Zu dritt behängten sie Drummonds Adjutanten mit den Panzerplatten. Zunächst ließ er die Prozedur völlig teilnahmslos über sich ergehen. Nach einer Weile jedoch begann er zu ächzen und zu wanken. »Ich glaube, der Panzer ist zu schwer für ihn«, merkte Polidori an.

»Sie könnten recht haben«, musste Wellington zugeben. Er trat einen Schritt zurück und hob wie beschwörend eine Hand. »Machen Sie trotzdem weiter. Ich stütze ihn mit Fadenbündeln.« Während er dies tat, drang er erneut in Wilkins' Geist ein, und sofort spürte er die Last, die auf dem Körper des Mannes lag. Lange würde er diese Platten nicht tragen können.

»Fertig«, schnaufte Hyde-White, als er Wilkins zum Abschluss einen massiv wirkenden Eisenhelm aufsetzte. Der Helm umschloss den Kopf von drei Seiten, ließ aber das Gesicht frei. Denn auch wenn Wellington nach den Erfahrungen mit

Hyde-White nicht davon ausging, dass der Mann noch normale Nahrung zu sich nehmen musste, nachdem er von der Magie verwandelt worden war, ließ er diesbezüglich lieber erst einmal Vorsicht walten. Wilkins war ohnehin nur ein erster Versuch. Der ganze Prozess der Erschaffung dieser ferngelenkten Golems aus Fleisch und Metall würde noch verfeinert werden, wenn sich ihre Bemühungen als erfolgreich erwiesen.

»Dann schreiten wir jetzt zur Vollendung«, sagte Wellington. Mit fließenden Bewegungen hob er Wilkins von den Füßen und trug ihn auf Fadenbündeln durch die Luft auf die Wahre Quelle zu. Der Erste Lordmagier holte tief Atem. Jetzt wurde es spannend. Zum ersten Mal überhaupt versuchte er, eine magische Verwandlung gezielt herbeizuführen. *Wobei das nicht ganz stimmt,* fiel ihm ein. McGowans Verjüngungsritual war auch eine Art magische Verwandlung gewesen. Nichtsdestoweniger verspürte er eine Aufregung, wie sie vermutlich von jedem Wissenschaftler Besitz ergriff, der kurz davor war, eine bahnbrechende Entwicklung zum Laufen zu bringen.

Behutsam verstärkte Wellington seinen magischen Griff um Wilkins; anschließend schob er den schlaffen, mit Eisenplatten behängten Leib in den Magiestrom der Quelle. Tosend hüllten die aus der Tiefe heraufschießenden Lichtfluten Wilkins ein. In der Wahrsicht verschwand er völlig, doch ein Blick in die Normalsicht überzeugte Wellington davon, dass er noch da war, ein dunkler Schemen inmitten des Gleißens magischer Energien. »Polidori, zücken Sie Ihre Taschenuhr und stoppen Sie die Zeit«, befahl er.

»Schon passiert«, bestätigte dieser. »Fünfzehn Sekunden. Wie lange wollen Sie ihn in der Quelle lassen?«

Wellington berührte Wilkins mit einem mentalen Fühler. Sofort zuckte er erschrocken zurück! Wilkins' Bewusstsein schrie vor Schmerz. Es schrie, als würde man ihn bei lebendigem Leibe verbrennen, was gewissermaßen sogar stimmte, denn die Magie kochte seinen Körper, ließ ihn schmelzen, nur um ihn anschließend aufs Neue zusammenzusetzen.

»Dreißig Sekunden«, meldete Polidori. Er warf einen besorgten Blick auf den zuckenden Schemen. In seinen Augen glühte das Licht der Wahrsicht. »Nehmen Sie ihn raus, Wellington.«

»Noch einen kurzen Moment«, widersprach dieser.

»Er hält es nicht länger aus! Und was nützt er uns, wenn er tot ist?«

Wellington tastete sich erneut in Wilkins' Geist vor. Er schrie nicht mehr, sondern hatte das Bewusstsein verloren. Das schwach leuchtende Kerzenlicht seines verbliebenen Verstandes flackerte. »In Ordnung«, gab er nach und riss Wilkins mit einer kraftvollen Bewegung aus der Quelle. Hyde-White stand bereit, um den ohnmächtigen Körper aufzufangen.

»Uff«, keuchte der Hüne. »Der Bursche ist ordentlich schwer geworden.« Er ließ ihn zu Boden sinken.

Neugierig versammelten sich die drei Männer um den Gefallenen. Eine Weile sprach niemand ein Wort. Dann fing Polidori an zu glucksen, im nächsten Moment brach ein lautes Lachen aus ihm heraus. »Victor, Sie sind ein Teufelskerl!«, rief er und schlug sich mit der Faust in die flache Hand.

Wellington tastete nach Wilkins' Bewusstsein und stellte zufrieden fest, dass der Mann noch unter ihnen weilte. Ein triumphierendes Lächeln umspielte seine Mundwinkel, als er zu Polidori aufschaute. Sie hatten es tatsächlich geschafft.

Ihm war klar, dass er mit dieser Tat eine Grenze überschritten hatte. Für viele Menschen würde er kein Teufelskerl sein, sondern vielmehr der Teufel persönlich. Andererseits war der Preis des Erfolgs nun einmal absolute Opferbereitschaft. Das hatte er immer akzeptiert, sonst wäre er nie so weit gekommen. Insofern konnte er auch mit dem Entsetzen und der Abscheu jener leben, die nicht imstande waren, Wellingtons Vision genauso zu teilen wie Polidori oder Hyde-White.

KAPITEL 35:
DIE VERSCHWÖRER VON LONDON

»Toronto. Bei dem Versuch, durch eine Röntgenaufnahme einen ärztlichen Kunstfehler beim Heilen eines Beinbruchs zu beweisen, hat sich ein Mann selbst verletzt. Nach vier erfolglosen Aufnahmeversuchen, setzte der Fotograph James Pinell sein Bein zweieinhalb Stunden lang dem Röntgenstrahl aus. Bald darauf bildete sich an der Stelle eine große Blase, und nachdem sie abgeklungen war, befand sich auf der Haut ein brandig schwarzer Fleck. Welche Schäden genau das Gewebe genommen hat, können die Ärzte noch nicht mit Gewissheit sagen.«

– New York Times, 26. April 1897

26. April 1897, 16:50 Uhr GMT
Atlantik, etwa 545 Seemeilen südwestlich von England

»Ja, sehr gut, Mister Kentham. Gleich noch einmal.« Meister Fu, der mit untergeschlagenen Beinen auf seinem Kissen saß, holte mit der rechten Hand aus und schoss Jonathan ein flirrendes Fadenbündel entgegen. Dieser machte einen raschen Schritt zur Seite und leitete es mit einer Abwehrbewegung zum Boden ab. Es gab einen dumpfen Schlag, und die Holzbohlen knarrten.

»Zweifacher Angriff«, verkündete Fu, seine Arme zuckten nach vorne, und zwei Fäden peitschten auf Jonathan zu. Dieser wich erneut aus und schlug kräftig gegen das rechte Fadenbündel, das daraufhin einer Billardkugel gleich das linke traf und dieses zur gewölbten Wand der Kabine ablenkte. »Sehen Sie her!«, rief er voller Begeisterung. Im nächsten Moment ächzte er, als er von einem dritten Fadenbündel direkt in die Brust getroffen wurde.

Sein Laut der Überraschung – denn schmerzhaft waren die von ihrem asiatischen Lehrer ausgeteilten, abgeschwächten Fadenbündel nicht – wurde von einem empörten Ausruf Kendras begleitet, die Jonathans Unterweisung auf einer Kiste sitzend und mit leicht mürrischem Blick beobachtet hatte. »Warum haben Sie *mich* angegriffen?«, beschwerte sich die junge Frau. »Ich war überhaupt nicht an der Reihe!«

Fu legte bedächtig die Hände in den Schoß. »Zwei Dinge haben Sie eben gelernt«, verkündete er mit seiner weichen Stimme in dozierendem Tonfall. »Sie, Mister Kentham, müssen stets erwarten, dass Gegner ein weiteres Mal angreift. Sie, Miss McKellen, dürfen nie vergessen, dass in Wirklichkeit Sie immer und überall zum Ziel Ihrer Feinde werden können. Seien Sie aufmerksam, beide. Es gibt noch viele Tricks, die Sie nicht kennen, und Gegner wird sie genau dann einsetzen, wenn Sie am wenigsten damit rechnen.«

»Aber haben wir dann überhaupt eine Aussicht, in einem Kampf zu bestehen?«, wollte Jonathan wissen. Fus Zurechtweisung hatte ihm doch etwas den Wind aus den Segeln genommen.

»Nicht verzagen, Mister Kentham«, sagte Fu. »Noch kein Meister fiel vom Himmel. Natürlich es wird schwer, gegen jemanden anzutreten, der seit Jahren seine Gaben schult. Ihr Glück aber ist, dass kaum Magier den Kampf üben. Magie ist für viele Zwecke nutzbar, Kampf ist nur einer. Die meisten Magier sind friedliche Menschen. Ihr Mister Wellington scheint Gelehrter zu sein. Warum sollte Gelehrter Kunst des Kampfes üben? Er wird stärker sein als Sie. Er wird schneller sein als Sie. Aber er kennt Tricks nicht, die ich kenne und die Sie kennen werden, wenn Sie ihm begegnen. Also üben Sie, und Sie haben Aussicht zu gewinnen. Ob klein oder groß, liegt mit in Ihrer Hand.«

Jonathan nickte. Womöglich hatte Meister Fu recht. Wie viel Anlass hatten die Magier des Ordens des Silbernen Kreises in den letzten Jahren wohl gehabt, die Finessen des Fadenkampfs zu erlernen – von Drummond und seinen Untergebenen von der Magieabwehr einmal abgesehen?

»Einen Rat gebe ich Ihnen gleich, Mister Kentham. Zappeln Sie nicht wie Fisch auf dem Trockenen. Es ermüdet, und Sie werden langsam. Machen Sie kurze, knappe, gezielte Bewegungen. Nicht mehr als nötig und nicht weniger als nötig.«

»Woher weiß ich, wie viel zu viel und wie wenig zu wenig ist?«, fragte Jonathan.

Fu schenkte ihm ein geheimnisvolles Lächeln. »Greifen Sie mich an, sehen Sie und lernen Sie.« Er nickte auch Kendra zu. »Greifen Sie mich beide an. Doch zügeln Sie Ihre Kraft. Wir wollen Sun Wukong nicht erschrecken.«

Jonathan sah zu dem kleinen schwarzen Affen mit dem grauen Kopffell hinüber, der in einer Ecke der Kabine auf einem bauchigen Fass hockte und gerade einige getrocknete Datteln verspeiste, die Meister Fu aus irgendeinem Gefäß gezaubert hatte. Dann wandte er seinen Blick Kendra zu, die sich missmutig von ihrem Platz erhoben hatte. Seit ihrem Gespräch am Morgen hatte sich ihre Laune kaum verbessert, aber Jonathan glaubte, dass es wenig Zweck hatte, wenn er noch einmal versuchte, mit ihr zu reden und zu ihr durchzudringen. Er würde sie im Auge behalten, wie er es sich und ihr versprochen hatte. Ansonsten blieb ihm nur, darauf zu warten, dass sie ihm sagte, was sie tatsächlich bedrückte. War es wirklich nur der Schmerz über den Verlust ihres Großvaters? Oder steckte mehr dahinter? Jedenfalls wirkte sie schon seit dem Anfang ihrer am frühen Nachmittag begonnenen Unterweisung eigenartig lustlos, so, als habe sie ihre eigenen Worte vergessen, mit denen sie Jonathan während ihrer Kerkerhaft in der Unteren Guildhall aufgefordert hatte, so viel wie möglich über die Anwendung der Magie und das Beherrschen von Fäden zu lernen.

»Bereit?«, fragte Jonathan sie.

»Ja«, erwiderte Kendra.

»Also bitte«, forderte Fu sie ein weiteres Mal auf.

Jonathan feuerte einen Faden auf den Asiaten ab, danach einen zweiten und einen dritten. Er sah, dass Kendra es ihm gleichtat. Keiner der Fäden erreichte sein Ziel. Ohne sich überhaupt von seinem Sitzkissen zu erheben, wehrte Fu ihre Angriffe ab. Während er mit knappen Gesten die Fadenbündel harmlos in die Decke oder zu Boden ableitete, wirkte er so entspannt, als säßen sie bei einer Tasse Tee zusammen. »Sehen Sie«, sagte er. »Nicht mehr als nötig und nicht weniger als …«

In diesem Augenblick gab Kendra ein zorniges Geräusch von sich, spreizte alle zehn Finger, und eine Breitseite aus zehn Fadenbündeln schoss Fu entgegen. Dieser riss die Augen auf und warf sich zur Seite. Keinen Lidschlag später donnerte die Fadenkanonade in die rückwärtige Wand des Raumes. Fus Affe sprang erschrocken kreischend von seinem Fass und versteckte sich im Schatten dahinter.

»Kendra!«, rief Jonathan, entsetzt darüber, dass sie nun schon zum zweiten Mal in Fus Gegenwart die Beherrschung verloren hatte.

Doch so unvermittelt ihr Zorn gekommen war, so schnell war er wieder verflogen. Die rothaarige junge Frau bedachte ihren asiatischen Lehrmeister mit einem kühlen Lächeln. »Ich habe auch eine Lektion für Sie, Meister Fu: Ein zu allem entschlossener Feind wird sich an keine Regeln halten.«

Der kleinwüchsige Asiat rappelte sich vom Boden auf und strich seine Kleidung glatt. Jonathan befürchtete, dass er Kendra einfach hinauswerfen und sich weigern würde, sie weiter zu unterrichten. Stattdessen erwiderte er ihr Lächeln mit einer angedeuteten Verbeugung. »Der weise Mann weiß stets, dass er niemals alles wissen kann«, sagte er. »Ich werde mir Lektion zu Herzen nehmen, Miss McKellen. Damit ist Unterricht für heute beendet. Ich rate Ihnen: Üben Sie, was ich Ihnen gezeigt habe. Morgen fahren wir fort.«

Als sie sich von Fus Kabine zurück in Richtung Deck begaben, schüttelte Jonathan den Kopf. »Warum reizen Sie ihn ständig, Kendra? Was hat er Ihnen getan?«

»Ich weiß es nicht«, gestand McKellens Enkelin. »Vielleicht versuche ich diese unerschütterliche Fassade zu durchbrechen, die er zur Schau stellt. Es macht mich wahnsinnig, dass dieser Mann so keinerlei Gefühle zu haben scheint, während …« Sie brach ab.

»Während in Ihnen so viele Gefühle brodeln?«, fragte Jonathan behutsam.

Kendra machte ein finsteres Gesicht. »Ja, vielleicht. Außerdem ist er ein furchtbarer Besserwisser. Ich kann solche Menschen nicht ausstehen.«

»Seien Sie nicht zu hart zu ihm«, sagte Jonathan. »Immerhin versucht er, uns zu helfen. In einem gebe ich Ihnen allerdings recht. Seine stoische Verhaltensweise ist in der Tat bisweilen irritierend.«

Als sie um eine Ecke bogen, stießen sie unvermittelt mit Robert zusammen.

»Hoppla, mein Freund, Vorsicht«, rief Jonathan in kameradschaftlichem Tonfall aus. Dann bemerkte er Roberts Zustand und wurde umgehend ernst. »Himmel, Robert, was ist los mit dir? Du siehst schlimm aus.« Das war nicht übertrieben. Sein Freund war so bleich, als wäre er dem Tod näher als dem Leben, und sein Gesicht glänzte vor kaltem Schweiß. Außerdem zitterte er wie ein Opiumsüchtiger, den es nach seinem nächsten Schuss verlangt.

»Kentham«, krächzte Robert. »Jonathan … und Miss McKellen … Ich weiß auch nicht, was mit mir los ist. Dieser Sprung in die Magiespalte scheint mir … nicht so gut bekommen zu sein.« Jonathans Freund packte ihn am Kragen, hielt sich daran fest. »Jonathan, kann es sein, dass einen die Magie … verändert? Mein Körper … mein Kopf … Ich weiß nicht mehr, wer ich …« Er verzog das Gesicht und grunzte schmerzerfüllt.

Jonathan musste an Randolph denken und an Giles McKellen. Natürlich kam es vor, dass die Magie einen Menschen veränderte. Himmel, dieser Hyde-White war das beste und grausamste Beispiel dafür. Aber er hatte keine Ahnung, wie schleichend solch eine Veränderung vonstatten gehen konnte.

Bislang war er davon ausgegangen, dass diese Männer buchstäblich der magische Blitz getroffen hatte, und nachdem sie wieder erwacht waren, hatten sie sich verwandelt vorgefunden. Womöglich konnte eine derartige Mutation aber auch deutlich länger dauern und dabei all die Krankheitssymptome mit sich bringen, die Robert zeigte. »Ich kann es dir nicht sagen, mein Freund. Du solltest in deine Kabine gehen und dich ausruhen. Ich werde Meister Fu befragen. Oder vielleicht weiß der Holländer auch mehr darüber.«

»Nein …«, ächzte Robert. »Nein, Jonathan, auf keinen Fall. Ich traue diesen Kerlen nicht. Ich traue niemandem hier an Bord … außer dir und Miss McKellen, meine ich. Ich … äh …« Er blinzelte und schien von einem Moment zum nächsten vergessen zu haben, was er sagen wollte. Zögerlich ließ er Jonathan los und legte die Hand an die Stirn, um sich den Schmerz wegzumassieren. Anschließend richtete er sich auf und wirkte erstaunlicherweise etwas ruhiger. »Es … es wird schon gehen«, sagte er. »Ich weiß, dass ich aussehe, als wäre mein Ende nah, aber das sind nur … nur Schübe. Ich glaube, es wird schon besser. Macht euch keine Sorgen um mich. Ich brauche wirklich nur etwas Ruhe.«

»Na schön«, sagte Jonathan mit einem zögerlichen Nicken. Ein wenig in Sorge war er ja schon, aber er konnte Robert schließlich schlecht zwingen, sich von Meister Fu untersuchen zu lassen. Sein Freund wusste sicher selbst am besten, was seiner Genesung zuträglich war. »Soll ich dich beim Abendessen entschuldigen?«

»Ja, das wäre nett, Jonathan.«

»Wir bringen Ihnen anschließend etwas zu essen vorbei«, bot Kendra an. »Der Holländer wird dafür sicher Verständnis haben.«

»Nein!«, entfuhr es Robert. Er schüttelte kurz den Kopf und lächelte etwas gezwungen. »Oder vielleicht doch. Das wäre sehr nett. Danke. Und wenn ich nicht auf euer Klopfen antworte, macht euch keine Gedanken. Dann schlafe ich sicher. Stellt mir das Essen einfach vor die Tür. Ich werde es dort finden.«

»So machen wir es. Gute Besserung, alter Knabe, und bis später.« Jonathan klopfte Robert aufmunternd auf die Schulter.

Dieser schien unter der Berührung leicht zusammenzuzucken. Und als er erneut lächelte, wirkte sein Lächeln wieder eigenartig verzerrt, so als litte er Schmerzen oder als wisse er nicht mehr richtig, wie man lächelte. »Ich … danke dir, Jonathan. Ich danke euch beiden.«

26. April 1897, 18:25 Uhr GMT
England, London, Buckingham Palace

An der Tür zu Feodoras Gemächern klopfte es.

»Herein!«, rief sie, während sie im Spiegel zusah, wie Mina letzte Handgriffe an ihrer Abendgarderobe vornahm.

Ein Diener erschien im Türrahmen. »Hoheit, die Kutsche steht bereit, und Captain Thomas Connery ist ebenfalls schon eingetroffen. Er erwartet Sie.«

»Ich komme gleich«, sagte Feodora leicht gereizt.

»Sehr wohl.« Der Diener verbeugte sich und zog sich zurück.

Feodora verdrehte die Augen. Sie hasste es, gehetzt zu werden, auch wenn es in der Tat langsam Zeit wurde, zur abendlichen

Theatervorstellung im Lyceum aufzubrechen, zu der sie der Captain ausführen sollte. Sie kannte Connery nicht. Ihre Großtante Louise hatte ihn für sie zur Abendbegleitung ausgesucht. Es hieß, dass er eine vielversprechende Laufbahn in der Admiralität der Royal Navy vor sich habe, aber Feodora verstand nicht, wie ihn das zu einem guten Gesellschafter machen sollte. Vermutlich würde er den ganzen Abend von Segelschiffen und soldatischer Ehre reden. Und bei ihrem Glück würde er nicht mal gut aussehen. Wahrscheinlich war er beleibt, hatte schütteres Haar und neigte zur Kurzatmigkeit. Sie unterdrückte ein Seufzen.

»Fertig, Prinzessin«, meldete sich Mina zu Wort.

»Danke.« Feodora drehte sich um die eigene Achse und überprüfte ihr Äußeres ein letztes Mal im Spiegel. Sie trug ein elegantes ärmelloses Abendkleid mit schmaler Taille und reich verziertem Dekolleté, dazu weiße Damenhandschuhe, die ihr bis zum Oberarm reichten, und ein kostbares Halsgeschmeide, das sie von ihrer Großmutter zum siebzehnten Geburtstag geschenkt bekommen hatte. Vor allem der Schmuck würde sie deutlich von der Masse der Unternehmergattinnen und Töchter des niederen Adels abheben, die ihr heute im Theater begegnen würden. Das war auch gut so. Schließlich wollte Feodora nicht für irgendeine kleine Landadelige gehalten werden. *Eigentlich hätte mich ein Admiral ausführen sollen, nicht so ein dahergelaufener Captain, ganz gleich, welche Karriere er noch vor sich hat.*

Mina legte ihr das Reisecape über die Schultern und reichte ihr Handtasche und Hut. »Ich wünsche Ihnen einen wundervollen Abend, Prinzessin. Es wird sicher ganz zauberhaft.«

»Hab noch mal Dank, meine liebe Mina.« Feodora schenkte ihrer Zofe ein freundliches Lächeln. Ja, manchmal mochte das Mädchen eine einfältige Gans sein, aber zugleich war Mina eine unglaublich treue Seele und für Feodora die einzige Person im Palast, die so etwas wie einer Freundin nahe kam. »Ich wünsche dir auch einen schönen Abend. Wir sehen uns nach meiner Rückkehr.« Die Prinzessin nickte ihrer Zofe zu, dann verließ sie ihre

Gemächer, um sich zum Innenhof des Palasts zu begeben, wo die Kutsche wartete.

Auf dem Weg dorthin kehrten ihre Gedanken noch einmal zu ihrem Abendbegleiter zurück, und sie kam zu dem Schluss, dass ihr Connerys Qualitäten eigentlich herzlich gleichgültig sein konnten, denn schließlich hatte sie an diesem Abend Wichtigeres als simple Zerstreuung im Sinn. Sie würde die drei Männer wiedersehen, die – wie sie im Laufe des Tages erfahren hatte – William Christie, den Hofastronomen, besucht hatten. Leider war jener schon nicht mehr im Haus gewesen, als sie losgelaufen war, um ihn über das Trio auszufragen.

Eine gewisse Aufregung vermochte sie nicht zu leugnen. Es konnte kein Zufall sein, dass die Körper aller drei genauso geleuchtet hatten, wie es ihr eigener tat, wenn sie einen ihrer Anfälle bekam. Sie hoffte sehr, dass es ihr gelingen würde, das Vertrauen der Männer zu gewinnen, auf dass sie ihr verrieten, was es mit ihrer eigentümlichen Krankheit, die womöglich gar keine war, auf sich hatte. Dass es sich für eine junge Dame von Adel überhaupt nicht schickte, nachts vor einem Theater heimlich drei wildfremde und deutlich ältere Männer zu treffen, scherte Feodora dabei nicht weiter. Es gab wichtigere Dinge, als sich über den gelegentlichen Klatsch und Tratsch der Gesellschaft Sorgen zu machen. *In dieser Hinsicht komme ich wohl ganz nach Mutter,* dachte sie zynisch. Charlotte von Preußen genoss in manchen Kreisen der Berliner Gesellschaft einen durchaus fragwürdigen Ruf.

Der Abend nahm eine erste erfreuliche Wendung, als Feodora ihren Begleiter zu Gesicht bekam. Captain Thomas Connery war zwar nicht mehr der Jüngste – er mochte in den Vierzigern sein –, aber nichtsdestoweniger machte er in seiner Ausgehuniform eine ausnehmend gute Figur, und auch sein markantes Gesicht mit den strahlend blauen Augen und dem feschen Schnauzbart stimmte Feodoras Urteil über ihn milde. Vielleicht würde ja sogar der Teil des Abends, den sie im Theater zu verbringen gezwungen war, ganz unterhaltsam werden.

Der Captain begrüßte sie mit Verbeugung und Handkuss, anschließend geleitete er Feodora zu ihrer beider Kutsche. Nachdem er ihr beim Einsteigen behilflich gewesen und selbst ins Innere geklettert war, setzte sich das von vier Pferden gezogene Gespann in Bewegung. Sie verließen den Buckingham Palace und schwenkten in die Allee ein, die am St. James Park vorbei in Richtung Innenstadt führte.

Während sie gemächlich auf den Trafalgar Square und den Strand zufuhren, beschloss Feodora, ihrem Begleiter ein wenig auf den Zahn zu fühlen. »Nun, Captain, erzählen Sie mir ein bisschen über sich.«

»Ich befürchte, dass es nicht viel zu erzählen gibt«, erwiderte Connery, der ihr gegenübersaß. Er hatte eine angenehm sonore Stimme. »Ich wurde unten in Southampton in eine Seemannsfamilie geboren. Als ich alt genug war, einen Schrubber zu halten und Kartoffeln zu schälen, trat ich als Kadett in die Royal Navy ein. Meine Sporen als Soldat verdiente ich mir während des ägyptischen Krieges 1882. Ich wurde befördert, und nach ein paar weiteren Jahren treuen Dienstes bekam ich 1889 mein erstes eigenes Kommando. Vor vier Jahren berief man mich in die Admiralität, der ich gegenwärtig als Berater diene.«

»Und welchem guten Rat verdanken Sie die Ehre, mich heute Abend ausführen zu dürfen?«, fragte Feodora keck.

Connery lachte. »Keinem Rat, sondern familiären Banden. Mein Vater, Sir William Connery, ist ein alter Bekannter der Duchess of Argyll. Seit er von Southampton nach London gezogen ist, verkehren die beiden recht regelmäßig in der gleichen Gesellschaft. Durch ihn erfuhr ich, dass sie nach jemandem suche, der ihre ›allzu einsiedlerische‹ – so ihre Worte – Großnichte einen Abend lang aus dem Palast entführen würde. Ich erbot mich daraufhin, ohne zu zögern, dieses besondere Wagnis auf mich zu nehmen.«

»Ausgesprochen tapfer, mein Herr.« Feodora bedachte ihn mit einem süßlichen Lächeln. *Dieses besondere Wagnis … Un-*

verschämtheit! Als wäre ich eine seiner wilden ägyptischen Haremsdamen. Sie erwog bereits, ihn bis zu ihrer Ankunft im Lyceum-Theater mit Nichtbeachtung zu strafen, doch letztlich war ihre Neugierde stärker als ihr Verdruss. »Worin genau besteht denn Ihre Aufgabe im Dienste der Admiralität? Es muss doch sicher höchst unbefriedigend sein, als Seefahrer aus Leidenschaft an einen Posten an Land gefesselt zu sein.«

»Oh, mitnichten«, widersprach Connery. »Manche Tage erweisen sich sogar als ausgesprochen aufregend. Heute, um nur ein Beispiel zu nennen, war es mir vergönnt, einen bemerkenswerten Mann kennenzulernen. Sein Name ist Parsons, und er hat ein Boot mit einem neuartigen Turbinenantrieb entwickelt. Er nannte es *Turbinia*. Es soll schneller sein als alle Schiffe, die gegenwärtig auf den Ozeanen kreuzen.« Seine Miene verdunkelte sich ein wenig. »Allerdings zeigt die Admiralität aus Gründen, die sich mir nicht recht erschließen wollen, keinerlei Interesse an dieser Erfindung. Ich persönlich halte sie für eine erstaunliche Leistung. Aber es gibt Stimmen von nicht unbeträchtlichem Einfluss, denen Parsons' Ideen zu unausgereift vorkommen.« Er zuckte mit den Schultern. »Nun ja, ich wünsche ihm dennoch viel Glück. Wahrscheinlich sitzt er in diesem Augenblick an der Bar des Savoy Hotels, wo er sich einquartiert hat, und versucht, seine Enttäuschung im Alkohol zu ertränken.«

»Wenn das der Wahrheit entspräche, wäre er wohl kaum ein Mann, den man bemerkenswert nennen sollte«, meinte Feodora. »Ein echter Mann trägt seine Niederlagen mit Fassung, finden Sie nicht, Captain?«

Connery neigte beipflichtend den Kopf. »Da haben Sie auch wieder recht, Hoheit.«

Vor ihnen tauchte der Trafalgar Square mit seiner alle umliegenden Gebäude überragenden Nelson-Säule auf. Um diese Uhrzeit herrschte hier reger Verkehr. Unzählige Gespanne brachten unterhaltungslustige Söhne und Töchter der Londoner Oberschicht zu den Theatern am Strand.

»Was wird heute Abend eigentlich gegeben?«, fragte Feodora, während der Kutscher ihr Gefährt geschickt in den Strom einfädelte.

»*Madame Sans-Gêne* von Victorien Sardou und Émile Moreau«, antwortete Connery, der sich im Gegensatz zu Feodora offenbar vorbereitet hatte.

»Ein französisches Stück?«

»Ja, eine historische Romanze, wenn mich nicht alles täuscht. Sie handelt von einer Wäscherin, der zur Zeit Napoleon Bonapartes der Aufstieg in die höchste Gesellschaft gelingt. Ihre Großtante dachte wohl, es würde Sie erbauen, Hoheit.«

Grundgütiger, das klingt ja schrecklich, dachte Feodora. *Tante Louise muss mich hassen.* Doch sie sprach die Gedanken nicht aus, sondern zwang sich zu einem Lächeln. »Das wird es sicherlich, Captain. Ich fiebere dem Verlauf dieses Abends regelrecht entgegen.«

Und zumindest der zweite Satz war nicht einmal gelogen.

26. April 1897, 21:00 Uhr GMT
England, London, Strand, Lyceum-Theater

»Da wären wir«, sagte Cutler.

»Und so pünktlich, wie man nur sein kann«, fügte Professor Filby mit einem Blick auf seine Taschenuhr hinzu.

Sie traten in den Schatten der mächtigen Säulen, die zu der tempelartigen Eingangsfassade des Lyceum-Theaters gehörten, und blieben dort stehen, um auf die Ankunft ihrer geheimnisvollen Briefschreiberin aus dem Buckingham Palace zu warten. Schwarze, blank polierte Kutschen fuhren an ihnen vorbei, und herausgeputzte Damen und Herren flanierten den Strand hinunter. Niemand schien sich für sie zu interessieren.

»Mir gefällt das alles nicht«, murmelte Peabody. »Schon unsere Fahrt zum Buckingham Palace barg das Risiko, von Wellingtons Häschern entdeckt zu werden. Doch dies hier ... Viel öffentlicher können wir uns kaum zur Schau stellen.« Voller Unbehagen sah er sich um, und Cutler erkannte an dem schwachen Schimmer in seinen Augen, dass der Anwalt die Umgebung in der Wahrsicht nach möglichen Feinden absuchte.

»Beruhigen Sie sich, Mister Peabody«, sagte Cutler. »Inmitten dieser ganzen Menschen sind wir so sicher wie in Abrahams Schoß. Kein Magier würde vor so vielen Zeugen seine Kräfte anwenden. Darüber hinaus ist es um Wellingtons Häscher so still geworden, dass ich wirklich glaube, sie haben die Stadt verlassen, um Mister Kentham nachzujagen. Oder sehen Sie etwas Verdächtiges?«

Der Anwalt schüttelte den Kopf. »Nichts Verdächtiges, aber einiges Beunruhigendes. Wenn das Magieniveau weiter so ansteigt, erwachen demnächst die Häuser von London selbst zum Leben.«

Filby räusperte sich geräuschvoll. »Da kommt eine Dame in Cape und Hut auf uns zu«, meldete er.

Cutler wandte den Kopf und sah die Worte des Professors bestätigt. Es handelte sich um eine junge Frau von höchstens zwanzig Jahren. Sie war hübsch, wenn auch keine herausragende Schönheit, und hatte einen mit Floralmuster verzierten blauen Umhang an, den sie mit der Rechten vorne geschlossen hielt. Da sie das Kleidungsstück offenkundig nur rasch übergeworfen hatte, musste sie aus dem benachbarten Eingang des Lyceum-Theaters gekommen sein. Das passte. Das Stück, das dort gegeben wurde, hatte ungefähr gegen neun Uhr Pause.

»Guten Abend, meine Herren«, sagte die junge Frau mit hörbar deutschem Akzent. »Ich danke Ihnen, dass Sie gekommen sind.« In ihren großen grauen Augen glitzerte Aufregung und so etwas wie Vorfreude.

Cutler nahm seinen Zylinder ab und verbeugte sich leicht. Filby und Peabody folgten seinem Beispiel. »Nun, Ihr mysteriöses Schreiben machte es uns im Grunde unmöglich, nicht zu kommen«, erwiderte Dunholms ehemaliger Sekretär. »Wenn ich mich vorstellen darf: Mein Name ist Cutler. Das hier sind Professor Filby und Mister Peabody.«

»Hocherfreut«, sagte Peabody mit vor Ergriffenheit leicht gerötetem Gesicht.

Die junge Frau schenkte dem Anwalt ein Lächeln. »Danke.« Sie warf einen Blick über die Schulter, so, als erwarte sie, dass ihr jemand aus dem Eingang des Theaters folgen könnte. *Ihre Begleitung weiß also nichts von diesem Treffen,* erkannte Cutler. Denn dass eine junge Dame wie sie abends alleine das Theater besuchte, war undenkbar. »Würde es Ihnen etwas ausmachen, wenn wir unser Gespräch an einem ungestörterem Ort fortsetzen, vielleicht in meiner Kutsche?« Sie deutete auf ein vierspänniges Gefährt, das in einiger Entfernung am Straßenrand parkte.

Die Männer wechselten einen kurzen Blick. »Selbstverständlich nicht«, sagte Cutler. »Aber wird man Sie im Theater nicht vermissen?«

Sie machte eine wegwerfende Handbewegung. »Ich habe Vorsorge getroffen. Man wird meinem Begleiter nach der Pause mitteilen, dass ich einer alten Freundin begegnet bin, mit der ich noch einige Worte wechseln will, und dass ich mich etwas später wieder zu ihm gesellen werde. Es tut mir zwar leid, dass ich den Captain so schamlos belüge, aber es muss sein, wie Sie gleich erfahren werden. Wollen wir dann?« Sie trat zwischen den Säulen auf die Straße hinaus und gab dem Kutscher ein Zeichen.

Dieser setzte sogleich das Gespann in Bewegung und kam zu ihnen herübergefahren. Cutler fiel auf, dass die Tür der Kutsche von den königlichen Insignien Queen Victorias geziert war. Außerdem befand sich neben dem Kutscher zusätzlich ein livrierter Diener an Bord, der hinter der Kutschkabine auf einem Trittbrett stand. Wer immer die junge Frau also war, es handelte sich nicht um eine gewöhnliche Hofdame.

Der Diener, ein untersetzter Mann, dessen Körperbau zugleich eine Anstellung als Wachmann nahe legte, sprang vom Trittbrett und öffnete die Tür zur Kutschkabine. Dabei musterte er Cutler, Filby und Peabody eindringlich. In seinen Augen stand die unverhohlene Warnung, keinen Ärger zu machen. »Wohin soll es gehen, Hoheit?«, fragte der Kutscher unterdessen höflich.

»Fahren Sie uns einfach ein paar Mal zwischen Trafalgar Square und Fleet Street hin und her«, erwiderte die junge Frau. »Ich lasse Sie wissen, sobald sich an unserem Ziel etwas ändert.«

»Sehr wohl, Hoheit.«

Nachdem sie alle eingestiegen waren und sich hingesetzt hatten – wobei sich Cutler aus Platzgründen neben ihrer Gastgeberin niederließ –, setzte sich die Kutsche in Bewegung, und der Kutscher lenkte sie in den abendlichen Verkehr, der auf dem Strand herrschte.

»Vielleicht möchten Sie uns nun verraten, was all diese Geheimniskrämerei bedeutet, *Hoheit*«, sagte Dunholms ehemaliger Sekretär, wobei er das letzte Wort so betonte, dass es zugleich einer Aufforderung gleichkam, sich endlich vorzustellen.

»Natürlich, Mister Cutler«, gab die junge Frau mit einem Nicken zurück. »Ich bin Prinzessin Feodora von Sachsen-Meiningen, und ich weile gegenwärtig in London, um an den Feierlichkeiten anlässlich des Kronjubiläums meiner Urgroßmutter Queen Victoria teilzunehmen.«

Das erklärt die Kutsche und den Wächter, dachte Cutler. Er ermunterte Feodora mit einer Geste, weiterzusprechen.

»Ich …« Die junge Frau stockte. Auf einmal schien sie nicht mehr ganz so selbstsicher wie noch gerade eben. Sie blickte von einem der Männer zum anderen. »Das, was ich Ihnen jetzt verrate, muss unbedingt unter uns bleiben. Niemand bei Hofe darf davon erfahren, meine Herren. Ich … ich würde Sie auch gar nicht ansprechen, wenn Sie mir nicht zufällig heute Morgen im Palast aufgefallen wären. Aber so kann ich einfach nicht anders.«

»Ich denke, dass ich für uns alle spreche, Hoheit, wenn ich sage, dass wir durchaus imstande sind, ein Geheimnis zu wahren«, sagte Cutler. »Ich hoffe allerdings, dass Sie uns nicht in einen

Gewissenskonflikt stürzen, indem Sie uns Dinge mitteilen, die ein Handeln eigentlich notwendig machen würden.«

Feodora schüttelte den Kopf. »Nein, das beabsichtige ich nicht. Dennoch muss ich auf einem Versprechen der Verschwiegenheit bestehen.«

»Also dann.« Cutler legte eine Hand aufs Herz. »Bei meiner Ehre, ich gelobe über das hier Gesprochene zu schweigen.« Er blickte seine beiden Gefährten auffordernd an. Peabody folgte seinem Vorbild umgehend, Filby schnaufte zunächst indigniert und murmelte etwas von Kindereien, beteuerte schließlich aber auch, nichts zu verraten.

Feodora wirkte erleichtert. »Ich danke Ihnen, meine Herren, und ich will Sie jetzt auch nicht länger auf die Folter spannen. Ich habe Sie um ein Treffen gebeten, weil mir heute Morgen aufgefallen ist, dass Sie – und verzeihen Sie, wenn das eigenartig klingt – leuchten, genau wie ich.«

Cutler runzelte die Stirn. »Leuchten?«, wiederholte er. »Wie darf ich das verstehen?«

»Ihre Körper leuchten«, sagte Feodora. »Sie müssen wissen, dass ich seit meiner Kindheit unter einer seltsamen Krankheit leide. Ich erlebe plötzliche Anfälle von Kopfschmerzen und Krämpfen, und es scheint, als würde ich halluzinieren. Ich sehe ein gelbliches Glitzern vor den Augen, Menschen erwecken den Eindruck, in Flammen zu stehen, und … und ich selbst scheine von innen heraus zu glühen. Ich konnte und kann mir das nicht erklären. Aber als ich heute Morgen im Palast einen weiteren Anfall erlitt, sah ich zufällig aus dem Fenster. Sie gingen gerade über den Palasthof – und zum ersten Mal in meinem Leben sah ich Menschen, die genauso leuchteten wie ich. Verstehen Sie nun, weshalb ich Sie unbedingt wiedersehen musste? Ich habe das Gefühl, dass Sie mir die Antworten geben können, nach denen ich mein Leben lang gesucht habe.« Sie blickte Cutler beinahe flehentlich an.

Einige Augenblicke lang herrschte völliges Schweigen in der

Kutschkabine. Von draußen war das Rattern der Räder und das Klappern der Pferdehufe auf dem Kopfsteinpflaster zu hören. Irgendwo rief ein Mann einem anderen etwas Unverständliches zu. Cutler sah, dass Peabody in die Wahrsicht gewechselt war und Feodora verstohlen musterte. Als der Anwalt den Blick von Dunholms ehemaligem Sekretär bemerkte, nickte er kaum merklich.

Cutler räusperte sich und durchbrach damit die Stille. »Hoheit, Sie haben sich in der Tat an die richtigen Männer gewandt. Ich denke, dass wir Ihnen zu helfen vermögen. Allerdings sollten wir uns hierfür etwas mehr Zeit nehmen. Und eine Kutsche auf dem Strand ist auch nicht der richtige Ort für ein solches Gespräch.«

»Warum nicht?«, fragte Feodora. »Was wissen Sie, das ich auch wissen sollte?«

»Das lässt sich nicht so einfach erklären«, erwiderte Cutler unbehaglich. »Es … Wir sollten wirklich ein anderes Mal darüber reden.«

»Also morgen früh. Wo treffen wir uns?«

»Hoheit, könnten Sie nicht vielleicht noch ein paar Tage warten? Professor Filby, Mister Peabody und ich sind gerade mit einer ziemlich heiklen Angelegenheit beschäftigt. Wir würden uns gerne zunächst darum kümmern. Danach sollen Sie alles erfahren, was wir wissen.«

Feodora hob die Augenbrauen. »Was für eine Angelegenheit? Waren Sie deswegen heute Morgen im Palast?«

»Äh … ja«, bestätigte Cutler. »Wir hofften auf eine Audienz bei Ihrer Majestät.«

»Meine Urgroßmutter weilt in Frankreich.«

»Ja, das wissen wir mittlerweile auch. Wir bemühen uns gerade um eine andere Lösung.«

»Vielleicht kann die Prinzessin uns mit der Duchess of Argyll zusammenbringen«, meldete sich Peabody zu Wort. Cutler wünschte, er hätte es nicht getan, denn er ahnte schon, was nun folgen würde. Und er sollte recht behalten.

»Vermutlich könnte ich das sogar«, sagte die junge Frau, während ein listiges Lächeln auf ihre Züge trat. »Aber natürlich müsste ich dafür schon etwas genauer wissen, worum es eigentlich geht.«

Dunholms ehemaliger Sekretär schüttelte den Kopf. »Es tut mir leid. Über diese Angelegenheit können wir Ihnen gegenwärtig nun wirklich nichts sagen.«

»Warum nicht?«, entfuhr es Feodora unerwartet laut. Ihre grauen Augen blitzten zornig. »Was soll diese ganze Geheimniskrämerei? Habe ich mich Ihnen nicht soeben auch anvertraut? Und abgesehen davon: Ich bin die Urenkelin der Queen. Bedeutet das gar nichts?«

»Doch, schon«, gestand Cutler mit besänftigender Stimme. »Allerdings geht es hier um die Sicherheit des Empires, und diese heikle Geschichte ist wahrhaftig nur für ausgewählte Ohren bestimmt.«

»Ich stamme in *direkter* Linie von der Monarchin Ihres schönen Empires ab!«, erklärte Feodora scharf. »Und nebenbei bemerkt bin ich die einzige Person im Palast, die gegenwärtig willig ist, Ihnen zuzuhören. Versuchen Sie, meine Großtante für sich zu gewinnen, wenn Sie möchten. Aber wundern Sie sich nicht, wenn Sie genau die Worte zu hören bekommen, mit denen Sie mich gerade abgespeist haben.«

»Wie meinen?«, fragte Cutler, den die burschikose Art der deutlich jüngeren Frau ziemlich aus der Fassung brachte.

»*Wir sollten wirklich ein anderes Mal darüber reden*«, machte Feodora ihn nach.

»Mit Verlaub!«, mischte sich Professor Filby ein. »Vergessen Sie nicht, wer Sie sind, Hoheit. Sie sind eine Frau von Stand und kein kleines Mädchen mehr. Machen Sie es uns nicht noch schwerer, als die Lage schon ist.«

»Warum sagen wir es ihr nicht einfach?«, fragte Peabody. »Was kann schon passieren? Stehen wir nicht ohnehin bereits mit dem Rücken an der Wand?« Der Anwalt beugte sich etwas nach vorne und blickte die junge Frau gütig wie ein Märchenonkel an.

»Peabody, nein«, warnte Cutler – doch es war schon zu spät.

»Sie sind magisch begabt, genau wie wir alle hier, nur wissen Sie es noch nicht«, sagte Peabody im Plauderton. »Und wir müssen unbedingt die Duchess sprechen, weil ein anderer, ein böser Magier namens Wellington einen Plan ausheckt, um die Erde ins Chaos zu stürzen. Wir hoffen, dass ihn ein Machtwort von Seiten der Krone davon abbringt.« Der Anwalt lehnte sich zurück und nickte zufrieden. »So, jetzt wissen Sie alles, was Sie wissen wollten.«

Cutler ließ sich gegen das lederne Sitzpolster sinken und schloss kopfschüttelnd die Augen.

Sie sind magisch begabt, genau wie wir alle hier, nur wissen Sie es noch nicht. Feodora fühlte sich, als habe sie der Blitz getroffen. In ihrem ganzen Körper kribbelte es, und sie vermochte nicht zu sagen, ob sie im nächsten Augenblick hysterisch lachen, in Tränen ausbrechen oder ohnmächtig werden würde.

Tatsächlich geschah nichts dergleichen. Stattdessen starrte sie den Mann namens Peabody – einen rundlichen, harmlos wirkenden älteren Herrn, wie man ihn bei Hofgesellschaften häufig antraf – nur wortlos an. Hatte er soeben wirklich gesagt, dass sie eine Zauberin sei? Eine Hexe, wie in den *Kinder- und Hausmärchen* der Brüder Grimm, die ihre Amme ihr als Kind vorgelesen hatte?

Nein, sicher keine Hexe wie bei den Grimms, dachte sie mit einem unerwarteten Anflug von Sarkasmus. *Ich sehe viel besser aus!* Doch hieß das wirklich, dass sie Magie beherrschte? Dass sie zaubern konnte? Aber wenn ja, wie? Hatten ihre Anfälle und die gelegentlich eigentümlichen Geschehnisse, die diese begleiteten, damit zu tun?

»Da haben Sie etwas angerichtet, Peabody«, knurrte dessen Sitznachbar, Professor Filby. »Sie scheint unter Schock zu stehen, oder nicht?« Er beugte sich etwas nach vorne und schickte sich an, ihr mit der Hand an die Stirn zu fassen.

Feodora zuckte zusammen und erwachte aus ihrer Starre. »Nein … ich …« Sie schob die Hand des Professors beiseite. »Ich stehe nicht unter Schock. Ich bin nur …« Sie blinzelte zweimal und schüttelte den Kopf, um sich von dem Durcheinander, das in ihrem Inneren herrschte, zu befreien. Ihr kam ein unerfreulicher Gedanke. »Sie erlauben sich doch keinen üblen Scherz mit mir, Gentlemen …«

Der Wortführer der drei Männer, Cutler, seufzte. »Nein, Hoheit. Mister Peabody hat die Dinge zwar sehr verkürzt und dadurch ein wenig verwirrend ausgedrückt – weswegen mir ein längeres Gespräch an einem besser geeigneten Ort lieber gewesen wäre –, aber alles, was er gesagt hat, entspricht der Wahrheit. Die Umstände, die Sie beschrieben haben, deuten darauf hin, dass Sie eine magische Begabung in sich tragen. Das Schimmern Ihres Körpers in der Wahrsicht, wie wir es nennen, war dann der Beweis. Sie wurden, ohne Ihr Wissen, als Kind von der Magie berührt. Warum die Magie jedoch in derart schmerzhaften Anfällen über Sie kommt, vermag ich nicht zu sagen. Da müssten Sie bei unserem Doktor Westinghouse vorstellig werden.«

»Magie …«, murmelte Feodora. »Es klingt unglaublich. Hätte ich nicht mit eigenen Augen gesehen, dass uns dieses Leuchten gemein ist, würde ich Sie einen Lügner nennen. Aber so …« Sie starrte kurz ins Leere, während wilde Fantastereien durch ihren Geist spukten, was sie mit solch einer Kraft alles anstellen könnte. »Zeigen Sie mir etwas«, forderte sie die Männer auf. »Wenn Sie wirklich Zauberer sind, beweisen Sie es mir.«

»Wir ziehen die Bezeichnung *Magier* vor«, informierte sie Filby. »Schließlich sind wir keine Budenzauberer auf dem Jahrmarkt mit spitzen Hüten und langen, weißen Bärten. Außerdem führen wir auch nicht auf Zuruf Kunststückchen vor.«

»Professor …«, sagte Cutler mit mildem Tadel. »Sie hat es sicher nicht so gemeint.« Er blickte Feodora einen Moment lang an und vollführte dann mit der rechten Hand eine rasche, kompliziert aussehende Geste. Unvermittelt wurde ihr der Hut vom Kopf gehoben und schwebte in die Hand des Mannes.

Feodora entfuhr ein Laut der Verwunderung. »Wie haben Sie das gemacht?«, wollte sie wissen.

»Eine der einfacheren Übungen in Sachen Fadenmanipulation«, antwortete Cutler und reichte ihr den Hut zurück.

Andächtig nahm Feodora die Kopfbedeckung entgegen. »Wahrsicht … Fadenmanipulation … Erzählen Sie mir mehr davon.«

»Das werde ich gerne, aber ich finde, Sie sollten jetzt zu Ihrem Begleiter ins Theater zurückkehren, Hoheit. Er wird Sie sicher schon vermissen. Keine Sorge, wir werden uns wiedersehen, und Sie werden so viel über die Magie lernen können, wie Sie möchten, denn es ist eine unserer wichtigsten Aufgaben, allen, die von der Magie berührt wurden, den Umgang mit ihrer neuen Gabe beizubringen. Allerdings müssen wir uns erst um Lordmagier Wellington kümmern.«

»Den bösen Magier«, erinnerte sich Feodora. Es gab sie also wirklich, und nicht nur in irgendwelchen Gute-Nacht-Geschichten. Wenn sie genauer darüber nachdachte, behagte ihr die Vorstellung überhaupt nicht.

»Richtig«, bestätigte Cutler. »Er droht, ein furchtbares magisches Chaos über die Welt zu bringen, glaubt dabei aber, im Dienste und Sinne der britischen Krone zu wirken. Wir müssen ihn vom Gegenteil überzeugen, sonst sind die Folgen nicht abzusehen.«

Feodora biss sich nachdenklich auf die Unterlippe. »Sie sagten, Sie wollten mit Großtante Louise sprechen?«

Ihr Sitznachbar nickte ernst. »Da Ihre Majestät auf dem Kontinent unterwegs ist, müssen wir uns wohl mit einer ihrer Töchter zufrieden geben. Wir waren der Ansicht, dass die Duchess of Argyll die Verständigste unter den gegenwärtig in London weilenden Kindern Victorias ist.«

»Wo versteckt sich dieser Lordmagier Wellington?«

»Auf einer kleinen Insel irgendwo im Atlantik«, sagte Peabody.

Gegen ihren Willen entfuhr Feodora ein ungläubiges Auflachen. »Und Sie glauben wirklich, Großtante Louise wird mitten in den Vorbereitungen zum diamantenen Kronjubiläum der Königin alles beiseitelegen, um sich Ihnen auf eine Reise mitten auf den Atlantik anzuschließen? Meine Herren, so naiv können Sie doch nicht sein!«

Filby blickte sie finster an. Der Professor schien ein äußerst humorloser Mensch zu sein.

»Wir hofften auf ein Schreiben, in dem die Duchess zum Ausdruck bringt, dass das Königshaus Wellingtons Taten nicht mit Wohlwollen verfolgt«, erläuterte Cutler.

Bei diesen Worten kam Feodora ein verwegener Gedanke. »Warum überbringen Sie ihm in dem Fall nicht gleich ein Schreiben der Königin?«

»Nun, weil wir doch alle wissen, dass sich Queen Victoria nicht in London aufhält.«

»Ich sagte auch nicht, dass die Königin es verfasst hat«, erklärte Feodora. »Was glauben Sie denn? Dass meine Urgroßmutter all ihre Korrespondenz persönlich verfasst? Wofür hat sie ihre Schreiber? Sie lässt solche Briefe aufsetzen und segnet sie dann nur noch durch ihre Unterschrift und das königliche Siegel ab.«

»Genau an dieser Unterschrift und dem Siegel scheitert es allerdings«, meinte Cutler.

»Nicht unbedingt«, verbesserte Feodora ihn. »Einer der Siegelstempel der Königin liegt in ihrem Sekretär in ihren Privatgemächern. Ich habe ihn dort mal gesehen. Es sollte mir leicht fallen, ihn … auszuleihen. Und die Unterschrift fälschen wir einfach. Wissen Sie, wie viele Briefe die Königin meiner Großmutter in Deutschland geschickt hat? Ich habe sie alle heimlich gelesen. Ich kenne ihre Unterschrift in und auswendig. Geben Sie mir nur einen Bogen Briefpapier!« Sie blickte die Männer triumphierend an.

»Den Siegelstempel stehlen und die Unterschrift fälschen ... Auf solch einen Gedanken wäre ich niemals gekommen«, murmelte Cutler.

»Nun ja, diese Vorgehensweise grenzt ja auch – juristisch gesehen – an Landesverrat«, merkte Peabody an. Er zuckte mit den Achseln. »Andererseits heiligt in diesem Fall wohl der Zweck die Mittel, würde ich sagen. Also wenn die Prinzessin uns helfen will ...«

»Ich werde Ihnen sogar noch auf andere Art einen Dienst erweisen«, erklärte Feodora, die soeben eine weitere Eingebung gehabt hatte. Irgendwie war das Leben auf einmal so einfach, nun, da sie wusste, was mit ihr los war, und sie sich in Begleitung von Menschen befand, die ihr Schicksal teilten.

»Was für einen Dienst?«, wollte Cutler wissen.

»Wie beabsichtigten Sie, zu dieser Insel im Atlantik zu kommen?«

Der grauhaarige Mann zuckte mit den Schultern. »Mit einem Schiff, das wir am Hafen anmieten.«

»Ich habe einen viel besseren Vorschlag«, sagte Feodora. »Derzeit wohnt im Savoy Hotel direkt um die Ecke ein Mann namens Parsons. Meine Theaterbegleitung Captain Thomas Connery erzählte mir von ihm. Er ist ein Ingenieur, der am heutigen Tag bei der Admiralität der Royal Navy zu Besuch war, um ihr seine neue Erfindung vorzustellen: ein Turbinenboot namens *Turbinia*, das schnellste Schiff, das es je gegeben hat. Wenn die Zeit so drängt, wie Sie sagen, wäre es dann nicht vortrefflich, Mister Parsons für unsere Sache zu gewinnen?«

»Unsere Sache?« Cutler hob die Augenbrauen.

»Wenn ich Ihnen helfe, diesen Brief zu fälschen, stecke ich schließlich auch bis über beide Ohren in der Angelegenheit.«

»Der Gedanke ist nicht schlecht«, meinte Filby. »Ich habe von Parsons schon gehört. Er ist ein begabter Konstrukteur und soll sich seit einigen Jahren mit einem neuartigen Schiffsantrieb beschäftigt haben. Wenn er diesen zur Reife entwickelt hat, wäre das eine kleine Sensation – und selbstverständlich könnte es unsere Fahrt zu Wahren Quelle spürbar verkürzen.«

»Na schön, also werden wir mit diesem Herrn mal reden«, stimmte Cutler zu. Er zog seine Taschenuhr hervor und blickte stirnrunzelnd darauf. »Es ist schon spät am Abend, aber noch nicht zu spät. Am besten begeben wir uns gleich zum Savoy Hotel.«

»Fein. Ich komme mit«, verkündete Feodora.

»Sie sollten wirklich zu Ihrem Captain Connery zurückkehren«, widersprach Cutler. »Er wird sich zweifellos Sorgen machen.«

»Ach was. Das Theaterstück dauert bis elf Uhr. Jetzt haben wir noch nicht einmal zehn. Wenn ich zurück bin, bevor er sich auf den Heimweg machen will, genügt das vollkommen. Ich werde ihm dann schon irgendeine Entschuldigung auftischen. Uns bleibt also noch genügend Zeit – es sei denn, die Gentlemen möchten sie lieber mit Diskutieren verschwenden?« Mit süßlichem Lächeln warf sie einen Blick in die Runde.

Cutler, Filby und Peabody sahen sich an. Anschließend seufzte Feodoras grauhaariger Sitznachbar und machte eine vage Geste in Richtung Kutschbock. »Teilen Sie bitte Ihrem Kutscher unser neues Ziel mit, Hoheit.«

Feodora frohlockte innerlich, bevor sie der Aufforderung Folge leistete.

26. April 1897, 21:40 Uhr GMT
England, London, Strand, Savoy Hotel

»Guten Abend, Gentlemen. Und die Dame. Was kann ich für Sie tun?« Der Mann in der dunkelblauen Uniform, der hinter der Rezeption im Foyer des Savoy Hotels stand, nickte ihnen höflich zu. Es schien ihn entweder nicht zu wundern, dass um diese fortgeschrittene Stunde eine junge Frau mit drei älteren Herren im Hotel eintraf, oder er verbarg den Umstand gekonnt hinter einer Fassade einstudierter Dienstbarkeit.

»Guten Abend«, erwiderte Cutler. »Wir würden gerne Mister

Parsons sprechen, der in Ihrem Haus logieren soll. Könnten Sie bitte in Erfahrung bringen, ob er bereit ist, uns zu empfangen?«

»Ich bedaure, Sir, aber Mister Parsons ist derzeit nicht anwesend«, erklärte ihnen der Mann. »Er wollte hinunter zur Themsepromenade, um sich ›ein wenig die Beine zu vertreten und den Kopf freizubekommen‹, wie er sich auszudrücken pflegte. Sie können allerdings gerne eine Nachricht für ihn hinterlassen.«

Cutler dachte kurz darüber nach und schüttelte dann den Kopf. »Nein, danke, im Augenblick nicht. Vielleicht kommen wir aber auf das Angebot zurück.«

»Wie Sie wünschen«, sagte der Empfangsangestellte steif.

»Eine Frage hätte ich noch«, setzte Cutler nach. »Mister Parsons kam mit seinem eigenen Schiff nach London. Wissen Sie zufällig, wo es festgemacht hat?«

»Nein, tut mir leid, Sir. Aber die Themse hinunter, auf der Höhe des Temple, gibt es einige Liegeplätze. Vielleicht finden Sie es dort.«

»Verbindlichsten Dank.« Cutler lüftete seinen Zylinder. Dann nickte er den anderen zu, und gemeinsam verließen sie das Hotel wieder.

»Schon wieder ein Reinfall«, meldete sich Peabody zu Wort, während sie in Richtung Strand zurückgingen.

»Noch ist nicht alles verloren«, widersprach Cutler. »Ich schlage vor, einen kleinen Abendspaziergang die Themse entlang zu unternehmen. Man sagt, das Victoria Embankment ist wunderschön bei Nacht.«

Peabody schnaubte abfällig. »Wenn es nicht gerade im dichten Nebel versinkt.«

»Diesbezüglich haben wir heute Abend Glück. Wenn ich es recht sehe, herrscht so gut wie kein Nebel.« Cutler machte eine einladende Geste in Richtung einer schmalen Gasse, die direkt neben dem Hotel zum Fluss hinunterführte.

»Ich unterstütze Mister Cutlers Vorschlag«, ließ sich Feodora vernehmen.

Das überraschte diesen kaum. Die junge Frau schien von einem unerschöpflichen Tatendrang erfüllt zu sein und jede Gelegenheit, sich ihrer eigentlichen Abendunterhaltung zu entziehen, beim Schopfe zu ergreifen.

»Also schreiten Sie voraus, Mister Cutler, bevor es noch später wird«, sagte Filby.

Sie gingen die Gasse hinunter und wandten sich am Ende nach links. Vor ihnen erstreckte sich die Allee aus Bäumen, unter denen die von Gaslaternen erhellte Promenade des Victoria Embankment lag. Zur Rechten strömte lautlos das dunkle Wasser der Themse an ihnen vorüber, und nicht weit entfernt überspannte die flache Rundbogenkonstruktion der Waterloo Bridge den Fluss. Kaum eine Menschenseele war zu sehen.

Über die Promenade und unter der Brücke hindurch näherten sie sich dem Bezirk des sogenannten Temple, einem Viertel, das für die britische Rechtsprechung von enormer Bedeutung war, lagen dort doch zwei der vier existierenden Anwaltskammern, der Middle Temple und der Inner Temple. Cutler wusste, dass dieser Teil Londons, in dessen Mitte die Temple Church lag, ursprünglich den Tempelrittern gehört hatte. Später hatten sich hier immer mehr weltliche Rechtsgelehrte und ihre Studenten niedergelassen, und heute waren die Gebäude zwischen Themse und Fleet Street, der Surrey Street im Westen und der Whitefriar Street im Osten fest in deren Hand.

Ist das lange her, dachte er mit einem Anflug von Nostalgie. Als junger Mann hatte er hinter den Mauern dieser Gebäude die Juristerei studiert. Dann hatte ihn die Magie berührt, und alles war anders geworden.

»Sehen Sie, dort vorne«, unterbrach Filby seine Gedanken. Der Professor deutete auf die langgezogene, erstaunlich schlanke Gestalt eines Bootes, das an einem Pier nicht weit von ihnen entfernt lag. Sein Rumpf war weiß lackiert, und es wies, neben einem dicken gelben Schornstein, nur einige wenige, spartanisch wirkende Deckaufbauten auf. Ein Mann in einem dunklen Gehrock stand am Bug des Schiffes, den Zylinder in der Hand, und blickte wie in Gedanken auf die nächtliche Themse hinaus. »Das muss Parsons mit seiner *Turbinia* sein.«

»Wir werden es gleich wissen«, sagte Cutler. Als sie den Pier erreicht hatten, hob er die Stimme. »Verzeihung, sind Sie Mister Parsons?«

Der Mann drehte sich um. Er sah aus wie um die Vierzig, hatte einen dichten Schnurrbart und trug eine dünne Nickelbrille auf der Nase, durch deren Gläser er die Neuankömmlinge verwundert musterte. »Ja, Sir, der bin ich.« Er kam auf Cutler und die anderen zu. »Was verschafft mir die Ehre eines so späten Besuchs?«

»Mister Parsons, man sagt, Sie seien der Erfinder des schnellsten Schiffes, das derzeit auf Gottes weiter Erde zu finden ist.« Cutler deutete auf den schlanken Schiffsrumpf. »Ich nehme an, es handelt sich dabei um dieses hier.«

»So, sagt man das?« Parsons kletterte von Bord und trat ihnen gegenüber. Auf seiner Miene lag Misstrauen, aber auch unbestreitbar ein Hauch von Neugierde. »Es wundert mich, dass diese Nachricht in London bereits die Runde gemacht hat. Ich bin erst seit gestern in der Stadt, und nach meiner Vorführung heute Morgen bei der Admiralität der Royal Navy erweckte deren Prüfungskommission nicht den Eindruck, als würde sie sofort zur *London Times* eilen, um die spektakuläre Nachricht jenes Ereignisses den Reportern in die Feder zu diktieren.«

»Wir haben unsere Quellen«, sagte Cutler, womit er betont vage blieb, um Feodora nicht unnötig in dieses Gespräch mit hineinzuziehen. »Doch woher wir von Ihnen und Ihrer *Turbinia* wissen, spielt eigentlich auch keine Rolle. Wichtig ist nur, dass wir Sie und Ihr Schiff gerne für eine Fahrt hinaus auf den Atlantik chartern möchten – sofern es für solch weite Strecken ausgelegt ist.«

»Ich habe über sieben Tonnen Kohle im Rumpf geladen«, erwiderte Parsons. »An der Reichweite soll es nicht scheitern. Aber mit Verlaub, die *Turbinia* ist kein Passagierschiff. Und wer sind Sie überhaupt? Kommen Sie von der Regierung?«

»Wir handeln gewissermaßen in ihrem Interesse«, erklärte Cutler ausweichend. »Und der Auftrag, für den wir Sie gewinnen wollen, ist wirklich von außerordentlicher Wichtigkeit. Ich will Ihnen gerne alle Einzelheiten darlegen, aber das sollte nicht hier draußen auf dem Pier geschehen.«

Der Ingenieur musterte Cutler, Filby, Peabody und die Prinzessin eingehend, bevor er mit den Schultern zuckte. »Dann kommen Sie an Bord. Ich kann Ihnen zwar leider nur die Enge der Mannschaftskajüte anbieten, aber zumindest sollte ich imstande sein, uns eine heiße Tasse Tee zu brühen. Anschließend können Sie mir erzählen, was Sie zu mir geführt hat.«

Gemeinsam gingen sie an Bord und kletterten unter Deck. Während Cutler und die anderen um einen schmalen Tisch herum Platz nahmen, machte Parsons ihnen wie versprochen einen Tee. Danach begann Cutler zu erzählen. Alles Magische ließ er dabei einstweilen unerwähnt. Stattdessen machte er Wellington zu einem größenwahnsinnigen Wissenschaftler, der sich auf gefährliche Forschungen mit Strahlung eingelassen hatte und dessen Experimente eine Bedrohung von ungeahnten Ausmaßen darstellten. Naturwissenschaftliche Detailfragen gab er an Professor Filby weiter, der die Täuschung zu Cutlers Erleichterung unterstützte und einige seiner eigenen Theorien zum Thema Zeitreisen zu einem für Laien völlig unverständlichen und auch für Parsons sichtlich schwer begreifbaren Vortrag über Wellingtons angebliche Forschungsarbeit zusammenfasste. Zuletzt teilte Cutler Parsons ihre Absichten mit, Wellington durch ein Dekret der Krone zur Vernunft zu bringen.

»Das klingt alles nachgerade fantastisch, Gentlemen«, sagte der Ingenieur, nachdem Cutler geendet hatte. »Haben Sie auch nur *einen* greifbaren Beleg für Ihre Behauptungen? Woher soll ich wissen, dass Sie nicht vielmehr Industriespione sind, die sich für die Technik meiner *Turbinia* interessieren?«

»Wir waren in dem Glauben, es sei eher das mangelnde Interesse an Ihrer Erfindung, das Ihnen zu schaffen macht«, warf Peabody ein.

»Und was Ihre Beweise angeht«, fügte Cutler hinzu, »lesen Sie keine Zeitung? Ist Ihnen nicht aufgefallen, dass es in letzter Zeit einige erstaunliche Wetterphänomene gab? Finden sich nicht vermehrt Nachrichten, die von bizarr veränderten Tieren und Pflanzen berichten? Und nehmen die Fälle nervöser Zustände, einhergehend mit Kopfschmerzen, Schwindel und Sehstörungen, nicht zu?«

Parsons strich sich nachdenklich über den Schnurrbart. »Ich gestehe, solche Meldungen sind mir in den letzten Tagen untergekommen. Aber das soll mit Wellingtons Arbeit zu tun haben? Diese Ereignisse könnten auch Zufall sein.«

»Wenn sie örtlich begrenzt wären, zweifellos. Aber reisen Sie nach Frankreich hinüber, schreiben Sie Freunden im Deutschen Kaiserreich oder Kollegen in Italien; sie alle werden von vergleichbaren Zwischenfällen zu berichten haben. Wellingtons Studien bedrohen die ganze Welt, und was bisher geschehen ist, stellt nur den Anfang dar. Es wird noch viel schlimmer werden. Es wird Tote geben, viele Tote, wenn wir nicht eingreifen. Um jedoch eingreifen zu können, brauchen wir Sie!«

»Ist die Royal Society über diese Vorgänge informiert?«

Cutler schüttelte den Kopf. »Nein, sie hat mit all dem nichts zu tun. Wellington gehört ihr ebenso wenig an wie wir – Professor Filby ausgenommen.«

Der Ingenieur seufzte. »Ich weiß nicht, ob mir das gefallen will.«

In diesem Augenblick meldete sich Feodora zu Wort. »Verzeihen Sie, Gentlemen, wenn ich mich einmische, aber ich kann nicht länger schweigen. Mister Parsons, mein Name ist Feodora Victoria Prinzessin von Sachsen-Meiningen, und ich bin die Urenkelin Queen Victorias. Diese Herren hier, die ich als Gesandte der Königin begleite, handeln im Dienst der Krone und sind wahre Patrioten. Wie es dagegen um Ihren Patriotismus bestellt ist, beginne ich mich mehr und mehr zu fragen. Oder ist es gar noch schlimmer, und Sie sind ein Feigling?!«

Unter Feodoras Worten versteifte sich der Ingenieur unwillkürlich. Er wurde erst bleich, danach rot im Gesicht. »Meine Dame, was erlauben Sie sich? Weder an Mut noch an Vaterlandsliebe mangelt es mir!«

»Beweisen Sie es!« Sie nahm sich ein wenig zurück. »Und um Ihnen einen zusätzlichen Anreiz zu verschaffen, kenne ich vielleicht sogar eine Möglichkeit, Ihrer *Turbinia* zu den nötigen Ehren zu verhelfen.«

»Wie darf ich das verstehen?«

Die Prinzessin setzte eine selbstzufriedene Miene auf. »Zufällig ist mir bekannt, dass am 26. Juni zu Ehren meiner Urgroßmutter in Spithead eine große Flottenparade stattfinden soll. Ich bin mir sicher, dass dort nicht nur die königliche Familie, sondern auch zahlreiche andere Würdenträger und Admiräle zugegen sein werden. Wenn Sie mit Ihrer *Turbinia* dort in Erscheinung treten und ihren Wert demonstrieren, indem Sie die Kreuzer der Royal Navy bloßstellen, dürfte das für einiges Aufsehen sorgen.«

»Eine Flottenparade in Spithead … Davon wusste ich noch gar nichts.« Ein unübersehbarer Glanz trat in Parsons' Augen. »Das wäre in der Tat eine beeindruckende Bühne für eine Vorführung meines Schiffes.«

»Wir bedürfen Ihrer Hilfe nur für wenige Tage«, sagte Cutler. »Bis Ende Juni sind Sie mit Sicherheit wieder in England. Also geben Sie sich einen Ruck, Sir. Ihr Land braucht Sie.«

Parsons richtete sich auf seinem Platz auf. »Nun gut, meine Herren, die Dame. Das alles kommt zwar sehr plötzlich und unerwartet für mich, aber wenn das Empire ruft, stürmt der brave Bürger auch im Schlafrock aus dem Haus. Ich werde Sie zu dieser Insel im Atlantik bringen. Wann wünschen Sie abzureisen?«

»Wann können Sie startklar sein?«, antwortete Cutler mit einer Gegenfrage.

»Schon morgen am späten Vormittag. Ich muss noch für einige Vorräte sorgen, aber dann könnten wir losfahren. Sagen wir gegen elf Uhr?«

»Ist das für Sie ein gangbarer Zeitplan, Hoheit?«, fragte Cutler Feodora, die schließlich bis dahin das Siegel beschaffen musste.

Die Prinzessin neigte leicht den Kopf. »Es wird sich einrichten lassen.«

»Hervorragend.«

»Wie groß wird Ihre Delegation sein, Mister Cutler?«, fragte Parsons.

»Wie viele Gäste könnten Sie denn an Bord nehmen?«

»Nun ja, Platz an Deck herrscht zur Genüge, aber für eine Fahrt, die mehrere Tage dauert, ist das natürlich kein Aufenthaltsort, zumal es dort nass und sehr laut ist. Im Bug vorne haben wir sechs Kojen, allerdings sind neben mir noch Captain Leyland, Mister Bernard als Steuermann, zwei Heizer und ein weiterer Matrose mit von der Partie. Wenn Captain Leyland das Ruder übernimmt und ich mich um die Maschinen kümmere, könnte ich die vier übrigen Männer hierlassen – in dem Fall allerdings müssten Sie mit anpacken, denn ich kann nicht ohne Unterlass Kohlen in den Heizkessel schaufeln. Würden darüber hinaus einige von uns ihre Kojen abwechselnd nutzen, wäre Platz für zehn Mann. Mehr würde ich nicht an Bord nehmen wollen, nicht bei einer längeren Reise. Es wird so bereits eng sein. Die *Turbinia* wurde auf Schnelligkeit ausgelegt, nicht auf Komfort.«

Cutler legte die Stirn in Falten und dachte nach. Im Kampf waren sie Wellington so oder so unterlegen, es nützte also nichts, in großer Zahl zur Wahren Quelle zu reisen. Sechs entschlossene Männer sollten genügen. »Wir werden zu sechst sein, Mister Parsons, und ich denke, dass wir Ihnen durchaus zur Hand gehen können. Tatsächlich würde ich sogar darauf pochen, so wenige

Männer Ihrer Mannschaft wie möglich mitzunehmen. Diese Angelegenheit ist ziemlich heikel und … nun ja, je weniger davon wissen, desto besser.«

»Leylands Anwesenheit ist unerlässlich, und wenn Sie nur zu sechst sind, werde ich noch Bernard mitnehmen, denn er kennt das Schiff fast so gut wie ich und kann sowohl am Steuer als auch im Maschinenraum aushelfen.«

»So machen wir es«, sagte Cutler zufrieden. Anschließend erhob er sich und gab damit den anderen das Zeichen, ebenfalls aufzustehen. »Mister Parsons, es war mir eine Ehre. Wir sehen uns morgen.«

Die Männer schüttelten einander die Hand; danach machten sich Cutler, Filby, Peabody und Feodora wieder auf den Weg.

»Das war doch nun eine sehr erfreuliche Begegnung«, meinte der Anwalt, als sie über das Embankment zurück zum Savoy Hotel gingen, wo Feodoras Kutsche wartete.

»Das sehe ich ebenso«, pflichtete Cutler ihm bei. »Jetzt müssen wir nur noch ein falsches Dekret formulieren und morgen Vormittag vor dem Ablegen mit Ihnen, Hoheit, zusammentreffen, um Unterschrift und Siegel unter den Brief zu setzen, und schon kann es losgehen.«

»Bitte verstehen Sie mich nicht falsch, Mister Cutler, ich helfe Ihnen gerne«, sagte Feodora. »Ich habe allerdings eine Bedingung.« Sie hob einen Zeigefinger.

»Und wie lautet diese?«, fragte Cutler.

Die Prinzessin bedachte ihn mit einem breiten Lächeln. »Sie nehmen mich mit auf diese Fahrt.«

»Was?«, rief Peabody erschrocken.

»Ausgeschlossen«, sagte Filby sofort. »Das ist viel zu gefährlich für eine Frau – vor allem für eine Frau von Adel.«

Feodora drehte den Kopf weg. »Dann werden Sie wohl ohne meine Hilfe auskommen müssen«, verkündete sie.

»Hoheit, verstehen Sie uns doch«, beschwor Cutler sie. »Wir begeben uns auf eine Reise, die womöglich keine Wiederkehr kennt. Wie könnte ich eine so junge Frau wie Sie leichtsinnig in eine derartige Gefahr bringen?«

»Ich dachte, Sie hoffen darauf, Wellington durch ein Wort der Krone zum Einlenken zu bewegen«, wandte Feodora ein. »Wer wäre wohl ein besserer Überbringer dieser Nachricht als eine Verwandte der Königin selbst?«

»Ihre Eltern werden Ihnen diese Reise niemals erlauben. *Ich* würde sie meiner Tochter auch nicht erlauben.«

Feodora machte eine wegwerfende Geste. »Meine Eltern sind nicht einmal im Land. Sie vergnügen sich zu Hause in Berlin. Und es kümmert sie nicht im Geringsten, was ich so treibe.«

»Ihre Großtante – oder wer auch immer bei Hofe für Sie verantwortlich ist – wird ebenso wenig ihre Zustimmung zu einem derartigen Unterfangen geben«, sagte Cutler streng.

»Also verraten wir es ihr nicht«, entgegnete Feodora. »Ich schreibe ihr einen Brief, dass ich für ein paar Tage eine Bekannte auf dem Land besuche. Das wird niemanden stören.«

»Und was ist mit den Unterbringungen? Es gibt keinen Platz an Bord, um für die nötige Privatsphäre zu sorgen, die einer Dame zusteht. Sie hätten vielleicht eine eigene Koje, aber sie müssten im selben Raum mit mehreren Männern schlafen. So etwas geziemt sich einfach nicht.«

»Ich bin weder prüde noch verzärtelt, Mister Cutler«, gab Feodora schnippisch zurück. »Abgesehen davon nehme ich an, dass Sie alle Ehrenmänner sind und wissen, was sich gehört, wenn einen die Umstände dazu zwingen, mit einer Dame das Quartier zu teilen.«

Cutler schloss kopfschüttelnd die Augen. »Selbstverständlich, Hoheit, aber ich halte das trotzdem für keine gute Idee. Das alles ist kein Spiel.«

»Dessen bin ich mir bewusst, Mister Cutler. Aber das ist mir egal! Mein ganzes Leben habe ich im goldenen Käfig verbracht, ein junges, adliges und womöglich verrücktes Mädchen, ohne echte Freunde und ohne wirklichen Sinn im Leben. Natürlich werde ich umsorgt und mit ausgesuchter Höflichkeit behandelt, aber eigentlich interessiert sich niemand für mich. Ich bin die Tochter der Schwester des Deutschen Kaisers! Aber während meine Eltern in der Hauptstadt das Leben genießen und für Skandale bei Hofe sorgen, hat man mich auf das Schloss meiner Großmutter abgeschoben, damit ich sie nicht störe. Und meine Großtante hat sogar in ihrem Freundeskreis nach jemandem suchen müssen, der mich ins Theater ausführt, weil meine Familie, meine Cousins und Cousinen im Buckingham Palace oder wo sie sich auch herumtreiben, Wichtigeres zu tun haben, als sich um die Verwandte aus dem wenig geliebten Deutschen Reich zu kümmern. Würde ich sterben, es wäre den meisten von ihnen einerlei!« Feodora blickte ihn mit erregter Miene an.

»Nun, nun, sagen Sie so etwas nicht, Hoheit«, versuchte Cutler sie zu besänftigen.

»Aber ich spreche die Wahrheit!«, rief sie. »Und nun, da Sie wissen, dass nichts von dem, was ich bei Hofe bin oder leiste, irgendeine Bedeutung hat, müssten Sie eigentlich verstehen, warum ich Sie begleiten möchte. Ich will endlich erfahren, wer ich wirklich bin. Ich will ich selbst sein können. Und ich möchte meinen Beitrag zu etwas leisten, das wichtig ist, ganz gleich, ob jemals jemand von dem erfährt, was wir getan haben oder nicht. Es genügt mir, wenn ich für *mich* weiß, dass ich mehr bin als nur ein Stück lebendige Dekoration für die schön möblierten Gemächer des Buckingham Palace oder Schloss Friedrichshofs oder wie diese Orte alle heißen, an denen sich mein Leben abspielt.«

Dunholms ehemaliger Sekretär schwieg eine Weile, während er über das Gehörte nachdachte. Schließlich seufzte er ergeben. »Also gut. Sie sind eine erwachsene Dame. Ihrem Stand nach dürften eher Sie mir als ich Ihnen Befehle erteilen, und letzten Endes können wir es uns kaum leisten, auf Ihre Hilfe zu verzichten, wenn wir den Plan, den Sie vorgeschlagen haben, in die Tat umsetzen wollen. Daher gestatte ich Ihnen, wenn auch schweren Herzens, uns zu begleiten.«

Man musste der Prinzessin zugutehalten, dass sie sich zumindest Mühe gab, keine Anzeichen schnöden Triumphs auf ihre Miene treten zu lassen. Ganz gelang es ihr nicht. »Ich danke Ihnen, Mister Cutler.«

»Also sehen wir uns morgen am späten Vormittag an Bord der *Turbinia*«, sagte dieser. »Ich bete, dass Ihr riskantes Unternehmen im Palast nicht scheitert. Und ich hoffe, dass uns keine Abordnung Palastwachen überrascht und unter Anklage des Prinzessinnenraubs festnimmt.«

Feodora schenkte ihm ein Lächeln. »Ich werde versuchen, beides zu verhindern.«

KAPITEL 36:
DIE KAVALLERIE SITZT AUF

»Rätselhafter Todesfall in Wiesbaden. Gestern Abend wurde in einer Stadtwohnung an der Wilhelmstraße der Weltreisende Alexander Baldwin von seinen Freunden tot aufgefunden. Der Tote wies eine einzelne, gezielte Stichwunde in der Brust auf. Die Umstände deuten auf einen Raubmord hin, da ein kostbarer Dolch tibetanischen Ursprungs entwendet wurde. Seltsamerweise war die Wohnung abgeschlossen, und der Schlüssel steckte innen. Auch alle Fenster waren verriegelt und unbeschädigt.«

– *Frankfurter Zeitung, 26. April 1897*

26. April 1897, 23:58 Uhr GMT (18:58 Uhr Ortszeit)
Vereinigte Staaten von Amerika, New York,
New York Naval Shipyard

Wovoka hatte nie wirklich in der Prärie auf der Lauer gelegen, um sich an weiße Siedler anzuschleichen und anschließend in einem Überraschungsangriff über sie herzufallen. Dennoch bekam er an diesem Tag einen Eindruck davon, was für ein Gefühl das sein musste.

Nachdem er am späten Vormittag mit der Fähre Brooklyn erreicht hatte, war er um den Marinehafen geschlichen wie ein Raubtier um die Beute. Er hatte das weitläufige Gelände mit seinen Montagehallen und Lagerschuppen, den Verwaltungsgebäuden und den großen Trockendocks genau in Augenschein genommen, um sich ein Bild davon zu machen, worauf er achten musste, wenn er heimlich an Bord der *USS Brooklyn* zu gelangen versuchte.

Anschließend war er auf ein Dach unweit des Liegeplatzes des Kriegsschiffs geklettert und hatte selbiges genauer in Augenschein genommen. Dabei hatte der Paiute-Seher zwei Feststellungen gemacht. Die erste und offensichtlichere war, dass die *Brooklyn* ein Monstrum von einem Schiff war. Wovokas Schätzung nach maß sie rund vierhundert Fuß, und ihr auffällig gewölbter, stahlgrauer Rumpf starrte geradezu vor schweren Waffentürmen, während unter den Deckaufbauten vor allem die zwei hohen Aussichtsmasten und die dazwischen liegenden drei Schornsteine ins Auge fielen. Ein Schiff dieser Art hatte der Paiute noch nie gesehen, und er spürte ein zynisches Lachen in sich aufsteigen, als er daran dachte, dass sein Volk und andere Indianerstämme die Weißen drüben im Westen noch bis vor wenigen Jahren mit Pfeil und Bogen bekämpft hatten.

Die erstaunliche zweite Erkenntnis bestand darin, dass die *Brooklyn* irgendwie mehr war, als man auf den ersten Blick sehen konnte. Wovoka bemerkte es, als er das Schiff und seine Umgebung in der Wahrsicht überprüfte. Es hatte den Anschein, als verfüge das Kriegsschiff über weitere Aufbauten, einige unten am Rumpf angebracht, andere oben an Deck. Worum genau es sich handelte, vermochte er nicht zu sagen. Es konnten Maschinenelemente sein oder weitere geheime Waffen. Interessant daran war, dass jemand sie offensichtlich in einen Fadenkokon gehüllt und somit für gewöhnliche Augen unsichtbar gemacht hatte. Betrachtete man das Schiff an besagten Stellen in der Normalsicht, schien sich dort nichts als glatter, grauer Stahl zu befinden. *Es müssen Magier an Bord sein,* erkannte Wovoka. Damit hatte er nicht gerechnet, allerdings kam ihm diese Überraschung alles andere als ungelegen. *Möglicherweise finde ich dort genau das, was ich brauche: einen Mann, der genug von Magie versteht, um meinem Anliegen Gehör zu schenken, und der gleichzeitig einen hinreichend hohen Posten innehat, um mir helfen zu können.*

Auf diesen Gedanken hin hatte Wovoka begonnen, die Männer zu überprüfen, die auf dem Schiff ein und aus gingen. Allerdings konnte er keine Fadenaura entdecken, die auf eine magische Begabung hingedeutet hätte. Schließlich war er zu dem Ergebnis gekommen, dass er an Bord müsse. *Diejenigen, die für diese magisch getarnten Aufbauten zuständig sind, mögen sich gegenwärtig irgendwo in der Stadt herumtreiben; aber das Schiff läuft sicher nicht aus, ohne dass einer von ihnen an Bord ist.* Er würde sich also einfach auf dem Schiff verstecken und sich erst auf die Suche nach diesem Magieanwender begeben, nachdem die *Brooklyn* ihre Reise begonnen hatte. So lief er auch nicht Gefahr, von irgendeinem unwissenden, aber diensteifrigen Matrosen oder Unteroffizier abgewimmelt zu werden, wenn er mit seinem Anliegen in Erscheinung trat.

Als es schließlich zu dämmern begann, hielt Wovoka den Zeitpunkt für gekommen, seinen Plan in die Tat umzusetzen. Er beeinflusste seine Fadenaura, sodass sein Körper für normale Sinne unsichtbar und unhörbar wurde. Danach glitt er vom Dach des Lagerhauses und näherte sich vorsichtig dem Liegeplatz der *Brooklyn*. Obwohl die Matrosen und Hafenarbeiter ihn unmöglich wahrnehmen konnten, hielt er trotzdem einen sicheren Abstand zu jedem, der ihm über den Weg lief, drückte sich in Nischen oder schlich hinter aufgestapelten Kisten entlang. Im Umfeld des Kriegsschiffes gab es Magier, und es war schließlich nicht nötig, irgendein Risiko einzugehen. Immer wieder wechselte er kurz in die Wahrsicht, um nach magischen Gefahren Ausschau zu halten. In der Hauptsache verließ er sich aber auf seine gewöhnlichen Sinne, die ihm in einem Umfeld voller kleiner, im

Fadenwerk kaum sichtbarer Stolperfallen einfach zuverlässiger dienten.

Wovoka umrundete ein Trockendock, in dem ein älteres Dampfschiff überholt wurde. Dann huschte er im Schatten einer langen Lagerhalle bis zu den vorderen Piers, wo die *Brooklyn* vertäut war. Mittschiffs hatte jemand einen metallenen Laufsteg angebracht, über den man bequem an Bord gehen konnte. Doch nicht nur stand am unteren Ende auf dem Pier ein Wachmann, es verkehrten auch einfach zu viele Leute auf dem schmalen, mit Seilen gesicherten Zugangsweg. Die Gefahr, mit einem von ihnen zusammenzustoßen, war zu groß. Wovoka mochte unsichtbar und unhörbar sein, aber sein Körper stellte nach wie vor ein Hindernis dar.

Suchend ließ der Paiute-Seher seinen Blick über den Rumpf des Schiffes schweifen. *Wie wäre es hiermit?*, dachte er, als er einen weiteren möglichen Zugang entdeckte. Etwa auf der Höhe der Brücke befand sich eine längliche Öffnung im Rumpf, aus welcher der schlanke Lauf einer Kanone hervorragte. Das Fenster war nicht besonders hoch, aber durch seine Breite groß genug, um es einem geschickten Mann zu erlauben, ins Innere zu klettern. Wovoka wich zwei Matrosen aus, die eine hölzerne Seekiste in Richtung des Laufstegs schleppten, und glitt zu der Öffnung hinüber, die sich vielleicht drei Fuß oberhalb von ihm und doppelt so weit entfernt befand.

Rasch zog der Paiute-Seher seine Schuhe aus und knotete sie an den Schnürsenkeln zusammen, um sie sich um den Hals zu legen. Er wechselte in die Wahrsicht und feuerte ein Fadenbündel auf den oberen Rand der halbkreisförmig aus dem Rumpf hervorragenden Kanonenstellung ab. Lautlos schwang er sich vom Pier zum Stahlrumpf der *Brooklyn* hinüber. Das Metall war kühl und ein wenig feucht. Sich mit bloßen Füßen an der nach innen geneigten Schiffsseitenwand abstützend, kletterte er geschickt bis zu der Kanonenöffnung hinauf. Mit einer Hand packte Wovoka den Kanonenlauf, mit der anderen den unteren Fensterrand, und so zog er sich durch das Fenster, nur um dahinter sofort zu Boden zu gleiten und in die Hocke zu gehen.

Wachsam sah er sich um. Der Raum erwies sich als größer, als er angenommen hatte. Die Kanone ruhte auf einem schweren Sockel und ließ sich mithilfe von Zahnradschienen schwenken und neigen. Das Drehrad zum Schwenken der Waffe befand sich zwei Schritte entfernt mitten im Raum und wirkte dort seltsam verloren, aber der Konstrukteur hatte sich sicher etwas dabei gedacht. Links neben der Kanone befand sich ein kleineres Dreibeingeschütz, das durch einen schmaleren Schlitz im Rumpf nach draußen ragte, und im hinteren Teil des Raumes war eine dritte größere Geschützstellung montiert. Kisten mit Munition standen herum, und in der zum Heck weisenden Wand des Raumes befand sich eine Türöffnung, hinter der eine Treppe nach oben führte. Versteckmöglichkeiten gab es in dem offen gestalteten Raum leider keine. *Also die Treppe,* dachte Wovoka.

Er schlüpfte wieder in seine Schuhe und pirschte sich die metallenen Stufen hinauf. Oben waren Stimmen zu hören. Sie drangen durch ein offen stehendes Schott zur Rechten, das auf Deck führte. Zur Linken lag ein Gang, der sich nach drei Schritten gabelte. Überall hier war es gefährlich eng. Er musste schnell einen Unterschlupf finden, sonst war seine Entdeckung praktisch unvermeidlich.

Er huschte um die Ecke und sah sich unvermittelt einem kleinen, weißen, unglaublich hässlichen Hund gegenüber. Der Hund, der auf dem Gang gelegen hatte, sprang auf und starrte Wovoka – oder vielmehr die leere Stelle des Ganges, an der Wovoka stand – verwirrt an. Im nächsten Moment begann er, wie verrückt zu bellen. *Verdammt*, durchfuhr es den Paiute-Seher. *Er hat mich gerochen!* Natürlich hätte Wovoka in die Wahrsicht wechseln und die Fäden blockieren können, die von ihm aus direkt in die Nase des aufgeregten Tiers führten, aber dazu blieb keine Zeit. Schon konnte er Schritte hören, die sich aus einem der Räume dem Gang näherten. »Huckleberry, was ist denn los?«

Lautlos wirbelte Wovoka herum und stürzte durch die offene Luke hinaus aufs Deck. Dort war genug Platz, um der unmittelbaren Gefahr zu entrinnen. Der Paiute presste sich an die Wand, als ein Matrose an ihm vorbeilief; gleichzeitig sah er sich hektisch um. Hinter ihm trippelte der kleine Hund den Gang entlang und bellte eine unsichtbare Duftspur an. *Das Beiboot*, entschied Wovoka, als sein Blick auf ein neben dem vorderen Hauptgeschütz hängendes Gefährt fiel. Dort würde in der nächsten Zeit sicher niemand über ihn stolpern. Andererseits würde das Schwanken des Bootes, wenn er hineinsprang, bestimmt auffallen.

»Sei still, Huckleberry. Was machst du denn hier für ein Gezeter?« Ein Mann, vielleicht zehn Jahre jünger als Wovoka, mit lockigem braunen Haar und der praktischen Kleidung eines Stadtmenschen aus der arbeitenden Bevölkerung, tauchte hinter dem Hund auf.

Wovoka wartete keinen Augenblick länger. Ein gutes Versteck konnte er sich später suchen. Jetzt musste er erst einmal Abstand zu diesem Hund gewinnen. Sein Blick fiel auf die drei Schornsteine, an denen schmale Leitersprossen hinaufführten. *Besser als nichts.* Rasch feuerte er ein starkes Fadenbündel auf den mittleren Schornstein ab und ließ sich von diesem hinauf in die Luft ziehen. Ein kurzes Ächzen entrang sich seinen Lippen, als er gegen den hoch aufragenden Metallturm prallte, doch es gelang ihm, sich an einer der Sprossen festzuhalten, bevor seine Fadensicherung sich auflöste. Er wechselte in die Wahrsicht und verband sich mit flinken Fingern mit den Sprossen. Unten auf dem Deck trippelte der Hund verwirrt hin und her und bellte gelegentlich, so als versuche er, seine verschwundene Beute aufzuschrecken. Wovoka löste auch die letzten schwebenden Fäden, die auf seine Anwesenheit hindeuteten. Danach gönnte er sich einen Moment der Erleichterung, schloss kurz die Augen und atmete tief durch.

Das war knapp gewesen.

Kommen Sie vom Schornstein runter, und machen Sie keinen Ärger. Sonst erschieße ich Sie.

Erschrocken öffnete der Paiute-Seher die Augen wieder. Zu seinen Füßen sah er den jungen Mann. Dieser stand neben dem Hund auf Deck, und er hatte einen Revolver gezogen, mit dem er wie beiläufig in Wovokas Richtung zielte. Wovoka warf einen prüfenden Blick in die Wahrsicht. Sein Gegenüber war ein Magier. *So schnell wollte ich eigentlich nicht entdeckt werden*, dachte Wovoka missmutig. Aber eine weitere Flucht hatte nun keinen Sinn mehr.

Er glitt in die zweite Sphäre der Magie und sandte einen Gedanken an den jüngeren Mann. *Nicht schießen. Ich bin nicht Ihr Feind. Vielmehr habe ich jemanden wie Sie gesucht. Wo können wir ungestört reden?*

Der Mann schwieg einen Moment lang. *Kommen Sie her, und folgen Sie mir unauffällig*, ließ er dann vernehmen.

Vorsichtig sank Wovoka an einem Faden zu Boden und sprang anschließend vom Oberdeck zu dem Mann hinunter auf das Hauptdeck. Dieser verfolgte jeden seiner Schritte argwöhnisch. Als Wovoka vor ihm stand, pfiff er seinen Hund zu sich. »Komm, Huck, wir gehen wieder nach drinnen.«

Das Tier trottete an Wovoka vorbei, jetzt, da dieser auch seine letzten Fäden blockiert hatte, völlig ohne ihn zu bemerken. Sein Besitzer vollführte unterdessen eine knappe Bewegung aus dem Handgelenk, und ein Fadenbündel wickelte sich um Wovokas linken Arm. *Nur zur Sicherheit*, vernahm der Paiute-Seher die Stimme des Mannes in seinem Kopf. *Lösen Sie das Band, und Sie sind dran, Sie falscher Schornsteinfeger.*

Der andere Magier führte Wovoka ins Innere des Schiffes, durch einen Gang und eine Treppe hinunter bis zu einem Raum, der eine Art Offiziersmesse zu sein schien. Es gab eine Sitzecke mit Tisch und Bank und dazu eine kleine Bar. An einer Wand hing das kleine Gemälde eines Segelschiffs in rauer See. Durch ein einzelnes Bullauge fiel Licht ins Innere. »Sie bleiben hier, während ich die anderen hole«, sagte der Mann. »Und Sie können sich wieder enttarnen, sobald die Tür zu ist. Das macht es für uns alle einfacher.« Er wandte sich an den Hund. »Huck, du hältst auf dem Gang Wache.«

Wovoka bekam noch mit, wie sich der kleine weiße Hund auf den grauen Metallboden setzte, dann wurde die Luke geschlossen und von außen verriegelt. Ergeben kam er dem Befehl nach und löste den Fadenkokon auf. Anschließend wartete er.

Es dauerte gar nicht lange, bis sich die Tür wieder öffnete und der Mann mit zwei älteren Begleitern eintrat. Beide trugen dunkelblaue Marineuniformen, und den goldenen Tressen nach zu urteilen, bekleideten sie hohe Ränge. »Meine Herren, das ist der Eindringling, den ich an Bord aufgespürt habe.«

»Ein Indianer?«, entfuhr es dem linken der beiden, einem zur Fülle neigenden Mann mit sorgsam getrimmtem Schnurrbart und zurückweichendem Haaransatz.

»Ja. Über seine Absichten kann ich nichts sagen. Er behauptete, er habe jemanden wie mich gesucht. Ich nehme an, er meinte damit einen Magier. Er selbst ist übrigens ebenfalls einer – und, wenn ich das hinzufügen darf, er verfügt über enorme magische Kraft. Ich sage es nicht gerne, aber ich glaube, dass er mich hätte besiegen können, wenn er das gewollt hätte. Da er sich gleich ergeben hat, halte ich sein Anliegen für aufrichtig.«

»Natürlich ist mein Anliegen aufrichtig«, meldete sich Wovoka zu Wort.

»Schön, schön«, sagte der dritte Neuankömmling. Sein graues Haar lichtete sich bereits, und sein glatt rasiertes Gesicht war faltig. Er strahlte eine Autorität aus, der man sich nicht leicht entziehen konnte und die nicht allein seinem Alter oder der Uniform geschuldet war. »Vielleicht stellen wir uns erst einmal vor, und dann schauen wir, was unser Gast von uns will. Mein Name ist Admiral William Greer, ich bin der Leiter der Abteilung für Spezielle Operationen der Armee der Vereinigten Staaten von Amerika. Diese Gentlemen sind James Sawyer, ein Agent meiner Abteilung, und Captain Francis Cook, der Kommandant der *Brooklyn*.

Wovoka neigte grüßend den Kopf. »Unter den Weißen bin ich als Jack Wilson bekannt, mein eigentlicher Name aber lautet Wovoka. Ich bin ein Seher aus dem Stamm der Paiute.«

»Wovoka?«, wiederholte Greer. »Sind Sie nicht der Schamane, der die Geistertanzbewegung ausgelöst hat?«

Wovoka blickte ihn ruhig an. »Ja, Admiral, aber glauben Sie mir, dass meine Absichten stets dem Frieden galten. Das, was am Ende geschehen ist, habe ich nie gewollt.«

Sein Gegenüber brummte beipflichtend. »Nun ja, wer hat das schon gewollt? War eine furchtbare Schande, das Ganze.« Er schüttelte den Kopf, gleich darauf nickte er Wovoka auffordernd zu. »Also, Mister Wovoka. Dann erzählen Sie mal: Was wollen Sie von uns?«

»Ich brauche Ihr Schiff«, erklärte dieser schlicht.

Greer lachte kurz auf. »Ha, der Mann kommt gleich zur Sache. Und dann mit so einer Geschichte.« Er deutete auf die Sitzecke. »Machen wir es uns doch bequem, Mister Wovoka. Sie können sich gewiss vorstellen, dass ich für diesen Satz gerne eine sehr gute und vor allem ausführliche Erklärung hätte – auch oder vielleicht gerade von einem Mann wie Ihnen.«

Wovoka setzte sich und umriss den drei Männern, was er über die Vorfälle in Europa wusste. Er verlor kein Wort über den Kreis der Wächter der Wahren Quelle, noch ging er allzu sehr ins Detail über das, was er über die Quelle wusste. Doch selbst das Wenige, was er – über seine Vision vom Kampf um die Quelle hinaus – verriet, schien genug zu sein, denn zumindest Greer und Sawyer warfen sich bedeutungsvolle Blicke zu.

»Ihr Auftauchen kommt zu einem erstaunlich günstigen Zeitpunkt, Mister Wovoka«, sagte Greer, nachdem der Paiute geendet hatte. »Wir haben bereits vor gut einer Woche festgestellt, dass es zu einer Erschütterung der magischen Sphäre gekommen ist. Allerdings war es uns nicht möglich, den Grund dafür zu ermitteln. Vor vier Tagen erhielten wir dann eine Nachricht von einem unserer Männer aus Rom. Darin stand, dass der Vatikan glaube, die Briten hätten die Wahre Quelle der Magie gefunden und geöffnet. Da Sie nun das Gleiche erzählen, scheint an der Sache wirklich etwas dran zu sein. Verdammt ärgerlich das Ganze, so kurz vor dem Ehrentag unseres guten General Grants, aber was will man machen?« Der Admiral zuckte mit den Schultern. »Jedenfalls haben wir sofort die *Brooklyn* einsatzfähig gemacht, um der Angelegenheit nachzugehen. Sie haben sicher festgestellt, dass dieses Schiff, das meiner Abteilung untersteht, ein paar Asse im Ärmel hat; Dank sei unserem begabten Mister Tesla. Ein Problem haben wir allerdings noch: Leider kennen wir die Lage der Quelle nicht.«

»Ich vermag die Quelle für Sie zu finden, wenn Sie mir gestatten, Sie zu begleiten«, sagte Wovoka. »Aber ich dachte, die *Brooklyn* sei wegen des Kronjubiläums der britischen Königin auf dem Weg nach England.«

»Genau genommen soll sie eine Delegation hoher Würdenträger dorthin bringen«, sagte Greer mit einem Nicken. »Das zumindest haben wir der Presse als Grund für unser Auslaufen zugesteckt. Ursprünglich sollte die Delegation ein anderes Schiff nehmen, aber da die *Brooklyn* neuer und imposanter ist, hat sich an dieser Planänderung niemand gestört. Bedauerlicherweise werden wir hundert Seemeilen vor der Küste einen Maschinenschaden haben, und besagte Würdenträger werden dann doch mit dem ursprünglichen Schiff, das uns als Begleitung zugeteilt wurde, nach England fahren. Anschließend wird sich die *Brooklyn* ihrer eigentlichen Aufgabe widmen.«

Das alles kam Wovoka reichlich kompliziert vor, aber Greer wusste sicher besser, was getan werden musste, um die nötige Geheimhaltung zu gewährleisten. »Ich verstehe«, sagte er daher nur. »Und ich möchte mein Angebot gerne wiederholen: Wenn ich mit Ihnen fahren darf, kann ich Sie zur Quelle bringen. Wir gewinnen hierbei alle. Ohne Sie muss ich mich nach einem anderen Schiff umschauen und verliere Zeit. Und ohne mich müssen Sie nach der Quelle im Atlantik suchen und verlieren ebenfalls Zeit.

Da die Zeit jedoch drängt, sollten wir sie nicht verschwenden, indem jeder für sich alleine kämpft.«

»Admiral«, meldete sich Cook zu Wort. »Sie wollen diesen Mann doch nicht tatsächlich an Bord lassen? Er hat sich hier eingeschlichen. Wer weiß, was er angestellt hätte, wenn Mister Sawyer ihn nicht entdeckt hätte. Er könnte sogar ein Diener des Feindes sein, geschickt, um uns zu behindern, bis die Briten ihre Macht über die Quelle gefestigt haben.«

»Ein Indianer als Spion der Briten?«, fragte Sawyer belustigt. »Das ist doch lächerlich.«

Greer gebot seinem Untergebenen mit einer Geste zu schweigen. »Lassen Sie mich das klären, Mister Sawyer.« Der Admiral richtete einen prüfenden Blick auf Wovoka. Seine grauen Augen nahmen dabei einen gelblichen Schimmer an. »Und, Mister Wovoka: Sind Sie ein Spion des Feindes?«

»Nein, das bin ich nicht«, erwiderte dieser ruhig.

»Und Sie sind auch keine verrückte Rothaut, die mithilfe der Wahren Quelle eine neue Ära der Magie einläuten will?«

»Keine Angst, Admiral, auch das nicht.«

Das schwache Glimmen in den Augen Greers erlosch. » Ich glaube Ihnen«, sagte er.

»Vielen Dank. Ich hatte befürchtet, dass es schwerer werden würde, jemanden hier an Bord von meinem Anliegen zu überzeugen«, gestand Wovoka.

Ein Lächeln trat auf Greers Lippen. »Sie hatten das Glück, Mister Sawyer und mir zu begegnen, die wir beide keine ganz gewöhnlichen Armeeangehörigen sind.« In seine Stimme trat ein warnender Unterton. »Man nennt mich einen guten Menschenkenner, Mister Wovoka. Ruinieren Sie mir nicht meinen Ruf, verstanden?«

»Das werde ich nicht, ich verspreche es.«

Der magisch begabte Admiral erhob sich und streckte dem Paiute-Seher die Hand hin. »Dann willkommen an Bord.«

27. April 1897, 06:56 Uhr GMT (05:56 Uhr Ortszeit)
Atlantik, etwa 890 Seemeilen südwestlich von England

»Verschwinde aus meinem Kopf … verschwinde …« Schwer atmend saß Robert Pennington auf dem Rand seiner Koje. Er presste die Hände gegen die Schläfen, und sein Oberkörper schaukelte leicht vor und zurück wie bei einem Mann, dem ein Schock zeitweilig den Verstand geraubt hatte. Tatsächlich drohte ihm jedoch nicht der Verlust seines Verstandes, sondern der seines Körpers.

»Hör auf, dich zu wehren. Du kannst mich nicht besiegen«, knurrte er sich selbst an. Die Stimme kam ihm dunkler vor als seine gewöhnliche, und sie hatte einen grausamen Klang. Sie gehörte nicht ihm, auch wenn sie aus seinem Mund drang.

»Niemals, du Monster«, keuchte Robert und hämmerte sich mit den Fäusten gegen den Kopf. Mittlerweile hatte er eine sehr genaue Ahnung davon, welcher fremde Geist da in ihm steckte: der dieses wahnsinnigen vermummten Mörders, der Elisabeth auf dem Gewissen hatte. Ihr gemeinsamer Sturz in die Sphäre der Magie musste irgendwie zu einer Verschmelzung geführt haben. Robert hatte keine Vorstellung davon, wie so etwas vonstatten gehen konnte. Aber andererseits hatte er in den letzten Tagen bereits einiges erlebt, das jeder normalen Wissenschaft zu spotten schien.

Er stöhnte auf, als der Schmerz in seinem Kopf erneut zunahm. Dieser Kampf um die Vorherrschaft in seinem Körper währte nun schon seit einer gefühlten Ewigkeit, und mehr und mehr spürte Robert, wie er die Kontrolle verlor. Die ganze Nacht hatte er darum gerungen, Jonathan um Hilfe zu rufen, aber der Parasit in seinem Leib hatte es ihm nicht erlaubt. Langsam wusste er nicht mehr, was er tun sollte. Verzweiflung drohte ihn zu übermannen.

Ergib dich!, dröhnte die Stimme des anderen in seinem Kopf.

»Nein … Ich werde Jonathan töten! Nein! Du Ungeheuer!«

Robert verfiel in ein unartikuliertes Wimmern. Seine Haut fühlte sich heiß und fiebrig an, und sein Herz raste dermaßen, dass er jeden Moment erwartete, an einem Infarkt zu sterben. *Aber vielleicht …*

Sein Blick fiel auf das Messer auf dem Tisch. *Vielleicht war das …*

Denk nicht einmal daran! Denk nicht dran.

Er sprang auf, hechtete auf den Tisch zu, stützte sich an der Tischkante ab und wurde wie eine Gliederpuppe zurückgerissen, als sein innerer Feind erkannte, was er vorhatte. Robert stieß ein wütendes Knurren aus und zwang seine Hand zurück auf die Tischplatte. Seine Finger verkrampften sich, während sie sich quälend langsam auf das Messer zubewegten. Ein rascher Stich, ein rascher Schnitt und es würde vorbei sein. Er war bereit gewesen, sich für seine Gefährten zu opfern. Er hätte bereits damals in der Magiespalte sterben sollen. Das neue Leben, das ihm geschenkt worden war, wollte er nicht. Er ertrug es nicht länger.

Nein! So endet es nicht!, schrie es in seinem Kopf.

Roberts Finger schlossen sich um den Griff des Messers. Keuchend hob er die Hand mit der Waffe, richtete sie auf seine Brust. Seine linke Hand schoss nach vorne und packte das Gelenk der rechten mit stählernem Griff. Er war so stark, so grauenhaft stark …

Ich bin stärker als du, dachte er, aber er wusste nicht mehr, welcher Teil von ihm für den Gedanken verantwortlich war. Rötliche Flecken tanzten vor seinen Augen, und er schwankte, als stampfe das Schiff des Holländers durch schwere See. Wo war das Messer? Hielt er es noch in der Hand? *Ich habe es verloren*, durchzuckte es ihn panisch. *Ich habe …* Er riss die Augen auf, versuchte, das Flimmern in seinem Sichtfeld zu verdrängen. Da war es. Er hatte es noch. Die im gelben Licht der Zimmerlaterne schimmernde Klinge zitterte. Sie war ihm jetzt ganz nah, schwebte unterhalb seiner Kehle. Nur noch ein kräftiger Ruck, und es wäre vorbei.

Du besiegst mich nicht, du Mistkerl.

Robert nahm alle Kraft zusammen und stach zu! Er verspürte einen kurzen Schmerz. Dann wurde es dunkel um ihn.

Diese kleine Ratte!, dachte der Franzose, als er angewidert das Messer von sich warf und nach der Schnittwunde an seinem Hals tastete. Zum Glück war es nur ein Kratzer. Im letzten Augenblick hatte er die Oberhand gewonnen. Aber es war verflucht knapp gewesen. *Dieser verrückte Brite hätte sich beinahe selbst geopfert – und mich gleich mit –, um nicht zum Mörder seiner Gefährten zu werden.*

Das musste ein Ende haben. Dieser Kampf zehrte seine magischen Reserven auf. Lange hielt er das nicht mehr durch, und wenn er erst einmal die Kontrolle über seinen neuen Körper verlor, würden die letzten Überbleibsel seines Geistes, die es auf irgendeine magische Weise ins Bewusstsein Robert Penningtons geschafft hatten, verwehen wie eine Rauchfahne im Wind. Das durfte er nicht zulassen.

Er trat vor die kleine Waschgelegenheit des Zimmers – nicht mehr als eine Schüssel, ein Wasserkrug und ein hartes Stück Seife – und blickte in den kleinen, fleckigen Spiegel, der darüber hing. Das bleiche, schweißfeuchte Gesicht war nicht das seine; der Bart wirkte zu fesch und das Kinn zu heroisch. Aber in den Augen fand er sich wieder, und das war schon etwas wert. *Ich muss Pennington loswerden. Nur wie?*

Der Franzose traute sich nicht, in die zweite Sphäre zu wechseln und zu versuchen, Penningtons Geist aus seinem Körper herauszulösen. Zum einen würde er die Schmerzen dabei spüren wie seine eigenen, und zum anderen bestand die nicht unbeträchtliche Gefahr, dass er sich dabei selbst auslöschte oder zumindest Teile seines Ichs verlor. *Also hilft nur eines. Ich muss stärker werden.*

Das war leichter gesagt als getan. Schon spürte er, wie sich Robert Pennington erneut gegen die Ketten aufbäumte, die ihm der Franzose anlegt hatte. Früher oder später würde er sie zerreißen und ihm wieder die Kontrolle über diesen Körper streitig machen. Und so unbeugsam und stark der Geist des Franzosen auch sein mochte, Pennington hatte in seinem eigenen Leib leider einen beträchtlichen Vorteil. Der Franzose knurrte und ballte die Fäuste. Er brauchte einen Fokus, der ihm half, bei sich zu bleiben. Er musste …

Auf einmal hielt er inne. Spielten ihm seine neuen Ohren auf einmal einen Streich, oder hatte er eben tatsächlich etwas gehört, das wie der helle Ruf eines Wanderfalken klang? *Ist es möglich, dass er mir gefolgt ist?*, fragte er sich.

Rasch durchquerte er die kleine Kabine und öffnete die Tür. Er musste es wissen, auch wenn er dabei Gefahr lief, diesem unsäglichen Holländer zu begegnen, der seine Kräfte viel zu gut in seiner Fadenaura zu verbergen vermochte, um ein Gegner zu sein, den man außer Acht lassen durfte.

So leise wie möglich huschte der Franzose den Gang hinunter in Richtung Deck. Als er an Kenthams Kabine vorbeikam, spürte er, wie der kaum zu unterdrückende Drang, nach Hilfe zu rufen, in ihm aufstieg. Er biss die Zähne zusammen und hielt sich den Mund zu. Der Laut kam als unterdrücktes Grunzen über seine Lippen. *Wenn ich jetzt jemandem über den Weg laufe, denkt derjenige vermutlich, mir wäre übel*, kam es ihm in den Sinn. Nicht die schlechteste Ausrede, um in Richtung Deck zu stürmen.

Er erreichte die Tür zum Hauptdeck, öffnete sie und begab sich ins Freie. Den Oberkörper nach vorne gebeugt, hastete er zur Reling hinüber und krümmte sich darüber. In diesem Augenblick spürte er, wie seine Beine versuchten, sich abzustoßen und ihn über den Rand des Schiffes zu katapultieren. Instinktiv klammerte er sich an der Reling fest und zwang sich, den Sprung abzubrechen. *Pennington, du Mistkerl*, dachte er. *Wolltest du uns etwa ins Meer stürzen?*

Der Franzose atmete tief durch, und seine verstohlenen Blicke huschten dabei über Deck. Es war niemand zu sehen. Selbst das Steuer war unbemannt, allerdings mit einem Tau befestigt. Mit vollen Segeln glitt das Schiff vor der Morgendämmerung her über den Ozean. Es konnte nur noch eine Frage der Zeit sein, bis der Holländer es wieder in dichten Nebel hüllen würde.

Der Franzose legte den Kopf in den Nacken und suchte die Takelage ab. »Richelieu«, flüsterte er. Er wagte es nicht, die Stimme zu heben, aber das war für gewöhnlich auch nicht nötig. Der Falke hatte scharfe Sinne und würde ihn bereits bemerkt haben, wenn er hier irgendwo war.

Wie zur Bestätigung stürzte sich unvermittelt ein kleiner dunkler Schatten vom höchsten Mastbaum herab und schoss auf den Franzosen zu. Dieser hob den Arm, doch der Falke wich ihm aus, flatterte noch zweimal und landete auf der nahen Reling. Er legte den Kopf schief und musterte den Mann vor sich aus gelben Raubvogelaugen. »Richelieu, ich bin es«, sagte der Franzose. Er sprach mit dem Vogel Französisch, auch wenn Pennington ihn in seinem Geist mit englischen Vokabeln verwirrte.

Richelieu krächzte einmal kurz, dann breitete er die Flügel aus und schraubte sich wieder hinauf zu seinem Versteck oben im Ausguck des Schiffes. Der Franzose blickte ihm ruhig nach. Der Wanderfalke hatte ihn erkannt, da war er sich ziemlich sicher. Also musste sein Wegfliegen einen anderen Grund haben.

Er erkannte auch, welchen, als Richelieu gleich darauf wieder auftauchte und sich ein zweites Mal zu ihm gesellte. Diesmal landete er auf seinem ausgestreckten linken Arm. In seinem gebogenen Schnabel trug er einen Gegenstand. *Meine Brille*, erkannte der Franzose, und sein Herzschlag beschleunigte sich. Behutsam nahm er dem Vogel das schmale Gestell mit den nachtschwarz getönten Gläsern ab. Er setzte die Brille auf, und schon im nächsten Augenblick spürte er, wie ihn die Macht des magischen Artefakts zu durchströmen begann. Unwillkürlich breitete sich ein zufriedenes Lächeln auf seinem Gesicht aus. Nun würde ihm Penningtons Geist keine Schwierigkeiten mehr bereiten. Endlich konnte er sich ungestört um seinen Auftrag kümmern. *Jetzt bin ich wieder im Spiel …*

27. April 1897, 07:35 Uhr GMT
England, London, Buckingham Palace

Die halbe Nacht über hatte Feodora nicht schlafen können, und das aus verschiedenen Gründen. Zunächst hatte sie sich über Captain Connery geärgert, der sich seinerseits furchtbar über sie aufgeregt hatte, nachdem sie vollkommen verspätet wieder beim Lyceum-Theater eingetroffen war. Es mochte ja sein gutes Recht sein, einen gewissen Unmut über ihr Verhalten zu verspüren, aber ihr vor aller Augen eine derartige Szene zu machen, zeugte weder vom nötigen Anstand, den ein echter Gentleman haben sollte, noch vom Respekt, den sie von ihm erwartete. Die Kutschfahrt war in eisigem Schweigen verlaufen, und auch wenn Feodora gelinde Gewissensbisse verspürte, hatte sie es überhaupt nicht eingesehen, nach diesem Vorfall bei dem geplagten Captain um Verzeihung zu bitten.

Kaum dass er sie beim Buckingham Palace abgeliefert hatte und mit steinerner Miene von dannen gefahren war, hatte sie sich deswegen schuldig gefühlt. Zu Beginn des Abends war er ihr gegenüber so zuvorkommend gewesen, und vermutlich hatte ihn nur die Sorge um die Frau, die ihm die Tochter Queen Victorias persönlich anvertraut hatte, dazu verleitet, die Haltung zu verlieren. Schließlich wusste er ja nicht, was wirklich vorgefallen war, sondern hatte nur festgestellt, dass Feodora nach der Theaterpause unter einer fadenscheinigen Entschuldigung spurlos verschwunden war. Diese Schuldgefühle hatten sie bis in ihre Gemächer und ins Bett verfolgt.

Irgendwann gegen ein Uhr nachts waren sie von Zweifeln abgelöst worden, Zweifeln darüber, ob sie sich nicht zu einer schrecklichen Dummheit hatte hinreißen lassen. Das Gespräch mit Mister Cutler kam ihr wieder in den Sinn, und mit etwas Abstand betrachtet ergaben all seine Einwände zunehmend Sinn. Ihre Großtante würde ihr Vorhaben niemals gutheißen, und wenn Louise herausfand, dass Feodora sie belogen hatte, indem sie behauptete, eine Freundin zu besuchen, während sie in Wirklichkeit mit mehr als einem halben Dutzend wildfremder Männer an Bord eines viel zu kleinen Bootes auf eine überaus gefährliche Seereise ging, würde sich der Zorn Captain Connerys gegen den ihrer Tante wie ein laues Lüftchen gegenüber einem Gewittersturm ausmachen.

Abgesehen davon musste Feodora sich eingestehen – so sehr sie das auch ärgerte –, dass sie ein bisschen Angst vor ihrem eigenen Mut hatte. Sie beabsichtigte, die Königin des Britischen Empires zu bestehlen und ihre Unterschrift zu fälschen. Mister Peabody hatte das als Landesverrat bezeichnet. Gab es in solch einem Fall eigentlich mildernde Umstände für Familienangehörige? Direkt danach würde sie mit einer Gruppe von Männern, die sie erst seit wenigen Stunden kannte, hinaus auf See fahren. Wenn diese sich als nicht ganz so wohlmeinend erwiesen, wie sie den Anschein erweckten, würde Feodora mitten auf dem Meer weder vor ihnen fliehen können noch auf Hilfe hoffen dürfen. Und um all dem die Krone aufzusetzen, würde sie letztendlich einem Mann gegenübertreten, der den Beschreibungen der Magier zufolge vollkommen skrupellos und zudem größenwahnsinnig war, und sie würde versuchen, ihn zu überzeugen, von seinem Tun abzulassen und friedlich mit ihnen nach England zurückzukehren. Was, wenn Wellington das falsche Schreiben einfach mit kaltem Lächeln in zwei Teile zerriss und sie samt ihren Begleitern umbrachte? *Heilige Mutter Gottes, vielleicht sollte ich den morgigen Tag lieber im Bett verbringen, vorgeben, krank zu sein, und Mister Cutler und seine Mitstreiter ihre Probleme alleine lösen lassen.*

Doch schließlich, so gegen zwei Uhr, waren ihr Trotz und ihr Stolz wieder erwacht. Sie hatte so erbittert dafür gekämpft, Teil dieses Abenteuers sein zu dürfen. Sie hatte Cutler gesagt, dass sie aus dem starren Hofzeremoniell, das sie in Ketten legte, ausbrechen und etwas bewegen wolle, dass sie diese Reise unternehmen müsse, um zu erfahren, wer sie wirklich sei. Natürlich hatte sie mit diesen großen Worten etwas übertrieben, aber im

Kern entsprachen sie schon der Wahrheit. *Wenn ich mich hinter den Mauern des Buckingham Palace verstecke, werde ich genau das sein, was ich nicht mehr sein will: eine im goldenen Käfig sitzende Adlige, die ein Leben im Überfluss, aber ohne Sinn führt. Will ich aber eine Magierin werden, will ich werden wie Mister Cutler und seine Freunde, so muss ich ihnen auch zur Seite stehen, wenn sie mich brauchen!* Mit dieser Erkenntnis, die zugleich ein Entschluss war, hatte sich Feodora daran gemacht, ihre nächsten Schritte zu planen – und darüber war mindestens eine weitere Stunde der Nacht verstrichen.

Sie hatte keine Ahnung, wie spät es gewesen war, als sie schließlich einschlief, aber als sie erwachte, zeigte die Uhr an der Wand bereits kurz nach halb acht am Morgen an. Ihre Hoffnung, ungesehen in die Gemächer der Königin zu gelangen, dürften sich damit zerschlagen haben. *Ich wage es trotzdem,* dachte sie.

Sie klingelte nach Mina und begann, sich derweil frisch zu machen. »Ich beabsichtige, für ein paar Tage aufs Land zu fahren«, erklärte sie ihrer Zofe, als diese eintraf. »Gestern im Theater habe ich eine alte Bekannte getroffen, die mich zu sich eingeladen hat. Ich werde in einer Stunde aufbrechen. Leg mir bis dahin bitte ein paar wetterfeste Reisekleider zurecht und pack einen Koffer – aber nimm den kleinen, ich brauche nicht viel. Die liebe Alice versprach mir, dass es mir bei ihr an nichts mangeln wird.«

»Jawohl, Hoheit. Ich werde gleich für uns packen.«

»Nicht für uns, Mina, nur für mich. Du begleitest mich diesmal nicht. Ich gebe dir vier Tage frei.«

»Oh.« Die junge Frau machte ein betroffenes Gesicht.

»Keine Sorge, meine Liebe.« Feodora tätschelte Minas Hand. »Ich bin nicht unzufrieden mit deiner Arbeit, falls es das ist, was du fürchtest. Ich nehme Alice nur beim Wort und möchte schauen, ob sie mich wirklich rundum versorgen wird. Also mach dir eine schöne Zeit, bis ich zurückkehre.«

»Ja, Hoheit. Danke.« Das Mädchen machte einen Knicks.

Feodora blickte an ihr vorbei zur Tür. »So, nun habe ich noch etwas zu erledigen, Mina. Wenn ich zurückkehre, hoffe ich, alles vorbereitet vorzufinden.«

»Natürlich. Ich werde mich beeilen.«

»Du bist ein Engel.« Feodora ging zur Tür hinüber, öffnete sie und trat hinaus in den Korridor. Zielstrebigen Schrittes machte sie sich auf den Weg.

Die Prinzessin folgte den Fluren und Treppen des Buckingham Palace bis zu dem Teil im Nordflügel, in dem die Gemächer der Königin lagen. Genau genommen handelte es sich nur um ein zeitweiliges Quartier. Aus den Briefen der Queen an ihre Großmutter wusste Feodora, dass diese lieber in Windsor oder Balmoral Castle weilte als hier. Aufgrund der Feierlichkeiten zu ihrem diamantenen Kronjubiläum hatte sie jedoch im Palast einige Räume für sich herrichten lassen.

Am Eingang des Flügels standen zwei Wächter und starrten Feodora grimmig entgegen. Natürlich waren die Gemächer der Königin bewacht, aber Feodora war nicht irgendeine Palastbewohnerin, sodass die beiden uniformierten Männer ihr nur einen kurzen Blick zuwarfen und dann weiter unverwandt geradeaus blickten, während sie freundlich lächelnd an ihnen vorbeiging.

Ungehindert erreichte sie ihr Ziel. Bevor sie die Tür öffnete, warf sie einen raschen Blick den Korridor hinauf und hinab. Niemand war zu sehen, der sich fragen könnte, was sie um diese Uhrzeit hier wohl trieb. Niemand ... bis auf Edward Bootle-Wilbraham, den 1st Earl of Lathom und Lord-Kammerherr Victorias, der mitten im Raum stand und Feodora verblüfft anschaute, als sie zur Tür hereinkam.

»Prinzessin!«, entfuhr es ihm. »Was machen Sie denn hier?«

»Ich ... äh ...« Ihre Gedanken rasten. »Meine Großtante Louise hat mich hierher bestellt.«

»Die Duchess of Argyll ist nicht da«, teilte ihr Bootle-Wilbraham das Offensichtliche mit. »Meines Wissens hat sie den Palast verlassen, um einige Erledigungen zu machen.«

»Gestern sagte sie, ich solle mich heute in der Frühe hier einfinden«, beharrte Feodora. »Und was machen *Sie* hier?«

»Ich überprüfe die Räumlichkeiten Ihrer Majestät, damit alles seine Richtigkeit hat, wenn sie aus Frankreich zurückkehrt«, erklärte der Lord-Kammerherr und hielt wie zur Bekräftigung einen Notizblock hoch, den er bei sich trug.

»Nun gut. Lassen Sie sich dabei nicht stören. Ich setze mich einfach dort drüben in den Sessel und warte auf die Rückkehr meiner Großtante.« Feodora begab sich zu einem der dick gepolsterten Möbelstücke.

»Ich bin schon fertig hier«, erklärte ihr Gegenüber. »Ich werde Sie daher allein lassen. Aber ich kann Ihnen wirklich nicht sagen, wie bald die Duchess zurückkehrt. Wäre es nicht besser, Sie erwarten sie in Ihren Gemächern und ich lasse nach ihrer Rückkehr nach Ihnen schicken?«

»Nein, danke. Ich sitze bequem hier.« Feodora bedachte ihn mit einem zuckersüßen Lächeln, das keine Widerrede zuließ.

Bootle-Wilbraham nickte nur steif, machte kehrt und ging aus dem Raum.

Feodora wartete noch ein paar Minuten, um ganz sicher zu gehen, dass er nicht noch irgendetwas vergessen hatte. Dann stand sie auf und begann scheinbar gelangweilt in dem Audienzzimmer hin und her zu schlendern. Schließlich blieb sie vor der Tür zum Arbeitszimmer der Königin stehen, warf einen letzten verstohlenen Blick über die Schulter und drückte die Klinke hinunter. Lautlos schwang die hohe Flügeltür auf. Dahinter lag ein kleinerer Raum, der deutlich praktischer und weniger repräsentativ eingerichtet war. Neben einigen Regalen, in denen schwere Lederfolianten standen, zog vor allem ein wuchtiger Schreibtisch die Blicke aller Hereinkommenden sofort auf sich. Hier, so wusste Feodora, bearbeitete ihre Urgroßmutter ihre Korrespondenz.

Eilig huschte sie darauf zu und begann, wahllos die Schubladen zu öffnen. Sie war einmal im Raum zugegen gewesen, als ihre Urgroßmutter ein Dokument mit ihrem Siegel signiert hatte, aber sie konnte sich nicht mehr daran erinnern, wo genau diese es anschließend hingeräumt hatte. *Verflixt, wo ist es nur?*

In diesem Augenblick hörte sie, wie im Nachbarzimmer die Tür geöffnet wurde. *Oh nein, oh nein.* Sie zog die nächste Schublade auf. Briefpapier, ein Tintenfässchen …

»Prinzessin?« Es war Bootle-Wilbraham. Er war doch noch einmal zurückgekehrt.

Nein, nein, nein. Doch! Da war es! Das Kästchen mit dem Siegelstempel. Rasch holte sie es aus der Schublade und ließ es in eine Tasche ihres Reisekleides gleiten. Sie schloss die Schublade wieder, huschte quer durch den Raum und entriegelte das Fenster. Keine Sekunde zu früh!

»Prinzessin?« Mit fragender Stimme steckte der Lord-Kammerherr den Kopf in den Raum. »Was suchen Sie im Arbeitszimmer ihrer Majestät? Sie dürfen diesen Raum nicht betreten.« Der bärtige Mann runzelte die Stirn.

Feodora machte ein argloses Gesicht. »Ich … ich dachte, ich hätte etwas gehört. Als ich nachschauen ging, sah ich, dass das Fenster halb offen stand. Irgendjemand muss es nicht richtig geschlossen haben, und der Wind hat es aufgedrückt.« Sie machte das Fenster geräuschvoll zu. »So, alles wieder in Ordnung.«

»Ja, hm, nun schön.« Bootle-Wilbraham räusperte sich. »Ich bin zurückgekommen, um Ihnen mitzuteilen, dass die Duchess nicht vor dem Mittagessen zurückerwartet wird. Vielleicht möchten Sie in diesem Fall doch lieber …«

»Sie haben vollkommen recht, mein Herr. So lange will ich wirklich nicht hier warten. Ich danke Ihnen, dass Sie mir Bescheid gegeben haben.«

»Keine Ursache, Prinzessin.«

Feodora trat an ihm vorbei und machte sich auf den Rückweg zu ihren Gemächern. Wie versprochen hatte Mina dort bereits ihre Reisekleidung herausgelegt. Derweil sie noch damit beschäftigt war, den kleinen Koffer fertig zu packen, setzte Feodora sich hin und verfasste rasch ein paar Zeilen an ihre Großtante, in der sie ihr das Gleiche mitteilte, was sie Mina zuvor erzählt hatte. Natürlich war die Ausrede fadenscheinig und würde schnell auffliegen. Bis dahin allerdings hoffte sie, bereits draußen auf dem Atlantik zu sein.

»Gib das hier der Duchess of Argyll«, sagte Feodora, als sie den Brief beendet und in ein Kuvert gesteckt hatte.

»Sehr wohl, Hoheit«, bestätigte Mina mit einem Nicken.

»Und jetzt hol mir einen Diener, der meinen Koffer trägt. Danach kannst du gehen.«

»Ja, Hoheit. Ich wünsche Ihnen ein paar schöne Tage bei Ihrer Freundin.«

»Danke, meine Liebe. Dir auch eine schöne Zeit. Vielleicht verbringst du sie mit diesem jungen Gärtner, der dir schon mehr als einen schmachtenden Blick zugeworfen hat, wenn wir im Park spazieren waren.« Feodora zwinkerte ihrer Zofe vielsagend zu, die daraufhin errötete.

Kurz darauf traf der Diener ein, Feodora verabschiedete sich von Mina und begab sich zum Innenhof, wo sie sich eine Kutsche rufen ließ. »Nach St. Paul's«, befahl sie dem Kutscher in der Absicht, eine zweite falsche Fährte zu legen, sollte die erste zu schnell als solche erkannt werden. Als das Gespann anfuhr, gestattete Feodora sich ein zufriedenes Lächeln. Die erste Herausforderung hatte sie bereits gemeistert. Der spannendere Teil ihrer Reise stand ihr allerdings noch bevor.

27. April 1897, 10:03 Uhr GMT
England, London, Ecke Albion Street/Renforth Street

»Sind wir bereit, meine Freunde?« Cutler, der im *Golden Crown* stand, blickte auffordernd in die Runde.

»So bereit, wie man nur sein kann«, erwiderte Doktor Westinghouse stellvertretend für die Übrigen.

Nach einigen Debatten am späten gestrigen Abend bestand ihre Gruppe nun – neben Cutler – aus Westinghouse und Colonel Binnington sowie Misses Blackwood und Thomas Home, einem jüngeren Bruder des in Magierkreisen berüchtigten Selbstdarstellers Daniel Dunglas Home. Der Doktor und der Colonel waren beide Kriegsveteranen und schienen somit für ein derartiges Himmelfahrtskommando gut geeignet. Blackwood hatte auf ihrer Teilnahme bestanden, nachdem sie erfahren hatte, dass eine junge Dame an Bord sein würde. Und Home war ein begabter Fadenweber, der sich auf der Reise einige Schutzmaßnahmen ausdenken sollte, um die Erfolgsaussichten ihrer Mission zu verbessern.

Darüber hinaus hatte Cutler den Inder Ajatashatru Chandrashekhar Khan gebeten, ihn am Themseufer unweit des Liegeplatzes der *Turbinia* zu treffen. Noch um Mitternacht hatte er Peabody mit einer entsprechenden Nachricht nach Soho geschickt, nachdem ihm am gestrigen Abend auf dem Heimweg eine fatale Schwäche ihres großartigen Plans aufgefallen war. »Wellington ist ein begabter Telepath. Er muss nur einen Blick in unseren Geist werfen, wenn wir ihm den Brief übergeben, und er wird herausfinden, dass wir ihn auszutricksen versuchen«, hatte er zu Filby und Peabody gesagt. Die drei Männer waren daraufhin übereingekommen, den anderen nichts von dem falschen Brief zu sagen und außerdem die Gefahr einer Entdeckung dadurch zu minimieren, dass der Professor und der Anwalt in London zurückblieben.

Cutler andererseits musste gehen. Es hätte Verdacht erregt, wenn der ehemalige Sekretär Dunholms nicht Teil einer Delegation des Ordens des Silbernen Kreises gewesen wäre. Seinen Schutz – und auch den Feodoras – sollte Khan gewährleisten. Der Magier indischer Abstammung war ein ungemein talentierter Hypnotiseur, und er würde Cutler und die Prinzessin nach dem Verfertigen des falschen Briefs einer Behandlung unterziehen, die sie glauben machen würde, der Brief sei tatsächlich echt. Natürlich musste das alles heimlich und noch vor ihrer Abreise vonstatten gehen, denn auch die anderen Magier des Ordens kannten Khans Begabung, und wenn er an Bord gewesen wäre – ganz gleich wie kurz –, hätte Wellington diesen Umstand in ihrem Geist entdecken und misstrauisch werden können.

»Also machen wir uns auf den Weg.« Cutler sah zu Filby und Peabody hinüber, die mit den Resten des Ordens – Richardson, Winterbottom, Miss Spellman, dem jungen Harold Porter und allen anderen – zusammengekommen waren, um die Gruppe zu verabschieden. »Passen Sie gut auf sich auf«, sagte er. »Und beten Sie für uns, dass wir alle heil zurückkehren.«

Aus den Augenwinkeln bemerkte Cutler, dass Marjorie Morland auf Blackwood zutrat, die Hand hob und diese an die Wange der älteren Frau legte. »Du wirst nicht sterben«, sagte sie leise.

»Nein, Liebes, das werde ich nicht«, gab Blackwood zurück. Mit sanfter Gewalt schob sie die elfenhafte Frau von sich und ergriff die kleine Reisetasche, die sie zusammen mit einigen Kleidungsstücken in den letzten Tagen heimlich aus ihrer Wohnung zum *Golden Crown* gebracht hatte. Sie alle reisten mit leichtem Gepäck, zum einen, weil es an Bord der *Turbinia* nur wenig Platz gab, zum anderen, weil sie darauf hofften, dass ihr Ausflug nicht allzu lange dauern würde.

Cutler gab ein Zeichen, und Peabodys Kompagnon Richardson schloss ihnen die Tür auf. »Gott schütze Sie«, rief Miss Spellman ihnen nach, als sie auf die Straße traten.

Oh ja, dachte Cutler unbehaglich. *Gottes Schutz können wir in der Tat gebrauchen.*

Plötzlich vernahm er ein Krächzen über sich und schaute überrascht auf. Auf dem Giebel des *Golden Crown* saß ein Kolkrabe und blickte aufmerksam zu ihnen herab. »Nevermore?«, fragte Cutler unsicher. »Bist du das?«

Der Rabe nickte mit dem Kopf und krächzte erneut.

»Das ist doch Browns Rabe, oder?«, bemerkte nun auch Westinghouse.

»Es hat den Anschein«, erwiderte Cutler. »Wie kommst du hierher, Nevermore?« Sie hatten einander zuletzt im Keller des *Old Man's* gesehen, als der Rabe die dort versteckt ausharrenden Magier über die Vorgänge in Creek's Mouth unterrichtet hatte, wohin sich Wellington und seine Anhänger nach dem Verlust der Unteren Guildhall zurückgezogen hatten.

Nevermore breitete die Flügel aus und flatterte zu ihnen hinab. Er beäugte die Magier mit ihrem Reisegepäck und krächzte aufgeregt.

»Ich glaube, er will uns begleiten«, meinte Binnington und zwirbelte seinen weißen Schnurrbart.

»Er spürt, dass wir seinem Herrn nachreisen«, erkannte Cutler nickend. »Ist es so, Nevermore? Willst du mit uns kommen?«

Statt einer Antwort erhob sich der Rabe in die Luft und flog ein paar Schritte die Straße hinunter. Dann landete er wieder und schaute die Magier auffordernd an.

»Also gut. Wenn du magst, begleite uns. Aber es wird eine mehrtägige Fahrt, und es ist ein kleines Schiff voller Menschen. Das darf dich nicht stören.«

Nevermore flatterte nur ungeduldig mit den Flügeln.

Gemeinsam machten sich die Magier auf den Weg. Nevermore flog ihnen voraus. Aus irgendeinem Grund schien der Rabe genau zu wissen, wo ihr Ziel lag. Sie durchquerten den Southwark Park und stiegen danach in einen Zug, der sie zur Union Station brachte. Von dort folgten sie der Blackfriars Bridge hinüber zum anderen Themse-Ufer und hatten kurz darauf das Victoria Embankment erreicht. Nevermore, der sich nicht dazu hatte überreden lassen, in den Zug zu steigen, erwartete sie dort bereits auf einer Straßenlaterne sitzend.

Die *Turbinia* lag noch immer an der Stelle, wo Cutler sie gestern verlassen hatte. An Bord herrschte bereits reges Treiben. Parsons und zwei weitere Männer in praktischer Seemannskleidung liefen auf Deck hin und her, wobei der Ingenieur immer wieder in einem Deckhaus am Heck des Schiffes verschwand, aus dem

Maschinenlärm drang. Aus dem gelben Schornstein stieg bereits dunkler Qualm. Das Turbinenboot schien abfahrbereit zu sein.

»Mister Cutler, da kommen Sie ja endlich. Ich befürchtete bereits, dass Sie verschlafen haben könnten.« Aus dem Bughaus kam Feodora an Deck geklettert. Sie trug Reisekleidung, wie man sie bei einer Landpartie anziehen mochte, und in ihren Augen leuchtete die Abenteuerlust.

»Keineswegs, Hoheit. Und so wie ich das sehe, haben wir auch noch nicht elf Uhr.«

»Nichtsdestoweniger freue ich mich, dass wir nun ablegen können. Sie erinnern sich doch an die Geschichte mit der Abordnung Palastwachen. Ich bin mir nicht sicher, wie lange mein Verschwinden folgenlos bleiben wird.«

»Und ablegen können wir tatsächlich«, rief Parsons. »Die *Turbinia* ist beladen und bereit. Steigen Sie ein, dann sind wir unterwegs.«

»Einen Augenblick«, sagte Cutler. »Ich habe noch eine Kleinigkeit zu erledigen. Die anderen sollen bereits an Bord gehen. Ich bin gleich wieder da.« Er blickte Feodora bedeutungsvoll an. »Hoheit, würden Sie mich begleiten?«

Feodora musterte ihn misstrauisch. »Was soll das? Versuchen Sie nicht, mich im letzten Moment von dieser Reise auszuschließen! Sie brauchen mich, um …«

»Ja, ich weiß«, unterbrach Cutler sie, bevor sie sich verplappern konnte. »Genau darum geht es, wenn Sie verstehen, was ich meine. Also holen Sie bitte, was Sie benötigen, und kommen Sie mit mir.«

Mit offensichtlichem Widerwillen verschwand Feodora unter Deck, nur um gleich darauf wieder aufzutauchen. Anschließend folgte sie Cutler, als dieser das Embankment überquerte und auf die angrenzende Arundel Street zusteuerte.

»Was haben Sie vor?«, fragte sie. »Warum schreiben wir den Brief nicht während der Fahrt an Bord?«

»Haben Sie noch einen Moment Geduld«, bat Dunholms

ehemaliger Sekretär sie. »Sie werden es gleich erfahren. Da sind wir schon.« Er deutete auf eine geschlossene Kutsche mit zugezogenen Fenstern, die am Straßenrand stand, von der *Turbinia* aus aber nicht zu sehen war. Als sie näher kamen, sprang der Kutscher, ein schmierig wirkender Kerl, von seinem Kutschbock und öffnete mit einem wortlosen Nicken die Kabine. Sie kletterten ins Innere, wo sie ein hagerer Mann erwartete, dessen indische Wurzeln nicht zu übersehen waren.

»Mister Khan, schön, dass Sie es einrichten konnten«, begrüßte Cutler den Inder. »Sie wissen, was ich mir von Ihnen erhoffe?«

Sein Gegenüber nickte. »Mister Peabody und Ihr Schreiben haben mich umfassend unterrichtet.«

»Vortrefflich.« Cutler wandte sich an Feodora. »Hoheit, das ist Mister Khan. Er wird Sie mit einem faszinierenden Teilfeld der Magie vertraut machen.«

Der Inder legte die Hände zusammen, deutete im Sitzen eine Verbeugung an und ließ seine weißen Zähne aufblitzen. »Es wird mir ein Vergnügen sein.«

»Das Vergnügen ist ganz auf meiner Seite«, erwiderte Feodora. »Hoffe ich …«, setzte sie mit einem Seitenblick auf Cutler hinzu.

»Hoheit, es tut mir leid, dass das alles so ohne Vorwarnung auf Sie zukommt, aber die Zeit drängt.« Er griff in seine Tasche und holte ein Schreiben hervor. »Ich habe, gemeinsam mit Mister Peabody, heute Morgen bereits den falschen Brief vorbereitet, mit dem wir Wellington überzeugen wollen, von seinen Plänen Abstand zu nehmen. Bitte lesen Sie ihn, und setzen Sie danach, wie verabredet, die Unterschrift und das Siegel darunter.« Er klappte ein Schreibbrett aus der Wand der Kutsche und hielt der Prinzessin den Brief hin.

»Versprechen Sie mir, dass Sie mich danach nicht zurücklassen!«, forderte Feodora streng.

Cutler seufzte. »Ich verspreche es.«

Die junge Frau nahm den Brief entgegen, überflog ihn und nickte. Mit einem Füllfederhalter, den Cutler ihr hinhielt, signierte sie schwungvoll das Schreiben. Danach setzte sie das Siegel neben die tatsächlich täuschend echt wirkende Unterschrift. *Ich bete, dass Ihre Majestät von dieser Fälschung niemals erfährt*, dachte Cutler.

»Und nun?«, wollte Feodora wissen, nachdem sie ihm den Brief zurückgereicht hatte.

»Jetzt wird Mister Khan uns hypnotisieren, damit wir vergessen, was wir soeben getan haben«, eröffnete Cutler ihr.

»Hypnotisieren?«, wiederholte die Prinzessin ungläubig.

Dunholms ehemaliger Sekretär nickte. »Denn sehen Sie, es besteht die Gefahr, dass Lordmagier Wellington, der ein hervorragender Telepath ist, unseren Schwindel durchschauen wird, solange wir wissen, dass wir ihm eine Fälschung überbringen. Aus diesem Grund wird uns Mister Khan nun glauben machen, wir hätten ein echtes Schriftstück von Queen Victoria erhalten. Ich habe eine Tarngeschichte ausgearbeitet, nach der Ihre Urgroßmutter bereits aus Europa zurückgekehrt ist, wir eine Audienz bei ihr erhalten haben und sie unserem Anliegen nicht nur ihr Gehör, sondern auch ihr Verständnis geschenkt hat. Mit einem von ihr signierten Dekret und Ihnen als Überbringerin hat sie uns ausgesandt, um Wellington zurück in die Heimat zu rufen, wo er ihr für sein Handeln Rede und Antwort stehen soll.«

»Wie beabsichtigen Sie diesen Teil Ihres Plans umzusetzen, wenn er unseren Forderungen wirklich Folge leistet und mitkommt?«, wollte Feodora wissen.

Cutler hüstelte. »Darüber werde ich mir Gedanken machen, nachdem Mister Khan den Hypnoseblock daheim in London wieder aufgehoben hat und mir klar geworden ist, dass ich vor einer etwas schwieriger einzulösenden Bringschuld stehe. Der Rest der uns begleitenden Magier kennt jedenfalls nur die von mir soeben vorgetragene Version der Geschichte. Nun bleibt allein, dafür zu sorgen, dass auch wir sie für bare Münze nehmen.«

Die Prinzessin rutschte mit leichtem Unbehagen auf ihrem Platz hin und her. »Solcherlei Spiele mit meinem Kopf mag ich eigentlich nicht. Jedoch muss ich eingestehen, dass Ihre Sorgen berechtigt und Ihre Vorsichtsmaßnahmen klug erscheinen.« Sie schaute zu dem Inder hinüber. »Also, dann bezaubern Sie uns mal, Mister Khan.«

Lächelnd kam dieser ihrer Aufforderung nach.

Keine zehn Minuten später spazierten Cutler und Feodora voller Zuversicht und ohne die geringste Erinnerung an ihr Treffen mit dem Inder auf die *Turbinia* zu.

»Wo waren Sie denn noch?«, rief ihm Westinghouse von Bord entgegen. »Alle warten schon.«

»Tee«, sagte Cutler und hielt einen Beutel mit einer Darjeeling-Mischung in die Höhe, die er, da war er sich ganz sicher, gemeinsam mit Feodora oben am Strand gekauft hatte. »Ich hatte meinen Lieblingstee im *Golden Crown* vergessen. Ohne ihn kann ich unmöglich auf Weltreise gehen.«

Der Arzt schüttelte lachend den Kopf. »Sie werden langsam fast so eigenwillig, wie Dunholm es gewesen ist. Man sollte Sie zum neuen Ersten Lordmagier ernennen. Los, kommen Sie an Bord, damit wir ablegen können.«

Kaum dass sie der Aufforderung Folge geleistet hatten, löste Parsons die Leinen, und der Steuermann lenkte die *Turbinia* in den Strom. Rasch nahm das Turbinenschiff flussabwärts Fahrt auf.

Wellington, wir kommen, dachte Cutler.

KAPITEL 37:
FEINDE VON INNEN

»St. Petersburg. Heute Morgen traf der kaiserliche Zug mit Kaiser Franz Joseph von Österreich und seinem Gefolge in St. Petersburg ein. Er wurde vom Zaren, den Erzherzögen und zahlreichen Staatsbeamten mit allen Ehren am Bahnhof empfangen. Unter großem Jubel fuhr Seine Majestät zum Winterpalast, wo der Kaiser während seines Besuchs residieren wird. Dort wurde ein Salut aus einunddreißig Kanonen abgefeuert. Für den Abend ist ein großes Bankett geplant.«

– Wiener Zeitung, 27. April 1897

27. April 1897, 11:22 Uhr GMT (10:22 Uhr Ortszeit)
Atlantik, Inselgruppe der Azoren, Insel Corvo

»Danke, dass Sie so schnell gekommen sind, Signora Diodato.« Hauptmann von Stein nickte Lionida zu, als sie die Treppe zur Brücke der *Gladius Dei* emporkam.

»Sie haben mir erfolgreich das Gefühl gegeben, dass es wichtig wäre«, erwiderte die Magieragentin. Als sie sich umsah, fiel ihr auf, dass außer von Stein nur noch Scarcatore mit seinem Köfferchen anwesend war. Es ging also um etwas, das nicht für die Ohren der gewöhnlichen Mannschaft oder ihrer britischen Gäste bestimmt war.

»Nun ja, so ist es auch.« Der Deutsche straffte sich und setzte eine ernste Miene auf. »Signore Scarcatore und ich sind der Ansicht, dass wir das Verhör dieses Briten Carlyle schon viel zu lange hinausgezögert haben. Verständlicherweise war am gestrigen Tag nach der Entdeckung dieser … Magiequellenabnormität unser aller Bedarf an unerfreulichen Begebenheiten gedeckt. Doch die Reparaturen an der *Gladius Dei* sind beinahe abgeschlossen, und bevor wir abfliegen, möchte ich diese leidige Angelegenheit hinter mir haben.«

»Ich verstehe«, sagte Lionida mit neutraler Miene. »Ich nehme an, Sie bedürfen meiner Dienste, um Carlyles Gedanken zu durchsuchen.« Ihre Begeisterung darüber hielt sich nach wie vor in Grenzen.

Von Stein schüttelte den Kopf. »Nein, wir haben wahrscheinlich eine wirksamere Methode gefunden, um ihn zum Sprechen zu bringen.«

»Tatsächlich? Dürfte ich fragen, wie selbige aussieht?« Sie blickte zu Scarcatore hinüber. »Haben Sie da etwa Ihre Finger im Spiel?«

»Was genau geschehen wird, ist für Sie ohne Belang«, erwiderte der Wissenschaftler ungewohnt selbstsicher. »Wir wollen Ihr Gewissen nicht mit unnötigen Einzelheiten des anstehenden Verhörs belasten.«

Lionida spürte, wie sich zwischen ihren Augenbrauen eine steile Falte bildete. »Mit Verlaub, Signore Scarcatore, aber ich habe Carlyle gefangen genommen. Abgesehen davon bin ich die Magieragentin des Officiums und leite die Expedition. Sie begleiten mich nur.«

»Ich bedaure, Signora Diodato, aber Sie irren. Und um Ihr Bild von der allgemeinen Sachlage zurechtzurücken: Ich bin der Inquisitor, und Sie begleiten *mich*.«

Diese Eröffnung traf sie vollkommen unvorbereitet. »Sie belieben zu scherzen.«

»Ich sagte Ihnen doch schon einmal, dass ich niemals scherze«, erinnerte sie der Wissenschaftler. »Aber falls Sie meine Worte infrage stellen, bitteschön.« Er griff in die Innentasche seiner Jacke und zog ein Siegel hervor. Mit den zwei gekreuzten Schlüsseln unter der päpstlichen Tiara sowie dem weißen Schild mit dem goldenen Templerkreuz zeigte es das bekannte Wappen des *Officium contra Magiae*. In einer Ecke rechts unter dem Kreuz waren hingegen zusätzlich ein Schwert und ein Olivenzweig abgebildet.

Er ist tatsächlich ein Inquisitor, staunte die Magieragentin stumm. *Warum hat Castafiori mir verschwiegen, dass mich ein Inquisitor begleitet?* Sie gab sich die Antwort selbst: vermutlich weil er befürchtet hatte, dass sie in dem Fall den Auftrag ablehnen würde. Die Inquisitoren waren ein sehr kleiner, verschworener Zirkel innerhalb des Officiums, ein Überbleibsel aus vergangenen Jahrhunderten. Ihre Methoden galten sogar unter den Magieragenten des Vatikans als fragwürdig, aber sie waren nützlich, da sie sich um Dinge kümmerten, die niemand sonst erledigen wollte – etwa weil diese nach derart radikalen Lösungen verlangten, dass ein normaler Mensch danach nicht mehr friedlich schlafen konnte. Dieser unbedingte Wille der Inquisitoren, eine ihnen gestellte Aufgabe zu erledigen, wie auch ihre fanatische Treue der Kirche gegenüber hatten bedauerlicherweise zur Folge, dass sie innerhalb des O.C.M. eine Sonderstellung einnahmen. Und das bedeutete, dass Scarcatore ihr wirklich übergeordnet war und sie sich seinen Weisungen fügen musste, wenn sie nicht als Verräterin auf dem zumindest metaphorischen Scheiterhaufen landen wollte.

»Ich gestehe, ich bin ein wenig überrascht, dass Sie sich erst jetzt zu erkennen geben. Verspürten Sie kein Bedürfnis, Holmes und Brown zu verhören?« Lionida fiel es schwer, den Sarkasmus aus ihrer Stimme herauszuhalten. Sie hatte gedacht, dass aus Scarcatore und ihr etwas werden könnte – selbstverständlich rein beruflich –, aber nun, da er die Maske des verhuschten Wissenschaftlers ablegte und sein wahres Gesicht zeigte, bezweifelte sie das plötzlich.

»Ich habe mit dem Gedanken gespielt, aber ich dachte mir, ich überlasse sie Ihnen – als Geste des guten Willens. Erfreulicherweise ist es Ihnen ja durchaus gelungen, Signore Holmes und Signore Brown dazu zu bewegen, ihr Leben für unsere Sache aufs Spiel zu setzen. Ich weiß die Tapferkeit dieser beiden Herren zu schätzen. Allerdings warte ich noch immer auf die Beantwortung der Frage, was sie an Bord der *Nautilus* entdeckt haben.« Seine Miene wurde streng. »Beschaffen Sie uns diese Information, ansonsten sind Holmes und Brown gleich nach Carlyle an der Reihe.«

Nicht, wenn ich es verhindern kann, dachte Lionida ärgerlich. Laut sagte sie: »Ich werde mich bemühen. Aber deswegen haben Sie mich doch nicht gerufen, oder?«

»Nein, auch wenn sich das eine mit dem anderen vortrefflich verbinden lässt«, sagte Scarcatore. Der Inquisitor faltete die Hände wie zum Gebet und neigte leicht den Kopf. »Wir möchten, dass Sie Signore Holmes beschäftigen, während wir uns mit Carlyle unterhalten. Es wäre uns unangenehm, wenn er uns bei unserem Vorhaben stört und womöglich ein falsches Bild von uns bekommt. Signora Potts soll sich derweil um Holmes' Gefährten Brown kümmern. Verlassen Sie mit den beiden Männern die *Gladius Dei* für zwei oder drei Stunden, aber gehen Sie so unauffällig vor, dass diese keinen Verdacht schöpfen.«

Lionida unterdrückte ein abfälliges Schnauben. Darum ging es also. Die feinen Herren beabsichtigten, sich die Hände schmutzig zu machen, aber sie wollten nicht, dass ihnen jemand dabei zusah. Ein Gutes hatte das Ganze freilich: Ihr blieb der unerfreuliche Kampf mit Carlyles geistigen Schutzmauern erspart. Und dass Emmas fromme Seele von all dem nichts mitbekam, war vermutlich auch nicht das Schlechteste. »Ich werde Signora Potts Bescheid geben. Wann soll sich das Ganze abspielen?«

»Nach dem Mittagessen«, informierte sie von Stein. »Gehen Sie mit Holmes ein wenig spazieren. Sagen Sie, Sie wollten über die Geschehnisse von gestern reden, wenn Ihnen nichts Besseres einfällt.«

Die Magieragentin nickte. »Wie Sie wünschen.«

Lionida verließ die Brücke, um Emma Potts von ihrer neuen Aufgabe zu unterrichten. Die Britin gab sich zwar etwas verwundert, als sie hörte, dass man von ihr erwarte, Randolph Brown trotz seiner Beinverletzung zu einem Ausflug ins Grüne zu überreden, aber sie fügte sich der Anordnung ohne weiteres Nachfragen, sodass es Lionida erfreulicherweise erspart blieb, sie zu belügen. »Es wäre übrigens das Beste, wenn Sie mit Mister Brown innerhalb der Kratergrenzen blieben – nur sicherheitshalber«, fügte sie abschließend noch hinzu.

»Ich bezweifle ohnehin, dass er viel weiter wird laufen wollen«, entgegnete Potts. »Aber glauben Sie denn, dass noch immer Gefahr durch diese Magiequelle besteht?«

»Das nicht, aber …« Die Magieragentin stockte kurz. »Nun ja, außerhalb des Kraters werde ich mit Mister Holmes unterwegs sein, und es wäre mir lieber, wenn die beiden nicht merken würden, dass wir sie gleichzeitig ›entführt‹ haben. Sie könnten Verdacht schöpfen, dass etwas vor sich geht.«

»Na gut, ich werde aufpassen«, versprach Potts. Die unausgesprochene Frage, die dabei nun doch in ihren Augen stand, überging Lionida geflissentlich.

Nach dem gemeinsam eingenommenen Mittagsmahl, bei dem von Stein verkündete, dass alle nötigen Reparaturen spätestens bis zum morgigen Vormittag abgeschlossen sein würden, erhielt Holmes zu seiner Überraschung von Diodato ein ungewöhnliches Angebot: »Mister Holmes, kann ich Sie dafür gewinnen, mich auf einen Spaziergang nach draußen zu begleiten? Ich würde mich freuen, mich mit Ihnen ein wenig ungestört unterhalten zu können.«

Der Magier hob die Augenbrauen. »Aber gerne.« Er deutete in einer galanten Geste zur Ausstiegsluke der *Gladius Dei.* »Tür oder Bombenluke?«

»Nehmen wir diesmal die Tür«, erwiderte die Magieragentin mit einem Lächeln.

An Fadenbündeln ließen sie sich zum Krater hinunter. Von unten konnte man gut die Besatzung sehen, die außen an der Hülle des Luftschiffs hing und dort letzte Überprüfungen des Traggaskörpers vornahm. Ein paar Techniker hatten sich in einem behelfsmäßigen Verschlag am Ufer des Kratersees eine kleine Werkstatt eingerichtet und setzten darin soeben einen der Motoren wieder zusammen. Von Stein hatte nicht gelogen. Ihre Abreise rückte in greifbare Nähe.

Es wird auch Zeit, dachte Holmes. *Wir sitzen hier schon viel zu lange fest. Wer weiß, wie weit Wellingtons Pläne unterdessen gediehen sind.* Er haderte noch immer mit sich, ob und wem er von seiner und Randolphs Entdeckung in Wellingtons Kabine an Bord der *Nautilus* erzählen sollte. *Gepanzerte Zombiesoldaten, ferngelenkt vom Geist eines kundigen Magieanwenders …* Wie krank musste ein Mensch sein, um sich solche Obszönitäten auszudenken? Natürlich würde Wellington seine Schöpfung der Krone als Wunderwaffe präsentieren. Mögliche Opfer, die man verwandeln konnte, gab es viele – Strafgefangene, indische Sklaven, Abschaum von der Straße. Und Wellingtons neue Elite von Kampfmagiern würde diese armen Teufel gemütlich aus der Ferne steuern. Was für eine elegante und zugleich abscheuliche Art der Kriegsführung.

Eine Hürde war höchstens der Sichtkontakt, den man eigentlich halten musste, um in den Geist eines anderen eindringen zu können. *Ein Luftschiff wie dieses hier wäre daher die perfekte Kommandozentrale,* dachte Holmes. Und gerade dieser Umstand, dass die Deutschen mit solcherlei Soldaten sogar noch viel mehr anfangen konnten als die Briten, deren Militärballons im Vergleich zur *Gladius Dei* Kinderspielzeuge waren, hielt Holmes davon ab, zu früh etwas von seinem Wissen preiszugeben. Schließlich sollte den Vorgängen an der Wahren Quelle ein für allemal ein Ende gesetzt werden. *Es wäre ja noch schöner, wenn statt der englischen Flagge demnächst die des Kaiserreichs dort im Wind flatterte.*

Einmal mehr beschloss er, sein Wissen noch eine Weile geheim zu halten. Der *Gladius Dei* konnten diese Zombiesoldaten schließlich nicht gefährlich werden. Andere Waffen als Gewehr und Fadenbündel würden ihnen nicht zur Verfügung stehen, und gegen beides war das Luftschiff geschützt. Es genügte also, wenn er vor einem möglichen Landgang eine wohlgemeinte Warnung äußerte. Und vermutlich kam es gar nicht zu einer Landung. Die *Gladius Dei* würde die Quelle höchstwahrscheinlich aus der Luft bombardieren.

»Sie wirken so nachdenklich«, stellte Diodato fest, nachdem sie eine Weile wortlos in Richtung Kraterrand spaziert waren.

»Ich frage mich gerade, was uns erwartet, wenn wir die Wahre Quelle erreichen. Sind Ihre Leute darauf vorbereitet, dem zu begegnen, was Wellington an bösen Überraschungen für mögliche Angreifer vorbereitet hat?«

»Was glauben Sie, womit wir zu rechnen hätten?«

Holmes zuckte mit den Schultern. »Wellington ist ein erfindungsreicher Kopf«, sagte er und versuchte dabei, möglichst arglos zu klingen. »Ich traue ihm eine Menge Teufeleien zu.«

»Aber was genau er vorhat, wissen Sie auch nicht?«

»Wie sollte ich?«, fragte Holmes und sah Diodato mit gehobener Augenbraue an.

»Nun ja, Sie befanden sich in seiner Gefangenschaft«, erwiderte die Magieragentin. »Neigen Größenwahnsinnige nicht dazu, ihre Pläne preiszugeben, wenn sie den Sieg sicher in ihrer Hand wähnen? Wellington hätte Ihnen etwas erzählen können, bevor es Ihnen gelang, von Bord der *Nautilus* zu fliehen.«

Holmes schüttelte den Kopf. »Ich bedaure. Wellington hört sich zwar durchaus gerne reden, aber diesbezüglich hüllte er sich bislang stets in Schweigen. Abgesehen davon hat er auch gar nicht mit uns gesprochen, während wir gefangen waren. Er hat uns einfach nur in dieser ekligen Wand hängen lassen – vermutlich als Bestrafung dafür, dass wir vorher seine schöne Guildhall ruiniert hatten.« Holmes warf Diodato einen fragenden Blick zu. »Wussten Sie eigentlich, dass dieses Tauchboot, das Wellington weiß der Teufel wo aufgetrieben hat, lebendig ist? Dass es ein wirklich bizarres Monstrum, halb Tier und halb Maschine, ist?«

»Miss Potts deutete dergleichen an, ohne jedoch Genaueres sagen zu können«, gab Diodato zurück. »Wir wissen lediglich, dass dieses Tauchboot schnell ist, denn vom Öffnen der Wahren Quelle bis zu Wellingtons Ankunft in London sind kaum mehr als drei Tage vergangen.«

Das hatte Holmes noch gar nicht so genau nachgerechnet, aber jetzt, da er darüber nachdachte, merkte er, dass es stimmte. »Viel mehr weiß ich auch nicht«, gestand er. »Ich habe das Boot nur von innen gesehen und dann, nach unserer Flucht, als dunklen Körper, der bei Nacht und fast vollständig unter Wasser liegend vor uns davonfuhr. Eins ist jedoch klar: Ich bin froh, dass die *Gladius Dei* fliegen kann. Diesem gepanzerten Seeungeheuer würde ich ungern an der Küste der Wahren Quelle begegnen.« Er verzog das Gesicht.

Eine Weile gingen sie schweigend nebeneinander her auf den Kraterrand zu. Dann ergriff Holmes seinerseits das Wort: »Sagen Sie: Wenn wir die Wahre Quelle erreichen, was haben Sie dann eigentlich vor? Wie wollen Sie sie bezwingen?«

Diodato schwieg einen Moment lang. Sie schien sich nicht sicher zu sein, wie und ob sie darauf antworten sollte. »Möchten Sie, dass ich ganz offen bin?«, fragte sie schließlich.

»Ich bitte darum«, erwiderte Holmes. »Ich bin ein großer Freund offener Worte; ein Grund, weswegen es stets mehr Menschen gibt, die mich nicht leiden können, als solche, die mich mögen.«

»Ich weiß auch nicht, wie wir mit der Quelle umzugehen gedenken – und das stört mich durchaus.«

»Was soll das heißen: Sie wissen es nicht? Ich dachte, Sie leiten diese Expedition? Oder sollte ich meinen Charme an die falsche Person verschwendet haben?« Er sagte es im Scherz, aber etwas verspätet wurde ihm klar, dass Lionida sicher imstande war, die Fassade aus Heiterkeit zu durchschauen und das unbeabsichtigte Bekenntnis dahinter zu bemerken. *Verdammt,* schalt er sich. *Du wirst nachlässig.*

»Ich fürchte, ja«, bestätigte Diodato nickend, und für eine Schrecksekunde fragte sich Holmes, ob sie damit auf seine Worte oder seine Gedanken antwortete. Hinter dieser unseligen gelb getönten Brille konnte man niemals erkennen, ob sie gerade in der Wahrsicht war oder nicht. »Ich bin auch nicht mehr als eine Soldatin in diesem Spiel – begabter als die meisten anderen, das wohl, aber das heißt noch lange nicht, dass man mich in alles einweiht.«

Ein Anflug von Ärger lag in ihrer Stimme, der in Holmes den Verdacht aufkeimen ließ, dass es im Lager der Deutschen und Italiener zu Streitigkeiten gekommen war. Vielleicht ergab sich hier eine Möglichkeit, Lionida vollständig auf ihre Seite zu ziehen. Da von Stein sich bereits als Befehlsempfänger der Magieragentin erwiesen hatte, musste dieser Wissenschaftler Scarcatore wohl das Problem sein. Diesem allzu unauffälligen Mann im Hintergrund traute Holmes ohnehin nicht über den Weg. »Es ist eine Schande«, sagte er. »Und dann soll unsereiner den Kopf hinhalten, wenn es brenzlig wird.«

Holmes blieb stehen und ergriff Diodatos Hand. »Lionida, es wird dieser Tage so viel verschleiert und verheimlicht, dass man überhaupt nicht mehr weiß, wem man noch trauen soll. Dabei sind die Fronten so klar. Wellington ist unser aller Feind. Seine Taten bedrohen die schöne Ordnung, die bislang herrschte. Die Wahre Quelle wiederum bringt das Chaos über den Erdball, das hat sie uns bereits zur Genüge bewiesen. Aber wie können wir diese äußeren Feinde bezwingen, wenn es uns nicht mal gelingt, den Feind in unseren eigenen Reihen, das ewige Misstrauen untereinander, zu besiegen?« Er blickte ihr tief in die Augen. »Lassen Sie uns einen Pakt schließen. Lassen Sie uns einander vertrauen, denn ich weiß, dass wir uns in vielerlei Hinsicht sehr ähnlich sind. Wir beugen uns nicht gerne Obrigkeiten. Wir bevorzugen es, ein eigenes, freies Leben zu führen. Und wir wissen, was richtig und was falsch ist.«

Über Diodatos Gesicht huschte Überraschung, dann so etwas wie Schuldbewusstsein, verbunden mit einem Anflug von Sehnsucht; aber im nächsten Moment hatte sie sich bereits wieder im Griff. »Jupiter, wenn Sie uns so gut kennen, wie Sie behaupten, dann wissen Sie auch, dass uns das Misstrauen in die Wiege gelegt wurde und wir nur deshalb so lange in dieser gefährlichen Welt überlebt haben, weil wir uns eben niemandem bedingungslos öffnen.«

»Sie irren sich«, widersprach Holmes. »Ich für meinen Teil bin dazu durchaus bereit. Das hat mir schon einiges an Schmerz bereitet …« Er dachte an seine Beziehung zu Melissa Esperson. »… aber ich habe auch viel Kraft daraus geschöpft.« Er hatte nicht gelogen, als er während ihrer Gefangenschaft an Bord der *Nautilus* zu Randolph gesagt hatte, er halte diesen für einen wirklich feinen Kerl. Und für Watson würde er durch die Hölle gehen – so wie sie für ihn.

Diodatos Mundwinkel zuckten. Holmes spürte, dass seine Worte Risse in ihrer inneren Schutzmauer erzeugten. Sie löste ihre Hand aus der seinen, wandte sich halb von ihm ab und floh regelrecht die letzten Schritte bis zum Kraterrand hinauf. Dort blieb sie neben einem mannshohen Felsbrocken stehen und blickte hinunter auf den Ozean. »Ich beneide Sie um Ihren Mut«, sagte sie, ohne ihn anzusehen. »Ich weiß nicht, ob ich ihn aufbringen kann.«

Holmes folgte ihr und legte ihr sanft die Hand auf die Schulter. »Ich glaube an Sie«, sagte er, und dieses Geständnis erzeugte einen Schub von Wärme in seinem Inneren, den er so nicht beabsichtigt hatte. Aber es war keineswegs ein unangenehmes Gefühl.

Unerwartet fuhr sie zu ihm herum und schlang die Arme um seinen Hals. Sie zog ihn hinter den Felsbrocken, sodass man sie von der *Gladius Dei* aus nicht mehr sehen konnte, und barg den Kopf an seiner Schulter. »Dann sind Sie ein besserer Mensch, als ich es bin«, flüsterte sie. »Ich verdiene Ihr Vertrauen nicht, denn meine Absichten Ihnen gegenüber waren alles andere als redlich. Ich wollte mich bei Ihnen einschmeicheln, damit Sie mir verfallen und die Drecksarbeit für mich machen, sollte es an der Wahren Quelle nötig werden.«

Holmes schluckte. *Grundgütiger, jetzt habe ich sie,* durchfuhr es ihn. *Aber, bei Gott, was für eine Frau liegt mir da in den Armen. Was für eine Frau …*

Er musste sich regelrecht dazu zwingen, ruhig zu wirken, als er der Magieragentin tröstend auf den Rücken klopfte. »Machen Sie sich deswegen keine Vorwürfe. Meine Absichten waren den Ihren keineswegs unähnlich. Ich habe versucht, Sie für mich einzunehmen, um zu verhindern, dass uns von Stein einfach über Bord wirft, wenn er unserer überdrüssig wird. Außerdem habe ich Watson in Ihrem Kopf herumspionieren lassen, als wir uns das erste Mal begegneten.«

»Ich weiß«, gestand Diodato. »Von Stein hat Ihre Kabine abhören lassen, und ich habe mitbekommen, wie Sie darüber sprachen.«

Auch wenn sich bei der Vorstellung, dass von Stein sie belauscht hatte, Holmes' Eingeweide verkrampften, zwang er sich zu einem unbekümmerten Lachen, um die Stimmung nicht zu ruinieren. »Touché. Sehen Sie? Es ist gar nicht so schwer, ehrlich zueinander zu sein. Möchten Sie mir noch etwas sagen? Oder soll ich wieder?«

»Weder noch.« Sie legte den Kopf in den Nacken und begegnete seinem Blick. Ihre dunklen Augen glitzerten. »Lassen Sie uns später weiterreden.«

»Und jetzt?« Kam es ihm eigentlich nur so vor oder schmiegte sich ihr Körper plötzlich enger an den seinen?

»Jetzt werde ich endlich das tun, was ich schon vor drei Tagen tun wollte«, hauchte sie. Dann zog sie seinen Kopf zu sich heran und küsste ihn.

27. April 1897, 14:41 Uhr GMT (13:41 Uhr Ortszeit)
Atlantik, Inselgruppe der Azoren, Insel Corvo

Watson langweilte sich.

Die Geisterkatze war es gewöhnt, in Holmes' Domizil in London kommen und gehen zu können, wie es ihr beliebte. In den angrenzenden Häusern wie auch im nahen Regent's Park gab es stets so viel Interessantes zu beobachten, dass ein Gefühl von Langeweile gar nicht erst aufkommen konnte. An Bord des Luftschiffes hingegen sperrte man sie in die vier Wände von Holmes' und Browns Kabine ein, und das gefiel ihr überhaupt nicht. Mittlerweile kannte sie jeden Winkel des beengten Raumes in und auswendig, und nur die unklare Bedrohung, die dieser unheimliche italienische Wissenschaftler darstellte, hielt sie davon ab, das Verbot des deutschen Hauptmanns einfach zu missachten und sich ein wenig draußen umzusehen.

Andererseits gilt das Verbot so gar nicht mehr, dachte die Geisterkatze, während sie in der Kabine hin und her tigerte. Sie sprang auf Holmes' Koje, setzte sich hin und leckte über ihre angehobene Vorderpfote, um sich damit anschließend über den Kopf zu putzen. *Immerhin dürfen Holmes und Brown sich mittlerweile frei im Luftschiff bewegen; vermutlich, weil sie beim Kampf gegen diese Flugechsen geholfen haben. Ich habe aber ebenfalls meinen Teil zur Verteidigung des Schiffes beigetragen. Habe ich nicht mit eigenen Klauen zwei Echsen bezwungen? Demzufolge sollte ich diese Kabine doch jetzt auch verlassen dürfen.*

Diese Schlussfolgerung gefiel ihr. Sie löste einfach und elegant ihr gegenwärtiges Problem, nämlich dass es in diesem Raum einfach nichts mehr zu entdecken gab. Zufrieden mit sich selbst sprang die Geisterkatze lautlos von der Koje hinunter und spazierte auf die nächste Wand zu, um ihren Kopf hindurchzustecken. Sie musste ein bisschen aufpassen, weil sie nicht genau wusste, wo die Gondel des Luftschiffs endete, und sie wollte nicht versehentlich in die Tiefe stürzen. Natürlich würde das ihrem entstofflichten Leib keinen Schaden zufügen, aber sie würde Hilfe brauchen, um zurück an Bord zu gelangen. Denn auch wenn sie ein Geist war, konnte sie nicht beliebig in der Luft schweben, sondern benötigte ein festeres Medium unter den Pfoten wie Erde, Stein oder auch Wasser. *Und Holmes muss ja nicht unbedingt wissen, dass ich einen Ausflug mache …*

Sie fragte sich, wo sich der Magier gerade herumtrieb. Er hatte etwas davon erzählt, mit dieser Italienerin Diodato einen Verdauungsspaziergang unternehmen zu wollen. Irgendwie war das Watson gar nicht recht. Sie vermochte nicht zu sagen, weshalb, aber sie misstraute dieser Frau. Schon die Art, wie sie Holmes' Aufmerksamkeit auf sich zog, machte sie in den Augen der Geisterkatze verdächtig. Zwar hatten sie gemeinsam beschlossen, dass Holmes Diodato um den Finger wickeln sollte. Aber Watson wurde das Gefühl nicht los, dass ihr guter Magier sich ein bisschen zu eifrig in diese Aufgabe stürzte. Sie befürchtete, dass es eine persönliche Sache für ihn wurde – und persönliche Sachen gingen bei ihm für gewöhnlich nicht gut aus. *Und dann versinkt er sicher wochenlang in Selbstmitleid, und ich darf mir sein Gejammer anhören.*

Draußen auf dem schmalen Gang, der vom Bug bis zum Heck der Gondel führte, war niemand zu sehen. Das verwunderte Watson nicht. Seit sie gelandet waren, hielten sich die meisten Besatzungsmitglieder im Freien auf und waren mit Reparaturen beschäftigt; so viel hatte sie aus den Gesprächen zwischen Holmes und Brown mitbekommen, während sie auf dem Schoß eines der beiden Männer gesessen und so getan hatte, als würde sie das alles überhaupt nicht interessieren.

Umso besser für mich, frohlockte die Katze. *Dann stört mich keiner beim Herumstöbern.* Vielleicht sollte sie mal nach der Kabine dieser sauberen Miss Diodato suchen. Es war doch nicht auszuschließen, dass sie dort etwas fand, das man später gegen die Italienerin verwenden konnte.

Watson glitt vollends durch die Wand und trabte den Gang hinunter. Ihre Ohren zuckten, während sie aufmerksam darauf lauschte, ob irgendjemand nahte, vor dem sie sich verstecken musste. Aber bis auf das ferne Hämmern der Luftschiffer, die an den Maschinen arbeiteten, war alles ruhig. Oder? Watson spitzte die Ohren. Sie hatte etwas gehört, das wie der gedämpfte Schrei eines Mannes klang. Da! Da war es wieder. Es kam aus dem vorderen Teil der Gondel.

Neugierig schlich die Geisterkatze näher. Dort vorne, aus dem Raum rechts neben der Brücke drang das Geräusch. Nun vernahm sie auch leise Männerstimmen. Eine schien diesem deutschen Hauptmann zu gehören. Er sprach zwar Englisch, aber sein Akzent war leicht zu erkennen. Der andere klang wie ein Italiener – vermutlich einer der Untergebenen des Kommandanten.

»… Sie sehen, sprechen wir keine leeren Drohungen aus, Mister Carlyle.« Das war der Italiener. »Wenn Sie nicht mit uns zusammenarbeiten, werde ich nicht zögern, weiterzumachen. Wollen Sie das?«

»Fahren Sie zur Hölle, Scarcatore, und Sie gleich mit, von Stein. Sie bestärken mich nur in meinem Glauben, dass Wellington das Richtige tut. Aus mir bekommen Sie nichts heraus.«

Scarcatore! Das war doch dieser unheimliche Wissenschaftler, vor dessen Aura sogar die Magie zurückschreckte. Watson verspürte den Drang zu fliehen, aber ihre Neugierde war stärker. Geduckt schlich sie bis zu der Tür, die den Raum vom Gang trennte.

Dahinter gab es ein leise klatschendes Geräusch. »Wenn jemand zur Hölle fährt, dann Sie!«, schnarrte der Deutsche. »Wir haben gerade eine ganze Dorfbevölkerung auslöschen müssen, weil Ihre magischen Untaten sie bei lebendigem Leibe haben verschmelzen lassen. Sie sind ein Diener des Teufels.«

»Und Sie dienen dem Himmel? Erzählen Sie das Ihrem Beichtvater.« Erneut war ein Klatschen zu hören, gefolgt von einem unterdrückten Stöhnen.

»Halten Sie ein, Hauptmann. Ich übernehme das«, sagte Scarcatore.

»Fassen Sie mich nicht an! Ich … Sie …«

»Leisten Sie keinen Widerstand. Es ist ohnehin zwecklos. Gegen mich kommen Sie nicht an.«

»Sie elender Hundesohn! Sie …« Carlyles Worte gingen in ein gequält klingendes Stöhnen über.

Was macht der Italiener da?, fragte sich Watson voller Grausen. Obwohl sich ihr buchstäblich der Schwanz sträubte, lugte die Geisterkatze durch die Tür in den Raum hinein. Sie schob den Kopf nur so weit nach vorne, dass sie sehen konnte, was im Inneren vor sich ging.

Es handelte sich um eine Kabine, vielleicht doppelt so groß wie die von Holmes, Brown und Watson. Der Einrichtung nach zu urteilen, gehörte sie von Stein und stellte eine Art Bereitschaftsraum dar, mit einem kleinen Metalltisch, auf dem Unterlagen verteilt waren, und Fächern an den Wänden, in denen Handbücher aufgereiht standen. In der Mitte des Raums befand sich ein Stuhl, auf dem Carlyle festgebunden war. Blut rann von seiner aufgeplatzten Lippe über das stoppelbärtige Kinn. Von Stein hatte sich mit grimmiger Miene und geballter Faust vor ihm aufgebaut, Scarcatore stand an seiner Seite und presste seine Hände auf Carlyles Schädel.

Watson, deren Sinne seit dem Verlust ihrer sterblichen Hülle nicht mehr denen gewöhnlicher Lebewesen glichen, sondern gleichzeitig Normalsicht und Wahrsicht wahrzunehmen vermochten, entfuhr ein Fauchen. Carlyles magisch glühender Körper flackerte wie eine defekte Straßenlaterne, während Ströme heller Energien aus ihm hinaus und durch Scarcatores Hände und Arme flossen, wo sie einfach verblassten, als würden sie im Nichts vergehen. Die Vorstellung, dass ein Mann dazu imstande war, reine Magie auszulöschen, entsetzte die allein durch magische Kräfte existierende Geisterkatze mehr als alles andere, was sie jemals gesehen hatte. *Er ist der Tod! Wenn er mich berührt, sterbe ich!*

»He! Was ist das?«, rief von Stein. Er blickte in Watsons Richtung und deutete mit dem Finger auf sie. »Das ist doch diese Katze von Holmes. Schnell, sie darf nicht …«

Was sie nicht durfte, bekam Watson schon nicht mehr mit, denn wie der Blitz fuhr sie herum und jagte den Gang hinunter. *Holmes, wo steckst du? Hilf mir!*

Hinter sich hörte sie, wie die Tür aufgerissen wurde und ein Mann etwas rief, das wie ein italienischer Fluch klang. Die Geisterkatze schoss nach rechts und durch die Wand in eine an den Flur angrenzende Kabine. Sie achtete nicht darauf, wem sie gehörte oder ob sich jemand darin aufhielt. Ihr einziger Gedanke galt der Flucht.

Holmes ist auf einem Spaziergang, erinnerte sie sich. *Er befindet sich bestimmt unten im Krater.*

Sofort traf sie eine Entscheidung. Ohne zu zögern, hetzte Watson auf die nächste Wand zu, machte einen Satz und sprang hindurch. Dahinter befand sich ein weiterer Raum, vielleicht ein Lager, Watson war es gleich. Mit weit ausgreifenden Sätzen durchquerte sie auch diesen und passierte die nächste Wand. Dahinter empfing sie helles Tageslicht – und nichts außer kühler Luft unter ihren Pfoten.

Watson stürzte in die Tiefe.

27. April 1897, 14:50 Uhr GMT (13:50 Uhr Ortszeit)
Atlantik, Inselgruppe der Azoren, Insel Corvo

»Holmes?!«

Randolph glaubte, seinen Augen nicht zu trauen, als er den Magier und die italienische Magieragentin eng umschlungen hinter einem Felsbrocken entdeckte. Die beiden schraken zusammen und rückten sofort voneinander ab; Holmes wirkte peinlich berührt, Diodato eher schuldbewusst.

»Brown. Was machen Sie denn hier?«, fragte der Magier und versuchte, mit deutlichem Unwillen in der Stimme, seine Verlegenheit zu überspielen.

»Nun … äh … Miss Potts bat mich, sie auf ein paar Schritte hinaus zu begleiten. Sie sagte, sie bräuchte dringend etwas frische Luft, traute sich aber nicht, die *Gladius Dei* ohne Geleit zu verlassen. Das stimmt doch, oder?« Er blickte die Frau an seiner Seite an, die daraufhin wortlos nickte.

»Und dann klettern Sie hier auf den Hängen herum?«, mischte sich Diodato ein. »Was ist mit Ihrem verletzten Bein?«

Randolph zuckte mit den Schultern. »Das war doch nur ein Kratzer. Es geht mir schon viel besser.« Er nickte in Richtung der Häuseransammlung unten an der Küste. »Ich wollte noch einmal einen Blick auf dieses Dorf werfen.«

»Und ich … ich konnte Mister Brown seinen Wunsch einfach nicht abschlagen«, fügte Potts in einem Tonfall hinzu, als müsse sie sich für irgendetwas rechtfertigen. Dabei sah sie die Magieragentin reumütig an.

Holmes räusperte sich und stemmte die Hände in die Hüften. »Einen Moment mal, hier stimmt doch irgendetwas nicht.« Sein Blick wanderte von Potts zu Diodato. »Dass Sie beide Brown und mich gleichzeitig zu einem Spaziergang einladen, sieht mir doch nach einem recht unwahrscheinlichen Zufall aus. Was hat das zu bedeuten, frage ich?«

In diesem Moment bemerkte der Kutscher einen schimmernden Punkt, der mit weiten Sprüngen die Wiesen am Kraterhang hinaufjagte und sich ihnen dabei rasch näherte. »Mir scheint, als würden Sie gleich eine Erklärung bekommen«, knurrte er.

»Watson!«, entfuhr es Holmes verblüfft. Er ging in die Hocke, und die Geisterkatze sprang ihm regelrecht in die Arme. »Watson, was ist los?«

»Jupiter …«, setzte Diodato an.

»Warten Sie kurz; ich spreche gerade mit Watson«, wehrte dieser sie ab. Er wandte sich wieder der Katze zu. Seine Augen weiteten sich. »Was sagst du da?«

Diodato legte ihre Hand auf seinem Arm. »Hören Sie, es tut mir leid. Scarcatore hat es mir befohlen.«

»Ich verstehe überhaupt nichts«, beschwerte sich Randolph. »Würde mir mal jemand erklären, was los ist?«

»Es geht um Carlyle«, erklärte Holmes. Seine Miene verhärtete sich plötzlich. »Von Stein und Scarcatore unterziehen ihn gerade einer eindringlichen Befragung. Und wie es klingt, begnügen sie sich nicht damit, ihn zu schlagen. Sie unterziehen ihn einer magischen Folter.«

»Was soll das heißen?«, fragte Randolph.

Scarcatore schluckt Carlyles Magie, erklang Watsons Stimme in seinem Kopf. *Er nimmt ihm seine Kräfte.*

Holmes trat einen Schritt von Diodato fort und funkelte sie erzürnt an. »Ich bin enttäuscht!«, verkündete er lautstark. »Da sprechen wir die ganze Zeit von Vertrauen, und die einzige Absicht, die hinter Ihrem Handeln steckt, besteht darin, mich von der *Gladius Dei* fernzuhalten. Und dann auch noch diese jähe Anwandlung von Vertraulichkeit. Wahrscheinlich war das auch nur vorgespielt, um mich davon abzulenken, Brown und Potts unten im Krater zu bemerken, hm? Was sind Sie eigentlich für eine Frau? Scarcatores Straßen…«

»Jupiter! Sie vergessen sich!«, fiel die Magieragentin ihm ins Wort. »Ich sagte doch, mir blieb keine andere Wahl. Scarcatore ist ein Inquisitor des Officiums. Ich bin ihm Gehorsam schuldig, auch wenn es mir nicht gefällt.«

»Ein Inquisitor? Das wird ja immer schöner.« Während Watson, der das alles zu laut wurde, von Holmes' Arm zurück ins Gras sprang, blickte dieser schnaufend zu Randolph hinüber. »Ich muss meinen Hut vor Ihrer Intuition ziehen, Brown. Sie nannten unsere Gastgeber schon bei unserer Ankunft Hexenjäger. Nun sind sie es wirklich. Und wir zwei gutgläubigen Seelen haben ihnen Carlyle ausgeliefert, auf dass sie ihn auf die Streckbank spannen können. Ich fasse es nicht.«

»Was dachten Sie, was wir mit ihm machen würden?«, fauchte Diodato. »Rommé spielen?«

»Mir kam jedenfalls nicht in den Sinn, dass Sie ihm seine Magie entziehen könnten. Es ist eine Sache, einen Gegner einzusperren. Auch einen aufmunternden Klaps, um seine Gesprächsbereitschaft zu erhöhen, will ich durchgehen lassen. Aber ihm seine Magie zu nehmen, überschreitet eine Grenze. Das ist einfach nicht rechtens. Es verstößt gegen jede Regel guten Anstands, die unter Magiern besteht.«

»Machen Sie die Augen auf!«, rief die Magieragentin. »Wellington und seine Anhänger haben Ihre schönen Anstandsregeln, wie immer sie aussehen mögen, schon längst aufgekündigt. Sie haben Ihren Orden gespalten. Sie morden ohne Skrupel. Und ich will gar nicht wissen, was Carlyle mit Emma Potts und mir angestellt hätte, wenn ich ihn und seine Schergen in London nicht überrascht und mithilfe der *Gladius Dei* ausgeschaltet hätte.«

»Ach!« Holmes machte eine wegwerfende Handbewegung und wandte sich ab. »Erzählen Sie mir nichts davon. Ich weiß besser als die meisten Magier des Ordens, wozu Wellington fähig ist. Und dennoch … Wie können wir uns zu dem gleichen barbarischen Verhalten hinreißen lassen? Wir sollten besser sein als er und seine Anhänger. Und genau das werde ich diesen Herren jetzt auch sagen.« Er begann, strammen Schrittes den Kraterhang hinabzumarschieren. Watson trabte treu wie ein Hund neben ihm her.

»Na, da bin ich dabei«, brummte Randolph. Er hasste Wellington, daran bestand kein Zweifel. Für den Mord an Albert Dunholm und all seine anderen Gräueltaten würde er ihm eigenhändig den Hals umdrehen, wenn er die Gelegenheit dazu bekam. Aber die Inquisitoren des Vatikans, den wirklich radikalen Arm der vatikanischen Magieabwehr, konnte er fast noch weniger ausstehen. *Wenn man als Magier einen natürlichen Erzfeind hat, dann ist es ein Inquisitor*, hatte Drummond immer gesagt, und Randolph teilte diese Ansicht.

»Tun Sie das nicht!«, rief Diodato ihnen nach. »Sie machen sich nur unglücklich.«

»Viel unglücklicher als in diesem Moment kann ich mich gar nicht mehr fühlen, meine Liebe«, erwiderte Holmes, ohne sich umzudrehen. »Und Sie haben nicht geringen Anteil daran«, fügte er leiser hinzu.

Das konnte sich Randolph angesichts der Umstände, unter denen er Holmes und Diodato angetroffen hatte, lebhaft vorstellen. »Was haben Sie da oben eigentlich getrieben, Holmes?«, wollte er wissen. »Sind Sie sicher, dass Sie nicht im Begriff waren, Ihren professionellen Abstand zu verlieren?«

»Humbug!« Holmes schnitt eine Grimasse. »Allerhöchstens für einen ganz kurzen Moment.« Er beugte sich hinunter und hob Watson hoch, um sie wieder auf den Arm zu nehmen. »Komm, Watson. Du brauchst nicht die ganze Zeit neben uns herzurennen.«

Oha, dachte Randolph. *Das klingt so, als hätte ihm jemand das Herz gebrochen … Ich weiß schon, warum ich einen ehrlichen Faustkampf allen feinsinnigen Intrigen vorziehe.*

Sie erreichten das Seeufer unterhalb der *Gladius Dei*, lehnten höflich, aber bestimmt das Angebot eines Luftschiffers ab, sie in einem Korb emporzuziehen, und ließen sich stattdessen von Fadenbündeln in die Höhe tragen. Durch die offen stehende Bombenluke gelangten sie an Bord.

Kaum, dass sie wieder festen Boden unter den Füßen hatten, sprang Watson von Holmes' Arm. *Sie sind vorne neben der Brücke. Ihr könnt den Raum nicht verfehlen. Aber ich komme nicht mit. Der Magiefresser gefällt mir gar nicht.*

»Keine Sorge, Watson. Wir werden den Herren auch alleine klar machen, was wir von ihrem Vorgehen halten«, versprach Holmes, und Randolph nickte. »Folgen Sie mir, Waffenbruder!«

Gemeinsam eilten die beiden Männer den Gang hinunter. Vor ihnen sah Randolph bereits besagte Tür, keine zwei Schritte neben dem Aufgang zur Brücke. Er hatte ihr bislang nie besondere Aufmerksamkeit geschenkt. Sie wurde von zwei grimmig aussehenden deutschen Soldaten bewacht. Einen von ihnen kannte Randolph von ihrem Kampf gegen die Flugechsen.

»Mein Herr, Sie dürfen nicht durch!«, sagte der Soldat in gebrochenem Englisch und legte seine Hand auf den Revolver, der in einem Holster an seinem Gürtel steckte.

»Danke für den Hinweis«, erwiderte Holmes, vollführte eine rasche Geste, und die Köpfe der beiden Soldaten schlugen mit einem dumpfen Krachen zusammen. Beide sanken betäubt zu Boden.

»Sie müssen damit aufpassen, Holmes«, meinte Randolph trocken. »Irgendwann bringen Sie mit diesem Trick noch jemanden um.«

»Keine Sorge, ich bin vorsichtig«, erwiderte Holmes, als er über die schlaffen Körper der beiden Soldaten hinwegstieg und schwungvoll die Tür zu dem Raum aufriss.

Was machen wir hier nur?, fragte sich Randolph einen Moment lang.

Die Antwort erhielt er, als er einen Blick in den Raum warf. Mit vornüber gebeugtem Oberkörper und offensichtlich kaum noch bei Bewusstsein hing John Grayson Carlyle auf einem Stuhl in der Mitte der Kabine. Nur seine Fesseln schienen noch zu verhindern, dass er kraftlos zu Boden fiel. Sein ohnehin schon schmutziges Hemd war von Blut besudelt, und das dunkle Haar hing ihm wirr ins Gesicht. Als die Tür aufging, hob er den Kopf. Seine für gewöhnlich stechenden schwarzen Augen waren glasig wie bei einem Betrunkenen.

»Was hat das zu bedeuten?«, rief Hauptmann von Stein, der mit geballter Faust vor seinem britischen Gefangenen stand. »*Wachen!*« Das letzte Wort schrie er auf Deutsch, aber Randolph verstand ihn trotzdem.

Randolph sah, wie Scarcatore, dessen Hände auf Carlyles Kopf lagen, diese langsam wegnahm und einen Schritt von dem Sitzenden zurücktrat. Auf seiner Miene zeichnete sich eine Kälte ab, die der Kutscher dem schmächtigen, blassen, stets zurückhaltend höflichen Mann gar nicht zugetraut hätte.

»Mister Holmes …«, murmelte der britische Magier und Gefolgsmann Wellingtons undeutlich. »Wer hätte gedacht, dass Sie mal zu meiner Rettung eilen?«

»Ich mache das nicht für Sie, Mister Carlyle, sondern für mich!«, gab Holmes erregt zurück. »Ich möchte mir nicht vorwerfen müssen, irgendwelchen Folterknechten das Brandeisen gehalten zu haben, indem ich dabei half, Sie ihnen auszuliefern.«

»Sie vergreifen sich im Tonfall, Mister Holmes!«, knurrte der deutsche Offizier.

»Und Sie vergreifen sich in Ihren Methoden, Herr von Stein. Oder vielleicht sollte ich lieber Sie ansprechen, Signore Scarcatore?« Der Magier deutete mit einem anklagenden Zeigefinger auf den Italiener. »Was für ein Mensch sind Sie nur, dass Sie einem anderen seine Magie entziehen?«

»Ich bin ein Diener der gerechten Sache, Mister Holmes«, antwortete Scarcatore ruhig. »Denken Sie nicht, dass mir das hier Freude bereitet. Aber ich tue, was getan werden muss, damit die Mission der *Gladius Dei* ein Erfolg wird. Dazu gehört, alles herauszufinden, was dieser Mann über unsere Feinde und ihre Pläne weiß.«

»Und? Was weiß er?«, fragte Holmes herausfordernd.

Von Stein und Scarcatore schwiegen mit grimmigen Mienen.

»Nichts«, flüsterte Carlyle heiser. Ein freudloses Lachen kam über seine Lippen. »Genau das versuche ich den Gentlemen die ganze Zeit klar zu machen … Ich weiß nichts … Nichts, was über den Tod von Albert Dunholm und den Umsturz des Ordens hinausgeht.«

»Das kann nicht sein«, knurrte von Stein. Ein fast verzweifelter Trotz lag in seiner Stimme, der den Verdacht erweckte, als brauche er irgendetwas von Carlyle, und wenn es auch nur die kleinste Information war, um sein Handeln vor sich selbst rechtfertigen zu können.

»Natürlich kann das sein«, widersprach Holmes. »Warum sollte Wellington einen Mann, den er in London zurückgelassen hat, in seine Pläne für die Wahre Quelle einweihen? Er musste doch damit rechnen, dass sich Kräfte gegen ihn formieren, die womöglich imstande sind, seinen Schergen festzusetzen.«

»Das wird sich zeigen«, sagte Scarcatore. »Wir sind hier noch nicht fertig.«

»Doch, das sind Sie, Sir. Wenn Sie auf eine weitere Zusammenarbeit mit Magiern der britischen Krone Wert legen, rate ich Ihnen, von weiteren Misshandlungen eines Landsmannes abzusehen.« Holmes blickte den Italiener entschlossen an.

»Wollen Sie es wirklich auf ein Kräftemessen ankommen lassen?«, wollte der Inquisitor wissen.

Vom Gang her polterten Schritte. Weitere Soldaten näherten sich mit gezückten Waffen und stellten sich hinter ihnen auf.

»Wollen *Sie* es?«, fragte Holmes unerschrocken zurück.

»Meine Herren, Schluss damit!« Diodato drängte sich zwischen den Soldaten hindurch, gefolgt von Miss Potts. Die Magieragentin stemmte die Hände in die Hüften und maß die anwesenden Männer mit einem vorwurfsvollen Blick. »Wir befinden uns kaum mehr als zwei Tage von der Wahren Quelle der Magie entfernt, wo eine wahre Herkulesaufgabe auf uns wartet. Wenn wir uns jetzt gegenseitig bekämpfen, spielen wir unserem Gegner nur in die Hände. Diese Schwäche können wir uns nicht leisten. Ich rate daher dringend, dass Sie, Hauptmann von Stein, zurück auf die Brücke gehen, Mister Carlyle wieder in Gewahrsam genommen wird und die übrigen Herren sich ihre Kabinen begeben, bis sich die Gemüter abgekühlt haben.«

Einen Augenblick lang wirkte Scarcatore so, als wolle er abermals etwas einwenden, doch er entschied sich zu Randolphs

Überraschung dagegen und neigte stattdessen den Kopf. »Also schön. Folgen wir Signora Diodatos Empfehlung.«

Von Stein gab seinen Männern einen Befehl, und zwei traten an Holmes und Randolph vorbei, um den ehemaligen Leiter für Äußere Angelegenheiten loszubinden. Sie nahmen ihn in die Mitte und schleppten ihn aus dem Raum. Zwei weitere Soldaten gesellten sich zu dem Magier und dem Kutscher.

»Das wird nicht nötig sein«, sagte Holmes. »Wir ziehen uns freiwillig zurück.«

»Diese Herren werden Sie dennoch begleiten«, gab der deutsche Offizier zurück. »Um vor Ihrem Raum Wache zu stehen.«

»Sie sperren uns also wieder ein.«

»Nennen Sie es, wie Sie wollen. Ich wünsche jedenfalls, dass Sie mir in der nächsten Zeit nicht mehr unter die Augen kommen. Das ist *mein* Schiff, und ich dulde solchen Aufruhr nicht.«

Holmes erweckte den Eindruck, als läge ihm eine scharfe Erwiderung auf der Zunge, daher hielt Randolph den Zeitpunkt für gekommen, einzugreifen. »Kommen Sie, Holmes«, sagte er leise. »Wir haben gewonnen. Fordern Sie unser Schicksal nicht heraus.«

Der Magier ließ die angespannten Schultern sinken und nickte knapp. Wortlos wandte er sich um und schritt hoch erhobenen Hauptes in Richtung Heck zu ihrer Kabine. Randolph und die Soldaten folgten ihm. Als Holmes an Diodato vorbeikam, streckte diese die Hand aus und berührte ihn am Arm. Er hielt kurz inne, und die beiden tauschten einen stummen Blick aus, als versuchten sie zu ermessen, wie sie jetzt zueinander standen. Dann wandte Holmes sich ab und ging weiter.

Als sich die Tür ihrer Kabine hinter ihnen geschlossen hatte, ging der Magier zu einem der beiden Stühle und ließ sich mit einem schweren Seufzer darauf nieder. Er senkte den Kopf und massierte sich die Schläfen. Anschließend hob er den Blick wieder und sah Randolph, der neben der Tür stehen geblieben war, resigniert an. »Sagen Sie es ruhig, Brown.«

»Was soll ich sagen?«

»Dass ich unsere ganzen schönen Pläne, heil aus dieser Geschichte herauszukommen, ruiniert habe. Wir sind wieder genau da, wo wir am Anfang standen. Nein, schlimmer: Alle dort draußen sind jetzt wütend auf uns.«

Randolph verzog den Mund zu einem zynischen Grinsen. »Soll ich Ihnen was verraten, Holmes? So ist es mir fast lieber. Jetzt wissen wir zumindest, woran wir sind. Diese ganze Heimlichtuerei war mir ohnehin zu anstrengend.« Er nahm sich den zweiten Stuhl und setzte sich ebenfalls. In etwas vertraulicherem Tonfall sagte er: »Nur das mit Diodato … das tut mir leid.«

»Ja«, gab Holmes zurück. »Mir auch, mein Freund, das können Sie mir glauben. Mir auch.«

27. April 1897, 15:29 Uhr GMT (14:29 Uhr Ortszeit)
Atlantik, etwa 1100 Seemeilen südwestlich von England

Das fliegende Schiff des Holländers glitt durch den Nebel auf sein stetig näherrückendes Ziel zu. An Bord saß der Franzose in seiner – oder vielmehr Robert Penningtons – Kabine, spürte, wie ihm die Zeit davonlief und knirschte mit den Zähnen. Dank Richelieu war er nun wieder ganz er selbst; der Falke, der ihm seine Brille gebracht hatte, versteckte sich derweil im Ausguckkorb des höchsten Mastes, hielt sich aber bereit, sollte sein Herr nach ihm rufen. Doch die neu gewonnene Unabhängigkeit von dem widerspenstigen Bewusstsein des forschen englischen Journalisten Pennington war das einzig Gute an seiner gegenwärtigen Lage. Der Umsetzung seines Planes, Jonathan Kentham und Kendra McKellen auszuschalten, war er noch keinen Schritt näher gekommen.

Wie er es auch drehte und wendete, er fand keine Lösung für die Frage, wie er von dem fliegenden Schiff entkommen sollte, nachdem er Kentham und die junge Frau offen angegriffen hatte. Daran, dass er ihren Tod als Unfall würde hinstellen können, glaubte er keine Sekunde; nicht auf einem Schiff mit einer so kleinen Mannschaft. Er sah sich also gezwungen, seine Tarnung fallen zu lassen, wenn er zuschlug, und das hieß, dass er entweder alle hier an Bord töten oder fliehen musste. Es gab zwei Beiboote, aber erstens schwebten sie ein Dutzend Schritt über den Wellen, und zweitens waren seine Aussichten zu überleben lachhaft gering, wenn er sich mitten auf dem Atlantik mit einem Beiboot absetzte. Das bedeutete, ihm blieb eigentlich nur der harte zweite Weg. Aber konnte er es in seinem gegenwärtigen Zustand überhaupt mit der ganzen Schiffsbesatzung aufnehmen?

Kentham und McKellen würden zweifellos zögern, ihn zu bekämpfen, da er den Körper und das Bewusstsein ihres Freundes Pennington als Geisel hielt. Für die übrigen galt dies jedoch nicht. Und er wusste, dass sich neben dem Holländer noch irgendein asiatischer Kampfmagier an Bord befand. Außerdem war ihm heute Morgen bei seinem Streifzug durch den Bauch des Schiffes ein schweigsamer Afrikaner begegnet, der zwar den Eindruck erweckt hatte, geistig etwas zurückgeblieben zu sein, aber dafür ein Berg von einem Mann gewesen war. Darüber hinaus konnte er sich des Gefühls nicht erwehren, dass sich irgendwo noch mehr Menschen verbargen, aber er vermochte nicht zu sagen, wo.

Eine weitere Möglichkeit bestand natürlich darin, zu warten, bis das Schiff die Wahre Quelle erreichte und Jonathan in dem Versuch, das gebrochene Siegel zu reparieren, an Land ging. Dort würde der Franzose den unbestreitbaren Vorteil haben, auf die Hilfe Wellingtons und seiner Anhänger zählen zu können. Andererseits gefiel ihm der Gedanke gar nicht, Kentham so nah an dessen Ziel heranzulassen. Schon zweimal war das Schicksal dem Franzosen in die Quere gekommen – einmal in Form einer Naturgewalt, einmal in Gestalt eines selbstlosen Idealisten –, daher wollte er lieber kein unnötiges Wagnis eingehen, indem er erst im allerletzten Moment zuschlug.

Also, was mache ich?, fragte er sich, während er ruhelos in der Kabine hin und her schritt. *Welchen Weg soll ich einschlagen?*

An seiner Tür klopfte es. »Mister Pennington?« Die Stimme draußen auf dem Gang gehörte Kendra McKellen. »Ich habe etwas zu essen für Sie.« Ohne auf seine Antwort zu warten, drückte sie die Türklinke hinunter, nur um festzustellen, dass die Tür verschlossen war.

Mit einer schnellen Bewegung zog der Franzose die getönte Brille von den Augen und ließ sie in seine Westentasche gleiten. Er trat zur Tür, entriegelte sie und öffnete sie einen Spalt breit. »Miss McKellen«, begrüßte er sie und versuchte dabei so leidend zu klingen wie Pennington in den letzten Tagen.

»Hallo, Mister Pennington. Ich bringe Ihnen wieder etwas vom heutigen Mittagessen.« Sie hob ein kleines Holztablett mit verschiedenen Speisen hoch. »Darf ich reinkommen?«

»Natürlich.« Der Franzose trat zurück.

Sie ging an ihm vorbei und stellte das Tablett auf den Tisch. »Warum haben Sie Ihre Tür abgesperrt?«, wollte sie wissen.

»Zur Sicherheit«, erwiderte der Franzose. »Sie wissen ja, dass ich diesem Holländer und seiner verborgenen Besatzung nicht ganz über den Weg traue.« Das war nicht einmal gelogen, auch wenn er in Wirklichkeit vor allem hatte verhindern wollen, dass ihn jemand mit der auffälligen Brille auf der Nase überraschte.

»Dafür gibt es wirklich keinen Grund. Meister Fu ist vollkommen harmlos, und auch der Holländer ist kein so übler Mann, nur ziemlich …« Sie schien nach dem richtigen Wort zu suchen. »… melancholisch.«

»Wenn Sie es sagen.« Es juckte ihn in den Fingern, sie umzubringen, hier und jetzt. So arglos war sie ihm noch nie begegnet. Ein schneller Schritt, ein Zupacken, ein ruckartiges Herumreißen des hübschen Kopfes – und ihr Genick würde brechen. *Und dann musst du gegen alle anderen antreten. Willst du das? Ist das klug?* Diese Unschlüssigkeit, an der er sonst nur selten litt, frustrierte ihn. Er kniff die Augen zusammen und täuschte einen Anfall von Kopfschmerz vor.

»Wie geht es Ihnen heute?«, fragte McKellens Enkelin mitfühlend.

»Schon etwas besser. Ich …« Er stockte, als er unvermittelt ein Aufbegehren von Penningtons Bewusstsein in seinem Inneren verspürte. *Oh nein. Nicht jetzt.* Mit einem Knurren ballte er die Hände zu Fäusten, und sein Gesicht verzog sich zu einer Grimasse.

Sofort war die junge Frau bei ihm und stützte ihn. »Das sieht für mich aber nicht so aus, als ginge es Ihnen besser.«

Lauf weg, Kendra! »Nein. Nur ein kleiner Rückfall«, presste der Franzose hervor. *Lauf!* »Gehen Sie jetzt besser. Danke für das Essen.«

»Sind Sie sicher, dass ich nicht doch den Holländer oder Meister Fu um Hilfe bitten soll?«

»Nein! Lauf, Kendra! Es ist der Franz…« Er biss sich auf die Zunge und verschluckte den Rest des Satzes. Aber der Schaden war bereits angerichtet. *Verdammt!*

»Was?« Verunsichert wich sie vor ihm zur Tür zurück. »Was sagen Sie da?«

Es ist entschieden, erkannte er, während er sich unter eine Welle des Schmerzes zusammenkrümmte. *Gib endlich Ruhe, du Dreckskerl!*, schrie er innerlich das widerspenstige Bewusstsein Penningtons an. Gleichzeitig zog er die Brille aus seiner Tasche hervor, um sie aufzusetzen.

Als Jonathans Freund sich aufrichtete, hatte sich sein Gesicht vollkommen verändert. Die Züge um seine Mundpartie waren hart geworden, und seine Augen verbargen sich hinter zwei schwarz glänzenden Kreisen aus getöntem Glas. Kendra kannte diese Brille. Sie gehörte einem Mann, der mehrfach versucht hatte, sie umzubringen, einem Mann, der eigentlich tot in der Sphäre der Magie schweben sollte. *Lauf, Kendra! Es ist der Franz…*, hatte Pennington völlig überraschend geschrien, bevor er ebenso unvermittelt verstummt war. *Der Franzose*, vollendete ihr Geist seine Worte. *Oh, mein Gott. Er ist in Pennington, genau wie Drummond in Jonathan, nur schlimmer.* Sie fühlte sich in einen Albtraum versetzt; bedauerlicherweise schlief sie nicht.

Sie handelten beinahe gleichzeitig. Kendra fuhr herum und floh zur Tür. Sie wollte sie aufreißen, doch ein flirrendes Fadenbündel schlug ihr die Klinke aus der Hand und knallte die Tür wieder zu. Die junge Frau schrie auf und wirbelte herum, die Hände abwehrbereit erhoben. *Denk an das, was Fu dir beizubringen versucht hat*, hämmerte es in ihrem Kopf. Doch Fu hatte nichts über Männer gesagt, die keine drei Schritt von einem entfernt standen und plötzlich ein Messer in der Hand hielten!

Ohne in die Wahrsicht zu wechseln, feuerte sie dem Franzosen im Körper Penningtons zwei Fadenbündel entgegen. Er lenkte sie mit einer schnellen, knappen Bewegung ab, die Meister Fu stolz gemacht hätte, wäre er sein Lehrer gewesen. Im nächsten Moment trat er auf sie zu und schwang das Messer in seiner Rechten in einem blitzschnellen Bogen nach ihrer Kehle.

Kendra zuckte zurück, und die Klinge verfehlte sie um Haaresbreite. Dabei stieß sie mit dem Hinterkopf gegen die Holztür, und ein kurzer, heftiger Schmerz blitzte in ihrem Schädel auf. Der Franzose setzte nach und rammte sie mit dem Gewicht seines Körpers gegen das Holz. Mit dem linken Arm hielt er ihren Oberkörper fest, zugleich hob er erneut das Messer. »Kämpfen Sie nicht dagegen an«, zischte er ihr zu. »Dann ist es schneller vorbei.«

»Nein«, keuchte Kendra und beschwor all den brodelnden Zorn in sich herauf, den ihr asiatischer Lehrer ihr auszutreiben versuchte. *Aber ich brauche ihn, um das zu tun!*, dachte sie, stieß einen wütenden Schrei aus und riss die Arme auseinander. Hunderte von Fäden explodierten aus ihrer Aura und brandeten durch den ganzen Raum. Stühle wurden umgeworfen, die Öllaterne an der Wand zerbarst mit hellem Klirren, und der Franzose wurde quer durch die Kabine bis an die Wand oberhalb seiner Koje geschleudert. Keuchend brach er darauf zusammen.

Kendra wartete nicht ab, bis er sich wieder gefangen hatte, sondern riss die Tür hinter sich auf und stürzte hinaus auf den Gang. »Jonathan!«, schrie sie. »Hilfe! Der Franzose ist hier! Er ist in Robert!«

Diese elende Hexe! Der Franzose rappelte sich auf und sprang von der Koje. Er hatte nicht damit gerechnet, dass sie zu einem solch kraftvollen Fadenschlag imstande sein würde. Jetzt musste er schnell handeln, bevor sich ein Widerstand aufstellen konnte. Gegen die geballte Kraft mehrerer Magier würde auch er seine Schwierigkeiten haben.

Mit schnellen Bewegungen machte er sich daran, seinen Körper zu tarnen. Dabei musste er feststellen, dass ihm das deutlich schwerer fiel als früher. Vermutlich lag es an der eigentümlich gemischten Fadenaura, die Penningtons Leib umgab, seit sie diesen gemeinsam bewohnten. An ein Abtarnen im Fadenwerk, früher eine seiner nützlichsten Gaben bei der Jagd auf Magier, war gegenwärtig nicht zu denken. *Na schön, es muss auch so reichen*, dachte er, nachdem er sich zumindest für normale Sinne unauffindbar gemacht hatte.

Verstohlen huschte er in den Gang hinaus. Die meisten seiner Mitreisenden würden sich wahrscheinlich an Deck versammeln, aber den Gefallen, sich auf offenes Gelände zu begeben, würde er ihnen nicht tun. Sie würden ihn schon holen müssen, wenn sie seiner habhaft werden wollten.

Als er sich der Treppe näherte, die tiefer in den Bauch des Schiffes führte, kam ihm der hünenhafte Afrikaner entgegen. Er wirkte nicht so, als hätte er bereits begriffen, was vorgefallen war. Der Franzose ging in die Knie und schleuderte dem schwarzen Riesen ein Fadennetz entgegen, das sich um seine Beine wickelte. Dieser stolperte und krachte mit einem überraschten Ausruf zu Boden. Im nächsten Augenblick war der Attentäter über ihm und rammte ihm das Messer in den Hals. Als er es schwungvoll wieder herauszog, spritzte das Blut bis an die Wand. Er hatte die

Halsschlagader erwischt. Der Mann war so gut wie tot. *Einer weniger*, dachte er, als er an dem Gefallenen vorbeitrat und seinen Weg fortsetzte.

»Und dann nehmen Sie Faden, Mister Kentham, und wirbeln ihn um sich herum, bevor sie ihn Gegner wieder entgegenschleudern«, sagte Meister Fu. Sie befanden sich oben auf dem in Nebel gehüllten Deck des fliegenden Schiffes, und obwohl Kendra noch unterwegs war, um Robert etwas von ihrem Mittagessen vorbeizubringen, war Jonathans Neugierde so groß gewesen, dass er Fu gedrängt hatte, ihm schon vorab den ›besonderen Trick‹ zu zeigen, den er sie heute lehren wollte. »Versuchen wir es. Schießen Sie Fadenbündel auf mich ab.« Der Asiat machte eine einladende Geste.

Jonathan trat in die Wahrsicht über, um Fus Kampfmanöver möglichst genau beobachten zu können. Dann leistete er der Aufforderung Folge und schickte dem anderen Mann ein Fadenbündel entgegen. Schnell wie eine zupackende Schlange zuckte die Hand des Asiaten nach vorne und lenkte das Fadenbündel ab. Statt es jedoch harmlos ins Leere laufen zu lassen, schlossen sich seine Finger um die Fäden, die andere Hand griff ebenfalls zu, er wirbelte um die eigene Achse, zog das Fadenbündel dabei in eine enge Kurve und gab ihm dann einen Stoß, um es auf Jonathan zurückzuschleudern. Das Ganze vollzog sich binnen eines Lidschlags, und Jonathan war so verblüfft, dass er zu spät die Hand hob, um seinen eigenen Angriff abzuwehren. Er wurde mit einem Schlag gegen den Brustkorb bestraft. Der Schmerz minderte sein Staunen jedoch nicht im Geringsten. »Das ist fantastisch!«, rief er aus.

»Ja«, pflichtete ihm Fu bei. »Es ist machtvoller Trick, denn man wendet Zorn des Gegners gegen ihn, ohne eigene Kraft aufzuwenden.«

»Das müssen Sie mir beibringen.«

»Das habe ich vor.«

In diesem Augenblick stürzte Kendra an Deck. »Jonathan!«, rief sie. »Der Franzose ist wieder da. Sein Geist ist irgendwie mit Mister Penningtons Körper verschmolzen, und jetzt hat er die Kontrolle übernommen. Er hat mich angegriffen.«

»Was?«, entfuhr es Jonathan. *Das ist doch unmöglich*, hätte er noch vor einer Woche hinzugefügt. Aber seit ein Teil von Angus Drummond in ihm weiterlebte, wusste er aus eigener Erfahrung sehr gut, dass so etwas wie Geistverschmelzung durchaus möglich war. Und Robert hatte unter irgendetwas gelitten, seit er sich in die Klinge des Franzosen gestürzt und diesen mit sich in die Sphäre der Magie gerissen hatte. Offenbar waren diese Beschwerden keine simplen Begleiterscheinungen der erwachenden Magie seines Freundes gewesen.

»Wir müssen sofort etwas unternehmen«, drängte Kendra. »Ich fürchte, er hat es auf das Quellschloss abgesehen.«

»Ja, Sie haben recht.« Jonathan blickte zu Fu hinüber. »Meister Fu, würden Sie uns begleiten? Wir müssen den Holländer unterrichten.«

Dieser nickte, und zu dritt eilten sie hinauf zum Steuerrad, an dem ihr Gastgeber stand und in die Wolken hinausstarrte, als könne er sehen, was dahinter lag. Mit raschen Worten wiederholte Kendra, was ihr soeben widerfahren war. »Er ist eine Gefahr für uns und unsere Aufgabe«, schloss sie. »Wir müssen ihn so schnell wie möglich aufhalten.«

Der Gesichtsausdruck des Holländers wurde noch finsterer als gewöhnlich. »Ich stimme Ihnen zu. Einen verrückten Attentäter kann ich hier an Bord überhaupt nicht gebrauchen.« Mit einigen geübten Handgriffen befestigte er das Steuerrad. »Wir teilen uns auf, um ihn schneller zu finden. Kentham, Sie gehen mit Meister Fu. Kendra, Sie begleiten mich.«

»Wir müssen aufpassen«, warnte Jonathan. »Der Franzose ist gerissen und schnell.«

»Keine Sorge, Mister Kentham. Ich bin auch nicht ganz unbewandert in …« Unvermittelt brach der Holländer ab, und seine

Augen weiteten sich. »Nein«, flüsterte er tonlos. »Nein!« Diesmal war es ein Schrei. Dann rannte er los, als sei der Teufel persönlich hinter ihm her.

Mörder!
Verbrecher!
Elender Hundesohn!

Von allen Seiten drangen die Stimmen auf ihn ein, und es gelang ihm nicht, sie aus seinem Kopf zu verbannen. Der Franzose stöhnte und keuchte, während er die Hände an die Schläfen presste und halb betäubt durch den Raum torkelte. »Seid still!«, schrie er. »Lasst mich in Ruhe!«

Auf den ersten Blick hatte der Raum ganz unten im Bauch des Schiffes wie ein Lager ausgesehen. Die niedrige Decke wurde von Holzbalken gestützt, und überall standen im schwachen Schein einer einzelnen, abgeschirmten Laterne Kisten herum. Doch das Kribbeln, das er verspürt hatte, als er über die Schwelle trat, hatte ihm bereits verraten, dass hier etwas nicht ganz stimmte. Und als er in die Wahrsicht gewechselt war, hatte er gesehen, dass der ganze Raum vom Leuchten der Magie erfüllt war. Die Balken schienen zu pulsieren, und den kistenförmigen Schemen haftete eine Fadenaura an, die viel lebendiger wirkte, als es bei einem toten Stück Holz der Fall sein dürfte.

Plötzlich war eine Gestalt hinter einem der Balken aufgetaucht, ein Greis mit zerzaustem Haar, wildem Blick und einem Entermesser in der Hand, das für seine dürren Finger viel zu klobig wirkte. »Was machen Sie hier?«, hatte der Greis mit heiserer Stimme gerufen. »Sie dürfen hier nicht sein! Verschwinden Sie! Sofort!« Offensichtlich hatte er ihn in der Wahrsicht entdeckt, ansonsten hätte er ihn eigentlich nicht sehen dürfen.

Doch der Franzose hatte nicht mal seine Magie bemüht, um ihn auszuschalten. Er hatte einfach nur sein Messer weggesteckt und war auf den Alten zugetreten. Seinem unbeholfenen Hieb war er ausgewichen, hatte dann seinen Waffenarm gepackt und ihm die Klinge aus der Hand geschlagen. Mit einem Ellbogenstoß gegen die Schläfe hatte er ihn betäubt, ein rascher Ruck hatte das Genick des Mannes gebrochen und dem Kampf ein Ende bereitet.

Dann war das Chaos losgebrochen.

Schlächter!

Grausames Monstrum!

Unmensch!

Der Franzose hatte keine Ahnung, woher das Geschrei stammte, aber es raubte ihm buchstäblich die Sinne. Es kam von allen Seiten und drang direkt in seinen Kopf ein, eine Kakophonie geisterhafter, zorniger Männerstimmen. Seine Auratarnung brach in sich zusammen, und er wurde sichtbar. »Hört auf!«, brüllte er, schlug um sich, traf dabei einen der Balken und stellte fest, dass dieser seltsam nachgiebig war, wie Fleisch und Knochen.

Er kämpfte sich bis zu der abgeschirmten Laterne vor, ergriff sie und riss mit magischer Kraft den Ölbehälter ab. Laternenöl ergoss sich über den Fußboden, das sofort Feuer fing, als der Franzose den Rest der Lampe zu Boden warf. Im flackernden Schein der Flammen erblickten seine gequälten Sinne einen Fiebertraum. Der Raum war eine bizarre Mischung aus Holz und Fleisch. Muskelartige Stränge zogen sich an den Stützbalken empor, und was er für Kisten gehalten hatte, waren rotbraune Fleischhügel, in denen hier und da das Grau und Braun einfacher Seemannskleidung hervorschimmerte. *Ein magischer Unfall*, durchfuhr es ihn. *Mitten in der Nacht. Die Mannschaft wurde im Schlaf überrascht.*

Mörder!

Stirb, du Mistkerl!

Ein unfassbarer Druck baute sich in seinem Schädel auf, als sich ein Dutzend oder mehr Bewusstseinsreste, die alle in diesem Raum gefangen waren, auf ihn stürzten, um ihn zu verschlingen. Der Franzose schrie auf und fiel zu Boden. Vor sich, keine zwei

Schritt entfernt, sah er das Entermesser des Alten, das er ihm aus der Hand geschlagen hatte. An sein eigenes Messer dachte er in diesem Moment überhaupt nicht mehr. Mit schier übermenschlicher Anstrengung schleppte er sich zu der Waffe, packte sie und kämpfte sich wieder auf die Beine. Und dann fing er an zuzuschlagen, links und rechts, blind auf alles, was an fleischiger Masse um ihn herum pulsierte. Er hatte keine Ahnung, ob er damit etwas erreichte, aber er würde diesen grausigen Überbleibseln der früheren Besatzung des Holländers nicht die Genugtuung gönnen, ihn kampflos besiegt zu haben.

Das qualvolle Schreien, das im nächsten Augenblick einsetzte, war fast noch schlimmer als die geistigen Angriffe zuvor. Trotzdem lachte der Franzose.

Ihr Gastgeber hetzte durch die Gänge, eine schmale Stiege hinunter, gleich darauf eine zweite. Ganz kurz hielten sie bei einem niedergestreckten Afrikaner inne, der wohl zu der verborgenen Mannschaft des Holländers gehörte, und vergewisserten sich, dass ihm nicht mehr zu helfen war. Dann rannten sie weiter. Sie befanden sich nun ganz tief im Bauch des Schiffes, an einem Ort, an den es Jonathan bislang noch nie verschlagen hatte. Bereits von Ferne vernahmen sie das irre Gelächter eines Mannes. Jonathan wollte nicht glauben, dass es sich dabei um seinen Freund Robert handelte.

Sie erreichten eine offen stehende Tür, durch die der flackernde Schein von Feuer drang. Der Holländer schrie erneut auf. Eine Mischung aus rechtschaffenem Zorn und abgrundtiefer Verzweiflung lag in dem Laut. »Elender!«, brüllte er, als er durch die Türöffnung stürzte. Mit Wucht riss er die Arme nach vorne, und Jonathan musste nicht in die Wahrsicht wechseln, um die druckvollen Fadenbündel zu sehen, die flirrend die rußgeschwängerte Luft durchschnitten.

Der Franzose in Roberts Körper unternahm keinen Versuch, sich zu verteidigen. Womöglich war er dazu nicht mehr imstande. Mehr blindwütig als irgendwie gezielt hackte er mit einem Entermesser auf einige merkwürdige Klumpen auf dem Boden der geräumigen Kammer ein. Er war über und über mit Blut besudelt, Blut, das aus zahllosen Wunden in den Wänden, an den Stützbalken und aus dem Boden hervorspritzte.

Heilige Mutter Gottes, dachte Jonathan voller Grauen, als ihm aufging, was hier vermutlich vor vielen Jahren geschehen war. Die Besatzung des Holländers war mit dem Schiff verschmolzen, ähnlich wie Hyde-White mit seinem Panzeranzug. War es der Geist dieser Männer, der es antrieb? Der seine Segel blähte und seinen Rumpf über die Wellen hob?

Jonathan hatte keine Zeit, um Antworten auf diese Fragen zu finden. Der magische Angriff des Holländers hatte den Franzosen voll erwischt und ihn gegen den nächsten Stützbalken geworfen. Der Attentäter grunzte und schüttelte den Kopf wie ein angeschlagener Boxer. Aber bevor er sich von den Schlägen erholen konnte, setzte ihr Gastgeber nach und schoss ihm mit einem Aufschrei ein weiteres Fadenbündel entgegen, und dann noch eins und noch eins.

Unter dem Fadenhagel ging der Franzose zu Boden. Klappernd fiel ihm das Entermesser aus der Hand. Er stöhnte und wälzte sich, kaum noch bei Bewusstsein, im Blut des Schiffes.

Aber der Holländer war noch immer nicht fertig mit ihm. Er sprang vor, stürzte sich auf ihn und begann, ihn wutentbrannt mit bloßen Fäusten zu bearbeiten. »Was … hast … du … getan?«, keuchte er zwischen den einzelnen Schlägen.

»Hören Sie auf«, schrie Kendra. »Sie bringen ihn um.« Natürlich war es nicht der Franzose, dem ihre Sorge galt, sondern Robert, der, wie sie hoffte, noch irgendwo in den Tiefen seines eigenen Körpers gefangen war.

Ihre Worte brachten Bewegung in Jonathan. Er trat hinter den Holländer, packte ihn am Arm und zerrte ihn hoch. »Sie hat recht«, sagte er scharf. »Es reicht. Sie haben gewonnen.«

Ihr Gastgeber blickte ihn mit wilden Augen an. »Nein! Es

reicht nicht. Wissen Sie nicht, was er soeben getan hat? Er hat wahrscheinlich mein Schiff getötet. Dafür bringe ich ihn um.«

»Das verbiete ich Ihnen!«, entgegnete Jonathan. »In diesem Körper steckt noch immer mein Freund Robert Pennington. Er ist nicht für die Taten des Franzosen verantwortlich.«

»Das ist mir gleich«, fauchte der Holländer.

»Jetzt ja, später nein«, mischte sich nun auch Meister Fu ein. Der Asiat legte eine Hand auf die Schulter des Kapitäns und blickte ihn aus ernsten, traurigen Augen an. »Was hier geschehen, ist grausam und tragisch. Diese Männer sind auch für mich wie Familie. Ihr Leid schmerzt meine Seele. Aber Mister Kentham spricht wahr. Nicht nur ein schuldiger Mann lebt in diesem Leib, auch ein unschuldiger. Ihn zu ermorden wäre eine weitere schlimme Tat an diesem bösen Tag. Fesseln wir ihn, betäuben wir ihn. Ich kann hier helfen. Dann beenden wir unsere Aufgabe. Denn wenn wir zögern, gelingt uns das nicht mehr. Unsere Zeit, mein Freund, läuft ab.«

»Ist das wahr, Meister Fu?«, fragte Kendra. Jonathan sah, wie sie sich umblickte. Sie schien unschlüssig zu sein, ob sie angesichts der blutüberströmten Überreste der mit dem fliegenden Schiff verschmolzenen Seeleute Ekel oder Mitleid empfinden sollte.

»Ja, Miss McKellen, ich fürchte schon. Schiff ist stark außen, aber verletzlich in seinem Herzen. Dieser Mann …« Er deutete auf den bewusstlos am Boden liegenden Franzosen. »Er hat Herz des Schiffes verletzt, schwer verletzt. Ich weiß nicht, ob Heilung möglich ist. Ich werde versuchen, nachdem wir Franzosen gebunden haben.«

Jonathan Kentham …, drang ein Choral aus rauen Männerstimmen in Jonathans Kopf. Die Stimmen hörten sich leise und schwach an, ähnlich wie Albert Dunholm damals in der dunklen Gasse unweit des Fleischmarkts am Smithfield in London. *Es tut uns leid.*

»Was?«, fragte Jonathan. »Was tut Ihnen leid?«

Dass wir Sie … enttäuschen müssen. Dass wir es nicht schaffen, Sie zur … Insel der Wahren Quelle zu bringen.

Sagen Sie so etwas nicht!, flehte Jonathan stumm. Obwohl es ihn einige Überwindung kostete, legte er eine Hand auf einen der rötlich glänzenden Stützbalken. *Wir werden tun, was in unserer Macht steht, um Ihnen zu helfen. Sie dürfen nicht aufgeben, hören Sie! Sie werden überleben.*

Doch wirklich sicher war er sich dessen nicht.

KAPITEL 38:
DER TAG VOR DER DÄMMERUNG

»Gestern Vormittag um 7 Uhr ist die *USS Brooklyn* vom New York Naval Shipyard zu ihrer ersten großen Auslandsfahrt ausgelaufen. Ihr Ziel ist Südengland, wo sie an einer Parade zu Ehren des diamantenen Kronjubiläums der britischen Königin teilnehmen wird. An Bord des neu in Dienst gestellten Kriegsschiffes befinden sich zahlreiche Würdenträger, die als Abordnung des amerikanischen Kongresses zu den Feierlichkeiten reisen.«

– New York Times, 28. April 1897

28. April 1897, 07:31 Uhr GMT (06:31 Uhr Ortszeit)
Atlantik, Inselgruppe der Azoren, Insel Corvo

Lionida wusste nicht genau, was sie weckte. Möglicherweise war es ihr über die Jahre verfeinerter Gefahreninstinkt, der sie warnte, dass sie Gesellschaft hatte. Jedenfalls war sie sofort hellwach. Im nächsten Moment hatte sie die Pistole unter dem Kopfkissen hervorgezogen und richtete sie auf den vermeintlichen Eindringling. Allerdings zielte sie deutlich zu hoch, wie sie feststellte, als sie den Blick etwas senkte und er auf die gräulich schimmernde Katze fiel, die in der Mitte des Raumes auf dem Boden hockte und sie aus gelbgrünen Augen vorwurfsvoll anblickte.

»Was willst du, Watson?«, fragte die Magieragentin unwillig, während sie die Luger senkte. Gegen einen Geist war die Waffe ohnehin nutzlos.

Du hast Holmes verletzt, vernahm sie die samtige Stimme der Katze ohne Vorrede in ihrem Kopf.

Die Magieragentin wollte eine magische Abwehrgeste vollführen, besann sich aber eines Besseren. Watson konnte nur mittels Telepathie mit ihr sprechen. Wenn sie die Katze aus ihrem Geist aussperrte, blieb ihnen nicht viel mehr, als sich anzuschweigen. Und auf ein Duell im Anstarren wollte sie sich mit einer Katze lieber nicht einlassen.

»Das tut mir leid«, sagte sie stattdessen barsch. Das stimmte sogar tatsächlich, aber die Magieragentin hatte nicht vor, sich die Blöße zu geben, schuldbewusst zu klingen. Vermutlich spürte Watson ohnehin mehr von dem, was in ihrem Inneren vorging, als ihr lieb war.

Das sollte es auch, war die Antwort der Katze. *Er hat dir mehr von sich geschenkt, als er sollte, mehr, als er wollte.* Sie wirkte dabei irgendwie verstimmt.

Das hat dir nicht gefallen. Lionida ging nun ebenfalls dazu über, sich gedanklich zu verständigen, auch wenn ihr das auf Englisch nicht so leicht fiel wie auf Italienisch. Doch sie wollte vermeiden, dass jemand durch die Tür ihre Stimme hörte und den Eindruck gewann, sie führe Selbstgespräche.

Die Katze antwortete nicht sofort, sondern schaute sie nur unterkühlt an.

Langsam begann Lionida zu begreifen. Sie schlug die Bettdecke zurück, glitt über die Bettkante und kniete sich in ihrem schwarzsilbernen Seidennachthemd auf den Kabinenboden. Dabei machte sie kaum mehr Lärm als Watson. Mit einiger Belustigung fiel ihr auf, wie ähnlich sie beide sich in der Dunkelheit sahen. *Hör zu, Watson, ich wollte mich nicht zwischen dich und ihn stellen.*

Das hast du nicht. Das könntest du nie. Es klang ein wenig trotzig.

Nein, selbstverständlich nicht. Was ich damit aber sagen wollte: Es war ein Spiel zwischen Jupiter und mir. Er beabsichtigte, mich zu verführen, ich hatte dasselbe vor, wir beide hatten unsere Hintergedanken. So ist das manchmal zwischen Menschen, vor allem … Sie zögerte, und eigentlich war dieser Teil ihrer Gedanken nicht für Watson bestimmt. *… wenn sie so sind wie wir.*

Manchmal ändern sich die Spielregeln, und es ist nicht richtig, wenn beide diesen neuen Regeln zuzustimmen scheinen, aber nur einer sich daran hält.

Diese Katze war beunruhigend treffsicher darin, das in Worte zu fassen, was sich in den letzten Tagen zwischen Lionida und Holmes abgespielt hatte. Andererseits ärgerte es die Magieragentin, dass Watson sie als die Alleinschuldige an dem Geschehenen hinstellte. *Jupiter hat genauso seine Geheimnisse vor mir wie ich vor ihm. Und auch wenn er es nicht glauben mag: Er ist mir nicht völlig gleichgültig. Wäre er es, hätte ich nicht versucht, ihn vor Scarcatore zu beschützen, sondern würde ihn dem Inquisitor einfach überlassen, der nur auf einen Grund wartet, sich deiner beiden Gefährten anzunehmen.*

Wage es nicht, sonst … Watsons Schwanz peitschte unruhig über den Metallboden, und sie duckte sich etwas, wie ein Raubtier kurz vor dem Sprung.

Lionida kniff leicht die Augen zusammen. *Pass auf, wem du drohst. Ich würde dir nicht raten, mich anzugreifen.*

Und ich würde dir nicht raten, mich zu unterschätzen. Wollte ich dir wirklich wehtun, hätte ich es getan, als du noch schlafend im Bett lagst. Glaube mir, ich kann sehr schnell zuschlagen.

Die Magieragentin starrte die Geisterkatze einen Augenblick lang grimmig an. Dann schlich sich unvermittelt ein Lächeln auf ihr Gesicht. »Wir haben einiges gemeinsam, weißt du das, meine liebe Watson? Wir könnten die besten Freundinnen sein, wenn wir diese Zeit des gegenseitigen Anfauchens unbeschadet überstehen.« Sie entspannte sich etwas. *Also, was willst du von mir? Erwartest du eine Entschuldigung? Ich weiß nicht, ob ich dazu gegenwärtig imstande bin. Zum einen habe auch ich meinen Stolz, und Jupiter hätte sich dort oben auf dem Kraterrand beinahe vergessen. Zum anderen wackelt mein Stuhl, seit ich Scarcatore nun schon zweimal verärgert habe. Ich kann und will mich nicht offen mit ihm anlegen – nicht hier und jetzt, so kurz vor unserem Eintreffen bei der Quelle. Deshalb werde ich mich von euch Engländern fernhalten, bis sich die Lage etwas beruhigt hat.*

Das verstehe ich, ließ Watson sie wissen. *Aber um solche offenen Zeichen der Reue geht es mir auch nicht.*

Worum dann?

Ich wollte nur, dass du weißt, was Holmes fühlt, und dass du über deine Gefühle für ihn nachdenkst. Denn bevor das alles hier vorüber ist, mag es sein, dass du dich für oder gegen ihn entscheiden musst. Wenn es so weit ist, solltest du wissen, wo du stehst. Die Geisterkatze erhob sich, wandte sich ab und trottete davon. Kurz bevor sie den Raum verließ, drehte sie noch einmal den Kopf. *Und Lionida: Ich bin niemand, der gerne teilt. Aber ich würde Holmes mit dir teilen – wenn du es ernst meinst.* Mit diesen Worten verschwand sie durch die Wand.

Lionida hockte noch immer am Boden ihrer Kabine auf dem kühlen Metall, als es irgendwann in der Bordsprechanlage der *Gladius Dei* knackte und die Stimme von Steins verkündete, dass das Luftschiff nun bereit sei, Corvo zu verlassen und die letzte Etappe zur Wahren Quelle der Magie anzutreten.

28. April 1897, 12:09 Uhr GMT (10:09 Uhr Ortszeit)
Atlantik, etwa 1600 Seemeilen südwestlich von England

Behutsam klopfte Jonathan an den Türrahmen der offen stehenden Kapitänskabine. Er wollte den über seinem Schreibtisch zusammengesunkenen Holländer nicht wecken, falls dieser schlief.

Aber er musste mit ihm sprechen, bevor sie die Wahre Quelle erreichten. Seit dem Beginn ihrer Reise vor drei Tagen hatten sie kein richtiges Gespräch mehr geführt, und Jonathan hatte das Gefühl, dass er die Kluft, die sich zwischen ihnen geöffnet hatte, nicht noch weiter aufreißen lassen durfte, wenn sie zusammen in den Kampf gegen Wellington ziehen wollten.

Der Holländer hob den Kopf und drehte sich zur Tür um. Die dunklen Augenringe in seinem bleichen Gesicht wirkten noch schwärzer, und sein halblanges Haar hing zerzaust um sein schmales Gesicht herab. »Mister Kentham, kommen Sie herein.« Er winkte ihn müde näher. »Was kann ich für Sie tun?«

»Ich wollte fragen, wie es aussieht.« Er musste nicht genauer werden. Sie wussten beide, wovon er sprach.

Nach der wortkargen Seebestattung der beiden Mannschaftsmitglieder, die Jonathan im Tode überhaupt zum ersten Mal zu Gesicht bekommen hatte und die neben dem Holländer und Fu die einzigen Menschen an Bord gewesen waren, hatte er bis tief in die Nacht des gestrigen Tages mitgeholfen, die schlimmen Wunden im Herzen des Schiffes zu versorgen, die der Franzose in blindwütigem Wahn geschlagen hatte. Es war eine mühselige und Übelkeit erregende Aufgabe gewesen, und Jonathan hatte sich gewünscht, beim Nähen von Wunden auf die fachliche Expertise seines Freundes Robert zurückgreifen zu können. Doch Robert hatte ihm nicht helfen können. Sein Bewusstsein lag zusammen mit dem des Franzosen in tiefem Schlummer, betäubt von einem Zaubermittelchen aus der Apotheke von Meister Fu. Irgendwann weit nach Mitternacht war Jonathan, ebenso wie Kendra, vollkommen erschöpft in seine Kabine gewankt. Der Holländer und Meister Fu hatten unermüdlich weitergearbeitet. Den Preis schienen sie am heutigen Morgen zu zahlen.

»Ich weiß es nicht«, erwiderte ihr Gastgeber. »Ich möchte glauben, dass wir alles in unserer Macht Stehende getan haben, aber es ist so wenig, dass ich an meiner Macht zu zweifeln beginne.«

»Wird das Schiff durchkommen? Werden wir die Quelle erreichen? Wir dürfen einfach nicht scheitern – das Wohl der ganzen Menschheit hängt davon ab.«

»Sie können sich nicht vorstellen, Mister Kentham, wie wenig mich die ganze Menschheit im Moment kümmert.« Der Holländer rieb sich die Augen und seufzte. »Entschuldigen Sie. Ich benötige zwar wirklich nicht viel Schlaf, aber irgendwie fühle ich mich gerade einfach nur müde.«

Jonathan schüttelte den Kopf. »Nein, ich muss mich entschuldigen. Ich wollte nicht herzlos klingen. Es ist nur …« Er stockte. »Es sind schon so viele gestorben. Ihr Tod darf nicht vergebens gewesen sein.«

Der Holländer bedachte ihn mit einem matten Lächeln und deutete auf einen Stuhl auf der anderen Seite des Tisches. »Willkommen in meiner Welt. Setzen Sie sich doch, Mister Kentham. Möchten Sie etwas trinken?«

Eigentlich war es viel zu früh am Morgen, um mit Alkohol anzufangen, aber Jonathan stellte zu seiner Überraschung fest, dass ihm diese gesellschaftliche Konvention an diesem Tag ausnehmend gleichgültig war. »Gerne.«

Sein Gastgeber erhob sich, ging zu einem Wandschrank hinüber und holte zwei Gläser und eine Flasche mit goldbrauner Flüssigkeit hervor. »Echter Appleton-Rum aus Jamaika. Es gibt nichts Besseres, wenn man sich vor dem Frühstück etwas Kräftiges gönnen will.« Er schenkte ihnen ein und reichte Jonathan ein Glas. »Auf den Erfolg unserer Fahrt«, sagte er und hob sein Getränk. Er sagte es ohne Ironie, aber in seinen Augen schimmerte leichter Zweifel.

»Auf das Überleben all derer, die uns am Herzen liegen«, erwiderte Jonathan.

Während der Holländer sein Glas mit einem Schluck leerte und anschließend mit zufriedenem Schmatzen das Gesicht verzog, nippte Jonathan nur an seinem Rum. Er hatte bislang lediglich eine leichte Mahlzeit zu sich genommen, und im Gegensatz zu seinem Gastgeber beabsichtigte er nicht, sich schon so früh dem Alkohol zu ergeben; schließlich lag ein weiterer Tag magischer Unterweisungen vor ihm, auch wenn der Unterricht durch ihre Bemühungen, dem schwer verwundeten Schiff zu helfen, zwangsläufig kürzer ausfallen würde.

Eine Weile herrschte Schweigen zwischen den beiden Männern, während der Holländer seinen Gedanken nachhing und Jonathan grübelte, wie es ihm am besten gelingen könnte, eine Brücke zwischen ihnen zu bauen. Schließlich räusperte er sich. »Darf ich Sie etwas fragen?«

Sein Gegenüber vollführte eine vage einladende Bewegung mit der Hand. »Nur zu. Vielleicht antworte ich Ihnen ja tatsächlich. Mir scheint, ich bin heute in weitaus redseligerer Stimmung als sonst.«

»Wie kam es zu all dem hier? Was hat es mit Ihnen und dem Schiff auf sich? Ich weiß, dass es mich nichts angeht, aber etwas wie dieses Schiff mit seinem lebendigen Herzen habe ich noch nie gesehen. Ich nehme an, es war ein magischer Unfall?«

»Sie wollen den wahren Kern der Legende vom Fliegenden Holländer hören?«

»Ja, das würde ich gerne.«

Der Holländer blickte ihn abschätzend an, bevor er mit den Schultern zuckte. »Nun ja, warum nicht? Möglicherweise ist es meine letzte Gelegenheit, von dem, was geschehen ist, zu erzählen. Und irgendjemand muss die ›Legende‹ ja weitertragen.« In seinen letzten Worten lag deutliche Ironie. Er schenkte sich erneut ein Glas ein, lehnte sich auf seinem Stuhl zurück und nahm einen Schluck. »Es geschah im Jahr 1685 …«

»Halt, Augenblick«, entfuhr es Jonathan. »Das ist über zweihundert Jahre her!«

Der Holländer bedachte ihn mit einem hintergründigen Lächeln. »Die Magie ist ein wahrer Jungbrunnen, nicht wahr?«

Jonathan musste schlucken. Irgendwie hatte er schon bei Dunholm und McKellen geahnt, dass sie älter waren, als es ihnen eine gewöhnliche menschliche Lebensspanne erlauben sollte. Doch einem Mann gegenüberzusitzen, der kaum älter als fünfundvierzig aussah, aber angesichts seiner Behauptung mindestens zweihundertfünfzig sein musste, war schlichtweg unglaublich. *Oder er tischt mir ein Märchen auf*, ging es ihm durch den Sinn. Natürlich sprach er diesen Verdacht nicht laut aus. Er wollte den Holländer nicht verstimmen, kaum dass er ihn dazu bewegt hatte, etwas über seine Vergangenheit preiszugeben.

Dieser nickte unterdessen versonnen. »Nun also, es geschah, wie gesagt, im Jahr 1685. In dieser Zeit fuhr ich für die VOC nach Ostindien, auch wenn ich kein Niederländer bin, wie Sie zweifellos bemerkt haben, sondern ein Landsmann von Ihnen. Aber die niederländische Ostindien-Kompanie zahlte besser als die englische und sie gab mir ein eigenes Schiff; das genügte mir, um meinen Patriotismus zu vergessen. Eines Nachts gerieten wir vor dem Kap der Guten Hoffnung in einen Sturm. Es war wirklich schlimm. Ich verlor mehrere Leute, die oben auf Deck treu ihren Dienst verrichteten, an die Wellen. Irgendwann vor dem Morgengrauen wurden wir zu nah an die Küste getrieben und liefen auf einen der Felsen auf, die dort knapp unter der Wasseroberfläche liegen. Ich schickte alle Männer unter Deck, um das Leck abzudichten. Nur Gamba blieb bei mir am Ruder – der Afrikaner, der gestern getötet wurde.«

Der Holländer hielt inne und blickte aus dem Fenster seiner Kapitänskabine hinaus in den Nebel. »Und dann war da auf einmal überall dieses Licht«, fuhr er tonlos und ohne Jonathan anzusehen fort. »Zunächst dachte ich, das Schiff würde brennen, auch wenn das eigentlich vollkommen unmöglich war. Ich rannte zur Reling, um nach unten zu schauen. Überall im Wasser war dieses gelbliche Glitzern. Es schimmerte und funkelte, und Lichtfäden tanzten über den Rumpf. Es sah aus, als hätte sich direkt unter uns das Tor zum Himmel geöffnet, als wolle Er uns verdammte Seelen nach einer Nacht im Fegefeuer gnädig zu sich holen.«

Jonathans Gegenüber schenkte ihm einen spöttischen Blick. »Natürlich war das ein frommer Trugschluss. Um es in den Worten zu sagen, die ich erst viel später lernte: Wir waren in eine plötzlich aufreißende Magiespalte geraten. Das war zum einen gut, denn sie ließ das Riff unter uns verschwinden und unser Schiff kam frei, zum anderen hingegen furchtbar, denn in dieser Nacht verlor ich bis auf Gamba und den alten Jenkins, den Ihr Franzose ebenfalls auf dem Gewissen hat, meine gesamte Mannschaft. Doch ich verlor sie nicht vollständig. Sie war noch bei mir, hatte sich nur verwandelt, in das, was Sie als das Herz des Schiffes kennengelernt haben.« Er hielt inne, und ein Schatten huschte über seine Züge. »Als ich den Raum das erste Mal zu Gesicht bekam, dachte ich, dem Wahnsinn anheimfallen zu müssen.«

»Ich kann es mir vorstellen«, sagte Jonathan. »Es muss grausam gewesen sein.«

»Dieses Wort beschreibt es nur sehr unzutreffend. Entsetzen, Abscheu und ein Gefühl schier unendlicher Trauer übermannten mich. Und auf einmal erklangen all diese Stimmen in meinem Kopf, die Stimmen meiner Männer, die vor Qual und Furcht schrien. Sie lebten noch, verstehen Sie, waren bei vollem Bewusstsein – als zerschmolzene Fleischklumpen, verwachsen mit den Planken des Schiffes. Am liebsten wäre ich hinauf an Deck gestürmt und hätte mich in die Fluten gestürzt, nur um diesen Anblick vergessen zu können.« Er schüttelte den Kopf, offenbar noch heute fassungslos über das, was damals geschehen war. »Allein Gamba ist es zu verdanken, dass ich von dem Vorhaben abließ. Er hielt mich fest, bis ich mich wieder beruhigt hatte. Und er gab mir ein Bild, an das ich mich klammern konnte. Sie müssen wissen, Mister Kentham, dass sein Volk, die Shona, über eine höchst lebendige Geisterwelt verfügten. Die Toten sprechen zu ihnen durch sogenannte Medien. Für ihn waren unsere Kameraden gestorben, aber als Geister noch immer bei uns – und das Schiff war ihr Medium. Also schwor ich mir, das Schiff zu schützen, um ihnen das wenige Leben, das ihnen geblieben war, zu bewahren.«

»Was hat das alles mit der Legende vom Fliegenden Holländer zu tun?«, wollte Jonathan wissen.

»Warten Sie ab«, antwortete sein Gegenüber. »Dazu komme ich jetzt. In den nächsten Tagen begannen die Veränderungen. Sie kennen sie sicher: Man fühlt sich krank, dann beginnt sich die eigene Sicht auf die Welt zu verändern, ungeahnte Gaben erwachen im eigenen Körper. Die Magie hatte uns berührt, und wir wurden – ohne zu begreifen, wie uns geschah – zu Magiern: Gamba, Jenkins und ich. Doch die erstaunlichste Veränderung betraf das Schiff selbst. Ich weiß nicht, wie ich es in Worte kleiden soll, aber durch die Magie und die Geister meiner Männer wurde das Schiff lebendig. Sein Rumpf befreite sich von den Zwängen der Wellen, seine Segel von denen des Windes. Es entwickelte die Fähigkeit, sich in einen schützenden Mantel aus Nebel zu hüllen und schneller über den Ozean dahinzugleiten als jedes andere Schiff der damaligen Zeit. Das meiste davon kann ich mir bis heute nicht erklären.« Der Holländer zuckte mit den Schultern.

»Nun, jedenfalls wurde mir sehr rasch bewusst, dass ich mit diesem Schiff in keinen Hafen mehr würde einlaufen können«, fuhr er fort. »Die große Zeit der Hexenverfolgung in Europa war zwar seit hundert Jahren vorüber und wir lebten laut unseren Gelehrten in einem Zeitalter der Aufklärung und der Vernunft, aber ich kenne die Menschen. Machtgier und Furcht sind ein starker Antrieb zu Missetaten – und ein Schiff wie das meine würde von beidem reichlich erwecken. Also gaben wir unsere Fahrt nach Ostindien auf und versteckten uns fortan auf dem Meer. Als unsere Vorräte aufgebraucht waren, gingen wir nachts heimlich an Land, um zu stehlen, was wir zum Leben benötigten. Außerdem brachten wir Geisterschiffe auf, die keinen von uns mehr schrecken konnten, nachdem wir selbst zu etwas derart Widernatürlichem geworden waren.«

»Und dabei wurden Sie von anderen Schiffern gesehen«, mutmaßte Jonathan.

Der Holländer nickte. »Ja, gelegentlich ließ es sich nicht vermeiden. Man sichtete uns aus der Ferne: ein fliegendes Schiff, das gegen den Wind zu segeln vermag, das selbst bei Flaute unter vollen Segeln steht und das fährt, obwohl keine Menschenseele an Bord zu sein scheint.« Ein spöttisches Lächeln breitete sich auf seinem Gesicht aus. »Sie können sich vorstellen, dass solcherlei Umstände prachtvollen Stoff für Seemannsgarn abgeben. Zu dem bisschen Wahrheit, das die Seeleute zu Gesicht bekamen, gesellte sich viel Dichtung. Man hielt das Erscheinen des Fliegenden Holländers, wie das Schiff auf einmal genannt wurde, für ein böses Omen. Man bezichtigte seinen Kapitän, also mich, ein Gotteslästerer zu sein, der vom Himmel zum ewigen Kreuzen auf See verdammt worden sei. Man erzählte sich, dass wir aus den Tiefen des Meeres auftauchten und dass unser Deck übersät mit Leichen sei. Ich habe heimlich in Hafenspelunken so viele Geschichten mit angehört, eine abenteuerlicher als die andere …«

Jonathan nickte verständnisvoll. Er kannte diese Geschichten auch, wenngleich nur in ihrer literarischen Bearbeitung.

»Wäre das alles gewesen, ich hätte es wohl hingenommen«, fuhr der Holländer fort. »Doch leider hatte all dieses Gerede neben dem Umstand, dass es uns eine Rückkehr in die menschliche Gesellschaft vollständig unmöglich machte, noch eine zweite unerfreuliche Folge: Ein Orden frömmelnder Magierjäger wurde auf uns aufmerksam. Zuerst merkten wir es gar nicht. Als das erste Schiff am Horizont bei unserem Anblick nicht abdrehte, sondern unter vollen Segeln zur Verfolgung ansetzte, hielt ich die Kerle noch für tolldreiste Glücksritter. Doch die Nachstellungen häuften sich, und es wurde klar, dass uns jemand aufzubringen versuchte. Nur durch Zufall erfuhr ich, wer unser Feind war: das *Officium contra Magiae*, die Magie-Inquisition des Vatikans.«

Davon hatte Jonathan noch nie gehört. »Es gibt eine Inquisition, die gezielt Magieanwender jagt?« Sein Leben schien von einem Moment zum nächsten noch ein klein wenig gefährlicher geworden zu sein.

»Zumindest jagt sie uns gezielt«, erwiderte der Holländer. »Deshalb führen wir ein Leben, verborgen hinter Nebeln weit draußen auf See: Gamba, Jenkins, das Schiff, ich und Meister Fu, den wir mitsamt seinem Affen aus einem Beiboot mitten auf dem Indischen Ozean bargen und der sich kurioserweise ebenfalls als Magiekundiger erwies. Fu war es auch, der uns mit meinem alten Freund McKellen zusammenbrachte, aber das ist eine andere Geschichte … Und nun sind Gamba, Jenkins und McKellen tot, und das Schiff ist so schwer verletzt, dass es vielleicht nie wieder gesund wird. Wie grausam kann das Schicksal zu einem einzelnen Mann eigentlich sein?« Er leerte sein Glas und schenkte sich zum dritten Mal nach.

Jonathan presste die Lippen zusammen. Er wusste nicht, was er darauf erwidern sollte.

In diesem Augenblick steckte Kendra den Kopf zur Tür herein. »Ah, Jonathan, ich suche Sie bereits überall. Meister Fu bat mich, Ihnen auszurichten, dass er jetzt etwas Zeit für uns hätte, falls wir unsere Unterweisungen fortsetzen möchten.«

»Danke«, sagte Jonathan, irgendwie erleichtert darüber, dass ihm ein Vorwand geliefert wurde, das Gespräch mit dem Holländer, das so erhellend wie erschütternd gewesen war, zu beenden. Sein Blick fiel auf das halbleere Glas in seiner Hand, und er hob es wie zur Entschuldigung. »Ich komme gleich.«

»Gut, wir sind beide an Deck«, erwiderte die junge Frau. Sie warf dem Holländer einen kurzen, eigentümlichen Blick zu, danach verschwand sie wieder.

»Sie nehmen es mir doch nicht übel, wenn ich Sie jetzt allein lasse?«, fragte Jonathan.

Der Holländer schwenkte bedächtig den Rum in seinem Glas. »Nein, keineswegs. Üben Sie sich für den Kampf, der Ihnen bevorsteht. Sie sagten es eingangs ja selbst: Es wäre tragisch, wenn all die Toten, die Ihren Weg pflastern, umsonst gestorben wären.«

Der versteckte und ein wenig ungerechte Vorwurf, der sich in dem Satz verbarg, entging Jonathan nicht. Aber er erwiderte nichts darauf, sondern nickte nur stumm. Mit einem raschen Schluck leerte er sein Glas, stellte es auf den Tisch und erhob sich. »Wissen Sie, wie viel Zeit uns noch bleibt?«

»Ungefähr ein Tag, wenn sich der Zustand des Schiffs nicht zu stark verschlechtert. Spüren Sie nicht bereits, dass die Magie um uns herum immer stärker wird?«

Jonathan schüttelte den Kopf.

»Na ja, Sie sind noch jung«, meinte der Holländer. »Noch ein paar Jahrzehnte, und Sie werden, genau wie ich, jede winzige Veränderung der Magie in den Knochen spüren wie ein alter Seemann einen Wetterumschwung.« Er prostete Jonathan zu.

Dieser rang sich ein beifälliges Lächeln ab, bevor er sich umwandte und zur Tür ging.

»Eine Sache noch«, hielt ihn die Stimme des Holländers in seinem Rücken auf.

Jonathan drehte sich zu ihm um. »Ja?«

Ihr Gastgeber sah ihn mit unergründlicher Miene an. »Kendra McKellen … sie bedeutet Ihnen etwas, nicht wahr?«

Jonathan blinzelte verwirrt. »Ich … Nein, wir sind nur gute Freunde.«

»Sie bedeutet Ihnen etwas«, beharrte der Holländer. »Ich weiß es, Sie wissen es. Warum belügen Sie sich selbst?«

Vielleicht, weil Elisabeth erst seit vier Tagen tot ist, dachte Jonathan. *Und weil ich bis dahin der Ansicht war, sie wäre die Frau, mit der ich mein Leben verbringen werde.* Laut sagte er nichts davon. Er wollte mit dem Holländer nicht über Elisabeth sprechen. Also zuckte er nur mit den Schultern.

»Ich glaube, sie mag Sie auch«, fuhr der Holländer mit seltsamer Eindringlichkeit fort. »Weisen Sie sie nicht ab. Sie braucht jemanden, der ihr Halt gibt.« Er machte eine Pause und blickte zur Seite. »Einen kurzen Moment lang redete ich mir ein, ich könnte dieser Mann sein. Aber der Gedanke war selbstsüchtig. Sie wäre an Bord dieses Schiffes schon nicht glücklich geworden, als es noch gesund und – für unsere Verhältnisse – von Leben erfüllt war. Und jetzt ist ohnehin nicht mehr daran zu denken.«

Ich hatte also recht, dachte Jonathan. *Er hat ein Auge auf sie geworfen.* Bei dem Gedanken daran erwachte eine Eifersucht in ihm, die er nicht so einfach wegleugnen konnte, Elisabeth hin oder her. Trotzdem konnte er sich nicht davon abhalten, ein wenig mit dem Feuer zu spielen. »Wenn das Schiff wirklich stirbt, könnten Sie mit Kendra an Land gehen. Dann hält Sie doch nichts mehr auf See, oder? Geht es nicht in der Sage so? Der Kuss einer Frau bricht den Fluch und lässt den verirrten Seefahrer heimkehren?«

Der Holländer lachte leise. »In der Oper vielleicht. Wagner war ein furchtbarer Romantiker. Aber diesen Weg werde ich nicht beschreiten. Ich werde hier auf See leben und sterben. Ich bin der Kapitän. Ich werde das Schiff nicht verlassen.« Er sprach die Worte mit finsterer Entschlossenheit aus.

»Ich verstehe«, sagte Jonathan, und er verstand den Holländer in diesem Augenblick wirklich.

»Dann müssen Sie auch begreifen, dass Kendra außer Ihnen niemanden mehr hat. Sie hat ihre Eltern verloren, ihre Heimat, ihren Großvater, ja sogar ihren Glauben an das Wunderbare der Magie …«

»Woher wissen Sie das alles?«

»Ich bin ein guter Beobachter«, sagte der Holländer leichthin.

Aus irgendeinem Grund musste Jonathan plötzlich an Holmes denken, der auch so ein ›guter Beobachter‹ war. »Seien Sie froh, dass Kendra Sie nicht beim ›Beobachten‹ erwischt hat«, brummte er. »Männer, die in ihrem Kopf herumspionieren, kann sie überhaupt nicht ausstehen.«

»Es geschah nicht in böser Absicht«, verteidigte sich sein Gegenüber. »Ich wollte nur etwas mehr über sie erfahren. Aber das spielt alles keine Rolle mehr. Ich möchte jedenfalls nicht, dass Kendra so unglücklich bleibt und am Ende womöglich ihren Lebenswillen verliert. Daher bitte ich Sie: Legen Sie Ihre Vorbehalte ab und gestatten Sie den Gefühlen, die Sie für diese Frau hegen, Gestalt anzunehmen. Lassen Sie, wenn all das hier vorüber ist, die Toten der Vergangenheit ruhen und bauen Sie sich eine Zukunft mit den Lebenden auf … oder vielmehr: mit einer Lebenden.«

Jonathan starrte den Holländer an. Das alles kam ihm etwas zu plötzlich. Dennoch nickte er schließlich. »Ich verspreche, ich werde Ihre Worte im Kopf behalten.«

28. April 1897, 16:07 Uhr GMT (15:07 Uhr Ortszeit)
Atlantik, etwa 900 Seemeilen südwestlich von England

»Erzählen Sie mir noch mehr!«

Cutler sah die junge Frau, die vor ihm in der engen Mannschaftsmesse der *Turbinia* saß, freundlich an und schüttelte den Kopf. »Nein, Euer Hoheit, wir wollen es für den Augenblick dabei bewenden lassen. Ich habe Ihnen ohnehin schon alles erzählt, was Sie für den Anfang wissen müssen. Alles Weitere würde zu sehr ins geschichtliche oder magietheoretische Detail gehen. Hierzu kann ich Ihnen aber gerne ein paar Bücher aus der Bibliothek empfehlen und …« Er brach ab und blinzelte, als ihn die Erinnerung einholte. »Nein, verzeihen Sie, ich vergaß. Die Bibliothek gibt es ja nicht mehr.« Ein tiefer Seufzer kam ihm über die Lippen.

»Können Sie den Orden des Silbernen Kreises nicht wiederaufbauen?«, wollte Feodora wissen.

»Wir werden es versuchen, aber wir haben durch diesen Kampf unwahrscheinlich viel verloren. In den Gewölben der Unteren Guildhall lagerten Schätze aus Jahrhunderten des unermüdlichen Sammelns und emsigen Forschens. Darüber hinaus war dieser Ort für viele von uns ein zweites Zuhause. Jetzt hat sich unsere Zahl nicht nur um mehr als die Hälfte verringert, wir wissen auch nicht, wo und womit wir uns neu einrichten sollen.« Er senkte den Kopf.

»Das tut mir leid«, sagte Feodora. »Ich wünschte, ich könnte Ihnen irgendwie helfen.«

Cutler hob den Blick wieder und schenkte der Prinzessin ein verhaltenes Lächeln. »Das ist sehr freundlich von Ihnen, Hoheit. Tatsächlich helfen Sie uns bereits dadurch, dass Sie sich uns zu erkennen gegeben haben. Wenn der Orden des Silbernen Kreises aus der Asche, die am Ende dieses Kampfes übrig bleibt, wiederaufersteht, werden Sie das erste neue Mitglied sein, und das ist doch schon ein kleiner Lichtblick. Also, es sei denn, Sie möchten sich lieber einem Magierkreis in Ihrer Heimat anschließen.«

»Ich glaube kaum«, erwiderte Feodora. »Ungeachtet meines Erbes – und das würde meine Großmutter sicher nicht gerne hören – verbindet mich nicht sonderlich viel mit dem Deutschen Kaiserreich.«

»Nun, das müssen Sie für sich selbst entscheiden«, sagte Cutler.

Die Luke zum Deck wurde hochgeklappt, und Doktor Westinghouse kam die steile, schmale Treppe hinunter. »Und, Mister Cutler? Wie macht sich Ihre adlige Schülerin?«, fragte der Arzt aufgeräumt.

»Sie ist sehr wissbegierig, das steht außer Frage«, erwiderte Cutler schmunzelnd.

»Das ist schön zu hören. Aber deswegen bin ich gar nicht gekommen.« Er senkte die Stimme zu einem vertraulichen Raunen, auch wenn das angesichts des Lärms, den die Maschinen des Turbinenboots machten, wirklich nicht nötig gewesen wäre. Draußen an Deck konnte sie ohnehin niemand verstehen. »Sollten wir Mister Parsons und seinen Leuten nicht bald reinen Wein über das einschenken, was sie am Ende dieser Reise erwarten wird? Meiner Meinung nach sollten wir ihnen die Gelegenheit geben, sich mit dem Umstand anzufreunden, dass sie in einen Konflikt zwischen Magiern hineingezogen wurden.«

Cutler dachte einen Augenblick darüber nach, bevor er nickte. »Ja, das ist wahr. Lassen Sie uns ein paar wohlfeile Worte an unsere Gastgeber richten.« Er erhob sich und marschierte auf den Ausgang des Deckhauses zu.

»Ich komme mit«, sagte Feodora und folgte ihm. »Schließlich bin ich an all dem nicht ganz unschuldig.«

»Ich hoffe, sie wenden angesichts der frohen Botschaft das Schiff nicht unverzüglich und fahren wieder nach Hause«, murmelte Westinghouse.

Draußen an Deck war es noch lauter als im Inneren. Der Gestank von Motoröl und Qualm stieg Cutler in die Nase, und Gischt spritzte über die offene Reling, während das Boot mit atemberaubender Geschwindigkeit durch die atlantischen Wellen schnitt. Er klappte den Kragen seiner Jacke hoch, beschirmte sein Gesicht mit einer Hand und wandte sich nach vorne zum Steuerstand, wo der Ingenieur neben seinem Steuermann Bernard und Colonel Binnington ausharrte und übers weite Meer blickte. Home und Misses Blackwood saßen am Heck des Schiffes. Captain Leyland war nicht zu sehen; vermutlich befand er sich unter Deck im Maschinenraum.

»Hören Sie, Mister Parsons«, brüllte Cutler selbigen an. »Könnten Sie die Geschwindigkeit ein wenig drosseln und Captain Leyland holen? Ich muss Ihnen etwas mitteilen.«

Der Ingenieur schaute ihn leicht verständnislos an. »Natürlich«, sagte er dann. Er verlangsamte die *Turbinia* und begab sich zur Luke hinab in den Maschinenraum, um Leyland zu rufen. »Gehen wir zum Bug, da weht uns der Rauch nicht so ins Gesicht«, schlug Parsons vor, nachdem er und der Kapitän des Turbinenschiffes sich wieder zu Cutler gesellt hatten.

Alle Anwesenden versammelten sich dort, wobei Bernard eine Hand am Steuer hielt, damit sie nicht in eine ungewünschte Richtung abdrifteten. Cutler begab sich ganz an die knapp aus dem Wasser ragende Spitze des Bootes, räusperte sich und blickte Parsons, Leyland und Bernard ernst an. »Meine Herren, ich wende mich vor allem an Sie, weil Sie diejenigen sind, die meine Worte im Besonderen betreffen. Zunächst einmal möchte ich mich bei Ihnen entschuldigen, denn ich habe Ihnen, Mister Parsons, nicht die volle Wahrheit gesagt.«

»Wie meinen Sie das, Sir?«, wollte dieser mit einem Stirnrunzeln wissen. »Sind wir etwa nicht unterwegs, um einen Verrückten aufzuhalten, der dem Empire Schaden zufügen will?«

»Doch, das schon. Alles, was ich Ihnen gestern dargelegt habe, entspricht durchaus den Tatsachen. Allerdings habe ich es aus Gründen der unbedingten Geheimhaltung unterlassen, Sie in einen kleinen, aber keineswegs unbedeutenden Umstand einzuweihen. Das gedenke ich nun nachzuholen – und ich hoffe auf Ihr Verständnis, Gentlemen.« Und dann erleichterte er sein Gewissen und verriet, dass er und alle anderen Gäste an Bord über außergewöhnliche Gaben verfügten und dass dies auf Wellington ebenfalls zutraf. Das Wort Magie vermied er dabei so lange wie möglich, aber natürlich fiel es irgendwann. Zu diesem Zeitpunkt machte das allerdings auch keinen großen Unterschied mehr.

Parsons und die beiden anderen Männer nahmen die Neuigkeiten erstaunlich gefasst hin. Natürlich gab es einen kurzen Augenblick des Aufruhrs und einen längeren des Unglaubens, aber nachdem Cutler und einige der anderen Magier ihnen ihre Kräfte demonstriert und zugleich betont hatten, dass ihrer aller Aufgabe sogar noch drängender sei als bislang dargelegt, ergaben sich die drei Schiffer in ihr Schicksal. »Aber ich warne Sie, Mister Cutler«, knurrte Parsons abschließend. »Wenn die *Turbinia* durch Ihre magischen Tricks auch nur den geringsten Schaden nimmt, werde ich Sie in London bloßstellen und mit Gerichtsverfahren wegen Sachbeschädigung überziehen, dass Sie Ihres Lebens nicht mehr froh werden.«

»Ich werde mir Ihre Worte zu Herzen nehmen«, gab Cutler würdevoll zurück. »Sie können mir allerdings glauben, dass *ich* derjenige bin, der am meisten von uns allen hofft, Ihrem Boot möge kein Kratzer zugefügt werden. Denn wenn dem so wäre, hieße das höchstwahrscheinlich, dass unsere Fahrt gescheitert ist. Und sollte das geschehen, wird Ihr Zorn das geringste Übel sein, das die Zukunft für mich bereit hält.« Er sah Parsons furchtlos entgegen, und der Ingenieur wandte brummend den Blick ab.

»Mir scheint, dann können wir wieder volle Fahrt aufnehmen«, verkündete Colonel Binnington und nickte Captain Leyland zu, der den Befehl an Bernard weitergab. Gleich darauf wurde das Grollen der Maschine wieder lauter, schwarzer Qualm stieg aus dem Schornstein auf und der Bug der *Turbinia* erhob sich höher aus dem Wasser. Während sich der Rest der Versammlung auflöste, brachte Cutler sich mit unsicheren Schritten hinter dem Steuerstand vor dem Spritzwasser in Sicherheit.

Westinghouse legte ihm die Hand auf die Schulter. »Das lief doch gar nicht so schlecht«, meinte er. »Jetzt bleibt uns nur noch zu hoffen, dass der Rest unserer Reise genauso glatt verläuft.«

Dem konnte Cutler nur beipflichten.

28. April 1897, 20:29 Uhr GMT (16:29 Uhr Ortszeit)
Atlantik, etwa 985 Seemeilen östlich von Nordamerika

Mit qualmenden Schloten stampfte die *USS Brooklyn* durch die Wellen des Atlantiks. Admiral Greer hatte volle Fahrt voraus angeordnet, und die Besatzung gab sich Mühe, auch noch das Letzte aus den Maschinen herauszuholen. Unterstützt wurde sie durch die experimentellen Tesla-Turbinen, die Greer hatte enttarnen lassen, nachdem sie ihre hochrangigen Passagiere mithilfe ihres vorgetäuschten Motorschadens losgeworden waren. Wovoka hatte mit mildem Interesse die kompliziert aussehenden Rohrleitungen betrachtet, die am Rumpf des Kriegsschiffes sichtbar geworden waren, aber er hatte nicht versucht zu verstehen, was er dort sah.

»Wissen alle Besatzungsmitglieder, dass diese Apparate eine magische Tarnung haben?«, hatte er Sawyer, der ihm in diesem Moment Gesellschaft geleistet hatte, gefragt.

Der junge Mann hatte den Kopf geschüttelt und gegrinst. »Nein. Sie glauben, es ist irgendeine außergewöhnliche Illusion, die sich unser Wunderingenieur Tesla ausgedacht hat. Also halten Sie sich an Bord mit Magie zurück.«

Diesen Rat hatte Wovoka befolgt. Tatsächlich hatte der Paiute-Seher die meiste Zeit des gestrigen und auch des heutigen Tages damit verbracht, am Bug des Schiffes zu hocken, zum fernen Horizont zu schauen und sich innerlich auf die kommende Herausforderung vorzubereiten. Er war derart in sich gekehrt, dass er den Mann, der sich zu ihm gesellte, gar nicht bemerkte, bis dieser zu sprechen anfing.

»Mister Wovoka, Sie erwecken den Eindruck, als würden Sie Gedanken von kosmischen Ausmaßen wälzen«, sagte Admiral Greer und setzte sich neben Wovoka auf einen graumetallenen Doppelpoller.

»Ich denke nur über meine Aufgabe während der kommenden Ereignisse nach.«

Greer nickte ihm aufmunternd zu. »Und? Wo sehen Sie sich in dieser Schlacht?«

»Ich fürchte, ich werde Lordmagier Wellington stellen müssen«, gab Wovoka zurück.

»Diesen Verrückten, der die Quelle aus dem Meer gehoben hat.« Es war eine Feststellung, keine Frage. Der Leiter der Abteilung für Spezielle Operationen hatte bereits von dem Magier gehört.

»Ja. Ich nehme an, dass er in der Quelle gebadet hat. Er wird ein sehr starker Feind sein.«

»Können Sie ihm Paroli bieten?«

»Wenn ich es nicht kann, wüsste ich nicht, wer ihn aufhalten soll. Nichts für ungut, Admiral, aber Wellington verfügt über Kräfte, die sowohl die Ihren als auch die Ihres Mannes Sawyer weit übersteigen. Man sagt, er beherrsche die dritte Sphäre der Magie mit einer Beiläufigkeit, mit der mancher sich nicht einmal in der ersten zu bewegen vermag.«

»Hm.« Greer zog die Augenbrauen zusammen, sodass eine steile Falte auf seiner Stirn entstand. »Wir werden vorsichtig sein. Aber ich glaube, dass unser Schiff für diesen außer Kontrolle geratenen Briten noch die eine oder andere Überraschung birgt.«

»Sprechen Sie von der Kanone in unserem Rücken?«, fragte Wovoka und deutete in die leere Luft. Gegenwärtig war nur in der Wahrsicht zu sehen, dass sich am Bug des Schiffes direkt vor dem Turm mit seinen zwei 8-Inch-Kanonen eine zweite, etwa doppelt so wuchtige Geschützstellung befand. Dadurch wurde dem normalen Zwillingsgeschütz zwar der Bugfeuerbereich verstellt, aber Wovoka nahm an, dass die Militärs diesen Umstand bei der Installation ihrer Geheimwaffe gerne in Kauf genommen hatten.

»Unter anderem«, bestätigte Greer.

»Was ist ihr Geheimnis?«, wollte Wovoka wissen.

Ein breites Lächeln trat auf das Gesicht des Admirals. »Tesla nennt es eine Blitzstrahlenkanone. Sie feuert einen künstlichen Blitz von enormer Stärke auf ein Ziel ab, das zuvor von einem unsichtbaren Leitstrahl angepeilt wurde. Fragen Sie mich nicht nach Einzelheiten, ich habe nur das Papier unterzeichnet, das den Einbau der Kanone in die *Brooklyn* regelte, nachdem Tesla mir eine Vorführung der Waffe gegeben hatte. Aber glauben Sie mir: Unsere 8-Inch-Geschütze sind ein Witz gegen seine Zerstörungskraft.«

»Und was genau wollen Sie mit dieser Kanone anstellen? Die Quelle werden Sie damit nicht schließen können.«

»Ich weiß es noch nicht.« Greer zuckte mit den Schultern. »Es wird sich schon ein lohnenswertes Ziel auf der Insel finden. Bedauerlicherweise benötigt die Kanone enorme Energiemengen, sodass wir sie nur einmal abfeuern können. Danach muss sie etwa einen halben Tag lang wieder aufgeladen werden.«

»Dann sollten Sie besser nicht danebenschießen.«

»Da gebe ich Ihnen recht.« Der Admiral grinste, wurde gleich darauf aber wieder ernst. »Doch ich bin nicht gekommen, um

Ihnen von meinem Wunderschiff vorzuschwärmen. Ich wollte Sie fragen, was Sie uns noch über die Insel der Wahren Quelle sagen können. Was erwartet uns dort?«

»Ich weiß selbst nur das, was man mir erzählte«, antwortete Wovoka. »Wellington wird von mindestens zwei Dutzend treuer Anhänger begleitet, alles Magier. Außerdem soll er die alten Hüter der Quelle in seine Dienste gezwungen haben. Deren Zahl ist unbekannt, aber ich schätze, dass es nicht mehr als vierzig oder fünfzig sein werden. Allerdings verfügen auch sie über magische Kräfte.«

»Also muss ich die Männer, die an Land gehen werden, warnen, dass sie sich auf keinen Nahkampf einlassen sollen«, murmelte Greer. »Und vielleicht sollten wir sie von ein paar Scharfschützen an Bord decken lassen.«

»Ich würde Ihnen ohnehin davon abraten, an Land zu gehen«, sagte Wovoka. »Sie können dort nicht viel ausrichten, wenn Sie nicht zufällig ein eigenes Quellschlossartefakt an Bord haben. Unsere Rolle dient allein der Unterstützung und dem Schutz Jonathan Kenthams. Er muss die Wahre Quelle erreichen und das Artefakt hineinwerfen.«

»Und genau deshalb müssen wir an Land gehen«, entgegnete Greer. »Ein Bombardement von See aus wird für ordentliche Unruhe unter den Anhängern Wellingtons sorgen. Sie mögen Magier sein, aber sie sind auch nur Menschen. Und kein britischer 5-Uhr-Teetrinker bleibt gelassen, wenn er sich dem Feuer von zwanzig Geschützrohren ausgesetzt sieht. Doch sobald sich alle Aufmerksamkeit auf Ihren Mister Kentham konzentriert, müssen wir das Feuer einstellen, wollen wir ihn nicht gefährden. Dann helfen nur noch unsere Marines.«

»Dieser Kampf wird nicht durch Männer gewonnen werden, die bereit sind, Leben zu nehmen«, sagte Wovoka ruhig, »sondern durch Männer, die bereit sind, ihr Leben zu geben.«

28. April 1897, 20:47 Uhr GMT (17:47 Uhr Ortszeit)
Mittelatlantischer Rücken, etwa 1600 Seemeilen vor der afrikanischen Küste

»Ihre Feinde nahen von allen Seiten.«

Die bedrohlich zischende Frauenstimme veranlasste Wellington, von seinem jüngsten Testsubjekt aufzublicken. Er hatte den riesigen, glatzköpfigen Russen Grigori, der unter Dunholm als Stallmeister und Kutscher gearbeitet hatte und der bei dem Angriff auf die Untere Guildhall in Wellingtons Hände geraten war, erst vor ein paar Minuten betäubt, von Hyde-White hierher schleppen lassen und gefesselt und war soeben im Begriff gewesen, mit der Prozedur zu beginnen, die jenen in den bislang fünften seiner neuen Panzersoldaten verwandeln würde.

Auf Tisiphones Störung hin senkte er die bereits erhobenen Hände und runzelte verwirrt die Stirn. »Wer naht, und warum hat Hyde-White keinen Alarm gegeben?« Natürlich saßen schon seit Tagen Magispectoren auf Posten, die das Meer nach nahenden Gefahren absuchten.

»Er sah sie nicht. Nur ich sah sie«, erklärte die geflügelte Rachegöttin und berührte mit einer vielsagenden Geste ihre Stirn.

»Ah, eine Vision.« Der Erste Lordmagier entspannte sich wieder ein wenig. Auch wenn er zuversichtlich war, mit praktisch allem fertig zu werden, was eine fremde Macht gegen ihn aufbieten mochte, waren seine Pläne noch nicht so weit gediehen, dass er einem Angriff vollkommen ruhig entgegengeblickt hätte.

»Ja«, bestätigte Tisiphone. »Es waren Bilder in meinem Kopf; von einem fliegenden Schiff, das brennend im Sturmwind hing und dabei Feuer spie; von einem Mann mit geschlossenen Augen und ausgebreiteten Armen, der bereit war, Ihnen entgegenzutreten; von einer Kugel, die in der Dunkelheit strahlte wie ein aufgehender Stern, die mich ansah und mir mit dem Tod drohte.« Die Flügel der grauhäutigen Frau erzitterten, und in ihren tiefschwarzen Augen spiegelte sich ein Anflug von Furcht wider.

Wellingtons Lippen wurden zu einem schmalen Strich. Tisiphones Worte klangen alles andere als erfreulich, und selbst wenn man das Pathos in ihrem Vortrag außer Acht ließ, hatte es den Anschein, als sei irgendein mächtiges magisches Artefakt mit zerstörerischen Kräften auf dem Weg zu ihnen. Dass ihrer Vision ein wahrer Kern zugrunde lag, daran zweifelte Wellington nicht. Im Laufe der Jahre hatte er gelernt, dass die Magie, im Gegensatz zum Opium und anderen Rauschmitteln, zwar bisweilen chaotische, aber in der Regel sehr treffsichere Bilder einer wahrscheinlichen Zukunft lieferte. »Also haben Mister Carlyle und der Franzose darin versagt, den letzten Widerstand von Dunholms Getreuen zu brechen«, murmelte er. »Das ist höchst enttäuschend.«

Was er nicht laut aussprach, war die Befürchtung, dass somit womöglich eingetreten war, wovor er Hyde-White bereits kurz nach der Übernahme des Ordens des Silbernen Kreises gewarnt hatte. Diesem elenden Niemand Jonathan Kentham, dessen Name ihm nicht einmal bekannt wäre, hätte Carlyle ihn sich nicht gemerkt, mochte es gelungen sein, mithilfe von Dunholms Ring ein Quellsiegel herzustellen. Vermutlich steckte auch dieser ominöse Freund Dunholms namens McKellen mit drin, dieser Wächter der Wahren Quelle, dessen er nie hatte habhaft werden können.

Wellington straffte sich und fasste einen Entschluss. Sein fünfter Panzersoldat musste warten. Es wurde dringend Zeit, dass er sich seinem zweiten Projekt widmete. »Tun Sie mir einen Gefallen, Tisiphone, und suchen Sie Hyde-White. Sagen Sie ihm, er soll alle Magier und Quellhüter oben auf der Pyramide bei der Wahren Quelle versammeln. Es gilt, ein Ritual durchzuführen, das uns endgültig unangreifbar macht.«

Die Rachegöttin schenkte ihm ein raubtierartiges Lächeln. »Aber gerne.«

Victor Mordred Wellington stand auf der Spitze der Quellpyramide und blickte auf die annähernd siebzig Männer, Frauen und Fischwesen hinab, die sich vor ihm versammelt hatten. Doktor Polidori, Hawkridge, Lord Bowminster und die junge Miss Hollingworth standen in der ersten Reihe. Hyde-White flankierte Wellington wie ein riesiger silberner Schatten. Und Tisiphone hockte etwas abseits auf einer der zerborstenen Säulen des Tempelrunds und starrte mit sorgsam zur Schau gestellter Feindseligkeit auf die ›niederen Sterblichen‹ zu ihren Füßen.

Der Erste Lordmagier trat einen Schritt auf die Zuhörenden zu und hob die Stimme. »Zum ersten Mal stehen wir hier alle versammelt im Schein der Wahren Quelle der Magie. Manche von Ihnen wünschen, ihrer Macht zu dienen, andere hoffen darauf, dass ihre Macht ihnen einen Dienst erweisen möge. Ich sage heute: All diese Wünsche werden erfüllt, sobald wir die Quelle gebändigt und unter unsere Kontrolle gebracht haben. Wird das jemals geschehen, mag sich der eine oder andere von Ihnen fragen? Oder redet der Erste Lordmagier nur von schönen Hirngespinsten, damit wir nicht verzagen, während wir auf dieser Insel inmitten der Ruinen und Relikte einer vor Jahrtausenden vergangenen Zivilisation ausharren?« Wellington bedachte die Runde mit dem Lächeln eines Vaters, der seine Nachkommenschaft ob ihres Mangels an Vertrauen sanft zu tadeln beabsichtigte. »Ich kann Sie alle beruhigen. Die Zeit des Redens ist vorüber. Jetzt werden unsere Taten für uns sprechen. Deshalb habe ich Sie alle zu mir gerufen. Für das, was ich zu tun gedenke, benötige ich Ihre Hilfe, die von Ihnen allen. Wir werden die Wahre Quelle gemeinsam eindämmen, hier und jetzt.«

Leises Gemurmel setzte ein, während sich einige der Magier zweifelnde Blicke zuwarfen. Sie hatten an Wellington geglaubt, als er ihnen in London von seinen Plänen erzählt hatte. Aber unmittelbar neben der tosenden Quelle stehend kam ihnen das Unterfangen offenkundig nicht mehr so machbar vor, sondern vielmehr ausgesprochen gewagt. »Mein Lord, wie sollen wir diesen gewaltigen Strom an Magie eindämmen?«, kleidete Hollingworth diese Unsicherheit in Worte.

»Genau so wie bei jeder anderen Magiequelle auch«, erwiderte Wellington. »Wir werden eine Kuppel aus Fäden und Stein darüber errichten.« Er deutete auf die Berge von Steinquadern, die von den Quellhütern zur Spitze der Pyramide geschleppt worden waren. »Doch darüber müssen Sie sich gar keine Gedanken machen. Ich werde das Ritual durchführen und Sie alle anleiten. Sie müssen mir allein Ihre Gabe zum Fadenweben zur Verfügung stellen und mir erlauben, in Ihren Geist einzudringen, um Ihnen allen gleichzeitig bei dem zu helfen, was wir vorhaben.«

»Beginnen wir!«, rief Lord Bowminster von patriotischem Eifer erfüllt.

»Beginnen wir«, bestätigte Wellington mit einem Nicken. Er gebot den Anwesenden, sich in einem weiten Kreis um die Wahre Quelle anzuordnen. Hyde-White, Tisiphone und Polidori ließ er als machtvolle Stützpfeiler seines Fadenbauwerks an den drei Eckpunkten zu seiner Linken, seiner Rechten und ihm gegenüber Aufstellung beziehen. Anschließend richtete er seine Augen auf die Wahre Quelle und holte tief Atem. Dutzende Male hatte er sein Vorgehen auf dem Papier durchgerechnet und in Gedanken durchgespielt. Und dennoch war ihm sehr deutlich bewusst, dass noch nie jemand versucht hatte, eine Magiequelle dieses Ausmaßes zu bändigen. *Aber ich kann es schaffen, denn genauso wenig hat jemals jemand über so viel magisches Potenzial verfügt wie ich in diesem Moment.*

Er senkte den Kopf und hob die Arme wie ein Maestro, der im Begriff war, ein Orchester zu dirigieren. *Ein fünfzigköpfiges Orchester, dem ich mein Opus Magnum entlocken werde* … Vorsichtig weitete er seinen Geist aus, suchte Verbindung zu Lord Bowminster und Miss Hollingworth, die direkt links und rechts von ihm standen, und sprang von dort aus von Magier zu Quellhüter, bis er in der mächtigen, dumpfen Präsenz Hyde-Whites auf der anderen Seite der Quelle seinen Ankerpunkt fand.

Wechseln Sie in die Wahrsicht, befahl Wellington allen Anwesenden, *aber blicken Sie nicht in die Quelle. Beginnen Sie dann ein*

Fadennetz zu weben. Es muss zehn Lagen dicht sein und jeweils an die Netze ihrer Nächststehenden anknüpfen. Hören Sie nicht auf zu weben, bis ich es Ihnen sage. Das Netz muss die ganze Quelle umspannen und wenigstens zehn Schritt hoch sein!

Während überall um ihn die Magier und Fischwesen das gemeinschaftliche Werk aufnahmen, fing auch Wellington an, seinen Teil des Fadennetzes zu spinnen. Gleichzeitig jedoch glitt sein Blick in der Wahrsicht umher, und er überprüfte die Arbeit aller Beteiligten. Wo das Netz zu dünn war, verstärkte er es, wo die Verbindung Schwächen aufwies, zog er zusätzliche Fäden nach. Erwartungsgemäß waren manche Stellen des Netzes gröber gewebt, etwa die Bahn, an der Hyde-White arbeitete, aber dafür bestanden seine Fäden aus mehrfach verdrillten Bündeln, an denen man eine kleine Kirchturmglocke hätte aufhängen können. Die Bahnen der übrigen Ordensmagier waren so individuell wie ihre Schöpfer, ganz anders als die beinahe gleichförmigen und von einem bizarren Wellenmuster geprägten Netze der fischartigen Quellhüter. Doch so unterschiedlich alle Teile auch waren, in der Summe würden sie ihren Zweck erfüllen. Dafür sorgte Wellington, der zusätzlich verstärkende Fadenbündelringe um die einzelnen Netzlagen zog.

Die Stunden vergingen. Am Himmel über ihnen wurde es dunkel, doch statt eines Teppichs aus Sternen ballten sich dichte Wolken über der Insel. Nur an der Stelle, wo die Lichtsäule der Wahren Quelle in den Nachthimmel schoss, klaffte ein zerfasertes rundes Auge, dessen Rand vom strahlenden Gelborange der Magie erhellt wurde. Einzelne Windböen wehten über die flache Pyramidenspitze und wirbelten Steinstaub und feinen Meeresand auf. *Ein Sturm kommt auf*, durchfuhr es den Ersten Lordmagier. *Wie könnte es anders sein? Die Magie spürt, dass ihr Bezwinger vor ihr steht.* Er lächelte kalt.

Wir haben es beinahe geschafft, meine Freunde, ließ er die Magier an seiner Seite wissen, von denen einige deutliche Anzeichen von Müdigkeit zeigten. Das lange Verweilen in der Wahrsicht war für sie ebenso anstrengend wie die ungewohnt vertrackte Fadenmanipulation. *Wir dürfen jetzt nicht aufgeben. Bald sind wir die Herrscher über die Wahre Quelle der Magie, nicht bloß einfache Sterbliche, die den Fuß auf diese Insel gesetzt haben! Was seit Jahrtausenden unter den Wellen wartete, wird unser sein. Und die Welt wird vor unserer Macht, vor der des britischen Empires, erzittern!*

Er spürte, dass seine Worte ihre Wirkung nicht verfehlten. Auch die Erschöpften sammelten noch einmal alle Kraft, um ihren Beitrag zu leisten. Wellington richtete seine Aufmerksamkeit unterdessen auf den inneren Ring des Netzes, die Stelle, an der sie den Schlauch schließen mussten. Geschickt verdrillte er drei besonders haltbare Fadenbündel und verflocht diese mit dem inneren Rand des Netzes, wie eine Kordel, die man in die Ösen eines Stoffsacks einfädelt. Dann löste sich Wellington aus dem Magierrund und schritt einmal im Kreis um die Quelle herum, um sein Fadengewirk mit dem Netz zu verbinden. Schließlich nickte er zufrieden.

Es genügt, schickte er durch die zweite Sphäre der Magie. *Schließt eure Arbeit ab, dann ergreift das Netz an seinem Innenrand und hebt es daran in die Höhe. Achtet darauf, dass es nicht mit der Quellmagie in Berührung kommt.* Diese Warnung kam nicht von ungefähr. Der Wind hatte mittlerweile deutlich aufgefrischt und bauschte das schwere Fadennetzwerk in der Wahrsicht wie ein riesiges Segel. Und gleich Seeleuten, die die Segel ihres Schiffes für volle Fahrt hissten, zogen – oder vielmehr schoben – die Magier das gewaltige Fadennetz in die Höhe.

Jetzt wird es spannend, dachte Wellington. Er atmete ein weiteres Mal tief ein und breitete die Arme weit aus. Dutzende von Fadenbündeln schossen gleichzeitig aus seinem Körper hervor. Sie ergriffen die am Rand des Säulenkreises aufgetürmten Steinbrocken und hoben sie alle gleichzeitig in die Luft. Es sah aus, als habe die Schwerkraft der Erde ihre Wirkung verloren.

Von der Zauberhand Wellingtons geführt, schwebte dieser

Asteroidenring aus Steinen über die Magier hinweg und fügte sich rund um die Wahre Quelle und unmittelbar außerhalb des Fadennetzes zu einem losen Mauerwerk zusammen. »Treten Sie zurück!«, rief Wellington mit scharfer Stimme, während er mit weit ausholenden Bewegungen mehr und mehr Steine auftürmte, die in der Luft die vage erkennbare Form eines Gebäudes annahmen. Am Himmel über Wellington wetterleuchtete es, und ferner Donner grollte.

Mister Hyde-White, nehmen Sie das Fadengewirk, das neben mir am Boden liegt, und ziehen Sie das Netz zu. Tisiphone, helfen Sie ihm. Polidori, verstärken Sie das sich schließende Netz, wo nötig. Sie anderen halten das Netz weiter an Ort und Stelle.

»Jawohl, Meister«, donnerte Hyde-Whites Stimme über das Tosen der Wahren Quelle hinweg. Der Hüne schleuderte ein Fadenbündel auf das Gewirk und zog es zu sich herüber. Danach begann er langsam, die Schlinge zuzuziehen. Tisiphone sprang mit einem kräftigen Flügelschlag an seine Seite und griff ebenfalls mit beiden Händen zu. Wäre sie eine gewöhnliche Frau gewesen, hätte Wellington sie niemals für diese Aufgabe gewählt. Ihr zierlicher Körper schien kaum imstande, ein Segelboot auf einem windstillen Gewässer ans Ufer zu ziehen. Doch rohe Magie pulsierte durch ihren ganzen Körper wie bei keinem anderen der Anwesenden und verlieh ihr phänomenale Kraft.

Es gab ein Geräusch, das eine Mischung aus Kreischen und Zischen war, und der Strom der Quelle veränderte sich. An den Rändern eingeschnürt wurde er schneller, druckvoller und schoss höher in den Himmel hinauf. Gleichzeitig begann sich das Netz zu dehnen und blähte sich ballonartig auf, als der Druck der Magie gegen seine zehn Lagen presste, ohne es zerreißen zu können.

Jetzt, dachte Wellington, und er öffnete sich der dritten Sphäre der Magie. Steine, Fäden, Gedanken – alles löste sich in rotglühendem Wimmeln auf. Wellington dachte an den Bauplan, den er in den unveröffentlichten Unterlagen Professor Marazors gefunden und mithilfe eines irischen Architekten und Magiers, der nach einem bedauerlichen Unfall nicht mehr unter den Lebenden weilte, weiter ausgearbeitet hatte. Das Gebäude in diesem Bauplan sah aus wie eine Mischung aus antikem Tempel und Sternwarte, und es besaß eine gewaltige Kuppel aus Metall. Metall gab es hier auf der Insel im Grunde nur an Bord der *Nautilus*, doch das kümmerte Wellington nicht. Seine Fähigkeiten erlaubten ihm, auch Stein in Stahl zu verwandeln. Es war nur eine Frage der Anordnung von Fäden.

Neben ihm gab Lord Bowminster ein überraschtes Aufkeuchen von sich. Wellington konnte es ihm nicht verdenken. Mitten in der Luft fingen die schwebenden Gesteinsbrocken an, zu wabern und zu verschmelzen. Es war, als blicke man durch flirrend heiße Luft auf eine Fata Morgana, die im Begriff war, sich vor den Augen des staunenden Betrachters von einem Trugbild in ein anderes zu verwandeln.

Erneut flammten Blitze am Himmel auf, und Donner grollte. Die Wahre Quelle antwortete den Elementen mit anhaltendem Kreischen, das in seiner Tonhöhe und Lautstärke zunahm, als Hyde-White unter angestrengtem Brüllen und mit der Hilfe Tisiphones sowie einiger hastig hinzugesprungener Magier das Fadennetz immer weiter zuzog. Der obere Auslass war nun kaum mehr fünf Schritte breit, und ein messerscharfer, hell gleißender Strahl schoss aus ihm heraus hoch in die Nacht, wo er die Wolken verdampfte, die ihn mit Wetterleuchten empfingen.

Wellington spürte, wie das Fadennetz gegen die Konstruktion aus Stahl und Stein gedrückt wurde, aber es hielt, und unterstützt durch das von Metallringen verstärkte Mauerwerk hielt es sogar sehr gut.

Polidori, legen Sie einen letzten Fadenring um die Kuppe. Hyde-White, danach ziehen Sie das Netz auf meinen Befehl zu! Jetzt musste alles schnell gehen, damit keine Bruchstelle entstand. Wellington konzentrierte sich ein letztes Mal und schuf die vollmetallene Kuppel, ließ dabei allerdings das letzte Stück an der Spitze noch offen.

Ich bin fertig, Victor, meldete der Doktor.

Jetzt, Hyde-White!

Der Hüne ließ seine gewaltigen Muskeln spielen, und Tisiphone stieß einen wilden Schrei aus.

Die Wahre Quelle antwortete ihnen mit einem letzten Aufkreischen, dann verschwand der Strahl der Magie von einer Sekunde zur nächsten. Im gleichen Augenblick schloss Wellington die Kuppel und ließ sie dröhnend auf das Gebäude fallen. *Ankerfäden, Ladies und Gentlemen!*, wandte er sich an alle, und die Magier schleuderten dem Dach des Gebäudes Fadenbündel entgegen, die sie anschließend mit dem Säulenrund verbanden.

Völlig entkräftet ließ sich Wellington aus der Wahrsicht fallen. Lord Bowminster war geistesgegenwärtig genug, ihn festzuhalten, sonst wäre er womöglich gar zu Boden gestürzt, denn seine Beine fühlten sich auf einmal weich wie Butter an. Schwer atmend, aber mit triumphierender Miene schaute er in die Runde seiner Anhänger. Ehrfürchtige Blicke begegneten ihm.

Über seinem Kopf donnerte es erneut, und ein scharfer Wind fuhr ihm durchs Haar. Dann fielen die ersten Regentropfen vom nachtschwarzen Himmel, befeuchteten sein Gesicht und vermischten sich mit dem Schweiß, der ihm von der Stirn lief. Es kümmerte Wellington nicht. Er hatte es geschafft. Der Strom der Wahren Quelle war versiegt. Er hatte ihn in dem tempelartigen Bauwerk mit der massiven Metallkuppel eingesperrt, das sich direkt vor ihm in die Finsternis erhob, als habe es dort immer gestanden. *Passend, dass es an die Anbetungsstätte von Göttern erinnert*, ging es ihm durch den Kopf. *Denn sie alle werden das Haupt vor diesem Ort beugen, nachdem ich seine Macht erst einmal entfesselt habe.*

Victor Mordred Wellington lächelte. Seine Feinde mochten kommen! Er war bereit, sie zu empfangen.

KAPITEL 39:
DER KAMPF BEGINNT

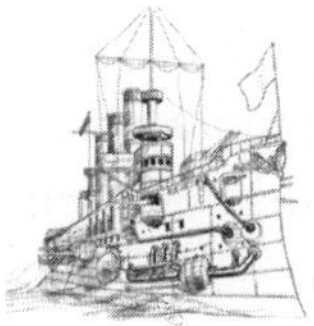

»FEINDLICHE FLOTTE NAHT. Türkische Kriegsschiffe auf dem Weg zum Golf von Saloniki, wo sich griechische Einheiten sammeln. – Laut einer Eilkorrespondenz aus Konstantinopel ist die türkische Flotte vorgestern mit Ziel Saloniki ausgelaufen. Eine Seeschlacht zwischen Griechen und Türken scheint unvermeidlich. In Saloniki bereitet man sich auf einen Angriff vor. Fünf griechische Panzerschiffe und dreizehn kleinere Kriegsschiffe und Torpedoboote wurden 60 Meilen vor dem Hafen gesichtet.«

– *The Daily Telegraph, 29. April 1897*

29. April 1897, 14:22 Uhr GMT (11:22 Uhr Ortszeit)
Mittelatlantischer Rücken, etwa 1600 Seemeilen vor der afrikanischen Küste

Es war ein Tag ewiger Dämmerung. Schon gegen Mitternacht hatten schwere Wolkenberge begonnen, die Sterne am Himmel zu verschlingen, und der Wind über dem Atlantik hatte kräftig aufgefrischt. Bald darauf hatte Regen eingesetzt, und vom Horizont her leckte weitläufiges Wetterleuchten der *Gladius Dei* entgegen. Als der neue Tag anbrach, hatte sich die Schwärze, die sie umgab, zu einem dunklen Grau gewandelt. Dabei war es geblieben. Selbst jetzt, da die Uhr auf der Brücke der *Gladius Dei* behauptete, dass die Sonne irgendwo am Himmel strahlend ihrem Zenit entgegenstrebte, herrschte unter der dichten Wolkendecke ein Zwielicht, das einfach nicht heller werden wollte. Doch es war nicht das Wetter, das den Anwesenden Sorgen bereitete.

»Das kann nicht sein«, knurrte von Stein. »Die Werte, die der Magietaster anzeigt, befinden sich außerhalb der Skala. Die Wahre Quelle muss irgendwo direkt vor uns liegen.«

»Aber warum sehen wir sie dann nicht?«, entgegnete Scarcatore. »Eine Quelle dieser Größenordnung würde zehnmal heller als jeder Leuchtturm in die Dunkelheit strahlen.«

»Könnte es sein, dass es Wellington gelungen ist, die Quelle zu tarnen?«, fragte Lionida.

Der Inquisitor schüttelte energisch den Kopf. »Unmöglich. Keine Fadenmanipulation der Welt könnte eine ganze Insel verschwinden lassen. Schon dieses Luftschiff zu tarnen war eine Aufgabe, an der die klügsten Magieanwender des Officiums beinahe gescheitert wären.«

Da spricht er sicher aus eigener Erfahrung, dachte die Magieragentin sarkastisch. Sie wechselte in die Wahrsicht, um einmal mehr ihre Umgebung in Augenschein zu nehmen und die Insel anhand ihrer Magie aufzuspüren. Es war buchstäblich ein aussichtsloses Unterfangen. Zum einen waren die Fäden durch Sturm und Regen regelrecht in Aufruhr. Zum anderen herrschte in Wasserhöhe unter ihnen gerade ein Magieniveau, als hätte sich die Magie der Wahren Quelle direkt in den Atlantik ergossen, um sich dort einem gigantischen Ölteppich gleich auf den Wellen auszubreiten. *Versuchen wir es mit einem Trick,* entschied Lionida und tauchte in die zweite Sphäre ein. Angestrengt starrte sie auf den Ozean zu ihren Füßen. Wenn die Insel hier irgendwo war, musste es dort Leben geben – und wenn es auch nur dieses magisch erwachte Tauchboot war, von dem Potts und Holmes ihr erzählt hatte.

Dort!, durchfuhr es sie, als ihre geistigen Spürfäden die bläuliche Wolke eines großen Bewusstseins streiften. *Da ist es.*

»Herr Hauptmann, da ist etwas«, rief Fähnrich Buitoni just in diesem Augenblick. Er verrichtete seinen Dienst am Steuer des Luftschiffes und hatte dabei immer wieder durch ein kleines Fernrohr geblickt, das er aus einer Gürteltasche hervorgeholt hatte.

Lionida fiel in die Normalsicht zurück und sah, dass der Fähnrich ins Zwielicht hinausdeutete. »Auf zwei Uhr, Entfernung ungefähr zehn Meilen, befindet sich ein dunkler Fleck im Meer. Das könnte Land sein.«

»Tatsächlich, jetzt sehe ich es auch«, bestätigte von Stein. »Das muss unser Ziel sein.«

»Sie werden recht haben«, sagte Scarcatore. »Aber wo ist das Licht der Quelle? Es müsste wie die Fontäne eines gewaltigen Springbrunnens mehrere Kilometer in die Höhe schießen.«

»Wir werden schon noch herausfinden, wo sie die Quelle versteckt haben«, brummte von Stein. »Signore Buitoni, steuern Sie uns hinauf in die Wolken. Jetzt, da wir wissen, wo unser Feind steckt, sollten wir uns außer Sicht begeben. Kaplan Tremore, bitte tarnen Sie das Schiff – sicher ist sicher.«

»Wird eine derart umfangreiche Fadenmanipulation nicht möglichen Magispectoren auffallen, die auf der Insel Ausschau halten?«, gab Lionida zu bedenken.

Von Stein strich sich über den Bart. »Hm. Was meinen Sie, Signore Scarcatore?«

»Ich bezweifle, dass die Tarnung unsere Lage verbessert, denn es wird sicher Wachen dort unten geben. Die Gefahr einer Entdeckung während des Tarnvorgangs erachte ich zwar auch als gering, aber sie besteht natürlich.«

»Nun gut, Kaplan Tremore, Befehl aufgehoben.« Während die *Gladius Dei* im dichten Grau der Wolken verschwand, wandte sich von Stein an Scarcatore. »Jetzt sind Sie gefragt. Wie soll unser weiteres Vorgehen aussehen?«

»Ganz einfach: Fliegen Sie uns so nah wie möglich an die Wahre Quelle heran. Bringen Sie jeden Widerstand mit sämtlicher Waffengewalt, die Sie für nötig erachten, zum Schweigen. Anschließend lassen Sie mich zur Quellöffnung hinunter. Ich werde die Quelle dann schließen.«

Von Stein brummte bestätigend. »Schnelligkeit wird unser stärkster Verbündeter sein. Wir stoßen direkt aus den Wolken auf die Insel hinab, legen einen Bombenteppich zwischen uns und unser Ziel, während die Geschützmannschaften mögliche Feinde ins Visier nehmen, und fliegen dann schnurstracks auf die Quelle zu. Ein einfacher, gradliniger Plan. So gefällt mir das!«

»Wie beabsichtigen Sie sich gegen Wellington zu schützen?«, wollte Lionida wissen. »Man sagt, dass er sehr stark ist.«

»Fadenangriffe können der *Gladius Dei* nichts anhaben, selbst wenn sie von einem machtvollen Magieanwender stammen«, behauptete von Stein.

»Und schließlich bin ich auch noch da«, fügte Scarcatore hinzu. »Sollte der Lordmagier uns Ärger bereiten wollen, werde ich mich seiner persönlich annehmen.«

Na, darauf bin ich aber gespannt, dachte Lionida.

»Mein Lord, Sie kommen«, meldete Miss Hollingworth atemlos. Zusammen mit zwei anderen hatte die junge Magispectorin seit Tagesanbruch auf der Aussichtsplattform des Quelltempels gestanden und den Horizont nach den Angreifern abgesucht, deren Nahen Tisiphone am gestrigen Abend prophezeit hatte.

»Was ist es?«, fragte Wellington, der sein Hauptquartier gemeinsam mit allen anderen Magiern in einen Anbau des Tempels verlegt hatte, den er am frühen Morgen nach einigen Stunden erholsamen Schlafes erschaffen hatte. »Ein Schiff?«

»Nein, eine Art Ballon, aber viel größer und eigenartig länglich«, erwiderte die junge Frau.

»Umso besser«, sagte Wellington und rieb sich die Hände. *Ein fliegendes Schiff, das brennend im Sturmwind schwebt,* hatte Tisiphone gesagt. Es hatte den Anschein, als wäre zumindest dieser Teil ihrer Vision im Begriff, Wirklichkeit zu werden. »Von wo kommen sie?«

»Von Nordnordost.« Wellington hatte den Magispectoren aufgetragen, die genaue Annäherungsrichtung festzuhalten.

»Wie weit sind sie entfernt?«

»Ungefähr zehn Meilen.«

Dann blieben noch ein paar Minuten Zeit. »Gut. Suchen Sie unverzüglich Lord Bowminster, Mister Hawkridge und Doktor Polidori. Kommen Sie alle zusammen hinauf in die Kuppelkammer. Dort erhalten Sie neue Befehle.« Natürlich handelte es sich bei diesem Raum nicht um eine Kammer innerhalb der Kuppel selbst, denn darin herrschte ein magisches Chaos, das kein Sterblicher lange hätte ertragen können. Vielmehr war auch dieser Raum nachträglich direkt an selbige angefügt worden.

»Jawohl, Lord Wellington.« Hollingworth machte einen Knicks und rannte davon.

Der Erste Lordmagier zog den Vorhang im hinteren Teil des Raumes, der zu seinen Privatgemächern gehörte, ein wenig zur Seite und enthüllte Grigori, der dort gefesselt und ohne Bewusstsein auf einem Tisch lag. »Es tut mir leid, mein Bester. Wir werden Ihre Verwandlung erneut verschieben müssen. Aber grämen Sie sich nicht. Auch Sie werden bald jede Faser Ihres Körpers dem Dienst an der Krone verschreiben dürfen.« Er zog den Vorhang wieder zu und verließ das Zimmer. Entschlossenen Schrittes folgte er dem gekrümmten Korridor, der sich an die runde Außenmauer des Quelltempels schmiegte, und stieg eine von zwei Quellhütern bewachte Treppe zur Kuppelkammer hinauf.

Diese war im Grunde nicht mehr als ein großer, weitgehend leerer Raum mit gewölbten Wänden. Zeit, um irgendwelche Möbel heranzuschaffen oder Dekorationen anzubringen, hatte Wellington bisher noch nicht gehabt. Allerdings war die Kuppelkammer auch nicht dazu da, der Bequemlichkeit oder irgendeinem ästhetischen Empfinden entgegenzukommen. Sie diente nur einem Zweck, und der manifestierte sich in der gewaltigen Stahlrohrkonstruktion, die von der Oberfläche der eigentlichen Metallkuppel zu einem hohen, schmalen und gegenwärtig von Metalltoren verschlossenen Fenster hinaufführte. Einige Quellhüter, Hyde-White und Mister Gunn, einer der Anhänger Wellingtons, der als Ingenieur am Bau mitgewirkt hatte, standen daneben und diskutierten über irgendetwas. Als sie den Ersten Lordmagier näher kommen sahen, verstummten sie und blickten ihm erwartungsvoll entgegen.

»Meine Herren, es ist so weit«, sagte Wellington mit lauter Stimme. »Mister Gunn, Mister Hyde-White, richten Sie unser Wunderwerk auf Nordnordost, Entfernung zwei Meilen, Flughöhe fünfzig Schritt.« Es handelte sich um eine grobe Schätzung, aber nachkorrigieren konnten sie später immer noch, sollte es sich als nötig erweisen. *Und ihr holt mir einen Gefangenen, egal welchen*, befahl Wellington den Quellhütern. *Betäubt ihn und bringt ihn hierher.* Besser wäre es gewesen, einen Gefangenen einzusetzen, dessen Geist bereits gebrochen war, aber Wellington hatte nicht die Zeit gehabt, weitere Anhänger Dunholms der Prozedur zu unterziehen. Das bedeutete jedoch nur, dass es etwas mehr Nachdruck bedurfte, um in das Bewusstsein des Auserwählten vorzudringen.

Die Fischwesen eilten davon, und Hyde-White begab sich zu einem großen Handrad unweit der Rohrkonstruktion, um unter Gunns Anleitung seine Befehle auszuführen. Da tauchte auch schon Wellingtons innerer Kreis auf. Tisiphone hatte sich ihm unaufgefordert angeschlossen, aber das machte nichts. Er hätte sie ohnehin gleich gerufen.

»Wir sind bereit, Lord Wellington«, rief Lord Bowminster mit ungebrochenem Enthusiasmus.

»Das ist erfreulich zu hören, Lord Bowminster«, erwiderte der erste Lordmagier. »Miss Hollingworth hat mich davon in Kenntnis gesetzt, dass sich uns Feinde in einem Luftschiff nähern. Es wird Zeit, meine Erfindung zu testen. Doktor Polidori, ich möchte, dass Sie sich um das Testsubjekt kümmern, während Hyde-White die Konstruktion ausrichtet. Sie drei …«, er deutete auf Bowminster, Hawkridge und Hollingworth, »… nehmen sich unsere vier Panzersoldaten und beziehen eine verborgene Verteidigungsposition direkt hinter dem Eingang zum Quelltempel. Und Sie, Tisiphone, brauche ich als mein Auge und Ohr. Beobachten Sie unsere Feinde. Wenn sie der Pyramide zu nah kommen, warnen Sie mich.

»Lassen Sie mich zu dem Luftschiff fliegen!«, zischte die grauhäutige Frau. »Ich will nach Jonathan und meinem Mörder suchen.«

»Das müssen Sie nicht«, widersprach Wellington. »Ihr guter Jonathan wird ganz sicher zu uns kommen. Und wir beide werden ihn Seite an Seite begrüßen.«

Die selbsternannte Rachegöttin fauchte kurz. »Also gut.«

»Dann los, Ladies und Gentlemen. Bereiten wir unseren Gästen einen Empfang, den sie nie wieder vergessen werden.«

Lionida stand am Fenster der Brücke und verfolgte gebannt, wie die Wolkenschichten an ihnen vorbeizogen. Von Stein hatte soeben den Befehl zum Sinkflug gegeben und alle Mannschaften auf ihre Gefechtspositionen beordert. Der Angriff hatte begonnen.

Neben ihr stand Scarcatore, mit grimmiger Miene und seinem kleinen Koffer in der Hand. Mittlerweile war sich die Magieragentin ziemlich sicher, dass sich darin irgendein Artefakt aus den Kellern des Officiums befand, mit dem er die Wahre Quelle zu schließen gedachte.

»Sollten Sie nicht bereits hinten bei der Bombenluke sein?«, fragte Lionida.

»Gleich«, sagte Scarcatore. »Ich möchte die Annäherung noch mit ansehen, um mir ein genaueres Bild von der Insel machen zu können. Im Übrigen würde ich es sehr begrüßen, wenn Sie mich begleiten würden.« Er warf ihr einen kurzen Blick zu. »Ich weiß, dass Sie verärgert über meine Methoden sind und weil ich Ihnen nicht gleich zu Beginn unserer Reise die ganze Wahrheit über mich verraten habe. Aber diesen Ärger müssen Sie jetzt vergessen. Schließlich arbeiten wir auf das gleiche Ziel hin.«

»Selbstverständlich«, sagte Lionida kühl. »Vielleicht sollten Sie auch Mister Holmes und Mister Brown bitten, mitzukommen. Beide sind talentierte Magier.«

»Das halte ich für keine gute Idee. Die Abneigung dieser Herren mir gegenüber ist noch deutlich ausgeprägter als die Ihre, Signora. Und sie dienen nicht dem Heiligen Stuhl. Ich kann ihnen nicht trauen.«

Die Magieragentin zuckte mit den Schultern. »Es ist Ihre Entscheidung.«

Vor ihren Augen lichtete sich der Dunst, und die *Gladius Dei* brach aus der Wolkendecke hervor. Sturmböen drückten gegen die Gondel, und Regenwasser, das von der Traggashülle hinunterlief, strömte seitwärts an den Fenstern vorbei.

Direkt vor ihnen lag die Insel der Wahren Quelle, ein zerklüftetes Eiland, auf dem die Ruinen einer uralten Stadt zu sehen waren. In der Mitte der Insel erhob sich eine mächtige Pyramide, und Lionida wäre jede Wette eingegangen, dass darunter die Wahre Quelle der Magie lag. Doch aus der Spitze des stufenförmigen Bauwerks schoss keine Magiesäule empor. Stattdessen ragte dort ein eigentümliches Gebäude auf, das von einer metallenen Kuppel gekrönt wurde.

Von Stein gesellte sich zu ihnen und runzelte die Stirn. »Was ist denn das? Haben die ein Haus über der Wahren Quelle der Magie errichtet?«

Er hatte die Worte kaum ausgesprochen, als an der Kuppel zwei mächtige Schutzläden zur Seite fuhren und eine Öffnung dahinter enthüllten. Irgendetwas schob sich aus der Öffnung hervor. Es handelte sich um ein langes graues Rohr mit einem Durchmesser von sicher vier Metern.

»Heilige Mutter Gottes!«, entfuhr es dem deutschen Offizier. »Das ist kein Haus. Das ist eine Kanone!«

Ein Gefangener, meldeten sich die Quellhüter in Wellingtons Kopf zu Wort, und als dieser sich umdrehte, sah er einen schmächtigen Mann in schmutziger Weste und mit einer Nickelbrille auf der Nase, der ohnmächtig zwischen den beiden die Treppe hinaufsteigenden Fischwesen hing.

»Ah, die Munition ist eingetroffen«, sagte der Erste Lordmagier zufrieden. »Übergeben Sie ihn mir.« Er hob die rechte Hand und ließ den Mann aus den Armen der Quellhüter zu sich herüberschweben. »Keine Sorge, mein Freund. Es dient alles einem höheren Zweck«, beschwichtigte er den Magier, der ihn gar nicht hören konnte. Beinahe fürsorglich nahm er ihm die Nickelbrille von der Nase und ließ sie zu einem der Fischmenschen schweben, dann hob er ihn hoch in die Luft. Eine in die Seite der Rohrkonstruktion eingelassene Luke öffnete sich wie von selbst, und der ohnmächtige Mann schwebte hindurch. Wellington glitt in die Wahrsicht hinüber, um ihn mit einigen Fesselfäden im Inneren des Rohres an Armen und Beinen festzubinden. Danach zog er sich wieder zurück und schloss die Luke.

»Gleich haben wir sie«, verkündete Gunn.

»Unmöglich«, rief Scarcatore. »Keine Kanone der Welt hat ein Kaliber von vier Metern.«

»Um was immer es sich handelt, es wird gerade direkt auf uns gerichtet«, warf Lionida ein, die sah, dass sich nicht nur das Rohr hob, sondern dass sich die ganze Metallkuppel langsam nach links drehte. Irgendetwas befand sich im Inneren des Rohrs, aber Lionida konnte es nicht genau erkennen.

Die Augen des Inquisitors weiteten sich. »Weichen Sie aus, von Stein!«, schrie er.

»Wie sollen wir ausweichen?«, erwiderte dieser erregt. »Das ist ein Luftschiff, kein Lenkdrache.«

»Dann schalten Sie die Waffe sonst irgendwie aus.«

»Das habe ich vor.« Er riss das Sprachrohr der Bordsprechanlage aus der Halterung. »Geschützmannschaften: Richten Sie Ihr Feuer auf dieses Gebäude. Feuern Sie nach eigenem Ermessen!«

»Ich habe eine noch bessere Idee«, verkündete Lionida und fuhr herum, um auf den Ausgang der Brücke zuzustürmen.

»Was haben Sie vor?«, wollte Scarcatore wissen, während er ihr nachsetzte.

»Ich lenke eine Bombe in die Kanone«, rief die Magieragentin über die Schulter zurück.

»Wir haben das feindliche Ziel erfasst!« Gunn senkte das Fernrohr, mit dem er an der Kanone vorbeigepeilt hatte und gab Wellington ein Zeichen.

»Doktor Polidori, übernehmen Sie den Gefangenen«, befahl der Erste Lordmagier. »Ich kümmere mich um den Zufluss der Magie.«

»Schon so gut wie erledigt, Victor«, erwiderte der Arzt.

Peitschend barst der Riegel, als Lionida die verschlossene Tür zum Quartier der Engländer mit magischer Kraft aufriss. »Jupiter, kommen Sie mit, und stellen Sie keine Fragen!«, rief sie, während sie bereits weiterrannte.

»He, was soll das?«, empörte sich Scarcatore.

»Ich brauche einen zweiten Magier«, informierte ihn die Magieragentin.

Gleich darauf erreichte sie die Bombenkammer in der Mitte der Gondel. Vier Luftschiffer erwarteten sie dort. Die Bombenluke im Boden des Raums war bereits geöffnet, und vier Bomben hingen in einem Gestell darüber, bereit, Tod und Vernichtung zu bringen.

»Werfen Sie sie ab, und machen Sie mir Platz!«, befahl Lionida.

»Aber Signora, wir befinden uns noch nicht über der Insel«, wandte einer der Männer ein.

Hinter den Luftschiffern legte sich wie von Geisterhand der Abwurfhebel um. Die vier Bomben lösten sich aus dem Gestell und fielen in die Tiefe. Das Donnern der Explosionen hundert Meter unter ihnen war trotz Wind und Regen ohrenbetäubend laut. »Sie haben die Dame gehört«, ließ sich Holmes hinter Lionida vernehmen.

»Danke, Jupiter. Holen Sie mir mal eine von den Bomben dort drüben.« Sie deutete auf die schweren Kaliber, die nebeneinander aufgereiht in einem Regal lagen.

Er kam ihrer Bitte nach und zog mittels Fadenmagie einen der schlanken, grauen Metallkörper hervor. Jenseits der Wände der Bombenkammer setzte das Hämmern der Bordgeschütze ein. »Was ist hier eigentlich los?«, wollte er wissen. »Und sagen Sie nicht: ›Wir greifen die Insel an.‹ So viel habe ich auch schon mitbekommen.«

»Die Insel schlägt zurück«, erwiderte Lionida gehetzt. »Sie haben dort irgendein Riesengeschütz installiert, und wir sind direkt in seinem Visier.« Ihr Blick glitt zwischen Holmes und Brown hin und her. »Ich brauche einen Leitfaden, an dem ich die Bombe ins Ziel lenken kann.«

»Ich mache das«, erbot sich Brown und ging vor der Bombenluke in die Hocke. »Ach, du heilige …!«, entfuhr es ihm, als er die Kanone auf der Insel erblickte. »Von diesem Ding stand aber nichts in Wellingtons Unterlagen.«

»Wellingtons Unterlagen?«, wiederholte Scarcatore. »Sie hatten Einblick in die Pläne des Mannes?«

»Nur ganz kurz«, gestand Holmes.

»Und warum haben Sie nichts davon gesagt?«, herrschte ihn der Inquisitor an.

»Weil wir uns nicht sicher waren, ob Sie die Quelle nicht für sich beanspruchen würden, wenn Sie erfahren, was man mit ihr so alles anstellen kann«, gab Holmes zurück.

»Könnten wir später darüber streiten?«, ging Lionida scharf dazwischen.

»Zielfaden ist gespannt«, meldete Brown.

Einer der Luftschiffer sprang rasch auf das in der Luft schwebende Geschoss zu und riss die Plombe von der Spitze. Er nickte Lionida zu. »Bombe ist scharf.«

Und raus mit dem Ding, dachte die Magieragentin, befestigte die Bombe an Browns Zielfaden und gab ihr dann einen kräftigen Stoß.

Donner und Kugelhagel schlugen ihnen entgegen. Der Beinahetreffer einer größeren Feldkanone zertrümmerte eine der Säulen am Rand des Pyramidendaches. Die besser gezielten Schüsse der Repetiergeschütze brachten das metallene Kuppeldach zum Klingen, konnten es aber glücklicherweise nicht durchschlagen. Nichtsdestoweniger musste diesem Angriff schnellstmöglich Einhalt geboten werden. Das Konstrukt, das Wellington um die Wahre Quelle errichtet hatte, war für derartigen Feindbeschuss einfach nicht geschaffen.

»Der Gefangene ist bereit«, verkündete Doktor Polidori. »Sie können loslegen, Victor.«

Wellington nickte. »Sehr gut.« Er versenkte sich in die Wahrsicht.

»Da kommt etwas auf uns zu!«, brüllte Gunn unvermittelt. »Es sieht aus wie eine Bombe!«

Der Erste Lordmagier knurrte ungehalten. Er richtete seine Aufmerksamkeit auf das schnell näher kommende Projektil und schickte ihm ein druckvolles Fadenbündel entgegen. Der Aufschlagzünder der Bombe ließ diese keine hundert Meter von ihnen entfernt in der Luft explodieren. Messerscharfe Schrapnelle wurden in alle Himmelsrichtungen geschleudert. Einige von ihnen prasselten gegen die Wand der Kuppelkammer.

Neben Wellington keuchte Polidori auf. »Gottverdammt, er wurde getroffen«, kam es über seine Lippen. Offensichtlich meinte er damit den Mann in der Rohrkonstruktion. »Schnell, Victor, schlagen Sie zu, bevor er stirbt und es zu spät ist.«

»Keine Sorge, Polidori«, gab der Erste Lordmagier zurück. »Nichts anderes lag in meiner Absicht.« Er glitt durch die zweite in die dritte Sphäre der Magie und tastete sich zu der Stelle an der Metallkuppel vor, wo ein rohrartiges und durch ein Fadennetz geschütztes Ventil aus der Wand schaute und in das größere Rohr der riesigen Kanone hineinragte. Es bedurfte nur eines Gedankens, und die Wand löste sich an dieser Stelle auf. Schon eine Sekunde später schloss Wellington die Wand wieder.

In diesem winzigen Augenblick jedoch suchte und fand der enorme Quelldruck, der in der Metallkuppel herrschte, in dem Loch ein Ventil, und wie Wasser, das durch einen plötzlich geöffneten Ablauf aus einem Becken schießt, toste die Magie hindurch und raste brüllend in das Kanonenrohr. Im gleichen Moment gab Polidori dem Magier den geistigen Befehl, mit aller Macht Fadenbündel abzustrahlen. Sichtbar nur für Wellingtons Augen, für den die dicke Rohrwandung kein Hindernis darstellte, hüllte die Magie den festgebundenen Magier ein, und wie eine Explosion, die eine Tür aus ihren Angeln reißt, schlug sie sämtliche Fäden aus seinem Leib heraus.

Ein hell gleißendes, langgezogenes Projektil aus Magie schoss dem Luftschiff entgegen, begleitet und getrieben von dem stärksten Fadenbündel, das jemals den Körper eines Magieanwenders verlassen hatte.

»Festhalten!«, schrie Randolph. »Magisches Geschoss!«

Der Kutscher hechtete von der Bombenluke weg, ergriff das Metallgestänge eines der in der Wand verankerten Regale und feuerte zusätzlich ein Sicherungsfadenbündel ab. Er betete, dass all die Bomben um sie herum gut verzurrt waren.

Einen Herzschlag später wurde die Gladius Dei mit unvorstellbarer Wucht getroffen. Von einem Moment zum anderen fühlte sich Randolph gepackt und mit furchtbarer Macht von dem Regal weggerissen. Um ihn herum schrien Menschen, und schwere, graue Bombenkörper fielen polternd aus den Regalen.

Ein Krachen und Bersten war zu hören, und Randolph und alle anderen Anwesenden wurden herumgeschleudert wie in einer sich überschlagenden Kutsche.

Aus den Augenwinkeln sah Randolph, dass einer der Luftschiffer mit einem Kreischen durch die offene Bombenluke stürzte, aber der Kutscher war zu langsam und konnte nicht mehr eingreifen. Auf der anderen Seite des Raumes hatte Holmes schützend eine Hand über den Kopf erhoben, um sich der Minibomben zu erwehren, die aus einer aufgesprungenen Kiste auf ihn herabregneten. Gleichzeitig schrie Scarcatore schmerzerfüllt auf, als ihn eine über den Boden rutschende Holzkiste in die Seite traf. Der Inquisitor verlor den Halt und schlitterte auf die offene Bombenluke zu, seinen wertvollen Koffer noch immer fest umklammert.

Es wäre so leicht, durchzuckte es Randolph. Wenn er jetzt einfach nichts tat, waren sie den leidigen Mistkerl los. Aber seinen Koffer auch. Der Kutscher löste den Sicherungsfaden, riss den Arm herum und schoss ein Fadenbündel auf den Inquisitor. Dieses glitt jedoch einfach an ihm ab. *Was zur Hölle …?* Es war die Magie! Scarcatore schluckte Magie. Fadenmanipulationen klappten bei ihm nicht.

Randolph fluchte, als Scarcatore ungebremst die Bombenluke erreichte. Hilflos ruderte der Inquisitor mit den Armen, versuchte sich festzuhalten, aber es gelang ihm nicht.

Sein Unterleib befand sich schon im Freien, als er mit einem Ruck plötzlich mitten in der Luft hängen blieb. Sein Arm mit dem Koffer streckte sich, und als Randolph den Kopf drehte, sah er Diodato, die sich mit den Beinen in ein Regal verhakt hatte und am Boden liegend mit beiden Händen Fadenbündel hielt, die sie auf den Koffer abgeschossen hatte. Sie schrie dem Inquisitor irgendetwas auf Italienisch zu. Vermutlich forderte sie ihn zum Durchhalten auf.

Endlich wurde ihr wilder Ritt langsamer, die auf das Luftschiff und seine Insassen wirkenden Kräfte ließen nach und dann kam die *Gladius Dei* zum Stehen. Die Traggashülle ächzte und stöhnte wie ein geschundener Urzeitgigant. Irgendwo war ein Knall zu hören, und Brandgeruch stieg Randolph in die Nase. Holmes kam mühsam auf die Beine, und die Magieragentin zog den Inquisitor wieder ins Innere des Luftschiffes.

In der Bordsprechanlage knackte es, und die zittrige Stimme eines jungen Mannes war zu hören, der irgendetwas auf Italienisch sagte.

Diodato fluchte.

»Was ist los?«, fragte Randolph.

»Von Stein ist schwer verletzt, und die *Gladius Dei* scheint an Höhe zu verlieren«, informierte ihn die Magieragentin.

»Diese Magiekanone von Wellington hat uns ziemlich erwischt«, knurrte Randolph finster, als er sich aufrappelte. Jetzt merkte er auch, dass der Boden der Gondel leicht abschüssig war und merkwürdig bebte.

»Das können Sie laut sagen«, pflichtete ihm Diodato bei. »Kommen Sie. Wir müssen zur Brücke.«

Während Wellington den Himmel absuchte, konnte er sich eines selbstzufriedenen Lächelns nicht erwehren. Von dem feindlichen Luftschiff war nichts mehr zu sehen. Der magische Schlag der Fadenkanone hatte das riesige Gefährt fortgeschleudert wie ein Kinderspielzeug, und es war in den tief hängenden Wolken verschwunden.

»Das nenne ich einen erfolgreichen Test«, sagte Polidori neben ihm. In seiner Stimme schwang Anerkennung mit.

»Und es war erst der Anfang«, erwiderte der Erste Lordmagier. »Wenn wir gelernt haben, diese Waffe richtig einzusetzen, werden wir – so besagt es die Theorie – jeden Ort auf der Erde treffen können. Wir werden eine Waffe haben, deren Schlag ohne Vorwarnung kommt und den niemand aufhalten kann. Alle Reiche werden vor uns zittern.« Er blickte zu Hyde-White hinüber. »Holen Sie den Magier aus dem Kanonenlauf. Er dürfte tot sein.«

Polidori nickte bestätigend.

»Entsorgen Sie die Leiche irgendwo, und bringen Sie einen weiteren Gefangenen. Ich würde ganz gerne noch einen Testlauf machen, diesmal mit einem weiter entfernten Ziel, vielleicht Afrika oder die Ostküste der Vereinigten Staaten.« Er dachte kurz nach. »Gehen Sie in meine Gemächer. Dort befindet sich dieser russische Magier Grigori. Seine Kraft und Statur sollten für einen vortrefflichen Fadenschuss sorgen.«

Hyde-Whites Miene verzog sich zu einem grimmigen Grinsen. »Wird sofort erledigt.«

»Lord Wellington«, meldete sich Gunn zu Wort, der mit seinem Fernrohr den Horizont abgesucht hatte. »Ich glaube, der Kampf ist noch nicht vorbei.«

»Wie meinen Sie das?«

Der Magier deutete in die Ferne. »Sehen Sie den Nebel, der dort hinten über dem Meer aufzieht, wo das Luftschiff verschwunden ist? Er ist vollständig magischer Natur!«

29. April 1897, 14:46 Uhr GMT (11:46 Uhr Ortszeit)
Mittelatlantischer Rücken, etwa 1600 Seemeilen vor der afrikanischen Küste

Vor ihnen im Nebel brannte das gewaltige Luftschiff der vatikanischen Inquisition, und sein Feuer fand seinen Widerschein in den Augen des Holländers. »Es ist schon angeschlagen«, knurrte er grimmig. »Ein ordentlicher Treffer aus unseren Kanonen, und es fällt vom Himmel. Das wäre meine Rache für all die Jahre, in denen mich die Kirche gejagt hat.« Seine Faust ballte sich um das Steuerrad.

Jonathan, der zusammen mit Rupert, Kendra und Meister Fu an der Seite des Kapitäns stand und unbehaglich über die Reling schaute, hörte zum ersten Mal davon, dass das Schiff des Holländers über Kanonen verfügte. Andererseits hätte er sich das denken können. Selbst Handelsschiffe waren im siebzehnten

Jahrhundert nicht völlig schutzlos über die Meere gesegelt. Dennoch schüttelte er den Kopf. »Tun Sie das nicht«, bat er. »Wir sind selbst ziemlich schwer angeschlagen, wie Sie wissen. Und auch wenn dieses Ungetüm aussieht, als hätte ein Riese darauf herumgekaut und es dann ausgespien, werden dort Leute an Bord sein, die sich zu wehren wissen. Lassen Sie es einfach in Ruhe. Wir haben eine wichtigere Aufgabe zu erfüllen.«

»Was macht die Kirche eigentlich hier draußen auf See?«, warf Kendra ein. »Das kann doch kein Zufall sein, dass wir hier auf dieses … Gefährt stoßen. Könnten sie nicht aus dem gleichen Grund hier sein wie wir? Und sollten wir ihnen dann nicht unsere Hilfe anbieten, und sei es nur, um zu erfahren, was ihnen widerfahren ist?«

»Der Inquisition die Rettungsleine zuwerfen?« Der Holländer machte ein finsteres Gesicht. »Nur über meinen ewig verrottenden Körper!«

»Manchmal muss man eigenes Wohl zurückstellen, um größerem Wohl zu dienen«, sagte Meister Fu leise.

»Und was, wenn sie uns angreifen?«

»Ich glaube nicht, dass die es sich leisten können, unsere Hilfe auszuschlagen«, sagte Jonathan. Rupert, der wie meist in Jonathans Umhängetasche hockte, gab ein leises Husten von sich, als wolle er ihm zustimmen.

Der Holländer brummte unwirsch. »Also gut. Fliegen wir näher heran.«

»Was ist das wieder für eine neue Teufelei?« Argwöhnisch blickte Holmes aus dem Brückenfenster hinaus in den Nebel, wo sich ihnen ein dunkler Schatten näherte. Hinter dem Magier hoben zwei Soldaten soeben die Bahre an, mit der sie den Kommandanten der *Gladius Dei* wegbrachten. Beim Angriff von Wellingtons Fadenkanone war Hauptmann von Stein von einer herunterkrachenden Deckenverstrebung am Kopf getroffen worden. Kaplan Tremore hatte ihm nicht mehr helfen können.

Im Moment führte einer der beiden Steuermänner, unterstützt von Fähnrich Buitoni, das Kommando, ein Umstand, der ihm sichtlich Unbehagen bereitete. Die *Gladius Dei* sackte schwerfällig dem Meer entgegen, von überall kamen die Schadensmeldungen, und jetzt wurden sie auch noch von diesem Nebel eingehüllt, der so plötzlich aufgetaucht war, dass er unmöglich natürlichen Ursprungs sein konnte. Tatsächlich hatte ein kurzer Blick in die Wahrsicht gezeigt, dass das Phänomen magischer Natur war. Und der Nebel schien nicht das einzige Unnatürliche zu sein, das dort draußen lauerte. Irgendetwas verbarg sich darin, ein großer, massiger, fliegender Schatten.

»Jedenfalls ist es kein Flugsaurier«, stellte Randolph fest. »Dafür ist das Ding zu groß.«

»Ein anderes Luftschiff?«, fragte sich Lionida.

»Unwahrscheinlich«, meinte Scarcatore. »Es gibt keine anderen Luftschiffe auf der Welt, die einen Atlantikflug bewältigen könnten.« Der Inquisitor hielt sich die rechte Seite, wo ihn die Kiste getroffen hatte. Vermutlich hatte er sich die Rippen geprellt. Holmes hätte es ihm jedenfalls gegönnt.

»Keine, von denen Sie wissen«, verbesserte ihn der Magier sarkastisch.

Scarcatore bedachte ihn mit einem feindseligen Blick. »Glauben Sie mir: Das Officium ist über derlei Dinge sehr gut informiert.«

»Also schön, es ist kein Luftschiff«, beendete die Magieragentin den Zwist. »Was ist es dann?«

»Ein Segelschiff … Schauen Sie nur.« Entgeistert zeigte Randolph in den Dunst, wo sich nun zunehmend die Konturen eines alten Dreimasters abzeichneten, der Wind, Wetter und Schwerkraft spottend mit geblähten Segeln näher schwebte.

Holmes hob die Augenbrauen. »Meiner Treu, so etwas habe ich auch noch nicht gesehen.«

»Es ist der Fliegende Holländer!« Eine auffällige Unruhe erfasste Scarcatore.

»Der was?«, fragte Randolph.

»Ein Geisterschiff, dem die Inquisition schon seit geraumer Zeit auf der Spur ist. Es ist gefährlich.« Er wandte sich an Buitoni und sagte auf Italienisch: »Schießen Sie es ab.«

»Im Moment schießen wir auf gar niemanden mehr«, ging Holmes scharf dazwischen. »Vielleicht haben Sie es noch nicht bemerkt, Mister Scarcatore, aber unsere Lage ist ziemlich unerfreulich. Wir können jede Hilfe gebrauchen, die uns angeboten wird.«

»Dieser Mann wird uns nicht helfen, Mister Holmes. Er hasst uns.«

»Immerhin hat er uns in dem Nebel verborgen, sodass uns Wellington nicht den Gnadenschuss geben konnte.«

»Das war keine Freundlichkeit. Das Schiff versteckt sich in dem Nebel.«

»Also, die Kanonenluken sind nach wie vor geschlossen«, bemerkte Randolph. »Und ich sehe auch sonst keine Gefahr von dem Schiff ausgehen. Ich kann nicht einmal irgendwelche Leute entdecken ... halt doch, warten Sie. Am Steuer im Heck stehen einige Gestalten.« Er stockte, und seine Augen weiteten sich. »Rasch! Hat hier jemand ein Fernglas?«

Diodato gab die Anfrage auf Italienisch an die Brückenbesatzung weiter. Fähnrich Buitoni öffnete eine Klappe unweit des linken Steuerrades und reichte ihr ein klobiges Gerät.

Randolph nahm es an sich und hob es eilig vors Gesicht. »Ich fasse es nicht!«, schrie er aufgeregt. »Es sind Jonathan und Kendra! An Bord des Schiffes sind Jonathan und die Enkelin des alten McKellen!«

Sie waren noch vielleicht fünf Schiffslängen von dem gut viermal größeren Fluggefährt entfernt, als ihnen unvermittelt aus unsichtbarer Quelle eine wohlvertraute Stimme entgegenschlug. »Mister Kentham und Miss McKellen. Wie schön, dass Sie hier vorbeischauen. Mister Brown und ich fürchteten schon, Sie niemals wiederzusehen. Warum gehen Sie mit Ihrem prachtvollen Fortbewegungsmittel nicht längsseits und kommen an Bord? Wir haben einiges zu bereden – und die Zeit ist knapp.«

»Was ist das denn für ein komischer Vogel?«, wollte der Holländer wissen.

Jonathan hatte beim Klang der Stimme die Augen aufgerissen. Jetzt drehte er sich mit einem breiten Lächeln zu den anderen um. »Ich glaube, unsere Lage hat sich soeben deutlich verbessert. Randolph und Holmes – Freunde von Kendra und mir – befinden sich an Bord des Luftschiffs. Wenn sie dort oben sind, haben wir von der Besatzung sicher nichts zu befürchten.«

»Wer fürchtet sich hier?«

Sie brachten das fliegende Schiff des Holländers so nahe heran, wie es ihnen möglich war. An einer kleinen Gondel, die unter dem gewaltigen, zigarrenförmigen Leib des Luftschiffs hing, öffnete sich eine Luke. Randolph, unverkennbar in seinem Kutschermantel, tauchte im Eingang auf und schwenkte seine Mütze. Die kurzen Hörner auf seiner Stirn glänzten im Widerschein der brennenden Motorgondel schräg hinter ihm. »Hierher, Jonathan!«, rief er.

Der Holländer deutete auf ein Tau, das vom hinteren Mast herunterhing und dessen unteres Ende unweit von ihnen an der Reling festgeknotet war. »Wir nehmen dieses hier, um uns hinüberzuschwingen«, sagte er.

»Sollte denn nicht einer von uns hier bleiben?«, erkundigte sich Kendra.

»Ich werde mich um Schiff kümmern«, sagte Fu. »Gehen Sie und begrüßen Freunde. Jeder Freund ist wertvoll hier draußen.«

Jonathan schwang sich zuerst über den gut zehn Schritt breiten Abgrund zwischen den Schiffsrümpfen, und er war dankbar dafür, dass dichter Nebel um ihn herrschte, sodass er nicht sah, wie tief unter ihm die Meeresoberfläche lag. Randolph schoss ihm ein Fadenbündel entgegen und zog ihn zu sich heran. Das Gleiche geschah mit Kendra und zuletzt mit dem Holländer.

»Es tut gut, Sie wiederzusehen, Jonathan«, sagte Dunholms ehemaliger Kutscher und schlug Jonathan so begeistert auf die Schulter, dass dieser leicht in die Knie ging. »Und natürlich ist es auch schön, Sie wiederzusehen, Miss McKellen.«

Kendra schenkte ihm ein verhaltenes Lächeln.

»Und wie ist Ihr Name?«, wandte sich Randolph an den dritten Gast.

»Man nennt mich den Holländer«, erwiderte dieser.

»Ah, dann sind Sie wohl der Kapitän dieses Seglers.« Der Kutscher musterte Jonathans Begleiter mit leichtem Argwohn. »Na, dann kommen Sie herein. Die anderen warten schon auf Sie.«

»Was machen Sie hier draußen?«, wollte Jonathan wissen, während er Randolph einen schmalen Gang hinunterfolgte. »Und was ist das für ein Gefährt?«

»Keine Sorge, Jonathan. All Ihre Fragen werden beantwortet … Aber wir müssen uns beeilen, wenn wir mit diesem Kahn noch irgendetwas erreichen wollen. Wellington hat uns einen ganz schönen Schlag verpasst.«

»Wellington?«, entfuhr es Jonathan. »Dann sind wir am Ziel?«

»Ja«, sagte Randolph mit düsterer Miene. »Aber freuen Sie sich nicht zu früh. Unser falscher Erster Lordmagier und seine Schergen waren nicht untätig.«

29. April 1897, 14:53 Uhr GMT (11:53 Uhr Ortszeit)
Mittelatlantischer Rücken, etwa 1600 Seemeilen vor der afrikanischen Küste

Als Grigori erwachte, brummte ihm der Schädel wie nach einem Abend mit einer guten Flasche Wodka. Nicht, dass er in den letzten Jahren in London viel guten Wodka getrunken hätte. Aber er erinnerte sich noch der wilden Gelage in seiner Heimat, in St. Petersburg. An die Zeit, bevor er wegen einer Intrige, die natürlich von einer verschmähten Frau ausgegangen war, aus dem

Bund der gelben Bogatyr ausgeschlossen worden und gezwungen gewesen war, nach Westen zu fliehen.

Zugegeben: Ungeachtet einiger unbestreitbarer Nachteile, die England gegenüber dem Russischen Kaiserreich aufwies – etwa auf dem Gebiet geistvoller Getränke und in der Art, Feste zu feiern –, hatte Grigori diesen Schritt nie bereut. Im *Orden des Silbernen Kreises* hatte er dank Männern wie Albert Dunholm und Randolph Brown eine neue Heimat gefunden, und er war auf seine bescheidene Art mit seinem Leben zufrieden gewesen. Nach den Geschehnissen der letzten Tage allerdings begann er sich zu wünschen, er hätte dem Werben von Jekaterina vor vielen Jahren nachgegeben.

Seit der Spaltung des Ordens durch den Usurpator Wellington war es mit seinem Leben zunehmend bergab gegangen. Die Flucht aus der Unteren Guildhall, der Tod Sedgewicks und der in Grigoris Augen unumgängliche Schritt, der Teufelin McGowan den Hals umzudrehen, danach die tolldreiste Befreiungsaktion, die in seiner eigenen Gefangennahme geendet hatte, die Verschiffung mit diesem widernatürlichen Tauchboot namens *Nautilus* – all das hätte er lieber nicht erlebt. Und nun lag er hier, auf eine steinerne Pritsche gefesselt, und da bisher keiner der anderen gefangenen Ordensmagier zurückgekehrt war, nachdem Wellingtons Leute sie geholt hatten, schienen die unerfreulichen Entwicklungen der letzten Tage nun einem traurigen Endpunkt entgegenzustreben.

Vielleicht aber auch nicht, dachte Grigori. Noch lebte er, und wo ein Lebensfunke war, glomm auch noch ein Funke der Hoffnung. Er schien allein zu sein, auch wenn er das nicht mit völliger Sicherheit zu sagen vermochte, da ein Vorhang ihm den Blick auf den Rest des schmucklosen Steinzimmers, in dem er sich befand, versperrte. *Einerlei. Versuchen wir es …*

Er prüfte die Fadenbündel, die ihn hielten, und stellte fest, dass sie nicht so fest saßen, wie er erwartet hatte. Sie schienen nur dem Zweck zu dienen zu verhindern, dass er von der Pritsche fiel.

Offenkundig war niemand davon ausgegangen, dass Grigori erwachen könnte. Was wiederum bedeutete, dass die Abwesenheit seiner Peiniger vermutlich einem unerwarteten Zwischenfall geschuldet war. *So weit, so gut*, befand er.

Grigori spannte seine Muskeln an, und der erste Faden riss. Weitere folgten, als er sich langsam aufrichtete und mit seinen frei werdenden Händen an seinen Fesseln zerrte. Er schwang seine Beine über die Kante der steinernen Pritsche und stand auf. Vorsichtig zog er den Vorhang etwas beiseite und sah sich um. Er war tatsächlich alleine und befand sich dem Anschein nach in Wellingtons Privatgemächern – zumindest lagen einige persönliche Gegenstände herum, die er bereits in der Unteren Guildhall in Wellingtons Besitz gesehen hatte.

Bevor er noch darüber nachdenken konnte, ob er vielleicht einen Blick in die Unterlagen des neuen Ersten Lordmagiers werfen sollte, vernahm er auf einmal von draußen das charakteristische Stampfen schwerer Schritte, das nur einen Mann ankündigen konnte: *Hyde-White,* durchfuhr es ihn, und ein leiser russischer Fluch kam über seine Lippen.

Er sah sich im Raum um, aber es gab kein Versteck, sah man von dem Vorhang ab. Doch wenn er sich dahinter verbarg, saß er in der Falle, wenn Hyde-White kam, um nach ihm zu sehen – und irgendwie glaubte er nicht daran, dass Wellingtons Vollstrecker zufällig hier herumlief. Während die Schritte hörbar näher kamen, zog Grigori rasch den Vorhang zu, ergriff dann eine der Kisten, die im Raum herumstanden, und stellte sich damit unmittelbar hinter die Tür.

Keine Sekunde zu früh. Im nächsten Augenblick wurde sie geöffnet, und die massige Gestalt Hyde-Whites schob sich in den Raum. Ohne nach links oder rechts zu schauen, stapfte Wellingtons Adlatus auf den Vorhang zu und zog ihn beiseite. Ein überraschtes Knurren drang aus seiner Kehle.

Diesen Moment wählte Grigori, um seinem Gegner die Kiste an den Kopf zu werfen. Viel erreichte er damit nicht, schließlich bestand Hyde-Whites riesiger Hinterkopf aus glänzendem Stahl, der fest mit seinem tonnenförmigen Körper verbunden war. Aber das Gewicht des Geschosses trieb den Koloss immerhin einen Schritt nach vorne und ließ ihn ungelenk gegen die Steinpritsche stoßen.

Mehr bekam Grigori nicht mit, denn er riss die Tür weiter auf und stürzte nach draußen auf den Gang. Von links vernahm er leise Stimmen, also huschte er nach rechts. Ihm war klar, dass er so schnell wie möglich einen Ausgang aus diesem Bauwerk finden musste. Hier drinnen würde man ihn binnen weniger Augenblicke entdecken.

Hinter sich vernahm er einen wütenden Aufschrei und ein Poltern. Dann waren schnelle, donnernde Schritte zu hören. Hyde-White setzte zur Verfolgung an. »Grigori!«, brüllte Wellingtons rechte Hand. »Bleiben Sie stehen! Sie entkommen Ihrem Schicksal nicht.«

»Wir werden sehen«, knurrte Grigori leise, während er auf eine Treppe zusprintete, die nach oben führte – hoffentlich auf eine Galerie, von der aus er nach draußen würde fliehen können.

Auf einmal tauchten hinter der Treppe zwei Fischmenschen auf. Ein gurgelnder Laut drang aus ihren breiten Mündern, und sie senkten ihre Speere. *Ihr haltet mich nicht auf, ihr Heringsköpfe!* Grigori schleuderte zwei druckvolle Fadenbündel in ihre Richtung, dann warf er sich ihnen mit der ganzen Masse seines Körpers entgegen.

Lordmagier Wellington stand am Fuße der Fadenkanone und starrte in den Nebel hinaus, der sich, Wind und Regen spottend, vor der Insel der Wahren Quelle gesammelt hatte. Er wusste, dass sich irgendwo darin seine Feinde verbargen, und es juckte ihn in den Fingern, das magische Phänomen zu zerstreuen. Aber er wollte seine Gegner, die sich im Inneren des weißen Dunstfeldes zweifellos sicher fühlten, nicht aufscheuchen, bevor er die Kanone ein weiteres Mal abschussbereit gemacht hatte.

Er wandte sich an den Ingenieur, der auf der Rohrkonstruktion herumkletterte und diese auf mögliche Schäden überprüfte, die sie bei dem ersten Schuss davongetragen haben könnte. »Mister Gunn, wie ist der Zustand der Fadenkanone?«

»Hervorragend, soweit ich das beurteilen kann«, gab Gunn zurück. »Die Schutzschicht aus Fadennetzen hat gehalten. Am Material sind keinerlei Veränderungen durch Magieeinwirkung zu sehen. Ein voller Erfolg, würde ich sagen.«

»Sehr schön. Dann fehlt uns jetzt nur noch Hyde-White mit der Munition.«

Er hatte die Worte kaum ausgesprochen, als es unten am Treppenaufgang zur Kuppelkammer einen kleinen Aufruhr gab und urplötzlich Grigori auftauchte. Als der Russe sah, wohin es ihn verschlagen hatte, blieb er wie angewurzelt stehen. Auf seinen Zügen machte sich ein Ausdruck zorniger Enttäuschung breit. Hinter ihm betrat Hyde-White den Raum. Er wirkte etwas außer Atem. Rennen war mit einem Metallkörper wie dem seinen wahrlich kein Vergnügen.

»Grigori, wie schön, dass Sie sich zu uns gesellen«, sagte Wellington, nachdem er seine anfängliche Überraschung überwunden hatte. »Sie hätten sich nicht aus eigener Kraft zu uns bemühen müssen. Mister Hyde-White hätte Sie sicher auch getragen.«

»Sparen Sie sich Spott«, sagte Grigori düster, während er, von Hyde-White unwirsch angetrieben, langsam auf Wellington zuschritt. »Was das?«, fragte er und deutete auf die riesenhafte Rohrkonstruktion.

»Das?« Der Erste Lordmagier wandte sich halb zu seiner Erfindung um. »Ich nenne es eine Fadenkanone. Sie wandelt rohe Magie vermittels eines Transformators in einen Fadenschlag von nie dagewesener Stärke um und feuert diesen auf ein beliebiges Ziel irgendwo auf der Erde ab. Wir haben ihr volles Potenzial noch nicht gänzlich ausgetestet, aber ich bin zuversichtlich, dass ein gut gezielter Schuss bemerkenswerte Schäden beispielsweise an Schloss Versailles bei Paris oder am Winterpalast in St. Petersburg anrichten könnte.«

»Und warum das?«, wollte Grigori wissen.

Wellington schnaubte. »Das fragen Sie noch? Es geht um Macht, mein tumber Freund, und um Abschreckung. Die kontinentaleuropäischen Reiche rüsten sich, über das Britische Empire herzufallen. Diese Waffe hier wird die Machthaber lehren, sich in Bescheidenheit zu üben. Niemand sonst hat etwas Vergleichbares, und niemand sonst wird jemals eine so gewaltige Waffe sein Eigen nennen können, denn es gibt nur eine Wahre Quelle der Magie – und wir beherrschen sie.«

»Das sein Wahnsinn«, befand Grigori. »Sie werden Krieg heraufbeschwören, den Sie nicht können gewinnen. Waffe oder nicht Waffe, das hier Ihr Untergang sein wird, Wellington.«

»Ich glaube nicht, dass Sie das beurteilen können oder sollten«, entgegnete der Erste Lordmagier scharf. »Überhaupt haben wir genug geredet. Ich habe Sie schließlich nicht herholen lassen, um mir eine Moralpredigt anzuhören.« Er hob wie beiläufig die rechte Hand.

»Was Sie wollen von mir?«

Der Erste Lordmagier lächelte freundlich. »Sie erinnern sich an den Transformator, der magische Energie in Fadenkraft umwandeln soll?«

»*Da.*«

»Der sind Sie.« Und mit einem gezielten Mentalschlag raubte Wellington Grigori das Bewusstsein. Er ließ die Maske der Höflichkeit fallen und nickte Hyde-White auffordernd zu. »Schaffen Sie ihn nach oben in das Kanonenrohr und binden Sie ihn dort fest. Polidori, möchten Sie einen zweiten Schuss wagen?«

»Natürlich, Victor«, sagte der Doktor. »Allerdings würde ich es wirklich vorziehen, wenn unsere ›Transformatoren‹, wie Sie sie nennen, vorher ihrer Willenskraft beraubt würden. Es ist nicht ganz leicht, einen mehr oder weniger gesunden Geist zu übernehmen. Wir könnten Gefangene durch Fehlschüsse verlieren, wenn es mir nicht im richtigen Augenblick gelingt, ihre Fadenaura zu beeinflussen.«

»Ich werde das für die Zukunft berücksichtigen«, versprach Wellington. »Gegenwärtig allerdings haben wir diesen Luxus nicht. Halten Sie sich bereit. Ich werde den Nebel dort draußen zerstreuen.« Er trat in die Wahrsicht über und blickte an der Rohrkonstruktion vorbei durch die Öffnung in der Wand der Kuppelkammer. Wie eine weiße Wand lag der dichte Dunst in einer Meile Entfernung über den Wellen und versperrte die Sicht.

Unvermittelt fiel die graue Gestalt Tisiphones aus dem Himmel, schwang sich mit einem Flügelschlag ins Innere der Kammer und landete vor Wellington. »Ein Schiff nähert sich der Insel von Westen«, meldete sie.

»Ein Schiff?«, wiederholte der Erste Lordmagier, als er die Wahrsicht fallen ließ. »Was für ein Schiff?«

»Es sieht aus wie ein Schlachtkreuzer. Am Mast weht die amerikanische Flagge!«

Wellington runzelte die Stirn. »Was zum Teufel …«

Weiter kam er nicht, denn in diesem Augenblick gab es einen Schlag, als habe der Hammer eines Titanen die Metallkuppel getroffen. Ein ohrenbetäubendes Dröhnen erfüllte den Raum, und er bebte so stark, dass es alle Anwesenden von den Füßen riss. Wellington keuchte, als er hart auf dem stählernen Boden der Kammer aufschlug.

Gleich darauf kam er fluchend wieder auf die Beine und strich eine ins Gesicht gerutschte Haarsträhne zur Seite. Rasch sah er sich um. Außer Gunn, der von der Leiter gefallen war, auf der er gestanden hatte, und sich nun ein Taschentuch auf die blutende Platzwunde an seiner Stirn presste, schien keiner nennenswert verletzt zu sein.

»Die Amerikaner also«, knurrte Wellington. »Die haben uns noch gefehlt.« Er machte eine herrische Geste in Richtung der Fadenkanone. »Mister Gunn, Mister Hyde-White, richten Sie die Kanone neu aus. Dieses Kriegsschiff ist zu gefährlich, als dass wir es ungehindert näher kommen lassen dürften. Wenn es ihren Geschützen gelingt, unsere Magiekuppel zu sprengen, war unsere ganze Arbeit umsonst.«

29. April 1897, 15:10 Uhr GMT (12:10 Uhr Ortszeit)
Mittelatlantischer Rücken, etwa 1600 Seemeilen vor der afrikanischen Küste

»Ein Millionentreffer!«, schrie Admiral Greer, senkte sein Fernglas und winkte dem Mann im Feuerleitstand zu. Sturmwind zerrte an seinem schweren Mantel, und Regen schlug ihm ins Gesicht. Aber das schien den Admiral nicht zu stören. »Nächste Salve vorbereiten. Alle drei Zwillingstürme auf die Pyramidenstruktur richten. Und lassen Sie die Siebeneinhalber das Feuer auf die Küstenlinie eröffnen. Ist ganz gleich, ob sie etwas treffen. Aber es soll ordentlich krachen.«

»Jawohl, Sir.« Der Mann richtete seinen Blick auf das noch etwa drei Seemeilen entfernte Ziel und begann, über eine Sprechverbindung den Geschützmannschaften Werte durchzugeben.

Donnernd begannen die sechs Einzelgeschütze, auf das felsige Ufer der Insel zu schießen.

»Na, was sagen Sie, Wovoka?«, rief der Admiral über den Lärm hinweg. »Beeindruckend, nicht wahr?«

»In der Tat«, musste Wovoka zugeben. Ein einzelnes Gebäude auf drei Meilen Entfernung von einem Schiff in rauer See aus beim ersten Schuss zu treffen, grenzte wahrhaftig an Magie. Und genau das war auch des Rätsels Lösung.

»Wir verwenden ballistische Zielfäden, um die Geschosse zu führen«, erklärte Wovokas Gegenüber. »Selbstverständlich denkt die Mannschaft, es handle sich um ein Wunderpeilgerät unseres guten Mister Tesla. Und natürlich klappt das Ganze nur, wenn ein Magier die Kanonen ausrichtet.«

»Wie viele Ihrer Männer sind denn an Bord?« Wovoka hatte bislang nur Greer und Sawyer kennengelernt.

»Neben Sawyer noch vier andere. Es reicht nicht, um einen Krieg zu führen, aber es genügt, um diesem Schiff zu unfehlbarer Treffgenauigkeit zu verhelfen.«

»Admiral!« Es war Sawyer, der sich aus dem Mastkorb schräg über ihnen zu Wort meldete, von wo aus er die Insel mit seinem eigenen Fernglas beobachtete. »Auf der Insel tut sich etwas.« Er schob das neben ihm lehnende Gewehr, die Sonderanfertigung eines Scharfschützengewehrs mit unglaublich langem Lauf und einem armdicken Zielfernrohr, etwas beiseite und stützte sich mit den Ellbogen auf den Rand des Ausgucks, um besser sehen zu können. »Das Dach des Gebäudes bewegt sich«, meldete er.

Greer hob sein Fernglas an die Augen. »Potzdonner, tatsächlich.« Er drehte sich zu dem Mann im Feuerleitstand um. »O'Neill, sagen Sie den Geschützmannschaften, sie sollen sich beeilen.«

»Ja, Sir.«

»Wäre jetzt nicht der richtige Zeitpunkt für Ihre Blitzstrahlenkanone?«, fragte Wovoka.

»Wir sind noch etwas zu weit weg«, erklärte der Admiral. »Und ich möchte sie dem Feind nicht enthüllen, bevor wir nicht feuern können.«

»Die haben auch irgendeine Art von Kanone!«, rief Sawyer vom Mastkorb aus. »Teufel, ist das ein Ding! Das müssen an die hundertfünfzig Inch Durchmesser sein. Mit was schießen die? Felsbrocken?«

Wovoka wechselte in die Wahrsicht und nahm die Spitze der Pyramide, die sich in der Mitte des kleinen Felseneilands erhob, genauer unter die Lupe. Es war schwierig, in all dem Durcheinander von Fäden und magischen Energien etwas zu erkennen, aber er war geübt darin, weite Landschaften in der Wahrsicht zu betrachten, daher erkannte er, was Sawyer übersehen hatte. »Es ist ein Mensch in dem Rohr.«

»Was?!« Sawyer hob das Fernglas wieder an die Augen und justierte daran herum. Schließlich fluchte er, steckte es weg und legte stattdessen sein Scharfschützengewehr an, um durch das Zielfernrohr zu schauen. »Da soll mich doch sonst wer holen: Sie haben recht. Da ist jemand in dem Kanonenrohr aufgehängt, wie dieser komische Kerl, den der alte Da Vinci gezeichnet hat.«

Der Paiute-Seher runzelte die Stirn. Was hatte das zu bedeuten? Er beschloss, ein Wagnis einzugehen, und versenkte sich in die zweite Sphäre der Magie.

Unvermittelt kam Grigori wieder zu Bewusstsein. Irgendetwas hatte ihn berührt und dadurch geweckt.

Er blinzelte verwirrt und stellte fest, dass er mitten in einer dunklen Röhre hing, Arme und Beine gespreizt wie ein Mann, der gevierteilt werden sollte. Vor ihm befand sich eine helle runde Öffnung, durch die er über die Insel der Wahren Quelle schauen konnte. Dahinter lag der stürmische, bleifarbene Ozean, und in der Ferne, vielleicht noch zwei Seemeilen entfernt, kämpfte sich ein graues Schiff durch die aufgewühlten Wellen. Es fuhr einen eigentümlich weiten Bogen, was Grigori zunächst verwirrte, doch dann hörte er den fernen Geschützdonner, und ihm wurde klar, dass das Schiff die Insel angriff.

»Die Fadenkanone ist ausgerichtet«, vernahm er eine gedämpfte Stimme irgendwo unter sich.

Ich bin in der Kanone, begriff Grigori. Was hatte Wellington noch mal gesagt? Er würde als Umwandler dienen. War dies auch das Schicksal der anderen verschwundenen Gefangenen gewesen? In dem Fall waren die Aussichten vermutlich ausgesprochen schlecht, dass er die nächsten paar Minuten überlebte. Es sei denn …

Er begann an seinen Fadenfesseln zu rütteln. Diesmal saßen sie ziemlich fest, aber man hatte ihm nicht die Augen verbunden, und das bedeutete, dass ihm noch gewisse Möglichkeiten blieben. Allerdings musste er sich beeilen.

Verraten Sie mir, was geschehen wird, und vielleicht kann ich Ihnen helfen.

Grigori zuckte überrascht zusammen, als die fremde Stimme in seinem Kopf erklang. Sie sprach Englisch, wenn auch mit einem merkwürdigen Akzent. *Gedankenübertragung?*, fragte er sich.

Ja, ganz recht. Mein Name ist Wovoka. Ich bin auf dem amerikanischen Schiff.

»Polidori, nun ist Ihr Part gefragt«, hörte Grigori Wellingtons Stimme von der anderen Seite der Kanonenrohrwandung.

»Ich übernehme den Gefangenen jetzt«, erwiderte der Mann, der Polidori sein musste.

Schnell, dachte er. *Sie werden schießen. Machtvoller Fadenschlag. Sie leiten Kraft von Quelle durch …*

Im nächsten Moment ächzte er schmerzerfüllt auf, als eine zweite Präsenz in seinen Kopf glitt. Diese jedoch ließ keinerlei Feingefühl walten, sondern brach brutal durch seine geistigen Barrieren und drang sofort in sein Bewusstsein ein.

»Er ist wach!«, rief Polidori draußen verblüfft. »Wieso ist er wach?«

Wiederholen Sie das Letzte. Ich habe Sie nicht verstanden.

»Stellen Sie ihn ruhig!«, befahl Wellington.

Sie leiten Magie von Quelle durch mich!, schrie Grigori im Geiste. *Um Sie zu töten.*

»Sofort«, bestätigte der andere Mann.

Der Druck hinter Grigoris Stirn wurde stärker und stärker. Der Russe stöhnte und wand sich, aber er konnte sich nicht dagegen wehren. Sein Gegner war zu stark. *Helfen Sie mir*, bat er. *Helfen Sie.* Er spürte, wie er die Kontrolle über seine Glieder verlor. Sie hörten auf zu zucken und hingen schlaff herunter. Gleichzeitig wurde sein Sichtfeld irgendwie enger, als würde er rückwärts in einen tiefen, finsteren Tunnel getrieben.

»Ich habe ihn gleich«, sagte Polidori. »Halten Sie sich bereit, die Quelle zu öffnen, Victor.«

Es war ein Wettlauf gegen die Zeit, und Grigori spürte, dass er ihn verlieren würde. Die Freiheit dort vor der Mündung des Kanonenrohrs schien zum Greifen nah, und doch war sie für ihn unerreichbar. Dieser geisterhafte Wovoka und seine Kameraden auf dem fremden Schiff würden ihn nicht retten können. Es war zu spät. Nun konnte er nur noch sie retten.

Mit den letzten Resten seines wachen Selbst fasste Grigori einen Entschluss. Er war ein *Bogatyr*, ein furchtloser Sohn der Weiten Russlands. Er würde darüber entscheiden, wie er abtrat, nicht dieser Mistkerl Wellington. Es mochte ein kleiner Strich sein, den er dem falschen Ersten Lordmagier durch die Rechnung machte, aber vielleicht genügte es.

»Töten Sie mich …«, flüsterte er, bevor er die Kontrolle über seine Lippen verlor. Er hoffte, dass Wovoka ihn gehört hatte.

»Erschießen Sie ihn, Sawyer!«, schrie Wovoka aufgeregt. »Erschießen Sie den Mann sofort.«

»Admiral?«, fragte der Agent.

»Jetzt!«, rief Polidori.

»Schaffen Sie das, Sawyer?«, fragte Greer.

Der Agent visierte das ferne Ziel durch sein Scharfschützengewehr an. »Ich denke schon, Sir.«

Hinter Grigori öffnete sich die Schleuse zur Wahren Quelle der Magie.

»Dann tun Sie es!«

Sawyer atmete tief aus, und sein Finger krümmte sich um den Abzug.

Tosend kochte ein Strom hell gleißender Magie hinter Grigori in dem Kanonenrohr empor. Hilflos dem übermächtigen mentalen Griff Polidoris ausgeliefert, spürte er schon, wie ihn die magischen Energien einhüllten, da traf ihn auf einmal etwas an der Stirn, sein Kopf wurde zurückgerissen, und es wurde übergangslos Nacht um ihn.

»Ausweichmanöver!«, schrie Greer, als in den Tiefen des riesenhaften Kanonenlaufs ein gelb gleißender Stern erblühte. Alarmsirenen schrillten, und der Steuermann riss das Ruder der *USS Brooklyn* hart herum. Der Panzerkreuzer legte sich krängend in die Wellen wie ein betrunkener Seemann. Doch trotz seiner über den ganzen Rumpf verteilten Tesla-Turbinen war er natürlich viel zu träge, um dem Schuss vollständig zu entgehen.

Wovoka nahm all seine Kraft zusammen und schleuderte der auf sie zuschießenden Energiekugel zwei Fadenbündel entgegen. Aber sie vermochten den Magiestoß nicht abzulenken.

»Festhalten!«, brüllte der Admiral.

Dann wurden sie von dem Geschoss direkt am Bug getroffen. Das Schiff erzitterte und wurde herumgerissen. Energiefäden leckten knisternd über den Rumpf und die Reling, und Wovoka spürte, wie ein wohlvertrautes Prickeln seinen Körper durchlief. Der Fadenkokon um die Blitzstrahlenkanone brach zusammen, und flackernd wurde die mächtige Geheimwaffe der *Brooklyn* sichtbar, ein Geschützturm mit zwei Läufen, um die sich jeweils eine dicke Kupferspirale wand. Sonstige Schäden schien der Kreuzer nicht zu erleiden.

Greer löste die Hände von der Reling und kratzte sich am Kopf. »Das war alles? Da hätte ich Schlimmeres erwartet.«

Der Paiute-Seher schüttelte den Kopf. »Nein. Das war nicht alles. Was wir eben erlebt haben, war …«

»… ein Fehlschuss?« Wellington schlug sich mit der Faust in die flache Hand. »Wie konnte das passieren?«

»Es mag verrückt klingen, Victor, aber den Amerikanern ist es gelungen, den Russen zu erschießen, bevor die Magie ihn erreichte und ich seine Fadenaura explodieren lassen konnte«, sagte Polidori.

»Das klingt in der Tat verrückt«, gab der Erste Lordmagier zurück. »Der Kreuzer der Amerikaner ist noch fast zwei Meilen entfernt. Gott persönlich könnte auf diese Entfernung keinen Mann mit einem Gewehr erschießen.«

»Wir werden es gleich sehen«, sagte Gunn und kletterte an der Rohrkonstruktion empor, um die Luke zu öffnen. Ächzend zog er die schwere Leiche daraus hervor und beugte sich darüber. »Kein Zweifel«, verkündete er. »Sie haben ihn erschossen. Eine Kugel genau zwischen die Augen.« Er hob den Kopf. Auf seinem Gesicht lag Fassungslosigkeit. »Wer immer der Schütze war … es war kein normaler Mensch.«

Kein normaler Mensch … Wellington kniff die Augen zusammen und blickte zu dem Schiff hinüber. Ja, es befanden sich tatsächlich Magier an Bord, fünf oder sechs an der Zahl. Und noch etwas anderes war am Bug des Kreuzers sichtbar geworden. Es schien sich um eine Waffe zu handeln. »Diese Amerikaner werden so langsam wirklich lästig. Hyde-White, holen Sie noch einen Gefangenen.«

»Wir haben keinen mehr hier oben, Meister«, grollte der Hüne. »Der Rest befindet sich noch an Bord der *Nautilus*.«

Der Erste Lordmagier musste sich beherrschen, damit ihm nicht eine sehr unflätige Bemerkung über die Lippen kam. »Und warum befinden sie sich noch dort?«, fragte er mit erzwungener Ruhe.

»Weil wir in der Unteren Guildhall erlebt haben, was passiert, wenn man zu viele von ihnen in einen ungeschützten Raum einsperrt«, erwiderte Hyde-White. »Auf der *Nautilus* waren sie sicher verwahrt – und Sie haben nie angeordnet, dass wir alle hierher zur Quelle bringen sollen.«

»Dann ordne ich es hiermit an«, schnarrte Wellington. »Gehen Sie los, verdammt, nehmen Sie ein paar Atlanter zur Bewachung mit und holen Sie sie! Wir sind von Feinden umringt. Wenn wir nicht aufpassen, ruinieren sie uns noch unseren schönen Triumph.«

»Ihre Waffen sind zu schwach, um die Quellkuppel zu sprengen«, warf Gunn ein, während Hyde-White grimmig davonstapfte.

Wellington wollte den Worten des Ingenieurs gerne Glauben schenken. Aber ganz sicher war er sich nicht. Vielleicht wurde es langsam Zeit, dass er sich persönlich seiner Feinde annahm.

KAPITEL 40:
ENTSCHEIDUNG AN DER QUELLE

»DIAMANTENES KRONJUBILÄUM DER KÖNIGIN. Strand. Hervorragende Lage. Erster Stock mit Sicht auf ¼ Meile des Festzuges. Großer, geschmackvoll eingerichteter Raum, vier große Fenster, für 30 Personen, £300. Oder drei große Räume im selben Stockwerk, jeweils für vier bis sechs Personen, £50. Anfragen bitte an T. W. Litchfield, 3. Brutton Street, Bond Street.«

– Anzeige in der London Times, 29. April 1897

29. April 1897, 15:23 Uhr GMT (12:23 Uhr Ortszeit)
Mittelatlantischer Rücken, etwa 1600 Seemeilen vor der afrikanischen Küste

»Steuermann, bringen Sie uns auf eine halbe Meile an die Insel heran. Feuerleitstand, bereiten Sie den Einsatz der Blitzstrahlenkanone vor.«

Geschäftig marschierte Admiral Greer auf der Brücke umher und gab seine Befehle, während sich um ihn herum die Besatzung der *Brooklyn* beeilte, seinen Anordnungen möglichst rasch Folge zu leisten.

Wovoka nahm das Treiben, das er von seinem Aussichtsposten auf einer Außenplattform schräg oberhalb der Brücke mitbekam, nur beiläufig wahr. Sein eigentliches Augenmerk galt weiterhin der Insel. Jeden Moment erwartete er einen neuen Schlag von Wellington und seinen Schergen. *Und von Jonathan Kentham und seinen Begleitern ist noch nichts zu sehen*, dachte der Paiute besorgt. Er war sich so sicher gewesen, dass sie zeitgleich die Insel erreichen würden. Seine Vision auf dem El Capitan im Yosemite Park hatte ihm ihren gemeinsamen Kampf um die Wahre Quelle der Magie gezeigt. *Aber was, wenn ich mich geirrt habe? Was, wenn ich Bilder verschiedener Kämpfe gesehen habe?* Er wandte sich an Sawyer, der noch immer im Mastkorb hockte. »Können Sie irgendetwas erkennen, Mister Sawyer?«

Der Agent deutete ein Kopfschütteln an. »Sieht gerade alles ruhig aus auf der Insel. Und auch von diesem Luftschiff, von dem Sie sprachen, ist keine Spur zu entdecken. Allerdings herrscht auf der Ostseite der Insel ein ziemlicher Dunst. Ich bin mir nicht sicher, ob er auf der Insel entsteht oder dahinter auf dem Meer. Seltsam, dass er sich bei dem Wind hier draußen halten kann.«

Ein Nebel, der jedem Wind trotzt … Irgendwie hatte Wovoka das Gefühl, als müsse ihm das etwas sagen, aber er konnte sich nicht mehr erinnern, was es war. *Es hat mit etwas zu tun, das McKellen einmal dem Kreis der Wächter erzählt hat, aber …*

Von einer Sekunde zur anderen überkam den Paiute-Seher das Gefühl einer unglaublichen Gefahr. »Achtung!«, rief er. »Wir werden angegriffen!«

»Was?« Sawyer blickte sich hektisch um, der Lauf seines Scharfschützengewehrs suchte nach dem Feind. »Ich kann nichts entdecken.«

Wovoka ging es ebenso. Doch dann … »Oh, mein Gott«, murmelte er, als er sah, wie sich der Bug der *Brooklyn* zu kräuseln und aufzulösen begann. Mit einem Satz sprang er von seinem Aussichtspunkt auf das Oberdeck und rannte an den beiden Kanonentürmen vorbei. Er breitete die Arme weit aus und wechselte in die Wahrsicht. Vor seinen Augen begannen die beiden am Bug liegenden Hotchkiss-Geschützstände, Blasen zu werfen, und ein heftiger Knall, gefolgt von einer Wasserfontäne zeugte davon, dass eine der Tesla-Turbinen direkt links von ihm aufgeplatzt war. *Eine magische Auflösung*, durchfuhr es Wovoka. Wellington griff sie in der dritten Sphäre der Magie an – und das auf eine gute Meile Entfernung!

Hinter sich vernahm der Paiute die aufgeregten Schreie der Seeleute. Admiral Greer brüllte irgendetwas von Feuer aus allen Rohren, und gleich darauf erwachten sämtliche Backbordwaffen der *Brooklyn* zwar ohne Ziel, aber dafür mit umso mehr Getöse zum Leben.

Wovoka achtete auf all das nicht. Weder Greers Magier noch die Kanonen der *Brooklyn* konnten den Kreuzer jetzt noch retten. Allein Wovoka war dazu imstande. Dies hier war das Kräftemessen, auf das er gewartet hatte, die Begegnung, die ihm in seiner Vision gezeigt worden war. Für einen Moment schloss er die Augen und wurde ganz ruhig. Sein Geist glitt durch die zweite Sphäre der Magie, und er öffnete sich der dritten. Rot wimmelndes Chaos hüllte ihn ein und machte eine Orientierung nahezu unmöglich. Ein ungeübter Magieanwender hätte sich in diesem Universum aus Fadenverbindungen verloren. Aber Wovoka hatte jahrelang in der Einsamkeit des amerikanischen Westens nichts anderes getan, als die Natur der Magie zu erforschen und sich mit ihr vertraut zu machen. Er erkannte die Ordnung im Chaos, und er sah auch den zyklonartigen Wirbel, der von der Quellpyramide ausging und mit seinem offenen Ende über den Rumpf der *Brooklyn* strich.

Magie, steh mir bei, dachte er, gegen seinen Willen beeindruckt von der Kraft, die Wellington entfesselt hatte. Wie bedauerlich war es doch, dass dieser Mann sich auf den Pfad in die Dunkelheit begeben hatte. Unter anderen Umständen wäre es Wovoka eine Freude gewesen, mit ihm gemeinsam das Wesen des Fadenwerks und der Magie zu erforschen.

Nun jedoch richtete der Paiute seine ganze Kraft und Aufmerksamkeit auf den Zyklon. Mit weiten, kreisenden Bewegungen schuf er eine Gegenströmung im Fadenwerk und drang auf den Wirbel ein. Machtvolle Fadenströme zerschlugen das offene Ende des Wirbels und drängten das rote Inferno zurück wie die Fluten eines entfesselten Flusses das Feuer, das den Wald verzehrt.

»Das ist unmöglich!«, schrie Wellington voller Zorn. Er stand direkt unterhalb der Fadenkanone, tief in die rot kochende dritte Sphäre der Magie versenkt, und hatte soeben begonnen, das unablässig feuernde amerikanische Kriegsschiff in die Fluten des Atlantiks zu zerstreuen, als sich ihm auf einmal ein unerwarteter Widerstand entgegenstellte. Und nicht nur das! Der gesichtslose Magier dort draußen, der imstande war, die dritte Sphäre zu meistern, hielt Wellingtons Fadenwirbel nicht nur auf, er drängte ihn sogar zurück.

Der Erste Lordmagier versuchte, im Wimmeln der roten Fäden seinen Gegner auszumachen, und tatsächlich gewahrte er eine einsame Gestalt, die hoch aufgerichtet am Bug des Kriegsschiffes stand. Tisiphones Vision eines Mannes mit geschlossenen Augen und weit ausgebreiteten Armen, der bereit war, ihm entgegenzutreten, kam ihm in den Sinn. *Wer bist du?*, fragte er im Geiste seinen Widersacher. *Gehörst du zu diesen Wächtern, von denen auch McKellen einer war?*

Er erhielt keine Antwort, und im Grunde war es auch vollkommen gleichgültig. Dieser Mann war ein mächtiger Feind und musste vernichtet werden, bevor Jonathan Kentham mit seinen Gefährten hier eintraf. Wellington riss die Arme hoch und beschwor alle Kraft, die in seinem Inneren schlummerte, aus sich hervor.

Der Wirbel flackerte und peitschte hin und her, ein schlangenartiges Ungetüm, dem man den Kopf abgeschlagen hatte.

Einen Moment lang gestattete sich Wovoka die Hoffnung auf einen schnellen Sieg. Vielleicht hatte er Wellingtons Fähigkeiten doch überschätzt. Aber dann nahm das Brausen im Fadenwerk erneut zu, und mit doppelter Wucht schlug der britische Magier gegen seinen unbekannten Gegner zurück.

Wovoka schrie auf und stemmte sich gegen den Sturm, den außer ihm niemand zu sehen oder zu spüren vermochte. Doch Schritt um Schritt drang der Wirbel auf ihn ein, zwang ihn in die Knie, drohte ihn zu verschlingen. Schmerz durchflutete ihn, und verzweifeltes Erkennen keimte in ihm auf. Wenn kein Wunder geschah, würde er den Kampf gegen Wellington verlieren. Und dann würde die *Brooklyn* mitsamt ihrer Besatzung einfach aufhören zu existieren. Sie würde zerstreut werden wie Staub im Wüstenwind. »Nein!«, rief Wovoka verzweifelt. »Das darf nicht geschehen. Haltet Wellington auf!« Er hätte nicht zu sagen vermocht, an wen genau er diese flehentliche Bitte richtete, aber zu seiner Überraschung wurde sie erhört.

»Ich glaube, ich habe den Mistkerl gefunden«, meldete sich Sawyer plötzlich neben ihm zu Wort. Der Paiute-Seher hatte nicht bemerkt, dass der junge Agent sich aus dem Mastkorb zu ihm gesellt hatte. »Jetzt bist du dran, mein Freund.«

Wovoka hatte keine Zeit zu schauen, was sein Begleiter genau tat; zu sehr war er damit beschäftigt, die zerstörerischen Gewalten des Fadenwirbels aufzuhalten. Doch plötzlich krachte ein Schuss. Und keine Sekunde später brach der Wirbel in sich zusammen, zerfiel wie ein Staubteufel, der gegen eine Felswand geweht war.

»Ha, getroffen«, frohlockte Sawyer grimmig.

Erschöpft sank Wovoka mit den Knien auf das kalte Deck und schloss die Augen.

Ein Aufblitzen im Fadenwerk warnte Wellington und ließ ihn instinktiv zurückzucken. Dennoch gelang es ihm nicht ganz, dem Angriff auszuweichen. Schmerzhaft biss die Gewehrkugel in seine linke Schulter und ließ ihn nach hinten taumeln. Sofort brach seine Konzentration zusammen, der Fadenwirbel verschwand, und er fiel aus der Wahrsicht. Ein gequältes Ächzen kam über seine Lippen. »Verdammter Hundesohn«, fluchte er und presste eine Hand auf die Stelle, an der die Kugel ihn getroffen hatte. Ein nasser Fleck aus Blut begann sich auf seinem Hemd und seiner Jacke auszubreiten.

»Lord Wellington!«, rief Gunn aus und eilte, ungeachtet seiner eigenen Kopfverletzung, sofort auf den Ersten Lordmagier zu, um ihm zu helfen.

»Schon gut, schon gut«, wimmelte Wellington den überbesorgten Mann ab. Ein leichter Schwindel überkam ihn, aber er zwang ihn von sich. Er wollte vor Tisiphone und Hyde-White keine Schwäche zeigen. »Holen Sie Doktor Polidori. Er soll mitbringen, was er an Arztbesteck braucht, um die Wunde zu behandeln.«

»Sehr wohl«, bestätigte der Ingenieur und eilte aus dem Raum.

Wellington blickte zu Tisiphone hoch, die im Gerüst der Fadenkanone kauerte. Seit dem ersten dröhnenden Volltreffer des Kriegsschiffs hatte sie die Kuppelkammer nicht mehr verlassen, sondern verfolgte stattdessen mit unverhohlener Neugierde den Schlagabtausch zwischen Wellingtons Anhängern und den Amerikanern. »Tisiphone!«, rief der Erste Lordmagier. »Wenn Sie Ihrem Namen alle Ehre machen wollen, dann rächen Sie mich. Töten Sie diese beiden Männer am Bug des Kriegsschiffes. Sie sind im Moment unsere gefährlichsten Gegner.«

Die grauhäutige Frau sprang vom Gerüst zu ihm herunter und starrte hinaus zu dem vor der Küste kreuzenden Schiff, dessen Kanonenschüsse noch immer auf die Quellpyramide einhämmerten. Sie bleckte die Fangzähne und fauchte, doch in ihrer Wut lag auch Unentschlossenheit. »Ich will Jonathan, nicht diese Männer. Was, wenn sie mich genauso verletzen wie Sie?«

Wellington fluchte innerlich. Ausgerechnet jetzt musste das sonst so selbstsichere Dämonenweib von Zweifeln geplagt werden. Er griff nach dem einzigen Strohhalm, den ihm sein Verstand anbot. »Diese Männer sind ein Quellwächter und sein Diener!«, beschwor er Tisiphone. »Und es ist mehr als wahrscheinlich, dass alles, was Jonathan Kentham Ihnen angetan hat, nur deshalb geschah, weil er auf die Einflüsterungen jener Männer hörte.« Er hatte keine Ahnung, ob das stimmte. Genau genommen kam es ihm sogar eher abwegig vor, schließlich stammten diese Magier aus Amerika und Kentham kam aus England, was eine Zusammenarbeit in der Kürze der Zeit eigentlich ausschloss. Aber er musste schließlich nicht sich selbst, sondern nur Tisiphone überzeugen, und die wusste über die Möglichkeiten und Einschränkungen der Magie noch so gut wie nichts. »Hören Sie«, fuhr er fort. »Wenn Sie sich wirklich an Jonathan rächen wollen, müssen Sie zunächst jene strafen, die ihn zu seinen Schandtaten verführt haben. Dieser Quellwächter …«, er deutete aus dem Fenster der Kuppelkammer, »… ist einer von ihnen.«

Wenn Sie sich wirklich an Jonathan rächen wollen, müssen Sie zunächst jene strafen, die ihn zu seinen Schandtaten verführt haben. Wellingtons Worte hallten in Tisiphones Bewusstsein nach, zerfraßen ihre Zweifel und stärkten ihren Zorn.

Das Bild des heidnischen Opfertempels, des Ortes, an dem sie gestorben war, stieg vor ihrem geistigen Auge auf. Ihr Mörder mit den Augen wie Onyx war ihr viel zu nah, und Jonathan war so unglaublich fern. Er stand wie hinter einem Schleier und starrte sie an, kalt, fahl und grau. Dann drehte er sich von ihr weg und – Tisiphone holte zischend Luft – wandte sich einer Gruppe von Männern und Frauen zu, die bei ihm hinter dem Schleier standen. *Dieser Quellwächter ist einer von ihnen*, echote Wellingtons Stimme in ihrem Kopf. *Töten Sie ihn.*

Tisiphone kniff die Augen zusammen und sah die winzige Gestalt am Bug des stahlgrauen Kriegsschiffes plötzlich klar und deutlich vor sich. Dunkle Haut, ein schwarzer Hut – sie erkannte ihn wieder. Er war wirklich da gewesen. Auch an seinen Fingern klebte ihr Blut. »Ja!«, schrie sie ihm entgegen. »Du bist einer von ihnen.« Kurz entschlossen warf sie sich aus dem Fenster in den Sturm, und ihre großen schwarzen Schwingen trugen sie dem Feind entgegen.

»Da kommt etwas auf uns zu«, rief Sawyer und deutete auf einen dunklen Schemen, der unter der tief hängenden Wolkendecke rasend schnell auf sie zuschoss. Sawyer hob sein Gewehr und versuchte zu zielen, setzte es aber kurz darauf fluchend wieder ab. »Es ist irgendeine geflügelte Gestalt, aber sie flattert zu sehr herum, um einen sicheren Treffer landen zu können.«

»Sie verlassen sich zu sehr auf Ihre moderne Schusswaffe«, sagte Wovoka. »Vertrauen Sie ein wenig mehr Ihren magischen Fähigkeiten.« Obwohl er von dem Gedankenduell gegen Wellington noch immer vollkommen erschöpft war, erhob er sich wieder und glitt in die Wahrsicht.

»Es geht nichts über ein gutes Gewehr«, knurrte der Agent. »Und wenn eines nicht genügt, helfen vielleicht zehn.« Er legte das Gewehr zur Seite und lief mit ein paar schnellen Schritten an den Kanonen vorbei zum Hauptdeck hinüber. »Deckoffizier!«, brüllte er. »Zehn Marines mit geladenen Waffen auf Deck und zwar schnell.«

Der Mann, den er angesprochen hatte, salutierte und eilte durch eine Tür ins Innere des Schiffes. Wovoka richtete seine Aufmerksamkeit unterdessen wieder auf den Angreifer. Er hob die Hände und jagte ihm ein starkes Fadenbündel entgegen, in der Absicht, ihn zum Absturz zu bringen. Die geflügelte Gestalt kippte zur Seite und wich dem Schlag aus. Ein helles, zorniges Kreischen war ihre Antwort.

Was ist das für ein Geist?, fragte sich Wovoka, als er die von Stofffetzen bedeckte graue Haut sah, die schwarzen Schwingen und die flatternden dunklen Haare, die ein hasserfülltes Gesicht einrahmten. Genau wie er streckte die Gestalt die Arme aus, und der Paiute sah eine Welle aufgewühlter Fäden auf sich zujagen.

Er sprang zur Seite und entging so um Haaresbreite einem Angriff, der eine Delle ins stählerne Vorderdeck der *Brooklyn* schlug. *Diese Bestie ist stark!*

Zu seiner Linken wurde die Tür aufgerissen, und zehn Männer in Uniformen stürmten auf Deck. Sofort sanken sie in einer Reihe auf ein Knie, hoben ihre Gewehre und legten auf den Angreifer an, der, wie Wovoka mittlerweile glaubte, vielmehr eine *Angreiferin* war. »Nein, halt!«, rief er den Soldaten zu. »Gehen Sie zurück in Deckung.«

Doch es war zu spät. Schüsse knallten, und die graue Gestalt, die nun auf wenige Dutzend Schritt herangekommen war, zuckte in der Luft zusammen, als sie von mindestens zwei Kugeln getroffen wurde. Mitten im Flug fuhr sie herum, kreischte wutentbrannt auf und schleuderte den Männern einen Doppelschlag Fadenbündel entgegen.

Wovoka reagierte sofort und warf den magischen Geschossen seine eigenen Fäden in den Weg. Es gelang ihm, eines der Bündel abzulenken. Das andere donnerte in die Gruppe Soldaten hinein und riss gleich vier Männer von den Beinen. Schreiend fielen sie durcheinander, während sich Teile ihrer Uniformen auflösten und ihre Haut Blasen warf. *Ihre Angriffe finden gleichzeitig in der ersten und der dritten Sphäre der Magie statt*, dachte Wovoka erschüttert. Etwas Derartiges hatte er noch nie erlebt. *Ich muss sie beschäftigen*, erkannte er.

Er zielte erneut und feuerte der Angreiferin, in der Absicht, sie zu sich heranzuziehen und ihre Beweglichkeit einzuschränken, zwei überdehnte Fadenbündel entgegen. Ein überraschtes Kreischen entfuhr ihr, als die Fäden sie zu Wovoka rissen, der sie mit offenen Armen empfing. Wovoka warf seine ganze magische Kraft in die Waagschale, als er versuchte, seine geflügelte Gegnerin festzuhalten und niederzuringen, aber er hatte die Kraft, die in der schlanken Gestalt steckte, sträflich unterschätzt. Die zur Furie gewordene Frau fauchte ihn an, und ihre klauenbewehrten Hände gruben sich in seine Seiten, während ihre flatternden

Schwingen ihm den Hut vom Kopf rissen. »Stirb, du Mörder«, schrie sie ihm ins Ohr.

Wovoka hatte keine Ahnung, wovon sie sprach, aber er hatte auch keine Muße, ihre Worte ernsthaft zu hinterfragen, denn er war vollkommen damit beschäftigt, sich seiner tobenden Gegnerin zu erwehren.

»Feuer einstellen!«, schrie Sawyer seinen Männern überflüssigerweise zu. »Kommen Sie, wir müssen ihm helfen.« Doch sein Vorstoß kam zu spät.

In einem Kraftakt, den Wovoka niemals für möglich gehalten hätte, stieß sich die geflügelte Dämonin vom Deck der *Brooklyn* ab und riss den Paiute mit sich in die Höhe. Mit mächtigen Flügelschlägen zog sie ihn hinauf in die Wolken. Wovoka spürte, wie ein Fadenbündel ihn vom Deck des Kreuzers aus zu fassen versuchte, aber es riss sofort wieder. Sawyer mochte ein guter Schütze sein. Seine magische Treffsicherheit ließ dagegen zu wünschen übrig.

Im nächsten Augenblick verschwanden sie im Dunst des regengeschwängerten Himmels. »Dein Leben ist verwirkt«, fauchte ihn seine Entführerin an.

»Was habe ich Ihnen getan?«, wollte Wovoka wissen, dem langsam aufging, dass der ganze Angriff gar nicht der *Brooklyn*, sondern ihm persönlich gegolten hatte.

»Sie haben Jonathan verführt, mich sterben zu lassen!«, eröffnete ihm die grauhäutige Dämonin.

»Jonathan?«, fragte Wovoka verwirrt.

»Unter der Erde, an der Schwelle des Infernos!«

Ihr Ahnen, steht mir bei, schoss es dem Paiute durch den Sinn, als ihm schwante, worauf seine Gegnerin anspielte. »Sie sind die Frau, die bei der Schaffung des Quellsiegels umkam«, keuchte er von Schrecken erfüllt. »Die Frau, der Mister Kentham nicht helfen konnte.«

»Der Jonathan nicht helfen *wollte*, weil Sie ihm eingeflüstert haben, sich von mir abzuwenden.«

»Wir müssen die Welt retten!«, rief Wovoka verzweifelt. »Er konnte nicht anders handeln.«

»Die Welt ist mir gleichgültig. Und Ihre Worte ebenfalls!« Die Frau bleckte weiße Fangzähne, und ihr Kopf zuckte auf Wovoka zu. Der Paiute wollte sich wegdrehen, doch er war nicht schnell genug. Seine Gegnerin biss ihn in den Hals und entlockte ihm einen Schmerzensschrei.

Ihm blieb keine andere Wahl. Es mochte Selbstmord sein, sich so weit oben in den Wolken von der geflügelten Gestalt zu lösen, aber sie würde ihn auch umbringen, wenn er bei ihr blieb.

Er löste seine Hände von ihrem Leib und presste sie stattdessen an ihre Schläfen. Ungeachtet seiner rasenden Schmerzen versenkte er sich in die zweite Sphäre der Wahrsicht, dann öffnete er seinen Geist und machte seine Qualen zu den ihren. Die Wucht des telepathischen Angriffs ließ die Frau laut aufschreien. Gleichzeitig genügte er, um ihn aus ihrer Umklammerung zu befreien.

Wovoka fiel, vor Schmerz und Erschöpfung kaum noch bei Sinnen, durch die Wolken in die Tiefe. Aus den Augenwinkeln sah er, dass auch seine Gegnerin hinabstürzte. Offenbar war auch sie angeschlagen. Er fiel aus den Wolken heraus und erblickte einen weißen Nebelteppich, der sich über die Wellen gelegt hatte und in widernatürlicher Geschwindigkeit auf die Insel zuglitt.

Und in einem kurzen, lichten Moment fiel dem Paiute-Seher auch wieder ein, woran ihn dieses Wetterphänomen erinnerte. *Der Holländer*, dachte er. *McKellen sprach von einem Freund der Wächter, der sich Holländer nennt und dessen Schiff stets von magischem Nebel begleitet wird.* Als ihm das klar wurde, hellte sich sein Gesicht auf, denn die Anwesenheit des Holländers konnte nur eines bedeuten: Jonathan Kentham, der Träger des Quellsiegels, war eingetroffen!

Dann schlug er durch den Dunst auf den Wellen auf, und alles bewusste Denken entglitt ihm.

29. April 1897, 15:42 Uhr GMT (12:42 Uhr Ortszeit)
Mittelatlantischer Rücken, etwa 1600 Seemeilen vor der afrikanischen Küste

Jonathan Kentham stand am Bug des fliegenden Segelschiffes, und in seinem Kopf spielte Wagner. Genau genommen war es der Walkürenritt aus Wagners *Nibelungen.* Das mochte pathetisch sein, aber zum ersten Mal, seit Lordmagier Wellington im Orden des Silbernen Kreises die Macht übernommen hatte, verspürte Jonathan eine regelrechte Euphorie. Sie waren alle wieder zusammen: Randolph, Holmes und Kendra standen direkt neben ihm am Bug, Watson saß furchtlos auf der hölzernen Reling, und Rupert schaute tatendurstig aus der Umhängetasche an Jonathans Seite. Darüber hinaus befanden sich eine Magieragentin des Vatikans, ein grimmiger Inquisitor und zehn zu allem entschlossen wirkende deutsche Soldaten mit an Bord. Am Steuer standen der Holländer und Meister Fu.

Es war eine kaum vorstellbare Allianz, und nicht nur Jonathan hatte einiges an Überzeugungsarbeit leisten müssen, um zu verhindern, dass sich der Holländer und dieser Inquisitor namens Scarcatore gegenseitig umbrachten. Aber am Ende hatten ihnen die Ereignisse das Heft aus der Hand genommen. Als die beiden Gruppen im Salon der *Gladius Dei* das ferne Geschützfeuer vernommen hatten und erkannten, dass sich soeben eine dritte Partei in diesen Kampf eingemischt hatte, war man übereingekommen, einstweilen alte und neuere Zwiste zu vertagen und die Gunst des Moments für den eigenen Angriff zu nutzen.

Und so flog das Schiff des Holländers nun, in Nebel gehüllt, so schnell es noch konnte der Insel der Wahren Quelle entgegen, und unter seinem Rumpf hing, mit starken Tauen befestigt, der manövrierunfähig geschossene Riesenleib des Luftschiffs der vatikanischen Magieabwehr, ein bronzefarbener Koloss, den der angeschlagene Dreimaster des Holländers nur deshalb hinter sich herziehen konnte, weil der gegenwärtige Kommandant der

Gladius Dei, ein deutscher Leutnant namens Braune, noch einmal einen guten Teil der Traggasvorräte für diesen Einsatz geopfert hatte.

Ihr Plan war einfach, aber zu mehr hatte ihnen die Zeit gefehlt: Unmittelbar vor der Insel würde das fliegende Schiff die *Gladius Dei* ausklinken, und diese würde von Westen her aus allen Kanonen das Feuer eröffnen. Auf diese Weise, so hofften Jonathan und die anderen, würde sie vom Schiff des Holländers ablenken, der seinen Stoßtrupp aus sechs Magiern und zehn Soldaten von Norden her bis zur Pyramide bringen würde. Wenn alles glatt lief, würde man direkt am oberen Rand der Pyramide ankern, einen überraschenden Sturm auf das Gebäude unternehmen, das gegenwärtig die Wahre Quelle bedeckte, und im Inneren Jonathan und Scarcatore so lange schützen, bis einer von ihnen sein Quellsiegel in die Magiequelle geworfen hatte.

Wir werden es schaffen, dachte Jonathan. *Wir müssen es einfach.*

Unter ihnen erklang ein einzelner Sirenenton, das Zeichen der *Gladius Dei*, dass Kaplan Tremore und Emma Potts, die als magische Beobachter auf dem Luftschiff zurückbleiben würden, das Ufer der Insel entdeckt hatten.

»Lösen Sie die Taue!«, rief der Holländer vom Steuer des fliegenden Schiffes aus.

Holmes, Randolph, Diodato und Scarcatore traten an die vier Haltetaue und schlugen sie mit kurzen Äxten durch. Zu ihren Füßen sank die *Gladius Dei* in den Nebel hinab, wie eine zweihundert Schritt lange Bombe, die Wellington eine feurige Überraschung zu bescheren beabsichtigte. Knatternd erwachten die Repetiergeschütze an Bord des Luftschiffs zum Leben, und die Bombenmannschaft schüttete aus dem Laderaum, was sie an todbringender Fracht geladen hatte. Donner und Getöse hüllten die Ostküste der Insel ein.

Unterdessen schwenkte das fliegende Schiff des Holländers nach Norden ab und flog eine weite Kurve. Dabei vermochte auch der schönste innere Walkürenritt nicht zu verbergen, dass ihr von Leben erfülltes Gefährt sich nur noch mit Mühe vorwärtsbewegte. Der dunkle Rumpf knarrte, und mehrfach erschauerte der Dreimaster wie ein Tier, das in den letzten Zuckungen liegt.

»Diesem Schiff geht es auch nicht viel besser als unserem, kann das sein?«, fragte Randolph mit gedämpfter Stimme.

Jonathan nickte. Die Musik in seinem Kopf verklang und wich einmal mehr der gedrückten Anspannung, die er in den letzten Tagen die meiste Zeit über empfunden hatte. »Auch wir haben auf dem Weg hierher Kämpfe ausgefochten – vor allem gegen den Franzosen.«

»Der Franzose ist wieder aufgetaucht?« Holmes hob eine Augenbraue.

»Mehr als nur einmal«, brummte Jonathan. »Im Moment liegt er – eingenistet wie ein Parasit im Körper meines Freundes Robert Pennington – bewusstlos unter Deck.«

»Nun, das verspricht eine spannende Kamingeschichte zu werden ... wenn das alles hier vorbei ist.«

»Ich möchte ja niemandem die Stimmung verderben, aber die ganze Sache könnte schneller vorbei sein, als wir es uns wünschen«, meldete sich Diodato zu Wort, die über die Reling schaute. »Wir sinken immer tiefer, und von der Pyramide ist noch nichts zu sehen.« Sie drehte sich um. »He, Sie, Holländer! Ihr Schiff kann jetzt noch keine Verschnaufpause einlegen. Wir sind noch nicht am Ziel.«

»Hätte es nicht *Ihr* Schiff hierherschleppen müssen, ginge es ihm jetzt nicht so schlecht«, versetzte der Holländer zornig. Doch Jonathan argwöhnte, dass das nicht stimmte. Seit das Herz des Schiffes verletzt worden war, kämpfte es ums Überleben. Sie hatten versucht, die tiefen Wunden zu heilen, die der Franzose in seinem Wahn geschlagen hatte, aber keiner von ihnen war Arzt, schon gar kein magisch versierter. Mit dem Schiff des Holländers ging es zu Ende. Diese letzte Kraftanstrengung mochte das Ende beschleunigt haben, aber es wäre so oder so gekommen. Jonathan fühlte sich schuldig, denn er hatte Robert – und damit den Franzosen – an Bord gebracht. Er hätte sonst etwas dafür gegeben, das Geschehene rückgängig machen zu können. Aber diese Möglichkeit war ihm verschlossen.

»Da vorne ist die Pyramide«, sagte Randolph und deutete auf den dunkelgrauen Schemen vor ihnen im Nebel. »Wir sind fast da.«

»Durchhalten, hörst du«, drängte Holmes das Schiff und klopfte auf das Holz am Bugspriet.

Das Schiff knarrte, und es kam Jonathan so vor, als versuche es, den Bug zu heben, um einige Schritte an Höhe zu gewinnen. Doch schon im nächsten Augenblick sackte es wieder ab. »Oh, oh, aufpassen. Da ist eine Ruine«, warnte Randolph und bog seinen Körper unwillkürlich nach links. Seine Warnung hatte wenig Wirkung. Im nächsten Augenblick streifte der Schiffsrumpf an Steuerbord die Mauer und riss polternd einige Steinbrocken heraus. Erneut durchlief ein Schauer das Schiff, und die Wanten ächzten.

Mit finsterem Blick stapfte Hyde-White durch die nebelverhüllte Ruinenlandschaft. Hinter ihm folgten fast zwanzig bewaffnete Quellhüter und zwei Anhänger Wellingtons, die mit grimmigen Gesichtern die verbliebenen elf gefangenen Gefolgsleute Albert Dunholms bewachten, die sie zuvor aus der *Nautilus* geholt hatten. Hyde-White musste zugeben, dass seine Vorsichtsmaßnahme, die Gefangenen im Inneren des lebenden Tauchboots eingeschlossen zu halten, vielleicht übertrieben gewesen war, ebenso wie auch die Größe der Wachmannschaft, die er für die Überführung zum Quelltempel rekrutiert hatte. Von diesem jämmerlichen Haufen, acht Männern und drei Frauen, die er hier sozusagen zum Schafott führte, ging keine Gefahr mehr aus. *Wellington kann sich die Prozedur sparen, ihnen den Willen zu rauben, bevor er sie in die Kanone einspannt*, dachte er verächtlich. *Die haben keinen Funken Kampfesmut mehr im Leib.*

Der gepanzerte Hüne kniff die Augen zusammen. Vor sich konnte er den dunklen Schemen der Pyramide ausmachen, die er gleich ein weiteres Mal würde erklimmen müssen. Er hasste die Erbauer dieser Stadt inbrünstig dafür, dass sie die Kultstätte der Wahren Quelle an der Spitze einer Pyramide errichtet hatten. Für einen normalen Menschen war der Aufstieg über die steile Treppe hoch zum Tempelrund eine Strapaze, für ihn in seiner starren Rüstung war es eine Tortur. Darüber hinaus ärgerte er sich über den Nebel, der so plötzlich über die Insel hereingebrochen war. Eben waren noch die Sturmböen zwischen den Ruinen hindurchgefahren, und auf einmal war alles still und weiß. Das ging doch nicht mit rechten Dingen zu. Andererseits konnte es gut sein, dass die starke Magie, die von der Quelle ausstrahlte, auch das Wetter zu tolldreisten Kapriolen trieb.

Unvermittelt setzte zu ihrer Linken ein Hämmern und Donnern ein und riss Hyde-White aus seinen Gedanken. Er wandte sich um und sah etwa eine Viertelmeile entfernt das diffuse Aufblitzen von Mündungsfeuer. Der Boden bebte, als schwere Explosionen die felsige Küstenlinie der Insel verwüsteten.

»Sie greifen wieder an!«, rief einer der beiden Magier, die ihn begleiteten.

»Aber was bringt es ihnen?«, grollte Hyde-White. »Bei dem Nebel sehen deren Schützen doch kaum die Hand vor Augen. Und wo werfen sie ihre Bomben hin? Auf ein leeres Stück Küste.« Er hielt inne. Wenn er so darüber nachdachte, ergab das wirklich keinen Sinn. Oben auf der Pyramidenspitze mochte man nicht genau ausmachen können, wie sinnlos das Donnerwetter war, das von dem zurückgekehrten Luftschiff entfesselt wurde. Aber hier, in der direkten Umgebung, stellte sich durchaus die Frage, was der Vatikan damit bezweckte. *Vielleicht schießen sie auch einfach nur blind ins Leere und hoffen auf einen Glückstreffer*, dachte er. *Deren Gottvertrauen möchte ich haben.*

Unvermittelt glitt ein großer Schatten träge über sie hinweg. Überrascht blickte Hyde-White auf. Das sah aus wie ein Schiff, genau genommen wie ein Segelschiff. *Was zur Hölle …* Und plötzlich begriff er, was der Angriff zu bedeuten hatte, der dort im östlichen Teil der Insel für solche Aufregung sorgte. Es war eine Ablenkung – eine Ablenkung für diesen verstohlenen Stoßtrupp, der sich von Norden näherte. *Aber woher haben die auf einmal ein fliegendes Segelschiff?*, wunderte er sich.

Nun, im Grunde war es einerlei. Sein Plan hatte sich soeben geändert. Er durfte nicht zulassen, dass dieses Schiff die Quellpyramide erreichte. »Acht Mann bleiben hier bei den Gefangenen«, grollte er. »Der Rest kommt mit mir.« Erwartungsfroh verfiel er in einen leichten Trab. Ein zünftiger Kampf war genau das Richtige, um seine Stimmung zu heben.

Vor ihnen ragte nun die gewaltige Quellpyramide auf. Sie hatte eine Kantenlänge von vielleicht zweihundert Schritt, und ihre Spitze verschwand im Dunst, was Jonathan gar nicht gefiel, denn er konnte sich nicht vorstellen, dass das Flugschiff einen derartigen Aufstieg noch schaffen würde.

»Äh, sollten Sie nicht langsam hochziehen?«, erkundigte sich Holmes höflich.

»Ich bemühe mich«, gab der Holländer zurück. Seiner angestrengten Miene nach zu urteilen, schien er zu versuchen, ihr Gefährt mit reiner Willenskraft nach oben zu zwingen. Angesichts seiner besonderen Verbindung zu dem Schiff war das nicht einmal ausgeschlossen. Aber weder seine Kraft noch die des Schiffes reichten aus.

Ächzend und zitternd hob es sich ein letztes Mal in die Höhe, und für einen Moment sah es beinahe so aus, als könnten sie die abgeflachte Spitze, die nach Jonathans Schätzung hundert Schritt hoch aufragte, erreichen. Dann aber erbebte das Schiff ohne Vorwarnung und sackte rückwärts zur Erde zurück.

»Uns hat etwas erwischt!«, schrie der Holländer. Fu wandte sich um und lief zur Heckreling hinüber. »Großer Mann in Silber steht dort unten«, meldete er. »Umgeben von Fischdämonen.«

Jonathan und Holmes sahen sich an. »Hyde-White«, sagten sie gleichzeitig.

»Ganz schlecht«, fügte Randolph hinzu.

»Festhalten!«, rief der Holländer.

Gleich darauf schlug das fliegende Schiff mit einem Krachen, das sie fast von den Beinen riss, am Fuße der Pyramide auf. Im nächsten Moment sah Jonathan, wie die fischartigen Verbündeten Wellingtons an Deck kletterten. Irgendwo unter ihnen erschütterten Schläge den Rumpf des Schiffes. Es hatte den Anschein, als wolle das Ungetüm Hyde-White sich mit bloßen Händen durch das Gebälk hämmern.

»Laufen Sie, meine Damen und Herren«, wandte sich der Anführer der deutschen Soldaten in gebrochenem Englisch an Jonathan und die anderen. »Wir halten sie auf.« Er gab seinen Männern Zeichen, und die Soldaten bildeten einen schützenden Halbkreis, die Gewehrmündungen auf ihre bizarren Feinde gerichtet. Auf einen gerufenen Befehl hin knallten die ersten Schüsse.

»Sie haben den Mann gehört«, sagte Holmes. »Mir nach!«

»Holländer!«, rief Jonathan über die Kämpfenden hinweg. »Was ist mit Ihnen?«

»Ich bleibe mit Meister Fu beim Schiff«, erwiderte dieser. »Gehen Sie nur. Erledigen Sie Ihre Aufgabe. Viel Glück.«

»Danke. Ihnen auch!«

In rascher Folge schwangen sich die sechs Magier von Bord. Watson sprang ihnen lautlos nach. Während der Holländer, Meister Fu und die Soldaten Hyde-White und seine Schergen aufhielten, eilten die sieben am Fuß der Pyramide entlang bis zu einer etwa vier Schritt breiten, steilen Treppe, die schnurstracks nach oben führte.

Holmes blickte die ausgetretenen Stufen empor und seufzte. »Etwas Derartiges habe ich ja schon befürchtet. Konnte Wellington bei aller Macht, über die er jetzt verfügt, nicht wenigstens einen Aufzug anbringen?«

»Ich glaube, er war zu beschäftigt mit seinen Welteroberungsplänen«, knurrte Randolph. »Und jetzt jammern Sie nicht, sondern kommen Sie.«

»Der Mann hat gut reden«, raunte Holmes Jonathan zu. »Mit Beinen wie den seinen würde ich diese Treppe auch hinaufhüpfen wie eine … nun ja, Ziege.«

Diodato klopfte Holmes auffordernd auf den Arm. »Keine Müdigkeit vorschützen, Jupiter. Diese Stufen sind, so fürchte ich, das geringste Problem, das noch zwischen uns und unserem Ziel liegt.« Auch sie machte sich an den Aufstieg, und die Übrigen folgten. Sie hatten ungefähr die Hälfte der Treppe bewältigt, als Jonathan plötzlich merkte, dass der Nebel um sie herum lichter wurde. Wind kam auf und wehte die Schwaden auseinander.

»Schauen Sie, Jonathan, der Nebel verflüchtigt sich«, stellte auch Kendra fest. »Was hat das zu bedeuten?«

Jonathan presste die Lippen zusammen und sah Kendra ernst an.

»Oh«, sagte die junge Frau mit betroffenem Gesicht. Sie hatte verstanden. Das Schiff des Holländers war tot.

29. April 1897, 15:56 Uhr GMT (12:56 Uhr Ortszeit)
Mittelatlantischer Rücken, etwa 1600 Seemeilen vor der afrikanischen Küste

»Admiral, sehen Sie!«, rief Sawyer von draußen. »Der Nebel verzieht sich. Wir bekommen wieder klare Sicht auf die Insel.«

Greer, der sich auf der Brücke befand, stellte fest, dass sein junger Agent recht hatte. Der Wind trieb die Nebelschwaden wirklich auseinander.

Die Insel war nun viel näher als vorher. Keine halbe Meile mehr entfernt ragte ihre zerklüftete Küste aus dem Ozean. Jetzt waren auch die Ruinen, die überall um die Quellpyramide verteilt lagen, gut zu erkennen.

Der Admiral trat ebenfalls vor die Tür und an Sawyers Seite. »Können Sie unseren verlorenen Indianer irgendwo entdecken?«, wollte er wissen. Kurz bevor der plötzlich auftretende Nebel zu dicht geworden war, hatten sie noch gesehen, wie Wovoka und die unheimliche graue Frauengestalt etwa eine Meile entfernt aus den Wolken in Richtung Wellen gestürzt waren. Doch der Dunst hatte sie schneller verschlungen als das Meer, und seitdem war ihr Schicksal ungewiss.

Sawyer hob sein Fernglas wieder an die Augen und suchte das Wasser ab. »Es tut mir leid, Admiral. Ich kann ihn nicht finden.«

Greer brummte missmutig. Was für eine Schande. Der Paiute-Seher war ein unglaublich talentierter Magier gewesen. Er hätte ihn gerne für seine Organisation gewonnen.

»Aber schauen Sie sich das an! Das muss dieser Mister Kentham sein, den Wovoka hier zu treffen hoffte.« Sawyer deutete auf ein zigarrenförmiges Fluggefährt, das in vielleicht dreihundert Fuß Höhe über der Insel hing und die Ruinenstadt mit unablässigem Sperrfeuer aus seinen Bordgeschützen eindeckte. Granateneinschläge sprengten die uralten Mauern, und Bombenexplosionen wirbelten Fontänen aus Sand und Gesteinsbrocken auf. Doch auch das Luftschiff selbst zog schwarze Qualmwolken hinter sich her, während es träge über den Himmel in Richtung Süden driftete. Außerdem war ein großer Teil des bronzefarbenen Ballonkörpers aufgerissen. Silbernes Gestänge und Traggaszellen lugten wie die Eingeweide eines Maschinenmenschen zwischen den aufgeplatzten Zellstoffbahnen der Außenhaut hervor.

»Was für ein Riesenbrocken«, knurrte Greer beeindruckt. »Scheint aus dem Deutschen Kaiserreich zu kommen.« Er hatte keine Ahnung, woher ein britischer Magier ein dermaßen imposantes Luftschiff nahm, aber das war eine Frage, die er ihm am Ende dieses Tages hoffentlich selbst stellen konnte. Der Admiral wandte sich der Brücke zu. »Alle Geschütze, Feuer auf die Insel wieder aufnehmen! Erhöhen wir den Druck auf Wellington.

Aber lassen Sie Ausschau nach diesem Kentham halten. Wir wollen ihn schließlich nicht versehentlich unter Beschuss nehmen. Feuerleitstand, Blitzstrahlenkanone ausrichten. Zielen Sie auf das Gebäude über der Quelle. Und Mister Sawyer, stellen Sie einen Landetrupp zusammen und machen Sie sich auf den Weg. Unsere Freunde aus Europa werden über jede Hilfe dankbar sein, die sie bekommen.« Der Admiral rieb sich mit grimmigem Lächeln die Hände. »So, mein lieber Wellington. Sie hatten Ihren Angriff auf mein Schiff. Jetzt bin ich wieder dran.«

Zu sagen, dass Victor Mordred Wellington angesichts des gegenwärtigen Verlaufs der Dinge Unzufriedenheit verspürte, wäre einer kolossalen Untertreibung gleichgekommen. Der Erste Lordmagier hatte – wenn er ehrlich war – mit einem Schiff mittlerer Größe gerechnet, auf dem Jonathan Kentham, bewaffnet mit dem Quellschloss und begleitet von einer Handvoll magischer und nichtmagischer Getreuen, die Insel der Wahren Quelle ansteuerte. Ein Feuer speiendes Flugschiff, ein waffenstarrender Panzerkreuzer, Meister der dritten Sphäre und Magier, die jeden Ehrenkodex vergaßen und mit Scharfschützengewehren um sich schossen, war mehr, als seine noch im Aufbau begriffenen Verteidigungsmaßnahmen dauerhaft verkraften konnten. Seine schmerzende Schulter, die Doktor Polidori fachmännisch versorgt hatte, war ein nachdrücklicher Beweis dafür.

Vielleicht sollte er die *Nautilus* gegen die Amerikaner losschicken. Bennetts zum Leben erwachtes Wunderwerk hatte bewiesen, dass es selbst vor größeren Gegnern keine Angst haben musste. Und womöglich sollte er doch Tisiphone das Luftschiff angreifen lassen, das sich, deutlich angeschlagen, aber offenbar noch nicht besiegt, im Schutze des magischen Nebels erneut an die Insel angepirscht hatte. Wenn Kentham dabei umkam, war das zwar ein irgendwie unwürdiger Tod für den jungen und so tapferen Reporter, aber Wellington war bereit, dieses kleine Opfer zu bringen.

Bedauerlicherweise konnte er allerdings weder zu dem Tauchboot noch zu der selbsternannten Rachegöttin eine telepathische Verbindung herstellen.

»Lord Wellington!« Atemlos kam Miss Hollingworth die Treppe zur Kuppelkammer heraufgerannt. »Wir werden angegriffen.«

»Ach wirklich?«, fragte der Erste Lordmagier und deutete mit vielsagender Geste aus dem Fenster, vor dem noch immer unbehelligt seine Feinde ihr Unwesen trieben, während Hyde-White, der die gefangenen Magier heranschaffte, weiterhin auf sich warten ließ.

»Ich meine nicht das Schiff oder den Kampfballon«, gab Hollingworth zurück. »Ein drittes Schiff, ein Segelschiff, befindet sich am Fuß der Quellpyramide, und eine Gruppe Magier ist auf dem Weg hierher. Ein Quellhüter hat mich gerade darüber unterrichtet.«

Eine Wendung der Ereignisse, dachte Wellington beinahe erleichtert. Endlich kamen seine Gegner und erlaubten ihm, sich unmittelbar mit ihnen auseinanderzusetzen, statt gesichtslose Geschütze sprechen zu lassen. »Rufen Sie alle Magier und Quellhüter zusammen«, befahl er. »Lassen Sie uns unsere Gäste begrüßen.«

»Bleiben Sie zurück. Ich werde kurz einen Blick über den Rand werfen.«

Keuchend und von der Strapaze des hastigen Treppenaufstiegs noch immer mit klopfendem Herzen hob Jonathan den Blick und richtete ihn auf Randolph, der einige Stufen über ihm, nur noch wenige Schritt unterhalb der Pyramidenspitze, stehen geblieben war und warnend die Hand hob. Jonathan hielt inne; Kendra, Holmes, Watson, Diodato und Scarcatore taten es ihm gleich.

Behände kletterte der Kutscher weiter und schob den Kopf über den Pyramidenrand. Gleich darauf duckte er sich wieder und gab ihnen das Zeichen nachzufolgen.

Sie überwanden die letzten der steilen Treppenstufen und gingen dann hinter einem Rund aus halb eingestürzten Säulen in Deckung. Direkt vor ihnen erhob sich das tempelartige Gebäude, das sie schon beim Anflug gesehen hatten. Die untere, zwei Stockwerke hohe Hälfte des Gebäudes bestand aus massivem Stein, der auf eine so befremdliche Art verschmolzen war, dass Jonathan argwöhnte, hier das Ergebnis eines magischen Schöpfungsprozesses vor sich zu haben. Die obere, etwas kleinere Hälfte bestand aus einer vollkommen glatten, perfekt halbkugelförmigen Metallkuppel, an deren einer Seite ein länglicher Vorbau angebracht worden war, aus dem wiederum ein kanonenartiges Rohr ragte, das allerdings nach Südwesten zeigte.

Um die Kuppel herum zog sich ein Balkon mit einer niedrigen steinernen Balustrade. Weder mit normalen Sinnen noch in der Wahrsicht waren irgendwelche Anhänger Wellingtons auszumachen. Allerdings glühte das Bauwerk, das die Wahre Quelle bedeckte, auch so stark, dass es die vergleichsweise schwachen Auren von Magiern sicher überstrahlte.

»Sieht ungewöhnlich ruhig aus«, murmelte Jonathan.

»Das ist eine Falle«, stellte Holmes fest.

»Oder sie sind zu sehr mit unseren unerwarteten Verbündeten beschäftigt«, meinte Diodato.

»So oder so müssen wir dort hinein«, sagte Scarcatore. »Also gehen wir besser schnell, bevor wir unseren hart erkämpften Vorsprung vor diesem Hyde-White und seinen Fischmenschen verlieren.« Er deutete in die Tiefe, von wo noch immer Schreie und Gewehrschüsse zu ihnen heraufhallten.

Jonathan nickte zustimmend, und geduckt huschten sie los, quer über den kleinen Platz, der den Eingang des Gebäudes von dem Säulenrund trennte.

Keine Sekunde später enttarnten sich oben auf der Balustrade gut ein Dutzend Magier. Weitere eilten über eine Treppe ins Freie und gesellten sich dazu. In ihrer Mitte stand der Usurpator Wellington und blickte voller Selbstzufriedenheit auf ihre kleine

Gruppe hinab. »Jonathan Kentham!«, rief er mit der Überheblichkeit eines Despoten in der Stimme. »So lernen wir uns endlich kennen.«

»Es war also doch eine Falle«, brummte Randolph leise.

Rupert zischte drohend.

»Nichts für ungut, Lord Wellington, aber ich für meinen Teil kenne Sie bereits besser, als mir lieb ist«, erwiderte Jonathan grimmig. »Ihr Auftritt in der Großen Ratskammer der Unteren Guildhall war mehr als denkwürdig – und nicht im erfreulichen Sinne.« Er gab sich mutiger, als er sich im Augenblick fühlte. Aber wenn das ganze Unterfangen schon ein böses Ende zu nehmen drohte, würde er diesem Ende zumindest erhobenen Hauptes entgegenblicken.

»Es tut mir leid, dass Sie nicht die patriotische Vision teilen, der ich folge«, rief Wellington.

»Ihre patriotische Vision zerstört die Erde, merken Sie das nicht?«, hielt Jonathan dagegen. »Die Magie wird die Welt ins Chaos stürzen! Wie viele Leben Unschuldiger hat sie bereits gefordert?«

»Sie haben recht. Es sind unschöne Dinge passiert. Und es sind Menschen gestorben, die den Tod nicht verdient hatten. Aber diese Opfer waren der Preis, den wir in diesen ersten Tagen einer neuen Ära bezahlen mussten. Sehen Sie selbst!« Wellington deutete auf die Kuppel in seinem Rücken. »Der Grund, der Sie in berechtigter Sorge um das Wohlergehen unserer Welt hierhergetrieben hat, besteht nicht mehr. Die Wahre Quelle der Magie ist gebändigt. Sie befindet sich unter Kontrolle. Dieser Streit zwischen uns ist also nicht notwendig. Treten Sie an meine Seite, und wir werden gemeinsam dem Empire zu unsterblichem Ruhm verhelfen.«

»Wieder einer, der sich gerne reden hört«, knurrte Randolph leise.

»Ich fürchte, wir werden Ihr freundliches Angebot ablehnen müssen«, ließ sich Holmes vernehmen. Aus den Augenwinkeln sah Jonathan, wie Watson in Holmes' Rücken hinter den Säulen verschwand und sich verstohlen von der Seite her an die Magier auf dem Balkon heranpirschte. Holmes fuhr unterdessen fort: »Sie haben schon längst jedes Maß verloren, und wenn Sie glauben, dass Sie dem britischen Königreich mit Ihren Taten gut dienen oder es gar repräsentieren, so irren Sie sich gewaltig. Lassen Sie ab von Ihrem Wahn, erlauben Sie Mister Kentham, die Quelle zu schließen, und vielleicht setze ich mich dafür ein, dass man Sie nicht der vatikanischen Inquisition übergibt, sondern nur den Behörden in England.«

Wellington bedachte sie alle mit kühler Miene. »Ist das Ihr letztes Wort?« Wie auf einen unhörbaren Befehl hin öffnete sich der Eingang zum Quelltempel, und vier massige Abnormitäten traten donnernd ins Freie.

»Wilkins«, flüsterte Jonathan, als er in einer der vier Gestalten den ehemaligen Adjutanten Drummonds wiedererkannte. Das Gesicht des Mannes war zu einer erschlafften Maske eingefallen, und sein Körper schien mit dicken Panzerplatten verwachsen zu sein – ähnlich wie die an Hyde-Whites Leib, nur deutlich kruder in der Ausführung. Er wirkte wie ein Zombie, der von unsichtbarer Hand gelenkt wurde.

»*Das* war der Teil seines Plans, von dem ich gewusst habe«, raunte Holmes Diodato grimmig zu. »Aber ich hatte gehofft, er hätte ihn noch nicht in die Tat umgesetzt.«

Jonathan wandte sich zu seinen Gefährten um. Diodatos Hand glitt unter ihren Rock. Randolph ballte die Fäuste. In ihren Gesichtern sah er die Entschlossenheit, sich niemals zu ergeben. Obwohl in diesem Augenblick vielleicht ihr letztes Stündlein schlug, spürte er Stolz in seiner Brust schwellen, ein Teil dieser zusammengewürfelten Gruppe zu sein.

»Das ist unser letztes Wort, Lord Wellington«, sagte Jonathan laut.

Der Mörder Albert Dunholms und Usurpator seines Amtes als Erster Lordmagier des Ordens des Silbernen Kreises verzog das Gesicht zu einer Grimasse kalten Zorns. »Dann werden Sie wohl sterben müssen, Mister Kentham«, sagte er. »Tötet sie!«, rief er an seine Anhänger gewandt.

Im nachsten Augenblick brach ein heilloses Chaos aus. Die Verbündeten Wellingtons hoben ihre Arme und schleuderten Jonathans kleiner Gruppe eine Breitseite aus Fadenbündeln entgegen. Gleichzeitig riss Diodato eine Pistole unter ihrem Rock hervor und schoss einem der Panzerzombies mitten ins Gesicht. Holmes machte eine ausholende Bewegung und schleuderte eine Wolke feinen Sand auf ihre Gegner. Währenddessen stieß Kendra einen Schrei aus und jagte ihnen einen Fadensturm entgegen. Auch Jonathan und Randolph gingen zum Angriff über. Nur Scarcatore suchte Schutz hinter einer Säule und begann am Schloss seines Koffers zu nesteln.

Jonathan hätte nicht damit gerechnet, eine Konfrontation mit solch einer Übermacht auch nur zehn Sekunden zu überstehen. Doch mochten die Anhänger Wellingtons auch vier zu eins in der Überzahl sein, so kämpften an Jonathans Seite Männer und Frauen mit erstaunlichen Fähigkeiten.

Während er hinter eine umgestürzte Säule in Deckung sprang, sah er etwa aus den Augenwinkeln, wie sie umherwirbelte, mit der linken Hand Fadenangriffe parierte und mit der rechten präzise Schüsse aus ihrer silbergrauen Pistole abgab. Jonathan glaubte eigentlich gehört zu haben, dass Feuerwaffen unter Magiern verpönt waren. Aber offenbar galt diese Ansicht entweder nur unter britischen Magiern oder Diodato scherte sich einfach nicht um irgendwelche Anstandsregeln. Acht Schüsse feuerte sie aus der Waffe ab, bevor sie sie wegsteckte, mindestens sieben fanden ihr Ziel.

Von rechts kam Watson angejagt und sprang dem Wilkins-Zombie direkt in den Kopf. In seiner Miene zuckte es, und seine Arme bewegten sich ruckartig, als litte er unter einem Anfall. Einen Moment später brach er kraftlos zusammen, und wie ein silberfarbener Blitz schoss die Geisterkatze zum nächsten Gegner.

Auch Rupert hielt es nicht länger in Jonathans Tasche. Mit einem Zischen ließ sich der untote Minialligator zu Boden fallen, wo er wie ein wild gewordenes Kinderspielzeug auf die zwei verbliebenen Panzer-Zombies zuflitzte. Tapfer stürzte er sich auf einen der beiden und verbiss sich in seiner Wade.

Doch Wellingtons Leute erzielten ebenfalls Erfolge. Ein Sperrfeuer aus Fäden trieb Holmes zwischen die Säulen zurück, und gerade, als er in Deckung gehen wollte, flog ein gelenkter Steinbrocken heran und traf ihn an der Schläfe. Betäubt brach der Magier zusammen. Jonathan sah sich einem nicht minder heftigen Gewitter aus Angriffen ausgesetzt, während er verzweifelt versuchte, den Koffer mit dem Quellschloss, den er unter den linken Arm geklemmt hatte, zu schützen. »Kendra, übernimm du den Koffer!«, rief er und wandte sich zu der jungen Frau um, die schräg hinter ihm stand. Seine Unachtsamkeit wurde mit einem heftigen Schlag in den Rücken bestraft, der ihn direkt in Kendras ausgebreitete Arme trieb.

Instinktiv umfasste sie den Koffer und nickte ihm zu.

Jonathan erwiderte das Nicken und wirbelte wieder herum, um sich dem nächsten Gegner zu stellen. Inzwischen sah es deutlich schlechter aus als noch vor wenigen Momenten. Diodato schlug mit der Genauigkeit einer geborenen Kämpferin zu und Randolph mit der Wucht eines wütenden Bären. Doch beide hatten Schwierigkeiten, den Vorteil auszugleichen, den Wellingtons Anhänger durch ihre erhöhte Position besaßen. Und Wellington, so fiel Jonathan auf, hatte noch gar nicht in den Kampf eingegriffen! Es wurde Zeit, alles auf eine Karte zu setzen.

»Wellington!«, schrie Jonathan. »Hier stehe ich. Kommen Sie her und kämpfen Sie, Sie Feigling.« Er wappnete sich für den unvermeidlichen Fadenangriff und rief sich ins Gedächtnis, was Meister Fu ihn über das Zurücklenken der Kräfte des Feindes auf diesen selbst gelehrt hatte.

Doch Wellington deutete einfach nur mit einem Finger auf Jonathan. Und plötzlich hatte dieser das grauenvolle Gefühl, als würde jede Faser seines Körpers einzeln zerrissen. Unerträgliche Schmerzen explodierten in all seinen Gliedern. Schreiend fiel er auf die Knie und hob die Hände, deren Haut Risse bekam wie trockenes Laub.

»Blitzstrahlenkanone ausgerichtet und Ziel anvisiert, Admiral«, meldete der Mann im Feuerleitstand der *Brooklyn*. »Die Geschützmannschaft meldet volle Ladung.«

Greer nickte und schaute zu der Kanone hinüber, deren spiralummantelte Läufe zu summen anfingen. Gleichzeitig wurde direkt neben dem Waffenturm das Boot mit Sawyer und seinem Landungstrupp zu Wasser gelassen. *Viel Erfolg, Sawyer*, dachte er.

Ich bin tot, durchfuhr es Jonathan. *Er bringt mich um wie Lord Cheltenham in der Großen Ratskammer. Nein, schlimmer. Es zerreißt mich.* Die Schmerzen wurden immer unerträglicher. Selbst das Schreien wurde zur Qual. Farbige Lichtpunkte flimmerten vor Jonathans Augen, und die Welt schwankte, als er zur Seite kippte.

»Irgendwelche Neuigkeiten von der Insel?«, fragte Greer den Ausguck oben im Mastkorb.

»Sir, ich glaube, auf der Pyramidenspitze wird gekämpft«, meldete dieser, während er durch sein Fernglas blickte. »Ich sehe ein paar Männer, die von einem Balkon des Gebäudes dort oben irgendjemand am Boden angreifen. Es ist schwer zu erkennen, weil sich das Ganze auf der anderen Seite des Bauwerks abzuspielen scheint.«

Greer blickte zu dem Luftschiff hinüber, das im Osten noch immer die Küstenlinie beschoss. Offenbar hatten auch ihre Verbündeten ein kleines Einsatzkommando abgesetzt.

Durch einen roten Dunst aus Schmerz sah Jonathan, wie ein Mann – Scarcatore – vor ihn trat. Der Inquisitor schrie irgendetwas, das Jonathan nicht verstand. Dann hob er die Hände in die Luft. Über seinem Kopf schien die Sonne aufzugehen. Eine weißblau gleißende Kugel schwebte über seinen Fingern, und ihre Strahlen erhellten den ganzen Platz vor dem Quelltempel. Von einer Sekunde zur anderen hörten das Reißen und der Schmerz auf. Ein unmenschliches Heulen drang von dem Balkon zu ihnen hinunter. *Wellington!*

»Sollen wir schießen, Admiral?«, fragte der Mann am Feuerleitstand.

Greer presste die Lippen zusammen. Gab er den Befehl dazu, gefährdete er womöglich diesen Kentham, um den sich alles drehte. Gab er ihn nicht, gefährdete er ihn auch, denn Wovoka hatte gesagt, dass Wellington ein für Kentham allein nicht zu besiegender Gegner war. Er hatte hier und jetzt die Gelegenheit, seinen Feinden einen empfindlichen Schlag zu versetzen.

»Wie genau wird dieser Schuss treffen?«, fragte er den Mann am Feuerleitstand.

»Der Zielfaden steht. Wir werden das Gebäude nicht verfehlen.«

»Wellington flieht!«, brüllte Randolph. »Haltet den Mistkerl! Er darf uns nicht entkommen!«

»Feuer!«, sagte Greer.

Ein gewaltiger, blendend heller Blitzschlag entlud sich aus der riesigen Kanone und zuckte der Insel entgegen …

… und mit ohrenbetäubendem Krachen explodierte die Quellkuppel. Von einer Sekunde zur anderen schien sich die Zeit ins Unendliche zu dehnen. Scarcatore warf sich neben Jonathan zu Boden, die weißblau gleißende Kugel an die Brust gedrückt. Jonathan sah derweil mit geradezu überdeutlicher Schärfe, wie die mächtige Metallkuppel in mehrere Teile zerbarst und aufplatzte. Die eine Hälfte der Magier wurde von der Druckwelle über die Brüstung des Balkons geschleudert, die Glückloseren von Metallschrapnellen zerfetzt, die in alle Himmelsrichtungen davonflogen.

Im nächsten Moment gab es einen zweiten Schlag, und eine gewaltige Säule gleißend heller Magie schoss meilenweit in den Himmel. Sie ließ die Wolken verdampfen, die sich über der Insel gesammelt hatten. Blitz und Donner waren die Antwort.

Während Jonathan und die anderen noch auf dem Boden liegend in Richtung der schützenden Steinsäulen krochen, krachten die massiven Kuppelteile durch die Decke des darunterliegenden Quelltempels und rissen das Gebäude unter Poltern und Dröhnen von innen auseinander. Eine Wolke aus Steinstaub erhob sich an der Stelle, wo vor wenigen Augenblicken noch der Quelltempel Wellingtons gestanden hatte, und wurde vom tosenden Strom der Magie ringförmig nach außen geweht. Einen Moment lang nahm sie alle Sicht.

Nein. Nein, das ist nicht wahr. Das darf nicht wahr sein … Halb blind und taub zog sich Wellington durch die Trümmer seines großen Traumes, vorbei an den Leichen von Lord Bowminster, Hawkridge und seines Freundes Polidori. Es grenzte an ein Wunder, dass er selbst noch lebte, aber ihm war klar, dass sich das rasch ändern konnte, wenn er nicht rasch den Rückzug antrat. Mit dem letzten Rest Selbstbeherrschung, der ihm geblieben war, tarnte er seinen zerschundenen Körper zumindest notdürftig. Dann kroch er auf allen vieren durch die Ruine des Quelltempels, bis das Tosen der aufs Neue entfesselten Wahren Quelle ihn vor den Blicken seiner Feinde verbarg. Humpelnd hetzte er zum Rand der Pyramide und glitt darüber hinweg. Er musste die *Nautilus* erreichen. Das war seine einzige Hoffnung.

KAPITEL 41:

IN DEN ABGRUND

»Es scheint mir aber, dass es in den letzten Tagen zu einer auffälligen Häufung ungewöhnlicher Ereignisse kam. Die Polizei und die Gelehrten mögen über deren Ursachen rätseln und fern liegende Gründe dafür anführen. Ich dagegen will eine Antwort auf all diese Fragen in einem Wort liefern: Magie.«

– Leserbrief in der London Times, 29. April 1897

29. April 1897, 16:12 Uhr GMT (13:12 Uhr Ortszeit)
Mittelatlantischer Rücken, etwa 1600 Seemeilen vor der afrikanischen Küste

Als der Staub sich legte, enthüllte er ein Schlachtfeld. In der Mitte ragten die Trümmer des Bauwerks hervor, leeres Mauerwerk, aus dem die Wahre Quelle der Magie mit erneuerter Kraft in die Höhe schoss. Drumherum lagen Steinschutt und die Leiber der Magier verstreut, die zuvor auf oder vor dem Gebäude gestanden hatten. Manche regten sich noch, viele jedoch nicht mehr. Vor allem die Panzer-Zombies lagen wie Zinnsoldaten übereinander, die ein Kind hatte fallen lassen, und schienen zu keiner eigenständigen Bewegung mehr fähig. Wer auch immer sie gelenkt hatte, war bei der Explosion offenbar schwer verletzt worden.

»Jonathan.« Jemand berührte ihn an der Schulter. »Jonathan, hören Sie mich?«

Es dauerte einen Moment, bis Jonathan auffiel, dass unter den Lauten, die gedämpft an seine klingenden Ohren drangen, auch sein Name war. Träge rollte er sich herum und starrte in das besorgte Gesicht von Randolph. »Ist alles in Ordnung mit Ihnen?«, fragte Dunholms ehemaliger Kutscher. »Können Sie mich verstehen?«

Jonathan blinzelte und nickte schwach. Versuchsweise bewegte er seine Glieder und musste feststellen, dass es sich anfühlte, als habe er zehn Runden mit Robert im Boxring verbracht. Ächzend richtete er sich halb auf. Sein ganzer Körper war von weißgrauem Staub und kleineren Steinbröckchen bedeckt. »Es geht schon«, murmelte er, war sich aber nicht ganz sicher, ob die Worte auch so deutlich bei Randolph ankamen. Eine unerfreuliche Mischung aus trockenem Steinstaub und dem Kupfergeschmack von Blut befand sich in seinem Mund. »Was war das für eine Explosion?«

»Vor der Westküste der Insel liegt ein Kriegsschiff der Amerikaner«, sagte Randolph. »Ich habe ihnen schon gewunken und geschrien, dass sie das Feuer einstellen sollen. Da jetzt alles ruhig ist, haben sie mich offenbar verstanden.«

Der Kutscher hatte recht. Vom Rauschen der Magiequelle abgesehen, war es beinahe unnatürlich still auf der Insel. Nicht nur das Kriegsschiff, sondern auch die *Gladius Dei* hatte den Beschuss eingestellt. Entweder war den Luftschiffern die Munition ausgegangen, oder sie hatten beobachtet, dass der Kampf hier oben auf der Pyramide vorbei war.

»Und was ist mit Wellington?«

»Das wüsste ich auch gern«, knurrte Randolph. »Er hat Sie angegriffen, dann ist plötzlich Scarcatore dazwischengesprungen und es gab irgendeine Art von magischem Rückschlag. Jedenfalls schrie Wellington wie am Spieß auf und wurde nach hinten geworfen. Im nächsten Moment ist er ins Innere des Gebäudes gerannt. Und dann ist es in die Luft geflogen.«

»Also ist er tot?«

Der Kutscher zuckte mit den Schultern. »Ich hatte noch keine Zeit nach seiner Leiche zu suchen. Aber zumindest stellt er keine Gefahr mehr dar. Könnte er uns noch Ärger bereiten, hätte er das sicher schon getan. Oh, da kommt übrigens noch jemand, der nach Ihnen sehen möchte.«

Mit einem heiseren Quäken schob sich Rupert zwischen Randolph und ihn. Die schrumpelig braune Haut des Minialligators war von Steinstaub gepudert, und an seiner langen Schnauze klebte noch feuchtes Blut. Er stupste Jonathan an und nieste ihm dann direkt ins Gesicht.

»Oh, danke, Rupert«, beschwerte sich dieser und wischte sich den Staub ab. Wenigstens produzierte der untote Körper des ausgestopften Tieres keine Sekrete mehr.

Randolph klopfte ihm auf die Schulter, nickte grimmig und erhob sich. Jonathan bemerkte, dass der satyrartige Mann leicht humpelte. »Sie sind verletzt«, stellte Jonathan völlig unnötigerweise fest.

»Alte Wunde«, brummte Randolph. »Nicht so schlimm.«

Jonathan richtete sich vollständig auf. Ein Anfall von Schwindel erfasste ihn, und er war froh, dass eine verwitterte Säule neben ihm aufragte, an der er sich festhalten konnte. Sein Blick suchte seine Gefährten. Randolph kniete neben Holmes nieder, der noch immer bewusstlos zu sein schien. Watson saß bei den beiden und schaute auf den Magier hinunter. Kendra begutachtete mit schmerzerfüllter Miene ihre aufgeschürften Hände und Knie, die sie sich beim Sturz verletzt haben musste. Einige Schritte entfernt kniete Diodato auf dem Boden. Blut lief ihr aus einem Schnitt die Wange hinab, und sie hielt einen Arm schützend an den Körper gepresst. Nichtsdestoweniger war sie bereits wieder dabei, ihre Pistole nachzuladen.

Der Einzige, der völlig unverletzt zu sein schien, war Scarcatore. Er hielt noch immer die eigentümliche Lichtkugel in den Händen, und ohne auf seine Mitstreiter zu achten, schritt der Inquisitor erstaunlich furchtlos das Feld der Gefallenen ab und berührte einen nach dem anderen mit der Kugel an der Stirn. Einige von ihnen zuckten und stöhnten daraufhin, andere blieben völlig still.

»Was machen Sie da?«, rief Jonathan, dem das Ganze nicht geheuer vorkam. Mit schmerzenden Gliedern humpelte er auf Scarcatore zu. Kendra schloss sich ihm an, den Koffer mit dem Quellsiegel erneut im Arm.

»Ich entwaffne unsere Gegner«, erklärte der Inquisitor kühl.

»Entwaffnen?«, wiederholte Jonathan verwirrt.

»Er nimmt ihnen ihre Magie!« Holmes' Stimme, obwohl schwach, war von Unwillen und Abscheu erfüllt.

Als Jonathan sich umwandte, sah er, wie der Magier, von Randolph gestützt, näher kam. Hinter ihnen begann Diodato die weniger stark verletzten unter den Anhängern Wellingtons mit vorgehaltener Pistole zusammenzutreiben. Jonathan erkannte ein junges Mädchen aus der Großen Ratskammer wieder, das ein drittes, gegenwärtig zugeschwollenes Auge auf der Stirn besaß. Ansonsten war ihm das halbe Dutzend Männer und Frauen unbekannt.

»Ich mache nur meine Arbeit«, gab Scarcatore scharf zurück. »Diese Magier sind noch immer gefährlich – und vor allem gefährlich irregeleitet.«

Jonathan blickte zu der gleißend gelb aus den Trümmern aufsteigenden Magiequelle hinüber. »Ich denke, wir haben derzeit Wichtigeres zu tun.« Er ließ sich von Kendra den Koffer mit dem Quellsiegel geben und begann, sich durch die Trümmer einen Weg zu bahnen.

»Wo wollen Sie hin?«, fragte Scarcatore.

Erstaunt drehte Jonathan sich nach ihm um. »Ich habe ein Artefakt mitgebracht, das die Wahre Quelle zu schließen vermag. Deswegen sind wir doch alle hier, oder nicht?« Er warf einen argwöhnischen Blick in Richtung der Magieragentin, die ein Nicken andeutete und ihrerseits ihr Augenmerk auf Scarcatore richtete.

»Woher haben Sie das Artefakt?«, wollte Scarcatore wissen. Langsam ging er auf Jonathan zu. Rupert fauchte und starrte den Mann aus gelben Reptilienaugen feindselig an. Auch Watson, so fiel Jonathan auf, schien ihn nicht zu mögen. Denn im Gegensatz zu Holmes, der mit Randolph nun auf Jonathan und Scarcatore zutrat, hielt die Geisterkatze auffälligen Abstand.

»Von Männern, die wissen, was sie tun«, erwiderte Jonathan. Er hatte nicht vor, diesem Kerl vom Kreis der Wächter zu erzählen.

»Das genügt mir nicht«, sagte Scarcatore. »Ich kenne Sie nicht und ebenso wenig Ihre Pläne. Bleiben Sie mit Ihrem Artefakt der Quelle fern. Das Officium übernimmt ab hier.«

»Ich wüsste nicht, warum Ihr Artefakt wirksamer sein sollte als das meine«, knurrte Jonathan.

»Das ist es, glauben Sie mir. Wir haben uns Jahrzehnte auf einen Augenblick wie diesen vorbereitet.« Jonathan sah, wie nun auch Lionida näher trat. Die Pistole hatte sie immer noch in der Hand, aber sie hatte sie auf niemanden Bestimmtes gerichtet. Watson trabte unterdessen zu den Gefangenen hinüber und setzte sich wie selbstverständlich neben ihnen auf den Boden. Erstaunlicherweise rückten diese unter dem Blick der Geisterkatze ein wenig enger zusammen.

Neben Jonathan gab Holmes einen Laut der Überraschung von sich. »Was haben Sie da für ein Teufelsding, Scarcatore?«. In den Augen des Magiers glomm ein gelber Schimmer auf, und Jonathan argwöhnte, dass es nicht der Widerschein der Quellmagie war. »Ist das Antimagie?«

»Antimagie?«, wiederholte nun auch Diodato ungläubig. Das war gut. Offenbar gab es unter den Vatikanagenten keine geschlossene Front.

»Es ist die einzig sichere Lösung für dieses Problem«, zischte Scarcatore und hielt die blauweiß gleißende Kugel vor sich.

Jonathan spürte, wie ein unangenehmes Ziehen von ihr ausging, und machte unwillkürlich einen Schritt zurück.

»Es ist eine wahrlich endgültige Lösung, die anzuwenden Sie sicher nicht befugt sind«, hielt Holmes dagegen.

Kendra schüttelte verwirrt den Kopf. »Was hat das alles zu bedeuten. Was ist das?«

»Antimagie ist eigentlich nur ein theoretisches Konstrukt«, erklärte Holmes. »Sie ist das absolute Gegenteil von Magie. Wo Magie und Antimagie zusammenkommen, vernichten sie sich gegenseitig. Zurück bleibt nichts. Das Gefährliche jedoch: Antimagie und Magie vernichten sich nicht im gleichen Verhältnis. Ein Tropfen reicht aus, um …« Er brach ab, und Erkennen dämmerte auf seiner Miene. »… um beispielsweise eine Magiequelle auszulöschen, habe ich recht?«

Scarcatore antwortete mit eisigem Schweigen.

»Und eine Kugel dieser Größe?«, fragte Kendra bang.

»Ich weiß es nicht«, antwortete Holmes. »Sagen Sie es uns, Scarcatore.«

»Vielleicht für ein magisches Feld von der Größe Londons und seiner Vororte«, erwiderte Scarcatore. »Wenn es sich um eine gewöhnliche Antimagiekugel handeln würde.«

»Es gibt keine ›gewöhnliche‹ Antimagie!«, brüllte Holmes unerwartet heftig. »Es sollte sie gar nicht geben.«

»Es sollte auch keine Magie geben«, fauchte Scarcatore zurück. »Und um genau diesen Zustand, wie er sein sollte, herzustellen, wurde dieses Artefakt geschaffen. Es wird von reiner Magie genährt. Solange es mit ihr in Berührung ist, wird es sich wieder und wieder selbst erneuern …«

»… bis keine Magie mehr übrig ist«, beendete Jonathan tonlos seinen Satz. »Das wäre das Ende der Sphäre der Magie, richtig?«

»Es würde einem Jahrtausende alten Kampf endlich einen Schlusspunkt setzen«, bestätigte der Inquisitor nickend.

»Aber wieso wirkt das Artefakt dann nicht schon?«, fragte Jonathan. »Es liegt so viel Magie hier in der Luft …«

»Scarcatore ist ein Deflector«, sagte Diodato. »Er vermag Magie abzuleiten. Ich nehme an, er dient als eine Art Filter, solange er die Kugel in den Händen hält.«

»Gut erkannt«, bestätigte dieser. »Und wenn ich sie jetzt fallen lassen würde …«

Die Magieragentin hob ihre Pistole und richtete sie auf den Inquisitor. »Das werden Sie nicht tun.«

»Sie wagen es, sich gegen mich zu stellen?«

»Wenn Sie mein Leben, das ich mir gerade so schön eingerichtet habe, bedrohen, durchaus. Außerdem kann ich nicht glauben, dass Castafiori Sie zu diesem Schritt ermächtigt hat. Wusste er von diesem Artefakt?«

Scarcatore schwieg.

»Sie hätten mich besser belogen«, sagte Diodato kalt. Sie hob die Waffe noch ein wenig. Die Mündung zeigte jetzt genau zwischen Scarcatores Augen.

»Wenn Sie mich jetzt erschießen, verlieren Sie alle Ihre magischen Kräfte«, warnte Scarcatore.

Jonathan, vernahm dieser auf einmal Holmes' Stimme in seinem Kopf. *Ich brauche Ihre Hilfe.*

»Wenn ich Sie nicht erschieße, verlieren wir sie auch, sobald Sie das Artefakt in die Quelle werfen.«

Verstohlen schaute Jonathan zu Holmes hinüber. Der neigte kaum merklich den Kopf zur Seite. Jonathans Augen folgten dem Wink, und er sah Scarcatores Koffer, der noch immer offen einige Schritte entfernt auf dem Boden lag.

»Nicht unbedingt. Das Artefakt wird in die Tiefe fallen und dort mehr als genug Nahrung finden. Bis ein Rückschlag die Oberfläche erreicht, sind wir lange fort, und die Entfernung bis Europa wird Sie vor den Auswirkungen schützen.«

Randolph holt das Artefakt, ich hole den Koffer, Sie klappen ihn zu, klar?

Ja, bestätigte Jonathan. Es würde blitzschnell gehen müssen, aber irgendwie mussten sie dieser Pattsituation ein Ende bereiten.

»Woher wollen Sie das wissen?«, hielt Diodato derweil dagegen. »Wie oft haben Sie diese Waffe getestet?« Sie bewegte sich unmerklich nach rechts, schob sich zwischen Scarcatore und die Quelle und zwang den Inquisitor so gleichzeitig, sich von Randolph und Holmes abzuwenden.

Jetzt!, befahl Holmes.

Ohne Vorwarnung trat Randolph vor und schlug zu.

Scarcatore ächzte, verdrehte die Augen und sackte kraftlos zu Boden. Die Kugel fiel aus seiner Hand, doch im gleichen Moment hatte Holmes ein Fadenbündel abgeschossen und den Koffer herangezogen. Summend fiel das Artefakt in das mit seidenartig glänzendem Stoff ausgekleidete Innere des Koffers. Sofort schlug Jonathan den Deckel zu, kniete sich auf den Boden und ließ die Schlösser einrasten.

Diodato senkte ihre Pistole. »Das war riskant«, verkündete sie.

Randolph grinste und hob eine Faust. »Aber es klappt immer wieder. Auch bei Nichtmagiern.«

Holmes seufzte, zückte ein Taschentuch und wischte sich den Film aus Schweiß und Staub von der Stirn. »Nun los, Jonathan. Werfen Sie endlich das Siegel in die Quelle, damit wir nach Hause gehen können.«

»Also schön, treten Sie alle ein paar Schritte zurück. Wer weiß, was passieren wird.« Während seine Gefährten sich etwas zurückzogen und Holmes zwei Magier aus Wellingtons Gefolge abkommandierte, um den bewusstlosen Inquisitor mitzuschleppen, kletterte Jonathan ungelenk über die Trümmer des Quelltempels und näherte sich der Wahren Quelle bis auf wenige Schritt.

Dabei wechselte er in die Wahrsicht, um nicht versehentlich in irgendeinen Fadenstrom zu geraten, der um die Quelle herum toben mochte. Aber das Einzige, was ihm auffiel, waren die wie Stofffetzen im Sturmwind flatternden Reste eines Fadennetzes, das die Quelle vollständig eingeschlossen hatte und wahrscheinlich Teil von Wellingtons Eindämmungsmaßnahmen gewesen war, bevor die Amerikaner es in fröhlicher Ignoranz zerschossen hatten.

Aus dieser Nähe war die Macht der Quelle geradezu atemberaubend. Ihr Tosen löschte jedes andere Geräusch aus und schien sogar seinen Geist auszufüllen. Sie strahlte hell wie die Sonne, und doch konnte man kaum den Blick abwenden, so hypnotisch war die Wirkung des endlosen Wimmelns von Fäden in ihrem Inneren. Es war ein Schauspiel von fantastischer Schönheit, und für einen Moment vergaß Jonathan, warum er eigentlich hier war. Wie bezaubert stand er vor der Quelle und badete in ihrem reinen Licht.

Eine Berührung an seiner Schulter ließ ihn zusammenschrecken. Randolph war neben ihn getreten, und seine feste Hand brachte Jonathan ins Hier und Jetzt zurück. »Tun Sie es«, rief sein Freund.

»Es ist so wunderschön«, erwiderte Jonathan.

Randolph nickte. »Ich weiß. Aber alles Schöne soll man in Maßen genießen. Sonst verliert es seinen Reiz. Und das hier …«, er deutete auf die Quelle, »… ist eindeutig zu viel des Guten. Also los.«

»In Ordnung.« Entschlossen kniete Jonathan sich hin, öffnete den Koffer und holte das Quellschloss hervor. Das summende, weiß glitzernde Artefakt, das von goldenem Funkenflug umweht wurde, sah seinem Widerpart aus den Hallen des *Officium contra Magiae* beunruhigend ähnlich, und doch würde es völlig anders wirken. Wo die Inquisition mit Faustschlägen auf die Magie hatte einprügeln wollen, würde der Kreis der Wächter sie mit sanfter Gewalt in ihre Schranken weisen. Es war der bessere Weg, das stand außer Frage.

Jonathan holte tief Luft. Ein letztes Mal wog er die glitzernde Kugel in der Rechten, anschließend holte er aus und warf sie in den gewaltigen Strom. Sie wurde einfach so von ihm verschluckt.

Einen bangen Atemzug lang geschah nichts.

Unsicher sah Jonathan zu Randolph hinüber. Dieser öffnete

gerade den Mund, um etwas zu sagen, als es plötzlich einen Schlag gab, der sie beide von den Füßen riss und meterweit von der Quelle fortschleuderte. Ein grelles Weiß färbte das gleißende Gelb der Magiequelle und löschte es aus. Einen Moment lang strahlte die Wahre Quelle heller als jeder Stern, dann setzte ein Sog ein, der mit merklicher Kraft Sand, Staub und kleinere Gesteinsbrocken in die kreisrunde Öffnung der Quelle riss.

»Wir sollten besser hier verschwinden«, meinte Randolph.

»Dem stimme ich zu«, sagte Jonathan.

Eilig zogen sie sich durch die Trümmer des Quelltempels zurück, vorbei an den halb verschütteten Leibern der beim Einsturz des Bauwerks umgekommenen Magier. Mit einem Anflug von schlechtem Gewissen fiel Jonathan ein, dass sie überhaupt nicht nach Verletzten oder Bewusstlosen gesucht hatten. Diodato hatte allein die Handvoll ansprechbarer Anhänger Wellingtons zusammengetrieben, die ihr bei einer raschen Überprüfung aufgefallen waren. Dann war es zum Streit mit Scarcatore gekommen, und darüber hatten sie alle weiteren Bergungsbemühungen vergessen. Er hoffte, dass ihnen die Zeit dazu blieb, weitere Magier zu retten, sobald sich die Quelle geschlossen hatte – ganz gleich, ob diese nun zuvor versucht hatten, sie umzubringen oder nicht.

»Kommen Sie!«, rief Jonathan Holmes, Kendra und Diodato zu, während in ihrem Rücken der Sog langsam an Stärke zunahm und an Haaren und Kleidern zerrte. »Wir müssen hier weg. Wir müssen …« Mitten im Satz brach er ab, als er sah, wie hinter den Gefährten eine Gestalt am Rand des Pyramidendachs auftauchte: Hyde-White! Der gepanzerte Diener Wellingtons wurde von fast zehn Fischwesen begleitet. Die ganze Gruppe wies deutliche Kampfverletzungen auf, doch sie wirkte nichtsdestoweniger zu allem entschlossen. »Vorsicht! Hyde-White!«, schrie Jonathan.

Diodato wirbelte herum und zog ihre Pistole hervor, um auf den silbernen Hünen zu feuern, doch im Gegensatz zu den Panzer-Zombies war Hyde-Whites Rüstung bis auf sein Gesicht lückenlos. Er hob einfach nur einen Arm, und die Kugeln pfiffen als Querschläger davon. Im nächsten Moment entriss er Diodato mit magischer Gewalt die Waffe und schleuderte sie hinter sich die Pyramidenwand hinunter. »Ihr seid tot!«, brüllte er und stürmte ohne Rücksicht auf Verluste los. Hinter ihm rückten die Fischmenschen ebenfalls vor und begannen, Fadenbündel aus ihren Speeren zu verschießen.

Randolph riss einige Steine in die Höhe und schleuderte sie auf ihre Gegner. Eines der Fischwesen wurde am Kopf getroffen und stürzte rückwärts vom Rand der Pyramide. Der Rest kam unerbittlich näher.

»Hyde-White, halten Sie ein!«, rief Holmes, während Kendra, Diodato und er zurückwichen. »Es ist vorbei. Wellington ist erledigt.«

»Schweigen Sie!«, donnerte Wellingtons Vollstrecker und schleuderte zwei flirrende Fadenbündel auf den Magier. Nur mit knapper Not gelang es dem angeschlagenen Holmes, sie abzulenken. Doch er wurde dabei zwei Schritte zurückgetrieben, stolperte über herumliegendes Geröll und stürzte.

»Ha!« Voller Begeisterung setzte Hyde-White nach, und sein Stahlschuh trat nach dem am Boden Liegenden. Dieser rollte zur Seite, und der Tritt pulverisierte einige Steinbrocken.

Im nächsten Moment schoss Watson wie ein Blitz auf Hyde-White zu, doch zu Jonathans Überraschung wurde die sonst unfehlbar zuschlagende Geisterkatze auf einmal mitten in der Bewegung herumgerissen und kreischte schmerzerfüllt auf.

Katzengeist, wir bannen dich, erklang der vielstimmige Chor der Fischwesen in Jonathans Kopf, und er sah drei der geschuppten Wesen mit vorgestreckten Händen nahen.

Fauchend suchte Watson das Weite.

Aber bevor sich Hyde-White erneut seinem Gegner zuwenden konnte, tauchte Diodato plötzlich neben ihm auf und trat ihm mit Wucht in die Kniekehlen. Unglücklicherweise waren diese durch die Kugelgelenke des Tauchanzugs kaum weniger hart gepanzert als der Rest von Hyde-Whites silbernem Leib.

Unbeeindruckt fuhr der Hüne herum, und eine seiner Eisenklauen packte die Magieragentin am Kragen, um sie von den Füßen zu heben. »So nicht«, knurrte er.

Der Kopf der Magieragentin ruckte in dem Versuch nach vorne, Hyde-White die Nase zu brechen. Doch offensichtlich hatte der Hüne damit gerechnet, denn er drehte den Schädel ein wenig zur Seite, und Diodatos Stirn knallte gegen den massigen Helm des Panzertauchanzugs. Ein schmerzerfülltes Ächzen entrang sich ihrer Kehle, und sie verdrehte die Augen.

Hyde-White holte aus und schleuderte die betäubte Magieragentin mit einem kraftvollen Wurf in Richtung der Wahren Quelle.

»Nein!«, schrie Holmes und schickte aus dem Liegen flirrende Fadenbündel hinterher, die sie aus der Luft holten und zu Boden krachen ließen.

»Geben Sie mir Deckung«, bat Jonathan Randolph und spurtete los, um die Gefallene aufzulesen. Der Sog um sie wurde immer heftiger, und mit jedem Schritt wurde Jonathan regelrecht auf die Wahre Quelle zugerissen. Vor sich sah er die ersten größeren Steinbrocken in der kreisrunden Öffnung verschwinden.

Während Randolph sich Mühe gab, die Fischwesen abzulenken, hob Jonathan Diodato hoch und kämpfte sich dann gegen den Sog zurück in Richtung der Säulen, um sie dort niederzulegen.

Einige Schritte entfernt stieß Kendra einen Schmerzensschrei aus, als sie von drei Fischwesen gleichzeitig in die Mangel genommen wurde. Bevor Jonathan ihr zu Hilfe eilen konnte, spürte er, wie Rupert aus seiner Tasche sprang und auf seinen kurzen Beinen losflitzte. Der aufgewirbelte Sand und der Staub in der Luft verbargen ihn so gut, dass seine Gegner ihn erst sahen, als sich seine kleinen scharfen Zähne bereits in ihre nackten Beine gruben.

Doch allem Widerstand zum Trotz sah es nicht gut für sie aus. Holmes war angeschlagen, und im Nahkampf mit Hyde-

White konnte er gegen dessen brachiale Gewalt kaum etwas ausrichten. Die Magieragentin versuchte derweil, ihre Benommenheit abzuschütteln. Kendra war von dem Fischmenschentrio in die Ecke gedrängt worden, und Randolph und Jonathan sahen sich sechs Widersachern gegenüber. Außerdem heulte der Sturmwind immer lauter um sie. Das Quellsiegel schien alle Magie aus der Umgebung zurück in die Sphäre der Magie reißen zu wollen.

Jetzt könnte eigentlich die Kavallerie eintreffen, dachte Jonathan.

Er hatte den Gedanken kaum beendet, als vor ihm, unmittelbar hinter dem Pyramidenrand, der riesige, dunkle Leib des fliegenden Schiffes des Holländers emporschoss. Der Schwung trieb es noch ein Stückchen weiter, dann sackte der mächtige Holzrumpf knarrend und stöhnend über ihren Köpfen in die Waagerechte.

»Holländer? Und Meister Fu!«, schrie Jonathan begeistert.

Im nächsten Moment peitschten Gewehrschüsse vom Deck hinunter auf die Kämpfenden, und bevor die Fischwesen auch nur begriffen, wie ihnen geschah, stürzten sie tödlich getroffen zu Boden. Taue wurden über die Reling geschleudert, und ein Trupp Soldaten in amerikanischen Uniformen seilte sich daran ab. Ein paar Deutsche waren auch noch dabei. Einer der Amerikaner trug ein Gewehr mit unglaublich langem Lauf und riesigem Zielfernrohr. Kaum hatte er neben Jonathan den Boden erreicht, kniete er sich hin und legte die Waffe auf Hyde-White an. Der Rest sicherte in alle Richtungen. Von einem Moment zum anderen war der Kampf zum Erliegen gekommen.

»Wer sind Sie denn?«, entfuhr es Jonathan.

»James Sawyer, Abteilung für Spezielle Operationen der US-Armee. Ich bin hier, um Sie abzuholen. Ihr Freund, den meine Männer und ich am Fuß der Pyramide trafen, war so nett, uns mitzunehmen.« Er hob die Stimme und wandte sich an Hyde-White. »Ergeben Sie sich, Sir! Sie können nicht gewinnen.«

»Niemals!«, brüllte dieser und trat einen Schritt auf sie zu.

Hinter dem Riesen toste der Sog der erlöschenden Magiequelle und zog weitere, größere Steinbrocken mit sich.

Sawyer feuerte. Die Kugel traf Hyde-White direkt zwischen die Augen, doch der zuckte nur kurz zusammen und bedachte seinen Gegner mit einem wölfischen Grinsen. »Wenn Sie schon auf mich schießen, verwenden Sie ein größeres Kaliber«, rief er. »So wie ich.« Dann hob er beide Hände, und Jonathan sah, wie sich ein gewaltiger Fadenschlag zwischen seinen Eisenklauen bildete. Fluchend ließ Sawyer sein Gewehr fallen, um einen Revolver hervorzuziehen, aber er würde es niemals rechtzeitig schaffen.

Entschlossen wechselte Jonathan in die Wahrsicht und trat vor den knienden Amerikaner. Im selben Augenblick jagte Hyde-White ihnen ein oberarmdickes Fadenbündel entgegen. Wie in Zeitlupe sah Jonathan den vernichtenden Schlag durchs Fadenwerk pflügen. *Bitte, Gott, lass es klappen*, betete er. Er hob die Arme, glitt beiseite, ließ das Fadenbündel an sich vorbeiziehen und packte zu. Die Wucht des Angriffs hätte ihn beinahe von den Füßen gerissen, doch Jonathan legte sein ganzes Gewicht in eine taumelnde Drehbewegung seines Körpers, zog das Fadenbündel mit ausgestreckten Armen um sich herum und schickte es dann mit ungebremster Gewalt zu Hyde-White zurück.

Diesem blieb kaum mehr die Zeit, um erstaunt die Augen aufzureißen, bevor er von seinem eigenen Fadenschlag direkt in die Brust getroffen wurde. Der Aufprall schleuderte ihn nach hinten, im nächsten Moment wurde er vom Sog der Quelle gepackt, und mit einem langgezogenen Schrei stürzte Wellingtons Vollstrecker in die bodenlose Tiefe jenseits der Öffnung im Boden.

»Phänomenal!«, schrie Sawyer. »Ich danke Ihnen. Und jetzt nur weg hier!«

Geduckt rannten die Magier und die Soldaten zum Rand des Pyramidendachs. »He, fahren wir nicht mit dem Schiff zurück?«, fragte Jonathan.

»Nein«, gab Sawyer zurück. »Der Holländer klang so, als wäre das sein letzter Flug.«

»Was …?« Jonathan wandte sich zu dem fliegenden Schiff um, das unerbittlich auf die Mitte des Pyramidendachs zugezogen wurde.

Oben am Heck des Schiffes tauchte die Gestalt des Holländers auf. »Mister Kentham!«, rief er. »Alles in Ordnung?«

»Ja!«, schrie Jonathan. »Danke für die Hilfe. Wir fürchteten, das Schiff wäre gestorben.«

»Es war bewusstlos, aber ich konnte es noch einmal wecken. Trotzdem geht es mit ihm zu Ende. Aber vielleicht gibt es eine Möglichkeit, es zu retten!« Er deutete auf den rauschenden Mahlstrom direkt vor dem Bug des Schiffes.

»Sie wollen in die Quelle fliegen?«

»Genau das! Die Magie hat das Schiff geschaffen, die Magie wird es heilen.«

»Oder Sie werden darin umkommen!«

»Wir werden sehen«, rief der Holländer. »Aber vorher habe ich noch Fracht zu löschen. Fangen Sie Ihren Freund auf.« Er vollführte eine rasche Geste, und Roberts schlaffer Körper tauchte an der Reling auf. Randolph und Jonathan sicherten ihn mit Fadenbündeln, um ihn gegen den Sturmwind zu sich zu ziehen. »Und Ihre Tasche, Kendra«, fügte der Holländer hinzu. »Ich dachte, Sie wollten sie vielleicht wiederhaben.« Er warf Kendra ihr Hab und Gut zu.

»Danke! Vielen Dank!«, rief die junge Frau.

»Oh, und eine Sache noch: Jack.«

»Wie bitte?« Kendra blickte ihn verwirrt an.

»Ich heiße Jack. Leben Sie wohl.«

Jonathan hatte keine Ahnung, was er ihr damit sagen wollte. Aber Kendra lächelte, als der Holländer mit einem letzten Salut das fliegende Schiff in die Höhe riss und sich dann mit einem verwegenen Schrei in den Abgrund stürzte.

Ein Aufblitzen und Donnergrollen folgte seinem Verschwinden, und endlich schien der von dem Artefakt ausgelöste Sog sein Ziel erreicht zu haben, denn von den Rändern der gewaltigen Öffnung aus begannen Platten aus einem metallähnlichen Material nach innen zu wachsen und das Loch im Boden einer riesigen Irisblende gleich zu schließen. Die Magier und die Soldaten zogen sich ganz zum Rand der Pyramide zurück und beobachteten, wie das Strahlen der Wahren Quelle mehr und mehr abnahm, und schließlich fanden die Teile des neu erschaffenen magischen Siegels im Zentrum zusammen, schlossen sich mit einem dumpfen Schlag und verhärteten sich knirschend zu einer einzigen, mächtigen, fugenlosen Platte. Ein fremdartiges Muster aus weit geschwungenen Kreisen und Bögen glühte einmal kurz auf, dann verblasste es, und alles wurde wieder still.

»Wir haben es geschafft«, flüsterte Jonathan nach einigen Augenblicken ehrfürchtigen Schweigens. »Jetzt haben wir es wirklich geschafft.« Ein befreites Lachen brach sich aus seiner Kehle Bahn, und er riss im Triumph die Arme hoch. Kendra, Randolph und die Soldaten stimmten in den Jubel ein, und auch Holmes nickte zufrieden. »Ende gut, alles gut«, stellte er fest.

Jonathan nickte Sawyer zu. »Jetzt sammeln wir alle Überlebenden ein und verschwinden von …«

Unter ihren Füßen erbebte die Erde.

Entgeistert blickten sich die Magier und Soldaten an.

»Oh, oh«, murmelte Randolph tonlos.

Das Beben wiederholte sich, weitete sich aus und schien die ganze Insel zu erfassen. Entlang der Küstenlinie begann das Wasser zu brodeln.

»Laufen Sie!«, schrie Sawyer. Einer der Soldaten, ein muskelbepackter Blondschopf, warf sich Roberts schlaffen Körper über die Schulter, zwei weitere nahmen Scarcatore in die Mitte, und die ganze Gruppe rannte los, die Treppe der Pyramide hinunter. Die gefangen genommenen Anhänger Wellingtons folgten ihnen, ohne einen Versuch zur Flucht zu unternehmen.

»Oh, verdammt«, fluchte Jonathan, als ihm etwas einfiel. »Scarcatores Koffer! Er liegt noch zwischen den Säulen.«

»Nein, ich habe ihn!«, rief Kendra. »Ich habe ihn mitgenommen.«

»Weiter«, drängte Sawyer. So schnell es ihnen die steile Steintreppe erlaubte, eilten die Magier und Soldaten der Ruinenstadt am Fuß der Pyramide entgegen. Das Beben wurde unterdessen immer stärker, und zu Jonathans Entsetzen begann die aufgewühlte See über die Felsen an der Küste zu lecken. *Die Insel versinkt*, durchfuhr es ihn ungläubig. *Sie verschwindet wieder im Ozean. Gott steh uns bei.*

Neben ihm schrie einer der Soldaten auf, als er stolperte und kopfüber in die Tiefe zu stürzen drohte. Jonathan schoss ihm ein Fadenbündel hinterher, aber in der Eile verfehlte er den Mann. Randolph war treffsicherer.

Endlich erreichten sie das Ende der Treppe. Um sie herum riss die Erde auf, und die uralten Überreste der einstigen Stadt der Quellbeherrscher stürzten mit Krachen und Poltern in sich zusammen.

»Hier entlang!«, brüllte Sawyer. »Unser Boot liegt am Ostrand der Insel.«

Unter der Führung des Amerikaners rannten sie weiter, mitten durch das Bersten und Brechen von Felsgestein und Mauerwerk. Mit jedem Schritt liefen sie Gefahr, auf den bebenden Erdboden zu stürzen oder von einem der herabfallenden Steine getroffen zu werden. Einer der Anhänger Wellingtons wurde von einer umstürzenden Mauer erwischt und unter ihr begraben. Keiner der Flüchtenden hielt an, um nachzuschauen, ob er womöglich noch am Leben war.

Unvermittelt sackte ein Teil des Bodens unter ihnen weg. Jonathan schrie auf und streckte die Arme aus, um sich durch ein Fadenbündel irgendwo zu sichern. Er erwischte die untere Hälfte einer Säule, die schon vor Ewigkeiten in zwei Teile gebrochen war. Neben sich vernahm er ängstliche Rufe, und als er den Kopf umwandte, sah er die beiden Soldaten, die Scarcatore trugen, abrutschen und in eine Spalte gleiten, die sich unter ihnen geöffnet hatte. Instinktiv löste er eine Hand von der Säule und feuerte ein Fadenbündel auf den Inquisitor ab, doch seine Fäden glitten einfach an diesem ab. »Hilfe!«, schrie Jonathan. »Randolph! Hilfe!«

Gleich darauf stand dieser über ihm am Rand der Verwerfung und hielt ihm die Hand hin.

»Nein«, rief Jonathan. »Helfen Sie den Männern.«

»Denen ist nicht mehr zu helfen«, brüllte Randolph zurück, und als Jonathan den Kopf erneut drehte, erkannte er, dass der Kutscher recht hatte. Die Spalte hatte die beiden Amerikaner und den Inquisitor bereits verschlungen.

Ächzend zog Randolph ihn aus der Senke, dann eilten sie weiter, den anderen hinterher, die zum Teil bereits einen beträchtlichen Vorsprung hatten. Nur Kendra und Holmes waren stehen geblieben und warteten auf sie. »Rasch«, drängte Holmes, »bevor dieser übereifrige Cowboy mit seinem Riesengewehr ohne uns ablegt.«

Tisiphone glitt unter den Wolken dahin. Sie war verletzt und verwirrt, und dank ihrer Auseinandersetzung mit dem Indianer, die sie beinahe das Leben gekostet hätte, hatte sie den Großteil des Kampfes um die Wahre Quelle verpasst. Sie war wütend auf Wellington, der ihr versprochen hatte, ihr zu helfen, sich an Jonathan und ihrem onyxäugigen Mörder zu rächen. Weder den einen noch den anderen hatte sie bislang stellen können.

Und nun schien alles vorbei zu sein. Der Quelltempel war explodiert, und die Wahre Quelle für einen kurzen Augenblick ein weiteres Mal gleißend aufgeflammt. Gleich darauf war sie erloschen, und jetzt schien das Meer die Insel zurückzufordern, denn Tisiphone sah, wie die aufgewühlten Fluten nach dem sinkenden Land griffen.

Ihr Blick schweifte über die Szenerie des Untergangs, und auf einmal sah sie eine kleine Gruppe von Menschen, die sich durch das Chaos kämpften, offenbar in der Absicht, die Ostküste der

Insel zu erreichen. Tisiphones Augen wurden groß. Sie konnte ihr Glück kaum fassen. Einer von ihnen war tatsächlich …

»Jonathan!«, kreischte eine schrille Stimme über ihren Köpfen.

Holmes blickte auf. »Wie viele bizarre Schergen hatte Wellington eigentlich?«, beschwerte er sich.

Ein Wesen mit grauer Haut, schwarzen, lederartigen Schwingen und den zerfetzten Überresten eines hellen Gewands landete direkt vor ihnen auf der Straße. Das Geschöpf, das nur eine Laune der Magie sein konnte, blickte ihnen aus dunkel glänzenden Augen und mit vor Hass verzerrter Miene entgegen. »Endlich habe ich dich!«, fauchte es.

»Sie kommen reichlich spät, Madame; die Schlacht ist bereits geschlagen«, informierte Holmes das Wesen, und jetzt erkannte auch Jonathan, dass es sich wohl mal um eine Frau gehandelt haben musste, bevor ein magischer Unfall sie zur Dämonin gemacht hatte.

»Das ist mir gleichgültig«, entgegnete sie. »Für Rache ist es nie zu spät.« Aus dem Stand heraus und völlig überraschend machte sie einen eindrucksvollen Satz und riss Jonathan schwungvoll zu Boden. Ihre messerscharfen Klauen legten sich um seine Kehle. »Keine Bewegung!«, warnte sie Randolph, Holmes und Kendra, die Anstalten machten, zum Angriff überzugehen. »Oder ich bringe ihn um.« Drohend breitete sie die Flügel aus. »Zurück! Treten Sie zurück!«

»Die Insel versinkt, und unser Boot wartet nicht ewig! Könnten Sie Ihren Zwist mit Jonathan, worin immer der bestehen mag, nicht später klären?«, beschwor Holmes sie händeringend. »Der Junge ist den Ärger doch nicht wert.«

Die Dämonin richtete ihren Blick auf Jonathan, der stocksteif auf der bebenden Erde lag und betete, dass nicht irgendein besonders heftiger Stoß ihm die Kehle aufschnitt. »Das dachte er wohl auch, als er mich sterben ließ«, zischte sie.

Die Worte hallten in Jonathans Geist wider, und auf einmal

überkam ihn eine grauenhafte Erkenntnis. »Elisabeth?«, hauchte er vollkommen ungläubig. »Bist du das?«

Kendra schlug die Hand vor den Mund. »Oh, heiliger Andreas.«

»Elisabeth?«, echote Holmes. »Die Elisabeth aus dem Savoy Hotel?«

»Ja«, bestätigte die Dämonin. »Dieses Leben hatte ich einmal. Aber es wurde mir geraubt. Von ihm.« Zornig bleckte sie ihr Furcht einflößendes Raubtiergebiss.

»Elisabeth, nein«, stammelte Jonathan. »Das ist nicht wahr. Ich habe dich geliebt. Ich habe dich wirklich geliebt. Dass du in all dies hineingezogen wurdest, habe ich nicht gewollt. Glaub mir, es tut mir leid. Es tut mir schrecklich leid.« Er wollte eine Hand heben, um sie an die eingefallene, von schwarzen Adern durchzogene Wange der Dämonin zu legen, aber sie fauchte nur und verstärkte den Griff um seinen Hals.

»Warum hast du mich dann diesem Mörder ausgeliefert, Jonathan? Warum warst du nicht da, als ich dich brauchte? Du hättest diesem Monster nur den Ring aushändigen müssen, und alles wäre gut gewesen.«

»Ich konnte es nicht!«, rief er verzweifelt. Das Beben und Poltern schien ihm auf einmal unendlich fern zu sein. Es gab nur noch ihn und dieses grausig entstellte Geschöpf, das einst Elisabeth gewesen war. Tränen traten in seine Augenwinkel. »Ich konnte dem Franzosen den Ring nicht geben. Ich stand vor der Wahl, dein Leben gegen das von womöglich Millionen einzutauschen. Hätte er den Ring bekommen, hätte er ihn vernichtet, und ich hätte die Wahre Quelle der Magie nicht mehr schließen können. Die Quelle hätte die Erde zerstört … Sie hätte dich und mich und alle, die uns teuer sind, ins Unglück gestürzt. Also, was hätte ich denn tun sollen? Hätte ich mein Leben geben können, um deines zu retten, ich hätte es getan. Aber die Zukunft der ganzen Menschheit durfte ich nicht verspielen. Verzeih mir, Elisabeth.«

Jonathan merkte, dass seine Worte irgendetwas tief im Inneren des hasserfüllten Geschöpfes ansprachen. In dem grauen Gesicht, das früher sein Herz zum Klopfen gebracht hatte, arbeitete es, und ein Widerstreit der Gefühle ließ den Zorn in ihren nachtschwarzen Augen flackern.

»Elisabeth, ich habe dich geliebt«, wiederholte Jonathan mit eindringlicher Stimme. »Töte mich, wenn du mir nicht glaubst. Töte mich, wenn Zorn das einzige Gefühl ist, das du noch in dir spürst. Ich kann nichts von dem, was geschehen ist, rückgängig machen. Ich kann dir nur sagen: Ich habe dich geliebt, und dein Tod war das schlimmste Opfer, das mir die Rettung der Menschheit abfordern konnte. Und ganz gleich, welche inneren Stimmen dir anderes eingeflüstert haben: Sie lügen.«

Die Dämonin, die einst Elisabeth gewesen war, zögerte. Wortlos blickte sie ihn eine gefühlte Ewigkeit lang an. Aus den Augenwinkeln sah Jonathan, wie in der Ferne hinter Holmes, Kendra und Randolph eine weitere Gestalt auftauchte. Es war die Magieragentin, und sie hatte das Scharfschützengewehr des Amerikaners bei sich. Wie in Zeitlupe kniete sie sich zwischen einstürzenden Mauern hin, legte die riesige Waffe an und zielte damit auf Elisabeth.

»Flieh«, bat Jonathan leise. »Flieg davon. Lass mich leben und lebe selbst. Noch haben wir beide einen Rest von Leben. Bitte lass ihn uns nicht hier verschwenden, jetzt, da schon alles vorüber ist.«

Elisabeth schien seinen verstohlenen Blick bemerkt zu haben, denn sie schaute kurz über die Schulter und entdeckte Diodato. Sie wandte sich erneut Jonathan zu. Unschlüssigkeit zeichnete sich auf ihrer Miene ab. Sie schien ernsthaft mit sich zu ringen. Ob seine aufrichtig gemeinten Worte oder die Bedrohung in ihrem Rücken der Grund dafür war, vermochte Jonathan nicht zu sagen.

Schließlich fauchte sie ein letztes Mal. Dann ließ sie unvermittelt von Jonathan ab und schwang sich mit einem machtvollen Schlagen ihrer schwarzen Schwingen in die Luft.

»Nicht schießen!«, schrie Jonathan der Magieragentin zu, während er beobachtete, wie Elisabeth rasch in den Himmel aufstieg und von den niedrig hängenden Wolken verschluckt wurde. *Leb wohl*, dachte er. *Ich hoffe, dein Hass auf mich ist nicht das Einzige, was dir geblieben ist.*

»Grundgütiger, Ihre Frauengeschichten enden auch nicht besser als meine«, bemerkte Holmes sichtlich erschüttert, als er Jonathan die Hand bot und ihm aufzustehen half.

»Reden wir ein anderes Mal darüber«, erwiderte dieser. Sie liefen zu Diodato hinüber. »Danke, dass Sie zurückgekommen sind«, sagte Jonathan zu der Magieragentin, als sie bei ihr angelangt waren.

»Danke, dass ich nicht schießen musste«, entgegnete diese. »Bei dem Chaos hätte ich jeden von Ihnen treffen können.« Sie machte eine auffordernde Geste. »Und jetzt schnell. Sawyer sagte mir, er wartet nur so lange, wie er es vertreten kann, ohne sein Boot und seine Leute in Gefahr zu bringen.«

Sie rannten an den letzten Ruinen vorbei, und kurz darauf erreichten sie die Küste der Insel. Sawyer und die anderen erwarteten sie schon. Auf ihren Mienen zeichnete sich Verzweiflung ab; der Grund dafür war offensichtlich. Das Boot war fort. »Die Bucht, in der wir angelegt haben, gibt es nicht mehr«, rief Sawyer. »Sie war dort vorne, aber die Insel hat sich in der Zwischenzeit bereits um mehr als sechs Fuß gesenkt. Sie ist einfach vom Meer verschluckt worden.«

Warum?, schrie es in Jonathan. Was hatte er bloß getan, um jetzt dermaßen bestraft zu werden?

Randolph gab seinem Unmut deutlicher Laut. Aber das änderte auch nichts.

»Könnte uns die *Gladius Dei* nicht retten?«, fragte Holmes.

Diodato blickte zu dem am Himmel schwebenden Bronzeleib des Luftschiffs hinüber und schüttelte den Kopf. »Sie haben doch gesehen, wie manövrierunfähig sie ist. Sie wird es niemals rechtzeitig bis zu uns schaffen.«

»Und Ihr Schiff?«, wandte sich der Magier an Sawyer.

»Ist zu groß, um sich der Insel zu nähern. Und bis sie mit einem zweiten Beiboot hierhergerudert sind …«

»Die *Nautilus*!«, rief Kendra aus. »Kam Wellington nicht mit einem Tauchboot hierher?« Sie blickte die verbliebenen Anhänger Wellingtons, die ängstlich neben den Soldaten standen, fragend an.

Ein hagerer Magier nickte. »Ja, das Tauchboot liegt etwa eine halbe Meile in südlicher Richtung. Aber das Boot hat sich verändert. Es lebt und hat einen eigenen Verstand. Vielleicht ist es schon geflohen.«

»Zeigen Sie uns den Weg!«, befahl Sawyer kurz entschlossen. »Eine kleine Aussicht auf Rettung ist besser als gar keine.«

Gemeinsam hasteten sie an der felsigen Küste entlang, wobei sie ständig weiter ins Innere gezwungen wurden, denn die Insel der Wahren Quelle versank immer schneller in den Fluten, aus denen sie erst wenige Tage zuvor aufgetaucht war. Auf dem Weg stolperten sie über eine Gruppe Ordensmagier – die Gefangenen, die Hyde-White in der Obhut einiger Quellhüter zurückgelassen hatte. »Als das Beben hier einsetzte, sind unsere Bewacher einfach geflohen«, berichtete ein Mann, dessen dunkles Haar eine auffällige weiße Strähne aufwies.

»Schön, kommen Sie mit«, gebot ihnen Sawyer gehetzt.

Als sie die Stelle erreichten, zu der sie der Magier führen wollte, wurden sie jedoch enttäuscht. Auch hier hatte sich die Küste bereits deutlich gesenkt – und das Tauchboot war nicht mehr da.

»Ich hoffe, Sie sind alle gute Schwimmer«, knurrte Sawyer, als ein weiteres Beben die Insel nach unten sacken ließ. »Denn wir werden bald sehr nasse Füße bekommen.«

»Bei allen Heiligen!«, entfuhr es Cutler. »Was ist denn hier los?« Er stand am Bug der *Turbinia*, die in rasender Geschwindigkeit auf die Insel der Wahren Quelle zujagte und blinzelte sich Regen und Gischt aus den Augen, aber an dem Bild, das sich ihm bot, änderte sich nichts. Das ganze Eiland zitterte und bebte, während es ganz unübersehbar in den Fluten des Ozeans versank.

»Wenn Sie mich fragen, kommen wir zu spät«, bemerkte Westinghouse, der gemeinsam mit Feodora neben ihm stand.

»Ist das jetzt gut oder schlecht?«, fragte Feodora.

»Gut … denke ich«, gab Cutler zurück. »Mister Kentham scheint es gelungen zu sein, die Quelle zu schließen.« Er war sich nicht ganz sicher, ob er erleichtert oder verärgert sein sollte, dass sein großartiger Plan, Wellington mit einem Brief Ihrer Majestät zur Vernunft zu bringen, offenbar nicht mehr durchführbar sein würde.

»Und was machen wir jetzt?«, wollte die Prinzessin wissen.

Das Turbinenboot wurde langsamer, und Parsons gesellte sich zu ihnen. »Jedenfalls können wir nicht näher heran, denn die See ist vor der Insel zu aufgewühlt«, verkündete er. Allem Anschein nach hatte er Feodoras letzte Worte mitbekommen.

Dunholms ehemaliger Sekretär zuckte mit den Schultern. »Nun ja, das müssen wir auch nicht. Wie ich sehe, ist dort vorne schon ein Schiff.« Er deutete auf den grauen Leib eines vielleicht zwei Meilen entfernt liegenden Kriegsschiffs.

»Ganz zu schweigen von dem Ding da«, fügte Westinghouse hinzu und nickte in Richtung des zigarrenförmigen Fluggefährts, das über der sinkenden Insel hing.

»Ich schlage vor, wir fahren zu diesem Kriegsschiff hinüber«, sagte Cutler. »Sicher sind unsere Freunde dort.«

»He!«, rief Misses Blackwood am Heck des Bootes plötzlich. Sie winkte Cutler und den anderen zu, und als sie ihre Aufmerksamkeit erlangt hatte, deutete sie auf eine Stelle etwa fünfzig Schritt an Backbord. »Da treibt ein Mann im Wasser!«

Cutler blickte in die gewiesene Richtung. »Tatsächlich! Sehen Sie, Parsons!«

Doch der Ingenieur hatte sich bereits dem Steuerstand zugewandt und bedeutete Bernard beizudrehen. Keine Minute später fischten sie den dunklen, leblos wirkenden Körper aus dem Wasser. »Doktor Westinghouse?«, fragte Cutler atemlos.

Der Arzt kniete sich neben den Fremden, der aussah wie ein Indianer, nieder und untersuchte ihn mit raschen Handgriffen. Er blickte erleichtert auf. »Ein Glück, er lebt noch. Bringen Sie ihn schnell unter Deck, dann versorge ich ihn.«

Während Bernard und Home der Anweisung Westinghouses Folge leisteten, wurde Cutler von einem lauten Krächzen aufgeschreckt. Die gefiederte Gestalt Nevermores sprang ihm vom Dach des Steuerstandes auf die Schulter und wieder zurück. Dabei flatterte der Kolkrabe aufgeregt mit den Flügeln.

»Nevermore!«, rief Cutler erstaunt. »Was ist mit dir nun los?«

»Anscheinend hat er auch etwas entdeckt«, meinte Feodora.

Als hätte er ihre Worte verstanden, schwang sich der Rabe in die Luft und flog schnurstracks auf die nahe Insel zu. Feodora beschirmte ihr Gesicht mit einer Hand und folgte ihm mit dem Blick. Cutler tat es ihr gleich.

Im nächsten Augenblick holte die Prinzessin scharf Luft und packte Dunholms ehemaligen Sekretär schmerzhaft fest am Arm. »Mister Cutler, schauen Sie doch!« Sie zeigte mit der Linken auf das felsige Ufer der Insel, auf das Nevermore soeben zuhielt. »Dort sind noch mehr Menschen. Sogar ziemlich viele.«

Cutler kniff die Augen zusammen. Sie hatte recht. Da kämpften sich wirklich Überlebende durch die versinkenden Ruinen. Und wenn er sich nicht irrte … wurden sie von Holmes und Randolph angeführt! »Mister Parsons!«, wandte er sich an den Ingenieur, der von Bernard das Steuer übernommen hatte. »Es gibt Überlebende! Wir müssen sie retten.«

»Unmöglich!«, erwiderte der Ingenieur mit einem Blick in Richtung der Insel. »Es ist viel zu gefährlich, sich zu nähern. Das Meer ist zu unruhig.«

»Mister Parsons«, begehrte Cutler auf. »Diese Ladies und Gentlemen dort drüben haben ihr Leben aufs Spiel gesetzt, um die ganze Menschheit zu retten. Ich werde nicht zusehen, wie sie jetzt kläglich ersaufen, und wenn Sie der tapfere Ehrenmann sind, als den ich Sie bislang kennengelernt habe, sollten Sie jetzt Ihr Steuer fest in die Hand nehmen und die *Turbinia* zu dieser Küste lenken. Das sind wir diesen Leuten schuldig.«

Einen Moment lang starrte der Ingenieur Cutler finster an. Anschließend setzte er eine entschlossene Miene auf. »Zum Teufel, Sie haben recht. Also los.«

»Was machen wir jetzt?«, rief Jonathan verzweifelt. Er konnte und wollte nicht glauben, dass ihre Reise nach all den Opfern und Strapazen ein derart unrühmliches Ende nehmen sollte.

»Vielleicht sollten wir zur Pyramide zurückkehren?«, schlug Diodato vor. »Dort werden wir am längsten überleben. »Und womöglich gelingt es Ihrem Schiff ja doch noch, uns irgendwie zu retten.« Sie blickte Sawyer an.

Plötzlich stieß Randolph einen überraschten Schrei aus. »Nevermore! Bist du es wirklich?«

Der Rabe des Kutschers krächzte laut und kreiste über ihnen in der Luft.

»Ich kann es nicht glauben«, entfuhr es Holmes einen Moment später. »Die Kavallerie naht!« Aufgeregt deutete der Magier hinaus aufs Meer.

Von Westen her schoss ein kleines Schiff heran und näherte sich ihnen zielstrebig. Ein Mann trat hinter dem geschützten Steuerstand hervor. »Eheu!«, schrie er unter heftigem Winken. »Sind wir zu spät gekommen?«

»Mister Cutler!«, begrüßte Jonathan Dunholms ehemaligen Sekretär überschwänglich. »Bei Gott, nein, Sie treffen genau zum richtigen Zeitpunkt ein. Was machen Sie hier?«

»Das erzähle ich Ihnen alles später. Kommen Sie rasch an Bord, bevor diese Insel vollständig unter Ihren Füßen verschwindet.« Cutler wechselte einige kurze Worte mit dem Steuermann des schlanken Schiffes, auf dessen Rumpf der Name *Turbinia* aufgemalt war, und dieser lenkte es mit vor Konzentration verkniffener Miene im aufgewühlten Wasser vorsichtig an die Felsen. Kurz darauf hatten sie alle übergesetzt, und die *Turbinia* jagte davon.

»Mister Cutler«, sagte Holmes feierlich. »Hiermit ernenne ich Sie und Ihr ebenso tapferes wie unerwartetes Rettungskommando zu meinen persönlichen Helden des Tages. Haben Sie zufällig etwas zu trinken an Bord?«

Der Steuermann griff in seine Jackentasche und reichte dem Magier einen Flachmann. »Schottischer Whisky«, ließ er ihn wissen. »Wohl bekomm's.«

»Mein Glück ist perfekt«, erwiderte Holmes selig.

Jonathan grinste, dann blickte er zu Kendra hinüber und runzelte die Stirn. »He, Kendra, wo sind eigentlich Scarcatores Koffer und das Antimagie-Artefakt?«

Kendra deutete mit einer Kopfbewegung zu der Insel hinüber. Da lag der Koffer, unter einigen Steinen begraben, und die ersten Wellen des Atlantiks leckten über seine braune Oberfläche. »Ich dachte, es wäre besser, wenn es hier mit der Insel versinkt. Genau wie die Wahre Quelle der Magie ist dieses Artefakt zu gefährlich, um von irgendeinem Menschen kontrolliert zu werden.«

Jonathans Blick glitt verstohlen zu Diodato hinüber, die nur zwei Schritte neben ihnen stand. Er fragte sich, was die Magieragentin wohl von dieser Eigenmächtigkeit hielt. Immerhin hatte das Artefakt der vatikanischen Magieabwehr gehört und war zweifellos von enormem Wert gewesen.

Zu seinem Erstaunen lächelte sie.

29. April 1897, 16:51 Uhr GMT (13:51 Uhr Ortszeit)
Mittelatlantischer Rücken, etwa 1600 Seemeilen vor der afrikanischen Küste

Zitternd beobachtete Wellington vom Steuerstand der *Nautilus* aus, wie die Insel der Wahren Quelle, wie Bennetts Atlantis, einmal mehr vom Ozean verschlungen wurde. Er fühlte sich so schwach wie seit Jahrzehnten nicht mehr – sowohl körperlich als auch geistig. Schuld war dieser elende Magier mit seinem Antimagie-Artefakt, dessen zerstörerische Energien sich in seinen Leib gefressen und dort furchtbar gewütet hatten. Schuld waren diese unsäglichen Amerikaner mit ihrem Kriegsschiff, die sein Lebenswerk mit Blitz und Donner in die Luft gesprengt hatten. Schuld war dieser dreimal verfluchte Jonathan Kentham, der ausgerechnet in jener Nacht am Fleischmarkt beim Smithfield hatte vorbeispazieren müssen, als dort ein alter Magier zum Sterben zurückgelassen worden war.

Aber bei allem, was sie mir angetan haben, konnten sie mich doch nicht endgültig besiegen, dachte Wellington von grimmer Zufriedenheit erfüllt. Er war entkommen, und nun befand er sich an Bord der *Nautilus*, jenes Schiffes, das ihm seinen Griff nach dem Olymp der Magie überhaupt erst ermöglicht hatte. »Das alles ist noch nicht vorbei«, knurrte er in der Einsamkeit des Steuerstandes. »Ich werde mich verstecken, um meine Kräfte zu sammeln. Ich werde Pläne schmieden und Verbündete suchen. Und wenn ich bereit bin, werde ich zurückkehren, und dann werde ich mich an all denen rächen, die sich mir in den Weg gestellt haben. Oh ja, meine Rache wird fürchterlich sein.« Er begann zu lachen.

Das glaube ich nicht, Victor, erklang eine Frauenstimme in seinem Kopf.

Wellington zuckte zusammen, und sein Lachen verebbte sofort. »Wer ist da?«, fragte er.

Aber, aber, Victor. Du wirst mich doch nicht binnen zehn Tagen vergessen haben.

»Melissa?«, keuchte der Magier entgeistert.

Sehr gut. Du kennst also noch meinen Namen. Das freut mich.

Vor dem Bullauge des Steuerstandes stieg der Wasserspiegel an, und im nächsten Moment tauchte die *Nautilus* unter. Mit spürbarer Schräglage glitt das Boot in die Tiefe.

»Was machst du da? Ich will nicht tauchen! Bring mich zurück nach Europa, nein, besser Afrika.«

Es tut mir leid, Victor. Aber das werde ich nicht tun, eröffnete ihm die Stimme seiner ehemaligen Gespielin Melissa Esperson spöttisch.

Wellington spürte, wie Panik in ihm aufstieg. »Ich befehle es dir!«, schrie der Magier.

Du bist nicht mehr der Herr über dieses Tauchboot. Du hast deine Macht verloren. Bis jetzt musste ich dir dienen. Nun bist du mein Diener.

Er schluckte. Vor den Bullaugen wurde das Meer dunkler und dunkler. »Was hast du vor? Willst du mich umbringen? Höre, Melissa, es tut mir leid, dass ich …«

Du wirst noch sehr viel Zeit für Geständnisse dieser Art haben, mein Lieber, sagte Melissas körperlose Stimme. *Denn keine Angst: Ich werde dich nicht sterben lassen. Du hast mir meinen Körper genommen. Du hast mich an dieses Ungetüm von einem Tauchboot gefesselt. Und wärst du erfolgreich gewesen, hättest du mich zurückgelassen, hättest mich auf dem Grund des Meeres in einer verrottenden Hülle auf ein qualvoll langsames Ende warten lassen.*

»Was redest du da?«, fragte Wellington.

Ich schildere dir die Zukunft, die mir Jupiter Holmes ausgemalt hat, bevor ich ihm geholfen habe, von der Nautilus *zu fliehen.*

»Du warst das?«

Ja, ich. Es war der erste Teil meiner Rache an dir, mein lieber Victor. Und der zweite folgt nun. Du wirst bei mir bleiben, solange ich es will, wirst mir Gesellschaft leisten in meiner Einsamkeit. Und bete, dass ich nicht irgendwann meinen Lebenswillen verliere. Denn dann werden wir gemeinsam auf dem Grund des Meeres in einer verrottenden Hülle auf ein qualvoll langsames Ende warten …

Wellingtons Schrei des Zorns und der Verzweiflung hallte durch die Gänge der *Nautilus*, doch niemand hörte ihn. Lautlos glitt das Tauchboot tiefer und tiefer in den Abgrund.

EPILOG

EIN NEUER MORGEN

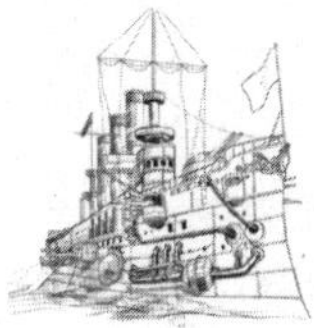

»Neue Mädchen aus Irland! Zahlreiche Kathleens, Eileens und Norahs trafen gestern mit den Dampfschiffen *Majestic* und *Servia* auf Ellis Island ein. Über 1,100 Iren befanden sich an Bord, darunter viele junge Männer und Frauen. Grund ist die schwierige Lage in Irland. Die meisten Irinnen wollen in den Westen, ein Drittel aber bleibt in New York. ›Ich bin froh, diese Menschen zu sehen, vor allem die Frauen‹, sagte Commissioner Patrick McCormack. ›Hier gibt es für jede von ihnen einen Mann.‹«

– *New York Times, 30. April 1897*

30. April 1897, 10:02 Uhr GMT (07:02 Uhr Ortszeit)
Mittelatlantischer Rücken, etwa 1600 Seemeilen vor der afrikanischen Küste

»Und Sie sind sich sicher, Mister Kentham?«

Jonathan lächelte Dunholms ehemaligen Sekretär an. »Ja, Mister Cutler, ganz sicher.«

Sie standen an Bord der *USS Brooklyn*, zusammen mit Holmes, Randolph, Kendra, Diodato und all den anderen.

Nach ihrer Rettung von der untergehenden Insel am gestrigen Nachmittag hatte die *Turbinia* an dem amerikanischen Kreuzer festgemacht, und dieser hatte sich unter die nach wie vor manövrierunfähig durch die Luft treibende *Gladius Dei* gesetzt. Unter Mithilfe der Maschinisten der *Brooklyn* war das Luftschiff so weit repariert worden, dass es aus eigener Kraft, wenn auch deutlich langsamer als auf dem Hinweg, den Rückflug würde antreten können. Danach hatten Briten, Amerikaner, Deutsche und Italiener gemeinsam an Bord des Kriegsschiffes ihren Sieg gefeiert. Allen war klar, dass diese spontane Verbrüderung der Nationen nicht halten würde. Aber zumindest eine Nacht lang wog die Freude über das abgewendete Chaos schwerer als jedes machtpolitische Kalkül.

Jetzt aber hieß es, nach einer viel zu kurzen Nacht, Abschied nehmen. Diodato würde mit der *Gladius Dei* zurück nach Italien fliegen, wo sie das Officium über den bedauerlichen Verlust des Antimagie-Artefakts und den nicht minder tragischen Tod des Inquisitors Emilio Scarcatore unterrichten würde. Daneben hatte sie sich erboten, Robert, in dessen Leib noch immer der Franzose steckte, mit nach Rom zu nehmen. »Wir haben unsere Erfahrung mit derlei Exorzismen«, hatte sie Jonathan lächelnd versichert.

»Ich verlasse mich auf Ihre Expertise«, hatte er geantwortet. »Robert ist mein bester Freund. Ich möchte ihn nicht verlieren.«

»Keine Sorge. Wenn es irgendeine Möglichkeit gibt, Mister Pennington zu retten und den Franzosen dauerhaft unschädlich zu machen, werden wir sie finden.«

Holmes, Randolph und Watson würden zusammen mit den überlebenden Ordensmitgliedern – sowohl den Getreuen Dunholms als auch den ehemaligen Anhängern Wellingtons, darunter auch der fast seiner ganzen Magie beraubte John Grayson Carlyle – nach England zurückkehren. Was dann mit den fehlgeleiteten Seelen der Bewegung des Neuen Morgens geschehen sollte, hatte Cutler als amtierender Führer des neuen Ordens des Silbernen Kreises noch nicht entschieden. »Vielleicht ist eine Versöhnung möglich, vielleicht auch nicht. Das wird sich zeigen«, hatte er gesagt. Da die *Turbinia* nicht genug Platz hatte, um so viele Passagiere zu befördern, würde die *Gladius Dei* einen Teil der britischen Magier bis zur englischen Küste mitnehmen. Diodato sah dies als ersten Schritt zur engeren Zusammenarbeit zwischen dem Officium und dem Londoner Magierzirkel.

Jonathan und Kendra dagegen hatten am Morgen, als man sich an Deck versammelte, alle mit der Ankündigung überrascht, dass ihre Reise sie nicht gen England führen würde.

»Darf ich fragen, weshalb Sie beschlossen haben, uns nicht zurück in die Heimat zu begleiten?«, fragte Cutler.

»Ich fürchte, dass ich Ihnen diese Frage nicht so leicht beantworten kann«, erwiderte Jonathan. »Kendra und ich haben letzte Nacht lange über die Geschehnisse der vergangenen Tage gesprochen. Über die Menschen, die wir verloren haben, über meine Kündigung beim *Strand Magazine* und den Umstand, dass ich in London gegenwärtig vermutlich als flüchtiger Verbrecher gesucht werde, womöglich gar als Verdächtiger im Mordfall Elisabeth Holbrook. Verstehen Sie mich nicht falsch: Ich liebe England und auch London, aber wir brauchen etwas Abstand – und mit Abstand meine ich nicht einen ausgedehnten Urlaub in Brighton. Also haben wir Admiral Greer gebeten, uns mitzunehmen, wenn die *Brooklyn* in die Vereinigten Staaten zurückkehrt.« Daran, dass das Schiff in seinem derzeitigen Zustand – mit zerschmolzenem Bug und offen sichtbarer Blitzstrahlenkanone – an einer Parade zu Ehren des diamantenen Kronjubiläums Queen Victorias teilnahm, war natürlich nicht zu denken.

»Und dieser Bitte habe ich gerne stattgegeben«, warf der Admiral ein. »Vielleicht kann ich diese beiden ja doch für meine Truppe begeistern.« Am Abend zuvor hatte der Militär bereits mehr oder minder offensichtlich versucht, einige Angehörige der an Bord versammelten Riege außergewöhnlicher Ladies und Gentlemen für seine Behörde zu gewinnen, aber Jonathan hatte ihn bereits wissen lassen, dass weder er noch Kendra von heute auf morgen der Abteilung für Spezielle Operationen der US-Armee beitreten würden. Ihr Bedarf an Abenteuern war augenblicklich gedeckt. Greer hatte versprochen, sie nicht zu drängen.

»Wenn es nur das ist«, mischte sich die junge Frau an Cutlers Seite ein, die Jonathan letzte Nacht als Feodora, die Urenkelin Queen Victorias, kennengelernt hatte. »Ich bin mir sicher, dass die Königin bei Scotland Yard und einem neuen Arbeitgeber ein gutes Wort für Sie einlegen wird, wenn ich ihr von Ihren Taten berichte.«

»Das weiß ich zu schätzen, vielen Dank, Hoheit«, sagte Jonathan. »Aber zum einen darf ja niemand von unseren Taten erfahren, denn unsere Aufgabe ist es, die Menschen vor der Magie zu beschützen. Und zum anderen kennen Sie die Londoner Gesellschaft nicht. Es würde Gerede geben, wenn sich Ihre Majestät in diese Sache einmischte, vermutlich sogar noch mehr als das. Männer wie der Abgeordnete Holbrook oder mein ehemaliger Redaktionsleiter Greenhough, die aus unterschiedlichen Gründen wütend auf mich sind, würden hinter meinem Rücken Kampagnen betreiben. Meine ehemaligen Arbeitskollegen würden mich meiden, die Nachbarn mich schräg von der Seite anschauen. Ich möchte einfach ein bisschen Gras über die Geschehnisse der letzten zwei Wochen wachsen lassen.«

»Sie könnten stattdessen hinauf nach Schottland gehen«, schlug Cutler vor und blickte Kendra an, die neben Jonathan stand.

Obwohl ein Hauch von Wehmut in ihren Augen lag, schüttelte McKellens Enkelin den Kopf. »Nein, es bleibt bei Amerika. Mister Wovoka hat uns eingeladen, mit ihm in den Westen zu reisen. Er sagt, das Land sei dort wunderschön. Ich würde es gerne kennenlernen.«

»Nun ja, dann kann ich Ihnen nur viel Glück wünschen«, meinte Cutler und reichte Jonathan die Hand. »Und denken Sie daran: Sie sind in der Heimat und im Orden jederzeit gerne gesehen. Das gilt natürlich auch für Sie, Miss McKellen.«

»Ich danke Ihnen«, sagte diese lächelnd.

Der ehemalige Sekretär Albert Dunholms nickte und kletterte die Leiter hinunter zur *Turbinia*, wo die meisten anderen bereits auf ihn warteten.

»Auch ich wünsche Ihnen alles Gute«, sagte Feodora und drückte Kendra die Hand. »Verwirklichen Sie Ihre Träume. Ich mache gerade dasselbe. Es ist unglaublich befreiend, glauben Sie mir.«

»Danke, Hoheit«, gab McKellens Enkelin zurück und knickste etwas verlegen.

»Dann möchte ich mich ebenfalls verabschieden«, meldete sich Diodato zu Wort. Sie ergriff Jonathans Hand und musterte ihn einen Augenblick lang stumm. »Das haben Sie gut gemacht, Mister Kentham«, sagte sie schließlich anerkennend. »Ich mag für die Magieabwehr des Vatikans arbeiten, und man sagt uns eine gewisse Abneigung gegenüber der Magie nach, aber mir hätte es nicht gefallen, meine besonderen Gaben zu verlieren. Dieser Ausgang der Ereignisse war mir deutlich lieber. Danke, dass Sie ihn ermöglicht haben.«

»Es war mir eine Ehre«, erwiderte Jonathan. »Heilen Sie Robert, dann sind wir quitt.«

»Ich werde mein Bestes geben.« Diodatos Mundwinkel zuckten verschmitzt. »Und sollten Sie je nach Rom kommen, besuchen Sie mich in meiner Villa am Monte Pincio. Die Sommernächte bei uns in Italien sind einfach traumhaft.« Ihre Finger strichen über die seinen, als sie seine Hand losließ.

Jonathan spürte, wie er gegen seinen Willen rot wurde, und Holmes räusperte sich hörbar. »Nun, nun, meine liebe Lionida. Bringen Sie unseren jungen Freund nicht vor allen Leuten in Verlegenheit.« Er senkte die Stimme. »Aber ich besuche Sie gerne demnächst, um mir die italienischen Nächte zeigen zu lassen.«

»Ich werde Giuseppe, meinen Diener, dahingehend vorwarnen«, entgegnete die Magieragentin vielsagend. Anschließend hob sie den Arm und zog sich mittels eines Fadenbündels hinauf zur *Gladius Dei*, deren gewaltiger Leib die *Brooklyn* beschattete.

Holmes schmunzelte kopfschüttelnd in sich hinein. Dann hob er den Blick und wurde ernst. »Nun denn, mein lieber Jonathan. Ich bin kein Freund großer Trennungsworte. Daher sage ich nur: Bringen Sie diesen Cowboys da drüben ein wenig Kultur. Sie haben es dringend nötig. Die haben dort keine Ahnung, wie man ordentlichen Whisky braut – nichts für ungut, Admiral. Und wenn Sie in die Klemme geraten, schreiben Sie Brown und mir eine Depesche. Wir sind schneller über den Atlantik als die *Turbinia*. Ja, so ist das.« Er räusperte sich erneut und klopfte Jonathan auf den Arm.

»Danke, Holmes. Das weiß ich zu schätzen. Sagen Sie, dürfte ich Sie um zwei Gefallen bitten?«

»Selbstverständlich, mein Freund. Frisch heraus damit.«

»Regeln Sie meine Angelegenheiten für mich in London und senden Sie mir ein paar Sachen nach, sobald ich Ihnen eine Adresse schicke. Und besuchen Sie außerdem bitte Miss Sarah Harker in der Park Lane am Hyde Park und lassen Sie sie wissen, dass …« Er stockte. Wie konnte man die Dinge, die geschehen waren, für jemanden in Worte fassen, der nichts über sie wissen durfte? »Ich weiß es auch nicht. Sagen Sie ihr einfach irgendwie, dass es Elisabeth und Robert gut geht.«

Holmes nickte. »Mir wird schon etwas einfallen. Schließlich bin ich selten um eine gute Ausrede verlegen.« Er bedachte Jonathan mit einem ironischen Lächeln.

Erleichtert lächelte Jonathan zurück »Ich danke Ihnen noch einmal. Ich werde Watson und Sie nicht vergessen. Und wir sehen uns bestimmt wieder.«

Das will ich hoffen, vernahm er die samtige Stimme der Geisterkatze in seinem Kopf.

Als Letzter trat Randolph vor. Er packte Jonathan an den Oberarmen und umarmte ihn dann mit rauer Herzlichkeit. »Ich wünsche Ihnen was, Jonathan«, brummte er. »Machen Sie's gut. Und wenn irgendwann ein Rabe an die Fensterscheibe Ihrer Wohnung klopft, erschrecken Sie nicht. Es ist nur Nevermore.«

Nevermore, der neben ihnen auf der metallenen Reling saß, krächzte bestätigend.

»Ich bin sicher, Rupert wird mich vorwarnen«, gab Jonathan grinsend zurück.

Der Minialligator an seiner Seite bestätigte das mit einem bellenden Husten.

Auf der *Turbinia* ging eine Schiffspfeife. Es wurde Zeit, sich zu trennen. Jonathan nickte Holmes und Randolph ein letztes Mal grüßend zu, dann schaute er ihnen nach, wie sie die Leiter hinunter zu den anderen britischen Magiern kletterten. Gleich darauf nahm das Turbinenboot Fahrt auf, und auch die *Gladius Dei* schwenkte nach Osten ab, um am hellblauen Morgenhimmel davonzufliegen. Als Jonathan ihr nachsah, glaubte er für einen kurzen Moment, die winzige Gestalt eines Raubvogels, eines Falken oder etwas Ähnlichem, zu sehen, der um das Heck des Luftschiffs kreiste. Als er blinzelte, war das Tier fort. Vielleicht hatte er sich auch geirrt.

»Ich bin auf der Brücke«, verkündete Admiral Greer. »Wir sehen uns zum Mittagsessen in der Offiziersmesse.«

Schließlich standen nur noch Jonathan, Kendra und Wovoka beisammen. Der Paiute-Seher, mit dem Jonathan vor ein paar Tagen beim Treffen der Wächter der Wahren Quelle bekannt gemacht worden war und mit dem er gestern ein längeres Gespräch über den Kreis und sein Wirken geführt hatte, berührte die beiden an der Schulter und deutete auf den Bug des Schiffes. »Kommen Sie«, sagte er. »Ich möchte Ihnen etwas zeigen.«

Sie begaben sich nach vorne und stellten sich vor die von einem Segeltuch verdeckte Blitzstrahlenkanone. Ein frischer Wind wehte ihnen ins Gesicht, und feine Gischt spritzte am verzogenen Bug der *Brooklyn* empor. »Sehen Sie das?«, fragte Wovoka andächtig.

Jonathan ließ den Blick über das weite Meer schweifen, das sich in alle Himmelsrichtungen bis zum Horizont erstreckte. »Was sollen wir sehen?«

»Ihre Zukunft«, sagte der Paiute-Seher. »Sie ist nun weit und offen wie das Meer. Keine Wolke überschattet sie. Kein Nebel verschluckt sie. Keine Wahre Quelle der Magie bedroht sie. Endlich können wir wieder frei atmen.« Er sah Jonathan und Kendra freundlich an. »Ich schließe mich den Worten der Magieragentin an: Das haben Sie gut gemacht. Und danke, dass Sie für uns all diese Mühen auf sich genommen haben. Albert Dunholm und Giles McKellen wären stolz auf Sie.«

Jonathan spürte, wie ihn Ergriffenheit überkam. Er überspielte den Moment, indem er auf See blickte. »Trotzdem wünschte ich mir, sie wären beide noch am Leben.«

»Ja«, erwiderte Wovoka. »Das wünscht man sich immer.«

Als Jonathan zu ihm zurückschaute, bemerkte er, dass ein Schatten über das Gesicht des Indianers huschte. Er fragte sich, an wen dieser gerade dachte.

»Wir sehen uns später«, sagte der Paiute und ließ sie allein.

Eine Weile standen Jonathan und Kendra schweigend nebeneinander und ließen sich den Seewind um die Nase wehen. Schließlich fragte Jonathan: »Glaubst du, dass wir uns richtig entschieden haben?«

»Ja, das glaube ich, Jonathan«, sagte sie. »Weißt du, dieser Wovoka hat recht: Vor uns liegt eine offene und weite Zukunft. Ob wir sie bei Wovoka im Westen verbringen oder woanders hingehen, ist allein unsere Entscheidung. Es heißt, Amerika sei das Land der unbegrenzten Möglichkeiten. Wenn wir nach vorne blicken, können wir jeden Weg wählen. Ich bin sicher, wir werden einen finden, der uns gefällt.«

Unvermittelt bemerkte Jonathan, wie Rupert an seiner Seite unruhig wurde. Der Minialligator schnaubte und versuchte, aus seiner Tasche zu krabbeln und an Jonathans Mantel zu gelangen. »He, was hast du denn?«, fragte Jonathan und schaute auf die

Manteltasche, die offenbar Ruperts Interesse geweckt hatte. Er griff hinein, und zu seinem Erstaunen ertasteten seine Finger etwas, an das er überhaupt nicht mehr gedacht hatte. Er zog es hervor und blickte es verdutzt an.

»Was ist das?«, wollte Kendra wissen. »Ein Stein?«

»Nein, es ist ein Greifen-Ei«, antwortete Jonathan gedankenvoll. »Ein Junge schenkte es mir vor einigen Tagen auf der Straße gegenüber vom Strand. Ich hatte es völlig verdrängt.« Es kam ihm vor, als sei das alles schon Monate her.

Auf einmal bewegte sich das Ei in seiner Hand, und er hätte es vor Schreck beinahe fallen gelassen. »Hoppla, was ist jetzt los?« Erneut erzitterte das Ei. Ein Riss entstand in der dicken Schale und im nächsten Moment brach es auf. Ein winziger grauer Schnabel wurde in der Lücke sichtbar und hieb zwei, drei Mal zu, um das Loch zu erweitern. Dann tauchte der gefiederte Kopf des frisch geschlüpften Steingeschöpfes auf. Der kaum handtellergroße Greif nieste und gab dann ein helles Pfeifen von sich.

Fassungslos schüttelte Jonathan den Kopf. »Das ist ja verrückt. Ich hätte niemals gedacht, dass daraus wirklich etwas schlüpfen könnte.«

Kendra beugte sich vor. »Gott, ist der süß. Schau ihn dir doch nur an. Ich hatte ganz vergessen, dass die Magie, die in den letzten Tagen für so viel Schrecken gesorgt hat, auch solche kleinen Wunder möglich macht.«

»Hier, ich schenke ihn dir«, sagte Jonathan und hielt ihr die halbe Eierschale mit dem darin hockenden Baby-Greif entgegen. »Ich habe schon ein Vertrautentier, und ich bringe den kleinen Kerl besser außer Reichweite, bevor Rupert ihm zu beweisen versucht, dass er ihn zum Fressen gern hat.«

Auf der Miene der jungen Frau breitete sich ein Strahlen aus. »Oh, Jonathan, vielen Dank.« Sie hielt dem winzigen Greif einen Finger hin, und dieser stupste mit seinem steinernen Schnabel dagegen. »Weißt du was? Ich glaube, ich nenne ihn Giles.«

DANKSAGUNG

Ist es schon wieder so weit? Ich kann es kaum glauben. Es kommt mir wie gestern vor, dass ich gemeinsam mit einem jungen, unbedarften Journalisten des *Strand Magazine* in einer dunklen Gasse in London einen sterbenden alten Mann vorfand, der uns einen Ring überreichte, worauf wir Seite an Seite – oder sollte ich sagen: Seite *um* Seite? – in die Welt der Magie eintauchten. Doch ein Blick in den Kalender verrät mir, dass dies bereits achtzehn Monate her ist, und nun heißt es Abschied nehmen von Jonathan, Kendra, Holmes, Randolph und all den anderen, die mich in den letzten eineinhalb Jahren begleitet haben und die mir ans Herz gewachsen sind. Ich wünsche denjenigen meiner Helden, die das Abenteuer überlebt haben, nur das Beste für die Zukunft. Und wer weiß … vielleicht sieht man sich ja mal wieder.

Um in die Realität zurückzukehren (was einem Autor, der gerade Tage und Wochen exzessiven Schreibens hinter sich hat, durchaus nicht so leicht fällt), möchte ich auch meinen Mitstreitern aus Fleisch und Blut – oder vielmehr Mitstreiterinnen – Dank und Anerkennung aussprechen: Andrea Bottlinger, Olivia Just, Yvonne Staller, Sara Riffel, Anja Arendt, Ulrike Gerstner und Alexandra Panz. Ich bin mir darüber im Klaren, dass ich es euch bei diesem Projekt gelegentlich nicht ganz leicht gemacht habe. Umso mehr wusste und weiß ich euren Rat, euren Zuspruch, eure Geduld und eure Einsatzfreude zu schätzen!

Darüber hinaus danke ich meinen Agentinnen Natalja Schmidt und Julia Abrahams sowie all den weiteren feinen Ladies und Gentlemen bei Egmont LYX, mit denen es mir immer wieder vergönnt ist, so schöne Bücher zu realisieren.

Und, nein, auch euch Leser habe ich nicht vergessen! Zunächst ein Dankeschön all jenen, die an dem Gewinnspiel »Erschaffe eine Nebenfigur für *Magierdämmerung 3*« teilgenommen haben. Die vielen tollen Ideen haben es mir wirklich schwer gemacht, einen Sieger zu erwählen. Letztlich hat Stephie Forsters Feodora, die Urenkelin von Queen Victoria, das Rennen gemacht, und ich freue mich, dass ich Feodoras persönliches Abenteuer (das gerade erst begonnen hat) in diesem Buch miterzählen durfte. Aber auch euch Übrigen gilt mein Dank. Eure anhaltende Begeisterung für die *Magierdämmerung* ist mir eine »Wahre Quelle« der Freude. Bleibt magisch und achtet auf das Fadenwerk, das euch umgibt! Ich sehe mit Spannung der nächsten gemeinsamen Reise in die Fantasie entgegen.

DRAMATIS PERSONAE

Jonathan Kentham, ein Journalist des *Strand Magazine*
Rupert, sein Minialligator
Robert Pennington, sein Freund
Giles McKellen, ein schottischer Magier (verstorben)
Kendra McKellen, seine Enkelin
Der Holländer, Kapitän eines fliegenden Schiffes
Meister Fu, ein asiatischer Magier
Sun Wukong, sein Affe

Jupiter Holmes, ein exzentrischer Magier
Watson, seine Geisterkatze
Randolph Brown, Dunholms Protegé und Kutscher
Nevermore, sein Rabe
Lionida Diodato, eine Magieragentin des Vatikans
Monsignore Donatello Castafiori, der Leiter der Magieabwehr des Vatikans
Emilio Scarcatore, ein Gelehrter und Deflector der Magieabwehr
Hauptmann Friedrich Wilhelm von Stein, Kommandant der *Gladius Dei*
Fähnrich Buitoni, ein junger Flugschiffer
Kaplan Tremore, der Bordgeistliche
Emma Potts, Lord Cheltenhams ehemalige Sekretärin

Albert Dunholm, Erster Lordmagier des Ordens des Silbernen Kreises (verstorben)
Cutler, dessen Sekretär und Freund

Lord Cheltenham, der Stellvertretende Erste Lordmagier (verstorben)
Angus Drummond, der Leiter der Magieabwehr (verstorben)
Mister Wilkins, einer von Drummonds Männern
Grigori, ein russischer Magier und Kutscher des Ordens
Doktor Westinghouse, der Arzt des Ordens
Theodore Winterbottom, ein Magietheoretiker des Ordens
Misses Blackwood, eine Archivarin des Ordens
Professor Filby, ein Magier und Erfinder
Mister Peabody, ein Anwalt des Ordens
Mister Richardson, sein Kompagnon
Ajatashatru Chandrashekhar Khan, ein Hypnotiseur
Marjorie Morland, eine Seherin
Miss Spellman, eine Magierin
Colonel Binnington, ein Magier
Thomas Home, ein Magier
Charles Harold Porter, ein junger Magier

Victor Mordred Wellington, Erster Lordmagier des Ordens des Silbernen Kreises
Duncan Hyde-White, sein Adlatus
Doktor Polidori, ein alter Freund Wellingtons
Melissa Esperson, Wellingtons ehemalige Gespielin
John Grayson Carlyle, der Leiter für Äußere Angelegenheiten
Miss Hollingworth, eine dreiäugige Magierin
Lord Bowminster, ein Anhänger Wellingtons
Hawkridge, ein Anhänger Wellingtons
Gunn, ein Anhänger Wellingtons
Tisiphone, eine selbsternannte Rachegöttin
Charles Gordon Bennett, ein Industrieller und Multimillionär (verstorben)
Feodora Victoria Auguste Marie Marianne von Sachsen-Meiningen, eine Adlige und Urenkelin Queen Victorias
Mina, ihre Zofe

Doktor Meinhardt, ihr Leibarzt
William Henry Mahoney Christie, der Königliche Astronom
Edward Bootle-Wilbraham, 1st Earl of Lathom, der Lord-Kammerherr Queen Victorias
Charles Algernon Parsons, ein Maschinenbauer und Erfinder
Christopher Leyland, Kapitän der *Turbinia*
Robert Bernard, Steuermann der *Turbinia*

Wovoka (alias Jack Wilson), ein Paiute-Seher und Wächter der Wahren Quelle
Questing, ein Wächter der Wahren Quelle (verschollen)
Haba, sein Präriehase
Admiral William Greer, der Leiter der Abteilung für Spezielle Operationen der US-Armee
James Sawyer, einer seiner Agenten
Huckleberry, sein Hund
Captain Francis Cook, Kommandant der *USS Brooklyn*

Norman Greenhough, Chefredakteur des *Strand Magazine*
Elisabeth Holbrook, Jonathans Angebetete (verstorben)
Sarah Harker, deren Freundin
James Thomas Holbrook, Elisabeths Vater